激蕩時代一書生

林宗寿／著

武汉出版社
WUHAN PUBLISHING HOUSE

(鄂)新登字08号
图书在版编目(CIP)数据

激荡时代一书生 / 林宗寿著. — 武汉 : 武汉出版社, 2024.1
ISBN 978-7-5582-5809-1

Ⅰ. ①激… Ⅱ. ①林… Ⅲ. ①传记文学—中国—当代 Ⅳ. ①I25

中国国家版本馆CIP数据核字(2023)第226053号

激荡时代一书生
JIDANG SHIDAI YI SHUSHENG

著　　者:林宗寿
责任编辑:刘国刚
封面设计:刘　勍
出　　版:武汉出版社
社　　址:武汉市江岸区兴业路136号　　邮　　编:430014
电　　话:(027)85606403　　85600625
http://www.whcbs.com　　E-mail: whcbszbs@163.com
印　　刷:湖北新华印务有限公司　　经　　销:新华书店
开　　本:787 mm×1092 mm　　1/16
印　　张:29.25　　字　　数:585千字
版　　次:2024年1月第1版　　2024年1月第1次印刷
定　　价:68.00元

内容简介

本书是林宗寿教授的自传体回忆录。他以20世纪50年代以来我国社会变化为背景，记录其人生历程、奋斗经历和生活感悟。他丰富的人生阅历、故事性的表达方式、引人入胜的叙述风格，给人启迪与激励，是一本珍贵的史料和人生教科书。他凭借自己的勇气、信念和坚持，描述了过往岁月的艰辛和美好，表达了对国家、社会和亲友的珍重。

林宗寿教授出生于“大跃进”运动前夕，经历过“三年困难时期”，参与过“文化大革命”，响应国家号召上山下乡，1977年恢复高考使之成为“天之骄子”，赶上了出国潮出国留学，回国后成为大学教授，产学研相结合创建了高科技公司，最终成为一位知名教授、博士生导师，水泥行业权威专家。

时光荏苒，日月如梭，转眼间我已65周岁了。在即将告别我所热爱的科研事业之际，我谨以此书献上一份心意，并以此感谢生我育我的父母；

感谢我亲爱的妻子、女儿、女婿和两个可爱的外孙，给我带来灵感、快乐和力量；

感谢与我同生共长的兄弟姐妹，陪伴我度过快乐的童年；

也以此感谢与我共同走过这段旅途的老师、同学、同事和朋友们，感谢你们的帮助！

自　序

65 周岁对我们这些人而言，是人生中的一道坎，我们中的大多数人都要退出工作岗位，同时退出历史的舞台。

我号称太姥山人，来自福建太姥山，从一个懵懂少年成长为一名大学教授、博士生导师，但我始终认为自己是一个普通的人。

生活中的我，经历过一些荣耀，也得到过一些奖赏，这些虽然是美好的，但不过是过眼云烟。

生活中的我，经历过一些磨难，也受到过一些委屈，这些虽然是痛苦的，但却使我更加坚强。

我的一生，有过被人理解的畅快，也有过被人误解的酸楚；有过被人支持的感恩，也有过被人拆台的无奈，但这一切都已成为往事，成了一段历史的插曲。

老年人怀旧，这是自然的。回首往事，在晨光熹微的清早、在夕阳西下的黄昏、在莺歌燕舞的春天、在烟雨迷蒙的雨季、在落叶缤纷的秋日、在白雪皑皑的隆冬，我脚踏实地，一步一个脚印走到了今天。

在平凡的生活中，总有些不平凡的日子，记住它们、怀念它们是一件很有意义的事情。我一直想淡忘一些东西，但总有些事情难以忘记。我一直想记录一些东西，但自己的心情却总难以平静。现在我就要退休了，就想给自己留下点什么。于是，我终于努力将心平静了下来，终于想写点儿什么了！于是，就有了写这本回忆录的想法，想记下自己生活中的一些值得纪念并需要记住的事情！

我的前半生，苦难、勤奋、执着……点点滴滴的小故事，串起了岁月的珠链，萦绕在脑海里的满是那耕耘岁月的身影。我的人生不追求浓墨重彩，却有着平凡人走过的不平凡的历程："苦乐童年"妙趣横生，"文化大革命"人性险恶，"中学时光"朴实天真，"上山下乡"苦中作乐，"恢复高考"改变命运，"大学生活"丰富多彩，"创造发明"脚踏实地，"著书立说"勤奋努力……我用自己的勇气，用自己的信念，写下了对过往岁月的留恋，写下了对友人的珍重，写下了走遍天涯海角的足迹。

此刻，你即将读到的文字，无论是出彩的，还是平实的，对于我来说都是一种宝贵的回忆，希望对大家有所启迪。

林宗寿

2022 年 8 月于武汉

目　录

引　子

蓦然回首，光阴似箭，转眼我65周岁了。

我要退休了。

我问自己，这一生你都做了啥？

我是武汉理工大学教授、博士生导师，第九、十届全国人大代表，第十一届全国政协委员，全国政协人口资源环境委员会委员，湖北省劳动模范，“全国五一劳动奖章”获得者，享受国务院特殊津贴专家。

我走“产、学、研”相结合的道路，创建了一家高科技公司；主持过国家“863”课题，有专利33项、计算机软件版权5项，发表论文150余篇；我主编的已出版的教材和专著合计34本，共计2535万字，其中《胶凝材料学》是我校第一种版权输出教材，被一些西方国家选作研究生教材；我参与国企改革，还购买过一家国有企业，担任过香港华润水泥控股有限公司和华新水泥股份公司的独立董事；我获得过国家重点新产品奖一项、湖北省科技进步一等奖两项及国家自然资源综合利用优秀成果奖等多项奖励。

唉！这一生似乎我已经尽力了，往事一幕幕在眼前浮过……

第 1 章　苦乐童年

1.1　我的父母

我叫林宗寿，号太姥山人，1957 年 10 月 13 日（农历闰八月二十日），出生在福建省福鼎市太姥山镇（原秦屿镇）城门兜的一个普通家庭。

东晋初年，我的祖先林禄公以黄门侍郎的身份，出任晋安郡（治所今福建省福州市）太守。那时候，福建还属于偏远之地，林禄公赴任时将家人带在身边。到了福州后，林禄公一家便扎根在这片土地上，繁衍生息，家族规模越来越大。如今，福建林氏家族的人口约 390 万人，约占福建总人口数量的 10%，位居福建省姓氏人口排名的第二位。1700 年来，福建林氏家族走出了众多名人，在历史舞台上扮演了重要的角色。

“九牧林”为林姓重要分支之一，林披公是“九牧林”的开派始祖。林披公，万宠公第二子，唐天宝间授太子詹事，赠睦州刺史，生九子：苇、藻、著、荐、晔、蕴、蒙、迈、莨，兄弟九人皆官居州刺史（历史上曾有朝代称州牧），时称“九牧林家”。“九牧林”派系之旺、繁衍之广、人才之多，堪称中华姓氏一大望族。

“九牧林”家族素以诗礼传家，人文彪炳，代出英杰。唐有林藻、林蕴各以文名、忠烈名载入唐史；宋有祖姑林默（即妈祖，清时御封“天上圣母”）为台湾第一宗教信仰；明有永乐状元林环、刑部尚书林俊、“铁面御史”林润、“三教先生”林兆恩（龙江）等名垂青史的九牧名贤；近代有民族英雄林则徐、清朝末年的革命党人林觉民；现代有著名作家林语堂、女诗人林徽因等。

据福建福鼎秦屿《九牧林氏宗谱》记载，瑞甫公三子长傅公于清朝康熙年间由（福州府）侯官县到福鼎秦屿城门兜定居经商，为秦屿城门兜九牧林氏始祖。从第一世瑞甫公和第二世长傅公迁徙秦屿算起，秦屿城门兜九牧林氏家族至今已历 15 世，历时 300 多年。

300 多年来，秦屿九牧林氏家族人才辈出，第七世子孙林品南公，号林纾，生于清嘉庆年间，卒于光绪年间，享年 64 岁。林品南公 17 岁赴省考，考取举人；20 岁进京赶考，虽因路途颠簸不幸患上伤寒，未能如期参加考试，但其因德行文采出众被选荐为拔贡，从此开始踏上仕途。历任江西盐税卿、贵州镇远知县、贵阳知府、贵西道台、代理贵州巡抚，授赠朝议大夫，官终一品，后卒于升迁帝师进京面圣途中。林品南公在任期间，倡教育建文明书院，扬家乡文化建天后宫，行民便建浮桥，改赋税减重负劝农桑，还带头募集资金扶贫济困。其一生为官清廉自守，做事刚正不阿，为朝野内外所称颂。1999 年，他的坟墓被盗墓贼撬开，陪葬之物不见踪影，但林品南公墓碑上镌刻的龙头，显示了其不凡的身份。

我的父亲林以贱，为秦屿九牧林氏家族第十世子孙，解放前继承祖业经营“林同寿”中药堂，始终奉行积德行善、悬壶济世的理念，得到了乡民的广泛赞誉。解放后，“林同寿”中药堂被并入秦屿中心医院（现福鼎市第二医院），我父亲也就成

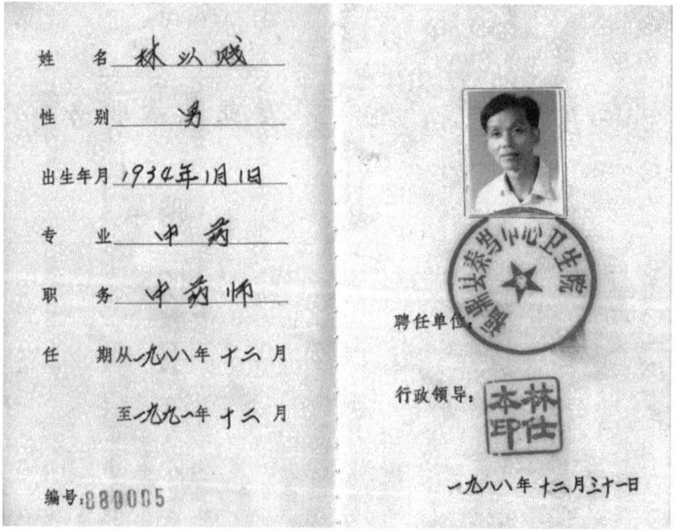
姓　名 林以贱
性　别 男
出生年月 1934年1月1日
专　业 中药
职　务 中药师
任　期从一九八八年十二月
至一九九一年十二月
编号:880005
聘任单位: 县秦屿中心卫生院
行政领导: 林仕本印
一九八八年十二月三十一日

图 1.1　父亲的中药师聘任书

为秦屿中心医院的一名药剂师。

我父亲为人诚恳老实，做人坦坦荡荡，光明磊落，一生节俭。他少言寡语、心地善良、热心助人，看起来老实巴交，但聪明好学，乐天达观，是个公认的大好人。

我父亲会做木工，但没有拜过师，技术靠自学，有不少木工工具。小时候，我们家的那张架子床就是我父亲亲手做的。除床架的四个脚外，在床身上架还置有四根柱子，柱子之间安有十一扇屏风，结构精巧，装饰华美，风格古朴大方。屏风上还张贴了许多以民间传说、花马山水等为题材的画报，寓意和谐、平安、吉祥、多福、多子等，我就是出生在这张床上。有一次医院领导想调我父亲到农村卫生所工作，由于无法照顾家庭，我父亲准备辞职做木工，后来医院领导担心失去一位业务骨干就作罢了。我受父亲影响，从小也学会了一点木工技术，后来上山下乡派上了大用场，木工技术水平也突飞猛进，终于高过了我的父亲。

我父亲眼光远大，胸怀宽广，生活乐观，对未来总是充满着希望。无论何时何地，无论顺境逆境，从来没有见到过他流泪，从来没有听到过他骂人。我父亲的一生是勤劳的一生，他生于 1934 年 2 月 14 日（农历正月初一），卒于 1994 年 10 月 26 日（农历九月二十二日），寿 61 岁。他的一生虽然短暂，但他生前留给我们许多的欢乐，至今历历在目；他虽然不富有，但他却有一颗金子般的心。记得我妈给我说过，1955 年 6 月，在秦屿镇城门兜发生了一场大火，火光冲天，一下子烧掉了几十间房子，从伍恩照相馆（现古城北路 246 号）开始直到南侧的城门下（现古城北路与金灵路交会的十字路口）为止的整条古街变成了一片废墟，我家老宅（现古城北路 288 号）就在其中。我有一个哥哥叫林宗善，一个姐姐叫林水香，一个弟弟叫林宗福。当时我哥哥 2 岁半，我姐姐才 6 个月大，我和我弟弟都还没出生。我妈听到街上有人喊救火时，来不及给我姐姐穿衣服，什么也没拿就抱着我哥和我姐冲出了家门，一看街道两边都已经起火，情况相当危急，我妈当即把我哥和我姐抱到位于积石街的我外婆家，再赶回来救火时，一切都晚了，房子早已化为灰烬。我爸和他的一些朋友听到消息赶到后，拼命从后门抢出来了一张四方桌，其他什么都没能拿出来。那次火灾后，我们家一贫如洗，叫天天不应，呼地地不灵。后来在亲属们的帮助下，我父母在原址搭建了一个草屋暂住。

当时我父亲只有 20 来岁，上有老、下有小，我父母在这一片废墟中，历尽艰辛，重新修建了一栋一层楼前后两间的木房子，后来又在后面增加了一间厨房。等我出生长大后，又在屋顶增加了一个阁楼，让我们四兄妹有了个温暖的家，度过了童年时光。后来，在我上中学后的 1973 年又拆除重建，建成了一栋两层的新木质房子。1976 年，由于秦屿供销社扩建征地拆迁，我们家迁至玉池路（现金灵路 178 号），并扩建成两榴两层木房子。直到我哥和我上了大学，走出太姥山后，我弟弟在原址重新扩建成了两榴七层高的楼房，此是后话。

我父亲，从来没有打过我们，也没有骂过我们。虽然生活不是很富裕，但是他给了我们最好的生活条件。我的父亲，是个老实巴交的人，他从不说矫情和肉麻的话，总是用行动来表达他对我们的爱。每次吃饭，他总是抢着吃剩菜、剩饭，把最好吃的东西留给我们，生怕我们吃不饱。他很辛苦，却从来没在我们面前说过累，也从来不会让我们受到委屈。他将自己所有的辛劳，所有的痛苦，所有的委屈，都深深地埋在心底，而用如山的爱撑起了我们这个家。我的父亲像一把雨伞，遮住了所有的风吹雨打，留给我们一片晴暖；我的父亲像一轮太阳，照亮了我们的心田，让我们心中永远是阳光灿烂。

我的父亲，虽然有点矮，有点瘦，但他却总是充满着自信与力量。儿时的我，特别好动，特别顽皮，一刻也闲不住。那时的我，是父亲的小跟班，只知道跟随父亲到处玩，小手紧紧地拉着父亲那双宽厚而温暖的手，不愿放开。我一天到晚在父亲的工作单位秦屿医院里窜来窜去，在医院门口旁边的电线杆上爬上爬下，父亲也不嫌我吵。有一次，我甚至用弹弓把秦屿医院大门上的电灯泡给打爆了，父亲也没责怪我，只是默默地买了个灯泡给换上了。

最让我难忘的是，一次秦屿医院的工作人员在用高压釜压蒸生理盐水，生理盐水是用玻璃瓶装的，压蒸时瓶盖上插了一根注射用的大号针头，以便平衡瓶内外的压力。压蒸结束后，工作人员就把生理盐水瓶从压蒸釜中拿了出来，放在地上冷却，我们几个小伙伴们出于好奇，就围在旁边观看。这时，突然一声巨响，腾起了一团水雾，生理盐水瓶爆炸了，随即血就从我的脸上流下来了。我父亲一听见爆炸声，就立马跑过来，将我抱到外科室，发现在我两道眉毛的正中间，有一道约 2.5 厘米长的伤口，在左小腿下部也有一道 3 厘米左右的伤口，血不断地往外涌，医生马上给我进行了止血包扎。奇怪的是除了我，其他几位小伙伴们居然都没被炸着，所幸没炸着眼睛，否则一生的前途尽毁。事后调查事故原因，发现是那根针头被堵住了，不通气致使瓶内压力过大，从而造成了爆炸。60 年时间过去了，至今还可以看到清晰的疤痕，这也算是我成长的代价吧。

每当我父亲做木工时，我总爱在旁边给他当助手，动动这个，动动那个，这时我父亲就会手把手地教我如何用锯，如何用凿子，让我亲自动手操作。人们常说父爱如山，可在我看来，父亲对我的爱，并非完全如山那样严峻，有时却如水那样温柔。

图 1.2　我的父亲和母亲（1988 年）

我母亲王金妹，生于1935年4月1日（农历二月二十八日），卒于1993年12月8日（农历十月二十五日），寿59岁。我母亲记忆力极强，几乎是过目不忘，我们全家平时要是忘了什么，都问她，每次她都能记起来。我母亲爱干净，无论桌子还是灶面，她都要擦得干干净净。我们的衣服上即使打了补丁，她也要洗得干干净净，整理得板板正正。她的性格与我父亲完全不同，我父亲是少言寡语，而我母亲却总是唠唠叨叨，整天说个没完。说多了，我们大家都装作没听见。

我母亲是一个勤劳的人，而且非常聪明。当时家里的生活很苦，全家6口人全靠我父亲每月30元的工资生活。为了补贴家用，为了供我们上学，母亲学会了裁剪技术给别人做衣服。那时没有电灯，夜里都是用豆油灯照明，一针一线全是手工缝制，直到深夜，母亲熬红了眼，累酸了腰。后来我大姑姑林冬妹（姑丈王国书）家买了台缝纫机，我母亲就经常到我姑姑家缝制，减轻了不少工作量。直到我上中学后，我们家才买了一台缝纫机。

我母亲的一生是清贫的一生，劳累的一生。在她的人生旅途中，没有什么惊天动地的伟大事迹，但她遇到大事不糊涂，头脑清醒，目光远大。我母亲上过学，很爱读书，成绩很好，一直是班上第一名，她是坚信“书中自有黄金屋”的那种人。她小学毕业后，由于成绩特别优秀，学校决定将她保送到福鼎上中学。但当时，福建沿海一带普遍“重男轻女”，我外公不同意我母亲继续上学，我母亲就逃跑了，刚刚跑到“牌坊脚”（现秦屿汽车站附近，当时是进出秦屿集镇的标志地），就被我外公给抓回来了，从此断送了她一生的理想和前途。她上小学时的老师林明星，当时为秦屿中心小学的教导主任，后来成了我中学时期的数学老师，为此感到十分惋惜。

1968年后，凡是中学毕业的学生都被认定为知识青年，都要去上山下乡接受贫下中农的再教育，把城市户口变成农村户口，取消城市商品粮供应。由于害怕被注销城市户口，当时许多家庭都不让孩子继续上中学，与我同届的许多同学都不上了。我是1970年12月小学毕业，我当时也想不再上中学了，但我母亲坚决要我继续上学，她认为："这种现象是暂时的，国家发展总有一天是需要知识的。"现在看来这是理所当然的事情，但在当时"读书无用论"盛行的时期，有此眼光是何等的英明。那个时期是福鼎四中史上学生人数最少的时期，整个学校没剩下几个班级，而我们家却反其道而行之。当时我哥哥大我姐姐一年级，我姐姐大我一年级，兄妹三人同时在一所中学上学，中间都只相差一个年级，我弟弟在上小学，也算是当时福鼎四中的一个奇观。正是由于我母亲的高瞻远瞩，使得我兄妹四人全部成才，彻底摆脱了贫困，走上了兴旺发达之路，替她实现了多年的梦想。

我哥哥林宗善，字子涵，号仙都隐士，大学法律专业毕业，历任福鼎县保密局局长、福鼎市环保局局长、福鼎市人大法制委主任委员、福鼎市人大内务司法委主任委员、福鼎市人大环境城建委主任委员等职，2001 年被中共

图 1.3　全家福（1991 年摄）

嫂子李巧如，哥哥林宗善，姐夫王霞明，本人，夫人刘顺妮，弟弟林宗福

姐姐林水香，母亲王金妹，父亲林以贱，弟媳王冰金，侄儿林祖榕

侄女林凌，女儿林小进，外甥女王枫

福鼎市委评为优秀共产党员。我同济大学毕业后考取武汉工业大学研究生，现为武汉理工大学教授、博士生导师。我弟弟从福建妇幼卫校临床医学专科毕业后，现为福鼎市第二医院主治医师。我姐姐高中毕业上山下乡后被招为秦屿供销社职工。我姐夫王霞明大专毕业后任福鼎市太姥山镇副镇长。我的母亲用她的智慧和辛勤的劳碌,使我们一家人熬过了一个又一个困难的时期，使我们都健康、平安地长大成人，并拥有了各自美满、幸福的家庭和生活。

我母亲年轻时，是秦屿闽剧团的演员。记得我年幼时，我母亲演出时把我放在后台，我看见我母亲扛着一把小锄头，锄头前面还挂着一只花篮，像是“黛玉葬花”的情节，此影像一直伴随着我的一生。我母亲是个慢性子的人，做事慢慢腾腾，但有条有理，经常演出都快要开幕了，我母亲还在化装试衣服，导演在外面急得把门敲得咚咚响，她也不理会，照样慢条斯理，我行我素。我上小学后，进入“文化大革命”时期，那时秦屿闽剧团已被解散，但我母亲还参与了镇里组织的“踩高跷”等演出活动。

秦屿别称“小福州”，受方言影响，秦屿集镇人好福州评话，喜爱闽剧。所以，闽剧在秦屿作为地方主流剧种，历史上有过它的兴盛时期。1952 年，由当时的秦屿区工商联工会主办，组建成立了秦屿闽剧团。剧团的演职员都是秦屿人，有工商联工会的干部职工，也有从社会招收的青少年，其中就有我的母亲。剧团聘请危隶卿为编剧、杨梅英为导演。经过一段紧张的筹备和排练后,第一场戏闽剧《野猪林》于 1952 年秋在秦屿康湖毓麟宫的大戏台开演。此后，剧团还自觉担负起社会宣传，以及抬阁、旱船、高跷、编排街道剧等文艺表演任务，掀起了当时秦屿全民爱闽剧的热潮和民俗文化表演的高潮。当时,秦屿闽剧团演出的地方也不局限于秦屿镇,曾到过霞浦的东溪头、牙城、后山、三沙、松山，福鼎的桐山、渠洋和浙江的苍南等地演出。据陈以奎回忆，当年时逢全国第一次普选后，闽剧获准开演，剧团首场在霞浦松山演《李昌仁买水》《钗头凤》等剧，演出通宵达旦，观众人山人海。直至演出结束清场时，观众还久久不愿离去，盛况空前。以后，剧团演过新编现代闽剧《三世仇》《婚姻法》《统购统销卖余粮》和古装闽剧《翠娘盗金》《野猪林》《小华山》《火烧乌天谷》《双美夺魁》《金姑戏嫂》《白虎营》《白罗衫》《三家福》《王奎报杏》《花会传》（六本）等共 60 出戏。

我的父母非常普通，他们没有丰厚的学识、万贯的家财、显赫的身份，但是，他们对儿女疼爱，对父母孝顺，对朋友热情。他们是很乐观的人，但我知道，在父母亲的笑容背后承载着多大压力、多少辛酸和苦楚。他们历经千辛万苦将我们养大成人，要不是为了我们，要不是为了这个家，又怎能都这么早地离开人世呢?

我父母去世已将近 30 年了，可他们仿佛依然在我们的身边，他们的音容笑貌已深深埋进了我们的心底，融进了我们的血液。我的父母亲走后，并没有给我们留下什么物质财富，留给我们的只有那永恒的爱，还有那无限的怀念和悲伤；留下的是他们的平凡、他们的勤劳、他们的宽容和他们的善良。

父母的恩情比天高，比海深，我说不尽对您的情怀，我写不完对您的思念；穷尽毕生、轮回几世，也无法报答父母的养育之恩。

斯人已去，世事恍惚，人生长恨水长东；翻飞的泪雨，不尽的悲痛，无限的哀思，再也不能唤回哪怕是偶尔的回眸。

1.2　美丽的故乡

故乡的山，
故乡的水，
故乡有我童年的足印；
几度山花开，
几度海潮起，
童年的欢歌依然记在心；
他乡山也美，

他乡水也清，

难锁我爱乡的一片情。

每当我听到此歌声，就会情不自禁地想起我的故乡——太姥山。

太姥山，历史上又名“才山”。相传上古轩辕黄帝时，有炼丹术士容成子栖居此山后羽化仙去。尧时有老母种蓝于此，因名太母山。西汉年间，汉武帝命东方朔授天下名山，改“母”为“姥”，封为西岳之神。[①]

图 1.4　太姥山镇全貌（游祖建摄）

太姥山坐落于东海之滨，三面临海，一面向陆，雄伟巍峨，高耸入云表，横亘于海滨，苍苍黝黝，奇峰怪石，天造地设，绝壁摩空，满山皆石，肖人肖物，移步换形，处处有景，计有 54 峰，24 洞，10 岩，9 泉 3 溪，1 谷。其主体为摩霄峰，海拔 917.3 米。相传太姥乘九色龙至此摩霄而去，遂因以名峰。登摩霄东望，点点云帆，海天一色，台山列岛、大嵛山、七星岛等岛屿尽收眼底。山坳有座寺院，名白云寺，又名摩霄庵，始建于唐乾符三年，距今已有 1300 多年。摩霄峰旁另有新月峰，昔人于此望月之初上，故名“新月”；后人又于此看日出，又名“望日台”，较之泰山的日观峰、天台的华顶山，更胜一筹。传说东海诸仙常聚会山中，故又有“海上仙都”的美誉。

太姥山以“峰险、石奇、洞幽、雾幻”四绝名闻遐迩。山中 360 处岩石，千姿百态，肖人肖物，鬼斧神工，栩栩如生，仿佛是抽象派大师的雕塑作品。

---

① 嘉庆《福鼎县志》，卷二“山川”，《中国地方志集成》“福建府县志辑 14”，上海书店出版社，2000 年，第 34 页。

图 1.5　太姥山（释长净摄）

前人曾赞：“太姥无俗石，个个似神工，随人意所识，万象在胸中。”太姥山的美景令人浮想联翩，目不暇给。“仙女峰”宛若亭亭玉立之少女，脉脉含情凝眸远望。站在“仙桥”之上，令人目眩。“九鲤朝天”宛如九条大鱼畅游嬉戏于迷茫的大海。“传声谷”四面环山，幽谷有如深潭，只要发一声欢歌笑语，便招来阵阵回响。“二佛讲经”两块毗连的怪石，一高一矮，像身披袈裟手捧佛经的老僧。回转远望，“二佛讲经石”则变成一对久别重逢之情侣，似在喁喁私语话衷情呢。“七星洞”两边峭壁对峙犹如深巷，顶端夹着七块石头就像七颗星星镶嵌于蓝天。“石笋”“蟹钳石”“金猫扑鼠”“仙人锯板”“金龟爬壁”等奇景，形象清晰，情态逼真。

太姥山上共有各种各样的洞 100 多个，若想遍历诸洞，需时 28 天，有的洞一进一出需历时一天。这些洞各具特色，而在诸洞中最神奇的，首推“一线天”“七星洞”“将军十八洞”。“一线天”洞，两壁陡峭，直插云天，仰视崖端，天光一线。100 多处岩洞，洞洞相通，大洞套小洞，小洞连大洞，纵横交错，曲折幽深，宛如地下迷宫，行进之间，时蹲时俯、时侧时爬，妙趣横生，为天下名山所少有的花岗岩洞群景观，令人折服叹止。有的洞内可望海观日，有的洞内石景连绵，有的洞内有暗泉明瀑，有的洞内还生长着奇花异草。景色迷人，令人神往。葫芦洞和将军洞在葫芦洞景区，葫芦洞形似葫芦，洞室宽大，可容千人，面积 2000 平方米，有“世外桃源”之誉。宋代曾建有楼阁，今已无存。洞中生长着空谷兰、凤兰等名花，暗香浮动，满穴馥郁。将军洞因其顶有三石似将军的鞋、帽、剑而得名，由十几个洞穴相连组成，人称“将军十八洞”。长 977 米，有 4 个洞口。洞内有 7 个厅堂，13 个天井，还有“三线天”“回音洞”“洞中听泉”等胜景。“三线天”是两块巨石压顶，似坠未坠，惊险万状，顶部一条裂隙，形成三线蓝天，阳光照人，满穴生辉。“回音洞”是一条狭窄暗道，迂回曲折，上下盘旋，人行洞内，前后不见，但能相互呼应，虽相隔几十米，其声犹似近在耳边。这是由于洞壁回音传声所致，若北京天坛的回音壁。“洞中听泉”长160米，地下泉水淙淙，声如佩玉，故古人称为“漱玉洞”。若遇大雨过后，泉水如瀑，轰鸣激荡，令人心悸。穿过“洞中听泉”，进入“流水湾”，长130米，游人可借助洞顶透光，看到泉水流动，可以解渴。

太姥山上多奇花异树，如空谷兰、云雾草、感触树、相思林、五色杜鹃、绿雪芽茶等，更为山景增色不少。而登临峰顶，眺望东海，星罗棋布的岛屿，风光旖旎的海湾，千点风帆，万顷碧波，尽收眼底，是一幅恢弘壮大的“山海大观”图。蓝天与碧海共妍，岛礁同港湾并美。

太姥山流传着一个古老的传说：尧帝时，有一老母在太姥山居住，种蓝为业，乐善好施，手植“绿雪芽”茶治愈许多患麻疹的病童。人们感念其恩德，称其为“太姥娘娘”，奉为神明，春秋二祭。太姥山有一“鸿雪洞”，传说就是太姥娘娘当时居住之处。洞顶有一株“绿雪芽”古茶树，高近二丈，枝干虬曲盘横，顶部绿翠如雪，叶子如旗，芽尖似针。传说此树即为太姥娘娘手植之“绿雪芽”繁衍，其旁有一碑记：“绿雪芽，仙茶也，相传太姥娘娘手植，为福鼎大白茶始祖。”清代周亮工在《闽小记》载：“太姥山古有绿雪芽，今呼白毫，色香俱绝，而尤以鸿雪洞为最，产者性寒凉，功同犀角，为麻疹圣药，运销国外，价同金土乎。”至今，福鼎大白茶仍然品质上乘，享誉海内外，是全国绿茶茶树鉴定的对照品种，号称“中华一号”品种。

太姥山镇原名秦屿镇。秦屿镇设立于民国二十九年（1940年），1968年设秦屿公社，1987年，复称秦屿镇，2011年3月21日，更名为太姥山镇。

秦屿镇数千年前是濒临海岸间的岛屿，宋代称作縻屿，因岛上有“榛树”而得名。古老的秦屿素有“万古雄镇”美誉。凌空眺望，本镇犹如绽放在闽东北海岸的一朵莲花。[1]

秦屿镇隶属福鼎市，地处福建东北、福鼎东南部、晴川湾入海口，西北依太姥山，东南临东海。全镇面积 119.08 平方公里，水域面积 40 多平方公里，海岸线长 32 公里。山环海绕，山、海、川、岛会列其间。丰富的山海资源，绵长的海岸线，山海交汇的独特地理环境，奠定了秦屿镇的文化基调。

据清光绪三十二年（1906）《福鼎县乡土志·七都分编》载："秦屿，……风土腔音一如省会，故又称为'小福州'云。"秦屿镇居民都操福州方言，因烽火门水寨设置于秦屿，士兵多是福州人，日常生活中，他们带来福州话，与秦屿本地居民进行语言交流。随着烽火营士兵在秦屿定居的数量逐渐增多，福州方言渐渐地便在秦屿镇推开来。

秦屿自古就是商贾云集之地。据明嘉靖《福宁州志》载："秦屿市，舟车辏集。"清光绪《福鼎县乡土志·七都分编》载："西出涌金门入市，人烟鳞比，阛阓云连，约数百间，盐仓、牙馆皆于是属焉。"还有清乾隆《福宁府志》和嘉庆《福鼎县志》也都有"秦屿市"的记载。可见早在明嘉靖以前和这之后，这里就是一个贸易繁华的集市。

秦屿镇文化结构多元，艺术文风源远流长，太姥娘娘文化、畲族文化、渔家文化、穆斯林文化与当地传统文化兼容并蓄，形成独特的文化体系。民间传统社戏有闽剧、木偶戏、布袋戏等，抬阁、鱼灯、狮灯、老婆船、踏高跷等民俗文化也独具魅力，现有省市级历史文化遗产 62 项，藤牌舞、太姥娘娘传说等非物质文化遗产 20 多项。

秦屿兴教办学、读书近道由来已久。境内有多所著名书院，如位于秦屿屯头村礼澳草堂山的草堂书院，为福鼎境内最早的书院，建于唐咸通年间（860—873），为林嵩读书之处。位于秦屿冷城的石湖书院，是宋代朱子讲学寓所。位于秦屿积石山北面龙门硖的龙门书院，创办于清乾隆六年（1741），

① 李顺：《太姥古镇秦屿》，香港：华星出版社，2011 年。

院中有移建于清嘉庆十五年（1810）的文昌阁，于清末废科举后改龙门学校。清光绪丙午年（1906）初设秦屿初等小学堂，1911 年设福鼎官立第二高等小学堂。私塾蒙馆林立，如见山楼、扫叶山房、寒碧山房、绿榕谷、化云楼等近 20 处。尤其是见山楼书馆，它始建于清乾隆年间（1736—1795），为福州鳌峰书院监理、秦屿人王孙恭的家塾。厚重的历史文化积淀，造就了不少文人名士。秦屿历代文士先贤有名可考的近 60 人，遗留有文献诗作百余册，还有大量的书画作品。文采风范，享誉古今。

秦屿镇向来是“鱼米之乡”，经过历代先民的辛勤耕作，秦屿镇沿着海岸线，北连店下，南至硖门，形成了绵延四五十里的狭长形的万亩良田。春天，在和煦的阳光照耀下，遍野的油菜开花了，那橙黄连片的菜花在青山的映衬下，向人们展示着一幅幅迷人的画卷。夏天，那一望无边的稻田，紧邻着远处的海面，一阵海风吹过，绿浪滚滚而来，恰似那大海被染绿了一般。

秦屿镇的海堤是一道独特的风景线，而海堤最迷人的时候莫过于夏夜乘凉了。晚饭后在海堤上漫步、独坐，让思绪长出翅膀，飞向无尽的远方。海风习习，把一天的暑气渐渐吹散。在海的那头，缓缓地从海平线上升起一轮明月。那明月发出橙黄、柔和、明丽的光，像一个大铜盘，又像一盏大橘灯，比平常当空的月亮要大要红许多许多。俗话说“月上山，水涨三”，随着月亮从海平面上升起，海水也渐渐地涨进来了。海面上倒映着片片月光，如片片金子一直铺到我们面前，人们都会不由自主地被这美妙的月色惊呆。

现在秦屿的年轻人，恐怕想不到，秦屿过去的洋里溪和才堡溪是多么的清澈见底，那溪上的碇步桥是多么地富有诗意。“枯藤老树昏鸦，小桥流水人家”，元代马致远的《天净沙》仿佛就是为此而作。从洋里村沿溪上溯五六里，就可以看到一条大瀑布，落差有 100 多米，分为两折，上窄下宽。大雨过后，水声震耳、水珠飞溅，比那李白诗中描写的“飞流直下三千尺，疑是银河落九天”，景色更为壮观。

今天，家乡秦屿镇已今非昔比。集镇人口不断翻番，新建房屋鳞次栉比，新街不断开发，学校、医院不断扩建，过去单纯的渔农业经济结构已经发生了根本性改变，文渡特种钢材工业区、水井头科技工业园区已颇具规模，尤其是基础设施建设，更是驶向快车道，高速公路、铁路已经开通，核电站已建成投产，再加上太姥山提升为国家级重点风景区、世界地质公园，牛郎岗开发为海滨旅游度假区等等，使这个千年古镇胜似插上翅膀的千里马，在现代化的道路上突飞猛进！

太姥山是我生长的根，太姥山是我记忆的家园。

太姥山是一曲悠扬的清笛，总是让人魂牵梦绕；太姥山是一抹皎皎的月光，总是让人心动不已；太姥山是一串永恒的记忆，总是让人无限思念；太姥山是一坛陈年的老酒，搁置越久味道就越醇香。

悠悠情思，浓浓爱意，谁也割不断我那绵绵的故乡情。

1.3　火红的年代

我出生时，正值“大跃进”运动前夕。“大跃进”运动是 1958 年至 1960 年间在全国范围内开展的“左”倾错误运动，是在中共八届三中全会及其以后不断地错误批判 1956 年反冒进的基础上发动起来的，是“左”倾冒进思想的产物。在“大跃进”中，高指标、瞎指挥、虚报风、浮夸风、“共产风”盛行，各地纷纷提出工业“大跃进”和农业“大跃进”的不切实际的目标，片面追求工农业生产和建设的高速度，大幅度地提高和修改计划指标。在农业上，不断宣传“高产卫星”“人

人民日報
RENMIN RIBAO
麻城建国一社出現天下第一田
早稻亩产三万六千九百多斤
福建海星社創花生亩产一万零五百多斤紀录

图 1.6　《人民日报》报道“高产卫星”

图 1.7 “大跃进”时期的土高炉（源自网络）

有多大胆，地有多大产”，粮食亩产量被层层人为拔高。“大跃进”的年代是出数字的年代。钢多少，粮多少，时时都有新的纪录出现。亩产几千斤、一万斤刚让人惊喜，亩产十万斤的纪录又已创下。

在工业上，为实现全年钢产量1 070万吨的指标，全国几千万人掀起了“全民大炼钢铁运动”。因为缺少文化没有技术，尤其是没有铁矿石、高炉和焦炭等，就号召土法上马，大面积的森林被砍伐作为替代燃料，很多铁制农具和其他生产资料被捣毁作为炼钢原料，高炉就用土法制造的煤炉。而缺乏基本技术设备的大炼钢铁运动在巨大的人力物力投入之下，除了主要的骨干企业产出了合格产品外，更多没有专业生产基础的非专业生产单位、学校和农村，生产出的只是几乎没有经济价值的劣质生铁或者废铁疙瘩。

我那时还小，对“大跃进”没有什么印象，但听大人们说，我的家乡虽然地处偏僻的海边，但也同样受到“大跃进”的波及。大家热情高涨，各家砸锅卖铁，许多人拿着脸盆在海边沙滩上淘洗铁沙，到处竖起了高炉，开展大炼钢铁运动。原来太姥山有着茂密的森林，从山顶一直延伸到山脚下，在“大跃进”大炼钢铁的运动中，都被砍光了。

我有个小伙伴叫刘兆华，人很聪明，动手能力极强，属于能工巧匠类型的人才，上山下乡后被招工到了福鼎县百货公司，后成了福鼎县百货公司修理手表的技术能手，是个有名的修表匠，我们之间有很多故事，此处暂且不表。他母亲曾对他说过，由于秦屿地区没有铁矿，镇领导就要大家从海沙中提取铁沙炼钢铁。铁沙量少，完成不了上级交给的任务，不知哪位干部就突发奇想，提出了一个“好点子”——砸锅。于是，干部组织一队人马到各家各户灶台上挖去铁锅，拿走铁制的家具、农具，砸碎后投入土高炉中，熔为铁块，以此作为成绩向上交差。在刘兆华一周岁的那天，他妈为了给他过生日，买了两个鸡蛋，却没有锅煮，后来只好用一个碗，下面架起石头，拿一些树枝树叶烧着，煮给他吃。

1958 年夏天，正当“大跃进”运动与日渐炎热的天气一样，如火如荼，进入了高潮之时，为了让所有劳动力都能按时出工，也为了把一大批妇女从锅台前解放出来，提高劳动效率，便开始了吃“社会主义大食堂”。城镇每个单位、农村每个生产队都办起了集体食堂，大家都进食堂，吃饭不要钱。由于“大跃进”的浮夸风，人们还以为粮食多得不得了，就没有计划，也没有节制，放开肚皮大吃。此外，大炼钢铁占用了很大一部分劳力，甚至出现了地里粮食没人收的现象，严重影响了粮食的生产。很多地方还宣布人民公社为全民所有制，并试点“向共产主义过渡”。所有个人财产和个人债务都一股脑儿“共了产”，分配上完全实行供给制。但这一试验型的“共产主义大锅饭”给干部们的腐败提供了便利，一小部分干部乘机多吃多占，公共食堂成了他们的腐败场所，而且这些人还经常用不让吃饭来惩罚社员。这样，没过两三年“大跃进”就不得不宣告终结，“社会

图 1.8　“社会主义大食堂”吃饭不要钱

主义大食堂”也因断粮而关门大吉。随之而来的是“三年困难时期”（1959—1961），人民群众过上了与饥饿搏斗的艰难日子。

在“三年困难时期”，粮、油和蔬菜、副食品等极度缺乏，严重危害了人民群众的健康和生命。当时农民的食物主要以野菜和树叶为主，像我们所常见的野苋菜、银银菜、米荠菜、羊蹄棵、蒲公英等野菜，在那个年代，可属美味佳肴，早已被饥饿的人们挖光吃光了。于是，人们又把生存的希望由地上转移到树上，树上能吃的东西以桃树上的毛毛虫，刺槐树的槐芽、槐花，榆树上榆叶、榆钱子为最佳。榆树的二层皮、桑葚果以及路边的毛菇草里长出的嫩毛穗，便是孩子们的零食佳品。

人们为了充饥，在正常年份不作为食品的植物、动物、微生物、化学合成物等，都把它们当作代食品食用，主要分为以下四类：

第一类为农作物类代食品，它包括各种非灾难年份人们不曾食用的农作物的秸秆、根、叶及壳类，如水稻、小麦、大麦、玉米、高粱等的叶、秆、根和玉米皮、玉米芯、稻谷壳等，另外还有薯类作物的叶、茎、根等。

人民日报
RENMIN RIBAO
集中力量发展农业生产　千方百计扩大夏种面积
四川河南多种红薯和晚秋作物
广东早稻收割全面展开，各级领导干部深入田间
小球藻生产形式
我国人民在大跃进中的一项
半数以上省区大力培育繁殖
社论　大量生产小球藻

图1.9 《人民日报》1960年7月6日社论《大量生产小球藻》

第二类为野生代食品，是指野生植物的秆、根、叶、皮、果实等，如榆树叶、树皮、橡子、芭蕉芋、魔芋、石蒜、土茯苓、大百合、野苋菜、洋槐叶、沙枣、鸭跖草之类。

第三类为小球藻、红萍等浮游植物。小球藻是一种球形藻类，直径仅数微米，体内有一绿色杯状或板状色素体，种类繁多，生长于淡水中。小球藻最初是用来当猪饲料的，1960 年 7 月 6 日，《人民日报》的社论《大量生产小球藻》明确提出，小球藻不仅是很好的精饲料，而且具有很高的食用价值。该社论还举例说："有些地方用小球藻试制糕点、面包、糖果、菜肴、藻粥、藻酱等食品，清香可口。有人用小球藻粉哺育婴儿，效果跟奶粉不相上下。"

第四类指合成类代食品，如"人造肉精""人造肉""叶蛋白"等，它们相对于前三类有较高的营养价值，而且有一定的技术含量，因此也被称作精细代食品。

那时，我们家兄弟姐妹加上父母和爷爷奶奶共 7 口人，仅靠父亲 30 多元工资维持生活，全家人面黄肌瘦，缺乏营养，每天都是在饥饿中度日。大米极少吃到，以地瓜米、地瓜叶为主食，种点蔬菜、挖点野菜作为补充。

我爷爷名叫林绍衡，生于 1883 年 4 月 21 日（农历三月十五日），在"三年困难时期"，由于缺少食物，瘦得皮包骨，最终还是因为严重缺乏营养，没能熬过那个时期，于 1960 年 12 月 11 日（农历十月二十三日）逝世，去世时想喝点米汤都没有，想想我能活下来也算是万幸。

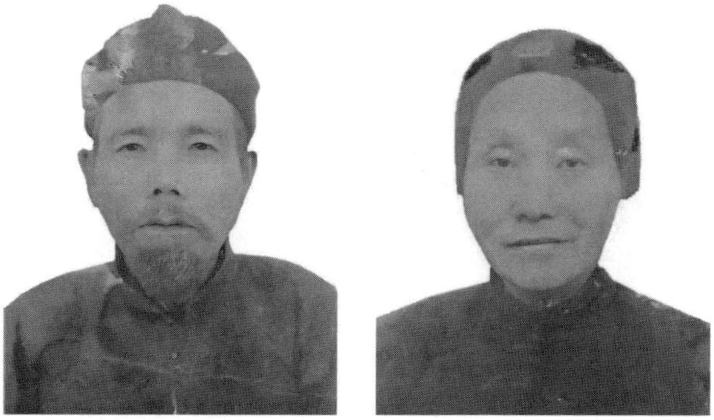

图 1.10　我的爷爷和奶奶

我爷爷去世时，我才 3 岁，印象比较模糊，但我奶奶去世时，我已经 7 岁，记得比较清楚。我奶奶生于 1895 年 1 月 29 日（农历正月初四），卒于 1964 年 10 月 29 日（农历九月二十四日）。

我大舅哥刘大论，1949 年出生于湖北省麻城县（今麻城市）铁门岗乡祠堂塆，1959 年时他已经 10 岁，亲身经历过那"三年困难时期"，对"大跃进""大食堂"和随之而来的"大饥荒"，至今还记忆犹新。他这样描述当时去"大食堂"

吃饭的情景："祠堂塆的'大食堂'就建在我家隔壁，饭桌就摆在房子前面的空地上，用木料搭了个棚子，上面盖上稻草，棚子里放着 9 张桌子和一些椅子。当时，祠堂塆小队共有 72 人，每桌安排 8 个人，每桌 8 个菜，有鱼、有肉，大家吃得都很高兴。大人们都高兴地说：'我们马上就要进入共产主义社会了，我们正在赶英超美，以火箭的速度，以一天等于二十年的精神和干劲，超越资本主义，跑步进入共产主义。'那种高昂的建设热情，感染着我们幼小的心灵，我们吃着可口的饭菜，看着大人们的高兴劲儿，别提多高兴，心想要是每天都有这样的日子该多好呀！可这样的日子不长，在秋收之后，春节快来临之时，吃'大食堂'的幸福生活就突然停止了。随之而来的是，号召大家为建设社会主义，必须勒紧裤腰带，共度艰难的日子，一下子把人们从天堂打入地狱。为了克服困难，凉亭人民公社按人头计算，每人每月 7 斤半稻谷分到各家各户，艰苦的日子就这样来临了。"

显然，每人每月 7 斤半的稻谷是维持不了人生存的，为了活命，他们就吃树皮、树叶、树根、红花草子、野芹菜等，将谷糠壳、荞麦壳用锅炒干，再用石磨磨成粉，做成粑吃。人吃了以后，经常屙不出屎来，没有办法，就用竹筷子在肛门里掏，硬是将干巴巴的屎一点点抠出来。

我夫人有个小姐姐，1955 年出生，属羊。湖北人习惯把小孩称为"毛毛"，所以就把她小名叫作"羊毛"，准备长大后再取正式的名字。"羊毛"聪明伶俐，皮肤长得很白，头发还天生卷卷的，像个洋娃娃，人见人爱。1960 年前后，因生病咽不下树皮，又没有其他什么东西可吃，最终没活下来。据我大舅哥回忆说，"三年困难时期"，只有 72 人的祠堂塆饿死的人就有 7 人。

许多地方城乡居民患上了浮肿病，患肝炎和妇女病的人数也在增加。由于出生率大幅度降低，死亡率显著增高。

"三年困难时期"是由什么原因引起的？这主要由于"大跃进"和"反右倾"的错误，加上当时的自然灾害和苏联政府背信弃义地撕毁合同，我国国民经济在 1959 年到 1961 年发生严重困难，国家和人民遭到重大损失。

我小时候，全国各地都特别注重家庭成分，也就是通常说的家庭出身。

家庭成分这个词现在已经很少有人注意，甚至很多人不知道是什么意思，然而在 50 多年以前这可是非同小可。首先每家的户口本上有一栏目必须填写“家庭成分”，其次在各种个人履历表中有一项必须填写“家庭出身”。

这是怎么回事呢？为了正确地实施 1950 年 6 月 30 日中央人民政府公布的《中华人民共和国土地改革法》，1950 年 8 月 4 日政务院第 44 次政务会议，通过了中央人民政府《关于划分农村阶级成分的决定》，从此在全国范围内进行了阶级成分的划分，以明确谁是“敌人”，谁是“自己人”。

家庭成分，主要是根据家庭财产多少进行划分，分为好几类。常见的是两大类：一类归属于农村，一类归属于城镇。属于农村的家庭成分有：地主、富农、中农、下中农、贫农、雇农。属于城镇的有：工人、小贩、小商、工商业、资本家。此外，还有：官僚、旧军人，职员、自由职业者、城市平民，革命干部、革命军人等。

在那个特殊历史时期，社会的等级是按家庭成分进行划分的，地主、富农、反革命、坏分子，这四种人被称为“四类分子”。应该明确的是，这里的“地主、富农”是特指戴帽管制分子，而非一般的地主和富农成分。所谓戴帽与摘帽，是针对这些“四类分子”而建立的评审制度。戴上了“四类分子”的帽子，其政治身份就是阶级敌人，就成为无产阶级专政的对象，就要被剥夺公民权，接受管制或者监督改造。如果被认为改造得好，就可以摘掉“四类分子”的帽子，所以，“四类分子”都千方百计地争取摘帽。

按照当时的各种规定，“四类分子”的公民权利是被剥夺的，没有选举权和被选举权。全国各地在对“四类分子”的监督改造过程中，一般都采取限制性措施，如外出需请假，来客需报告，一定时期内必须汇报思想、检查改造情况等。“四类分子”的子女们，都深受其父辈的株连之苦。在强调教育必须贯彻阶级路线的错误政策下，“四类分子”的子女入学受教育十分困难，有时甚至被完全剥夺了受教育的权利。在土地改革的时候，地主和富农的土地和财产就已经被没收了。土改以后，“四类分子”的财产权利也是没有保障的。在农村集体劳动中，“四类分子”及其子弟，都是干最重的活，却拿最低的报酬。而且，他们的个人财产是得不到保护的，随时都有被再次剥夺的可能。“文化大革命”期间，在“血统论”观念的影响下，“四类分子”子女在入团入党、毕业分配、招工、参军、提干、恋爱和婚姻等方面都受到了歧视。

我父亲和爷爷解放前经营中药店，解放后家庭成分被评为小商，相当于中农，属于团结的对象，“文化大革命”中我们家人没有因为家庭成分受到批判、管制等不公平待遇，但在入团、入党、招工、参军、提干等方面也享受不到优先的待遇。

图 1.11　我的岳母（1991 年）

我岳母名叫刘淑芹，是湖北麻城县（现麻城市）宋埠镇人。宋埠镇位于麻城县中南部，举水之滨，东邻中馆驿镇，北与顺河集镇接壤，南紧靠举水与铁门岗乡隔河相望，西毗邻歧亭镇和红安县永河镇，历来是麻城政治、经济、文化重镇，历史上享有“小汉口”之称。解放前，宋埠是麻城境内最大的内陆码头。我岳母的父亲名叫刘松柏，靠经营木材起家，他把云南、贵州的木材和家具，经云贵的乌江水道转入长江，再从阳逻团风进入举水河，运到宋埠镇。由于他经营有方，很快就成了当地有名的资本家，当时宋埠镇半条街的商铺都是他们家的。此外，岳母的父亲还经营有一个果园，家里办有私塾，请有先生，所以我岳母是在比较殷实的家庭环境中长大的，是个大家闺秀，并接受过私塾教育，从小就看过很多书。为了躲避战乱，嫁到了麻城县铁门岗乡农村，没想到解放后，婆家却被评为富农，因此一生坎坷，吃过不少苦。岳母一生为人慈祥厚道，本分行事，善结人缘，邻里相处融洽，长幼皆尊，情厚人和，深得儿女爱戴，深得邻里尊敬。她任劳任怨，从不把我当女婿看待，而是与自己的儿子一样，为我们的小家撑起了一片蓝天。岳母一生无贪无欲，兼有涵养之德，当属贤妻良母。她一生默默无闻，却是大爱无疆。我的岳母，从来不抱怨一生吃得不好，穿得不好。她热爱生命，热爱社会，热爱劳动，勤劳节俭，善良和蔼，岳母的美好品质值得我们子孙后代好好学习。

岳母的大哥名叫刘兆庆，是个非常能干的人，解放前是宋埠镇的商会会长，他广结善缘，家里经常高朋满座，做事八面来风、左右逢源，是个见多识广的人。当时，共产党来了要找他，国民党来了也找他，没有他办不成的事。但就在解放前夕，一夜之间赌博输掉了全部家产，把我岳母父亲大半生积累下来的家产败了个精光，把我岳母父亲气了个半死，提着木棍到处追着打。可岳母大哥满不在乎，说道："你们看吧，到时你们要感谢我的，如果我不把这些财产处理掉，到时你们就要吃这些财产的屎。"果不出其所料，不久就解放了，由于岳母的父亲家已经没有多少财产，最终被评了个小商成分，躲过了一大劫，可惜，岳母的大哥没等到解放就因肺结核去世了。

图 1.12　我的岳父（1978 年）

我岳父名叫刘美钦，生于 1924 年 4 月 19 日（农历三月十六日），1982 年 4 月 6 日（农历三月十三日）因病去世。我没见过我的岳父，岳父去世时，我还没认识我的夫人，那时她正在上大学，我岳父病重时，她班里的同学还给她捐了几十元钱，她至今还在感念大家的情。岳父年轻时，不仅人长得英俊，还特别聪明，能说会道，家境殷实，家里拥有不少土地，但解放后也因这些土地受了不少罪，挨了不少批斗，没过几天好日子，算是一个苦命的人。

岳父的母亲，是个奇女子，不仅吃苦耐劳，勤俭持家，待人还特别厚道，在抗日战争时期，还曾奋不顾身地救过一名新四军的通信员，村里的人都很尊敬她。

1940年前后，有一次日本鬼子和乡丁在棉花地里追捕新四军的战士，当时我岳父的母亲刚生完女儿，正在坐月子，一个人在家，大门关着，但没有上闩。这时，有一名新四军通信员突然跑进了岳父的家，反手就将大门关上。对岳父的母亲说："大嫂，日本鬼子正在追捕我，请找个隐秘的地方，让我躲一躲吧。"岳父母亲见状，马上带他到柴房，让他钻到稻草堆里藏好。不一会儿，门就被敲得咚咚响，岳父母亲打开门，只见一个乡丁带着一个日本鬼子，恶狠狠地说道："有人跑到你们家没有？赶快交出来，否则搜到就杀你们全家。"岳父母亲看到日本鬼子不怀好意的眼神，就说了一声"没有"，马上端起装着女儿的小摇篮，出门走到了花园里。正准备跨过矮墙到隔壁的刘氏祠堂去时，那个日本鬼子见岳父母亲不理他，顿时火冒三丈，一把夺过小摇篮，倒拎着将岳父母亲的小女儿丢进了花园里的储粪池中。随着一声凄厉的叫声，岳父母亲奋不顾身地跳进了粪池，把小女儿捞了上来，可惜已经被粪水呛死了。为了救一名新四军的通信员，失去了刚出生不久的女儿。

岳父母亲虽然胆识过人，敢与日本鬼子周旋，可她没能顺应历史潮流，在解放前夕还大量地购买土地，一家人省吃俭用节省下来的钱全部都用于收购土地。由于雇了两位长工，土地又多，还好自己一家人都参与劳动生产，按当时评成分的标准，就被评为了富农。尽管曾经救过一名新四军战士，并为此失去了女儿，可照样还是被戴上了"四类分子"的帽子，受到了管制和批斗。后来，由于我岳父很孝顺，怕她年纪大了受不了，就代她戴了"四类分子"的帽子，因此，我岳父就成了"四类分子"并受到了管制，我岳母也因此受到了连累。

刚解放土改时，由于是富农成分，我岳父家里的所有财产就已经被没收了，家里本来就没剩下多少东西，可到了"文化大革命"，更大的灾难来临了。一帮造反派窜入我岳父家，二话不说，再一次将家里洗劫一空，连睡觉的床都被拿走了。我岳父家只好用泥坯砖做床脚，用房间的门板当床板，然后铺上稻草，才有了一个睡觉的地方。我夫人小时候是与她姐姐一起睡觉的，常常第二天早上醒来，才发现肚子上盖着一把稻草，单薄的被子已被她姐姐无意中卷走了。

“四类分子”是社会的最底层，不但要干脏活、累活、重活，还经常出义务工，夏天扫大街，冬天钻阴沟。当时，我的家乡秦屿镇也有一些“四类分子”，一到过年过节，常常会听到街上的高音喇叭广播：“四类分子”带上扫把到公社门前集中。这时，就可看到“四类分子”自带工具立即赶到公社门口，列队等待指示。公社的干部就先训话：“你们要老老实实，接受改造，不许乱说乱动。”训话之后，就会将他们安排到各处打扫卫生、修路，或者疏通下水道去了。那时，我们秦屿镇有条比较大的阴沟，位于当时的秦屿农业大队队部旁边，大半个镇的下水都要从这里通过，经常堵塞，都是这些“四类分子”钻进去疏通的。阴沟中有大量的淤泥，不仅臭气熏天，还散发着毒气，待时间长了就会晕倒。我看到他们一个个浑身沾满了淤泥，像老鼠一样钻进钻出，没有一点人的尊严，很是可怜。

“文化大革命”期间，我岳父作为“四类分子”，也受到了同样的对待，做义工、被批斗都成了家常便饭。我夫人回忆说，当时她最讨厌过节，一般人过节都很高兴，可对她而言过节就相当于过难。他们家一到过节时间，父母就要被人带走，不是去打扫卫生，就是去接受人家的批斗，而且家里也没有什么好吃的。在她幼小的心灵里，留下了一道抹不去的伤痕。

她作为“地富子女”，在各种表格上填“家庭出身”一栏时，都会脸红心跳，生怕被别人看见，那种奇耻大辱的感觉，恐怕今天已少为人知，但那时对我夫人而言却是刻骨铭心的伤痛。

自 1964 年起，我国在中西部地区的 13 个省、自治区进行了一场以战备为指导思想的大规模国防、科技、工业和交通基本设施建设，称为三线建设。

1970 年初，为了支援三线建设，麻城县铁门岗乡组织民兵参加襄渝铁路建设。由于工地离家较远，生活又艰苦，愿意参加的人不多，我大舅哥就报名参加并得到了批准。大舅哥虽然由于家庭成分不好，上不了初中，只有小学毕业文凭，但他生就一个绝顶聪明的头脑，待人谦和，谈吐高雅，见多识广，心地善良，有爱心，尊老爱幼，无不良嗜好，人际关系良好。不仅会写文章，还精通音乐。当时农村买不起钢琴、小提琴之类的高档乐器，但一些便宜常见的乐器，如二胡、板胡、京胡、笛子、三弦琴、口琴等，他样样精通。

盛夏的傍晚，村里人吃完饭后常常围坐在晒谷场，听我大舅哥演奏各种乐器。那如泣如诉的二胡声伴着一轮明月，带着几分坚毅与自强不息，抒发着心中的不平；哀怨而幽愤的笛声，呜呜咽咽，似乎溅着点点泪花；而欢快活泼的口琴声，又像飘来一阵徐徐的清风，让大家陶醉其中，忘了一天劳作的辛苦。

图 1.13　大舅哥和大舅嫂（1971 年）

我大舅哥，其优雅的举止和良好的修养，远近闻名。而且，长得高高的个子，不胖也不瘦，剪着小短发；两道浓眉下一双炯炯有神的大眼，俊美突出的五官，完美的脸型，带着一股灵秀的神采，是个人见人爱的阳光青年，唯一不足的就是家庭成分不好。

我的大舅嫂名叫陶翠娟，当时也在襄渝铁路建设工地，她是个民兵排长，家庭成分是贫农，麻城县铁门岗乡陶园村人，是当地有名的“铁姑娘”，是乡里发展入党的重点培养对象，是妇女主任的人选。她不仅人长得漂亮，而且还非常能干，无论是农活，还是家务活，她都是一把能手。裁剪衣服、绣花、纳鞋底样样精通，甚至还会修皮鞋。

在襄渝铁路建设工地，我大舅哥遇到了大舅嫂，他们俩一见钟情，相互深深地爱着对方。这在当时，可成了重大政治事件，一个贫农的女儿怎么能嫁给富农的儿子？按当时的惯例，“四类分子”的儿子，只能娶“四类分子”的女儿，或者娶个傻瓜、精神病、缺胳膊断腿的残疾人，无论如何也娶不到贫下中农的女儿，也不允许娶贫下中农的女儿。

襄渝铁路工程结束后，他们回到了家乡，我大舅嫂就坚决要求嫁给我的大舅哥。可那时讲究阶级斗争，亲不亲，阶级分。贫农属于半无产阶级，“四类分子”属于阶级敌人，无产阶级怎么能嫁给阶级敌人呢？这件事自然受到了当地一些人的强烈反对，也遭到了女方家里人的强烈抵制。他们联合起来，反复做我大舅嫂的工作，并晓以利害，一旦嫁给我的大舅哥，就变成了“四类分子”的家属，就变成了阶级敌人了，什么入党培养对象、民兵排长、妇女主任等全部都要落空。我大舅嫂的父亲对她说：“你要是嫁给他，我就与你断绝父女关系。”面对各种威胁，可我大舅嫂的决心坚定不移，非我大舅哥不嫁。她对她的父亲说：“你就当没生我这个女儿。”表示了海可枯，石可烂，唯爱永不变的坚定决心。毅然离家出走，投奔到了我大舅哥的家。

当地一些人一看没有办法说服我大舅嫂，于是采取另一种办法，就是不给开结婚介绍信，也不给开结婚证，让你结不成婚。这显然违反了《婚姻法》，严重干涉了婚姻自由。但在“文化大革命”十年动乱时期，这种违法事情比比皆是，不给你发结婚证，你还真没办法。

这个时候，我岳父见识很高，提出先按农村习惯，举行婚礼，把事闹大，然后再考虑领取结婚证的问题。

1972 年 2 月 12 日（农历腊月二十八日），我大舅哥和大舅嫂不顾她娘家人的强烈反对，按当地农村的风俗，在祠堂塆举行了婚礼，并办了酒席。这激怒了当地一些人，当地公社的武装部部长就带了几个民兵，到婚礼现场将我大舅哥和岳父两个人五花大绑，捉到了大队部关了起来。第二天将我岳父放回，并命令他写检讨。我岳父只好写了好几份检讨，在大年初一到处送检讨。我大舅哥被押到了林场强制劳动 1 个月后才被放回来，可没几天又被捉去参加插秧劳动半个月，说是因为我大舅哥不服管教，骂了管教干部。

我大舅哥和大舅嫂结婚以后，一直无法领到结婚证，直至三年后形势有了变化，“文化大革命”即将结束时，才领到了结婚证。

1976 年，“文化大革命”结束后，就放宽了对家庭成分的限制，1977 年恢复高考时，家庭成分不好的人也可以上大学了。我夫人 1976 年初中毕业后，由于家庭成分不好，不准上高中，只好回家帮大人做家务和去建筑工地打小工，看到一些成绩比她差得多的同学背着书包，成群结队地嬉笑着、跳着走在放学路上，而 13 岁的她却穿着沾满水泥的衣服和鞋子，在工地劳累一天后独自回家，不由得产生了极度的自卑心理。她总是选择低着头，假装没看见或者绕道走，尽量避免与同学见面。面对因家庭成分不好而遭受的教育不公，以及对于自己前途命运的悲哀和绝望，虽然表面上装着没事的样子，可内心的悲愤和不平，只有亲身经历过的人才能体会到。好在 1978 年以后，政策变化，家庭成分不好的子女也允许上高中了。她当时的初中班主任余大平老师，是武汉下乡的知青，是比较有见识的老师，一直惦记着她班上成绩最好的学生也就是我夫人，亲自到我夫人家，把可以参加高中考试的好消息告诉了她，并帮助办理了报名手续，这样我夫人才获得了高中入学考试的机会，通过考试重新入学上了高中，并于 1980 年 9 月考上了大学。

1979 年 1 月 11 日，中共中央作出《关于地主、富农分子摘帽问题和地、富子女成分问题的决定》。该《决定》指出，除了极少数坚持反动立场、至今还没有改造好的以外，凡是多年来遵守政府法令、老实劳动、不做坏事的地主、富农分子以及反、坏分子，经过群众评审，县革命委员会批准，一律摘掉帽子，给予农村人民公社社员的待遇。地主、富农家庭出身的农村人民公社社员，成分一律定为公社社员，享有同其他社员一样的待遇。今后，他们在入学、招工、参军、入团、入党和分配工作等方面，主要应看本人的政治表现，不得歧视。地主、富农家庭出身的社员子女，他们的家庭出身应一律为社员，不应再作为地主、富农家庭出身。

这个决定，在今天看来很平常，但是在那个年代，则涉及上千万人的政治生命甚至生存权利，是一件应该载入史册的大事。据统计，1977 年年底全国尚有地主分子 279.7 万人，富农分子 189.5 万人，合计 469.2 万人。至 1980 年年底，全国只剩有地主分子 4 万余人，富农分子 2 万余人。1983 年 7 月到 1984 年 10 月，对最后一批地、富、反、坏分子 79 260 人，进行评审摘帽。《决定》使得全国先后有大约 440 万人被摘掉地主、富农的帽子；有大约 2 000 万人结束了 30 年来备受歧视的生活。数以千万计的地主、富农家庭出身的子女以及子女的子女们，终于从“唯成分论”“血统论”的桎梏中解放出来，重新焕发了生命力。

改革开放后，我大舅哥的聪明才智得到了发挥，他创建了一家建筑公司，成了当地致富的带头人，带领当地农民走向改革开放的主战场，并成为一名光荣的共产党员。如今，我大舅哥和大舅嫂育有一对儿女，女儿从上海交通大学博士毕业后，成了大学教授。儿子从中南财经政法大学毕业后，成了法官。一家人都过上了幸福的生活，回想当年的婚礼，至今还感慨万千。

1.4　初生牛犊

我的外公名叫王尾弟，祖籍在福州长乐，是个船老大，有行船技术，他少言寡语、心地善良、热心助人、性情刚毅。他一生历经磨难，风里来雨里去，靠驾驶木质小帆船搏击风浪，在茫茫大海中捕鱼谋生。他经常在福建沿海一带活动，一次遇上台风，在福鼎县（今福鼎市）台山岛避风时，发现台山岛不仅美丽，而且渔产丰富，后就迁徙到了福鼎县台山岛定居。

我母亲 5 岁那年（1939 年），日本鬼子的飞机经常来岛上空侦察和骚扰，当时福建沿海一带还经常有土匪和海盗活动。一天，有一股“大刀会”的土匪窜到岛上，个个身穿红肚兜，浑身涂满红色颜料，头上戴着高高的帽子，手握一把大刀，口中念念有词，一边喊着“刀枪不入”，一边到处抓人抢东西。人人避之不及，我母亲慌不择路，不知不觉跑到了悬崖边，一不小心就掉下了悬崖，也是上天保佑，命不该绝，正好掉到了悬崖半空突出的一片草丛中，捡回了一条命，否则掉入“万丈深渊”，早就尸骨无存了。

这些海盗还经常劫持渔船，一次我外公出海渔船被海盗劫持。海盗命令所有船员站成一排，伸出双手，看到戴有金戒指的，就把金戒指抢走，没有金戒指的，就一刀砍断手掌。我外公伸出了双手，海盗一看没金戒指，就挥舞大刀，正准备一刀砍下，就在这千钧一发之际，我外公突然推开海盗，猛地跳入了大海，拼命往远处泅水，使劲游回岸边，才捡回了一条人命。但由于那次泅水太深，水压将我外公两个耳膜压坏，致使我外公耳朵一直不太好使，我们跟他说话，都要大声喊，他才能听得见。

鉴于这种情况，我外公认为台山岛不安全，就又迁徙到了秦屿镇积石街伍厝定居。

秦屿刚解放时，福鼎县台山岛还处在国民党的控制之下，故对秦屿周边的沿海管制得比较严。一天我外公驾船出海捕鱼，被秦屿当地巡逻人员截获，从船上搜出了两把笋干，被认为是“资敌”。这显然是冤枉了我外公，渔民出海捕鱼通常都要带些笋干、蘑菇、菜干之类容易保存的干货上船以备日常之需。后来经过我妈的申诉，调查后，总算被证实是误会，我外公被放了出来。但此事被记录在了秦屿派出所的档案中，从此给我们家和外公家均带来了极大的麻烦。后来我哥哥入党、推荐上大学都受到了影响。那个时期，只要有什么大事，如招工、上学、提干、入党什么的，都要经过政审审查“祖宗三代”，每当这时，我外公的这件事就会被翻出来，被当作我外公的历史污点。

小时候，我经常到外公外婆家。记得换乳牙时，我外公拿一根细绳绑住我的牙齿，然后大喊一声“嗨”，同时在我的头顶上一拍，我的牙齿就掉下来了，一点儿也不疼。有一次夏天，太阳大得很，我斗笠什么的都没戴，在停靠海边的一艘小船上钓小鱼。那天鱼还特别多，我不知道这种小鱼的学名叫什么，我们那里的小孩都把它称为“三角鱼”，这种小鱼的背鳍前端长有一根刺，两边腹鳍各长一根刺，共长有三根刺。这些刺都有毒，如果不小心被它刺到，就会疼得要命，我们一般都是用尿来进行消毒，自己或请别人往伤口上尿一泡尿，也不知道有没有科学道理，反正我们那里的小孩都是这种做法。这种鱼特别好钓，也特别多，带上鱼饵的鱼钩一放下去，就有鱼来咬，你就可以提起来，就钓着了。鱼钓起来后，捉它可得小心，要顺着钓鱼线，用三根手指头分别固定住三根刺,然后才能把鱼钩取下来。那天我钓得真起劲，居然忘了回家吃午饭，也没喝水，最终中暑了。头晕得要命，我还以为是晕船，只好回家，躺在竹床上，饭也吃不进。正好我外公来我家，看到后，马上要来一碗盐水让我喝下，然后在我两道眉毛间和脖子上揪了一会儿，出现了两块红斑，过了一会儿，就神奇地好了。

我外公去世时，由于工作忙，我没能回家给他送最后一程，这事我一直感到遗憾。2015 年清明节我回家祭祖时，也到我外公的墓前进行了拜祭，我的舅妈在墓前大声说道：“外公、外婆、舅舅，阿幼弟看你们来了。”“阿幼弟”是我的小名。我也拿着香，在心中默默念道：外公、外婆、舅舅，我来看你们了。当天晚上我住在我弟弟家，半夜感到出奇的寒冷，浑身发抖。我还以为感冒了，可奇怪的是，天亮后我什么事也没有，一点感冒的迹象都没有。我们那里有一个迷信的说法，久别的亲人前去拜墓，如果长辈过于疼爱，就会情不自禁问候你一下，你晚上睡觉就会发冷发烧，我想大概是外公外婆太疼爱我的缘故吧。

人的记忆一般从几岁开始？据说不同的人差别比较大，有些人可以记住 2 岁时的事情，而有些人对 7 岁之前的事情都没有印象。我最早的记忆是：有一年夏天，我外公身穿着棕衣，抱着我，在倾盆大雨中走在齐腰深的水中。然后把我放在一个有很高门槛的房间里，房间里坐满了与我一般大小的小朋友，大家都静静坐着。这个模糊的影像一直伴随着我的一生，我确信不是梦境。

大人们总是说秦屿镇 1958 年的台风有多大多大，哪里房子被吹倒了，又哪里百年大树被连根拔起，船开到街上来了等等，更有甚者说哪里有一块条石被风吹过了墙，说得神乎其神。后来我看了李顺的回忆文章，是这样记载的：

“1958年夏天，一场特大的台风，汹涌的海浪几乎把整个秦屿镇变成了一片汪洋，水位高达一米多，一浪高过一浪。我们家受害尤为严重，房子泡在大水里，只见一只小狗躲在木桶中避难……据当时亲历者郭玉龙同志回忆，12级台风把后岙、石弄门石头砌的海堤全部冲垮，把这一带十余棵直径两三米的大榕树连根拔起。同时，还把60多条帆船刮到了远离本镇数十里的财堡村去。”

1958年夏，这样算来我那时才出生10个月不到，又怎能记住外公身穿棕衣抱我涉水过街的影像呢？令人难以置信。也可能我的那个记忆不是发生在1958年，或者发生在其他时间，或者根本就是个梦境。但，以下的记忆却是千真万确。

“三年困难时期”把大家都饿得够呛，我们街上的许多年轻人就自发地组成一伙一伙的打狗团伙，只要见到街上有狗经过，不管是谁家的狗，也不管是什么样的狗，这伙人就一下子围上去一顿乱棍打死，然后马上背着打死的狗逃之夭夭。这种丑陋行为一直延续到“文化大革命”结束，特别是在“文化大革命”期间尤甚。

这打狗还是技术活，首先在木棍的前端绑上一个铁钩，然后两个人各拿一根这样带铁钩的木棍，见到狗后两个人一前一后将狗钩住，其他三四个人就一哄而上，用木棍或铁棍一阵乱打，不一会儿就可将狗打死，等到狗主人赶到时，他们早就不见踪影了。

我那时还小，不记得是多大年纪，我哥说那是5岁左右的事。我初生牛犊不怕虎，也想跟大孩子们一样去打狗，我不需要那么多人，我一人就行。一天晚上大概7点钟左右，我拿着一根小竹竿就上街了，走着走着就看见前面有一只大黄狗迎面向我走来，机不可失，时不再来，我拿起竹竿就向大黄狗跑去。此时，大黄狗见有人向它跑来，还拿着一根小竹竿，顿时就皱起了鼻头，咧着嘴，露出了两排洁白而又锋利的牙齿。只见那大黄狗后腿微屈，前腿向前伸出，竖立着两只大耳朵，两只黑色的眼睛发着幽幽的凶光，后面还拖着一条扫帚似的尾巴，夹在两条后腿之间，摆出了一副决斗的架势。嘴上发出“呜……呜”低吼声，偶尔还会“汪汪”地咆哮几声。我看着那犀利的眼神，是那么的锐利，那么的凶恶，但我不怕，我勇敢地迎上去，拿起我那小竹竿照着狗头狠狠地抽了它一下。只见大黄狗“汪”一声就冲我而来，我看见那大黄狗比我人还高，龇着锋利的尖牙向我奔来。不好，我不是对手，三十六计走为上计，我转身就跑，可是已经晚了，那只大黄狗在我的屁股上狠狠地咬上了一口。

此时，街上许多大人看到小孩被大黄狗咬了，就纷纷大喊着冲着大黄狗赶过来。我爸听见有人喊“你家孩子被狗咬了”，马上冲我而来，抱起我就上了医院。那医院就离我家不远，原来是地主的住宅，解放后土改时被没收，改成了秦屿中心卫生院（现已搬迁到太姥山镇金灵路城墙顶 22 号，更名为福鼎市第二医院）。

也许是过于紧张的缘故，我居然不觉得疼，到了医院后，当时也没有什么狂犬病疫苗，医生只给我伤口消了毒，上了药，包上了纱布，我爸就抱着我回家了。到家以后，我才感觉到疼痛，我对我爸说，这边也疼，我妈把我裤子一脱，发现还有一个洞没有包扎，还在流着血呐。我爸马上又把我抱到医院去了，想想我爸糊涂，那个医生怎么也这么糊涂。狗咬人，上下牙齿至少应该一对，所以不可能只有一个伤口。这次初生牛犊不怕虎的打狗行为，深深印在了我的记忆之中，至今我的屁股上还留着两个印记。

1.5　苦中作乐

我小时家里生活贫困，记得我们家每日三餐都是稀饭，很少能吃到肉。因长期缺乏营养，我长得面黄肌瘦，个子又瘦小，大家都以为我得了什么病，称我为“黄种”，就像久病之人脸色蜡黄的那种样子。这种情况延续了很长时间，上了中学以后，到街上买东西，人家都还以为我是个小学生。我童年时期的个子一直不高，与同龄人相比矮了不少，上大学后由于营养的改善，还长高了不少，现在回老家与我童年的玩伴相比，反过来还比他们高。

我童年虽然贫困，却像一幅美丽的图画，多姿多彩；充满着阳光，写满了快乐；无忧无虑，天真烂漫；如同一块美玉，洁白无瑕。

小孩子都喜欢结伙玩耍，我也一样。我们小时候通常是按区域结伙的，我们城门兜的小孩大概七八个人一起玩，城门下和横巷头也各有一伙小孩，远的就不说，一般没有什么冲突，但附近的小孩就经常打架，有时还打得头破血流的。为了立于不败之地，小伙伴们经过讨论，认为要有一个基地，建立个作战室、司令部什么的。于是，就在我们家后门的空地上，用木棍、油毡等建了一个小棚子。棚子不是很大，比我们的个头高一点，地上铺上稻草，由于经济不允许没有什么家具，我们就坐在地上开会，研究些作战方案、战略战术什么的，偶尔也会开除一两个人，但也会吸收些新鲜血液，每天忙忙碌碌，日子过得相当充实。

一天突然有人提议，我们必须要有一只战犬，“打仗”的时候它可以冲在最前面，平时还可以保卫我们的司令部。对，这个提议好，大家一致赞成。“这战犬得从小开始培养才好，抓个大的来养不好，不听话，不能要。”一个小朋友这样建议着。“母的也不能要，一定要选一只公的小狗。”大家七嘴八舌地提建议。皇天不负有心人，总算让我们找到了一只小黄狗。这是一只刚出生不久的小黄狗，我们把它养在小棚子里，每天好吃好喝招待着（其实也就是些剩菜剩饭）。小黄狗渐渐长大，大家一心想把它培养成战犬。听说战犬必须身材高大，才能战无不胜，比如德国牧羊犬那样的才好。可这只小黄狗显然不行，怎么办呢?

我家有个表叔，家住在秦屿巨口大队。他家里养了许多猪，小猪出生后，为了让它们长得高大些，小公猪都要进行阉割。那天表叔正好到我们家里来，我就问他怎样才能把我们的小狗养得高高大大的。他提议说把它阉割了就可以长高了。我们马上请他帮忙给小狗做阉割手术，大家七手八脚把小黄狗四肢按住，小黄狗死命地嚎叫，我表叔拿着锋利的尖刀，两只手指捏住小黄狗的睾丸，也不管小黄狗怎么叫，一刀割下去，白色的睾丸就出来了，马上割掉，用同样的方法也把小黄狗另一边的睾丸割除干净，然后涂上锅底灰，就算手术完成了。大家一松手，小黄狗立马就穿过我们家，嚎叫着朝我们家对面的一条小巷跑去，小伙伴们在后面使劲地追，也没能抓住它。我们大家在后面拼命追，小黄狗在前面拼命跑，跑着跑着，就跑到农民的菜地里来了，这时前面出现了个农民储存粪便的池子，上面结了薄薄的一层硬壳，底下是与水差不多稀的粪便。小黄狗不知道这里不能走，就一脚踩上去，只听“咚”一声小黄狗掉到储粪池里面去了，大家一阵紧张，马上把小黄狗给捞上来，抬到不远处的水池里清洗干净，赶快抱回小棚子里来了。经过这么一番折腾，大家生怕小黄狗生病，可还好没几天小黄狗就完全康复了。

小黄狗长得很快，那时正值盛夏季节，我大致 9 岁左右，我们要带小黄狗去洗澡。我们用一根绳子拴住小黄狗的脖子，我牵着绳，小黄狗高兴地朝前奔去。走到“鱼池头”（现金麟路附近）的一个大水塘边，我哥就捉起小黄狗用力向水塘中间扔去，我没注意，还牵着绳子，一下子就跟着掉到水塘中去了。那水塘水还真深，也可能是我个子小，反正掉到水中后，脚够不着底，水马上就淹过了我的头，我两只手朝上拼命挥舞着，正想开口说话，只感觉一股水就顺着喉咙流到肚子里面去了。说时迟，那时快，我哥立即奋不顾身地跳入水中，一把捉住我的一只小手，把我拖上了岸，避免了一场悲剧的发生。不过，后来那只小黄狗还真没有辜负大家的期望，长得又高又壮，比一般狗要高出一个头，我们给它取名“阿豹”，它就像豹子一样勇猛，从此我们老“打胜仗”。

经过这次落水事故后，我认识到了会游泳的重要性，决心要学会游泳。

我们秦屿镇面向大海有两座山，北面的山叫“后岐山”，南面的山叫“岭后山”。民国初年，萨镇冰担任福建省省长，为民做好事，依山修了两条平行相对的海堤，为当地群众解决了台风海潮的灾难危险，人们称之为“萨公堤”。在萨公堤的正中间留有一个 50 米左右宽的出入口，叫作“海堤门”，供刮台风时渔船躲避风浪进出之用。1958年，人民政府又修了一条内堤，避免台风大潮冲击街道和民房，从而形成了一个良好的避风港。在避风港内，风平浪静，倒是游泳的好地方，但由于海水比较浅，退潮比较早，所以我们一般不在这里游泳，而是选择在海堤外岭后山脚下的乌沙角，乌沙角因布满黑沙而得名。这乌沙角有100多米长的沙滩，尽头就是尼姑礁。后岐山岸边与尼姑礁正对的地方有个和尚头，俨然就是太姥山上飞来的一块奇石。和尚头和尼姑礁怪石林立，洞壑交错，美不胜收。

我们秦屿人小时候学游泳都从狗爬式学起，土话叫“爬沙子”。由于海面上有浪，容易呛水，头能抬起来是最关键的，所以先学狗爬式是有一定道理的。小时候我们游泳，都是脱光衣服下水的。把衣服脱下后，找个地势高的地方，然后用石头压着，防止被风吹跑了，或者把脱下的衣服塞到海堤的石缝中。一到夏天，乌沙角和海堤一带就成了男孩子们的天堂，有好多男孩子光着身子跑来跑去；女孩子是不敢到海边来的，否则就会被那帮小孩乱扔石头和泥巴。

有的家长不让小孩去游泳，怕出危险，特别是家里只有一个男孩的家长，就特别担心小孩去游泳。有一个方法可以检验去游泳了没有，用手指在小孩手臂上划一下，如果出现一道白色的痕迹，就是去游泳了，小孩就会招来一顿打。但是，也有一些小孩不怕打，父母就会到海边观察，一旦发现他家小孩的衣服，就会拿走，这小孩就只好捂着下身跑回家，所以衣服必须藏好了才行。父母爱子心切，生怕游泳会出事，是可以理解的，毕竟那是一种有危险的活动，但也使得许多小孩成了旱鸭子。我们家有三个男孩，所以我们父母从来不管我们是否去游泳了。游泳、爬树、跳墙、打架，无论什么危险的事，我都敢干，我的童年充满着欢乐。

我学会游泳没花多长时间。我第一次下水，找了个比较浅的沙滩，两只手着地，两脚不停地打水，尽量让身子浮起来。没用多长时间就学了打水，然后突然两只手向前划动，头就可以露出水面了，这就是狗爬式。我只用了半天时间，就学会了狗爬式，而且还可以向前游个十几米。

当时，衡量一个小孩会不会游泳，有个标准就是能不能游过海堤门。海堤门水深、浪急，而且很容易被海浪打到避风港内，或者被海浪拖到海堤外，这时你就必须绕很远才能游回来。所以，虽然海堤门只有 50 米左右宽，但如果你游不了 100 米，通常是不敢去渡海堤门的。我只用七八天时间，就成功渡过了海堤门，算是学会游泳了。

狗爬式样子太难看了，我忘了从哪里得到了一本怎样学习游泳的小册子，里面介绍了各种游泳的姿势，有蛙泳、仰泳、侧泳、自由式（爬泳）、踩水等等，我就照着书中介绍的方法，反复练习，终于各种姿势融会贯通，随心所欲了。学会了这“十八般武艺”，得有地方施展才华呀，小伙伴们一合计，就开始练习“打水仗”，以防万一有一天“敌人入侵”，也好对付。

我把小伙伴分成两组，让两组之间在海面上相隔一段距离，然后大家潜到海底，从海底挖上一大坨泥巴，放在头顶上，浮上水面后，一只手游泳前进，另一只手就从头上取少量泥巴，用力向对方砸去。“冲啊！冲啊！”边喊边向对方游过去，另一组被我们组的泥巴砸得晕头转向，不一会儿就败下阵来了。

小时候我们喜欢看电影，我们那里有驻军，解放军军营经常放露天电影，那时“军爱民、民拥军”，军民之间的关系可好了。每次放电影解放军都欢迎老百姓来看，什么《南征北战》《地道战》《地雷战》等等可多了。游泳累了的时候，我们就学《地雷战》埋“地雷”玩。在行人经常走动的沙滩上，挖个大坑，然后到海里挖上一堆烂泥，放在大坑中，面上再铺上一层薄薄的沙子，外观一点也看不出这是陷阱，然后我们就躲在远处观察。不久，就见到一个渔民模样的中年男人，肩上扛着一支橹，兴冲冲地走过来，一下子就踩上了我们的“地雷”，整个小腿肚子都陷进去。只见他使劲地拔出腿来，满腿都是泥巴，气得要命，看看四周没什么人，就远处有一群小孩，我想他一定知道这是我们干的，但也没办法，只好到岸边的水潭清洗去了。

冬天到了，我最讨厌冬天，冷得要死，又没有棉衣之类的厚衣服，没有袜子，冷得直发抖，两只脚一天到晚都是麻木的。怎么办呢？我们就玩“坐飞机”游戏，其实根本没有什么飞机可坐，我们那时根本就没见过真飞机，都是从电影上才看到过飞机。我家门前有条街，路面是用“三合土”铺成的，这“三合土”强度挺高，而且比较平整和光滑，跟水泥路面差不多。我们找一块椭圆形的石头，“坐飞机”的人倾斜着用脚蹬住石头，两只手各被两三个人拖住，然后大喊一声“开始”，几个人就拖着这个“坐飞机”的人带着石头往前冲，搞得满街咚咚响，石头在地面上摩擦都冒出了火星。除了“坐飞机”，我们还玩“车轮战”，找一块比较光滑的石头，一共六个人，大家手连手，三个人倾斜着蹬着石头，三个人站立，形成一个车轮一样的圈，然后大喊一声“开始”，三个站立的人，就拖着三个蹬在石头上的人一起旋转，直到转晕倒地为止。有阵子也玩“坐小车”，用一块木板，木板前面挖一个洞，然后插入一根木棍，木棍的前端安有一个滑轮，这样就可以当作方向盘用。木板的后面安一根木棍，木棍的两端各安一个滑轮，实际上就是一辆三轮木板车。玩的时候，一个人坐在三轮车上，其他几个人就在后面拼命往前推，大家都跑得满头大汗。

我家屋后有棵老桑树，也不知道是什么时候种的，长得又高又大，至今我也没见过比我们家那棵还大的桑树。在1955年6月的秦屿镇城门兜大火中，桑树临火一面的树干都被烧成了木炭，后来未烧掉的一面居然顽强地长出新的树皮，而且生长的树皮又包住了整个树干，在树上还形成了一个很大的树冠。我经常一放学，就爬到树上坐着，看着周围的风景。树上还有许多小洞，有些麻雀就在里面做窝，还下了不少蛋。我每天观察，只要它们一下蛋，我就把它偷走，但每次我都留一个在里面。不知道这麻雀是傻子还是不会数数，也不知道换个地方做窝，老赖着不走。

初夏季节，桑树还会长桑葚，又红又大的桑葚好吃极了。我坐在桑树上不停地吃，够得着的地方都吃光了，剩下树梢上的桑葚，我们就用竹竿打下来再吃。这桑树浑身都是宝，叶子、树枝都是中药，我们经常把树枝割下来，再用铡刀切成一片片的，晒干后卖给中药店。经常会有人来讨要桑树的汁，用于治疗小孩的什么病，我们很不情愿，因为要在树干上砍下一大块树皮，把树汁取走后，树干上就留下了一个疤痕，这时我爸就拦着我们，让人家砍。

那年春节刚过，有人给了我们一张纸，纸上密密麻麻布满了一颗颗黑芝麻大小的蚕卵，他对我们说："等春雷一响，蚕就会从这些卵中出来，随后会渐渐长大，变成一条条乳白色的蚕，你们喂它桑叶吃，它就会吐丝，最后又会变成蛾，再产卵给你们。"我们拿到蚕卵后，如获至宝，把它放在一个纸盒中，天天盼望着春雷响。有一天突然响起了春雷，我们立马跑过去一看，可真有一只只小黑虫爬了出来。早春天气还很冷，我们正在担心桑树还没发芽呢，赶快跑到屋后一看桑树，说也奇怪，桑树也开始发芽了，时间怎么会这么凑巧，好像大家都听春雷的号令似的。于是我们赶快摘取桑叶，小心翼翼地饲养了起来。

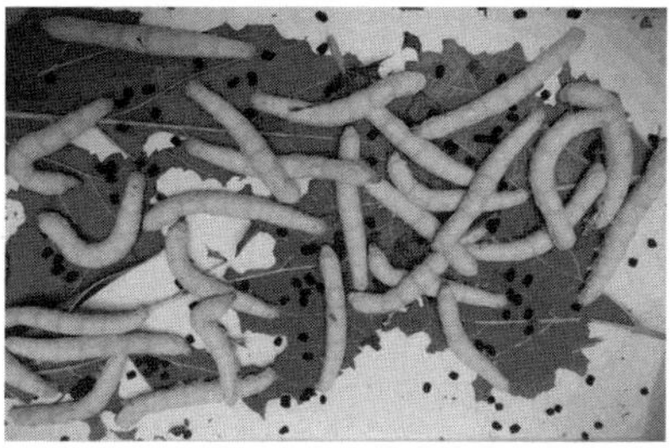

图 1.14　蚕

蚕长得很快，没多长时间就长成了白白胖胖的乳白色虫子。我们听人说，蚕是天虫，是从天上来的，小孩吃了会聪明，我们都深信不疑。我哥就拿出一盒蚕让大家吃，看着一条条蠕动的小虫，与毛毛虫也没有什么区别，小伙伴们都害怕地往后躲，谁也不敢吃。这时，我挺身而出，说："我来吃。"吃蚕有个讲究，就是不能像吃鸡爪一样咬着吃，也不能像吃冰棒那样含着吃，而是要将蚕放在嘴里让它自己爬到喉咙里面去。我按照我哥的吩咐，张开嘴，我哥就挑选了一只最肥的蚕放在我嘴里，让它自动往里爬，可蚕就是不进去，想想也知道，毕竟谁也不会自投罗网。怎么办呢？我就一横心将蚕尽量地往嘴里塞，强制地把它咽下去了。

由于我吃了天虫——蚕，从此我变得"聪明"了（请勿模仿），我的一些邻居和朋友看到我从小就聪明伶俐，都认定是由于吃蚕造成的。有句诗怎么说的："春蚕到死丝方尽，蜡炬成灰泪始干。"形象地说明了蚕一生辛苦劳累、鞠躬尽瘁、死而后已的宿命。天虫把聪明给了我的同时，我也注定逃脱不了要像春蚕一样一生劳累、鞠躬尽瘁、死而后已的宿命。

1.6 物资匮乏

站在我们这个时代，有无数人在自由地怀旧，怀念50多年前那个理想与追求掺杂的公平时代。在很多人眼里，那个时候，人们不需要为房子发愁，不需要为工作担忧，甚至连吃穿用度都是国家一手包办，仿佛就是一个平等的"天堂"。但在另一些经历过那个时代的人眼里，那个时代的关键词又变成了：吃不饱、物资匮乏、住房拥挤、权力的约束。

图 1.15 物资匮乏的票证时代

在新中国建立初期的20世纪50年代，农业基础落后，粮食增产幅度远远赶不上需求增长速度，粮食及一些关系民生的日用品供需矛盾突出，于是国家于1953年对粮食等主要农产品实行了计划收购和计划供应，这就是统购统销政策。1955年，国家粮食部颁发了《市镇粮食定量供应凭证印制使用暂行办法》，人们开始要凭票证来购买粮食了。

那时，人们对粮食的崇拜，一方面源自节俭的传统和对饥饿的恐慌，另一方面也因为国家限量供应的政策。在那个粮食市场尚未开放的年代，有钱也买不到粮食，人们只能用粮票来换购定量的粮食。城镇居民迁徙户口时，有一个特殊的关系叫作“粮油关系”。“粮油关系”最终会落实到具体粮店，关系人只能限定在该粮店购粮食和食油。对于拥有城镇户口的居民来说，“粮油关系”与城镇户口同等重要。倘若居民想到另外一个城市工作，除须办理户口转移手续外，还必须办理“粮油关系”的转移手续。没有“粮油关系”，等同于没法吃饭。每家每户都发一个粮本，用于在指定粮店购买粮食。秦屿镇那时有两个粮店，一个在区公所旁边，另一个在离秦屿中心小学不远的城隍庙里，我们家购粮被指定在区公所旁边的那个粮店。

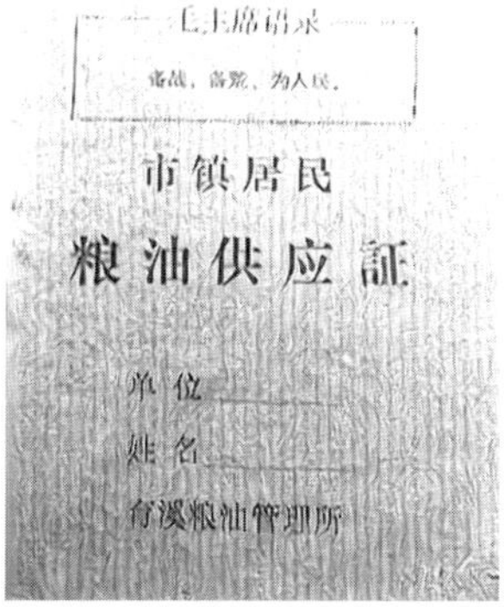

图 1.16　城镇居民购粮用的粮本

那时候，出差要开介绍信，住宿、买火车票、到别的单位办事，都需要介绍信。介绍信的内容包括“姓名、性别、单位、地点，找什么人，办什么事”，然后加盖单位公章。除了办这些必要的通行手续外，还需要将粮本中的粮食定量换成粮票。粮票有地方粮票和全国粮票之分，根据你去的地方兑换不同的粮票，因此粮票就成为当时买粮所必需的“通行证”。

1976 年上半年，我已经上山下乡了，由城镇居民户口变成了农业户口，也就是说没有粮食供应了。当时秦屿正在搞围垦海滩工程，我被调到了秦屿小东门围垦指挥部做板车。指挥部就设在秦屿镇小东门，离我家不远，我就在家里吃饭，我的粮票由秦屿镇分管知青工作的魏朝胜负责。有天中午回家，我突然发现没饭吃了，家里没米了，粮票也吃完了，买不了大米，才发现魏朝胜没及时送粮票来。于是就到处找他，到了下午 2 点钟才找到，赶紧拿了粮票才从粮店买米下锅，否则一家人都跟着我

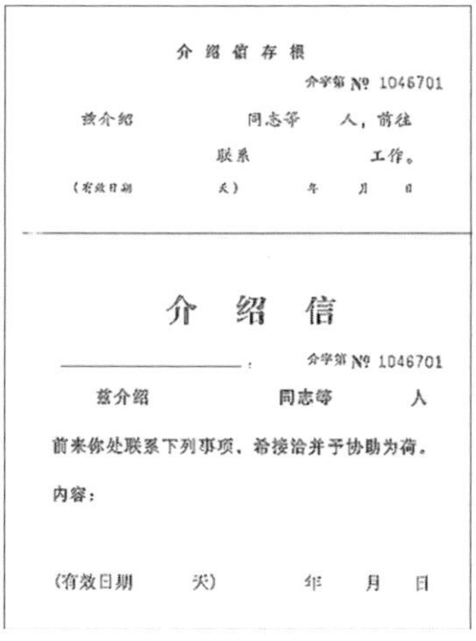

介绍信存根

介字第 № 1046701

兹介绍　　　同志等　　人，前往

联系　　　工作。

（有效日期　　天）　　年　月　日

介绍信

________：　　介字第 № 1046701

兹介绍　　　同志等　　人

前来你处联系下列事项，希接洽并予协助为荷。

内容：

（有效日期　　天）　　年　月　日

图 1.17　出差联系工作所用的介绍信

饿肚子了。

当时，居民物质生活水平不高，因为缺乏副食供应，人们的肚中很难存下油水，有的人家里甚至吃了上顿就惦记下顿。一般人家未到月底，家里的粮食就吃空了，粮票刚好够用，根本攒不下来。这种情况下，被俗称为“粮本”的粮食供应证，和户口本、结婚证变得同等重要，往往被珍藏家中，不能有失。

图 1.18　福建省地方粮票

除了粮票外，布票也是一种很重要的票证，用来购买布匹或布制品。当时，中国对布匹购销实行统一管理以保证布匹按计划供应。1953 年开始实行，由各省、自治区、直辖市商业部门印发。跨地购买时，到指定地点兑换异地通行票证。特供军用的布票由国家统一发放，可在全国通用。布票的单位一般有：1 寸、2 寸、半尺、1 尺、2 尺、5 尺、10 尺等。布票是购物的凭证，本身不含价值，不许买卖流通。

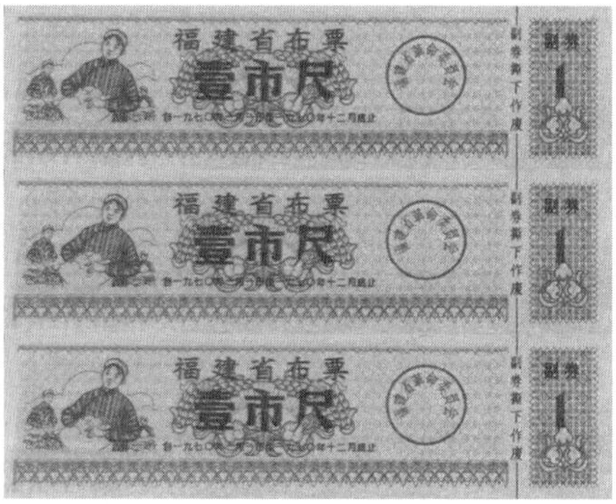

图 1.19　福建省布票

由于物资比较匮乏，为保证人人能买到基本生活用品，政府几乎对所有紧俏物资都采用发票证的办法。买东西时，人民币加票证，缺一不可。当时，票证种类之多，使用范围之广，可能完全超出你的想象。用来购买基本生活用品的有粮、布、油、煤票等；用来购买日用品的有肥皂、卫生纸、火柴票等；用来购买副食品的有鱼、肉、蛋、豆制品票等；用来购买大件的有自行车、缝纫机、电视机票等等等等。还有一些物资，货源时多时少，有季节性，无法固定时间与数量，便采用一种从 1 到 100 连号小票，随时公布，如某年某月用某号票购买苹果一斤等等。无论何种票证，都有一条硬性规定，即过期作废，没有商量余地。

有了各种票证，也不一定能买到商品，因为那时的供应实在太少，根本不够用。我那时多想吃肥肉呀，可是没有，偶尔在稀饭中拌上一点猪油，再滴上几滴酱油，感觉简直就是人间美味了。可猪油和酱油都需要凭票供应的，不是想吃就可以吃的。

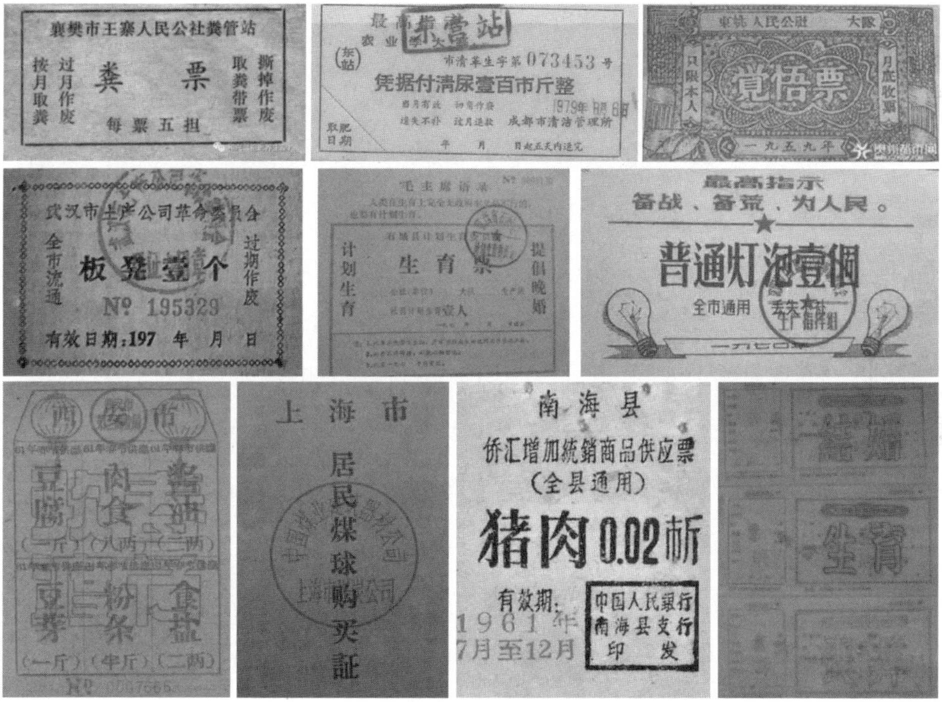

图 1.20　各种离奇的票证

没有肥皂洗衣服、洗头，怎么办？我们家就用皂角代替。有一次我爸买了一些皂角，把它捣烂，然后捏成饼，晒干后就可代替肥皂使用。

现在年轻人也许会问，没有肥皂等商品，为什么不多办些工厂？没有猪肉吃，为什么不多养些猪？这个问题，到现在我也没有完全想通，你说办工厂需要设备和投资，没钱也许办不了。可养猪农民都会养，我们家虽然不是农民，也曾经养过猪，我还记得我和我姐姐一起到后岐山上割猪草的情景。可那时，要“割资本主义的尾巴”，是不能随便养猪的。老百姓即使养了猪，猪也不能自己杀，必须卖给政府，由政府统一定价收购，作为老百姓还是吃不上猪肉。记得小时候我们家养的猪，也都是卖给政府的，政府收购猪时是按猪的肥瘦程度评等级的，越肥等级越高，瘦肉型等级低，不值钱，与现在完全相反。因为那时人们没肉吃，都想吃肥肉。我们家的猪没东西吃，总是瘦巴巴的，所以每次评的等级都很低，后来就不养了。当然，农业生产队集体可以养猪，农民家里也可以养猪，但头数是有严格限制的，多养了就是资本主义，是要被“割尾巴”（被批判）的。那么生产队集体不能多养一些吗？也不行，因为那时是“以粮为纲”，不能随便做别的事。

我上中学时，有一次学校请了秦屿镇税务局局长给我们作报告，他说：“农民的生产能力就这么大，都去干自留地生产自己的东西，集体的活就少干了，集体的产品就少了，所以要割资本主义的尾巴，社会主义才能发达。”我当时猛一听，感觉好像还有点道理，就积极参与公社组织的“割资本主义尾巴”的活动。有一年双抢（七、八月份的抢收、抢种季节），我们就拿着长凳子在秦屿海堤的水闸处，阻拦农民到秦屿镇来卖东西，无论谁都不许通过，要他们回去一心一意搞双抢，不准干私活。这样一来，农民自留地上生产出来的东西也没法卖出去，他们也就不生产了，市面上的商品供应自然就越发紧张了。为了彻底割除资本主义尾巴，有阵子索性将农民的自留地全部给取消了，这样资本主义的尾巴倒是被割除干净了，可我们所需要的商品就更紧缺了。

当时，农业是采用集体化生产，现在的秦屿镇（太姥山镇）政府当时称为秦屿人民公社，现在的乡当时称为生产大队，现在的村当时称为生产队，所有农民都在生产队里劳动。那如何体现“按劳所得”原则呢？采用评工分的办法，比如强劳力工作1天记10工分，体力差一点的就评低一些，依此类推。我们家对面就是农业大队部，每次评工分时，经常看到里面的人在大吵大闹，这个说那个评高了，那个说这个评得不合理等等。在“文化大革命”高峰期，为了突出政治，还加上了所谓的政治分，也就是说某个人虽然体力不行，不会干农活，但毛主席语录学得好，能说会道，也可以评高工分。最可怜的是“四类分子”（地主、富农、反革命、坏分子），根本没有发言权，总是评得最低分。别看大家在评工分时劲头十足，但真正干起活来，却出工不出力，甚至在磨洋工。结果是年终一结算，不但分不了红，许多人还倒欠生产队许多钱。

我父母亲一生饱经沧桑，1955 年的一场大火已经让我们家一贫如洗，但我父母亲都是很要强的人，他们眼光要比常人看得更远，他们不仅要照顾我们一家老小的眼前生活，还要应对我们兄弟一天天长大，应对远远不够住的二间小屋。当时，我父亲每月工资只有 30 来元，要维持一家六口人生活，时常还要买些木料准备盖房子，当时我们的生活之艰辛可想而知。那时候，我们兄弟几个虽未长大成人，但也竭尽全力，贡献我们的绵薄之力。

我小时候，我们家房屋后面有个小菜园，记得我爸曾经在小菜园里种过中药材，在我上初中后，这个小菜园就被秦屿供销社强行征用了，他们派人将小菜园四周砌上了围墙，不让我们进去，经过我们的多次申诉，多年以后才给了我们经济补偿。小菜园被围了以后，我们家就在小菜园的围墙边，搭建了个猪圈，每年都养一两只猪。当时的猪苗是纯种土猪苗，小黑猪或小花猪。本土猪一般要养一年时间，才能养到一百来斤重。记得我和哥哥、姐姐三个人经常利用周末时间到野外挖野菜，或到农民菜地捡丢弃掉的菜叶给猪做饲料。当时小东门至打水岙没有围垦，秦屿南片区一大片海滩地，生长着零星点位分布的海梳草。我们有时就到海滩地去采摘海梳草给猪当饲料。每当夏季干旱季节，总盼望天空能下场大雨，滋润万物，红薯（当地人称为地瓜）藤叶也长得快些，街上卖地瓜藤叶也便宜多了，爸爸就可多买些地瓜藤叶加工成猪饲料，我们就不用去野外挖猪菜了。每到年底我们家把猪养大了，就扛到秦屿食品站宰猪场收购站去卖给他们，得到一些收益以补贴家用。

秦屿滩涂广阔，物产丰饶，退潮以后，三面环海的古镇，便露出了广阔的滩涂。我和我哥哥就经常去“讨小海”。讨小海的种类很多，如捡麦螺、

图 1.21　退潮后的秦屿海滩

拾土蛏（泥螺），还有蛤蜊、海蛏什么的。麦螺样子像特大的麦粒，最好捡，回家后用烧火钳子将螺尾剪断，用葱头油一炒，味道好极了。土蛏也好拾，腌制后味道极佳，只是操作麻烦些，须将土蛏不断地颠簸，去其黏液，然后用盐搅拌，再让它吐掉涎沫，如此反复多遍，最后加上调料密封数日即可食用。在海滩上有时还会遇上海蜈蚣，状如蜈蚣，但是细而长，深藏洞内，往往一拉就会拉出一米来长，剖开来肠子是绿的，洗净以后，无论是炒蛋，还是煮酸菜，都是绝妙的上等菜。记得有一次我和我哥哥在屯头一带的滩涂上，不知是什么原因，那天花螺特别多，我们捉到了整整一小桶，高兴坏了。

讨小海是要看潮水的，每天两次涨潮和退潮，而且每天潮汐的时间都不一样，与月亮的运行周期有关，也就是与农历有关。我们那里的小孩只要知道今天农历是什么日子，就知道该什么时候下海，什么时候回家，每月循环变化。

随着讨小海人数越来越多，近处滩涂的海产早就被人捡光了，要去远处滩涂才会有好的收成。当时秦屿小东门海堤还没建成，与小东门隔海相望的打水奥那片滩涂由于路途较远，去的人比较少，我们决定去那里。

去打水奥要沿着当时的海岸边绕一圈，大致需要 1 小时左右时间。算好退潮时间，再打上 1 小时的提前量，走到那里后，正好退潮，就可以跟着潮水下海，往往可以得到比较好的收成。但就是来回要多走 2 小时左右的时间，再加上讨小海的时间通常需要 3 ～ 4 小时，合计就需要 5 ～ 6 小时。记得有一次盛夏，午后 2 点钟左右，我们迈着疲惫的步伐，走在回家的路上，头顶着大太阳，肚子饿得咕咕叫，没吃没喝，感觉每迈出一步都十分艰难。

不久，打水奥滩涂的海产也基本枯竭了，我们决定去更远的地方。文渡离我们家有近 2 小时的路程，我们决定去那里。这次路途太远，必须带上干粮。我和我哥两个自己动手做干粮，准备出发的前一天晚上，我们用面粉加少量红糖和适量水搅拌均匀后，放在锅里烤成软饼，用塑料布包好后，挂在腰上。那天一路上还算顺利，正当中午时分，我们正在专心拾土蛭时，突然天气大变，只见四周的黑云一阵阵压过来，乌云笼罩着天空，眼前一片昏暗，只在闪电时才有一线亮光，扫去昏暗带来的沉闷。但闪电以后，是隆隆的雷声，那雷声好像从头上滚过，然后重重地一响，炸了开来，好吓人呀！我们没地方可躲，只能站在原地，雨点顿时落了下来，好大的雨点，顺着风势，斜斜地打在我们的身上。骤然间，雨点变得非常密集，视野中的海岸和树木，隐入茫茫的水雾中。约半小时后，雨停了，云散了，海岸和树木似乎没什么两样，只是与雨前不同，一片清新，土蛭纷纷地往上冒，多极了，正好应了那首民谣“日头出出雨沥沥，和尚背仔拾土蛭”（福州方言），我们捉了满满的两大桶，爬上了岸，洗干净脚上的泥巴准备回家。此时，虽然全身都淋湿了，但我们用塑料布包裹的干粮无恙。我们找了块大石头，坐下来开始吃我们昨夜烤的软饼，那个好吃呀，简直就是天下第一美味，至今还印象深刻。

在春夏交替的季节，我们那里人时兴捉泥鳅，那时水田刚被犁过，还没开始插秧，好多泥鳅都集中在水田里的小水沟中。我们用一根 1.5 米左右长的木棍，在木棍的一端用竹片卷成一个小圆圈，固定好后就制成了一个赶泥鳅用的工具。捉泥鳅时，一只手提着簸箕放入水沟中，另一只手握着这个工具，从距离簸箕约 1 米开外的地方开始使劲拍打水面和泥土，然后慢慢移向簸箕，泥鳅受到惊吓后就往前窜，直到窜到簸箕中，提起簸箕就可以捉到很多泥鳅。

我邻居有个叫林祖泽的小伙伴，是我的小学同班同学，也是九牧林氏家族的，他比我小一个辈分，我们经常在一起玩，也一起捉泥鳅。我每次捉到的泥鳅都比他多许多，有一次我捉到了 9 斤多泥鳅，可他才捉到 1 斤多。他家里人就叫他捉泥鳅时跟着我，我到哪里，他也跟到哪里，可捉到的泥鳅还是没有我多，看样子捉泥鳅还是有点窍门的。

俗话说“开门七件事，柴米油盐酱醋茶”，柴摆在日常生活必需品的首位。秦屿那个地方没有煤，更没有天然气，那时做饭都是用柴火。柴火，要么用钱买，要么自己去砍。那时正值“文化大革命”期间，太姥山没人看管，任何人都可以上山砍柴。每天上山砍柴的人多达数百人，上山的路上人来人往热闹非凡。更有甚者，浙江平阳县那边来了一帮人，以砍柴为生，最缺德的是他们放火烧山，有一次太姥山上的火烧了一个多月才停止，烧毁了大片森林。经过火烧的树木都死了，不仅重量变轻，而且容易点燃，作为柴火最合适不过了。看到这么多人都去砍柴，我和我哥也决定去。

我哥大我 4 岁，劲比较大，可以爬得高一些，砍到比较优质的柴火，比如已经枯死的树木等，挑回来就可以用。我哥一般是凌晨两三点钟出发，带上干粮，一般要上到国兴寺以上的高度，爬过“三伏腰”（太姥山景点）、穿过“七星洞”（太姥山景点），再上到“九鲤朝天”（太姥山景点）以上的陡坡，才有柴火砍。当时挑柴用的工具是用圆竹做的，叫作“枪担”，有时直接用砍来的木头做挑担用。当时上山砍柴火，脚穿稻草编成的草鞋，腰间绑着插刀鞘，插刀鞘上插着砍柴刀。挑柴下山时，左手撑着撑杖，右手扶着“枪担”，沿着陡坡一步一撑下来。往往左边是万丈深渊，右边是悬崖峭壁，一不小心就会坠落崖下，粉身碎骨，可谓异常艰险，一般下午四五点钟才能回到家。

太姥山那时没有公路，山路很陡，拐弯也很急，时常有雾，起大雾的时候就只能看见脚下的一块地方，其余都是一片雾蒙蒙的，相当危险。最怕的是下雪，虽然秦屿镇这个地方很少下雪，但太姥山海拔高是经常下雪的，一旦下雪路滑就更危险了。

我年纪小，没多大劲，通常早上五六点出发，也要带上干粮，一般就爬到太姥山半山腰国兴寺一带，割一些铁芒萁草回家，大概下午四五点钟可到家。铁芒萁草比较好烧，太姥山上有很多，一般有一两尺高，有的长得更高，成片成片的。但由于我们所爬的山不高，我们到达的地方早就被人家割过好几遍了，好在铁芒萁草长得快，割了马上又长出来，但就是长的时间太短没有那么高了，只能一点一点割。割完后照样扎成两捆，中间插上一根“枪担”，然后挑回家。我爸有空时，担心我累着，经常会跑到半路上接我。

这里，特别要感谢一个大善人，在太姥山半山腰通往山顶的必经之路旁，有个叫“阿侯爸”的老人，在那里结了个草房，门口摆着一只大缸，引来山泉，供来往众人饮用。但凡去太姥山砍过柴的人，无人不知这个“阿侯爸”。“阿侯爸”草房成了太姥山的标志性地名，凡是经过的人，通常都要在那里歇歇脚，喝点水，然后再出发。

经过这么多人每天不停地烧山、砍柴，太姥山的森林资源受到了严重的破坏。最让大家感到可惜的是，太姥山摩霄庵正门前有棵铁杉树，有上千年的树龄，树高有 40 多米，直径有 4 米多，树干底部需要七八个大人才能合围，是太姥山上最高最粗的树。树干笔直挺拔，远远看去宛如一支插在太姥山山峰上的大毛笔，树顶部高过太姥山的最高峰——覆鼎峰。当年，渔船在秦川湾姆屿岛外围都能看到，被当地渔民当作行船标志。由于当时的秦屿公社革命委员会决定要盖公社大楼,缺少木材,竟下令砍伐这棵树用于兴建公社大楼。执行砍伐任务的是个秦屿镇人，他在砍树前，首先点上三炷香，向树神祷告：“大神上天，小神走边，上级命令，不是我迁。”（几年以后，秦屿供销社要我们家搬迁，供销社也是请这个人来砍掉我们心爱的大桑树，砍树前同样也是烧香祷告半天。）白云寺住持品海法师想阻止他们砍树，但阻止不了，赶去宁德地区找领导，等领导下达停止砍树命令时，树都已经砍倒了。从此太姥山失去一个最能见证历史的宝贝，这是全体秦屿人心中永久的痛，是太姥山无法弥补的损失。

终于有一天，上级领导部门认识到了绿化的重要性，下令封山育林，成立了太姥山林场，禁止一切砍柴和割草行为，并进行了飞机播种后，太姥山才开始慢慢恢复生机。

太姥山不能砍柴了，我和我姐姐也曾经去我表叔所在的巨口大队割过草，那些草长在山坡上，倒是不少，但都是野草，什么都有，有些草还有许多刺，不太好烧，怎么办呢？我们改用稻谷壳做饭，也就是烧稻谷壳。

我爸用木板做了个风箱，在灶的底部安了个箅子，做饭时先用纸张或易燃的树枝什么的点着火，然后一边拉动风箱往里鼓风，一边往灶里撒稻谷壳，烧到一定程度，谷壳灰太多了，就用铁钩子把最底层烧尽了的谷壳灰掏出来，然后再继续烧。总体来说烧稻谷壳还是比较好烧的，火力也比较好，可就是需要不停地往里鼓风和撒稻谷壳，一旦停止鼓风，就没火了。这无疑增加了我妈做饭的工作量，她一边烧火，一边做菜，经常忙不过来，这时我就经常帮她烧火。我妈最喜欢我烧火，别人她都看不上，因为我知道怎样把火烧在锅底的中间，而且做到连续不断。我总结的经验是：往里撒稻谷壳时，要做到少和勤，也就是说每次不要撒太多，薄薄一点容易燃烧，同时要勤快，不停地往里撒，这样火力不仅连续不断，而且又省稻谷壳。

大家都一阵风地用稻谷壳，就让稻谷壳的资源变得紧张起来了。我家门前马路的对面是个农业大队，他们在后面开了个碾米厂，有稻谷壳卖。许多人都想买，没等稻谷壳出来就被人抢走了，没办法，我就只好拿着箩筐站在碾米机后面接稻谷壳。稻谷壳是靠风吹出来的，那个灰尘大得吓人，我强忍着站在那里，等我的箩筐装满了才出来。每次去买稻谷壳，从头到脚全是灰尘不说，更要命的是两个鼻孔都塞满了灰尘，那时也没有口罩防护什么的，只能忍着。

不久，农业大队碾米厂的稻谷壳越来越紧张了，而且价格也提高了。我和我姐姐就到距离我家十几里地的巨口大队和更远一点的才堡大队碾米厂买稻谷壳，我那时小学还没毕业，个子又小，估计体重也就是 50 来斤，但自尊心极强。一次我正气喘吁吁地挑着一担 40 多斤重的稻谷壳走在回家的路上，两个过路的年轻人看见后，一个就问另一个说："这担稻谷壳有多重？""大致 20 来斤吧。"另一个人回答着。我听见后，很是生气，"我明明过秤的，40 多斤！"我生气地回了他们一句。他们听后大笑着说道："这么小的人也会争强好胜。"我也不知道，我为什么这么小就有了争强好胜的精神。

我不仅从小就具备了争强好胜的精神，而且早早地就接受了商品经济的熏陶。我舅公是个开小商店的，我也拿了个小桌子在边上卖东西。我卖的东西有桃子、李子和"猫咪瓜"等。我不知道"猫咪瓜"的正式学名叫什么，外观就像黄瓜，但比黄瓜大得多，比大人的上臂都粗，长有 1 尺左右。一根"猫咪瓜"一个人吃不完，通常都是切成几瓣来卖。当然，我的那些小伙伴们，每天都会来照顾我的生意。

我们家曾经卖过粿。粿分为甜粿和咸粿两种，制作时，用石磨将粳米磨成米浆装进布袋里，然后用大石头压着，挤出部分水分，加压呈糊状。然后在蒸笼里铺上一层宽大的良姜叶或棉纱布备用。如果是做甜粿，就把米浆加适量红糖揉匀，在上面撒上红枣，放入蒸笼蒸熟。如果是做咸粿，就把米浆加适量葱头油、盐、味精揉匀，放入蒸笼蒸熟。这种粿为太姥山镇特有，我爸妈负责制作，我负责在街上卖，生意还特别好。

图 1.22　太姥山甜粿

"文革"前，我们小学有篇课文，至今我还记得很清楚："房前屋后，种瓜种豆，种瓜得瓜，种豆得豆。"随着年龄的增长，我有了一些个人的需求，想买一些书啦，买一些工具啦什么的。那时，母鸡被称为"小银行"。鸡蛋是很贵重的食品，只有在过生日时，才能煮上一个鸡蛋给我吃。在离我们家不远的街上，就有一家供销社开的店收购鸡蛋，有多少鸡蛋他们都收购，多多益善。于是，我们就受这篇课文的影响开始养鸡了。我们养鸡不是自己用鸡蛋孵的，我们没有这么多的鸡蛋，也没有孵化的技术，而是从街上购买人家刚孵化出来的小鸡来养，一次通常买十几只小鸡，但成活率不高，每次都要死掉好多。平常最怕鸡瘟，一旦有鸡瘟，几乎会全部死光。通过不懈的努力，我总算有了几只会下蛋的母鸡。下了蛋也舍不得吃，集中起来换成钱。此外，我还经常去海边捡一些人家扔掉的麻绳啦，棕绳啦，破铜烂铁啦什么的，废品站都收购。这无形之中培养了我商品经济的观念。

终于有了一点自己可以支配的钱了，不知道为什么我当时对一些未知的知识特别感兴趣，比如天上为什么会有星星，太阳为什么会发光，天上为什么会下雨，为什么海洋是蓝色的，等等。于是，我一有钱就去买《十万个为什么》书看。

《十万个为什么》第二版由少年儿童出版社出版，按学科门类分为 14 册，数学 1 册、物理 2 册、化学 2 册、天文 1 册、气象 1 册、自然地理 1 册、动物 2 册、植物 2 册、生理卫生 2 册，每册大约有 150 ~ 200 个“为什么”。《十万个为什么》让我增加了许许多多的知识，它让我认识到世界是那么丰富多彩，让我明白了很多道理，它是一位无声的老师，给了我无穷的知识，我太喜欢《十万个为什么》了。后来，我自己编著的《水泥“十万”个为什么》（1 ~ 10 卷），还得了“湖北 70 年优秀科普作品奖”，就是受到此书的影响。此外，我还购买了《木工基础知识》，为日后上山下乡时干木工活打下了基础。

除此之外，我们家还卖过油条和油饼。我爸妈前一天晚上和好面，第二天早晨早早起来开始炸，我负责在门前的街上卖，每根 2 分钱，很多人来买。这炸油条的技术是我妈的舅舅教的，他是个厨师。我们家的油条质量特别好，又粗又大，特别实惠，所以顾客也比较多。除了油条外，还炸油饼，油饼是用米浆做的，炸完后中间鼓起来，圆圆的，非常好吃。

可好景不长，“割资本主义尾巴”来了。一天我在我们家门口卖油条，来了一伙人，手臂上戴着红袖章，我一见觉得大事不妙，想赶快把油条拿回家，可已经来不及了，被他们拦下。他们自称是市场管委会的，然后就马上大声嚷开了："油条变卖了，油条变卖了。"立即围过来很多人，原本我是卖 2 分钱 1 根，他们就卖 1 分钱 1 根，不一会儿就卖光了。不过他们还算有几分良心，看我是小孩，就把变卖所得的钱都还给了我，走时还特别交代，以后不准再卖了。从此，我再也做不了这些小生意了，再也不能卖这些小东西了。但我也长大了，上了中学，结束了我的苦乐童年。

我的童年就是在这样既艰苦又充满欢乐的环境中度过。

我的童年是艰苦的，但苦难磨炼了我，使我具备了刚强的性格；我的童年是欢乐的，它的韵味将永远留在我心中。时光匆匆，岁月悠悠，童年发生的每一件趣事，都已融进了我记忆的梦里。

我的童年是一幅画，画里有我五彩缤纷的生活；我的童年是一首歌，歌里有我的幸福和艰辛；我的童年是五味瓶，装满了酸甜苦辣咸；我的童年是一个梦，梦里有我的欢乐和甜蜜！

第2章　我的小学

2.1　文昌阁启蒙

在福建省美丽的风景旅游景区太姥山境内，有一所学校——秦屿中心小学。1964年2月至1970年12月，我就在这所小学读书。我小时候的记忆，大多和这所学校有关。从入学那天算起，距今已经59年了，半个多世纪过去了，可我对这所小学的情怀不但没有减少，反而愈加地弥深。

秦屿中心小学历史悠久。据史料记载，清乾隆年间，政府倡导举办书院，福鼎书院之风开始盛行。清乾隆六年（1741），秦屿乡绅王霞春会同举人王锡龄，在太姥山镇积石山北面龙门峡创办了龙门书院。书院用茅草盖顶，土坯围墙，极其简陋。后来经过多年艰苦办学，该院移教于清嘉庆十五年（1810）由王锡龄、黄钟瑜等人创建的文昌阁内。清光绪三十一年（1905），政府废除书院制，改设学堂，第二年春，福鼎知县黄鼎翰下令将龙门书院改设为初等小学堂，并由秦屿巡检陆曾荣协同地方乡绅王秉煊、王捷魁、陈孔焕等人筹资办学。宣统年间，学堂屡次遭受匪徒捣毁，经校长周梦庄筹资修缮，才恢复办学。民国十七年（1928），改称县立秦屿中心小学。1938年更名为“秦屿中心小学”，迄今已有282年的历史。

文昌阁建筑为四合院加一天井，为木质砖瓦结构，坐南向北，抬梁式，硬山顶。面阔五间，进深四柱。左右为两厢，两两对称。前为二层楼房，铺设木板，窗明几净。建筑面积达200多平方米。建国后，其建筑一直是秦屿

图 2.1　秦屿中心小学内的文昌阁

中心小学的办学旧址。文昌阁先后成为秦屿中心小学的礼堂、教室、阅览室、育德室和图书馆。

我上小学时的文昌阁，中厅没有大门，在中厅正中有个台子，前面也没有花草，是个由三合土筑成的天井，给学生提供一个活动的场所。天井两边和前面均建有二层楼的木质房屋，前边正对着文昌阁的木质楼房一层正中留着一个 3 米多宽的出入口，走出此出入口就有一条道路直通学校大门。校门建在正北方向上，高约 4 米，造型古朴端庄，校门上面刻着“秦屿中心小学”六个大字。

图 2.2　秦屿中心小学校舍（1949 年）

1954 年，学校的学生增多了，校园向北面扩展，在图 2.2 校舍的基础上又盖了几间木质结构的平房作为教室。开辟了一个小操场，搭建两个简陋的篮球架作为篮球场，操场中央铺设一条石头小路，是走向校门口的通道。在这通道的右边是个篮球场，左边是个操场，操场的正中有个主席台，主席台后面有一根旗杆，全校师生集中早操、升国旗或开大会时，就在这个操场上。

2006 年，文昌阁因年久失修，终在“桑美”台风中坍塌。为抢救历史文物，维护文昌阁悠久厚重的文化遗产，学校以校庆为契机，重建了文昌阁。

图 2.3　秦屿中心小学南校区（2020 年）

2015 年，我故地重游，追思往日的时光。地方还是老地方，但大门由原来向北开改成了向西开，原来东西两大块校园已合二为一，周边的道路已完全不是原来的模样。跨进大门，眼前有一个宽广的广场，广场左边建有一座高大的教学楼，广场右前方有重建的文昌阁，院内的场景完全不是当年的模样。那一瞬间，我突然有了做梦的感觉——这是当年我上过的那所小学吗？是当年的那个地方吗？看着整齐的院落和高大的楼房，听着陌生人讲话的声音，不禁感慨万千！而今的秦屿中心小学更不可同日而语，在太姥山镇的南边又建有一个拥有先进教学设备和华丽大楼的秦屿中心小学南校区。

至今我依然记得第一天上学的情形，那是 1964 年 2 月，我妈非常郑重地给我穿上新衣服，打扮得干干净净，给我煮了两个鸡蛋，还用颜料将蛋壳染成了红色，放在我的小书包中，然后送我到学校。我非常高兴去上学，因为在这之前就有几个比我大一点的邻居小孩上学了，看他们去上学的样子，我十分羡慕，所以我也吵着要上学。那时由于我还未满 7 周岁，所以我上了半年学前班。我上学的第一个班主任名叫陈爱弟，是个漂亮的女老师，30 来岁，留着一头短发，走起路来风风火火，显得很能干的样子，给我留下了深刻的印象。我的老师把我接到后，就领着我向文昌阁走去，文昌阁正厅中间有个台子，台子的正上方挂着毛主席的像，台子两边有台阶。她把我领到台子上面，台子上面摆了几排小凳子，让我们坐在上面。我看了一下，大致有十来个与我一样大小的小孩。我一只手一直摸着书包中的两个红鸡蛋，想吃但又不敢拿出来吃。我不记得老师给我们说了什么话，过了一会儿，就领着我们走到大门口对面一个院落里。这院落主要是老师们的宿舍和食堂，但也有几间教室，我们的教室是在最里头的一间。我到达教室后一看，教室里已经坐着三十来个小朋友，而且还有一位女老师，我忘了她叫什么名字。我们坐下后，老师就给我们每个人发了两颗糖和书本，从此开始了我的求学之路。

我小学一年级的教室是在文昌阁前面的一排教室里，这教室是单层的木质结构，连排着三个教室，每个教室有学生 50 多个人，三个班都是一年级的。这排教室的走向是垂直于校内道路的，这排教室的右边是操场，左边是文昌阁，我的教室是最靠近道路的那一间。所以，我估计我们一年级的学生大致有 150 多人。我记得当时我们学习的课程有语文和算术，印象最深的是学习汉语拼音，是班主任陈爱弟老师教我们的，那琅琅的拼读声在我脑海里回旋至今。

1963 年毛主席发布了一项“工业学大庆，农业学大寨，全国学人民解放军”的指示，在全国掀起了一场农业学大寨的运动。大寨是山西省昔阳县大寨公社的一个大队，原本是一个贫穷的小山村，农业合作化后，社员们开山凿坡，修造梯田，战天斗地，艰苦奋斗，治山治水，使粮食亩产增长了 7 倍，一度成为中国政治版图上的重要地标。1966 年春夏交接时节，是我上小学二年级的时候，我那时 9 岁。在农业学大寨号召下，秦屿镇开始了规模浩大的后岐海堤建造工程。这段海堤位于秦屿镇后岐村附近，堤内面积 124.52 平方公里。海堤总长 1.79 公里，其中水闸长 46 米，砌石护坡 1.74 公里。堤顶高程 13.2 米，平均堤高 6.7 米，堤顶宽 4 米。在堤顶上还砌有宽 0.86 米、高 1 米的防浪墙。工程首先要求在海滩上铺一层石子，然后在大堤两侧砌上大石头，中间填上泥土，那时没有施工机械，全靠肩挑人扛。各行各业都被动员起来了，参与业余劳动，连我们小学二年级的学生也被派到了工地，参与挑石头。我们与大人们一样，要把水井头开山放炮炸下来的石头挑到海堤位置铺海滩，估计有二三公里的距离。这是我平生第一次挑东西，两个簸箕，一根扁担，簸箕里放着几块小石头。由于掌握不了平衡，挑起来后身体一直前倾，只能朝前直奔，沿着海岸边上的一条小路一路向前奔去，宛如百米赛跑一般。旁边的大人们看到后直笑着说,这小孩跑得还真快。我把小石头挑到海滩工地后，工地上有几个专门负责填海滩的民工，有一个民工把我的装着小石头的簸箕接了过去，然后倒在了海滩里。接着，我回头又去挑下一趟小石头了。

1963 年 3 月 5 日，毛主席“向雷锋同志学习”的题词在《人民日报》发表，在此后的几十年中，雷锋精神也就成为全心全意为人民服务精神的代名词。雷锋成为全国人民学习的榜样。同样，我们小学自然也少不了开展学雷锋活动，当时人人都会唱“学习雷锋，好榜样，忠于革命，忠于党”的歌曲，但光唱歌还不够，必须要有实际行动，怎么行动呢？比如拾金不昧，今天捡到 1 分钱，明天捡到 1 个纽扣什么的，都交给老师。经常在放晚学后，轮流扛着防火宣传牌，走街串巷，进行防火宣传。还有就是帮助“五保户”挑水，为“五保户”洗衣服，买东西，扶老人过马路，大同学为小同学缝扣子等，这些都是不错的做法，但有个问题，街上没有那么多的钱和纽扣可捡，“五保户”也没几户，不需要那么多人挑水，怎么办呢？最简单的做法就是上街打扫马路，于是我们每天早晨天还没亮就拿起扫把到街上到处乱扫，那么多的小学生人手一把扫把，在街上到处乱舞，想想那个场面有多壮观，反正你要想上街最好避开这个时段。

在我上小学三年级之前，尽管学校也经常组织大家参加各种活动，但教学还是正规的，我们也学到了不少东西，特别是汉语拼音的学习，为我们打下了坚实的基础。

2.2 破“四旧”

1966 年 5 月，在我即将完成小学二年级的学习之际，中共中央召开了政治局扩大会议，同年 8 月召开了党的八届十一中全会，先后通过了《中共中央通知》（简称“五一六通知”）和《中共中央关于无产阶级文化大革命的决定》（简称“十六条”）。从此，中国开始了“文化大革命”的十年内乱。全国所有学校的正常教学秩序完全被打乱，学生停课，教师被批斗。我们小学也一样，“文化大革命”刚开始的一年多的时间里，除了学习毛主席语录和“老三篇”（《为人民服务》《纪念白求恩》《愚公移山》）外，其他文化知识一律不学。

1966 年 6 月 1 日，《人民日报》社论《横扫一切牛鬼蛇神》，提出“破除几千年来一切剥削阶级所造成的毒害人民的旧思想、旧文化、旧风俗、旧习惯”的口号，即所谓的“破四旧”。

红卫兵（大、中学生成立的群众组织）成了破除“四旧”的先锋，“破四旧”运动在全国各地轰轰烈烈地开展起来了，但随后就发展为抄家、打人、砸物，暴力行为成风。

我的家乡秦屿镇虽地处福建边远海边，但也同样燃起了“文化大革命”的熊熊烈火。《中共中央关于无产阶级文化大革命的决定》传到秦屿后，工作组立即组织大家学习文件，并组织人到农村去宣传。福鼎四中的学生们立即成立了红卫兵和造反队，凡出身地（主）、富（农）、反（革命）、坏（分子）、右（派）家庭的所谓“黑五类”的同学都不能参加这一组织。红卫兵戴着袖章，举着红旗，到处抄家，把被定为“封、资、修”或“牛鬼蛇神”的人抓起来，挂牌子，戴高帽，游街示众。这些过激行为，严重伤害了许多不应该受到伤害的人。尤其令人心痛的是，红卫兵、造反派还将从民间查抄来的一些珍贵字画、书刊、器皿、饰物、古物等统统投入火堆化为灰烬，使许多珍贵的文物遭受了严重的破坏。红卫兵又去太姥山摩霄庵和冷城灵峰寺“破四旧”，半夜包围了这两座寺庙，拂晓时便冲了进去，砸佛像，烧经书，把和尚抓去游街。“文革”动乱，毁了多少珍贵文物是今天既无法估量，更无法弥补的！

我那时还小，只有 9 岁，正在上小学三年级，没有能力去“打、砸、抢”，但喜欢看热闹，哪里热闹就跟到那里。我老家的房子位于秦屿供销社的隔壁，是当时秦屿镇的中心地带，许多重要活动一般都在这个地方举行。我看到红卫兵捉到和尚后，让他们排成一排站在供销社的门前大街上，强迫他们一边敲着木鱼一边不停地念着“肉好吃，鱼好吃”。那些僧人当时痛苦的神情，至今回想起来还记忆犹新，令人心碎。

各个寺庙中的菩萨偶像，泥塑的当场就捣毁了，木头制作的菩萨就剥光衣服，用绳子捆住脖子，然后都拖到供销社对面的秦屿农业大队门前示众。而这些木制菩萨示众三天后，就一把火全部被烧掉了。

我父亲在秦屿医院工作，当时的医院是利用地主的住宅改建的，就在我家隔壁不远，从我家后门过去，只有 20 ~ 30 米距离，我们经常在那里玩。由于是地主的住宅，所以梁、柱子等地方有许多精美的木雕，有仙鹤、松鼠、梅花鹿等等。“破四旧”一来，这些精美的木雕统统都被铲除干净，实在是可惜。

当时，秦屿医院有位德高望重的老中医，也是我们林氏家族的，与我父亲同辈分，但年龄比我父亲大，名叫林以炽，字兆盛，号谷田，笔名老华。生于 1898 年，卒于 1970 年。谷田先生年幼聪慧，专攻诗书，后致力于医学，擅治天花及麻疹。业余爱好诗、书、画、篆刻，喜存书。秦屿后岐临水宫大型壁画等，均出自先生之手。我小时候，经常在父亲工作的医院玩，当时谷田先生已接近70岁，满头白发，留着长长的白色胡须，手里拿着铜制的水烟斗，脸上堆满笑容。我经常在他身边钻来钻去，他也不嫌烦，是个非常慈祥的老人。

“文化大革命”开始后，谷田先生受到迫害，家中旧医学经典、名人书画集等数百本书籍悉数被缴，并被定为反动文人，行动受到管制。1966 年冬天一个特别寒冷的早晨，寒风呼呼地吹着，吹到脸上如同刀割一样疼，我看见谷田先生在几个红卫兵的监督下，在我家对面的一个小巷里，用他已冻得麻木的手艰难地在墙上写着“阶级斗争要年年讲，月月讲，天天讲”的标语，标语写得很大很长，大致有几十米长。我看着他冻得瑟瑟发抖的年迈身躯，心中不是滋味，但也无能为力。

1970 年，谷田先生因身心遭受严重刺激而引发了各种疾病，直到病危时，才准予从“学习班”回到家中，他这才获知自己患了食道癌，且已是晚期，只剩下两三个月的时光。“破四旧”搜走了他数百本书籍，他虽感可惜，但还能忍受，唯独对收缴的那本《九牧堂秦屿林氏宗谱》，他一直耿耿于怀，病情恶化之时还念念不忘林氏宗谱。可当时的秦屿镇数百个林氏家庭中的林氏宗谱都已经被红卫兵收缴一空，再也找不到了。还好，当时红卫兵把宗谱抄走后，存放在福鼎四中的一个房间里，族人林宗楞打听到消息后，便半夜冒险潜入了福鼎四中，在堆放抄查品的房间内找到了林氏宗谱，但该宗谱已被严重损毁，撕掉了大部分，只剩下前半部分的一些内容。为了抢救《九牧堂秦屿林氏宗谱》，病危中的谷田先生从林宗楞处取来了残缺不全的宗谱，带病坚持拼凑整理，拾遗补缺并形成了草稿，离世之前一再嘱咐族人，有机会一定要续修宗谱。在改革开放后的 1993 年，在林绍冰先生的主持下，《九牧堂秦屿林氏宗谱》才得以重修完成，达成了谷田先生的遗愿。

2.3　“造反有理”

1966 年 5 月 16 日“五一六通知”发布后，“文化大革命”异常迅猛地发动起来。大中学校的学生率先起来“造修正主义的反”。在很短的时间里，由学生成立的“红卫兵”组织蜂拥而起，到处揪斗学校领导和教师，一些党政机关受到冲击。社会动乱开始出现。

那时有规定，中学生以上才能加入红卫兵组织，小学生只能加入红小兵组织。我那时才上小学三年级，照理应该加入红小兵组织的，但当时红卫兵很时髦，我就想成立个红卫兵组织，老师们都自身难保，根本管不了我们。我记得“文革”开始后，学校给我们每个学生发 1.2 元人民币作为“闹革命”的经费。我就找了七八个小伙伴成立了个红卫兵组织。取什么名字呢？绝大多数人都是“毛泽东思想红卫兵”，然后什么什么战斗队。我想不能太普通了，得与他们不一样。这时，我哥给我提了个建议，叫“毛泽东主义红卫兵”，我想这个名字不错，很少看到有人起这个名字。那叫什么战斗队呢？大家讨论来讨论去，最后确定叫“敌百虫战斗队”，这个名称还真的很新颖，很别致，也意味深长。名字起好了，我们就去刻了个公章，定制了红袖标（每人一个），剩下的钱就全部买各种颜色的纸张、毛笔和糨糊，开始“闹革命”了。

怎么闹呢？我们当时毕竟还是三年级的小学生，常用字还没认全，读报纸也就大致懂得个意思。但我们“革命”热情很高，到处跟在高年级学生后面，看他们如何“闹革命”，到处看大字报，还到福鼎四中观看真正的红卫兵是如何“闹革命”的。也学着写大字报，但我们写不了长篇文章，只会写简单的标语，如“打倒……”“火烧……”“脚踢……”“油炸……”什么的，听起来挺恐怖的。而且每张标语上，都盖上我们“敌百虫战斗队”的公章，还是有点像模像样的。

图 2.4 “文化大革命”时期的大字报

1939 年 12 月 21 日，毛主席《在延安各界庆祝斯大林六十寿辰大会上的讲话》中说：“马克思主义的道理千头万绪，归根结底，就是一句话：‘造反有理。’……根据这个道理，于是就反抗，就斗争，就干社会主义。”“文化大革命”中，不知道是何人根据这段话，断章取义地总结出了“革命无罪，造反有理”的口号，立马传遍全国各地。有人还把毛主席的这段讲话谱成歌曲，有线广播、无线电台、沿街喇叭都不停地反复播放，无人不知，无人不晓。

各地大批红卫兵高呼“造反有理”的口号，冲向文化教育界、党政机关和社会，对他们认定的所谓“封、资、修”的事物进行大破坏；许多人被当作“黑帮分子”“资产阶级代表人物”“反动学术权威”“反革命修正主义分子”

受到批斗、抄家、侮辱、殴打和迫害。造所谓“牛鬼蛇神”的反，揪斗所谓“走资派”，搞乱了地方党委和政府，并造成群众之间派别纠葛和纷争。

“文化大革命”开始后，我们秦屿中心小学的学生也不甘落后，在高年级学生的煽动之下，顿时批判老师的大字报铺天盖地而来。从教室到走廊，从餐厅到天井，都贴得满满的，有的连老师宿舍的房门也给封住了，实在没地方可贴了就贴在老师身上，并勒令他不准毁坏。夏修益校长和高年级班级的班主任成了主要批斗对象。

秦屿医院也开展了批斗“走资派”的活动，那时，我也经常去“观摩”他们的批斗会，当时秦屿医院的院长被定为“走资派”，戴着高帽，接受造反派的批斗。只见他站在一个凳子上，两腿直发抖，向大家低头认罪，台下的口号喊得震天响。“×××不投降，就叫他灭亡！”“坦白从宽！抗拒从严！顽固到底！死路一条！”“打倒走资派×××！”阵阵口号声不绝于耳。

当时，人们必须时时刻刻注意自己的言行，稍不注意就可能被打成“现行反革命”。因为没有法定的政策界限，对“现行反革命”罪名的确定和处理，随意性较大。轻的被贴大字报、批斗、审查，剃阴阳头，限制人身自由，关进牛棚；重的送到五七干校劳动改造，注销城市户口，遣送农村落户，甚至家属亲友也受株连。

那个时期，对报纸、画报等都要特别留心，千万不要乱坐，乱写乱画，不能用报纸包东西，否则一不小心可能就变成了“现行反革命分子”。因为，上面经常有毛主席的像，有毛主席的语录，你把它坐在屁股下面，你说不是“反革命”是什么？

有一阵子我们秦屿镇盛传不能穿人字形的拖鞋，因为上面有人民的“人”字，你把人民压在脚下，那还得了，吓得我们宁愿打赤脚也不敢穿拖鞋了。

2.4 复课闹革命

1966年“文化大革命”开始后，我们小学与全国各学校一样随即全面停课。1967年10月14日，中共中央、国务院、中央军委、中央文革小组联合发布《关于大、中、小学校复课闹革命的通知》，要求学生返校复课，学校恢复招生，“边上课边闹革命”。

复课以后的“闹革命”，各学校从建制到课目设置，从课程形式到内容，都被一改到底，彻底显示出“革命化”的冲击力度。

“复课闹革命”后，我们的班主任是王怀铭老师，二十多岁，却像个老头，但脾气很好，我们大家都不怕他。经过“文化大革命”的锻炼，“革命无罪，造反有理”“我们要做世界的主人”，批判“师道尊严”，老师们都变得很怕学生，哪还有老师的样子。他教我们算术，那年我们开始学珠算，我记得学了不止一个学期，刚开始是王怀铭老师教我们珠算的加减运算方法，后来由方钦祖老师继续教我们珠算的乘除运算方法。

方钦祖老师是个年轻小伙子，刚从师范学校毕业后分配到我们小学，水平相当高，多才多艺，会乐器、会舞蹈、会画画，好像什么都会。来学校不久就组织了我们年级的宣传队，编排了好多节目，其水平远远高于学校宣传队，后来就让他接手了校宣传队。他经常背着画板，在我们支农帮农民割稻子休息时，就拿着画板搞写生。由于他工作出色，后来担任了中共福鼎市委宣传部副部长、福鼎市文联副主席等职务，现在是福建省美术家协会会员，太姥画院画师、院委，著有《福鼎历代书画选》《方钦祖山水画集》等。

其实方钦祖老师第一次给我们上课，并不是算术课，而是美术课。那天他教我们漫画，画的是红小兵刺杀美国鬼子，画面充满着血腥味。一个美国鬼子戴着高高的帽子，长着尖尖的鼻子，一支红缨枪刺穿了他的脖子，还滴着鲜血。这给我留下了深刻的印象，时间过去了将近60年，至今我还清楚地记得怎么画。

图 2.5　方钦祖老师（1976 年）

图 2.6　上小学时期学的漫画

我的数学成绩很好，记得从小学三年级开始一直到高中毕业，年终考试数学成绩都是满分。方钦祖老师特别喜欢我，每次见到我都要摸一摸我的下巴，然后拍一拍我的头顶。当时，我能把算盘打得飞快，加减乘除运算方法全部都会。我舅公是个做小生意的，开了个小商店，他很会用算盘，经常一边用手指拨弄算珠，一边口中念念有词，什么“三下五除二”“四去六进一”等等。我知道这是珠算口诀，我也会，我是自学的，但方钦祖老师教我们的是新式除法，不用背那么多的口诀，只有两句：“够除隔位商，不够除挨位商”，就这两句就可以进行除法运算了。

小时候我经常帮我舅公看商店，他教我很多经商的知识，他希望我接他的班，说我们家有一个门面，比做什么都好。可我妈嗤之以鼻，根本不理他这一套。当时的秤是老秤，1 斤等于 16 两，这样计算起来很是麻烦。每当计算一件物品多少钱时，我舅公就在算盘上七拨八拨，我没看懂他是怎么算的。但我找出了一个简单方法，先把物品十六进位的重量换算成十进位的重量（把两的数除以 1.6 再加斤的数），然后乘以价格，很容易就算出多少钱了。

1966 年 5 月 7 日，毛主席在“五七指示”中，要求全国各行各业都要办成一个大学校，学政治、学军事、学文化，又能从事农副业生产，又能办一些中小工厂，生产自己需要的若干产品和与国家等价交换的产品，同时也要批判资产阶级。

从此，学生们都要“学工、学农、学军”。我们小学除了经常到秋溪、巨口、东埕生产队支援割水稻外，还在校园外开辟了一块大约 2 亩（1 亩＝0.0667 公顷）的蔬菜种植基地。一到劳动课，老师们就把我们带到菜园地里，手把手地指导我们怎样种蔬菜、施肥、浇水、除草，并把蔬菜园地划分成几块，分配给我们每个班自己管理。此外，还在秦屿后岐尾开垦约 30 亩的海滩地作为我们学农劳动基地。当时后岐海堤刚建成不久，那个地方原先是个海岸边，到处都是乱石和沙滩。我们就在这乱石沙滩上开荒种地，还真种出了不少东西，有红薯、竹叶菜（空心菜）、玉米、水稻、豌豆等等。为了提高农作物产量，需要肥料，我们学校就组织大家积农家肥。当时，最常见的农家肥是人粪尿，我们学校厕所里有的是，可我们学校管学农的老师说，不能用人粪尿，因为人粪尿比较咸，我们学农基地是海滩围起来的，盐分较多，所以不能用人粪尿，必须要用猪粪，猪粪不咸。

人粪尿是咸的，猪粪不咸，我也不知道他到底尝过没有。反正他说猪粪不咸，要求大家都去积猪粪，就去吧。可积猪粪也不是件容易的事，好多猪都是圈养的，当时猪粪是个宝，人家不会让你去挖，而在街上到处跑的猪不多，再加上那么多的学生都要积猪粪，所以必须赶早。可太早了也不行，猪还没睡醒呢，哪来的猪粪？所以积猪粪还是个技术活。我当时用一根木棍，在木棍的前端钉上一块木条，再在木条上钉上几根大铁钉，照着猪八戒钉耙的样子，做了一把钉耙。经常在天蒙蒙亮时，手上拿着钉耙，肩上挑着两个簸箕，出门积猪粪。我有点小聪明，会掌握时机，总会在关键时候出现在猪的面前，许多同学都怪我抢了他们的猪粪。

我们小学没有条件办工厂，当时秦屿镇也没有几家工厂，所以学工方面没有什么活动，但学军方面可做得很好。不再称哪个年级、哪个班了，把年级改成连，如三年级就叫作三连，把班级改成排，把原来小组改成班，完全按照军队的建制。我们从小就看过许多描述革命战争时期战斗生活的电影，电影里的儿童团员都拿着红缨枪，斗地主、站岗什么的。我们是少先队员，脖子上系着红领巾。老师说红领巾是革命先烈用鲜血染成的，绝对不能丢失，每天都必须戴着。一次我玩耍时玩疯了，不小心把红领巾给丢了，这可不得了，怕老师批评不敢再去上学了。我妈就找了一块红布自己做了一条，我与同学对比了半天，发现除了尺寸有点小外，也看不出有什么区别，但总感觉颜色有点不一样，也没办法了，每天就战战兢兢地去上学，生怕被老师发现上面没有先烈的鲜血。

学军时，开始我们也是扛红缨枪的。红缨枪就是在枪上加个红缨，据说红缨的缨穗能吸血，可以阻止枪头上的血顺着枪杆流下来不利于持枪者发力，换言之就是擦血抹布，红色是因为血的颜色染成。当然，不可能给我们真枪，大家都回家自己做或请家长做。我那时从我爸那里学了点木工知识，就自己做了一把红缨枪。先用木板做了一个枪头，然后把它固定在木棍上，再系上红缨，枪头上有的人用白油漆涂饰，我嫌白油漆不够亮，就用包装香烟用的锡纸包裹，看起来闪闪发光。我脖子上系着红领巾，肩上扛着红缨枪，学着解放军战士样子，走起队列来还真有点雄赳赳、气昂昂的气势。

可好景不长，由于红缨枪头太尖，小同学之间经常打闹会伤到人，所以禁止用枪了，改用红木棍。红木棍简单些，就是一根木棍，再用红漆油成红色。为了不影响形象，这红木棍不能太细，要直一些，家里烧的柴火都是树枝，做不了，又找不到好的材料，我和刘兆华同学一合计，决定到太姥山去砍一根。

刘兆华他奶奶信佛，经常到太姥山寺庙里进香拜佛，与太姥山寺庙的住持比较熟，那天正好是观音菩萨的诞辰日，我与刘兆华跟她去了太姥山国兴寺（下寺）。这国兴寺历史悠久，建于唐乾符四年，虽废于宋，但至今地面尚留有 360 根石柱和唐、宋时制作的人物、花卉、禽兽等雕刻和碑文。“文化大革命”刚开始时，这国兴寺与其他寺庙一样，所有菩萨都被红卫兵给砸烂了，和尚和尼姑也都被批斗得够呛。后来好了一点，没什么人来管了，但也不敢大张旗鼓地白天拜佛，他们选择在晚上，在墙上挂上菩萨的画像，然后进行佛事活动，我和刘兆华也跟在后面转圈圈。第二天我们看中了国兴寺后门不远处的一棵小树，比较直，粗细也正合适，就向住持讨要，住持同意让我们去砍。我们砍了回来，可过了一会儿住持就叫我们过去，我们不知道干吗，还以为我们做错了什么事。可住持和蔼地跟我们说："阿弥陀佛，你们砍树不能只砍一半，不然以后你们做事都会半途而废，赶快去把剩下的一截也砍了，阿弥陀佛。"我们回头一看，还真的只砍了上半部比较直的部分，下面还有一大截呢，我们赶紧按住持的意思把它都砍了。这事在我幼小的心灵里树立起了做事要有头有尾，不能半途而废的理念，一生受用至今。

图 2.7　班主任施济舟老师

小学四年级以后，我们的班主任改为施济舟老师。施济舟老师很凶，两边颧骨有点突出，额头又有点小，"文化大革命"刚开始时，他是担任五年级的班主任，被批斗得够呛，这班学生很调皮，还给他起了个外号，叫"兔子老师"。施济舟老师水平也很高，特别会游泳，手风琴也拉得很好，还会小提琴什么的，他教我们语文。在胡道超老师来之前，他是负责学校宣传队的，听说我妈曾经是演员，就要选我进宣传队，我是死也不干，我不喜欢跳舞什么的，特别讨厌化装，在脸上涂上那么多颜料。他就教我们打锣鼓，这个东西还可以，不用在脸上涂颜料，每次游行我们都是走在最前面，锣鼓开道。开大会什么的，就让我们在旁边敲锣打鼓。甚至有一次小学开什么大会，我们都已经上中学了，他们还请我们回去敲锣鼓。

那时候，我们天没亮就得起床，然后手持红木棍到学校操练。有一天夜里，明月当空，照得大地像雪一样白，我半夜醒来还以为天亮了，就赶紧起床提起红木棍跑到学校。可到学校一看，一个人都没有，才发现起早了，赶快又回家睡觉。

清晨，一到时间，街上小学生们就成群结队，人人一根红木棍，把马路敲得震天响，宛如强盗进城一般。但，不久这帮小家伙们就感觉到不过瘾了，也不知道是谁发明了在红木棍顶端绑了个子弹壳，在子弹壳里塞上棉花，然后注满煤油做成一个小火把。更不得了，人人学样，把一条狭窄的小街照了个通红，就像电影里农民赤卫队打着火把，打土豪、分田地那个劲头。

我们班里有一位表现非常突出的同学，他叫王上秀，他跟我同年同月生，学前班开始就是我的同学，小时候我们两个经常在一起玩，一起讨小海等。王上秀天生就是个孩子王，很有号召力和组织能力，学习成绩很好。1975 年 8 月到秦屿巨口知青茶场上山下乡，1977 年恢复高考后，他考取了福建机电学校，1985 年 8 月又考取了福建省经济管理干部学院。历任福鼎县工业局副局长、福鼎市人大常委会副主任等职。当时他的父亲是在秦屿铁器社工作，成分比较好，算是工人阶级。工人阶级领导一切，他说起话来一套一套的，很有条理性。那天王上秀的父亲看到我们这群小学生挥舞着火把时，大吃一惊，随后大喊一声：“把火灭了！”吓得我们赶快灭了火把跑到学校去了。随后他就到学校提意见了，学校马上就宣布禁止打火把，这场轰轰烈烈的“打土豪、分田地运动”就这样被“镇压”了下去。

1967 年 4 月，“备战、备荒、为人民”作为“毛主席语录”在全国广为流传，妇孺皆知，这个口号后来与“深挖洞、广积粮、不称霸”联在一起使用，在全国掀起了大挖防空洞的热潮，我们小学也不能落后，虽然没有能力挖防空洞，但我们可以挖战壕。于是就在我们小学后面的积石山上大挖战壕，山上种有许多果树，我们就在树下挖，每人挖一段，最后连接起来，从山脚下一直延伸到了山顶。有一次搞军事演习，军号一响，全校按连和排的顺序，非常有秩序地沿着战壕跑到了指定的地点，埋伏在战壕中，露出的红木棍，漫山遍野，煞是壮观。

在“各行各业都要支援农业”的号召下，我们不仅要在自己学校的学农基地做农活，还经常支援农村，这叫“支农”，帮农民割水稻和麦子什么的。当时，政治氛围特别浓厚，一切都要政治挂帅。只要上面有什么指示，都必须马上执行，雷厉风行，不打折扣。那年 5 月初小麦即将成熟，一天半夜，街上突然人声鼎沸，高音喇叭大声广播：“大家注意了，接上级指示，今天晚上有暴风雨，请大家都去支援割麦子。”随后，我就接到同学的通知，马上到学校集中，赶往秋溪大队帮助割麦子。大家打着手电，拿着镰刀，风风火火，连夜奔向了十几里开外的秋溪大队，在指定的地块，把麦子统统割倒捆绑起来。任务完成了，天也亮了，经过一夜的折腾，大家又饿又累，可就是始终没见到半点雨、一丝风，再回头看看那些麦子，还没完全成熟呢，心里想着这到底是支农呀，还是坑农呀。

小学 5 年级时候，为了贯彻毛主席的“学制要缩短，教育要革命”的指示，小学学制从 6 年制改为了 5 年制，同时改秋季招生为春季招生。我们小学决定将本该上 6 年级的学生并入我们班，我们班迎来了第一次大合并。合并后我发现高我们一个年级同学们的成绩也不怎么样，没有一个比我好的，有的还很差。足见当时的教学质量，学跟没学一个样，反正都跟着升级，从来没

图 2.8　县级五好学生奖状

有留级的。

虽然我的家庭成分不是很好，但由于我的突出表现，当年我被评为了全县的“五好学生”（指思想品德优良、学习成绩优秀、身体健壮、审美趣味健康、热爱劳动），受到福建省福鼎县革命委员会的表彰。哈哈，当年这可是件很光荣的事情啊！

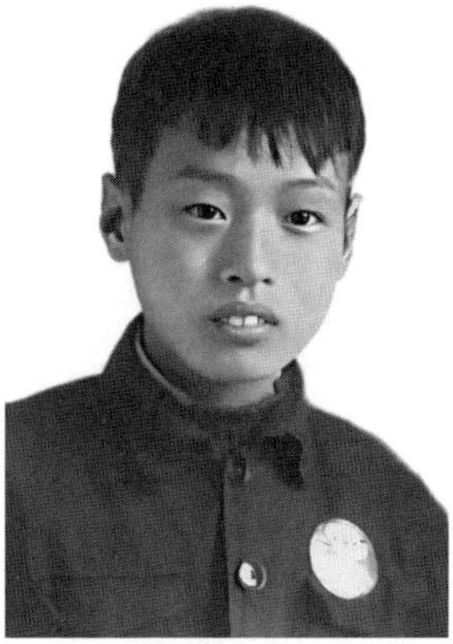

图 2.9　小学毕业照

1970 年 12 月，我终于小学毕业了，升入了福鼎县第四中学，结束了人生的小学时光。回头想想，我们都学到了什么呢？心里不是滋味，童年的宝贵时光，浪费了一大半。

第3章　中学时光

1971年2月，我从秦屿中心小学毕业升入了福建省福鼎县第四中学（现为福鼎市第四中学）学习，开启了我美好的中学时光。

福鼎四中创建于1958年9月，初建时，师生临时在秦屿后岐临水宫（道教女神陈靖姑的宫殿）上课，当时仅两个初中教学班，100名学生，6名教职工。当时校舍未建，便将后岐临水宫的第一进两间厢房暂作为教室，第二进两间厢房用木板隔开成了学生寝室，楼上作为教师宿舍。

1959年后，在临水宫门前靠南的海滩地里清淤挖泥，移石填土，先后建起了南北两排每幢各四间的教室，最后又在南北两排教室之间的东侧建起了一幢二层的办公楼，连成了一个“U”形建筑结构。我入校时，福鼎四中的主要校区就是这个“U”形建筑结构，原来的临水宫已作为学校食堂兼会场使用。在“U”形建筑结构的西边有一个主席台，主席台上竖立着一根旗杆，主席台两边各种着一棵树，主席台的西边还有一个篮球场。“U”形建筑结构与主席台之间围成了一个广场，算是当时秦屿镇最大的露天广场了，每当秦屿公社有什么大的集会，通常都是在这个地方举行。在二层办公楼的前面还有一条南北走向横穿“U”形建筑结构的小路，路边还种有几棵梧桐树，还安装了两个报栏，使得露天广场的面积有点缩小。

在我中学时期，我们的校长（当时称为革命委员会主任）是一位转业军人，名叫隋国昌，山东人，他个子不高，还稍有点胖。经常身着洗得发白的旧军装，走起路来雄赳赳，气昂昂，步伐矫健有力。通常不戴帽子，梳着大背头，满头白发，很有风度，脸上总带着一种军人常有的无所畏惧的表情。他性格刚毅果敢，处事雷厉风行，时刻保持着军人的优良传统，总是不折不扣地执行上级的命令。在“文化大革命”的影响下，他在我们学校掀起了一股教育革命的浪潮，实行军事化管理，加强军事训练和劳动锻炼。要求大家积极参与政治活动，积极开展体育运动，参加学工、学农劳动，实行“开门办学”。他还要求我们每天早晨都要到学校出早操，还经常亲自带领大家进行队列训练，喊起口号来，声音洪亮，在全校师生中享有很高的威望。

图 3.1　福鼎四中的主楼（1959 年）

图 3.2　福鼎四中的主校门（2015 年）

2015 年 4 月 3 日，清明节我回老家祭祖，顺便拜访我的母校福鼎四中时，已完全看不出原来的模样。那时的福鼎四中已经发生了翻天覆地的变化，其校园面积、办学规模、教师数量已不可同日而语，已被确认为福建省二级达标学校。

3.1　开门办学

我上中学时，正值“文化大革命”期间，当时有两段毛主席语录是全国教育系统的最高指示：“我们的教育方针，应该使受教育者在德育、智育、体育几方面都得到发展，成为有社会主义觉悟的有文化的劳动者。”“学生也是这样，以学为主，兼学别样，即不但要学文，也要学工、学农、学军，也要批判资产阶级。学制要缩短，教育要革命，资产阶级知识分子统治我们学校的现象，再也不能继续下去了。”

图 3.3 “开门办学”宣传画

这两段毛主席的指示，再清楚不过地指出了，我们要培养劳动者，学生要学工、学农、学军。在这种教育精神的指导下，福鼎四中师生执行“教育与生产劳动相结合”的方针，不但建起了农场，还办了校办工厂，养了 30 多头猪，即所谓的“开门办学”。

由于实行了教育革命，所用教材理所当然需要改革，那时的物理教材叫《工业基础知识》（简称“工基”），内容是斜面和杠杆，省力不省功之类的知识。《农业基础知识》（简称“农基”）代替化学和生物教材，讲农业八字宪法，水稻夺高产之类的知识。政治课放在了重要的位置，数学和语文课程的名称不变，但教材的内容已大不一样，插入了许多毛主席语录，强调阶级斗争，真正的文化知识的介绍比“文革”前的教材要浅得多。

那时正好秦屿海堤刚建成，学校为了办农场，向秦屿公社要了两块土地。一块是在紧邻学校校园的北面滩涂，面积大致有 3 亩，建成了菜地，我们经常在这里种菜、种瓜等。另一块是靠近屯头大队的海边滩涂，面积有 25 亩，离学校大致有 3 公里的路途，建成了水稻田。

图 3.4 “文革”期间福建省初中教材

当时，受知识青年上山下乡的影响，在校学生越来越少，到 1969 年，全校教师仅剩下 15 名，加上我们刚入学的 3 个班级，全校大致有 6 个班级，200 人不到。大家就像民工一样，起早贪黑，一边学习，一边劳动，将校园北面滩涂变成了菜地，将屯头的滩涂变成了良田。

屯头滩涂是个斜面，在它的西面有一条很宽的水沟，为了防止被洪水淹没，首先要建一条防洪堤。防洪堤建成后，按规划筑起田埂将整个地块分成几个田块，然后在各个田块中进行平整土地。这些农活都是全校师生一起努力干成的，大家手上都磨出了茧，肩上都压出了包。

开始犁地了，学校买了一台拖拉机，可由于我们那个地块原来是海滩，泥层太厚，经常是拖拉机一下地就陷在泥里走不动了。后来虽然用铁板加宽了轮子，使拖拉机不再陷入泥中，但大部分的田地还是依靠大家用锄头翻土。

最好笑的还是插秧，我们没有插秧的技术，包括老师们也不会，大家把秧插得东歪西倒的，根本不在一条直线上，别说横竖都直了，一个方向都直不了，实在是太难看了。怎么办呢？好在我们人多，大家就想出了一个办法，用一根绳子，两个同学站在两边的田埂上，拉紧绳子然后放下，大家沿着绳子每隔一段距离站一个人排成一个长排，然后把秧插在绳子边，就可以比较直了。这样一来，秧是插直了，至少可以保证一个方向是直的，马马虎虎算是过得去了。但不久又发现了新的问题，就是有的同学插得快，有的同学动作拖拖拉拉半天也没插下去，就是插秧时间不统一，严重影响了插秧的速度，大半天也没插多少田。这样不行，太慢了，怎么办呢？大家又想出了一个好办法，就是给牵绳子的同学一只哨子，哨子一响，大家马上开始插秧，然后哨子再响一声，大家马上停止插秧，牵绳子的人就可以提起绳子放在下一个位置了。如此循环往复，果然插秧进度快多了。就这样，伴随着阵阵的哨声和同学们的唧唧喳喳的吵闹声，我们愉快地完成了插秧的任务。

秧苗成长的时候，得时时照顾，要经常除草除虫。特别是稗子，它会跟稻秧抢养分，严重的也会对水稻造成减产。因此，学校经常组织大家下田除草，在拔除杂草的同时还要求用手指把土壤松一松，让水稻的根系长得更快一些。有时也需用农药来除掉害虫，长得健壮的同学就身背喷雾器把农药均匀地喷洒在稻叶上。有一次碰到蝗虫了，这虫子很会吃叶子，而且还狡猾得很，常常把稻叶卷成一个窝，农药打不着、也打不死它。“农基”课林起德老师一看到蝗虫就紧张地说道：“不得了了，解放前农民碰到这种害虫，都要去烧香拜佛，要不采取果断措施，不用几天水稻就会被蝗虫吃光。”于是，就组织大家用手捉，硬是把蝗虫消灭干净了。

秧苗在长出第一节稻茎的时候称为分蘖期，这期间为了让秧苗健壮成长，并促进日后抽穗和结实，需要施肥。大家就把厕所中的粪便挑到田间，均匀地撒到稻田中。当时，没有哪个同学说粪便臭的，大家都知道说臭是没有无产阶级感情的，这是革命立场的问题，不能含糊。于是，不少同学身上沾满了粪便，内心却感到十分光荣，美滋滋的，觉得自己克服了小资产阶级的作风，炼就了一颗无产阶级的红心。

放暑假了，在盛夏太阳的曝晒下，田中的水分蒸发得好快呀，而此时正值水稻抽穗开花期，需要加强灌溉。班主任陈炎官老师在我们班叫了三个人，不幸我也被选中，要我们几个人去给稻田车水灌溉。

那天天气真热，我们三个同学在蒋尧老师的带领下，给水稻田车水灌溉。我们使用的是人力木质水车，在水沟边搭立的H字形木柱，连接着形似长方体、四五米长的水斗，其传动部分靠人力脚踏蹬板旋转提供动力，水斗里的叶片把水从低处汲往高处，灌溉到稻田里。

图3.5　人工水车车水作业

我们每次两个人踩水车，三个人轮流踩了大半天，田间的水位也没升高多少。20多亩的田地，在盛夏太阳的曝晒下，我们所车的水基本上都被蒸发掉了。接近正午时分，在我们又饥又渴的时候，学校食堂派人送来了大半桶稀饭。我们高兴极了，围上去一看，这哪是稀饭呀，简直就是一桶红糖水，水面漂浮着几粒米花。蒋尧老师用勺子在桶里边搅拌边叫嚷着："喝红糖水了，喝红糖水了。"说实在的，我从来没见过这么稀的稀饭，多年以后，我在中国北方见过很稀的稀饭，但也没有这么稀。不管怎么样，有喝的总比没喝的强，不一会儿，这大半桶"红糖水"就被我们几个人喝了个精光。到了下午三四点钟，我们实在饿得不行，这时学校管学农基地的王可凤老师来了，一看田中的水位，虽然没涨多少，但也比原来高了一些，于是就叫我们回家了。

收获的时候到了，一串串金黄色饱满的稻穗低垂着头，向人们示意，它成熟了。割稻子是我们的拿手好戏，我们这班人从小学就开始帮农民割稻子，自然不在话下。

有一年秋收以后，秦屿公社革委会为了让农闲变农忙，掀起了积肥的热潮。我们福鼎四中全体师生应声响应，校长亲自开大会做动员报告，号召大家"见黑就抓"（只要颜色是黑的，都认为是肥料），并层层分派任务，人人都必须完成积肥指标。全镇的人都去积肥，想想看哪来那么多的肥料！那阵子多年都没有疏通的阴沟、垃圾堆、渔塘的污泥等等，都被清空干净，牛棚、猪圈更是重点淘宝之地。实在积不到肥了，怎么办呢？我们班卢振金同学就想出了一招：烧稻草。"农基"课上学到过，草木灰是优质的钾肥，大家都公认是肥料无疑。那时建国渔业大队办了个农场，就在我们学校的边上，水稻收割后，田里留下了许多稻草，没人看管。这些稻草都是捆绑好了的，立在田里晒干后，显然有其他用处。但同学们哪管有什么用处，我们完成积肥任务要紧，于是卢振金同学就带头跑到田里抱了一大捆回来，就在我们学校的菜地边上，点上火就把稻草烧成了灰，然后当作肥料交差。可一大捆稻草烧不了多少灰，附近的稻草都被抢光了，拾稻草的距离变得越来越远了。我看到这情况，想想这样搞不行，太费劲了，得想想办法，否则还是难以完成任务呀。于是，我就学农民烧肥料的方法，把稻草铺在底下，上面盖上一层泥土，再加上牛粪和污泥等，然后再点火烧。这样一来，相同的稻草烧出来的肥料，多了好几倍，积肥任务总算完成了。

“农基”课上说：猪浑身都是宝。不知道是不是受此影响，还是老师们想吃猪肉，我们学校开始养猪了。已当作学校食堂的临水宫门前有块空地，中间是通道，我们学校就在这通道的北面用砖头盖起了一排猪圈，在里面养起了猪。虽然这猪圈离学校食堂很近，很不卫生，但不要紧，那个时候讲究阶级感情，没有人敢提出异议。什么卫生呀，嫌弃猪粪臭啦等等，都是小资产阶级情调，是要被批判的，我们从小就被灌输这种观念，所以大家也就见怪不怪了。

猪要吃东西怎么办？平时问题不大，因为我们学校有 3 亩左右的菜地就在学校旁边，可以种些红薯什么的。红薯叶长得快，每天都可以采集，而且是优质的饲料，就怕冬天，没东西吃。怎么办呢？有两个办法：一是学校动员大家采集红薯的干叶子储存起来冬天给猪吃；二是平时叫大家把红薯叶切成一粒一粒的，然后堆起来用脚踩实，这样就可以长期储存，到了冬天没饲料时就可以给猪吃了。当时，在学校食堂大厅的后边就堆着好大一堆红薯叶子的颗粒。红薯叶子的颗粒经过发酵后，常常是臭气熏天。食堂的前边有一大排猪圈，后边又有像座小山一样的红薯叶子颗粒在发酵，可想而知，当时的食堂充满着一种什么样的气味。

深秋季节，农民的红薯都收完了，这时土地上会留下许多红薯的干叶子。于是，我们每人都挑着两个箩筐，在附近的山上到处捡红薯干叶子。打水奥山上，秋溪山上，我们到处跑，而且越捡越远，把远近山上的红薯干叶子全部捡了个遍。那时候，我们学校的红薯干叶子真的是堆成了小山。

“开门办学”，不光要学农，还要学工。为了学工，我们学校就在临水宫通道的南面，也就是猪圈的对面盖了一个校办工厂。其实，那个时候秦屿镇也没有什么工厂，更没有什么工业可言，像个样的工厂就数秦屿五金厂了，主要产品是学生用的圆规、办公用的文件夹和居民用的锁。我们学校也学着样，做起圆规、文件夹之类的简单产品，我们学生轮流到校办工厂实习。此外，还派出了几个骨干到秦屿五金厂学习，其中就有我一个。

我到了秦屿五金厂后，工厂的领导根本不让我学技术活。我当时就想学些钳工的技术，可他们把我安排在组装文件夹的车间。那是什么工种呀，都是一群小姑娘和老太婆们在一起，把几块铁片组装起来，再简单不过的劳动，毫无技术可言。我根本看不上眼，不想干，想走，工厂领导看到这种情况，就又把我安排在卷弹簧的车间，也就是文件夹上的那个弹簧，用手工将钢丝卷成弹簧，也没什么技术可言，我在那里没待两天就不干了。

要说印象深刻的话，就是有一次我们学校请了秦屿铁器社的一位师傅教我们机械制图。他教我们怎样画机械零件的三视图，倒是受益匪浅。

由于我们校长是军人出身，所以我们学校实行军事化管理。每天早晨都要到学校早操，天气再冷也要从被窝里爬起来赶到学校，早操后再回家吃饭，然后再去上学。晚上也要到学校晚自习、开班会或政治学习什么的，每天都很紧张。

每次早操时，我们校长都是身先士卒，经常亲自喊口令或者在队伍的最前面领跑。记得有一次校长还请来当地驻军帮我们进行正规的军训，军训头几天一直站队列，站军姿。然后就走齐步、踢正步、跑步、喊口号、匍匐前进、拉歌、半夜拉练等等，一个简单的动作往往机械地重复几百次。最后学习刺杀、瞄准和实弹射击。据王传枝同学的回忆，那次实弹打靶，三发子弹他打出了 27 环的好成绩。我不记得我那次打了多少环，但肯定是三发都打中了。当时打靶，是在一个山坳处，我们大家都坐在一边的山坡上，靶放在山坳的另一边，距离大致 100 多米远。当时，有个我们隔壁班级的同学，是从屯头大队小学来的学生，坐在我边上。他问我打靶怕不怕，我觉得很奇怪，怎么会问这样的问题。我就对他说，是你打靶，又不是靶打你，你有什么好怕的。轮到他打靶时，我看到这家伙脸色苍白，双手在发抖，居然三枪都脱了靶，我这才知道，世上还真有这么胆小的人。

为了学军，我们学校还组织了一次长途拉练，历时十几天。从秦屿镇出发，大家背着背包，一路上全部步行，途经白琳公社、点头公社、福鼎城关、前岐公社，到达浙江矾山，然后又从矾山步行回到福鼎沙埕公社，最后乘轮渡到达店下公社，再步行回秦屿镇，每天至少要行走 30 多公里的山路。

那天我们拉练到达福鼎城关后，中午在福鼎城关中学吃饭，每个同学发两个馒头和一杯水。我就坐在教室里，一边吃馒头，一边喝水，感觉还特别好吃，说实在的，平时我是很少有馒头吃的。吃完后，我们就出发去前岐公社，可万万没想到走到半路上，我的肚子痛得不得了，肚子胀得很大，人痛得满头大汗，脸色苍白。没办法，我只能咬着牙一步一步往前走，走着走着，疼痛点慢慢往下移，终于想上厕所了。我好不容易找到了一个农村的厕所，上完后没想到出现了奇迹，肚子立马不疼了。我高兴极了，马上来了劲，不一会儿就赶上大部队。

那时，还特别时兴“忆苦思甜”，意思是回忆在旧社会被压迫、被剥削的痛苦，想想新社会幸福生活的来之不易，从而提高思想觉悟。“忆苦思甜”，不忘阶级苦，牢记血泪仇，可算是一项政治活动，必须经常举行。记得有一次学校组织大家到太姥山脚下的羊里大队搞“忆苦思甜”活动，请当地的贫下中农先忆解放前的苦，然后再讲今天的幸福生活，以此提高大家的阶级觉悟。那天中午大家午餐前都先吃一碗野菜，然后再开始吃午饭。野菜味道是挺苦的，我在“三年困难时期”（1959 年—1961 年）也曾经吃过，那时我才 2 ~ 4 岁，不记得是什么味道，这次“忆苦思甜”活动倒是让我记住了野菜的味道。那天“忆苦思甜”活动结束后，下午学校还组织大家在洋里溪游泳。

图 3.6　忆苦思甜大会

洋里溪水是从太姥山上流下来的，清澈见底，溪水也有浅有深，大家都玩得很尽兴。

1972 年 7 月 16 日，秦屿公社开展纪念毛主席横渡长江 6 周年活动，我们福鼎四中师生也积极参加。当时，秦屿镇有两条平行相对的海堤，即萨公堤和内堤。萨公堤的正中间有一个宽 50 米左右的海堤门，与内堤之间形成了一个良好的避风港。在避风港内，风平浪静，海水也比较浅，是一个比较安全的地方，秦屿公社就将我们学校安排在这避风港内游泳。活动开始后，要求大家从内堤游向萨公堤。当时，活动现场人山人海，四周插满了红旗，热闹非凡，每个单位都做了一个宣传架，浮在海面上，宣传架上插上红旗，写上标语，然后由几个人推着往前游。我们学校也有一个宣传架，因为可以浮在海面上，就由几位男生在前面拖，后面有几位女生就趴在宣传架上。谁知道，随着一阵哨声活动开始后，有几位学生觉得宣传架好玩，就从宣传架后面纷纷往上爬，由于人太多，一下子就把宣传架压到水里面去了。几位女生不会游泳，还紧紧抓住宣传架边缘不放，身体就成了倾斜状，脑袋被浸到水里面去了，差一点就被淹死。还好林起德等几位老师及时发现，火速赶来，两只胳膊各夹一位女生，将她们拖到了岸上，才没酿成事故。当时，我会游泳，早已游到了萨公堤，坐在堤上看到这情况，感到十分好笑。其实，当时水也不是很深，人站立是够得着底的，只是由于人倾斜了，才造成了危险，这件事至今我还记忆犹新。

在我上初中二年级的时候，有一次秦屿建国渔业大队的一艘渔船要到福州去办事，当时有个特别要好的朋友叫林宗庆，他是这艘渔船上的渔民，邀请我乘他们船去福州游玩，这是我人生第一次到省城福州。还好，当时大家送了几斤福建省地方粮票给我，我就凭这几斤粮票在福州也能吃上饭。而同船有个跟我一样的家伙，到了福州以后，手上老是拎着一个沉甸甸的袋子，在福州街上到处转悠。我们觉得好奇怪，一问才知道原来他家没有粮票，就带一袋大米出来了，吃饭时就用大米当粮票向小吃店买饭。

这次福州游玩，我有两大收获：一是感受到了大城市的繁华。那时自行车是中国人最重要、最普及的代步工具，福州五一路上下班高峰期的自行车洪流看不见头尾，异常壮观，震撼了我幼小的心灵，从此立志要走出太姥山，到外面世界闯荡；二是我们船回程时在闽江口触礁遇险，我们所乘的船是木头船，舵是用非常坚硬的木头制作的，遇险时我就站在掌舵人的旁边，突然一声巨响，只见大腿粗的舵的操纵杆从我身边直直地打了下来，打到船板上瞬间就被折断了，同时发动机也开始剧烈地震动，紧接着整个船身也都跟着震动。遇到这紧急情况，只见船老大迅速赶到，他遇险不惊，面不改色，沉着镇定，指挥有序。首先命令轮机员立即停机，然后让大家用绳子固定住方向舵，因为此时固定方向舵的“牛鼻子”已经完全裂开，方向舵随时有可能掉入水中。接着让大家拔出已折断的操纵杆，锯掉断裂的头部，重新安装好。检查整个船体无恙后，命令轮机员开机，以最慢的速度驶向附近的渔村。船一路震动地到达渔村后，停在了沙滩上，退潮后我们大家都下去看损坏情况，只见三片螺旋桨已被礁石打掉了两片，只剩下一片，难怪船震动得那么厉害。整个轴承都快脱离船体了，如果再震动一段时间，船体就一定会进水，发动机也开不成了。此时，船老大才对我们说：“到达这里，平时不用1小时就可以，我今天整整开了4个多小时，你们可能担心回家的时间晚了，可我担心你们回不去呀。”听到此话，我肃然起敬，原来船老大知道此次事故的危险性，但他面对众人时，却面不改色，这对稳定军心起到了多大的作用呀！我受到了一次深刻的教育，人就该有此担当。后来，渔村的渔业生产队派船将我们的船拖回了秦屿镇，我们安全回到了家。

在人类文明史上，约200年之前的大部分时间里，人类一直依赖传统药物（其中90%以上是植物药）与疾病斗争。各大文明古国和有一定文明程度的民族几乎都有自己的民族医药体系，其中又以中国的中医药体系最为完备，成就最大。可以说，中国的中医药体系是古代医药科学的最高呈现。在我们的《农业基础知识》教材中也有介绍草药的内容。那时候，农村缺医少药，治病主要依靠中草药。当时，教我们“农业基础知识”课程的是林起德老师，为了贯彻“开门办学”的方针，就带领我们全班到太姥山采草药，给我留下了深刻印象，至今都不曾忘记。那天，我们带着干粮，一边采草药，一边欣赏太姥山的风景，直到登上了太姥山的顶峰。太姥山是植物的宝库，拥有许多珍贵的中草药资源，什么七叶一枝花、百合、鱼腥草、迷迭香、金银花、益母草等等，林起德老师一边教我们怎么识别，一边讲解其功效。那天，我感觉学到了不少知识。

现在回想起来，“开门办学”也不是一无是处，重点在于学什么，怎么学。从实践出发，在实践中学，肯定是有好处的。但我们中学四年半的“开门办学”，显然没学到什么技术，除了每天劳动，受苦受累，锻炼身体和意志外，没学到什么有用的东西。相反，文化知识的学习却受到了严重的影响，除了上课外，平时大家都很少看书学习，每天不是打牌，就是聊天。反正学好学坏一个样，从来就没有因为学习不好而留级的。虚度了年华，浪费了十分宝贵的青春时光。

3.2　社会劳动

在“文革”期间，国家法律系统瘫痪，人们法制观念淡薄。许多地方政府为了兴办一些公益事业，例如道路、水利、居民饮用水等工程，将所发生的费用或所需要的人工，按人口或劳力向农民或市民征集。当时，各种各样的摊派名目繁多，非常普遍，特别是农民深受摊派之苦，甚至连我们学生都不能例外，也必须经常参加各种各样的社会劳动。

（1）长章溪水库挑沙

为了解决秦屿镇用电和用水的问题，秦屿公社革委会决定兴建长章溪水库。长章溪水库位于秦屿镇太姥洋水尾村，水库上游流域面积为 3.92 平方公里，总库容 153 万立方米，有效库容 124 万立方米，完成土石方 19.3 万立方米。

1971 年 3 月动工，1974 年 3 月建成，是一座集灌溉、发电、自来水供应等功能为一体的综合型水库。秦屿公社革委会先后征集建国渔业大队、农业大队及各机关、学校、工厂、商店、各企事业单位，采用不定期的方法，轮流不断为工程输送义务工，共义务投入劳力达 32.3 万工日。

我印象最深的是，1972 年夏天，我当时在上初中二年级，秦屿公社派我们挑沙子到长章溪水库工地。

当年，秦屿镇还没通公路。长章溪水库工地地处太姥山半山腰，全是陡峭的山路，工程所需的所有物资都是靠人工搬运到工地的。建水库离不开混凝土，而混凝土是由水泥、石子和沙子搅拌而成的。石子可以在山上用锤子敲出来，而水泥和沙子就必须用人工从秦屿镇往山上挑。当时，派给我们的活就是挑沙子到长章溪水库工地。

从秦屿镇到长章溪水库工地,需要先走一段平路到达洋里,距离大致 2 ~ 3 公里，这一段路途比较轻松。从洋里起就开始爬山了，有一段很长的崎岖的山路，大致有十来公里的距离。要先爬到半岭，然后再爬到岭头，最后到达长章溪水库工地。

我经常和金宗龙等几个同学一起走，每人用两个布袋装好沙子，然后用一根扁担挑着。一般早上早早就出发，上山需要 3 个小时左右，下山比较快只要 1 个小时，来回一趟大致需要 4 个小时左右。我们那时候出门都没有带水和带吃的习惯，渴的时候我们就到半岭或岭头讨水喝。当时岭头、半岭老百姓很善良，有的还泡茶放在门口供路人饮用。挑沙子是有任务指标的，到达工地后都要过秤，然后给你一张收条，上面写有重量，我们拿回来交给学校。金宗龙是我很要好的同学，他父亲是做家具的木工，是从浙江迁徙到我们秦屿镇来的，当时秦屿镇几乎所

图 3.7　金宗龙同学（1975）

有的手工业者都是从浙江过来的。金宗龙学习成绩很好，1977年恢复高考后，他考取了厦门集美航海学校。他身体长得比我壮得多，每次都挑得比我多，虽然学校没有规定我们每个人要挑多少沙子，但大家都尽最大能力挑，生怕挑少了被别人取笑。

从洋里到达长章溪水库工地，十几千米的山路，几千级陡峭的台阶，空手攀登都非常吃力，何况我们肩上还挑着几十斤重的沙子，只有经历过的人，才能体验到其中的艰辛。大家肩上搭一根光溜溜的扁担，两头垂下几根绳子，挂着沉甸甸的沙子，左右替换着肩膀，扁担随步伐有节奏地上下晃动。在上山的路上大家显得非常沉默，只知低着头一步一个石阶往上爬。还没到半岭，前胸和后背的衣服都已湿透，豆大的汗珠顺着脸颊往下淌，我喘着气，两只小腿也在不断地打颤。实在累了就停下来休息一下，积蓄力量，然后再继续往上爬。

终于到达长章溪水库工地了，大家脸上透露着喜悦的神情，把装沙子的布袋抖了又抖，不放过一粒沙子。只有经历过挑沙子上山的人，才会珍惜山上沙子的金贵，真的是一粒沙子一滴汗啊，现在回想起来都有些心酸。一天下来，整条腿疼得僵硬，瘫在床上翻个身浑身都疼，可第二天还得继续上山。

（2）冬天挖水渠

有年冬天，秦屿海堤刚完工不久，要把刚围垦起来的滩涂变成良田，必须挖几条排水渠，于是秦屿公社革委会就给我们学校摊派挖水渠的任务。

秦屿镇位于福建省的东北面，虽然没有我国北方地区那么冷，可那年相对我们秦屿而言是一个奇冷的冬天，数九以来，寒风刺骨，寒气逼人。那天呼啸的寒风狂躁地卷着冰冷而来，针一般地刺着我们的肌肤，据气象台预报那天最低气温可是零下四摄氏度。寒风“呼呼”地咆哮着，用它那粗大的手指，蛮横地乱抓我们的头发，我们万般无奈，只得将衣服扣得严严实实的，把手揣在衣兜里，缩着脖子，疾步前行。寒风“呼呼”地吹在我们的身上，我鼻子里的鼻涕流出来了，手也冻木了，脚也冻僵了。

到达工地后，周围没有一点人声，一只海鸥“扑棱”从滩涂中飞出，向天长叫，仿佛在抱怨着什么。好冷哦！我耸着肩膀，竭力让自己更暖和些。未完工的水渠底面坑坑洼洼，有水的地方都已经结上了薄薄的一层冰，拿在手里，就像一块不规则的玻璃。

随着“开工了”一声令下，我极不情愿地脱掉解放鞋，挽起裤腿，打赤脚踏着腿肚子深的泥层，拿起铁锹将渠底的泥巴往渠上面掀。那个冷呀，把我冻得鼻酸头疼，两脚就像两块冰。为了不被冻僵，大家拼命地将铁锹舞得像旋风似的，慢慢冰冷的脚板才有了些知觉。

（3）帮农民挑公粮

人民公社时期是集体化生产时期，也是计划经济时代。那个时候，还没有农业税的概念，国家根据当时的产量和生产队田的亩数，划定每年向国家交多少粮食，因为习惯把国家俗称为公家，所以把向国家上交粮食称为“交公粮”。其实，在中国的历史上，交公粮至少维持了2600年以上，这一制度直到2006年才寿终正寝。当时，秦屿公社交通很不方便，不是崎岖的山路，就是弯弯曲曲的小道，不但走不了大车，连板车也走不了。农村农民交公粮，都是靠肩挑。

交公粮，农民多少有点怨气，认为这粮食是送给我们镇上人吃的。小时候，我家就住在街边，每当到了交公粮的时节，经常可以看到成群结队的农民，挑着粮食在街上横冲直闯，我们家长都反复交代，遇到要躲着走，让着他们一点。

交公粮时节，秦屿粮库可是最热闹的地方，整个公社所有生产队的公粮都要挑送到此。每天，各大队的社员挑着粮食，从四面八方向此汇聚，箩筐、麻袋、扁担和社员挤满了秦屿镇几座粮库，加上喧哗的人声，有时候还会挑灯夜战，那场面还真是相当的壮观。

忘了是哪年的夏天，为了减轻农民的负担，秦屿公社革委会派活给我们学校，帮斗门大队挑公粮。斗门大队距离秦屿镇不算远，大致好几公里的路程，平时走路大约1个小时多一点就可以到。没有崎岖的山路，路途比较平坦，可能是公社照顾我们学生，派了相对较轻的活。

我那时营养不良，个子长得特别矮小，看起来就像个小学生，自己带了一根扁担，跟大伙一起到了斗门大队的仓库。绳子和麻袋农民们都准备好了，到了以后，他们看我长得矮小，就选了个最小的担子让我挑，可对我而言已经是很重了，与我的体重也差不了多少。

我挑着担子，走这么远的路，感觉很辛苦，我不停地歇脚，走走停停，停停走走，两脚像灌了铅一样，但还总是跟不上大伙。那时正值盛夏，我戴着斗笠，太阳炙烤着大地，好像要把我们烧焦一样，空气也凝固了，没有一丝风，只有路边树上的知了在不停地嘶鸣着，热得我感觉脑袋要炸开了一样。

经过一个多小时的急赶慢赶，我挑着沉甸甸的担子，终于走到了秦屿镇粮库附近，此时我已筋疲力尽，瘫倒在地上。谁知，我们要交差的那个粮库位于秦屿后岐山的半山腰，还有20多个台阶要上，这简直是要我的命呀。没办法，经过长时间的休息后，我鼓足了劲，咬着牙，拼着命，一步一叩首，硬是把粮食送到了粮库。汗水不停地往外冒，并刺激着眼睛，分不清是汗水还是泪水。

（4）双抢季节支农

在我们的中学时代，国家建设贯彻“以农业为基础、工业为主导”的总方针，强调“农业学大寨”，并要求“各行各业都要支援农业”。于是，每年的“双抢”（七八月份的“抢收抢种”）时节，学校都要按照上面的统一部署，组织全校师生奔赴农村，支援农业生产。

那时的全员农业劳动生产力水平很低，尤其是我们福建，地处丘陵地带，农业机械化尚未起步，犁田、耙田全靠耕牛，插秧、中耕、施肥、灌溉、除草、杀虫、收割、田间运输均由人力完成。

我们中学时光一共 4 年半时间（初中 2 年，高中 2 年，春季招生改秋季招生延长半年），只有 4 个暑假，可我们支援农业，到农村吃住的次数就有 3 次。此外，我们还要接受秦屿公社给我们的各种摊派，参加附近的支农活动，几乎每年暑假都是在做支援农业的事。

那年夏天我们接到通知，要到虎头岗孔坪大队支援农民“双抢”。虎头岗孔坪大队离我们秦屿镇有 10 千米左右的距离，但都是崎岖的山路，要爬上一个很高的山坡，那时没有通行的公路，同学们提着装有简单换洗衣服和洗漱用品的网兜，徒步行走，赶赴虎头岗孔坪大队，进行为期十几天的“双抢”支农活动。

那时的支农活动都是政治任务，当地的生产队无论高兴还是不高兴，都必须接受。虎头岗孔坪大队的村民很是善良，热情地接待我们，他们把自家最好的房间、最好的床铺腾出来，让给同学们住宿；把自己平日舍不得吃的鸡蛋、肉类和新鲜蔬菜拿出来款待同学们。我们和当地农民“同吃、同住、同劳动”，与淳朴的乡亲们结下了真挚的感情。当时我们班由政治课老师彭宝恒带队，分成了几个小组，我们小组有七八位同学，由我负责，住在陈先杯的家里。陈先杯当时是在当地的一所初中上学，后来高中时到了福鼎四中，成了我们的同班同学。他长得矮矮胖胖，国字脸，经常眯着一双眼睛，咧着嘴对着你笑，一看就知道是个非常善良和热情的人。

“双抢”支农生产劳动，无疑是非常艰苦的，尤其对于我们中学生而言，那就是意志与体力的双重考验。虎头岗属于山区，他们也种水稻，但都是梯田，而且梯田面积都不大，一小块一小块的。不像平原地区，可以使用半自动的脱谷机，水稻割到哪里，就拖到哪里。他们割水稻时，需要捆绑成一小捆一小捆的，然后挑到一个集中的位置，一起用人工脱粒。再加上山间小路又高又陡，所以，相对而言，“双抢”的工作量更大了。

稻子割完后，要重新犁田，然后才能插秧，由于梯田太小，用牛拉犁都转不过身，很多时候就由人工用锄头翻田。他们的锄头特别轻，薄薄的一块铁片，使用起来倒是很省劲。十几天的“双抢”劳动，给我留下了深刻的印象。

还记得有一次暑假，我们接通知要去屯头里奥生产队支农，大家也是背起背包，与农民同吃同住。在稻田里，炙热的水温灼得小腿生疼，蚂蟥时而冷不防地叮在腿上吸血，又痛又痒。用手指抠蚂蟥，抠不掉，农民们教给我们一个妙招：用手蘸水接连拍击蚂蟥，它就掉下来了。同学们满是泥水的腿上渗着血，却还在坚持继续劳作。

有一次暑假，我们接到命令要到巨口大队支援“双抢”，任务下得很急，要马上出发，同样要带上行李，与农民同吃同住，我回家收拾行李再到学校的时间都没有，于是我说我回家收拾行李后直接去巨口大队找大家。当我背着行李赶到巨口大队部后，一问才知道不在巨口大队，而是在打水澳生产队。我又从巨口大队一路打听到了打水澳生产队，总算找到了大家。班主任陈炎官老师看到我后，很是高兴，说道：“你很机灵，我就知道你会找到的。”那几天天空湛蓝，骄阳似火，同学们整天佝偻着腰割稻，累得身子都直不起来。

3.3　“读书无用论”

从“文革”前开始，就有“地（主）、富（农）、反（革命）、坏（分子）、右（派）”的说法，这五类人属于专政、改造的对象。而“文革”开始后，又有了“叛徒、特务、走资派”，也成了专政、改造的对象。随着“文革”的深入，知识分子也成了改造对象。从而知识分子排在了“地、富、反、坏、右、叛徒、特务、走资派”之后，成了“臭老九”。“文化大革命”期间，在“以阶级斗争为纲”，政治统帅一切的社会背景下，政治正确排在第一，知识不仅不受重视，反而可能招来祸殃。“知识越多越反动”是当时的流行语，在相当长的一段时间里，左右着人们的思想。不少领导干部作报告时，一开口就说："我是个大老粗，是个地道的农民，我没有知识。"以此来显示自己是最革命的。在这样的政治环境和社会氛围中，有不少教师噤若寒蝉，得过且过，上课应付了事；但社会上许多有识之士和我们学校不少教师，他们尊重职业道德，顽强地抵制这种歪风邪气，坚持严格要求学生，认真备课和讲课。其中，给我留下了深刻印象的是黄润生老师和林松羲老师。

黄润生老师是我们的语文老师，他长着一张古铜色的脸孔，一双铜铃般的眼睛，戴着一副深度近视镜，走起路来一步一晃，慢悠悠的，就像是在酝酿一篇大作，加上平时说话满嘴"之乎者也"，以及那幽默诙谐的语言，倒真有点老夫子的味道。别看他这样，但上课真有两下子，记得他给我们上《谁是最可爱的人》一课时，那眉飞色舞的表情至今依然历历在目。在他红润的脸上总是挂着慈祥的微笑，圆圆的脑袋，胖胖的脸，一笑，嘴边还有两个小酒窝，那面相就像一尊弥勒佛。我一直认为我的语文学得不好，但自从黄润生老师教我们语文课后，我感觉好像开了点窍，知道该如何写作文了。有一次我写了一篇作文，采用小标题形式，并在文中夹叙夹议，他便用红笔在精彩处打上了很多圈圈，并在班上表扬了我的作文，后来我作文水平突飞猛进。如今斯人已逝，我们将永远缅怀他。

林松羲老师是我们的物理老师，高高的个儿，宽宽的肩，说起话来，声音像洪钟一样雄浑有力，走起路来"噔噔噔"响，连小伙子们也追不上。他五官端正，脸色黑里透红，长得魁梧和结实、健壮而匀称的身躯，配着又黑又硬的头发，两道浓眉下衬着一双大眼睛，瞪起眼来真有点吓人，从他眼睛里可以看出他是个聪明而严厉的老师。他讲起课来滔滔不绝，声音异常洪亮，还抑扬顿挫，有时还会激动得脸上放出红光，一步跨到讲台前，挥舞着手臂……同学们的注意力都不知不觉地被他给吸引住了，不由自主地

图 3.8　林松羲老师

睁大眼睛看着他。

1984 年秋季，林松羲老师升为福鼎四中副校长。1988 年秋季，林松羲老师升为校长。在林松羲老师任福鼎四中校长的 11 年间，他德高望重，廉洁自律，节俭办事，关心教师，积累了大量资金，为福鼎四中的建设和发展做出了卓越的贡献。1985 年获得了福建省先进教育工作者称号，1988 年获得了福建省劳动模范称号，1998 年获得了福建省精神文明建设先进个人称号。

我的物理成绩历来都是全班第一，我很容易理解物理中的各项定律，我认为那些定律都是理所当然的，我们日常生活中许多物质的运动规律不都是这样的吗？看得出来，林松羲老师很喜欢我，上课时许多比较难的问题都点名让我回答。

正是由于我们学校还有一批像黄润生和林松羲老师这样的好老师，才不至于让我们的学业完全荒废，在那极“左”路线盛行的年代里我们还能学到一些知识。每当同学们在一起回忆中学时光时，常常不约而同地称赞黄润生和林松羲两位老师。

2022 年 2 月 13 日 11 时 34 分，张彼德同学在我们中学同学微信群中，发布了林松羲老师已于 2022 年 2 月 12 日 22 时与世长辞，终年 84 周岁的消息，真的是晴空霹雳，大家沉痛悼念林松羲老师逝世，愿林松羲老师一路走好。由于我身在武汉，恰逢全国各地又疫情四起，无法回秦屿悼念林松羲老师，于是便在 2022 年 2 月 13 日 12 时 6 分，通过同学群发出了一个唁电，沉痛悼念林松羲老师，并委托张彼德同学送到了林松羲老师家，以表示深切的哀悼。

1971 年 9 月 13 日林彪事件后，人们开始思考和怀疑“文化大革命”的极“左”路线，中央也对“文化大革命”中的一些错误进行了部分修正，解放了一大批老干部，并让他们恢复工作，其中最有代表性的事件是邓小平的第二次复出。

我们也迎来了中学时期难得的一段学习文化知识的好时光。

1972 年下学期开始，学校特别重视文化课学习，隋国昌校长大会小会一再强调要提高文化课教学质量，激发学生的学习自觉性，加强管理，要求所有学生晚上都要到学校晚自习，完善考勤制度，经常检查学生的课堂纪律和教师的讲课情况，举办各式各样的学习竞赛。隋国昌校长还经常亲自召开学生干部会议，讨论如何提高学生的学习热情。我那时是我们班的学习委员，也被要求参加会议，由于年纪小，开会时间又长，我实在忍不住，开会时老打瞌睡，被隋国昌校长批评了好几次。

当时，秦屿水电站还没投产，也没有外面的电力输入，秦屿镇所用的电，完全依靠位于城隍庙的一台柴油发电机发的电。由于是一台简易的发电机，采用三相四线制直接输电，没有采用高压输送。我们学校地处秦屿后岐山最边远处，刚好是距离发电厂最远的地方，所以我们学校的电压很低，经常日光灯都亮不起来，严重影响了学生的晚自习。为了搞好大家的晚自习，学校自己购置了发电设备，在当时的校大门传达室的旁边建了个小发电室，每当晚自习时间，就启动发电机，用自己发的电，晚自习结束后，再停机改用外来的电。

为了激发大家的学习热情，我们在班主任陈炎官老师的带领下，在教室的墙上贴了一张考勤表，由我负责将每位同学参加晚自习的情况列表公告，对每月都全勤的同学进行表扬。当时我的出勤率是很高的，基本上都是全勤，只有一次遇到了特殊情况，我才没到学校晚自习。那天，家住巨口大队的我表叔他女儿结婚，邀请我妈和我去赴宴。当时，秦屿镇到巨口大队没有公路，只有一条羊肠小道，正常步行大致 1 小时左右。那天晚饭后，他们邀请我们留下过夜，第二天再走。可我想到要晚自习，就坚决要回家，我妈也没坚持，就同意我一个人回家了。没想到走到半路上，遇到了雷阵雨，我也没带雨伞，淋成个落汤鸡，浑身都湿透了，这还不要紧，

图 3.9　班主任陈炎官老师（1975 年）

更大的麻烦在后面。当时，秦屿小东门海堤还没修建，海岸线处在现在的八都桥附近一带。从八都桥到秋溪大队有一条 200~300 米长的用海泥堆砌而成的海堤，是秦屿镇通往秋溪大队再到巨口大队的捷径。晴天时，海泥被晒干后，很坚硬，很好走。可一旦下雨，就变得非常光滑，人都站不住，根本无法走路，必须改道从山脚下的小道走。由于没经验，我一个人踏上了这条海堤，此时天也黑下来了，我头上顶着响雷，手上提着两只鞋，一个人打赤脚在海堤上走，摔倒了，爬起来；爬起来了，又摔倒。连滚带爬，好不容易才到了家，浑身上下都是泥巴，只好洗澡换衣服，没来得及去上晚自习。

那阵子，同学们的学习热情都很高。有一次我碰到了一道数学难题，一时解不出来，我不服气，反复演算，居然忘了中午回家吃饭。当时教我们数学的是郑芬亭老师，他瘦瘦的个子，戴着高度近视的眼镜，那天正巧他吃完饭后，路过我们教室门口，看到我一个人低着头，伏在桌子上，不断地写着什么，就好奇地进来问我："这么早就来学校了？"我猛然一惊，才想起还没吃饭，我抬起头对老师说："我不知道这题该怎么做。"老师接过课本，看了看，给我指点了一下，我得到了启发，马上就做出来了。老师看到废寝忘食的我，摸了摸我的头，和蔼地说："回家吃饭吧。"

我中学时期的第二位数学教师是邢世增老师，邢世增老师长得一表人才，高高的个子，非常英俊。当时，我是数学课代表，邢世增老师经常叫我帮他改作业，大家的作业五花八门，什么错误都有，通过改错我也学到不少知识。邢世增老师还会打篮球，是我们学校的主力队员。那时每年春节，秦屿镇都要举行篮球比赛。我们福鼎四中由体育课老师张登杰、数学课老师邢世增、农基课老师林起德、管学农的老师王可凤和一位高年级的学生组成的代表队，每次都能拿到第一

图 3.10　邢世增老师（1975 年）

名。那几年春节，从初一到初三，最高兴的事就是看篮球比赛。我记得有一次，在秦屿中心小学篮球场，我们学校与解放军队（当地的驻军）决赛，比赛相当激烈，眼看终场时间就要到了，张登杰老师还没越过中线就当机立断一个远投，球刚出手还没到篮板就响起了终场哨声，裁判宣布时间到，可这个球居然投进了。说来也凑巧，这个球如果算分，我们学校就赢 1 分，如果不算就输 1 分。那时讲究“友谊第一、比赛第二”，双方互相谦让了半天，最后让不过解放军队，我们学校得了第一名。

记得有一次学校举办学习竞赛，进行数学考试，我不小心错了一小题，得了 95 分，考试成绩贴在了学校墙板上，我得了第一名。本该高兴的事，可我伤心了好几天，我责备自己为什么不能认真一点，考个 100 分。第二天刚好是劳动课，我们大家挑肥料到屯头学农基地，在回来经过秦屿海堤的路上，同学们都称赞我得了第一名，可我一直闷闷不乐，班主任问我为什么不高兴，我如实地回答说：“我没考到 100 分，没达到要求。”“这话有水平！”班主任听到后，多次这样表扬我。可对我而言，数学和物理双满分是我的目标，我记得中学时期，正式的期终考试，这两门课我都是满分的。

有一次我和班长王上秀同学一起，在语文老师的指导下，组织了一次全班语文考试。我们自己出题，自己刻蜡纸，自己印刷，做得像模像样的。通过这次考试，我学会了制版印刷的技术。

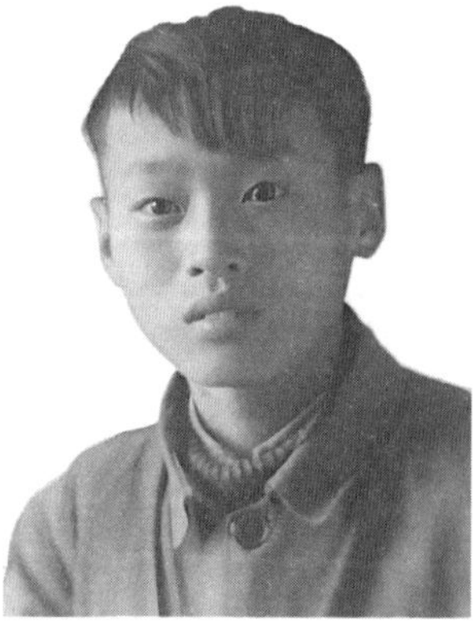

图 3.11　初中毕业照（1972.12）

1972 年底，我们初中毕业了，除了几个家庭成分不好的不能继续上学外，其余同学都升入了高中。刚上高中那阵子，学校还是相当重视教学质量的，为了提高课堂教学效果，学校动员大家做各种教具。这是我特别喜欢做的事，我找了几个同学，用泥巴制作了各种形状的教学模型，有球体、锥体、各种柱体等。这泥巴可不是一般的泥巴，当时秦屿医院正好在挖一口井，那个地方原来是海边的滩涂，有一层很厚并细腻的泥巴，这些细腻的泥巴经过几百上千年的高压，变得非常有韧性和塑性。用这样的泥巴制作的各种模型，干燥后有很高强度，而且一点也不黏手，再在上面涂上一层油漆，就变成非常精致的教具了。

此外，我还发挥我的木工特长，用木头制作了许多教学用具。当时学校举办了一次学生自制教学用具的展览，有近一半的教具都是我或者我和刘兆华同学合作的作品。

1973 年底的期终考试，学校非常重视，为了巩固大家的学习成果，还专门开了动员大会，要求大家认真复习考试。隋国昌校长亲自动员，还专门安排出了 18 天时间用于复习，然后再进行考试，这么长的复习时间是过去从来没有过的。我们那排教室是坐北朝南的走向，冬天难得的太阳斜斜地照在教室外面的走廊上，我就和赵和平、陈艺强、陈宏发、李桂祖、卢振金、刘兆华、王传枝等几位平时经常在一起玩的同学，把课桌椅搬到了走廊上，大家都拿着书在认真地复习。太阳照在身上暖烘烘的，陈宏发同学拿着课本在死记硬背的样子，至今还记忆犹新。

可好景不长，1973 年底，黄帅事件发生了。黄帅是北京市海淀区中关村第一小学五年级的小学生。班主任让全班同学都写日记，要求写出心里的话。黄帅写道："今天，×× 没有遵守课堂纪律，做了些小动作，老师把他叫到前面，说：'我真想拿教鞭敲你的头。'这句话你说得不够确切吧，希望你对同学的错误耐心帮助，说话多注意些……"黄帅的班主任看了这篇日记后说："提意见纯粹是为了拆老师的台，降低老师的威信。"于是，接下来两个多月，老师号召同学"对黄帅的错误要批判，不要跟着她学，要和她划清界限"。黄帅觉得自己受了委屈，便给《北京日报》写了一封信，希望报社来人调和她和老师的矛盾。

恰恰在这时，江青等正好需要在教育界树立一个"横扫资产阶级复辟势力""批判修正主义教育路线回潮"的典型。黄帅这封六百字左右的信成了江青等人的突破口。江青的亲信谢静宜回复："不是你和你老师之间的关系问题，这是两个阶级、两条路线的大事。"她立即指令《北京日报》把日记作了摘编，并在1973年12月12日加了编者按语公开发表。《人民日报》12月28日又在头版头条位置全文转载。

几天之内，黄帅就成了中国家喻户晓的"敢于反潮流的革命小闯将"。中央"文革"领导小组让黄帅到处演讲，在教育战线上大做文章。中国各中小学迅速开展起"破师道尊严""横扫资产阶级复辟势力""批判修正主义教育路线回潮"的活动，许多地方也树立了黄帅式的"反潮流"人物。学校对学生的严格管理被指责为搞"师道尊严""复辟回潮"，许多学校出现了领导管不了、教师教不了、学生学不了的混乱局面。

我们学校也不例外，黄帅"反潮流"以前，也就是"修正主义回潮"时期（1972年—1973年），我们学校三天两头测验，狠抓教育质量。可黄帅事件以后，来了个180度的大转弯，不但不再强调学习，而且不准考试，不准课堂做练习。我记得有一次黄润生老师在上课时，布置了几道课堂练习题，刚好被校长碰见，当场就进行了严厉的批评。黄润生老师红着脸，像犯了一个很大的错误似的，低声争辩着："只是做几道练习，不是考试，不是考试……"

此外，学校团委不断组织大家学习所谓的"反潮流"，批判什么"师道尊严"，反击什么"修正主义回潮"等等。既然不准给学生考试，又如何填写学生的成绩呢？不知是我们学校老师的发明，还是上级的指示，出现了让学生自己出题自己考的怪现象。于是大家就把课本上的例题，修改几个数据，就相当于自己出了考题，然后照着课本的例题修改几个数据后，就作为考卷上交了，老师们也正儿八经地进行了批改，然后给出成绩，于是大家都得了好成绩，皆大欢喜。寻遍古今中外，也没见过如此荒唐的考试，还美其名曰"教育革命"。

现在，社会上许多知名人士经常读错字，把"造诣"读成"造纸（zhǐ）"，把“棘手”读成“辣（là）手”，影响最大的是北京大学建校 120 周年纪念大会，校长林建华在大会致辞时把“鸿鹄（hú）志”念成了“鸿浩（hào）志”。“人非圣贤，孰能无过”，读错字本也难免。那么，北大校长林建华为什么会读错字？他本人是这样解释的：“上中小学时，正赶上‘文革’，教育几乎停滞了。开始的几年没有课本，后来有了课本，也非常简单。我接受的基础教育既不完整，也不系统……‘文化大革命’开始时，我小学五年级，几年都没有课本，老师只是让我们背语录和‘老三篇’。十几岁时是求知欲最强的时候，没有其他的书，反复读《毛泽东选集》和当时一本干部培训用的苏联社会主义教程。我的中国近现代史知识，最初都是通过读《毛泽东选集》和后面的注释得到的。《矛盾论》和《实践论》当时都读过，中学政治课又学了一遍。一分为二、对立统一、主要矛盾和次要矛盾等等，这些概念都滚瓜烂熟，也深深影响了我们这一代人的思想观念。”

我也有深刻的体会，我们这一代人文化修养差，是深受“文化大革命”危害的结果。“文革”期间，批判“智育第一”“分数挂帅”等，大量的文化课程被砍掉，以劳动实践和政治教化等代替基础知识和基本技能训练。在课程设置上，突出思想课和生产劳动实践，削减甚至取消专业课的学习。在教材方面，由非专业人员编写书本，用一些著作、大批判文章代替语文、历史等学科教材，用直接经验的学习代替书本知识。教师在教育教学中的作用被否定，实行革命小将和工农兵上讲台，规范化的考试被取消。学制严重缩短，教学内容稀薄、残缺，使得人们不重视教育的作用。最可恼的是，我中学时期学校没有开英语课程，当时我们学校虽然也有个英语老师，但不知为什么就是不开英语课。这给我日后的发展造成了很大影响，在大学期间我不得不花费巨大的精力来学习外语，严重影响了其他知识的学习。

从 20 世纪 70 年代初恢复大学招生到 1977 年恢复高考为止，我国一直推行以贫下中农推荐为标志的招生制度。推荐制度过分强调了报考者的政治表现，忽视文化知识考查，而政治表现难以计量，标准模糊不清，这就使得招生推荐过程存在着大量的营私舞弊行为，升学常常靠的是关系和后门。小学毕业的被推荐上了大学，品学兼优的中学毕业生则名落孙山，这是当年司空见惯的事情。以张铁生交白卷上大学为标志，“文革”时期的“读书无用论”思想达到了高潮。

上山下乡运动，在20世纪50年代就已被倡导，但规模较小，“文革”开始后大规模的上山下乡运动开始出现。为了解决由“文革”造成的连续三届近2 000万中学毕业生的就业问题，1968年底，毛主席发出“知识青年到农村去，接受贫下中农的再教育，很有必要”的指示，大批的知识青年开始上山下乡前往农村。到了我们这一届，采取一刀切的办法，凡是在中学报过名的，无论是否上过学，都必须上山下乡。在这种形势下，我头脑特别清醒，我知道中学毕业后必须到农村去，没有商量的余地，这是我唯一的出路，没有第二条路可走。

我们高中语文教材中，有一篇有关知识青年的文章，说的是一位上山下乡知青，什么都会干，会木工，会修农具，又会裁剪衣服，经常帮贫下中农修这修那，深受贫下中农的欢迎。我学了这篇课文后，感触很深，心想既然上山下乡是我的宿命，何不学这位知青呢?

从此，我一有空就跑到秦屿铁器社、秦屿木器社和离我们家不远处的一家五金修理店，看他们做活。甚至从浙江过来走江湖的个体手工艺者，诸如修鞋、补脸盆、补锅、配钥匙的等等，我在他们小摊边上也看个没完。同时，还购买和自己制作了不少工具，在我父亲的支持下，我配齐了全套木工工具，还制作了一个做五金活的工具箱，上面有个大锉刀，下面有一个风箱，中间有3层抽屉用于放锉刀、钻头、小锤子等工具。教我们化学的方茂发老师，有一次到我家看到这两套工具后，感慨地对我妈说：“这孩子心真大。”后来，在我上山下乡后，这两套工具果然大放异彩。

我学会了做木工、配钥匙、修锁、补鞋、补轮胎、卷铁皮、锡焊等手艺。有一次我向建国渔业大队的一位渔民朋友要了一个废油桶，再加上几个装饼干用的铁皮盒，制作了8个煤油炉，除留了两个我们家自己用外，其他都送给别人了。这煤油炉虽然外观没有购买的好看，但火焰一点也不差，火苗蓝蓝的，我们家一直用了好几年，直到我上了大学假期回家，我妈还用这煤油炉煮东西给我吃。

现在回想起来，还有点好笑，我们班主任陈炎官老师没有碗柜，平常碗筷和饭菜没地方可放。我就到我爸的医院要了几个木质包装箱，拆了后得到了一些木板，由于这些包装箱都比较小，拆下来的木板都比较短，我就想办法用胶和铁钉将木板拼接了起来，做成了一个碗柜。虽然外观粗糙了一点，但使用功能一点也不差。当时，蒋尧老师看到后还夸张地说："一个小碗柜，铁钉用了几十斤。"我当然知道真正的木工，是一根铁钉都不能用的，但这不是没办法，没有木料嘛。

有一阵子，同学们兴做手枪玩，我也很感兴趣。开始我是用泥巴做，做完后晾干，然后再涂上墨水，看起来黑黑的，外观还真有点像手枪。可是，一点功能也没有，也吓不了人，不好玩。接着用其他材料做，在枪管处安了个小竹筒，小竹筒中装了个像活塞一样的小木栓，加上橡皮筋，装上扳机后，可以将小石子打出去。可外观不好看，可以明显看到橡皮筋和小木栓，不像个手枪。我就改用全木头制作，用木头做成手枪形状后，在枪管处用钻头钻一个像枪管一样的洞，然后将橡皮筋隐藏在这洞中，再加上扳机机构后，外形就很像手枪了，也可以将小石子打出去。

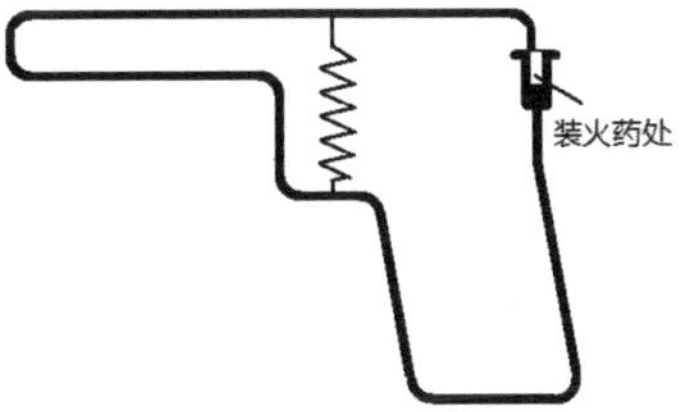

图3.12　发令枪

可这些手枪没响声，不过瘾，怎么办呢？我决定做一个发令枪玩，用人力板车轮上的辐条，制成如图3.12所示的手枪形状，装上弹簧，然后将鞭炮中的火药拆出来，装到该手枪的装火药处。要开枪时，扣紧扳机处，在弹簧的作用下，就可将辐条另一端插入槽中，撞击火药，火药爆炸就会发出很大的响声。

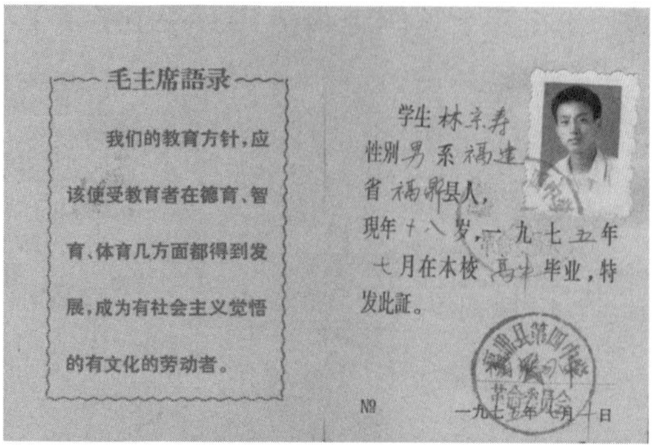

毛主席語录

我们的教育方针，应该使受教育者在德育、智育、体育几方面都得到发展，成为有社会主义觉悟的有文化的劳动者。

学生林京寿
性别男系福建省福鼎县人，
現年十八岁，一九七五年七月在本校高中毕业，特发此証。

№

一九七[illegible]年七月[illegible]日

图 3.13　高中毕业证书

那时候，在学习上老师不管，实际上也管不了，课照常上，而且讲得很慢，到底学得怎么样，只有天知道，反正也不考试。我记性好，理解能力也强，老师讲完课后，我基本上都掌握了，而且还能记得住，但绝大多数同学不是这样的，他们实际上什么都没学到，一天到晚只知道玩，游泳、打牌、下象棋、唱歌、吹笛子、吹口琴、打篮球等等，课余生活倒是极其丰富。

我也下过象棋，但与我们班张德生同学对弈，总是输多赢少，说来奇怪，张德生同学学习成绩不怎么样，但下象棋却下得很好。有一次去参加秦屿镇象棋比赛，我们大家还以为他可以得个名次，谁知第一轮就被淘汰了，回来后我们问他怎么回事，他说比赛时不准摸象棋，摸哪个棋就必须走那个棋。想想也是，平时我们下象棋，习惯到处乱摸，一比赛就犯规了。

我们班有个同学叫王建辉，长得白白净净的，说起话来细声细气的，脾气很好，他喜欢看棋谱，我那时特别顽皮，在他下象棋快输的时候，就在边上使劲地说："赶快打开棋谱，翻到 ×× 页。"以此来激他。其实这页数是瞎扯的，到底有没有这一页，我也不太清楚，他脾气很好，居然也不生气，继续专注下他的象棋。

我们那时没有音乐课，但偶尔有那么一两次，来一个像个小女孩一样的音乐老师，教我们唱歌。从来不教乐理知识，甚至连五线谱都不教，上来就是唱歌，所以我们的音乐素养很差，但我们班不少同学都会吹笛子或吹口琴，其中韦小鸣同学的笛子吹得特别好。我小学的时候，有一阵子特别想学笛子，但那时没钱买，中学时候我用自己做的玩具手枪与邻居小伙伴换了一把口琴，开始练习口琴，就不再学笛子了，后来我的口琴吹得还是可以的。

有一次我和戴建华、刘兆华等同学一起去秦屿海堤闸门处游泳，我为了测试自己到底能游多远距离，就从海堤的这一头向另一头游去，相当于横渡那个海峡，但我担心半路上脚抽筋，于是就平行于海堤并保持 20 米左右的距离向屯头方向游去。刘兆华同学担心我出事，就在海堤上一路跟随，不断地喊我上岸，我心里有数，万一脚抽筋，这 20 米的距离是没问题的，我最终游到了头。秦屿海堤总长是 1.79 公里，终于知道了我能游 1.7 公里左右的距离，但上岸后没走多远脚就抽筋了。戴建华同学曾担任我们高中时的班长，1977 年恢复高考后考取了宁德师范专科学校。

课余时间我们班同学经常打牌，我对打牌不太喜欢，懒得去算牌，但偶尔也会跟陈艺强、陈宏发、李桂祖等人打一把。这几个人挺会打牌，把牌算得很精，我经常是输多胜少。

我虽然喜欢打篮球，但我长得又瘦又矮，没法跟同学们比，相反张彼德同学长得又高又健壮，他篮球打得特别好，是学校篮球队的，中学毕业后我们一起到了斗门知青点上山下乡，1978 年他考取了宁德师范专科学校，毕业后回母校任教，曾任福鼎四中副校长。

到高中毕业时，我们班剩下了 31 位同学，恢复高考后共有 12 位同学先后考取了各类大中专学校，在 1977 年高考录取率只有 4.7% 的情况下，我们班高达 38.7% 的录取率，远远高于其他班级。其中，何陈生同学 1978 年考取了宁德师范专科学校，毕业后回母校任教，曾任福鼎四中校长兼党支部书记。

在十年动乱的年代，在一个轻视知识的年代，我完成了中学的学业。这四年半时间，是我人生旅程上一段激情燃烧的岁月，是一生最美好的时光，然而，我们却浪费了时间、蹉跎了光阴，荒废了学业。我们没学英语、没学地理、没学历史、没学天文，不会唐诗宋词、不会唱歌跳舞，留下了不少遗憾和悔恨。

1975 年 7 月 15 日，我们各自奔赴农村上山下乡去了。

图 3.14　福鼎四中 75 届高中毕业合影（两个班）

图 3.15　福鼎四中 75 届 2 班高中毕业合影

第三排：陈炎官，张彼德，周孝津，刘永伦，陈艺强，陈宏发，黄金德，陈家凑，梁世业，郑敬校，陈先杯

第二排：陈俊，何陈生，杨兆勇，陈再成，张德生，李桂祖，金宗龙，林宗寿，刘兆华，林亦贵，黄可望

第一排：戴建华，唐丽华，隋巧妮，王瑞惠，张桂香，梁世忠，郑家福，张敬龙，卢成礼，李文通

第 4 章　上山下乡

“告别了妈妈，再见了家乡，金色的学生时代已载入了青春的史册一去不复返。啊……未来的道路多么艰难，多么漫长，生活的脚步深浅在偏僻的异乡……”南京任毅创作的这首《知青之歌》，以忧伤的曲调诉说了身处那个特殊年代、遭逢特殊际遇的知青们迷惘、无奈、伤感的情怀。往事在熟悉的旋律中无序地飘忽出许多忧伤的片段，剪不断，理却乱。

20 世纪六七十年代，在“知识青年到农村去，接受贫下中农的再教育，很有必要”的号召下，城市初中、高中毕业生无可选择地离开了亲人、离开了家乡、离开了城市，来到陌生的乡村或边陲，用稚嫩的肩膀去承担沉重的政治使命，用青春的岁月去书写一页页充满辛酸、充满赤诚的人生篇章。

图 4.1　知识青年上山下乡宣传画

那是一段用真情、用眼泪、用汗水书写出来的经历。

4.1　落户斗门知青点

知识青年上山下乡运动，最早可以追溯到 1955 年，以杨华为首的 60 名北京青年组成了青年志愿垦荒队，远赴关东的北大荒去垦荒。中国共青团中央于 8 月 30 日为他们举行了盛大的欢送会。团中央书记胡耀邦在欢送会上把“北京市青年志愿垦荒队”的队旗授予这批青年。随后北京第二批、第三批青年志愿垦荒队以及河北、山东的 2 000 多名青年，也以志愿垦荒队员的身份来到黑龙江垦区。上海青年则要求去淮北开荒种粮。在他们的影响下，1955 年、1956 年，浙江青年去开发新疆，广州青年去开发海南，江苏和四川的青年去开发青海，从而奏响了城市青年上山下乡的序曲。

1955 年 8 月 11 日，《人民日报》社论说：“新中国成立的时间很短，还不可能马上就完全解决城市中的就业问题，家在城市的中小学毕业生中有一部分人，目前的就业是有一定困难的。”社论说：“农业生产对于中小学毕业生的容纳量是十分巨大的，现在需要量很大，以后的需要量更大。”

“农村是一个广阔天地，在那里是可以大有作为的。”经历过“文化大革命”的人都知道这句话。但，这句话并不是毛主席在“文化大革命”时期说的，而是在 1955 年 12 月说的。当时，毛主席谈到中学生和高小毕业生参加农业合作化的工作，他说：“一切可能到农村中去工作的知识分子，应当高兴地到那里去，农村是一个广阔天地，在那里是可以大有作为的。”

1957 年 4 月 8 日，刘少奇主持撰写的《人民日报》社论《关于中小学毕业生参加农业生产问题》也指出：“最能容纳人的地方是农村，容纳人最多的行业是农业，所以从事农业是今后安排中学毕业生的主要方向，也是他们今后就业的主要途径。”

1964 年 1 月 16 日，中共中央印发《中共中央、国务院关于动员和组织城市知识青年参加农村社会主义建设的决定（草案）》，同时成立了中央安置城市上山下乡青年领导小组，由当时的国务院副总理谭震林担任组长。根据周恩来总理的指示，谭震林在 1965 年提出了一个 15 年计划，准备在 1965 年到 1980 年之间，将 1 100 万到 1 200 万知识青年下放到农村，当时讲的是去参加农村的社会主义建设。

以上这些事实都充分说明，早在“文化大革命”开始之前，知识青年上山下乡就已经成为新中国政府缓解城市人口就业压力的既定经济政策。然而，真正有组织、大规模地把大批城镇青年送到农村去，则是在“文化大革命”中期。因“文化大革命”造成了中学生滞留学校，到 1968 年中国出现了古今中外绝无仅有的三届初、高中学生（1966 年、1967 年、1968 年三届初、高中共 6 个年级学生，后来被称为“老三届”）一起毕业的奇景，人数多达 2 000 多万。再加上“文革”对我国经济造成了极大的破坏，很多工厂处于停顿状态，城市已经无法安置连续三届 2 000 多万初、高中毕业生的就业。如果让他们仍然滞留在城市，又无法继续学业，后果肯定是严重的。

1968 年 12 月 22 日，《人民日报》在一篇报道的编者按语中传达了毛主席的最高指示：“知识青年到农村去，接受贫下中农的再教育，很有必要。要说服城里干部和其他人，把自己初中、高中、大学毕业的子女，送到乡下去，来一个动员。各地农村的同志应当欢迎他们去。”

毛主席的“最高指示”得到了热烈响应，从 1968 年 12 月起，知识青年上山下乡进入了高潮。据了解，在 1968 年到 1978 年这 10 年间，我国共有 1700 万知识青年被下放到农村，接受贫下中农的再教育。当时，几乎所有适龄青年除了当兵以外，基本上都属于征召范围，十分之一的城市人口来到了乡村，这是人类现代历史上罕见的从城市到乡村的人口大迁移。全国城市居民家庭中，几乎没有一家不和知青上山下乡联系在一起。上山下乡人数规模之大、涉及家庭之多、动员力度之强、国内外影响之深，都是空前绝后的。

实事求是地说，“文化大革命”之前的知识青年上山下乡，大多数人确实是自愿的，而之后的知识青年上山下乡，可以说绝大多数人不是自愿的。你如果不去，就会被注销粮油关系、注销城镇户口、停发父母工资，但同时也规定一家可以留一个子女在城镇，不用去上山下乡。当时，我们家里有四个兄弟姐妹，我哥哥、姐姐和我三个都去上山下乡，只有我弟弟可以不去。可我弟弟在家里也没事可干，不可能给你安排工作。还好，我弟弟后来去参军，复员后又考上了卫生学校，也有了出路。

还有就是有残疾和严重疾病的人可以不用去上山下乡，为此有些人想尽办法搞到了有严重疾病的证明，避免去上山下乡。这些人虽然不多，但我也认识几个，是不是真的有病，看不出来，但确实没去上山下乡，可后来他们也没有什么好结果，因为也没有给这些人安排工作，最终所有上山下乡的知识青年回城后都安排了工作，这些人才后悔当初没去上山下乡。

上山下乡运动，对大多数知青而言，的确是一个严酷的锻炼，许多知青的基本生活条件都得不到保障。

图 4.2　福建莆田小学教师李庆霖（中）

1972 年 12 月 20 日，福建省莆田县城郊公社下林小学教师李庆霖冒险写信给毛主席“告御状”，信中说：我有个孩子，叫李良模，是一个 1968 年的初中毕业生，1969 年，他听从您老人家关于“知识青年到农村去，接受贫下中农的再教育，很有必要”的教导，毅然报名上山下乡。经政府分配在莆田县山区——荻芦公社水办大队插队户务农。在孩子上山下乡后的头 11 个月里，他的口粮是由国家供应的（每个月定量 37 斤），生活费是由国家发给的（每个月 8 块钱），除了医药费和日常生活中下饭需要的菜金是由知青家长掏腰包外，这个生活待遇在当时，对维持个人在山区最低限度的生活费用，是可以过得去的。当国家对上山下乡知识青年的口粮供应和生活费发给断绝，孩子在山区劳动，和贫下中农一起分粮后，一连串的困难问题便产生了。在山区，孩子终年参加农业劳动，不但口粮不够吃，而且从未见分红，没有一分钱的劳动收入。下饭的菜吃光了，没有钱去再买；衣裤在劳动中磨破了，也没有钱去添置新的。病倒了，连请医生看病的钱都没有。其他如日常生活需用的开销，更是没钱支付。从 1969 年起直迄于今，孩子在山区务农以来，他的生活一切花费都得依靠家里支持。说来见笑，他风里来，雨里去辛劳种地，头发长了，连个理发的钱都挣不到。

对李庆霖的来信，毛主席非常重视并亲自回信：“寄上 300 元，聊补无米之炊。全国此类事甚多，容当统筹解决。”毛主席这封信成为中央高层调整知识青年政策、补助生活困难、改善供应，对迫害知青的地方干部严厉整肃的一个契机。

以后，各地纷纷建起了知青点，对知青进行集中管理，知青生活条件得到了很大改善，从那时起知青上山下乡通常都是去知青点。

1975 年 7 月 15 日，一个我永远铭刻于心的日子，一段艰难曲折人生历程的起点。那天天气阴沉沉的，满天是厚厚的、低低的、灰黄色的浊云。天气闷热得要命，一丝风也没有，天地宛如一个大蒸笼。这种让人无法躲避的闷热，使人心烦意乱。

秦屿公社革委会召开欢送知识青年上山下乡的大会后，我们一行人手拎着各自父母单位赠送的脸盆、茶杯、毛毯等日用品，胸前佩戴着一朵大红花，绕秦屿镇主要街道一圈，一路上锣鼓喧天，街道两旁人声鼎沸，有送行的，也有看热闹的。我们的大行李已早早由各自知青点派来的拖拉机拉走了，出了秦屿集镇大家就各自奔向自己的知青点了。我要去的是斗门知青点。

斗门知青点地处秦屿公社屯头大队斗门村，位于秦屿镇东北方，当时还没通公路，只有一条羊肠小道，距秦屿集镇 5 公里左右；东面靠山，北面与店下镇三佛塔村接壤；西面与店下镇海田、岚亭村相连，南面与屯头村毗邻。村口耸立着两棵约 500 年树龄的参天古榕树，成为本村的独特风景。穿过这两棵古榕树，沿着一

图 4.3　福建省福鼎县秦屿斗门知青点

条古老的石板路，走到村东边的尽头处，便到达斗门知青点。

知青点的楼房是一栋由石头砌成的两层小楼，去往二楼的楼梯正对着大门。楼房中间有个过道，过道两旁即是知青们的住房，上下两层加在一起大致有 26 间房间。在小楼的右边还建有一个一层楼的配楼，作为厨房使用。在远离小楼的左下侧建有一个厕所，小楼前面有一块篮球场大小的活动空地。当时，可算是当地的最好建筑了。

我哥比我早两年上山下乡，他当时是在位于太姥山半山腰的排堂岭知青点。排堂岭知青点是福鼎县的先进知青点，名气很大，经常有许多领导和外地知青前来参观学习。我们斗门知青点是 1974 年才建成的，刚建成时就把我哥作为骨干从排堂岭知青点调到了斗门知青点，任斗门知青点团支部书记。我姐姐比我早一年上山下乡，当时也是到斗门知青点的，我到了斗门知青点后，她就调到秦屿才堡大队小学当民办教师去了。

我们斗门知青点大致有 20 来个人，配有一名带队干部，还配有一名老农民，有 30 多亩田，主要种水稻，知青点的东边山上还有十来亩的地，种马铃薯、红薯等。当时秦屿公社有好几个知青点，负责这些知青点工作的是魏朝胜同志。

那时正值“双抢”季节，我到达知青点的第二天就下地干活了。荷锄种田的日子在一片惘然中拉开了序幕，人生在无可奈何的心理状态下来了一次彻头彻尾的变更，花季少年猛然间成为田园农夫。“锄禾日当午，汗滴禾下土”的艰辛，开始在我们的生活中分解成为一天天的劳作。超负荷的劳动带来的不仅仅是肉体上的劳累，更有精神上的迷惘、心理上的阴影。

图 4.4　魏朝胜（1973 年）

七八月间，刚好是夏收、秋种，农事中最紧张最艰难的时段。割稻、插秧、耘田这些劳动强度极大的农活接踵而来。夏天的烈日针刺般地晒着皮肤，炙烤得双腿、双手起泡、脱皮。割稻、耘田都须弯腰操作，每天腰酸得直不起来，眼前直冒金星。

耘田就是用手的 10 个指头在水田的一蔸蔸稻丛的根部四周来回地“耙”，把稻根边的杂草“耙”掉，用手指头给稻秧松土。水田里淤泥一片，深浅不一，其间隐藏着众多水生动物，如蚂蟥、蛤蟆、泥鳅、田螺、黄鳝，以及剧毒的蝮蛇等，此外还有许多对人体有害的害虫。那时，化肥不但贵，而且还比较紧张，都是大量用人粪尿做肥料的，耘田时手抓到粪便，那是常有的事。

不知道为什么，斗门这个地方，蝮蛇特别多，都长得很粗、很长。体长通常在 80~120 厘米，有的还长达 2 米多，头略呈三角形，背面浅褐色或红褐色，腹面灰白，密布棕褐色或黑褐色细点。常栖于稻田、田野溪沟、草丛、水沟、灌木丛中，弯曲成盘状或波状。一般情况下，它不会主动攻击人，但一旦人碰到它或赶它走时，它就会昂起高高的头，吐着长长的芯，前后摇摆，然后把身子蜷曲，以便更好地集聚能量。当它向你发起攻击时，身体就会像弹簧一样射将出去，同时张大嘴巴，两颗硕大的毒牙借着冲力扎进你的肉体之中，将它剧毒的毒液注射到你的体内。蝮蛇毒性相当剧烈，被蝮蛇咬伤，如果不及时有效地治疗，死亡率不会低于 80%。

蛇晚上经常会横在小路中间，有时还会爬到房间里面来，曾经有条蛇甚至都爬到了我们知青点的二楼房间。有一天晚上我回知青点，那天晚上的月光不是很亮，只能勉强看清路的轮廓，当我走到临近村口的时候，突然感觉脚上踩到了一个软软的东西。说时迟，那时快，我飞快地向前奔跑了几步，随着身后“沙沙”的声音，我的鞋后跟就被什么东西重重地碰了一下。我知道踩到了蛇，胸口扑通扑通跳个不停，庆幸没有被蛇咬到。从此以后，我晚上出门就不敢不带手电了，生怕再次踩到蛇。

“双抢”结束了，农活少了许多，但我们知青点的财务也出现了问题，最大的问题就是没有菜吃了，更别谈肉和鱼。刚来时那几天，有秦屿公社的许多单位赠送的礼物，还有各父母单位的领导来看望大家，多少都赞助了一些，我们每天都是有鱼有肉，可现在他们都走了，再也没有什么礼物了，再加上我们知青点没有多少菜地，也没养猪，只在厨房前面的空地上种了一点点菜，根本不够吃，吃菜都是到秦屿镇购买。现在没钱买菜了，大家只好吃一口饭，喝一口茶，以茶代菜。由于肚里没有油水，饭量还变得特别大，一餐吃一斤大米，都是经常的事。

怎么办呢？分管秦屿公社知青工作的魏朝胜同志，是个非常好的干部，他对工作非常负责和勤奋，似乎对秦屿公社所有的知青点都了如指掌，大家一有什么事通常都是去找他。他给我们出了个主意，就是搞点副业，一是种蘑菇卖，二是用福鼎县知青办给的木材指标做成家具后卖。我们在知青点的一楼，腾出了两间房间，一间用于种蘑菇，另一间用于做木工房。

种蘑菇卖，没有什么问题，因为是集体种的，不算搞资本主义，而且秦屿镇专门有个收购站，按国家定价进行收购，许多生产队都在种蘑菇，只是我们规模很小，赚不了什么钱。可是，把国家的木材指标做成家具卖，是不符合政策的，有很大的政治风险。好在魏朝胜同志是个讲求实际的人，他不怕担风险，再加上我们知青点地处偏远山区，不到处张扬也没人知道，只是国家的木材指标有限，我们也做不了多少东西，所以最终也没出什么事。

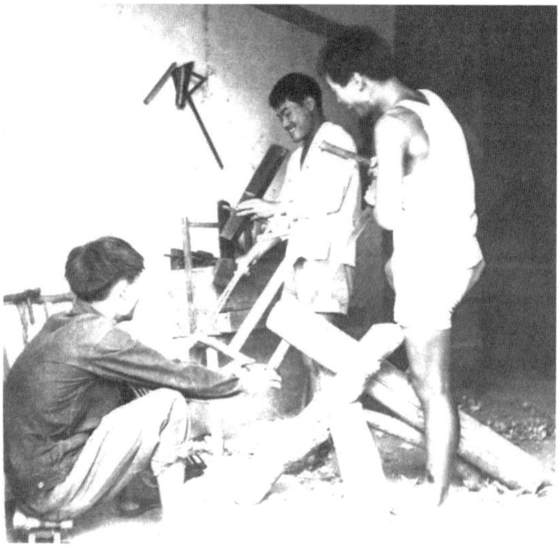

图 4.5　在斗门知青点做木工时的照片（1975 年）

我们知青点有个叫蒋幼实的知青，平时我们叫他为“阿实”，他只是在福鼎四中报了个名就辍学了，没上几天学，就去学木工去了。当时，由于实行一刀切，只要在中学报过名的，都必须上山下乡，所以他也到了我们的知青点。这个蒋幼实可是个真正的木工师傅，人很聪明的，是个做细木的，也就是做家具的师傅，他还会一点雕刻技术。

中国有着几千年的文明史，在这几千年连续不断的历史中，中国人总结出了一套非常科学的生活方式。比如，中国古老的大床，就是一种非常科学的产品，这种床统称架子床。当时，秦屿镇有钱人结婚时都兴架子床，架子床作为大型的中式家具，其价值和市场是不言而喻的。

蒋幼实师傅看我会一点木工技术，就请我给他当助手。于是，我就回家将我的木工工具和小五金工具都带到了斗门知青点，开始了我知青生活中的木工生涯。

图 4.5 照片是当时秦屿公社宣传知青生活的记者拍摄的老照片。照片中的左下角那个人就是蒋幼实师傅，右边那个人就是本人，中间那个人名叫周友楠，是我中学时期同年级的同学，也是我们知青点的知青。他是一点也不会木工，拍照片时他感觉好玩，硬凑进来的。

我虽然在中学时期学了一点木工技术，但没有真正拜过师。我爸虽然也会一点木工技术，但也是自学的，所以，当时我实际上没有真正掌握木工技术的精髓。

传统木工一般分为三个种类，有造房子的粗木工，也叫大木匠；有做家具的细木工，也叫小木匠；还有箍桶做盆的叫桶匠，也叫圆木匠。大木匠需要把圆木砍平，斧子及运斧的技能最重要。小木匠做的是门窗、家具，讲究榫卯正确、拼缝严密，这不仅仅影响外观，而且关系到内在的使用寿命和质量。通常用榫卯、拼缝的质量高低来评价小木匠手艺的高低。

我当了蒋幼实师傅助手后，他对我严格要求，开料、选料、做榫凿卯以及组装等从头学起。斧、锯、刨、凿看似简单，其实是简练而不简单，上手不易，得心应手更难，必须反复练习。刨刀的安装，锯齿的锉磨，家具做榫等木工的基本功训练更不能马虎。要求刨料平整、光滑、方正，画线要准确、正确，打卯眼要方正、垂直。经过一段时间的训练和蒋幼实师傅的精心指点，我的木工技术突飞猛进，真正掌握了木工技术的精髓，开始可以自己制作木工用的工具了，算是出师了。

图 4.6　在斗门知青点制作煤油炉（1975 年）

我除了做木工外，知青点的农具坏了也经常叫我来修理，比如喷雾器、打谷机、鼓风机等等。在平时闲暇之余，我还制作了一个煤油炉，如图 4.6 所示。照片中的右下角就是我亲手制作的煤油炉，左下角是制作煤油炉所用的材料，一个废弃的柏油桶顶盖。中间的木箱子是我中学时期做的五金工具箱，木箱上面是一把大锉刀。

平心而论，即便在最艰苦的时候，我们这一批知青，在生活上也算不上悲惨，否则，身边的农民怎么算？我们虽然经常没有菜吃，见不到鱼和肉，年终结算不但分不到 1 分钱，相反还欠知青点的伙食费，但至少不用饿肚子。

1975 年 10 月，秦屿小东门围垦工程开工了，同年 11 月秦屿公社革委会调我到小东门围垦指挥部，让我负责安装板车轮和制作板车架，我暂时离开了斗门知青点，但并没有改变我的知青身份，没有改变我的命运。

4.2　小东门围垦工程

1975 年 10 月，秦屿小东门围垦工程正式动工。该工程是在秦屿后岙与打水岙之间建一条海堤，挡住海水，围垦海滩面积 6 840 亩，可耕面积 5 200 亩，保护土地面积 22 600 亩。该工程竣工后可保护秦屿镇及屯头、斗门、茶塘、巨口、樟岐、东埕等 10 个村和国营秦屿农场 4.1 万多人口的安全。项目总投资 148.9 万元，完成土石方 49.18 万立方米，总投工 109.06 万工日。

我是 1975 年 11 月调到秦屿小东门围垦指挥部的，当时没有什么施工机械，拉石头、拖土等搬运东西都是靠人力板车。我的任务就是负责板车轮的组装、车架的制作和维修等。虽说是知青，但实际上与民工也差不多，在经济收入上还不如民工，被当作一个廉价劳动力使用。

小东门围垦指挥部位于秦屿积石路上靠近工地的一栋面向大海的老房子里。这栋老房子可能是过去哪家大户的住宅，进入大门后，就可见到一个很大的大厅，被当作仓库使用。大厅的左右两边各有一栋两层楼的配楼，指挥部就设在右配楼的二楼。大厅前面有个天井，由于当时我的工棚还没建，所以我的工作地点就暂时在这天井里。

图 4.7 建设秦屿小东门围垦工程（1976 年）

秦屿公社党委副书记兼革委会副主任林存端同志任指挥部总指挥，除了我之外，斗门知青点还来了两个人，一个是我中学的同学邱世焕，任工程施工员；另一个是江爱燕，任工地卫生员，负责工地突发工伤事故的应急处理。还请来了当时秦屿最有名的发动机维修技术人员陈恒钦，负责工地发电，从吉坑水库调来的朱品梅任技术员，从秦屿中心小学调来的庄友柱任宣传员，其他还有施工员丁邦熙，出纳员张一萍，会计是秦屿镇财政所的梁亦栋，从秦屿派出所调来一个民警担任保卫工作。此外，还有电工、采购员、仓库管理员等。

江爱燕出生于医生世家，她父亲是秦屿医院的创始人。当时筹建秦屿小东门围垦工程指挥部时，要求秦屿各单位都抽调一个人参加。由于秦屿医院抽不出人，就出一份工资每个月 18 元把她从斗门知青点调去。小东门围垦工程结束以后，她又到了平桥水库工地当卫生员，直至招工到福鼎县妇幼保健院工作。工作后，又被推荐到福建省闽东卫生学校学习，毕业以后，分配到了秦屿医院，后又调到了福鼎桐城医院，现已退休。

由于小东门围垦工程刚开工不久，还用不上大量的民工，眼前的主要工作是填沙子和开挖闸门的基坑。每天涨潮时，就可见到大量的民船从潘岐头和蒙湾等处，运来了一船船的沙子，到达大坝的上方后倒入海中。每天退潮时，从浙江平阳请来的民工就开始爆破开挖基坑。

图 4.8　小东门围垦工程的主要运输工具（人力板车）

我那时的任务是组装人力板车轮，为大量民工的到来做准备。当时还没有工棚，晴天就在天井中干活，下雨就在台阶上。组装板车轮，照理说没有什么技术含量，就是将轮毂、辐条、轮胎、轴承等组装起来并上好润滑油，调正、拧紧就可以了。但，由于是全新的轮胎，很硬，不像旧轮胎那样用手一按就可以到位。我一个人，又没有其他人帮忙，新轮胎一捆一捆好几条叠在一起的，抽出一条翻个面都很费劲，更别谈安装到轮毂里面去了。

怎么办呢？我想出了一个办法，用粗钢筋做了几个撬棒，再用粗铁丝做了几个钩子。先把轮胎用撬棒撬进去一点，插在那里不动，然后用钩子反向钩住撬棒并固定住。再用两根撬棒轮流一点一点地将轮胎往里撬，最后收口时最难，一定要一点一点地移动，否则用再大的劲也装不进去。没用多长时间，我就将 100 多辆板车的车轮全部组装完了。

这时，指挥部给我盖的工棚也建成了，我搬到了工棚开始做板车架。

我的工棚位于秦屿镇后岙观音寺的北面，紧挨着秦屿建国渔业大队的油库，也就是现在的林氏宗祠的附近，是用竹子和稻草盖成的。一共盖了两大间，一间作为我的工棚使用，另一间作为发电机的机房，发电机是用上海产东方红 35 匹拖拉机带动的。当时，秦屿镇供电紧张，我们从小东门建国大队修配站牵了两根电线过来，但只能供我们工棚的照明用，工地要用电，就只能自己发电了。内行人可能一看就知道，这是违规的，因为油库旁边是禁止搭建其他建筑的，更何况这还是个草棚，里面还有一台发电机。

由于我是知青身份，又是做具体事的人，算是最累了。白天除了干活外，晚上还要参加指挥部的政治学习。而指挥部的其他人没什么事干，一天到晚不是吹牛谈天，就是喝茶看报纸，我在指挥部里又没有办公桌，可还经常安排我晚上轮流值班，不能回家。

林存端是个土改时的老干部，农民出身，听说土改时曾三过家门而不入，算得上是个朴素的农民好干部。他长得不到 1.6 米的小矮个，相貌平平，脸儿黑黢黢的，眉毛很浓，留着小平头，大约 40 来岁，太阳晒得黢黑的圆圆的脸上，有一对稍稍凹进去的大大的双眼皮儿眼睛。穿的衣服都很旧，脚上总拖着一双拖鞋，经常是挽着两条裤腿，走起路来风风火火。我看他认不了几个字，却每次开会前，总要装模作样让宣传员庄友柱念上一段报纸，然后才开始讲正题。他讲话时不停地吐口水，讲一句话吐一下口水，再讲一句话再吐一下口水，已经形成了习惯。其实也没吐出什么东西来，只不过是习惯而已。好像不吐一下，就不知道下句话该怎么说似的。

林存端还时刻不忘阶级斗争，警惕性很高，当时小东门海边位于闸门的基坑处有一块很大的石头，像个飞来石，立在海边，是个很有名的景点，是许多人照相取景的地方。由于占了闸门的位置，所以必须把它炸掉，这么美的景点要炸掉，有人说了几声可惜。本来是件很平常的事，在开会时却被那个宣传员搞得紧张兮兮的。他无中生有，硬是说有人在搞破坏，在传那个石头不能炸，说那块石头有神灵什么的。被他这么一鼓动，林存端认为这是阶级斗争的新动向，必须马上批判，立即指示那个宣传员马上写批判文章，第二天就贴到了门口的宣传栏上去了。

开挖基坑必须在退潮之后才能施工，每天的退潮时间都不一样，所以经常要晚上加班。加班就必须发电，负责发电的是陈恒钦，而负责接电线的电工是两个退伍军人。可能在部队里学过一点电工知识，但我看他们很多东西不懂，连两个电灯什么叫并联，什么叫串联都不知道。

有一个秦屿农业大队来的民工，正式名字叫什么我不知道，只知道大家叫他“阿班”。这家伙见面熟，很会交际，是个死皮赖脸的人，没上过学，从小就开始给生产队放牛。他一天到晚围着这两个电工转，那天晚上要加班，看到两个电工在牵电线，接电灯，他便自告奋勇地帮忙接电灯头。电线接完了，天也黑了，该亮灯了，谁知一合闸，就只听“啪、啪”几声，整条电线全部被烧毁了。这时，只见指挥长林存端“棺材、棺材，这个都做不好”“棺材、棺材，这个都做不好”，一边口中念念有词，一边连连跺脚。大家吓得都不敢作声，连忙帮忙把电线和电灯全部拆下来，拿到我的工棚里，查找原因。我拧开灯头一看，差点笑出声来，原来“阿班”这个家伙什么都不懂，他把火线和地线拧在一起，然后接到灯头里，不烧掉才怪。

烧掉了电线，那天没办法加班，这还算是小事，可不久就出了一件更大的事。

有天晚上刚好是涨潮，没有加班任务，我刚吃完饭，照例到指挥部来参加学习，大家刚坐下来没过多久，就听到建国大队维修站的人在楼下大声喊：“林主任、林主任，你们的工棚起火了。”说完就马上跑到秦屿派出所去推那个“水龙”去了。

当时，秦屿派出所门前有个人力消防车，当地人称它为“水龙”。水龙两旁有两根上下摆动的摇柄，当一边摇柄往下按时，另一边的摇柄就往上升，通过两边摇柄的上下摇动，水就可以从水龙头喷射出去。与图 4.9 的老式人力消防车有点相像，只是水箱做得与消防车顶差不多高，可以储存较多的水，还有车底下的车轮没那么大，其他基本上都相同。一旦失火，大家都知道到这里来推水龙去救火。

图 4.9 老式人力消防车（水龙）

听到工棚失火了，大家都大吃一惊，赶快往工棚跑，随后很多老百姓也都往这边跑。我还没跑到工棚，就看见远处火光冲天，许多人拿着脸盆、水桶之类的东西，从海里舀水救火。不一会儿水龙也到了，那天是涨潮时间，台阶下面就有海水，取水倒是很方便。

我跑到我的工棚旁，工棚差不多都快烧塌了，我想冲进去把我的木工工具抢出来，可怎么也进不去。这时掌握水龙的人根本不理会你这个破工棚，他们在乎的是油库。这是秦屿建国渔业大队的油库，昨天晚上刚刚装满了一整库柴油。他们说一旦爆炸，整个秦屿镇可能都会被烧光，你说恐怖不？所以，几个年轻人奋力摇动水龙，一股股海水喷向油库屋顶和围墙四周。我看着实在没办法，这时离工棚门口不远的地方，有一捆边角正在燃烧的轮胎，于是我拎起来就跑，然后把它扔到施工基坑的海水里面了。

油库保住了，而我们的工棚连同我的木工工具全部烧毁了。损失最大的是，上海产 35 匹东方红拖拉机和发电机烧毁了。火灾后，林存端首先想到的是有没有阶级敌人在搞破坏，故意放火，从派出所来的负责保卫工作的民警，经上上下下多方调查，还是没能抓到阶级敌人。只是知道，火首先是从发电机房烧起来的，当时发电机没开，也没人值班，平时用的电是从修配站牵过来的，显然是电线起火造成的，也就不了了之。没想到整天以阶级斗争为纲，老想着阶级敌人会搞破坏，对防火安全工作一点也不重视，到头来阶级敌人没看到，火灾却造成了这么大的破坏。

工棚烧没了，再也不敢在油库旁建工棚了，于是就在指挥部旁边租了一处民房作工棚。我的工具全部烧毁了，指挥部就给了一些钱让我重新买工具。刨刀、斧子、锯子、凿子等铁器，买起来倒是不难，最难的是用于刨床的木料，非常难得，不是用钱能买到的。用于刨床的木料，都是非常坚硬和耐磨的，一般都是用上等的楠木制作。当时我爸在秦屿医院，认识了很多秦屿造船厂的师傅，他们造的都是比较大的木船，其中舵使用的木料一般都是非常坚硬的楠木。我爸就向他们讨要到了几块，我那时木工技术水平已经很高，可以自己制作各种工具了。于是，我又重新制作了一整套工具。我上大学后，辗转多地，我的木工工具放在老家，被人拿走了一部分，剩余的部分被我带到了武汉，至今还珍藏在我的办公室，如图 4.10 所示，这些木工工具已经有 47 年的历史了。

上海产东方红 35 匹拖拉机被烧毁后，秦屿公社专门为陈恒钦申请了一个临时驾驶执照，他开车到上海拖拉机厂买来了配件，不久就把它全部修好了。我继续做着板车架，直到 1976 年 6 月，福鼎县知青办调我到福鼎县知青办，给全县知青做家具，我才离开了秦屿小东门围垦指挥部。我离开后，该工程于 1978 年 10 月竣工，至今还造福于秦屿人民。

图 4.10　重新制作的部分木工工具

林存端总指挥长后来退居二线，不久就荣归故里，我上大学后就再也没见到过他了。

1985 年 12 月 22 日早晨，就在这个小东门海堤附近发生了一件大事，传播很广。那时正值涨潮，海浪翻滚，波涛汹涌，秦屿建国渔业大队的渔民正在海上捕鱼。突然，一头 10 米多长的抹香鲸闯入了捕鱼作业区，渔民们马上用大网将其团团围住。然而，这头海兽不肯束手就擒，拼命翻滚吼叫，企图挣脱逃跑，无奈被渔网紧紧缠住，动弹不得。就在此刻，渔民们发现二三海里外波涛翻滚，一群抹香鲸蜂拥而来，然后在那头被捕的抹香鲸周围游来游去，并用身体隔网摩擦被围的同伴，以示安慰，同时横冲直撞，攻击渔船，显得非常愤怒。渔船在鲸群的攻击之下，上下颠簸，几乎翻覆，渔民们惊恐万状，奋力搏斗，相持三四个小时，海水退落，鲸群全部搁浅，横卧于海滩，但全部还活着，奇怪的是，直到再次涨潮时，这鲸群仍然不离去，渔民们在当地水产部门的指示下，奋力驱赶鲸群返回大海，甚至动用机帆船拖曳，都未奏效，那些被拖下海的鲸，竟又冲上滩来，没有一头苟且偷生，直到退潮，12 头 12~15 米长的抹香鲸全部毙命，陈尸于海滩，情景十分壮烈。如图 4.11 所示，抹香鲸背后的海堤即为秦屿小东门围垦工程所兴建起来的大坝，这是我国有记录的第一次抹香鲸集体“自杀”事件，在国际上也颇有影响。

图 4.11　12 头抹香鲸在秦屿小东门海堤旁遇难

4.3　县知青办制家具

1976 年 6 月，秦屿公社主管知青工作的魏朝胜同志，通知我到福鼎县知青办给全县知青做家具。我不愿意去，心想反正都是做工，跑那么远没有多大意义，推托了几次。可县知青办领导反复催促，我推托不掉，最终还是答应了去福鼎县知青办做家具。

当时，秦屿镇到福鼎县城关还未通公路，也没有固定的水路客船。要去福鼎县城关，必须步行 20 多公里的山路，从太姥山半山腰翻过去，经过一条特别陡峭和险峻的周公岭古道，到达福鼎县白琳镇后，才有客车到城关。之前，中学时期学生学军拉练时，我曾走过这条道，知道其险峻以及跋涉之艰辛。

我本想挑上木工工具上路，可我妈无论如何也不让我挑工具上路，她很清楚这段山路的险峻，我只好拿了一把刨刀和一把锯子上路了，其余工具就委托秦屿长途运输社海运到福鼎县城关。

周公岭古道由不规则的石头修砌而成，古道左侧是石壁，山上草木葳蕤，右侧是山涧，幽深莫测。山涧里流泉飞瀑，势若奔雷，响彻山谷，令人胆战心惊。古道上古木参天，遮天蔽日，石阶经历长期的风雨侵蚀，斑驳之中泛着幽光。那天，我独自一人走在这狭窄的古道上，举目远眺，峰峦叠嶂，大地苍茫，深谷幽壑，可谓风光无限好。想起中学时代，羡慕科学家，理想是成为一名工程师，可中学毕业后，随着一声令下，到农村去，到边疆去，到祖国最需要的地方去，过去的梦想变成了泡影。望着远处腾起的一片片茫茫的云雾，我的内心一阵彷徨。正是“前路茫茫何处是，泪长流，心如空”。“啊啊啊，未来的道路多么艰难，多么漫长……”一路上不由自主地哼着《知青之歌》，我连走带跑地下了周公岭。

我走到了公路边，在一个挂着“白琳镇”的牌子下等待过路的客车。不一会儿，一辆客车卷着滚滚的黄尘向我开来，这是一辆老掉牙的破客车，大致有 40 来个座位，好在客车尾部还有一个空位，我坐上了客车，客车就继续往福鼎城关方向开去。那时没有高速公路，都是弯弯曲曲的简易公路，沙石路面，车开过去，车后就会腾起一股股灰尘。车内更别谈有什么空调，闷热难耐，只好开着车窗，让一股股黄尘飘进车内，不用多长时间，你的头发、脸颊甚至鼻孔就会布满灰尘。

白琳镇到福鼎城关只有 20 多公里的路程，用现在标准看，可算是近在咫尺，可在当时却是一段艰难的路程。福建是丘陵地带，道路弯弯曲曲，客车一开动，就左右摇摆，我就头昏脑涨，感到恶心想吐，胃里翻江倒海，嘴里口水不断，像是有什么东西压在胸口，呼吸都感觉困难，就好像人在所谓的地狱里。后来，我才知道这是晕车。还好，路途不远，不到 2 小时，客车就到达了福鼎汽车站。

我到福鼎县知青办报到后，发现秦屿公社已经来了一个人，这个人也是没上几天初中就辍学学木工去了，但木工技术不怎么好。福鼎城关来了 4 个人，都是福鼎县建筑公司的子弟，他们原本都是在建筑公司工作的，由于上过中学，所以都变成知青了。前岐公社来了 2 个人，年纪比我们大多了，好像是老三届的，是做粗木的，但没来几天就走了。我来后不久，斗门知青点的蒋幼实师傅也被叫来了。最后来的是一个点头公社的人，此人脾气暴躁，蛮横无理，所以我们不怎么交往。

我们的工地被安排在县委大院内的东方红剧场里，当时这个剧场已被当作仓库，用于储存兴建桐山溪水库的物资。原先说好只将舞台让给我们使用，但我们知青力量大，最后整个剧场一大半都归我们了。2018 年 8 月，在我哥的陪同下，我重返故地，想看看当年的东方红剧场，可它早已被拆除，变成了一块绿地。

我们没有寝室，除了从城关来的 4 个知青回家住宿外，从外地来的几个人都在舞台上打通铺，架起木板，铺上草席，就是我们的住处了。我没有枕头，用砖头有点硬，不太舒服，就向知青办要了几本宣传册当枕头，感觉还挺好的。

当时福鼎县知青办主任是林开雍同志，偶尔开会见过几次面，平时一般不来往。知青办会计是陈亨裘同志，具体负责我们的生活和工作。工作内容是做知青用的 1.0 米 ×1.9 米单人床板和支撑床板用的长凳，还有平常使用的方凳，都是些再简单不过的家具，没有什么技术含量。

开始工作了，我们首先把原木拖到锯木社锯成木板和方料，再拉回到东方红剧场，按三角形叠成一垛一垛的，以防木板干燥后变形。木板很多，几乎占了半个剧场，每个木垛的高度都快接近剧场的天花板了。

每块床板都是由几块木板拼接而成的，所以首先要将木板的边缘锯直，以便拼接。为了节省工时，城关来的几位小伙子就想出了一招，就是去借福鼎县建筑公司的小型锯木机。他们都是福鼎县建筑公司的子弟，一说是知青办借用，对方二话没说就同意了，

图 4.12　小型锯木机

但他们工地也有工作，只同意晚上借给我们，天亮后就得还给他们。这锯木机在城关山前村的工地，快下班时我们就出发去拉回来，我们只能晚上干活，白天睡觉。

这锯木机声音太大了，特别是夜深人静之时，那尖利刺耳的声音尤其让人心烦，大家都被我们吵得睡不着觉。东方红剧场在县委大院之内，旁边都是家属楼和宿舍，里面住着各部委和各局的领导。有一栋家属楼就紧挨着我们的工地，声音大得实在受不了了，就有人半夜跑来敲门，我看他好像是福鼎县建委的领导，因为他以为我们是他的下属单位，要我们停止，一问我们是知青，也没办法，走了。第二天天一亮，我们就收工了，准备把锯木机还给人家，只见昨晚那个领导气呼呼地对我们说："天一黑，你们就锯；天一亮，你们就不锯。"看他恨得咬牙切齿的样子，我们几个人都在暗暗偷笑。那时没有环保的概念，现在想起来，我们那时真的是太不讲理，我行我素，根本没理会他人的感受。我们连续锯了几个晚上后，福鼎县委书记李新文夫妇俩也被我们吵得睡不好觉，他们夫妇俩半夜跑来看，问我们是哪里的，做什么的。我们回答说是知青，为全县知青做家具。他一听说是知青，立马指示我们继续做，不要担心别人提意见。第二天他还在县常委会上要大家支持我们，不准给我们出难题，这是县知青办主任给我们说的。可见，当时对知青工作是多么重视，已经上升到了政治的高度，谁也不敢为难我们。

我刚到福鼎城关时，我的工具还没托运到，我只随身带了一把刨刀和一把锯子，还好这段时间主要是锯木板，也用不上什么工具。半个月后总算收到了工具，高兴得很，总算没耽误了工作。

木板锯完了，就开始做家具。刚开始，大家流水线作业，一个人只干一种活，还以为这样效率高，谁知道慢慢地就相互埋怨起来了。你说他榫头没锯准，锯大了；他又说你卯眼没打方正，打歪了；等等。最后大家分道扬镳，各干各的，反而都没意见了，效率也提高了。我手脚比较麻利，每次都早早地完成一天的任务，有时还可帮一下其他人，这样一来大家都能友好地相处了。

我们都是在县委食堂吃饭，饭菜质量比知青点好多了，有许多油水，还有肉吃。记得有一次我碗上居然还粘上了许多油，用水还冲洗不干净，这是过去从来没有过的事，后来有个厨房老太太告诉我用开水烫，才把碗洗干净了。

我们没有工资，县知青办只发饭菜票给我们，所以吃饱饭是没问题的，但我们手上没钱，其实知青都一样，一年到头拼命干，平时粗茶淡饭，年终一结算大多也是反欠知青点或生产队钱的。我们与其他知青相比，至少吃得比他们好多了。但有时候我们想看电影没钱怎么办？也有办法，就对食堂卖菜票的人说，我们误了吃饭的时间，到外面餐馆吃了一点饭，就可以用菜票换得几毛钱了。

我刚到福鼎城关不久，不知是什么原因，耳垂上长了个小瘤子，硬硬的，圆圆的，轻轻捏它，还会转来转去。我担心这小瘤子长得越来越大，一天晚上就狠下心重重地捏了它一下，结果这小瘤子被我给捏破了，当场还好，不觉得很痛，谁知过了几天居然发炎了，肿得很大，脖子处的淋巴结也跟着肿大，半边脸都疼痛得不行，我还是坚持没去理它，因为没钱不敢去看医生，后来慢慢就化脓了。那天正好是1976年7月16日，纪念毛主席横渡长江10周年，福鼎县体委开展了横渡桐山溪活动，我们一帮知青也去赶热闹。

桐山溪离县委大院不远，我们经常到那里游泳，我们坐在岸边的溪水里，只见溪对面一队民兵身背着半自动步枪，在一声哨声的指挥下，开始横渡桐山溪，不一会儿，就听见岸上的人大喊：“有人落水了！”“有人落水了！”原来有几个民兵承受不了那把半自动步枪的重量，沉到水里面去了，大家慌忙营救，最终还是淹死了两个人。

那天游泳的时间有点长，我耳垂上那个化脓的小瘤子经溪水长时间的浸泡，外皮有点软了，我就想把脓血给挤出来，于是强忍疼痛用劲一捏，真的被我给挤破了，流出了好多的脓血，桐山溪的溪水清澈见底，我一边挤一边用溪水清洗干净，过几天居然完全康复了。

我们在干活时，有时候不注意也会受伤。记得有一次，大家一边干活，一边谈天，正谈着起劲之时，我大拇指不小心被锤子敲着了。当时大拇指指甲下面一片乌黑，疼痛无比，总算感受到了什么叫十指连心的感觉，我没钱去医院，强忍着疼痛，坚持干活，过了几天指甲居然自己脱落了，然后又慢慢地长了出来。

我们在县知青办做家具，虽然做的都是简单的床板、凳子之类的东西，但有时知青办领导会叫我们帮其他人做些家具，如碗柜、五斗柜、沙发之类的家具，这当然是不收费的了。有一次某个领导要做一个五斗柜，五斗柜的左上角被设计成放茶具之类东西。一般五斗柜这个位置都是使用两块玻璃对开的门，加工起来比较简单，但使用时最多只能打开一半的门，碰到茶盘之类大一点儿的东西就放不进去。福鼎有个人家里的五斗柜设计得比较好，他这个位置是用一整块玻璃框起来的门，开门时把这玻璃框从下面往上翻，就可以插到茶具的上方，紧贴在五斗柜柜面底下，不碍事，再大的茶盘也可以放进去。关门时，再抽出来放下，就可以做到无缝衔接，美观大方，又很实用。这个门的结构设计确实不错，但比较复杂，他们就把我叫去，我过去也没见过这种结构，但我看了一会儿就明白了，后来顺利地把它做了出来。

有一次，县委食堂有个老师傅，他的儿子从福建顺昌带回来了一批比较珍贵的木料，还带回来一张沙发的草图，想做一套木质沙发。我们都没见过这种样式的沙发，当地的沙发也都没有这种样式。沙发两边是用木料做成两个椭圆圈，然后在椭圆圈中安装上坐垫和靠背，再在椭圆圈下面装上沙发的脚，结构还真有一点复杂。管我们的领导就叫蒋幼实师傅按照草图来做这个沙发。

蒋幼实师傅接受了这个任务后，准备开始制作时，发生了一件事。那天大家做工做烦了，想找点乐趣，福鼎城关来的那几个小伙子就带头爬到剧场大厅的天花板上面去玩，蒋幼实师傅也跟着爬了上去。剧场大厅天花板离地面是有一定高度的，爬上去容易，但下来却很困难。蒋幼实师傅有点害怕，不敢下来了。怎么办呢？总得要下来吧，他在天花板上面转了很长时间，发现舞台上幕布旁边有一根绳子，这根绳子一头接着幕布，另一头一直下垂到舞台上，其实就是拉幕布用的绳子，不是很粗，而且已多年不用了。蒋幼实师傅就两只手拉着这根绳子，两只脚蹬着墙壁，一步一步往下降。我一看感觉有危险，大声喊道“危险”，就想去阻止，可已经来不及了。蒋幼实师傅已经向下降了 2 米多了，还剩下 4 米来高，就在这时绳子突然断了，蒋幼实师傅就直接摔到了舞台上。还好他屁股着地，而且舞台上地板是木头做的，有点弹性，没伤着他，没造成多大事故，大家也都放心了。

可不久就发现蒋幼实师傅好像出了什么毛病，神情焦虑，整晚睡不着觉，突然说要请假回家。知青办陈亨裘会计看到这情况，生怕出什么事，就同意他请假回家。第二天他就买了到白琳镇的汽车票，然后从白琳镇步行回秦屿镇。我们大家都以为他会在家里休息几天后才回来，可万万没想到他就在家里睡了一个晚上，第三天就又回到了我们的工地，大家都大吃一惊。要知道，当时福鼎到秦屿没有公路，交通十分不便，必须乘车到白琳镇，然后步行翻过险峻的周公岭，走 4 个多小时的山路才能到达秦屿镇。他回来后，尽说些我们听不懂的奇怪的话，病情好像变严重了。知青办陈亨裘会计害怕出事，就带他到福鼎县医院看病，也检查不出什么毛病，开了一些药。我照顾他吃药，还给他买来西瓜，说服他不要再往秦屿跑了，就在工地休息几天。看他根本无心做事的样子，知青办陈亨裘会计就把做木质沙发的任务交给了我。

于是，我根据草图的外观，自己设计了内部榫卯结构，花了好几天的时间，把它做成了。从此，有什么麻烦和难做的活，陈亨裘会计都叫我来做。

蒋幼实师傅在生病期间，不用干活，觉得无聊，居然还用木头做了一把板胡玩。他做的板胡与二胡差不多，就是用很薄的木板代替蛇皮，其中除了琴弦和弓线外，其它都是他自己做的，板胡的声音还挺不错，他边拉边唱，过了几天他的病竟然神奇地好了。

1976 年是极不平凡的一年。1 月 8 日，中共中央副主席、国务院总理、全国政协主席周恩来在北京逝世，享年 78 岁。7 月 6 日，全国人大常委会委员长、中国人民解放军总司令朱德在北京逝世，享年 90 岁。7 月 28 日凌晨 3 点 42 分，河北省唐山地区发生里氏 7.8 级强烈地震，造成 24 万多人死亡，16 万多人受伤。9 月 9 日，中共中央主席，中央军委主席，中国人民政治协商会议名誉主席，中国共产党、中华人民共和国和中国人民解放军的主要缔造者与领导人毛泽东在北京逝世。

1976 年 9 月 9 日下午 4 时整，中央人民广播电台准时向全国也是向全世界广播了《告全党全军全国各族人民书》，沉痛地宣布了中国人民的伟大领袖毛泽东主席逝世的消息，全国人民震惊了。8 亿人民为失去自己敬爱的伟大领袖而极其悲痛，那一时刻，江河呜咽，群山寂寂，万物同悲。

毛主席逝世后，世界各地对他的赞扬和哀悼如潮水般涌来。在他逝世后的 10 天里，共有 123 个国家的政府和首脑向中国政府发来了唁电或唁函，105 个国家的领导人或代表到中国使馆吊唁，53 个国家降半旗致哀，许多国际机构和国际会议也开展了悼念活动。

那天，我并没有在第一时间听到毛泽东主席逝世的消息，而是吃完晚饭后和蒋幼实一起去散步，走到县委大门口时，发现知青办陈亨裘会计正在上高中的儿子和一帮同学骑着自行车,手臂上都戴着黑纱,问他们发生了什么事，他们才告诉我们毛泽东主席逝世的消息。随后，县委办公室人员在县委大楼的屋顶安装了一个高音喇叭，反复播送哀乐、《告全党全军全国各族人民书》《治丧委员会名单》和世界各国政府、政党和知名人士的唁电等。许多人都自发地聚在县委大楼前的广场上，一遍又一遍地收听广播。大家都极其震惊，心情都十分沉重，难掩悲伤情绪，有的人泣不成声，随后 30 天内停止了一切娱乐活动，大家也都自觉遵守。

1976 年 9 月 18 日，“伟大的领袖和导师毛泽东主席追悼大会”主会场设在天安门广场，华国锋致悼词。披着黑纱的毛主席巨幅遗像，悬挂在城楼中央。城楼前面，筑起了红色高台，上面陈放着党和国家领导人敬献的花圈。东西两侧陈放着党政军各部门和 29 个省、市、自治区敬献的花圈。天安门广场庄严肃穆。首都百万群众很早就来到天安门广场和东、西长安街，一直延伸到东单、西单。他们臂戴黑纱，胸佩白花，列队肃立。

各省、市、自治区的政府所在地至各城镇、公社作为“分会场”，先收听北京的现场实况广播，之后举行追悼会。当广播里宣布追悼大会开始并播放哀乐时，所有的汽车、轮船、火车全都鸣笛志哀，会场上更是哭声一片。对毛主席的悼念，可以说创造了众多的世界之最，譬如佩戴黑纱的人数之多，佩戴时间之长（长达一个月），灵堂之多，追悼大会规模之大（“分会场”遍布全国），还有当天下午的全国工厂停工、学校停课、商店关门。

图 4.13　毛泽东主席追悼大会

那天，福鼎县城关有两个追悼大会会场，一个是在福鼎县剧场，另一个是在福鼎一中。我参加了福鼎一中举行的毛泽东主席追悼大会，与县委一大帮工作人员一齐排队进入会场。走到福鼎一中校门口时，突然听见值勤的民兵一声大吼：“穿拖鞋的，出列！”随着这声命令，大家都转过头用异样的眼神看着我，这时，我才发现不能穿拖鞋进入会场。我那时，夏天穿拖鞋，冬天穿解放鞋，就两双鞋，没有其他的鞋。由于当时还没到冬天，所以一天到晚都是穿拖鞋，又没有什么人通知我说不能穿拖鞋，就习惯地穿着拖鞋去参加追悼会了。我看着吼我的值勤民兵凶巴巴的样子，就对他说，我没有其他鞋，打赤脚可以吗？他说上级没说禁止打赤脚入内，于是我就将拖鞋拿在手上打赤脚进去了。县委办公室的负责人听到这吼声后，赶快跑过来问我是哪个单位的，我说是知青，他就不作声走了。

进入会场后，大家的心情都十分沉重，现场能听到的全部都是呜咽声。在哀乐的感染之下，很多人的情绪难以自控，开始嚎啕大哭，他们不能接受这样一个伟人就这样倒下了，甚至还有一部分人哭到昏倒，不少医生迅速赶来救治。有位老婆婆边哭边喊：“怎么样办喔？毛主席不在了怎么办喔？这要变了天怎么办喔？我们又要吃二遍苦，受二茬罪啊！”

1976 年 10 月 6 日晚，以华国锋、叶剑英、李先念等人为首的党中央，对王洪文、张春桥、江青、姚文元及其在北京的帮派骨干采取果断措施，实行隔离审查，结束了“文化大革命”。

1976 年 10 月 21 日，首都 150 万群众举行盛大游行，热烈庆祝粉碎“四人帮”的伟大胜利。此后，全党、全军、全国掀起了深入揭批和清查“四人帮”及其帮派骨干罪行的高潮。

图 4.14　首都人民庆祝粉碎“四人帮”

时间过得很快，不知不觉，半年时间过去了，家具也做得差不多了，福鼎县知青办林开雍主任要求大家总结一下，写个总结报告。然后开了一个总结会议，每个人在会上都作了发言。最后，知青办林开雍主任把我们这次做家具的活动定义为木工培训班，于是大家就都结业了。

大家都回家了，哪里来哪里去，最后就剩下我留下来做收尾工作。场地一片狼藉，剩下很多废木料，看起来很可惜，我就把这些剩下的边角木料做成一批小方凳。因为许多废木料长度都比较短，所以我缩小了比例，做成的小方凳的尺寸虽然比较小，但小巧玲珑，陈亨裘会计看了，十分高兴，爱不释手，直说漂亮，后悔做少了，当初应该专门做一批。

天下没有不散的筵席，我也要回家了，走之前我向食堂老师傅告别，没想到这老师傅十分重人情，一直记着我给他做了沙发，由于我没收他报酬，走的那天他给我送来了几斤猪板油肉，也就是炼猪油用的肥肉，这在当时是非常难得的物品，我拿回家后，我妈也高兴了半天。

1977 年 1 月，我把剩下的饭票换成钱后，买了到白琳镇的车票，再步行翻过周公岭回家，木工工具委托秦屿长途运输社海运回来。

想想我在县知青办的这段经历，我并不傻，也很努力，甚至都已经是一个木匠了，可照样也解决不了温饱问题，更别谈养家糊口了。在当时那种氛围下，我知道我上不了大学，因为我上山下乡后，秦屿公社就已经推荐我哥上了大学，不可能再推荐我了，我想连招工指标也不会给我的。那年冬天正好在征兵，征的还是海军，于是，我就动了去参军的念头。

正当我准备报名去参军之时，秦屿供销社征用了我们家的地，我们家要搬迁重盖，我只好打消了去参军的念头。于是，我向主管秦屿知青工作的魏朝胜同志请假，在家里帮忙盖房子。魏朝胜同志也很讲义气，他不但批准了我的假，还派出屯头知青点的拖拉机帮我们家拉土填宅基地。那时由于水泥紧张，买不到水泥，除了二楼阳台是水泥做的外，其余都是用木头建的，这二楼阳台所用的水泥还是知青办陈亨裘会计批给我的指标。我们家请了两个做大木的师傅帮忙，把房架子搭起来后，其余剩下的墙板、楼板、门、窗等都是我自己完成的，三个月房子就建成了。我们家就从原来的古城北路 288 号（秦屿供销社旁边）拆迁到了现在的金灵路 178 号，当时这地方还是一片农田和水沟，后来才发展成为一条大街的。乘这次房屋拆迁的机会，我们家也扩建成了两榴两层木房子，房屋面积增大了一倍，土地面积也增大了近一倍。

古人云：“家有万金，不如手艺在身。”我一直希望靠手艺养家糊口，可后来这些想法完全破灭了，因为我改变不了知青的身份，我被一张无形的网给罩住了，动弹不得。

1977 年 3 月，魏朝胜同志没让我回斗门知青点，调我到屯头知青点去给知青们盖房子。

4.4 屯头知青点盖房

1977年3月，我到了屯头知青点。屯头知青点的情况与斗门知青点相差不大，相隔距离也不远，步行大致40来分钟的路程。知青大致有二三十个人，但住房比较分散，有好几栋小楼。我在屯头知青点没有干过农活，主要任务是帮他们盖一栋宿舍楼。这宿舍楼是栋坐北朝南的两层小楼房，四周采用砖墙，屋顶是用木头做梁，然后铺上瓦片。二楼走廊设计在小楼的南边缘上，与各房间相连，是用钢筋水泥混凝土建成的。二楼的楼板是用木板和木头梁做成的，各房间之间的隔墙全部是砖头砌的。施工单位原来是请秦屿建筑公司的，我来时他们已经把房子的四周围墙和屋顶都做完了，只剩下楼板、窗、门和天花板等由我来完成，他们的施工人员已经撤离。

屯头知青点的知青我都很熟悉，都是福鼎四中毕业的学生。他们对我很热情，因为我的人事关系是在斗门知青点，所以把我当作客人对待，我虽然与他们同吃一锅饭，但吃饭不要钱，也不用给饭菜票，随便吃。这样一来，再也不能用菜票换钱了，日常生活中需要的钱只能向父母要。

我刚到屯头知青点的时候，有个叫“老伍”的当地农村木工，50来岁，像个老头，带着一个18岁左右的徒弟，对他的徒弟不是打就是骂，整天呼来喝去的。他正在给二楼做楼板，我看他的工具很粗糙，我是做细木的，按我们的标准，这种工具是不能做家具的，做不出精细活。但要说他是做大木的，也不行，因为他不会计算，没上过学，三角形屋架各边的长度就不用说了，就连最简单的斜度怎么计算也搞不清，还经常请教我。这些三角函数和勾股定理等知识，对我而言实在是太简单了，我只是简单地给他介绍了一下，他就感觉我好像厉害得不得了，说：“你又会做，还会算，真是个大师傅，了不得。”于是要拜我为师。为了给枯燥的生活增添点乐趣，我开玩笑地说：“好吧，我来教你。”这样一来，我不但有了个50多岁的徒弟，还有一个18岁左右的徒孙，一不小心还成祖师爷了。看来实际生活中，还是需要知识，读书并不是无用呀。

其实，不是我太厉害，高中的数学算不了什么，而是他基础太差了。他根本没上过学,我没法教他,他根本听不懂,后来我就想了个办法,教他放大样。放大样也是木工的一种常见技术，我中学时学过《木工基础知识》，里面就有放大样的介绍。有了放大样技术，不需要计算，直接在模型上测量就行了。只可惜，没过几天我的领导魏朝胜就让他走了，我这祖师爷还没当过瘾就结束了。剩下的活就全部由我一个人干了，他若不走，有个伴还挺好玩的，我至今还记忆犹新。

屯头知青点有个叫王世健的知青，个子不高，脸长得有点黑，待人诚恳，行事光明磊落，但性格非常急躁。中学时比我高一年级，毕业后先到斗门知青点负责开拖拉机，后调到屯头知青点。此人非常聪明、手巧，动手能力很强，属于能工巧匠型人才，从小就对发动机感兴趣，在中学时就老跟在我们学校蒋尧老师后面摆弄发动机。我与他很谈得来，在斗门知青点时就是好朋友，我上大学时，是他开拖拉机将我的工具和行李送回家的，此份情谊我一直记在心里。可惜他学习成绩不好，没考上大学或中专，后来知青回城后，他被招工到秦屿镇农机站工作，现已退休。

小楼盖了一半，没木料了。当时，购买木料需要指标，我们领导魏朝胜很厉害，很快就拿到了指标。于是派我和屯头知青点的知青杜家练，一起去福鼎县城买木材。我们买来木材后，魏朝胜要我们直接拉到福鼎锯木社锯成木板，由于木材指标不是很多，怕不够用，他就出主意要我们把木板锯得薄一点，我们照办，把木板锯好后准备回家。突然，他又叫我到福安县城他儿子家里去看一张办公桌，福安县城离我们福鼎县还有几十公里的路，我心想给个草图不就可以了吗，还要坐车跑那么远的路！但我还是去看了。这张办公桌的样式倒是有点新颖，我测量了尺寸，画了草图，回来后照着样式做了一张，也不知道他给了谁。

木板运回来后，我把它做成了楼板，外观看起来还挺好的，看不出什么问题，但由于木板太薄，人站上去后，用力上下一跳，就会感觉到有点晃动。我很后悔，不该听魏朝胜的瞎指挥，坏了我的名声，人家还以为我木工技术不行。

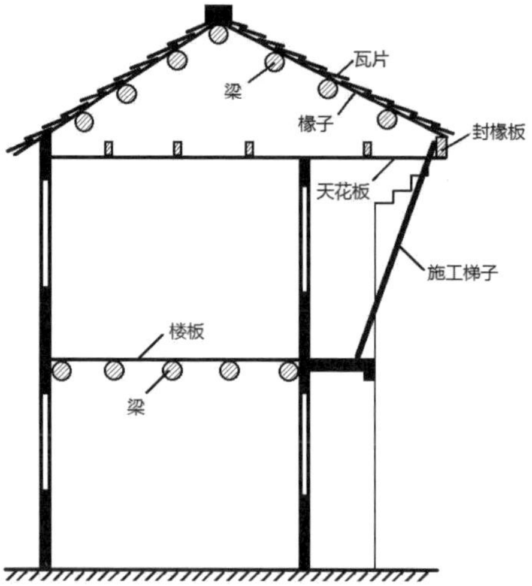

图 4.15　屯头知青点两层小楼示意图

最后要做天花板了，记得安装二楼走廊的天花板时，遇到了一个困难。如图 4.15 所示，二楼走廊天花板的高度比较高，离一楼地面有 6 米多高。施工时，需要将一块一块木板安装上去，当时二楼走廊的栏杆还没安装，天花板有个飞椽，相对二楼走廊又往外伸出去了 1.5 米左右，所以在二楼走廊上无论拿什么垫脚都够不着，没办法钉钉子，天花板也就没办法安装了。如果搭脚手架施工，当然没问题，可搭脚手架的材料又没有，而且要花费很大的工作量，不合适。

怎么办呢？我看了一下现场，发现天花板的飞椽处有一个约 10 厘米高的封椽板，封椽板的上边钉着椽条，椽条上铺着瓦片。于是我判断，这个封椽板是承受得住压力的，因为上边有那么多椽条牵住它，不用担心。我就自己用木料做了个简易的梯子，梯子上端就搁在这个封椽板上，梯子下端就放在二楼的走廊上，这样人就可以爬上去了，但看起来相当危险，一旦梯子有所滑动，连人带梯子就会掉到一楼的地面，后果不堪设想。为了防止梯子滑动，我在梯子的上端钉了两根钉子，这钉子穿过木料并露出 1 厘米左右，当梯子搁到封椽板上的时候，这钉子就会嵌入到封椽板中，就可以防止滑动了。艺高人胆大，我开始施工了，也没有安全带，施工到一半时，被经过的魏朝胜发现了。我用这么危险的施工方法，把他吓了一跳，可他也提不出一个更合理的施工方法，于是就赶紧叫来了一个知青给我扶梯子。实际上梯子是不需要扶的，上面有防滑钉子，根本不会滑动，只是看起来危险罢了，我心里有数。但这个知青帮我递木板，我不需要上上下下爬，倒是让施工进度快了许多，我很快就把天花板全部安装完了。

接着，我把门、窗和防盗网等做完后，感觉没什么可做了，就想回斗门知青点，魏朝胜没让我走，要我把屯头知青点坏了的桌子、椅子等家具全部维修一遍。

就在这时，传来了恢复高考的消息。

1977 年 10 月 21 日，中国各大媒体公布了恢复高考的消息，并透露本年度的高考将于一个月后在全国范围内进行。中华民族从此掀开了一页崭新的历史篇章，我也即将带着一身岁月和苦难磨炼出来的成熟，投身到一场伟大的改革开放的浪潮之中。

人民日报
RENMIN RIBAO
毛主席语录
高等学校招生进行重大改革
全面地正确地贯彻执行毛主席的教育方针

图 4.16　《人民日报》发布恢复高考消息

接到恢复高考通知后，秦屿公社革委会非常重视，我们的领导魏朝胜同志也觉得是一个难得的好机会，他们都非常支持我们参加高考。于是，1977 年 10 月 27 日前后，我们知青点大部分知青都请假回家复习，准备迎接高考。

虽然“文化大革命”结束了，但是 1977 年召开的中共第十一届全国代表大会仍然强调：“知识青年上山下乡的工作，必须坚决贯彻执行。”于是，1977 年和 1978 年仍然有大约 220 万知识青年上山下乡，当时中国政府计划在 1979 年再下放 80 万知识青年。不过，重新执政的一些老干部已经意识到问题的严重性。1978 年 3 月，邓小平在内部谈话时表示：“国家花了大笔资金，却买了四个不满意，知青不满意，家长不满意，农民不满意，政府也不满意。”邓小平说：“现在搞上山下乡，实际上形成同农民抢饭吃的局面，我们的第一步应做到城市青年不下乡。”1978 年 7 月 3 日，当时的中共中央组织部部长胡耀邦在和国务院知青办负责人谈话时说：“上山下乡这条路走不通了。”

1978 年 10 月，全国知识青年上山下乡工作会议，决定停止知识青年上山下乡运动，并妥善安置知青的回城和就业问题，知识青年上山下乡运动正式结束。

1979 年 2 月，中国官方终于承认在云南的知青有资格回城，不到 3 个月十几万知青离开了云南，全国各地纷纷跟进，百分九十九的知青都回了城，并得到了妥善安置。

现在回想起来，在新中国的历史中，知识青年上山下乡运动史无前例，如今已六十多年过去了，影响却依然深远，这是共和国历史上永远不能忘却的沉甸甸的一页。在漫长的岁月中，数以千万计的知识青年响应党和政府号召，上山下乡，在广阔天地里同广大农民群众一道，战天斗地，用热血和忠诚谱写了一曲曲可歌可泣的青春之歌。

知识青年上山下乡运动，虽然暂时缓解了城镇的就业压力，达到了解散红卫兵组织的目的，但是全国几千万年轻人的青春被荒废，无数家庭被强行拆散，这场运动也造成了各个层面的社会混乱。许多本可以继续深造的优秀青年被迫中断了学业，不仅失去了在学校接受正规教育的机会，而且在“接受贫下中农再教育”的过程中，由于农村物质条件差、教育设施落后，无法继续学习科学文化知识，将原来所学的知识都荒废了。无数本应成为学者、专家的年轻人，莫名其妙地在乡间长期务农。

知识青年上山下乡运动的后果是不幸的，它给国家、社会、农村、知青诸方面带来不满意。国务院 1981 年 10 月起草的《25 年来知青工作的回顾与总结》承认知识青年上山下乡，本来是解决就业问题的一次大试验，但在“文化大革命”中被当成政治运动去搞，指导思想偏了，工作上有严重失误，造成了劳民伤财，人民不满意。

上山下乡运动不仅给知青带来了伤害，给农村带来了负担，给知青家长带来了怨气，更严重的是使知识出现了断代，学术研究后继乏人，使中国错过了第三次科技革命，拉大了与先进国家的差距。

从最初的轰轰烈烈上山下乡，到最后百分之九十九以上的知青都返回了城市，他们用行动否定了这场运动，对这场运动的评价，有什么比这些亲历者的行动更有说服力呢?

第5章　恢复高考

1977年10月21日，中央人民广播电台广播了恢复高考招生的新闻，如一声春雷，震撼了人们冰封已久的心，在全国掀起了惊天巨浪，人们闻讯奔走相告，学子们人人摩拳擦掌。它的影响远远超出高等教育本身的意义，也盖过了历届高考的风头。它吹响了进军现代化的号角，拉开了改革开放的序幕，决定了中华民族命运的走向，改变了一代人的命运，为我国国民经济的腾飞奠定了良好的基础，那春雷般的炸响至今仍余音绕梁。

5.1　改革开放的序曲

我国近代第一所具有高等教育性质的学堂，是1895年由盛宣怀先生仿效西方模式，在天津建立的北洋大学堂（天津大学前身），它也成为我国近现代高考制度的发端。民国时代，我国大部分省份都建立了省立大学，1936年全国有国立、省立大学100多所，当时招生规模不大。1937年全面抗战爆发前，全国高校招生人数约为3万人，各高校都采取自主命题、单独招考、灵活录取方式。1939年改由教育部统一命题、统一考试，当年参加统考的院校有28所，1940年增至41所。抗战后期因形势紧急被迫停止了统一考试，1945年抗战胜利后，因受内战等环境的限制，各大学仍实行单独招考。

1949年新中国成立后，仍沿袭高校单独招生的办法，1950年实行同一地区高校联合招生，1951年实行全国大行政区范围的统一招生。1952年6月教育部发出《关于全国高等教育学校一九五二年暑期招收新生的规定》，成立了全国高等学校招生委员会，除经教育部批准的个别学校外，其他高校一律参加统一招生，1965 年之前基本上沿用了这个模式。

1966 年 6 月 18 日，《人民日报》发表了《彻底搞好文化革命，彻底改革教育制度》的社论。认为“旧的招生考试制度”，“是资产阶级政治挂帅，分数挂帅”“严重地违反党的阶级路线”，提出要“砸烂旧的统一招生制度”。于是，教育部便在全国范围内取消了高考，1952 年以来实行的招生考试办法被废止，许多适龄学生去上山下乡接受“贫下中农再教育”，此后我国高校停止招生达六年之久。

1968 年，为了培养工程技术人员，上海机床厂举办了一次培训，引起了毛主席的注意。1968 年 7 月 22 日，在毛主席的指示下，《人民日报》刊载了《从上海机床厂看培养工程技术人员的道路》的调查报告，毛主席亲自写了一段编者按，如图 5.1 所示，后来人们把毛主席这段话称为“七二一指示”。

1970 年，中共中央根据毛主席“大学还是要办的”的“七二一”指示，批转了《北京大学、清华大学关于招生（试点）的请示报告》。当年，清华大学等极少数大学，开始试点招收所谓“三来三去”（即社来社去、厂来厂去、哪来哪去）的新生，实行“群众推荐、领导批准、学校复审”的招生办法，取消入学考试，且限定招生对象为政治思想好，有 3 年以上实践经验和相当于初中毕业以上实际文化程度的工农兵。

图 5.1　毛主席“七二一”指示

1972 年，全国高校正式恢复招生工作，但取消了考试，采取“自愿报名、群众推荐、领导批准、学校复审”的办法，即上大学“推荐制”。“推荐制”把“政治表现、路线觉悟”放在招生条件的首位，文化条件只要具有相当于初中毕业以上文化程度即可。招生办法除了把有 3 年以上实践经验改为有 2

年以上实践经验外，其他和以前一样。当年全国有13.3万工农兵被推荐入学，学制缩短为2至3年。还规定工农兵学员学习期间的任务，是“上大学、管大学、用毛泽东思想改造大学”。

图5.2 工农兵上大学

由于招收的工农兵大学生是由各地革命委员会推荐的，其学历及素质参差不齐。据统计，工农兵大学生中，初中以上文化程度的学员在整个工农兵大学生中不到20%，大部分学员都是初中文化程度，其比例达到60%，另外还有不少人只有初小文化，刚刚达到脱盲的水平。北京大学第一届工农兵大学生开课后，知识水平低的问题很快就显露了出来。一些人听不懂老师讲什么，一些人不会做课堂笔记，还有一些人上了几天课后根本就学不下去。而且，工农兵大学生的学习时间还被大量的政治活动和课外劳动占去了，学校三天两头组织大家学习“两报一刊”（《人民日报》《解放军报》《红旗》杂志）的文章，使工农兵大学生的学习时间变得更少。

招收工农兵大学生是从1970年开始，到1976年为止，那时正是我上中学和上山下乡时期，我的故乡也有几个工农兵大学生。我曾经有个邻居，初中只上过几天就辍学了，每天到太姥山砍柴，后来去上山下乡当了知青。但他很会干农活，能吃苦，又肯卖力，于是就被推荐到上海上大学，当了工农兵大学生，要说文化水平他大概就只有小学毕业。不少工农兵大学生确实水平很差，但工农兵大学生也不是一无是处，他们普遍情商高，交际能力很强，能说会道，这些能力也正是中国社会所需要的，适应中国的国情。因此，在工农兵大学生中也不乏一些优秀人才，特别是1976年入学的最后一届工农兵大学生，在1977年恢复高考后所形成的全社会尊重知识、尊重人才的氛围下，他们的学习也是非常刻苦的，在许多重要岗位上也不乏他们的身影，后来也有不少工农兵大学生考取了研究生，改变了身份。

工农兵大学生是我国特定历史时期的产物，虽然因推荐入学方式、入学文化水平参差不齐、学制和教学大纲不正规等原因受到了一些非议，“文化大革命”结束后受到人们的歧视，但错不在他们，只是当时取消了高考，别无选择。

1973 年，中央提出高校招生要重视文化考查，注意了解学生各方面的能力和基础知识水平，确保新生具有初中以上的文化水平，并要求进行政治、语文、数学、理化四科的书面文化考查，但考查由地方主持，采用开卷形式，这是“文化大革命”中，高校招生唯一一次要求进行文化考查。

1973 年上半年，我还是福鼎四中的高中一年级学生，在我的老家秦屿镇也进行了工农兵大学生入学考试，由秦屿镇革命委员会组织考试。有一天，在我们隔壁班的教室里，坐着一群知青，正在复习准备大学入学考试。我们的化学老师方茂发给他们复习化学课程，我感到很好奇，就在教室外看。只见方茂发老师给他们讲解如何写物质的化学分子式，方茂发老师在黑板上写下了氧气的分子式“O_2”，只见一个知青问道：“这个零（O）表示什么意思？”方茂发老师马上说：“这不是‘0’，而是英文字母‘O’，代表氧元素。”只听下面好几个知青纷纷议论说：“都忘了，都忘了。”方茂发老师没法继续教下去，只好从英文字母 A、B、C 教起。我当时在教室外看到这种情况，感觉像被淋了一盆冰水，心凉到了极点。此前，我一直幻想着有朝一日能上大学，现在看来上大学得靠革命委员会推荐，并不是看学习成绩，这根本轮不上我。

那年，我们秦屿镇的大学入学考试，采用开卷考试，预先发了一份复习资料，考试范围就在复习资料中。我见过他们的复习资料，现在还记得几道题目，有一道是问锄头的角度约为多少，还有一道是计算面积的题，已知某块田的长和宽是多少米，请计算这块田是多少亩。

图 5.3 1973 年高考的“白卷英雄”张铁生

即使是如此简单的考查，还是发生了张铁生交白卷事件。张铁生，1968 年中学毕业后上山下乡，到辽宁兴城白塔公社插队。他凭借着自己的努力，成了生产队长，不仅踏实肯干，还善于同人打交道，具备一定领导能力，所以被推荐参加 1973 年的高考。在文化课考查中，张铁生其实并没有交白卷，他的成绩：数学 61，语文 38，理化 6 分，根本就不是零分。而令他一炮走红的是，他在考试时，在卷子背面写了《给尊敬领导的一封信》，他的命运因此改变。现在读这封信，其实很简单，就是诉说了自己考得不好，是因为忙于集体的生产，所以不愿躲到小屋里去复习功课。

这事件被时任辽宁省革命委员会副主任的毛远新和江青等人所利用，1973 年 7 月 19 日，《辽宁日报》以《一份发人深省的答卷》为题，刊登了张铁生的信。编者按说：“张铁生的理化这门课的考试，似乎交了白卷，然而对整个大学招生的路线问题，却交了一份颇有见解、发人深省的答卷。”1973 年 8 月 10 日，《人民日报》又转载了张铁生的信，又另加编者按语：“这封信提出了教育战线上两条路线、两种思想斗争的一个重要问题，确实发人深思。”随后，全国各地报刊纷纷转载。江青等对张铁生交“白卷”的行为赞不绝口，称赞其为“反潮流”英雄，不仅使其顺利被铁岭农学院畜牧兽医系录取，还让他当上了辽宁省朝阳农学院的领导和全国人大常委会委员，后来人们称张铁生为“白卷英雄”。随后的 1974 年，高校招生文化课考查被取消，恢复了“群众推荐、领导批准、学校复审”的招生办法，并一直延续到 1976 年“文化大革命”结束。

1977 年 6 月 29 日至 7 月 15 日，教育部在山西太原召开全国高校招生工作座谈会，教育部部长刘西尧、副部长李琦主持了会议。这次会议，在招生办法、文化程度要求、政审标准上出现争论，形成了 1977 年高校招生方案，这个方案较以往有一些突破：明确规定普通高校招生一般要有高中毕业或相当高中毕业的文化水平；决定试招 4 000 至 1 万名高中应届毕业生，约占全国招生总数的 2%~5%；强调重视文化程度，对考生要进行文化考查。但是，招生方式依然沿袭"文化大革命"期间实行的"自愿报名、群众推荐、领导批准、学校复查"的老办法。招生制度的总体框架并没有受到触动。1977 年 8 月 4 日，教育部向国务院报送了《关于 1977 年高等学校招生工作的意见》。

1977 年 7 月 17 日，中国共产党第十届中央委员会第三次全体会议，一致通过了《关于恢复邓小平同志职务的决议》，决定恢复邓小平同志中共中央委员、中央政治局委员、中央政治局常委、中共中央副主席、中共中央军委副主席、国务院副总理、中国人民解放军总参谋长的职务。当时，邓小平主动请缨，郑重地向中央提出分管科技、教育工作的请求。此时，邓小平对于教育工作，包括恢复高等学校招生制度等，已经有了一些比较成熟的考虑。在复职前后，邓小平对于科技和教育问题有过多次谈话。对恢复高等学校招生考试制度问题，提出了两点重要意见：

第一，高等学校招生要恢复文化考试制度。1977 年 7 月 23 日，邓小平在同张文峰、高勇的谈话时明确指出："不管招多少大学生，一定要考试，

图 5.4　中共第十届三中全会上的邓小平和华国锋

考试不及格不能要。”1977 年 7 月 29 日，在听取方毅、刘西尧汇报时，他再次强调：“要坚持考试制度，尤其是重点学校一定要坚持不合格的要留级，对此要有鲜明的态度。”

第二，提倡高等学校招生“两条腿”走路，允许高中应届毕业生直接上大学。

恢复高等学校招生考试制度，邓小平最初的设想是：1977 年用一年的时间做准备，1978 年正式恢复高考。生源一半是应届高中毕业生，一半来自社会，然后逐步走向正规。然而，形势发展很快，在邓小平复出工作后主持召开的“科学和教育工作座谈会”期间，恢复高考的决定提前确定和实施了。

图 5.5　1977 年 8 月 4 日科学和教育工作座谈会

1977 年 8 月 4 日，十年“文革”阴霾初散，科学和教育工作座谈会在北京召开，提出召开这次会议的，是刚刚复出的邓小平。33 位科教界专家学者从全国各地赶来参加，他们中既有物理学家周培源、数学家苏步青、生物学家童第周、光学家王大珩这样的著名学者，也有查全性这样的中青年代表。

邓小平在会议一开始就开宗明义地说道：“我们国家要搞四个现代化，必须从科技教育入手，如果不从科技教育入手，那超越就等于是一句空话。今天的题目是什么？就是在科技上，我们如何做得更好，做得更快。在教育方面，如何能符合四个现代化的要求和赶超世界先进水平的要求？包括学制，教材，教员的来源，办学的方针，具体的措施，想征求一下在座同志们的意见，我想大家可以放开说，我们这个地方没有‘棍子’公司，我们要消灭‘棍子’。有三个公司嘛，‘帽子公司’‘棍子公司’，再加上一个‘鞋子公司’，我们都给它去掉。”在邓小平的引导下，与会专家一扫会议开始时的拘谨，畅所欲言。如何提高教学质量，改革招生制度，成为主要话题之一。

中国科技大学温元凯说："我认为恢复高考非常重要，要把优秀的青少年吸纳进大学。"他对邓小平说道，"小平同志，我提十六字方针，叫自愿报名，领导批准，严格考试，择优录取。"邓小平听完立刻说："温元凯，至少采纳你的四分之三。"邓小平说：第二句话"领导批准"可以拿掉，考大学是每个人的权利，每个人都有权考大学，不需要领导批准。

1977 年 8 月 6 日，时任清华大学党委副书记何东昌谈到，大学新生文化素质太差，许多学生只有小学水平，他痛心疾首。这一发言，可谓"一石激起千层浪"。

一直沉默的武汉大学副教授查全性突然"开炮"，将问题的矛头直指当时的高校招生制度。他强调招生是保证大学教育质量的第一关，他历数现行招生制度的弊端，指出应该恢复按照高中文化程度统一招生考试。他对邓小平说："小平同志，我有个强烈的请求，也是大家最关心的，就是立刻恢复高考招生制度。"查全性的发言引起与会者强烈共鸣，专家们建议党中央、国务院下决心，对现行招生制度来一个大的改革，专家们的一致意见使邓小平受到了很大震动。邓小平问教育部部长刘西尧说："今年恢复高考还来得及吗？"刘西尧回答说："已经来不及了，报告已经送到国务院了。"邓小平说："你赶快把报告追回来，今年就恢复高考。这是个大决策，我负责向中央报告，就这么定下来。"

1977 年 8 月 8 日，科学和教育工作座谈会结束，邓小平在总结发言中，再次明确宣布："今年就要下决心恢复从应届高中毕业生中直接招考学生，不要再搞群众推荐。从高中直接招生，我看可能是早出人才、早出成果的一个好办法。"一个重大决策就这样确定了。

根据邓小平的意见，教育部很快向国务院报送了《关于推迟招生和新生开学时间的请示报告》："原计划高等学校和中等专业学校八月开始招生，十一月中旬新生开学。现根据邓副主席最近的指示，我们将对高等学校招生制度作较大的改进，招生时间拟推迟到第四季度，一九七七年新生于明年二月前入学，推迟三个月（包括寒假）。以上报告如同意，我们拟立即通知各省、市、自治区和中央各有关部委的教育部门，以利安排工作。”

1977 年 8 月 18 日，邓小平批示：“这是经过考虑，为了保证重点大学学生质量而商定的，拟同意。”当天，华国锋、叶剑英、李先念、汪东兴等均圈阅同意。恢复高考取得了阶段性的重大胜利。

1977 年 8 月 13 日，根据邓小平关于改革高等学校招生制度的指示精神，教育部即刻在北京再次召开了高等学校招生工作会议，由于当时正在举行党的十一大，“两个凡是”（凡是毛主席作出的决定，我们都将坚决维护；凡是毛主席的指示，我们都将始终不渝地遵循）思想还有相当大的影响。在要不要废止群众推荐，恢复高等院校招生考试制度，以及怎样看待“文化大革命”前 17 年教育战线等问题上，与会人员分歧很大，争论不休，结果会期一拖再拖，招生文件修改了五六稿，还是太原会议的老样子，没有大的改动。邓小平看到反映会议情况的内参，十分生气。

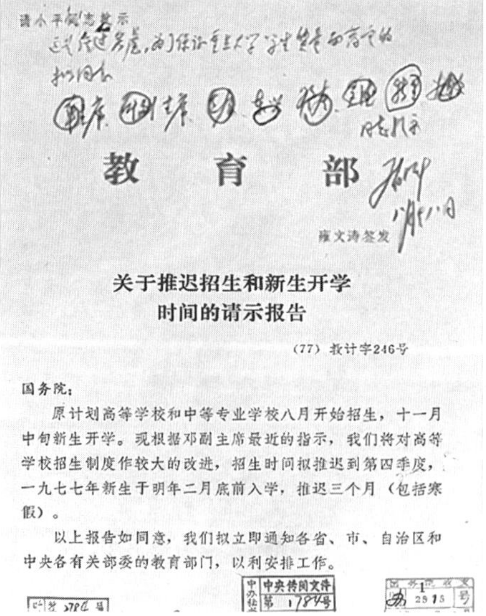
教育部

雍文涛签发

关于推迟招生和新生开学时间的请示报告

（77）教计字246号

国务院：

原计划高等学校和中等专业学校八月开始招生，十一月中旬新生开学。现根据邓副主席最近的指示，我们将对高等学校招生制度作较大的改进，招生时间拟推迟到第四季度，一九七七年新生于明年二月底前入学，推迟三个月（包括寒假）。

以上报告如同意，我们拟立即通知各省、市、自治区和中央各有关部委的教育部门，以利安排工作。

中央传阅文件

图 5.6 教育部《关于推迟招生和新生开学时间的请示报告》

1977 年 9 月 19 日，邓小平召集教育部负责人刘西尧、雍文涛、李琦等人谈话，严肃地指出：“教育部要争取主动，你们还没有取得主动，至少说明你们胆子小，怕又跟着我犯错误。你们要放手去抓，大胆去抓，要独立思考，不要东看看，西看看，把问题弄清楚，该怎么办就怎么办，该自己解决的问题，自己解决，解决不了的，报告中央。教育方面的问题成堆，必须理出个头绪来，现在群众劲头起来了，教育部不要成为阻力。教育部首要的问题是要思想一致，赞成中央方针的，就干，不赞成的，就改行。”

邓小平接着批评教育部起草的本次招生政审意见，“我们目前起草的这个招生文件，我想必各位同志都看了，我认为这个文件太繁琐了，很难懂，这个招生的政治审查，我认为就这么几条，首先本人表现好，热爱我们的国家，热爱劳动，遵守纪律，决心好好学习，就这么几条就可以了。这个文件就是太复杂了，太繁琐了，所以我说过招生就两条，第一本人表现好，第二择优录取。”邓小平明确指示，招生会议要尽快结束，招生文件要继续修改，尽可能简化，早点搞出来。

1977 年 9 月 21 日，刘西尧向招生会议传达了邓小平的讲话，会场反响强烈，会议就 1977 年高等学校招生工作的意见也迅速达成了一致，在政审、报考标准和培养目标等重要问题上实现了突破，并制定了“自愿报名，统一考试，地市初选，学校录取”的新高招方针。四天后，招生工作会议结束。

1977 年 10 月 3 日，邓小平将刘西尧报送的教育部《关于一九七七年高等学校招生工作的意见》的请示报告和教育部代拟的《国务院批转教育部关于一九七七年高等学校招生工作的意见》的批示稿等文件批送华国锋：“华主席：此事较急，请审阅后，批印政治局会议讨论批准。建议近日内开一次政治局会议，连同《红旗》杂志关于教育的评论员文章（前已送阅）一并讨论，为此，请拟定。”华国锋旋即批示汪东兴，将上述文件印送中央政治局各同志。

1977 年 10 月 5 日，华国锋主持召开中央政治局会议，讨论并原则上通过教育部《关于一九七七年高等学校招生工作的意见》。1977 年 10 月 12 日，国务院批转了教育部《关于一九七七年高等学校招生工作的意见》，规定从 1977 年起，对高等学校招生制度进行改革，恢复统一高考制度。凡是工人、农民、上山下乡和回乡知识青年、复员军人、干部和应届毕业生，符合条件者均可报考。恢复统一考试，由省级命题。招生考试在冬季进行，新生春季入学。

恢复高考的消息如春雷激荡，迅速传遍神州大地的各个角落，数百万青年如过江之鲫般地涌向高考。1977 年 12 月 11 日至 12 日（福建 16 日至 17 日），

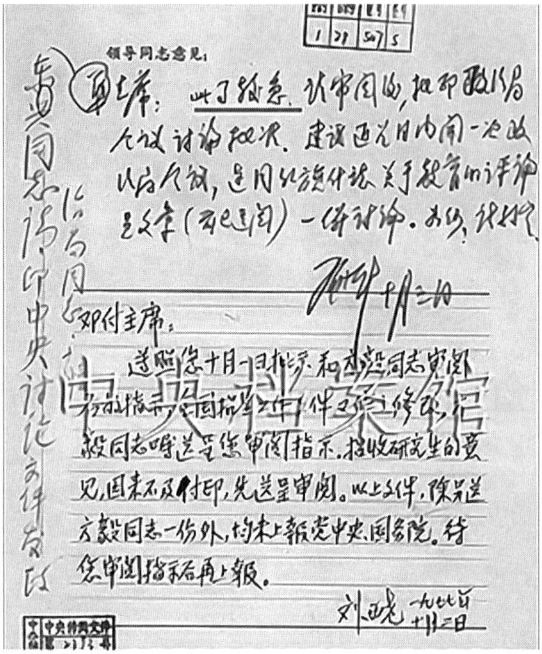

领导同志意见：

邓付主席：

见，因来不及付印，先送呈审阅。以上文件，除另送

方毅同志一份外，均未上报党中央、国务院。待

您审阅指示后再上报。

刘西尧

图 5.7　邓小平将 1977 年高校招生工作意见批送华国锋

全国 570 万青年开始争夺 27 万个大学生名额。而此前，这种选拔人才的制度已在中国消失了 10 年。

在中国当代历史中，1977 年恢复高考是一个值得万般珍视的历史事件，这年高考，积聚了太久的希望。那是渴望了太久的梦想，那是压抑了太久的信念，那是一个民族对知识的渴求，那是一个国家重建社会公平与公正的开始。恢复高考不仅仅是恢复一个简单的入学考试，还是一个国家和时代的拐点，许多人的命运从此发生改变。这是我一生中最为重要的一个事件，也是我一生命运的转折点。

恢复高考保障了高校生源水平和高等教育质量，使社会迎来了尊重知识、尊重人才的春天，也有力推动了拨乱反正，重建了社会的公平与公正。给有志青年提供了平等竞争的权利，改变了一代人的命运。对于推进新时期中国现代化建设事业的发展具有强烈的现实意义，是高等教育战线拨乱反正的重要标志，是中国改革开放的伟大起点，其历史成就迄今依然熠熠生辉。

今天，我们重温 1977 年那段激动人心和令人刻骨铭心的历史，回顾邓小平以其坚定的意志力推动恢复高考的过程，我们从心底里感谢邓小平。他不仅改变了许多人的命运，而且改变了国家和民族的命运。当然，历史车轮滚滚向前，顺其者昌，逆其者亡，恢复高考是任何人也阻挡不了的事情，只是时间迟早的问题，但人的青春是有限的，如果没有邓小平，显然 1977 年是无法恢复高考的，许多人的青春都将被耽误。

邓小平作为党的副主席，在教育领域大刀阔斧，破除障碍，拨乱反正，领导恢复高考，提出决策意见，这是历史事实，也是他的历史功绩。这个重大决策也得到了华国锋等中央领导的全力赞同和支持，而且华国锋在恢复高考的问题上，没有坚持“两个凡是”，功不可没。但有些人仅根据领导架构和相关事宜的报送程序，说恢复高考是华国锋的决策，显然偏离了历史事实。现存的各种档案文献和回忆性史料，清晰地表明了恢复高考的决策是如何一步一步产生的。历史和人民将永远铭记邓小平决策恢复高考的贡献。

5.2　改变命运的时刻

由于“文革”期间全国没有统一的教学大纲，中小学教育有名无实，各省教育水平差别很大，且准备时间有限，故 1977 年的高考实行各省自主命题。考试分文理两类。文科考试科目：政治、语文、数学、史地；理科考试科目：政治、语文、数学、理化，报考外语专业的加试外语。由省、市、自治区拟题，县（区）统一组织考试。各省的考试时间也不一样，全国大多数省的考试时间是 1977 年 12 月 11 日至 12 日，福建省的考试时间是 1977 年 12 月 16 日至 17 日。

电视连续剧《高考 1977》生动形象地描述了这次高考的全过程，它讲述的是东北某农场内，生活着一群来自四面八方、身份各异的知青。他们将最好的年华献给了这片黑土地，却不知自己的未来在何方。恢复高考的消息传到这里，让这群年轻人的心再次躁动了起来，而农场负责人老迟怕影响生产，给他们设置了重重障碍，但知青们最终还是紧紧抓住这个难得的机遇。

相比于《高考 1977》中的这群知青们，我们的命运好多了。秦屿公社革委会不仅没有阻止我们去参加高考，相反还极力支持和动员大家都去参加高考，并提供了各种便利条件。我们知青点大部分知青回到秦屿复习迎考后，各级领导都非常支持我们，给我们创造了许多有利的条件。

秦屿公社负责教育的江元昆主任和时任福鼎四中校长的陈世良，在秦屿建国渔业大队会堂，召开了高考动员大会。那天，会场上坐满了人，有知青和回乡青年，有秦屿国营盐场的职工，还有应届的高中毕业生，人人摩拳擦掌，个个喜笑颜开。会上江元昆主任要求大家积极复习，任祖国挑选，一颗红心，两种准备。会上还强调了许多复习、报考志愿等的注意事项，其中我印象最深的就是色盲不能报考的专业，那时我才知道世界上还有色盲这个东西。

会上我们得知，这次高考，中专和大学分别考，中专考场设在秦屿中心小学，大学考场设在福鼎四中。大学分文科和理科，文理科都要考政治、语文、数学三科（各 100 分），文科另考史地（即历史、地理，满分 100 分），理科另考理化（即物理、化学，满分 100 分），秦屿考场不考英语。

回到秦屿镇后，我翻出了尘封已久的高中课本，积极备战迎考，这时我哥给了我很大的帮助。我哥曾经也是个学霸，高中时他在他们班里的成绩总是第一，记得有一次他同班同学王智平到我家来玩，王智平曾对我妈说："林宗善了不得，以后肯定是工程师。"可惜他生不逢时，错过了这次高考。在我 1975 年 7 月上山下乡后，他当年 9 月就被推荐上了福建省宁德卫生防疫学校，1977 年 6 月毕业后分配到福鼎县卫生防疫站工作，随即就到一线参加"2 号病"（霍乱）防病灭病工作去了。

获知恢复高考后，我哥从他原来的班主任那里要来了许多复习资料，有手抄的，也有油印的。特别是有一本福州三中编写的复习提纲，是一本铅印的小册子，里面有各种公式和主要章节内容的小结，简明扼要。其中政治复习资料对我非常有用，什么生产资料、上层建筑、生产关系等政治经济学方面的内容，我们在中学时都没学过，有了这些资料就省去了很多时间。

我的母校福鼎四中积极组织大家复习，给我留下深刻印象的是林松羲和陈明星两位老师，他们特别积极和敬业，每天晚上都要开复习班。陈明星老师是我高中时的数学老师，是个非常善良的人，和蔼可亲，非常有责任心。

他是位老教师，在我母亲上小学时，他就是秦屿中心小学的教导主任，后来他调到了外地，在我上高中时，又调到了福鼎四中，是个教学骨干，当时校长还在大会上专门介绍了他，说他业务水平很高。

图 5.8　陈明星老师（1975 年）

我回到秦屿参加了两次复习班，由于老师们要照顾大多数人的学习水平，讲的东西都太基础，我感觉对我没多大作用，后来就不去了。

我自己在家里，根据考试时间和我自己的情况，做了个统筹规划。考试时间是 1977 年 12 月 16 日至 17 日，我是 1977 年 10 月 27 日回家开始复习的，总共复习时间只有 49 天时间，其中还必须扣除开会、报名等时间。屈指算来，距离高考的有效时间实际上不到 40 天。根据这种情况，语文就不去管它了，想复习也没时间。中学的政治课教材也不看了，就只背我哥给我的政治复习资料中的内容，而且安排在接近考试的前几天。我把主要精力放在了数学、物理和化学上，我用了 20 多天的时间把这三门课程系统地复习了一遍。还好，我原来的基础就很好，一打开课本，马上都记起来了。

我很快把这三门课课本看了一遍后，感觉信心很足，这时福鼎四中帮助高考复习的老师们，举行了一次模拟考试。我去参加了，结果给我当头一棒，看着模拟考题，似乎都会，可就是不知道如何下手，手忙脚乱的。这次模拟考试，我没有得到理想的成绩，我大吃一惊，猛然惊醒，认真总结了经验，觉得要多做习题。此后，就不再看课本了，专门做习题，每天就像模拟考试一样。

那时候高考对我们来说，是一场紧迫的战役，是关乎我们命运的事，我们都等待那一天的凤凰涅槃，那一天的鲤鱼跳龙门。我每天早上 6 点起床，晚上 11 点之后睡觉，参考资料总是摞满了桌子，脑子里都装满了数学、化学、物理。

到了最后几天，我就只背政治复习资料和福州三中编写的复习提纲。现在回忆起来，对我高考作用最大的就是我哥给我的复习资料和福鼎四中老师们组织的那一次模拟考试。

1977 年 12 月 16 日清晨，晨曦姗姗来迟，繁星迟迟吾行。我早早地起床，太姥山还被轻纱似的薄雾笼罩着。陡然间，太阳从东方升起，朝霞满天，流动的彩云在空中随风翩翩起舞。云开雾散了，天空顿时霞光万道，金黄色的阳光普照秦屿大地。冬日的阳光透过并不明亮的玻璃窗，照射在我的身上，显得十分柔和，使我信心倍增。

我早早地吃完早饭，我爸从我姑姑的女儿那里借了一块手表给我，以便掌握时间，考试的前一天我们就已经看过考场了，我胸有成竹地来到福鼎四中考场。只见福鼎四中南北两排教室都辟为考场，在贯穿广场南北的小道旁拉起了警戒线，警戒区占了整个广场的三分之二。剩下的三分之一广场上人声鼎沸，几百名考生，人人拿着准考证，心神不定地等待进入考场。

图 5.9　当时准考证上的照片

那个时候，没有送考的亲人，更没有拿着吃的、喝的的陪考人员。除了考生以外，就只有监考老师、医生和警察。

公安警察身着白色警服，戴着白色大檐帽，腰间扎着一根皮带，皮带上挂着手枪，表情严肃地站满了警戒线两旁。身穿白大褂的医生，手提着担架，时刻准备冲进去救人。这哪像是考试呀，倒像是马上就要投入一场激烈的战斗。无形之中，给这次考试增添了几分紧张的气氛，胆小的考生被吓得两腿直哆嗦，刚进考场就晕倒了好几个，被早已准备好的医生抬了出去。据说第二年高考警察就再也不配枪了。

上午 7 时 45 分随着一阵钟声响起，考生提前 15 分钟开始依次排队进入考场，我信心满满地走进考场，在靠近门口我的位置上坐定，在桌子左上角摆上准考证，并把手表放在准考证旁边，镇定自若地等待钟声的再一次响起。

图 5.9 是我当时贴在准考证上的照片，很可惜后来只保留了这张照片，而没保留准考证。图 5.10 是我大学同学林以乐的准考证。

改变命运的时刻终于到了，上午 8 时整，随着钟声的又一次敲响，一声急促的哨声突然响起，开始考试了，考试时间是 8 时至 10 时 30 分共 2.5 小时。

那天上午是考语文，语文我相对薄弱，与其他科目相比，是我最担心的一门考试。打开试卷后，我发现只有两道题，一题是默写毛主席诗词《蝶恋花 · 答李淑一》，10 分；另一题是写一篇《大庆见闻一则》的读后感，90 分。

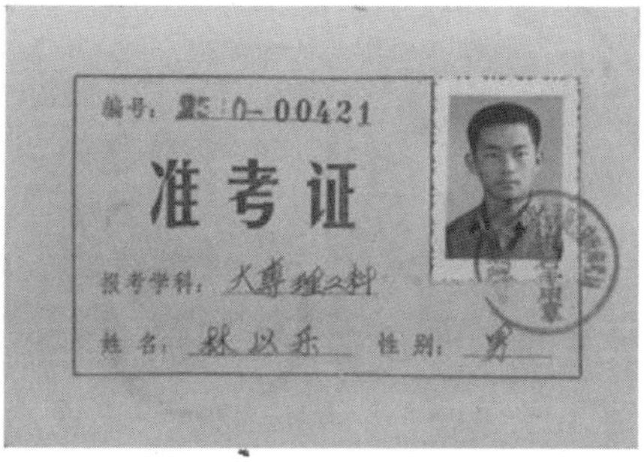
编号：

准考证

报考学科：

姓名：林以乐　性别：男

图 5.10　福建省 1977 年高考准考证

第一题毛主席诗词《蝶恋花 · 答李淑一》，我只默写出来了几个字，大部分都没有默写出来，正在使劲思考的时候，听到有人轻声唱起了这首歌，但没唱几句就被监考老师给制止了。平常我们在知青点，都喜欢唱《知青之歌》《看天下劳苦大众都解放》《沂蒙颂》《红河谷》之类的歌曲，没人唱这首歌，所以我也不会唱，没办法，只好放弃了，继续做第二题。

第二题是读一篇短文，即《大庆见闻一则》，说的是大庆油田王进喜同志，在不了解事情缘由的情况下，批评了一位部下，后来他发现批评错了，立马向这位部下道歉，并做了自我批评。

这篇短文猛一看，好像是批评铁人王进喜同志的，说铁人王进喜同志有官僚主义，其实不然，是赞扬铁人王进喜同志知错必改，严格要求自己的优良作风。其实我一看考题，马上就明白，是赞扬铁人王进喜同志的。你想呀，铁人王进喜同志是全国著名的劳动模范，怎么可能会去批评他呢？想都不要想，是赞扬铁人王进喜同志的。于是我写了一篇题为《严以解剖自己》的读后感，大力赞扬了铁人王进喜同志知错必改的优良作风。由于我的作文抓到了中心思想，尽管没有完整默写出第一道题，还是顺利通过了对我而言最难的一关。

下午考政治，具体考什么，现在忘了，但我记得基本上都在我哥给我的复习资料上，由于临时背了几天，记得还蛮清楚，所以大部分题我都答出来，也算是顺利通过了第二关了。

12 月 17 日上午是考数学，这是我的强项，考得比较顺利。数学试卷的题量还是比较大的，共有 19 道题目，满分是 100 分，还有两道附加题是 20 分，总共是 21 道题，总分是 120 分。数学题目的难度，相对于今天的高考而言，当然算是很简单的了，但在当时那种“读书无用论”盛行的环境下，也算是比较难的。19 道正题，我都答出来了。两道附加题，一道是求函数的导数，另一道是求定积分，都是大学数学微积分的内容，我没学过，不知道怎么做，就没作答。

12 月 17 日下午是考理化，即物理和化学。物理和化学也是我喜欢的课程，对这两门课，平时的成绩就比较好，许多公式和定理都记得很清楚，这次也做了比较充分的准备，所以总体上考得比较顺利。理化试卷没有附加题，题量也比较大，我所有的题目都答了，但有一道计算电路的题，还是一道大题，一开始我就把电路图给画错了，本来很简单的题，这下被我搞复杂了，花了很长时间进行解答，最后总算全部做完了。还剩下一点时间，我认真进行检查，猛然间，我发现这道题的电路图被我画复杂了，画错了，往下计算电阻、电流、电压都是建立在这个电路图的基础之上，都得改。我心头一紧，马上准备修改，可已经没有时间了，随着考试结束的钟声和哨声的响起，我们全体起立，上交了考卷，我的高考也全部结束了。

考试结束后，我回到家里，感觉脑袋隐隐作痛，是用脑过度造成的。我妈问我考得如何，我一直对理化考试中的那个电路图画错了耿耿于怀，回答道：“有一道题不该错的，我搞错了。”我妈还以为我考得不好，心里着急，嘴里老是念叨着："叫你要全面复习，要认真考试，你不听。"我听到后，怕她担心，就对她说："不要急，这只是一道题目，不要紧的，总体考得还好。"她也就放心了许多。

考试结束后，我自己感觉虽然有些遗憾，一些不该错的题搞错了，但总体上感觉考得还可以。我的中学物理老师林松羲，那时也是监考老师，他也觉得我考得很好。当时，有个福鼎一中毕业的学生，比我大一些，好像已经招工到秦屿国营盐场工作，我们福鼎四中的林起德老师对他很看好，觉得他成绩非常好，这个考生也在我们的考场。我高中的数学老师陈明星对我很关心，就找林松羲老师，问我的考试情况与他相比如何，林松羲老师肯定地说我考得比他好，叫我吃了一颗定心丸，我自己也隐隐地感觉，考上的可能性很大。

5.3　走出太姥山

高考结束后的第二天，我就返回了屯头知青点，开始做收尾工作，把该修的桌、椅、凳子等全部修完，同时还给我自己做了一个放衣服的木箱子，准备上大学之用。当年的高考是不公布考生分数的，也不公布录取分数线。大家都巴望着发榜，大致三周后，悬着的心终于落了地。1978 年 1 月 11 日前后，我接到了去福鼎县医院体检的通知，这意味着我出线了，全家人欣喜若狂。

当时，秦屿到福鼎的公路刚开通，接到体检通知的人不少，大家都乘客车提前一天到福鼎住了一个晚上。我是 1978 年 1 月 13 日上午去体检的，由于人数较多，福鼎县医院在福鼎第一小学设了个体检点。

我是第一次参加体检，过去从来没有体检过，没有体检的经验，只知道拿着表格，跟在人家后面，一站一站排队过关。我那时营养不良，面黄肌瘦，一副弱不禁风的样子，可体检的时候却出奇地顺利，什么毛病都没有。我看到比我强壮得多的一大群知青们，一个个在量血压处，坐在长椅上，大口大口地喝着盐水，他们血压都高了。体检的医生很不错，知道知青们的艰难，也知道这次高考的不易，允许他们反复检测。

我在检查嗅觉时，被吓得半死。体检医生拿出了一个棕色的瓶子，打开瓶盖给我闻，我闻了半天，可什么气味也闻不出来。我脑袋“嗡”地一响，难道我鼻子有毛病！我一边闻一边脑袋飞速地运转，突然想起了是水，我大叫一声：“水！”看到我那个狼狈相和紧张的样子，那个医生又不露声色地拿出了一个瓶子，这下吓不到我了，什么醋啦，酱油啦，煤油啦，我都能准确地报出来。体检结束了，我一切正常。

一星期后来了通知，让通过了体检的人填报志愿。我们那时候什么都不懂，在不晓得自己成绩的情况下乱报一气，亦是那年的怪事一桩，颇带赌博性质。因为中学学的是语文、数学、物理、化学，还以为大学里也是学这些东西，数学好的同学就报应用数学啦，物理好的同学就报什么理论物理啦。我是木工，会盖房子，所以我就喜欢建筑，第一志愿报了福州大学工业与民用建筑专业，第二志愿报厦门大学应用数学，第三志愿报福建医学院，忘了什么专业，并注明了服从分配。

由于当时高考比较仓促，许多工作没有做到位，录取工作基本上没有按照志愿进行。外省的重点院校先挑选，考分高的先被外省院校挑走了。我是1978年2月2日前后，春节前几天收到了上海同济大学的录取通知书。那时，我已经回家过年，并在家里日夜盼望着录取通知书的到来，总算在春节前收到了录取通知书。

当时，我是秦屿公社第一个接到录取通知书的，信封上收信人地址只写着：福建省福鼎县秦屿公社林宗寿收。秦屿公社有几万人，还好用的是同济大学标准信封，信封上印有同济大学的鲜红大字，否则邮局只能做退信处理了。我们秦屿镇从来就没收到过大学来的信，于是大家就判断是大学录取通知书。一提起大学录取通知书，就有人想起了我，邮递员赶快把信送到了我家。我打开一看是上海同济大学的录取通知书，我被录取在建材系水泥专业。

那时，我根本不知道同济大学，也不知道这个学校好不好，但我觉得上海总比福州强，所以心里挺高兴的。没过几天我就听人说，同济大学是名牌大学，解放前是被外国人承认的五所大学之一，我没想到会是一个这么好的大学。这个人虽然没说错，但被外国人承认的实际上是同济大学的建筑系，我是建材系，又是水泥专业，感到有点泄气。我爸的医院有个医生，他听到水泥专业后，就说水泥还有专业？学两年就够了吧。可不曾想我学了一辈子水泥，至今也没有完全弄懂，还在不断地学习和研究。

到了学校以后，我才知道我们班大多数人都没报同济大学这个学校，更别说水泥专业了。

内蒙古的臧人立同学，第一志愿是内蒙古工学院工民建专业，第二志愿是内蒙古工学院铸造专业，第三志愿是内蒙古农牧学院兽医专业。

福建的陈联荣同学，第一志愿是北京大学数理系数学专业，第二志愿是复旦大学数学系计算数学专业，第三志愿是杭州大学气象专业。

山东的陈增堂同学，第一志愿是山东大学，第二志愿是青岛海洋学院，第三志愿是山东农机学院。

山东的刘晓存、福建的林以乐、上海的胡士跃、西藏的张春萍同学，虽然有志愿报同济大学，但都没有报水泥专业。

可大家绝对没想到的是，我们班最有成就的张传增同学，第一志愿却报的是同济大学建材系水泥专业。他现在是德国锡根大学教授、欧洲科学院院士、欧洲科学与艺术院院士、欧洲人文与自然科学院院士，是公认的世界一流学者。

随着改革开放浪潮的来临，中国发生了翻天覆地的变化，水泥工业是经济发展的先行官，给我们班的同学们提供了可充分施展才华的舞台，大家八仙过海，各显神通。我们这辈人已把我国水泥工业从近乎原始生产状态，硬是发展成了世界一流水平。无论是水泥总产量，还是水泥品种、水泥化学、水泥厂设计建造、水泥机械装备自动化和智能化水平，均已达到或领先世界先进水平。现在我们班同学的足迹已经遍布了世界各地。

同济大学随录取通知书一起寄来了几张行李标签，可以填写到站名、专业和姓名。同时，还注明了需要办理的手续，如户口、粮油关系、党团关系等。报到日期定为：1978 年 2 月 26 日至 27 日。

过年了，我哥也回家来了，这年的春节全家人都过得特别开心。

过完年，我哥带着我，很快就把能办的手续全部办完了。还有最后一项就是到福鼎县教委去登记一下，这个手续留在出发经过福鼎时再办理。后来我路过福鼎去教委办理登记手续时，才知道我们秦屿整个考场 400 多考生，只考上了我这么一个本科生，教委领导告诉我说："你这次考得最好，是唯一一个出省的本科生。"直到我到达上海并开学了很长时间，我才获知我有几位高中同学考上了大专和中专。我一只不为人知的丑小鸭，一个不能自给自足的小木匠，就这样变成了一只众人瞩目的白天鹅。

1977 年高考系历届高考中淘汰率最高、录取率最低的一次，全国报名考生人数 573 万人，录取人数 27 万人，录取率仅为 4.7%。

1977 年的高考，是关乎国家和我人生的大事，迄今一晃过去了 46 年，回顾我这个人的微澜，映射的却是一段历史的巨浪。回头重温那些试题，真是太过简单，可是在那"不学无术"的年代，已算是大大的拦路石了，竟使近 96% 的考生被拦在大学门外。那些有幸被录取的，实在是时代的幸运儿。

那年的高考带给我个人里程碑式的命运转折，后来的读研、出国、创造发明、创业、著书立说，都是借这次考试之功。

图 5.11　红日照耀下的秦屿镇

1978 年 2 月 22 日早晨，天还没亮我就乘坐首班车，从秦屿车站出发前往福鼎，汽车很快就爬到了太姥山的半山腰，到达周公岭。眼看就要走出太姥山，进入白琳镇境内时，我蓦然回首东方，一个通红的小球升上天空，在崇山峻岭之上，散发着红润的光。又是一眨眼的工夫，太阳的周边出现了几朵云彩，隐约地遮住了太阳，可只是刹那间，太阳似又冲破了云层，熠熠发光。此时的太阳已脱去了红润的外壳，变成了金色。周边的云彩好像镶嵌了一道金边，顿时光芒四射。

“啊！太阳出来了，太阳出来了！”令人兴奋的光明终于来到了。汽车在蜿蜒曲折的周公岭上急驶，我轻声吟诵着周恩来东渡日本时写下的诗篇：

大江歌罢掉头东，
邃密群科济世穷，
面壁十年图破壁，
难酬蹈海亦英雄。

汽车很快就进入了白琳镇，离开了太姥山。在红日照耀下，我走出了太姥山，去实现我的理想，去创建我的事业。

第6章　大学生活

6.1　走进同济

1978年2月26日深夜，我跨进了上海同济大学的校门。

同济大学历史悠久、声誉卓著，是中国最早的国立大学之一。1907年，德国医生埃里希·宝隆在中德两国政府和社会各界支持下，创办了同济德文

图6.1　同济德文医学堂（1907年）

图6.2　同济德文医工学堂（1912年）

图6.3　同济医工学校（1917年）

图6.4　国立同济大学（1927年）

医学堂，位于上海凤阳路。同济是由德语“Deutsch”（德意志）音译而名。1912 年，同济德文医学堂与创办不久的同济德文工学堂，合并为同济德文医工学堂，位于上海复兴中路。1917 年，由华人接办，先后改称为同济医工学校和私立同济医工专门学校，位于上海吴淞。1923 年，定名为同济大学（位于上海吴淞）。1927 年，成为国立大学。1937 年，抗日战争全面爆发后，同济大学经过六次搬迁，先后辗转沪、浙、赣、桂、滇等地。1940 年，迁至四川宜宾的李庄古镇坚持办学。1946 年，回迁上海以后，发展成为以理、工、医、文、法五大学院著称的综合性大学。

在始于 1949 年的全国院系调整中，同济大学原有的文、法、医、理、机械、电机、造船、测绘等优势学科或支援其他高校，或整体搬迁内地。同时，全国 10 多所大学的土木建筑相关学科汇聚同济，使之成为国内土木建筑领域规模最大、学科最全的工科大学。

图 6.5　国立同济大学总办公处大门（四川李庄禹王宫，1941 年）

我是 1978 年 2 月 24 日早晨 6 时多从福鼎乘坐汽车前往福州的，当天下午 3 时左右到达福州。当时我哥有个同学叫郑瑞英，她在福建师范大学政教系上学。她到福州汽车站接我，当天晚上将我安排在福建师范大学政教系 75 级男生宿舍里过了一夜，使我提前感受了一下大学生的生活。宿舍中有 5 个学生，学习都相当用功，大家都在埋头读书，还不时相互讨论一下，讨论的尽是哲学上的问题，说的那些外国人名字，我一个也不知道。其中有个名叫林修果的学生，毕业后留校从事政治学与行政管理学的教学和研究工作，据说后来很有建树，成了教授、博士生导师，并获得了国务院特殊津贴，是福建师范大学公共管理学院院长、国家行政学教学研究会

图 6.6　同济大学校门（上海四平路，1955 年）

图 6.7　同济大学校门（1959 年）

常务理事、福建省行政管理学学会副会长。

第二天上午，郑瑞英带我去林明家拿火车票。林明是我哥在秦屿排堂岭知青点的知青朋友，他父亲是福州银行的下放干部，当时他已经顶替父亲回到了福州，在福州银行工作。我那时属于大学新生，凭录取通知书就可以购买半价火车票。那时正值春运期间，火车票相当紧张，我们预先跟林明联系好了，我到福州后，把录取通知书给他，他帮我找门路去购买火车票。

郑瑞英带我到林明家后，我把录取通知书给他，他骑自行车出去，没多长时间就把火车票拿回来了。中午，林明留我们在他家吃饭。

图 6.8　同济大学校门（1967 年）

林明是个音乐发烧友，他家里有个音响，还配了个低音炮，“咚”“咚”“咚”，把整个房子搞得震天响，我看林明的妈捂着胸口直摇头，拿他没办法。

午饭后，大家聊了一会儿，下午 3 时左右，动身去福州火车站。我当时身穿土里土气的蓝色中山装，用一根扁担挑着两大件行李，身上还背着一个草绿色的军用挎包，是上山下乡时我爸单位送的礼品，上大学期间我一直将它当作书包使用。在这挎包里还放着几个煮熟的鸡蛋和面包之类的东西。我生怕录取通知书丢失，把钱和录取通知书放在里层贴身的上衣口袋里，就跟 20 世纪 80 年代初农民进城一模一样。

图 6.9　郑瑞英（1996 年）

郑瑞英送我到福州火车站，办完行李托运，我就早早地进入了候车室，火车下午 6 点左右开动前往上海。郑瑞英这时才放心地回到她的学校。她大学毕业后，被分配到福建省宁德师范专科学校，两年后又调到中共福鼎市委宣传部工作，现已退休。对郑瑞英和林明的帮助，我在此表示衷心的感谢。

这趟火车是福州开往北京路过上海的 65 次火车，这是我这辈子第一次坐火车，也是第一次见到火车。当时，我们国家的铁路还相当落后，用的是烧煤的蒸汽机车，再加上春运期间，火车不堪重负，一上车就开始人挤人，我还以为过几站人会少一些，谁知道一路上上车的人越来越多。我是有座位的，而且是靠窗的座位，座位前面还有个小桌子，可也没用，人实在是太多，最后行李架上、座椅下、厕所里全都挤满了人。我面前的小桌子上也坐满了人，其密度远胜现在的春运，与沙丁鱼罐头有一比。

不用说到餐车吃饭了，连上个厕所都非常非常困难，我书包里带了吃的东西，但鸡蛋放的时间有点长，有点变味，还好吃了肚子没痛。火车开了一天一夜以后，才好不容易看见了上海城市的灯光。火车从徐家汇进入上海，一路不停地往上海北站开。从火车的门窗看出去，铁路两边灯火通明，人来人往，不愧为中国最繁华的城市。由于这趟火车是过路上海，在上海停留时间有限，我担心到时挤不下去车，在火车进入市区不久就起身到车门口等待，谁知火车一直往前开个不停，我被挤得都转不了身，就这样在车门口被挤了半个小时后，于晚上 9 点左右终于到达了上海北站。

下了火车，大大松了一口气，往前没走多远，就看见醒目的同济大学新生接待站，接站人员非常热情，工作井井有条。

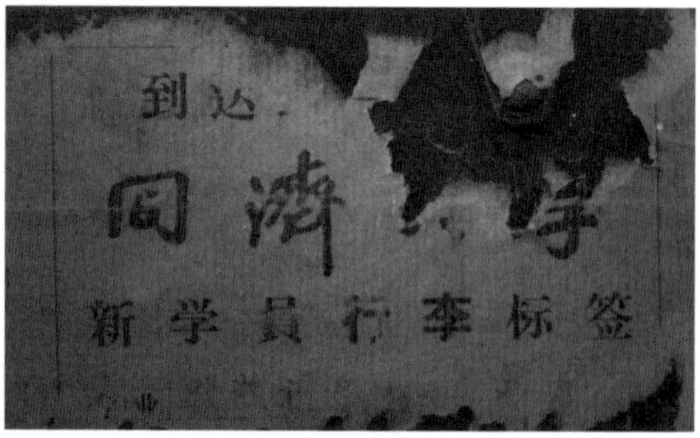

图 6.10　同济大学新生行李标签

因为行李上有同济大学的标签，就不用我管了，所以我的扁担也没有用了，此后就再也没用过扁担。我在接待站等了 1 个小时左右，搭乘同济大学校车去了学校。到达同济大学已经是晚上 11 点多了，校车直接开到了西南一楼，有位建材系女老师在那里负责接待。我拿出录取通知书报了到，并买了 5 元菜票和 10 斤饭票，最后被安排在西南一楼 3099 室。此时，已经深夜，行李还没到，接待人员就借了一条被子给我，并带我到了宿舍。

西南一楼又称西南楼，因位于同济大学的西南边而得名，始建于 1954 年，三层楼宇，建筑面积 11 215 平方米，采用中国传统建筑风格，是同济大学标志性建筑之一。

当时住 3099 室宿舍的有 8 个同学：顾卉生（山东）、陆洁（上海）、赵敏（江西）、郭宏基（江西）、陈联荣（福建）、林宗寿（福建）、杜逸平（上海）、裘璟（上海）。我到达宿舍时，除了陈联荣，其他同学都到了，他们已经睡着了。我简单收拾了一下也准备睡觉，这时赵敏同学被我吵醒，他探出来了一个圆圆的脸，笑眯眯的一对眼睛，努着嘴轻声地对我说：“你不睡觉呀。”可能他睡糊涂了，不知道我刚到。“我刚到，马上睡。”我回答道。

图 6.11　同济大学西南一楼

第二天上午我起得比较迟，买了一点日常用品，到西南一楼接待站一看，我的行李已经到了。我把床安顿好以后，大家也都到齐了，相互之间作了自我介绍，奇怪得很，就像久别的战友，大家一点也不生疏。晚饭后，我们想领略一下大上海美好风光，陆洁同学就建议去看一下上海外滩。

外滩位于上海市中心黄浦区的黄浦江畔，即外黄浦滩，1844 年起这一带被划为英国租界，成为上海十里洋场的真实写照，也是旧上海租界区以及整个上海近代城市开始的起点。南起延安东路，北至外白渡桥，矗立着几十幢风格迥异的古典复兴大楼，一直以来被视为上海的标志性建筑和城市历史的象征。

1978 年 2 月 28 日上午 8 时 30 分，全班同学到南楼属于我们的教室打扫卫生，下午大家整理宿舍。

图 6.12　上海外滩（1978 年摄）

1978 年 3 月 1 日上午，建材系办公室老师组织大家熟悉同济大学校园，大家排着长队跟在老师的后面，从西南一楼出发，老师边走边介绍校内主要建筑的历史和功能。那天天气还挺冷的，尽管阳光明媚，但感觉还是冷飕飕的。我们都是来自全国各地，北方同学和南方同学的装扮差异很大。北方包括北京来的同学，个个穿着棉衣棉裤，走起路来就像个可爱的大熊猫，女同学也是这种装扮；而南方的同学穿着单衣单裤，里面只穿一件毛衣，个个冻得像只猴子。从厦门来的陈联荣特别耐冻，历来都穿得很苗条。我那时还好带了一件半身大衣穿在外面，才不感觉到冷。还是上海的同学比较时髦，穿衣打扮都比较时尚，北京虽然也是大城市，可北京同学相比上海同学，感觉要土得多。

图 6.13　同济大学一·二九大楼（1978 年）

领队老师首先详细介绍了“一·二九”大楼。“一·二九”大楼建于1942 年，由日本建筑师石本久治设计，共三层，是当时同济大学的主要建筑。为纪念 1948 年 1 月 29 日同济学生掀起的著名“反迫害，争民主”运动，而将此建筑群更名为“一·二九”大楼。这些历史建筑透露出同济学子有着关注政治和社会责任担当的历史传统。那时，建材系行政办公室就设在“一·二九”大楼。

“一·二九”大楼还有一个小礼堂，经常放电影和演出话剧什么的。记得我在这小礼堂看过越剧《红楼梦》电影、话剧《于无声处》等作品，我们系里的一些大会也经常在此召开。“一·二九”大楼侧面还有一个排球馆，我曾经在这里看过一场上海市水平很高的男子排球比赛。

当时，同济大学的教室主要在南北教学楼，教学楼一南一北对称布局，称为南楼和北楼，建于 20 世纪 50 年代，我们的教室是在南楼。

同济大学自创建以来，学校大门历经了好多次的变化。刚解放时，同济大学的校址主要是利用“一·二九”大楼部分，校门也是正对着“一·二九”大楼。1952 年院系调整以后，同济大学有了比较大的发展，校门改在了正对彰武路的现在校门位置。我入学时的大门是 1972 年兴建的，大门的右边是传达室和学生收信的地方，左侧对称的部分是传达室的警卫室和银行。进入学校大门，便能望见毛泽东的高大塑像，这是许多高校都具备的统一风景。那时，学校大门上悬挂着的“同济大学”四个字是康生题写的，1980 年 10 月 31 日康生被开除了党籍，但在 1979 年国庆节之前，就已更换成了著名书法家舒同题写的字了。

1907 年，同济大学建校后，就相继设立了藏书楼、阅览室、图书室等。1934 年，正式建立了同济大学图书馆。我们入学时的图书馆建于 1965 年，总建筑面积 6 402 平方米，是两层砖混结构，一楼为大阅览室，二楼是半开敞式书库，由同济大学吴景祥等设计，上海市建二公司六队施工，建筑外观富含中国传统建筑的神韵。图书馆外墙采用清水红砖，间以白色线条，处理

A. 康生题　　B. 舒同题

图 6.14　同济大学校名题字书法

图 6.15　同济大学南楼（1979 年）

图 6.16　同济大学校门（1979 年）

图 6.17　同济大学图书馆（1979 年）

图 6.18　图书馆一楼阅览室的夜读

简洁、明快，同南北教学楼共同形成同济大学入口的场所感。

同济大学图书馆，拥有丰富的馆藏量，是我经常来的地方，我们经常在此借书并在阅览室自习。阅览室里一排排书桌，对面双座，中有隔板，上置带罩荧光灯管。每到晚间，宽阔室内座无虚席，但悄没声儿；排排书桌，灯光下射，张张脸庞，与书同辉。每每进入图书馆，便会让人凝神静气，潜心读书，专注做题。时间，往往就在不经意间流逝。尽管如此，仍然唯恐时间抓得不紧，生怕精力投入不够。

文远楼取名于我国古代天文学家、数学家祖冲之（字文远），建造于1953年，是我国最早的典型的德国包豪斯风格建筑，是典型的三层不对称错层式、钢筋混凝土框架结构建筑，其建筑面积达5 050平方米。由于这栋建筑从建筑理念到空间、功能的布局，以至构件细部的设计都贯穿了现代建筑思想，所以至今仍被奉为中国现代建筑的经典之作，我们当时的政治课经常在这里上。

图6.19　同济大学文远楼（1980年）

图6.20　同济大学大礼堂（1980年）

同济大学大礼堂建于20世纪50年代，可容纳3 000多人。采用拱形结构，跨度达40米，这在今天也许不算什么，但当时刚建成的时候，是东亚地区跨度最大的拱形建筑，人称“东亚第一拱”。人们对大礼堂最深的印象源于它新颖别致的结构造型，它屹立在校园主干道上，展现其独特的风姿，是学校大型集会、文艺演出的首选场地。想当年，在没有互联网，电视也不普及的年代，学校里的基本文化生活还是看电影。那时候，每到星期六晚上学校大礼堂通常都要放一场电影或举办一场音乐会，有时我们班几个同学也一起到校外电影院看电影，经常去的电影院有彰武路电影院、江湾五角场电影院等。那时候电影片源不多，只要有新上演的电影，一般都要去看，印象比较深的电影有：日本的《追捕》《金环蚀》《远山的呼唤》和印度的《流浪者》及国产的《小花》《庐山恋》等。再就是各种文艺演出，学校团委、学生会和宣传部门相互交叉安排，请来各色文艺团体。颇为丰富的演出，让我们领略了上海乃至全国当红歌星、乐队和剧团的演艺风采，启蒙了对诸如西洋歌剧、交响音乐、芭蕾舞剧等的艺术认知。

在我们刚入校时，校园里还有不少“文革”时期的遗风，从学校大门到毛泽东塑像的道路两旁，长着两排高大的梧桐树，梧桐树下还竖立着两排“文革”时期遗留下来的大字报栏。当时，还在深入揭批“四人帮”，记得刚入学不久，在学校大礼堂召开揭批“四人帮”的大会，批判一位“学长”，他的名字叫陈敢峰，原名陈锦霖，福建莆田人。1963 年为同济大学城建系学生，“文化大革命”开始后任上海大专院校“红代会”负责人。1969 年任同济大学革委会主任，1970 年 3 月任上海市革委会副主任，是中共第九届中央候补委员。1976 年 10 月为上海第五钢铁厂工人。因“文化大革命”中犯有罪行被开除党籍，1978 年 5 月在上海市监狱服刑。

图 6.21　校门口道路两旁的大字报栏

那次批判会揭批的主要内容是陈敢峰与“四人帮”的交往和“文革”期间的罪行。只见几位老师轮番上台，声泪俱下地控诉其在“文革”期间，如何对他们进行殴打和迫害。记忆里，陈敢峰是可以说话辩白的，大意是说他只是那一帮势力的摆设，并没有参与过核心行动，他的主观也没有多大的投入等等。态度上，给人似有不服气、不认账和不乏委屈的感觉。当然，大会及时批判了他的“死不悔改”，并告诫和提醒大家，肃清“四人帮”影响的任务仍然很重，同学们要积极关心和参与。那个时期，对于“四人帮”及其一伙，大家从内心唾弃，对于“文革”极“左”式斗争和批判，人们也不再有兴趣。

我们在西南一楼住了一个学期后，就搬到了西南二楼 229 号一间朝北的房间里了。西南二楼是个砖混结构房子，水泥地板，而西南一楼是木质地板，而且是朝南的房间，住房条件要比西南二楼好很多。我们搬到西南二楼后，顾卉生同学就到其他宿舍去了，同时李传柱同学调到了我们的宿舍。毕业时，我们宿舍同学一起照了个合影，如图 6.23 所示，从左至右、从上往下依次是：林宗寿、杜逸平、陆洁、陈联荣、赵敏、李传柱、郭宏基。

图 6.22　同济大学西南二楼（1981 年）

图 6.23　大学毕业时同宿舍同学合影

同济大学有几个食堂，但我们一般都是在第二学生食堂用餐。第二学生食堂是个狭长而简朴的建筑，已在建校 100 周年时拆除了，可惜没有留下影像。当时，大家学习热情很高，一下课就直奔食堂，吃完饭后又直接到教室，中午都不回宿舍。晚饭后也是这样直奔教室，晚上很晚才回宿舍。为了方便，每个人都用毛巾做了个碗袋，把碗和筷子装在里面，然后挂在食堂的墙上，食堂墙上都挂满了碗袋。一进入食堂，首先看到的是一大排壮观的碗袋，特别显眼。

图 6.24　同济大学饭菜票

同济大学食堂在上海高校中是有名的模范食堂，四喜肉、大排骨是当家菜，许多外校的同学为此慕名而来。四喜肉是同济大学食堂特有的红烧五花肉，切成一片一片的，每片与巴掌差不多大。但凡同济学子无人不知四喜肉，我们刚入学时，四喜肉每片是 0.12 元，后来涨价到每片 0.15 元。一片四喜肉，配上三分钱一份飘着菜叶的汤，真是一道好菜，深受大家欢迎。还有七分钱一根裹肉豆腐千张“百叶包”，来上两根，再配上份汤。一顿饭 0.17 元的标准菜谱，是我们当时食之津津有味，随后回忆津津乐道的主打菜肴。当然，当时的饭菜远没现时的丰富，但对当时的我们来说，感觉也相当不错了。

图 6.25　张春萍同学（1981 年）

我们在校时，大家都喜欢吃四喜肉，即使几十年后大家见面回忆起来，四喜肉也是绕不开的话题。2016 年我们班同学在上海聚会，有个从西藏来的传奇女生张春萍同学，她就提出想再吃一回四喜肉。她在校时就特别喜欢吃四喜肉，每次一片四喜肉，外加 3 分钱一碗的毛菜汤。问她为什么每天吃四喜肉，她回答是她父母要同时供三个大学生，四喜肉毛菜汤经济实惠，有菜，有肉，又有汤，味道也好，所以是每天餐食的首选菜。她是从西藏昌都中学毕业后，到西藏昌都马草坝甜萝卜农场插队的。当时西藏生活条件异常艰苦，帐篷和床板是搭在齐腿高的草地上，冬天一觉醒来刘海上都结了一排小冰柱。她从同济大学毕业后分配到了建材部耀县水泥技术学校，后到美国继续深造，现已定居美国芝加哥。

在第二学生食堂的旁边有个学生浴室，使用食堂的锅炉热能加热浴室洗澡水，冬天大家都是在这个地方洗澡。由于人多，比较拥挤，不能像现在这样每天洗澡，通常我们都是每个星期洗一次澡。到了天气稍微暖和，可以在学生宿舍楼的两头浴室中洗冷水澡，就不受限制，每天都可以洗澡了。

1978 年 3 月 1 日晚上，系里组织大家测试英语水平。当时大家的外语水平虽然都很差，但还是有区别的，上海等大城市来的同学都学过英语，比如杜逸平、陈联荣、陆洁、吴政、林以乐等英语的水平都还挺好的。我们班还有许多老三届高中毕业生，他们在高中时学过俄语，比如顾卉生、金左培等。我是什么外语都没学过，中学时只顾学军、学农，所以只好在卷子上写上了没学过外语，就交了白卷。最后有英语基础的同学分到了英语班，学过俄语的分到了俄语班，外语水平很差或者像我这样根本没学过外语的，就分到了日语班。这样一来，日语班里大家都在相同的起跑线上了，我这个没学过外语的人，到了毕业时外语成绩还变成了优秀。

1978 年 3 月 2 日，学校党委召开了 77 年级迎新大会，校党委书记黄耕夫作欢迎报告，张副校长作工作报告。迎新大会以后，大家到校医院抽血检查肝功能。下午 1 时 30 分到南楼教室开讨论会，3 时又到校医院进行全身体检。晚上学校安排新生看《霓虹灯下的哨兵》和《难忘的一九一九》电影。

第二天身体检查结果出来后，我还是顺利过关了，但我们班好几个同学被隔离在了校医院，说是肝功能不正常。这几个同学在校医院里被隔离了好几天，有的还被隔离了十几天，每天都检测肝功能，直到肝功能正常才让他们出院，还好这几位同学最终都出来了。当时，上海好像特别害怕肝炎，只要是肝炎就要被隔离，我同寝室的一位同学名叫裘璟，都上了一年多的学了，由于得了肝炎一直不好，最终做退学处理了。当时，裘璟同学被隔离在上海市某区的传染病医院中，我和同学们一起去看他，也只能隔着栏杆远远说几句话，就像探望犯人一样。裘璟同学退学后，听说后来又考取了财经学校，毕业后当了会计。

1978年3月3日上午，全校新生听上海军政大学的政委讲革命传统教育课，下午学习讨论，晚上党团员开会。

1978年3月4日上午，系里开迎新大会并介绍了专业情况，下午学习讨论。并发了4本教科书:《高等数学》上、下册，《无机化学》和《辩证唯物主义》。

当年的大学生，属计划体制下高度保障的群体，不愁就业，上学期间的经济保障也很到位。不但无需交纳学费，符合条件的还可以带薪，不带薪有困难的可以申请助学金，一旦入学，即享受公费医疗。对于师范生，国家不论学生家境，一律给予生活津贴。由于我入学之前是知青，不是国营单位的员工，也没有什么工资可带，而且我来自偏远的小渔村，也算是家庭比较困难的，所以就享受了一等助学金，每月可领取23.5元助学金，同时教科书款还全免，基本上可以维持生活，只需家里再补贴一点就够了。对比今天的条件，当时生活虽称“清苦”，但相比自己的知青生活，那无异于“一步登天”。

图6.26　顾卉生同学（1981年）

上海这地方比我们福建要冷一些，我们班的班长顾卉生同学还帮我到系里申请到了一床棉被。顾卉生同学是个“老三届”高中毕业生，山东淄博人，比我大10岁，曾经在福建当过兵，是个共产党员，有很强的组织能力，大学一年级的时候是我们的班长。他大学毕业后，先后在山东水泥厂、山东淄博博山水泥厂、山东淄博陶瓷厂工作过，最后到了北京，现已退休。在我担任全国人大代表和全国政协委员的15年间，每年3月初均要到北京开会，顾卉生等同学年年设宴给我接风，有一次臧人立同学还从内蒙赶过来参加聚会。还有一次，马勇、胡士跃和陆洁不远千里从上海赶到北京一齐聚会，这浓浓的同学情谊真是令人难以忘怀。

我们班同学之间在生活上还能互相照顾，当时粮食是定量供应的，没有粮票买不到饭。客观上说，上海粮食定量算是比较高的，但有些饭量大的同学还是感觉不够。来自山东巨野农村的张传增同学，他家里生活困难，不能给他补贴，就经常感觉没吃饱，现在他已经是世界一流科学家了，但大学期间不能吃饱饭，却给他留下了深刻的印象。女同学饭量小，陈容、张晓飞和林怀琛等同学就经常把剩下的粮票送给了饭量大的同学。因为我家里经常给我粮票，所以我大学四年没有感觉到吃不饱饭。

记得有年夏天特别热，那时正值期终考试期间，为了防暑降温，食堂每天熬制绿豆汤，免费供应大家食用。现在回想起来，大学四年，学校对我们的照顾，可以说是无微不至的，这也是我特别感谢母校的地方。

我们刚入学那年，76 级学生还没毕业，他们是最后一届的工农兵大学生。前几届的工农兵大学生都顺利毕业，可对这一届学生要求特别严，因为整个国家的政治氛围都变了，都提倡真才实学。他们也开始刻苦学习，后来他们也学了不少东西，他们中间也出了很多人才。

我们在大学期间也有班主任，大概是我们班干部比较能干，当时大家都在用心学习，也没有太多的会，所以我对班主任没什么印象，就只知道我们的水泥工艺课老师金容容曾经担任过我们的班主任。后来据同学们回忆说还有陈怀汉老师等好几个都曾经担任过我们的班主任，可我怎么也想不起来，他们长的什么样子。

跟我们接触最多的是我们的指导员刘汉庭老师，我们经常见到他，给人感觉是个非常精干的人，年龄好像不是很大，看起来与我们的班长顾卉生同学差不多大。我不知道他是不是转业军人，但经常见到他穿着褪了色的旧军装。他对工作相当负责，经常到我们的宿舍来，对同学们的生活也很关心，从不打官腔，是个很实在的人。

图 6.27　刘汉庭老师（1981 年）

1978 年 3 月 6 日，星期一，我们正式开始上课了，前三周主要是在复习中学的课程，第4周和第5周是军训，军训期间，晚上还上课，继续复习高中的课程，我们的班级编号是7713。

军训请的是当地的部队官兵来当教官，刚开始几天对我们的要求非常严格，一个简单的动作需要反复练习几十遍。教官对同学们一点也不客气，经常严厉训斥同学们，也不管同学们的感受如何，有时候也不一定是同学的错。我记得有一次在学校大礼堂前面的空地上练习队列，一个教官在训斥郎大鹏，郎大鹏争辩了几句，这时过来了个军官模样的教官，劈头盖脑就对郎大鹏一顿训斥，也不问缘由。我当时与郎大鹏是一个小组的，我也觉得郎大鹏是正确的。但军训就是要练习绝对服从，教官总是正确的，训练场不是讲理的地方。军训到了后期，那些教官开始转变态度，态度好多了。就这样队列练习了一个多星期后，转入了练习瞄准射击。那是一个很苦、很"磨人"的活计！练习瞄准，手持真家伙半自动步枪，在军人教练指导下，在操场撑肘匍匐，确实辛苦，但无人不认真，即使在家受宠娇惯的女生，也都坚持从不逃避。训练效果以赴松江打靶场实弹射击检验。每人子弹5发，进行百米瞄靶射击。那次打靶我忘了我打了多少环，可马勇同学说他5发子弹打了58环，后来才知道旁边的聂秋林同学打到他的靶上了。

郎大鹏同学毕业后分配到北京琉璃河水泥厂，后又调到国家建材局规划处，现在是中国建材集团有限公司的高管。

图6.28 郎大鹏同学

图6.29 聂秋林同学

图6.30 胡士跃同学

聂秋林同学毕业后先后就职于福建省建材学校、福建省建材局科技处，高级工程师。1994 年下海，任福建建材高新技术有限公司董事长、总经理，福州新丰建材有限公司董事长。

胡士跃同学毕业后，分配在上海吴淞水泥厂工作，后担任吴淞水泥厂厂长，现为上海建材集团水泥有限公司副总经理。

图 6.31　马勇同学与津巴布韦穆加贝总统

马勇同学毕业后分配在上海金山水泥厂，随后对金山水泥厂进行“湿改干”改造，20 世纪 90 年代，赴津巴布韦华津水泥有限公司工作，现为上海建材集团的高管。

入学后的第一学期终于结束了，这学期时间比较长，直到8月初才放假，暑假只有 28 天。

6.2　疯狂学习

1978 年，正值“文化大革命”十年内乱刚结束不久，如邓小平所说：“文化大革命结束时，就整个政治局面来说，是一个混乱状态；就整个经济情况来说，实际上处于缓慢发展和停滞状态。”而 20 世纪 70 年代，世界范围内蓬勃兴起的新科技革命推动世界经济以更快的速度向前发展，我国经济实力、科技实力与国际先进水平的差距明显拉大，面临着巨大的国际竞争压力。

就是在这种国内外巨大经济和科技差距的压力下，我们踏进了同济，肩负着振兴中华民族的伟大责任。我们这班人绝大多数被“文革”十年所耽误，来源庞杂，经历丰富，志趣广泛，工农兵学商，各种成分都有，年龄最大和最小之间相差十多岁。大多在社会上摸爬滚打多年，历经动荡坎坷，栉风沐雨，受冻挨饿。是时代的风云际会，把我们这批阅历不同、年龄参差的青年聚拢到了一个群体中。

骤然之间，从社会的底层变成了“时代骄子”，深知机会来之不易，因而晨曦诵读，挑灯夜战，是十分普遍的现象。我们非常珍惜这来之不易的学习机会，在学校如饥似渴地看书，从教室到图书馆，埋头苦读，夜以继日，可以说是空前绝后的用功。

那是一个读书很疯狂的年代，同学们如饥似渴，像高尔基说的“我扑在书上，就像饥饿的人扑在面包上”。课堂上老师兴致勃勃地讲，同学们聚精会神地听；阶梯教室每有大课，同学们就争先恐后提前占位子；晚自修，教室外天寒地冻，教室内灯光明亮，同学们专心致志地看书、做作业，直至熄灯铃响，才恋恋不舍地离开教室。

大家学习热情高涨，生怕自己比别人少学了，每天早上出去后，中午也不回宿舍，直接到教室学习，晚上很迟才回宿舍。学校担心大家出健康问题，就强制宿舍晚上 11 点关灯，但在南北教学楼留下了几个大的阶梯教室通宵不关灯，那里的座位就成了大家每天抢夺的对象，这几间教室天天一席难求。抢不到座位，大家就各显神通，路灯、手电筒，甚至宿舍走廊上的灯都派上了用场。记得当时每个同学都在自己床头安放一盏床头灯，以便在熄灯后睡在床上继续看书。学校发现很多宿舍房间整晚都亮着灯光，于是就在晚上 11 点以后把所有开关全部切断，只留下走廊照明灯。但同学们很快就都从走廊照明灯处引电线入房间，结果经常是 11 点熄灯后，大家一起用电超负荷，导致整个走廊一片漆黑。学校数次派人到宿舍内将所有乱接的电线全部拆除，经过多次反复“清剿”，才被杜绝。

那时，学校不是鼓励大家学习，而是想尽办法让大家多休息，要求大家多参加体育锻炼。严格规定早上必须出早操，下午 4 点钟后，要到操场等室外场所进行体育锻炼。很多同学只想学习，不愿出去，指导员刘汉庭老师就一个教室一个教室找人，催促大家去外面活动。我记得当时我们住在西南一楼，顾卉生班长住在我们的宿舍，他认真负责，天一亮就把我们叫起来，让我们排着队在校园里到处跑，我那时候就盼着下雨，免得去跑步。有一次我脚崴了，下午下课后就在南楼教室里看书，不去活动了。可没过多久，班干部李旭峰同学发现我没来，就到教室到处找，找到后看到我真的脚崴了，才批准不用去活动。

即使学校想尽办法限制大家学习，可也浇不灭大家的学习热情。“文革”以前，同济大学就有考查和考试制度，也就是把课程分为考试课和考查课，考试课打分，考查课不打分，就打及格和不及格。我们刚入学的头几个学期，不知是什么原因，没有严格区分考查课和考试课，成绩都实行百分制。为了避免大家追求分数，过于热心学习，学校就恢复了考查课和考试课制度，这样一来，如果是考查课你考得再好，也是及格。可是实行这个措施后，也没起到多大作用，因为大家刻苦学习，根本不是奔着分数而去的，而是真的想多学点东西。当时我们的考试成绩也从来没排过名次，我也不知道我在班里能排到第几名。恢复考查课考试课制度后，害得我的成绩单上许多门课程本来是优，都变成了及格，对不明就里的人还说不清楚，关键是先前的不少考查课都是打优和良的，后面怎么突然出现了及格呢，有嘴也说不清。

大家学习实在是太刻苦了，许多同学出现了神经衰弱，甚至还出现了精神异常，我那时也是经常耳鸣，睡不好觉。后来，我们班有两人因病退学，两人休学半年后插班到 78 级去了。

由于 77 级当时入学考试、录取都很匆忙，学校也没有做好充分的准备，我们刚入学时都没有正规的教材，用的好多都是老师们临时编写的油印教材。我那时教材是全免费的，开始上课时发了一套油印教材给我，上完课后，正式教材出来了，又发了一套给我。

1977 年同济大学建材系就只招了两个班，一个是水泥班，另一个是制品班，除了很少几门专业课不同外，其余课程都一样，平常都是在一起上大班课。

我们入学后，给学校带来了一股清新活力，老师们对“文革”时期破坏教育的种种行为痛心疾首，因而对通过高考入校的学生格外地器重和关爱。

图 6.32　同济大学建材系水泥专业部分教材

大家回忆起当年的教授们，无不感念师恩深重，心铭长存。

王祖悦老师教我们数学，她当时不到 40 岁，是个大家闺秀、齐耳短发，不仅人美，而且动作优雅，一口标准的普通话，口齿清晰，板书也和她讲话一样有条有理。每次上课都是在 100 多人的阶梯大教室，座无虚席，声名远扬，许多其他班级的同学也经常来听她的课，给同学们留下了非常深的印象。她有个助教，是个 30 多岁的小伙子，每次上习题课时，就由他来上。听说后来王祖悦老师去了香港。

有一次数学期终考试，我们班委为了帮助大家复习，出了一套模拟题，写在黑板上让大家做，这时王祖悦老师和她的助教进来了，她一看黑板，很是吃惊，因为这模拟题居然与她的考题几乎一样，她连声表示："我不好发表意见，你们继续复习吧。"点点头笑着走了。

图 6.33　胡宏淑教授（1981 年）

教分析化学课程的胡宏淑教授是个慈祥的老太太，就像个老妈妈。每次一上完课，就有一大堆的学生围着她，一见有学生来，她就喜笑颜开，不停地答这答那。有一次我也想问个问题，却被张传增同学抢了先。我在旁边看张传增同学问这问那，问个没完，问着问着，胡宏淑老师居然也答不上来，只好应付地说："这个问题不在我们的教学大纲上，你不用管它，如果要学，那世界上的知识太多了。"

张传增同学是个非常好学的学生，聪明绝顶，看起来老实巴交，浓眉黑眼，满头黑发（现已掉光），硕大的鼻子上架着一个大眼镜，时不时地往上推一下他的镜片。他与我们同学两年后的 1980 年，就被教育部选拔为留学生，公派留学德国。1983 年在德国达姆斯塔特工业大学取得硕士学位，1986 年在德国达姆斯塔特工业大学取得博士学位，1986 年至 1988 年在美国西北大学做博士后研究工作，与世界著名力学家 Achenbach 教授合作。1988 年至 1990 年任同济大学工程力学系副教授、教授，1993 年获得德国达

图 6.34　张传增同学

姆斯塔特工业大学特许任教。1995 年至 2004 年在德国齐陶 / 格里茨应用技术大学土木工程系任教授，2004 年 10 月至今任德国锡根大学土木工程系结构力学教席教授、结构力学研究所所长。2008 年至 2016 年任世界华人计算力学协会副主席，2014 年至 2017 年任德国锡根大学土木工程系副主任、主任。2014 年当选为欧洲科学院院士，2015 年当选为欧洲科学与艺术学院院士，2016 年当选为欧洲人文与自然科学学院院士。2015 年被斯洛伐克工业大学授予荣誉博士，2017 年 9 月被希腊亚里士多德大学授予荣誉博士。张传增同学还有许多兼职：英国威塞克斯技术学院客座研究员，同济大学兼职教授，哈尔滨工业大学客座教授，哈尔滨工程大学客座教授，南京航空航天大学客座教授，中国建材研究总院客座教授，西北工业大学顾问教授，北京交通大学名誉教授，青岛大学名誉教授，国务院侨务办公室专家咨询委员会委员等，是我们班走出来的国际一流学者。

图 6.35　金容容老师（1983 年）

“水泥工艺原理”是我们的专业课，金容容老师是任课老师。金容容老师著有《水泥厂设计概论》教材，我后来就职的武汉理工大学也是用这本教材。每当看到这本教材，我就想起金容容老师的音容笑貌，感到特别的亲切。我曾经和几位同学去过金容容老师的家里，那时上海电视台正在播放《大西洋底来的人》电视连续剧，大家边看电视，边谈论水泥技术方面的事，金容容老师给了我很多的指导，至今都不曾忘记。对金容容老师讲课内容印象最深的是：水泥石中水的存在形式。金容容老师详细对比了鲍维斯、弗尔德曼和大门正机等几大门派的观点，这部分内容教材上没有，是金容容老师补充进来的。几十年以后，我在编写《水泥工艺学》教材时，就把金容容老师讲课的内容补充进去了。

魏金照老师是金容容老师的先生，有一次金容容老师因故不能来上课，就由魏金照老师代课。那天是讲水泥水化的内容，水泥水化过程很复杂，怎

图 6.36　魏金照老师（1981 年）

样记住它？魏金照老师用了一个图反映了水泥水化的全过程，简明扼要，让大家很快就记住了，也让我很快记住了魏金照老师。

我们“水泥化学”课的老师是沈威教授，沈威教授讲解水化硅酸盐结构时，引用了泰勒的观点，是无定型的凝胶，组成不定，结构近程有序，远程无序。沈威老师在课堂上说：“泰勒刚开始时，认为水化硅酸钙的结构是莫来石，后来发现不对，就勇敢地承认错误。一个伟大的科学家能勇敢承认自己的错误，值得大家学习。”沈威教授是我国著名的水泥化学专家，对中国水泥工业作出了杰出贡献。沈威教授主编的《水泥工艺学》教材持续使用了二十多年，培养了一代又一代的水泥人。直到 2012 年 12 月，普通高等学校材料科学与工程类专业新编教材编审委员会，才将《水泥工艺学》教材的编写任务交给了我。

图 6.37　沈威教授（1981 年）

我们当时的系主任是黄蕴元教授，他是国务院批准的国内第一批博士生导师，并培养了我国无机非金属材料专业第一位博士，可谓桃李满天下，是教书育人的楷模。黄蕴元教授是我国高等工科院校本科混凝土与建筑制品专业和建筑材料性能学专业的创办人之一，在中国材料科学界威望卓著、著述丰盛。1951 年编著出版了《预加应力混凝土原理》，第一个把预应力问题介绍到我国，此后又相继出版了《混凝土制品工艺学》《表面物理化学》等专著。他先后在苏联、日本、

图 6.38　黄蕴元教授

美国、瑞士及国内发表了几十篇学术论文，在业界产生了巨大影响。

记得有一次在文远楼的阶梯教室开全系大会，请系主任黄蕴元教授给大家讲话，本来是政治学习，应该讲有关政治方面的内容，可黄蕴元教授三句话不离本行，从一颗牙齿讲起，海阔天空，讲到分子、原子、物质结构，最后落到了水泥混凝土上面了，变成了一场生动的专业技术讲座。

图 6.39　王朝亨老师（1978 年）

王朝亨老师是我们“热工”课的任课教师，福建德化人，曾任教研室副主任、高等教育研究所副所长。长期从事硅酸盐材料与工程的教学及科研工作，发表论文十多篇，出版专著多部。他个子不高，戴着一副眼镜，操着福建普通话，身边总带着一名年轻的助教，每次答疑时总是夹着一本教材，笑眯眯地走进教室，上课的时候时常用纸张画上图，挂在黑板上，增加大家的理解。

冯铭芬老师是我们“岩相学”课程的任课教师，她让我们用显微镜看到了水泥内部的奇妙世界。她著有《硅酸盐岩相学》一书，对硅酸盐岩相学有深入的研究。我在做研究生论文时，曾经写信向她要过一篇她写的论文，内容就是如何从熟料中分离出铝酸三钙和铁铝酸四钙两种矿物。她马上就给我寄来了，使我顺利地完成了硕士论文，记忆深刻。

图 6.40　冯铭芬老师（1981 年）

陆厚根老师是我们“水泥机械与设备”课的任课教师，他主要研究粉体力学，著有《粉体技术导论》，内容涉及颗粒性质和行为、颗粒形成和制备、颗粒处理技术。当时还没有电脑投影设备，他讲课时常常使用幻灯机，将水泥机械设备的结构图投影到屏幕上，他的一名年轻助教就在下面负责放幻灯，讲课效率大大提高。他还带我们到江山水泥厂毕业实习，实习期间还带领几个同学，用毕托管测定了水泥磨出风管的风量。水泥磨尾温度高，粉尘大，搞得大家满头大汗，满身是灰。

我们上大学的时候，计算机技术还相当落后，那时没有现在这样的台式机，更没有便携式电脑。同济大学计算中心拥有一台上海计算机厂生产的 719 计算机，是个庞大的机器，整整装满了一间小房间。没有键盘输入，而是用黑色纸带穿孔实现人机对话的。我们学的就是这台计算机的“719 算法语言”，课程结束后，要求大家编一个程序解一个方程组。程序编起来倒是不难，麻烦的是要把程序转化成二进位的数字，然后在黑色纸带上穿孔，计算机才能读得懂。一个简单的解方程组，程序就打了整整一捆纸带，就像一盘电影胶卷一样。而且非常容易出错，打错一个孔都不行。当时，我与臧人立同学分在一个组，共同完成上机任务。我们把打好的纸带，安到计算机上，一开机就显示错误，程序通不过，后来检查了半天才发现是孔打错了。为了解一道方程组，我与臧人立同学忙了好几天，想想还真有点可笑。

图 6.41　臧人立同学（1981 年）

臧人立同学是山东蓬莱人，父母都是新中国成立初期大学毕业生志愿到内蒙古工作的。1956 年他出生在呼和浩特市，1974 年 7 月高中毕业后到内蒙古自治区包头市土默特右旗苏卜盖公社插队落户。1977 年考入同济大学，1982 年 2 月分配到内蒙古自治区建筑材料工业设计研究院。曾经在内蒙古自治区石墨和高岭土等公司供职，2003 年创建了内蒙古综科技术开发研究院、内蒙古成安工程技术有限公司、内蒙古欣立能源技术有限公司，并被选为内蒙古自治区水泥协会会长。臧人立同学长得高大威猛，有点像蒙古摔跤手那种形象，他心胸宽广，性格热情豪爽，很讲义气，对待同学特别亲切热情，喜欢盛情款待朋友，是我特别敬重的同学之一。

当时，在我们学校西南一楼后面有几间校办工厂，主要是供学生进行金工实习之用，我们就是在这些工厂里进行金工实习的。进行金工实习时，工厂师傅们让我们按图纸做一把小锤子，用的是 45 号钢，做成后再经过热处理，硬度还是很不错的。实习结束时，要对所做的小锤子进行验收，达到精度要求才算及格。大家通过了验收后，带我们实习的老师傅说："谁想要锤子做纪念的话，交 4 角钱就可以拿走。"大家想想都是自己亲自做的，基本上都要了。现在回忆起这件事来，同学们都是记忆犹新，吴政同学说："那个小锤子至今还保存在我的福州老家呢。"感觉特别亲切。

吴政同学是福州人，由于我会讲福州话，所以在大学期间，我们俩经常在一起。他很早以前就有一台计算器，当时计算器特别贵，有一次我在上海南京东路的一家商店中见过计算器，当时标价是 600 元一台，可我的助学金每月才 23.5 元，我们宿舍带薪的陆洁同学，他每月的工资也只有 36 元。所以，当时的计算器相当宝贵，大都是从海外带进来的。我们当时作业的计算量又很大，所以做作业时，我经常借用他的计算器，算起来比手算快多了，可以节省很多时间。

图 6.42　吴政同学（1981 年）

记得那年学校开运动会，一共有 7 天时间，我就与吴政同学，还有几个福建老乡，一起去杭州、苏州、无锡玩了一圈才回来。记得当时，我拿着地图，他们几个都不爱动脑筋，就跟在我后面，大家一起坐公共汽车到处转，玩得很是开心。

吴政同学大学毕业后，分配在福建省建材工业设计研究院，由于是恢复高考后第一届本科生又是工艺主导专业，而且工作出色，受到了单位的重用，很快就升任设计院的总工程师，并成为设计院主持工作的院长。但吴政同学不满于现状，想有更高的发展，1999 年就自费到新西兰奥克兰大学攻读工程材料学硕士学位，继续深造。毕业后，2000 年就职于史蒂文斯混凝土公司，任工艺工程师。2006 年，就职于澳洲的 KelloggBrown&Root 公司，从事工业工程咨询和设计工作。2007年就职于SEDGMAN公司，任机械工程分部主任。2016年自创INGENUITY ENGINEERING PTY LTD公司，任董事长兼总经理，现已定居于澳洲，正在为发展中国和澳洲的友好关系牵线搭桥。

我在大学期间，特别喜欢力学，特别擅长力的分析。我曾经准确预测过三次房屋倒塌事件。一次是我在上高中时，到秦屿木器社看他们做木工的时候，看到他们正在盖一栋楼，屋顶是采用三角架构形式。正常的三角架构底边应该有一根木头，这根木头是承受拉力的，三角架构的两个斜边是承受压力的，而他们把三角架构的底边放在了两个斜边的正中间，这样虽然可以增加屋内的空间高度，但使三角架构两个斜边由抗压变成了抗折。我当场就觉得这三角架构两个斜边承受不了，房子会坍塌，果然在他们上瓦片的时候，屋顶就塌下来了。

另一次是在2003年12月担任华新水泥股份有限公司独立董事的时候。有个董事会要在新西兰召开，我们一行人路过法国巴黎戴高乐机场。我们在机场候机的时候，我发现戴高乐机场候机室那个屋顶结构特别奇怪，是个拱形结构，有点像同济大学的大礼堂，跨度很大，但同济大学大礼堂拱形结构的两边是用很大的柱子顶在地上的，而戴高乐机场候机室却没有柱子顶，也没有用横梁拉住。我当时就觉得很奇怪，世界著名的机场怎么可能采用这样不合理的结构！我特意跑到候机室两边仔细观察，就是没有发现顶住或拉住这拱形屋顶的结构，所以我就觉得这个屋顶会坍塌。果然在2004年5月23日，就看到电视报道法国戴高乐机场候机室发生坍塌的新闻。

图6.43　法国巴黎戴高乐机场候机室坍塌

还有一次是我公司的办公大楼，我们将一楼租给了邮政快递公司，他们就在后门的停车场上盖了一个遮雨棚，如图 6.44 照片所示。我一看觉得左边的墙承受不了拉力，一旦下雪或刮大风，就会倾倒，担心造成人身伤亡事故，马上指示办公室给他们发一个整改通知。2020 年 11 月 2 日，我公司向邮政快递公司正式发了一个整改通知，要求邮政快递公司立即进行整改，采取可靠的安全措施，以免发生事故。可还没等到他们整改，两天后的一个夜里，武汉突然刮大风并下起了大雨，左边的墙果然承受不了拉力倾倒了，还好半夜没人，没造成伤亡事故。

图 6.44　邮政快递公司盖的遮雨棚

“材料力学”这门课我特别喜欢，我花费了蛮多精力，自学了很多内容，包括老师课上没讲的内容我也学了不少，期终考试时，我没计算器，用的是计算尺，结果也得了满分，其中最后一题我是用老师没讲过的方法解答的。

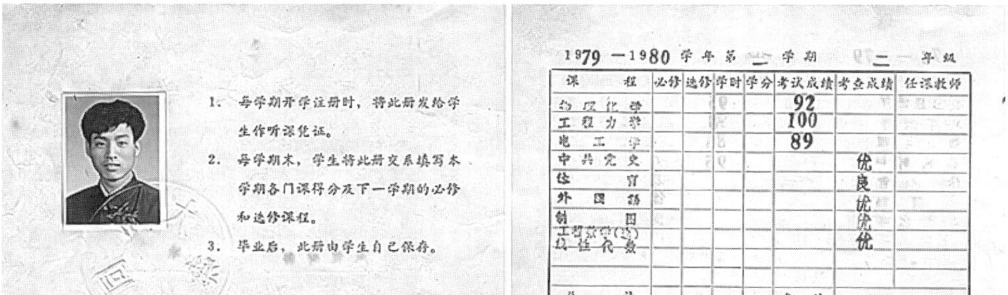

1. 每学期开学注册时，将此册发给学生作听课凭证。
2. 每学期末，学生将此册交系填写本学期各门课得分及下一学期的必修和选修课程。
3. 毕业后，此册由学生自己保存。

1979 —1980 学年第 二 学期　二 年级

课程	必修	选修	学时	学分	考试成绩	考查成绩	任课教师
物理化学					92		
工程力学					100		
电工学					89		
中共党史						优	
体育						良	
外国语						优	
制图						优	
工程数学(2) 线性代数						优	
总计					备注		

系主任签字 [signature]

图 6.45　我的学分册

从大学二年级开始，我们的体育课就分专业了，有足球、篮球、排球等专业。我那时个子小，面黄肌瘦的，本想去踢足球，可带队老师一看到我，连试都不让我试，就直接淘汰了。我到了篮球组，同样是这样结局。最后，我被分到了排球组，从基本功练起，刚开始是一个人对着墙练习，后来就两

图 6.46　孔凡营同学（1981 年）

人一组进行对练，我常与孔凡营同学一起练接球。

孔凡营同学，山东人，他是孔子的第 74 代孙。他继承了孔氏家族的传统，说话细声细气，对人彬彬有礼，长着一颗大脑袋，记忆力超群，皮肤白里透红。我们后来还成了好朋友。他毕业后，先是在山东潍坊水泥厂烧成车间和技术科工作，之后在山东莱芜市建委和莱芜二建公司，后又到山东泰安市复合材料工程筹建处，筹建无碱玻璃纤维万吨池窑拉丝项目，2002 年 1 月调到了山东科技大学土建学院任教，现已退休。

其实，我看起来瘦，体育也不是很差，从小淘气惯了，与城市小孩相比也不差。当时同济大学是有体育锻炼标准的，设了很多指标，比如跳远要多远，跑步要多长时间，引体向上要多少次，单杠、双杠、鞍马等等，都有指标规定，我居然都通过了这些体育锻炼标准。此外，我课余时间还参加了太极拳医学实验班。太极拳作为上海市提倡的全民健身运动项目，风靡一时。那时上海有位太极大师，名叫傅钟文，被政府聘为运动指导。此翁当时年逾古稀，但鹤发童颜，神采奕奕。母校体育老师对其推崇备至。于是，我天天晨起，诵念外语之前，与一帮同道，“意守丹田，手到眼到，上下相随，行云流水”地打上一套 88 势杨氏太极。老师教得认真，我们也学得到位。由于是医学实验班，所以练习之前大家都先测定血压、心跳等指标，实验班结业之时再重新测定，对比看有什么效果。学了三个月后，有的同学说改善了睡眠，有的同学说脚有劲了，可我没感到有什么效果，只是学会了打太极拳罢了。

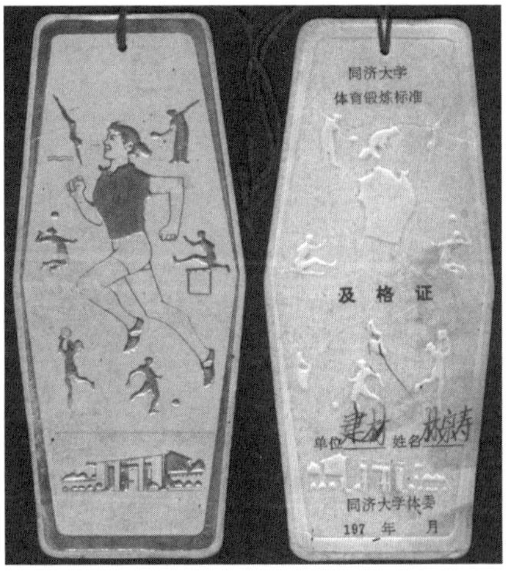

图 6.47　同济大学体育锻炼标准及格证

最后的毕业环节到了，有做毕业论文

的，也有做毕业设计的。我是跟袁萤老师做毕业设计，设计的是一条湿法回转窑的烧成车间，选的是 Φ3.5 米 ×14.5 米华新窑。我很快就把图纸画完了，闲着无事，就多画了一张鸟瞰图，但没用，老师们也没给我个好成绩，就得了个良，记得我们班的李旭峰同学毕业设计得了个优。

李旭峰同学比我大十几岁，有很多的工作经验，他的毕业设计，进行了很多方案对比，什么电价、成本，对比了一大堆，确实花了很大的工夫，做得很好。他被推荐到全班大组答辩，老师们给予了很好的评价。当时，我们的毕业设计还请了上海建筑材料工业设计研究院院长袁裕庆和总工程师金灏两位工程师来做指导教师，李旭峰同学的毕业设计就是在他们的指导下完成的，得个好成绩也不奇怪。

李旭峰同学大学毕业后，分配到上海建筑材料工业设计研究院。由于工作出色，不久就出任上海建材工业科学设计研究院院长。后参与上海浦东开发，调入了上海浦东综合规划土地局规划处，再后调入了上海浦东规划设计研究院，并担任院长，为上海浦东发展做出了巨大贡献。如今，上海浦东建设已经是世界一流，与李旭峰的贡献是分不开的，作为他的同学我也感到十分光荣。

与我同宿舍有位小个子上海人叫陆洁，我与他很合得来，经常跟他开玩笑。他毕业分配在上海市建材学校任教，1999 年入职上海伊通有限公司，后该公司与其德国母公司伊通公司被德国凯莱公司合并，其任职凯莱中国（XellaChina）CTO，期间主持设计和建设的长兴伊通有限公司和凯莱建筑材料（天津）有限公司两条蒸压加气混凝土生产线属当代世界上技术最先进生产线，他同时兼任以上两公司的总经理。2009 年，到芜湖新铭丰机械装备有限公司工作后，中国蒸压加气混凝土整线装备和生产技术有了突飞猛进发展，目前，

图 6.48　陆洁同学（1981 年）

他们公司的技术和中国顶端蒸压加气混凝土企业已达到世界先进技术水平。2011 年 7 月，该公司被广东科达机电股份有限公司并购，他是该公司的高管。

我们这一届大学生，因为高考前有体验基层疾苦的经历，普遍怀有忧国忧民的使命感，适逢施展才能的广阔舞台，因而大多成了各行各业的中坚乃至栋梁，为国家和社会的发展做出了重要的贡献。40 多年来实践证明，我们这代人用行动回报了这个时代，我们是改革开放的第一批受益者、奉献者和守护者。

6.3 博览群书

当年，同学们普遍有一种“知识饥渴症”，大家都努力抓住这难得的上大学机会，给自己补充知识。恢复高考改变了以往许多人听天由命、前途由领导决定的观念，使广大知识青年知道了可以通过自己的努力改变处境，觉得有了盼头，普遍带着一种积极向上的心态投入学习。

鲁迅先生说过：“必须如蜜蜂一样，采过许多花，这才能酿出蜜来。倘若叮在一处，所得就非常有限，枯燥了。”秦牧说：“不广泛地吸收，是谈不到博大精深的。一条大河，总得容纳无数小溪、小涧的溪水，一座几千米的高山总得以一个高度作为它的基座。小小的水源只能形成一个湖泊，荡荡平川，也不会有什么戴着冰雪帽子的高峰。”这些都是大师们在实践中总结出来的宝贵经验。只有博览群书，才能使我们从记载着无数科学知识的书籍中，学会无数生活经验的结晶、丰富的科学知识，提高我们的智力，发展我们的想象力。

至少对我来说，大量的知识是从图书馆来的。那个时候上图书馆也是要靠抢，每晚图书馆开门前，门前就已挤满了学生，等待进入图书馆。门一开就像百米冲刺一样，去占位置，去抢杂志。

在图书馆阅览室自习，效率非常高。这里寂静无声，只听见笔尖在纸上“沙沙”地走着，就像是轻轻地、小声地说着体己话。日光灯下，宽敞的阅览室里，坐满了黑压压的读者，有的伏案疾书，有的闭目沉思，有的口中念念有词。

当时，我们每个同学最多允许借 16 本书，看完还了才能再借。记得第一次拿到借书证时，大家一哄而上挤在图书馆借书处柜台前，大家热情高涨，恨不得把图书馆都搬回家。可怜，轮到我时，我想要的书，早就被人借光了。因为，当时我们入校得比较匆忙，我们正在上的几门课程，教材都还没有印出来。高等数学还是用工农兵大学生时用的教材，可上课老师讲的内容却是“文革”前樊映川编写的《高等数学讲义》中的内容。我很想从图书馆借几本“文革”前的高等数学教材，找了很多卡片，填写了好多书名，可都被否定了。图书馆工作人员回答是：“没有，被人借光了。”好不容易，我找到了一本 20 世纪 20 年代的高等数学教材，喜不自胜地把借书条递给柜台的工作人员，这时有个 50 多岁的老师，像是个负责人，对我说：“这书没多大用，太老了。”可我什么书都没借到，“你就借给我看看吧。”我回答说。他没办法，就把这本书借给我了。我拿回宿舍一看，是一本高等数学教材没错，可都是用文言文编写的，很难理解，要看懂它，得把古文学好了再说。

过了蛮长时间，我们的教材才陆续印刷出来，图书馆的藏书也越来越多，借书不再感觉到困难了。书店里也可以买到书了，只要上街，我必定要到福州路的新华书店看看有没有我们专业方面的书。

在图书馆二楼阅览室大厅，摆着一本很厚很大的百科全书，我从来没见过这么大的书，我想一个人恐怕搬不动它。在书的侧面挖了一排小孔，以供手指插入好翻动书，我过去试着翻几页看看，必须得用两只手才能翻动它。

与我同宿舍的陈联荣同学，思维敏捷，绝顶聪明，学习成绩很好，他不满足于现有课程学习的内容，同时博览群书。他在学好老师要求的课程外，还花很大精力跨专业学习“弹性力学”等其他专业课程。我经常见他到图书馆借大书看，有一次他借了一本不知道什么内容的书，有 A3 纸大小的幅面，约 10 厘米厚，红皮精装本。到教室上自习，除了身上背一个圆鼓鼓的书包外，

图 6.49　陈联荣同学（1981 年）

怀里还抱着一本沉甸甸的大书，一点也不嫌重。

我与陈联荣除了 4 年大学同学外，在武汉工业大学还有 3 年研究生同学的经历，我们之间建立了深厚的友谊。他大学毕业后，分配到北京建材技术情报研究所，不久就考取了武汉工业大学研究生。1986 年 7 月从武汉工业大学研究生毕业后，因为要照顾家庭，就回厦门工作，筹建厦门第一家商品混凝土公司。1989 年 9 月，又自费公派到加拿大攻读博士学位，主要研究高性能混凝土和纤维增强混凝土。1996 年 1 月一家人前往马来西亚，受聘于 Hume Industries 的混凝土及制品研究中心，负责混凝土的性能和工艺的研发。4 年后，因为儿子要上高中，1999 年底全家搬回了加拿大温哥华。

陈联荣同学因为在大学期间就开始博览群书，知识面很宽，攻读博士时，就已经开发了一些工程应用小软件。在 Hume Industries 工作期间，开发了一些实用小软件和网站，以及混凝土专家系统等软件。所以回到温哥华后，就离开了水泥混凝土行业，直接转入 IT 行业。先是在一家初创公司，从事相当超前的语音识别应用软件系统的研发工作，开发了全球第一家语音识别应用商业系统，2001 年 7 月上线运行，他们的语音识别应用技术是当时全球最先进的，同时他们还开发了第一家语音识别查号台（411）。可惜的是，由于技术过于超前，资金跟不上，没找到风险投资，7 年后公司宣布关闭。2006 年 12 月，他加入了 Vancity 的 IT 部门，Vancity 是一家信用社，是加拿大最大的信用银行。他之所以能脱离水泥与混凝土行业，而在另一个行业取得发展，主要是他博览群书的结果。

1986 年 7 月，陈联荣同学研究生毕业离开武汉回厦门报到，乘客舱前往九江，然后转火车经南昌至厦门。我获知后立即赶往武汉 17 号码头给他送行，总算在客舱中见到了陈联荣夫妇俩，我们在客舱中待了半个小时左右，后来直到 2012 年 5 月毕业 30 年我们班母校再聚首时，才又见到他。真是时光荏苒，日月如梭，30 年弹指一挥间。

我在大学时，也是喜欢博览群书，但我与陈联荣不同，我比较实际，只看与水泥专业有关的资料，其他专业的书我一般不看。说实在的，我们班绝大多数人是不喜欢水泥这个专业的，当初高考录取工作由于不看志愿才被录取到这个专业的。甚至毕业时，有些人曾要求学校将水泥专业改为硅酸盐专业，还自作主张地在毕业照上写着“同济大学建材系硅酸盐专业 81 届毕业留影”。可我不一样，当初不能说我喜欢水泥这个专业，是因为我认为我们没有能力改变这种现状。那时还是实行计划经济，什么东西都是计划好的。上什么学校、学什么专业、毕业分配到哪里，我们都是做不了主的，既然这样还不如好好学习，可谓行行出状元，每个专业都是有东西可研究的。我当时是抱着这种想法博览群书的，所以看的全是与水泥专业有关的图书，如《水泥工艺学》《胶凝材料学》《水泥机械设备》《水泥》杂志和日本原版《水泥和混凝土》杂志等等。

我当时借了一本台湾人出版的《水泥工艺学》，编写方式与我们的教材有很大的不同。我们的教材名称是《水泥工艺原理》，只介绍水泥化学和熟料化学方面的内容，一点都没有牵涉生产设备。虽然我们还有一门“水泥机械与设备”课程，但作为两门课来上，它们之间的联系就很少介绍到。而台湾人编写的书不一样，这本书有很多章节是介绍设备的，而且设备与工艺原理结合得很好。这本书给我很大启发，多年以后，我到工厂搞技术服务，也深刻体会到了生产设备的重要性，后来在编写《水泥工艺学》《无机非金属材料工学》教材时，我都把设备内容编写进去。

我们班有一位内蒙古来的同学，叫李国庆，他更是博览群书，学术思想非常活跃，有很强的创新精神，是个非常难得的人才。他与众不同，兴趣非常广泛，学习也非常刻苦，什么生物技术、DNA、航空航天、舰船知识等等，什么时髦学什么。他不在乎考试分数多少，也不喜欢学校安排好的学习计划，我行我素，每天钻研他自己喜欢的东西。他每天背着个大书包，整天往图书馆跑。有一次他购买了一套黑白照片冲洗放大设备，那时正值春节放寒假，他已经买好了火车票准备回家过年。那天晚上他在宿舍里冲洗照片，用被子把窗户遮挡住，我因为路途太远寒假一般都不回家，就在边上看他放大和冲洗照片。火车马上就要开了，他还不慌不忙地在那里冲洗照片，泰然自若的样子让我都替他着急，频频催他快走。

在毕业设计时，李国庆同学做的题目与我一样，也是跟袁莹老师设计湿法回转窑。当时，设计手册上华新窑的台时产量通常在 26 吨 / 小时左右，但他认为可以达到 36 吨 / 小时，袁莹老师说不行，达不到这个产量，可他说看了很多技术资料，采用什么什么措施就可以达到，还提出了很多论据证明他的观点，袁莹老师说不过他，只好让他自由设计。由于他把窑产量定得很高，其他附属设备就相应大了很多，如果真的能够实现，在当时可是很大的创新，因为当时就没有哪个厂能达到这么高的产量。可惜这只是毕业设计，不是真的设计水泥厂，没有办法验证。他大学毕业后，分配回内蒙古建材局下属的一个什么厂矿，我不太清楚，我再也没有见过他了。

40 多年过去，我们班后来真正从事水泥相关专业的同学，现在统计起来大概只有一半左右。很大一部分同学都因为各种缘由，离开了水泥行业。好几个同学，在大学毕业报考研究生时，就想改变专业，有的想学航空发动机，也有的想学力学。他们平时也一直在学习这方面的专业知识，想报考本校的数学力学系研究生和南京航空学院的研究生等，虽然都没有成功，但我觉得也很了不起，至少在 40 多年前，他们就知道了我国航空发动机的落后以及航空发动机的重要性。

我班有个同学是山东招远人，名叫陈增堂，是个共产党员，毕业时留校工作。他为人热情，工作踏实，作风正派，其外观长相和工作作风都很像河南兰考的人民好书记焦裕禄。他刚毕业留校时，任同济大学建材系团总支书记，同时从事学生工作。由于工作出色，很快就升为建材系党总支副书记、同济大学学生处副处长、同济大学研究生院管理处处长、同济大学心理咨询中心主任、上海市学生心理健康教育发展中心副主任等职。

图 6.50　陈增堂同学（1981 年）

陈增堂同学已经走上了领导岗位，对于大多数人来说，这是求之不得的事，许多高校“科级干部一操场，处级干部一礼堂”，一个科级干部岗位，可以引来几十个博士、教授的竞争，大家都想做行政工作，没几个人愿意去从事学术研究，但陈增堂同学不一样，他一心只想搞学术研究，居然在同济大学开创出了一门新的学科。

1989 年上半年，陈增堂同学在出任同济大学学生处副处长的时候，建立了一个学生心理咨询室，这是上海乃至全国最早的高校心理健康服务机构之一。为了掌握心理咨询专业知识，他报考了华东师范大学心理学专业在职研究生，1993 年 6 月研究生毕业。

1991 年上半年，陈增堂同学一边读研究生，一边联合上海几位同行，发起成立上海市高校心理咨询研究会，历经两年半的筹建，1993 年 10 月，上海高等学校心理咨询研究会终于在同济大学成立。从此陈增堂同学作为研究会的主要负责人，和同事们以此为平台参与推动上海高校心理健康服务工作的发展，并在同济大学开出了大学生心理健康选修课。这是同济大学第一次开设心理健康课，让学生们感到很新奇并获得了学生们的欢迎。

陈增堂同学长期从事大学生心理健康教育和心理咨询工作，承担并完成了教育部和上海市 10 余项研究课题，发表论文 80 余篇，主编、参编著作 7 部。现任上海同济大学教授、上海高校心理咨询协会理事长、上海市心理学会副理事长、中国心理卫生协会大学生心理咨询专业委员会常务委员、上海市教育委员会心理健康教育专家、国家应急管理部心理援助专家、中国心理学会注册督导师、中国心理卫生协会注册督导师，获上海市心理健康教育工作先进个人和全国高校心理健康教育工作先进个人、全国高校心理健康教育工作突出贡献奖等十几个奖项，在平凡的岗位上做出了不平凡的成绩。他没在水泥行业做出成绩,却成了著名的心理学教授,这与他平常博览群书是分不开的。

6.4 课堂之余

同济大学的校园生活丰富多彩、绚丽多姿，各种讲座报告、文学欣赏、歌舞娱乐和社团活动等等，充实着我们的课余生活，团结活跃、积极向上是我们这一代大学生的真实写照。

（1）《同济歌声》

沿着校园熟悉的小路，清晨来到树下读书，初升的太阳照在脸上，也照在身旁这棵小树。亲爱的伙伴，亲爱的小树，和我共享阳光雨露，让我们记住这美好时光，直到长成参天大树。

这是一首 20 世纪 80 年代在我国校园内风靡一时的校园歌曲，由高枫作词、谷建芬作曲的《校园的早晨》，也被及时地刊载在了《同济歌声》之中。每当听到此歌曲，我就会情不自禁地想起在学 5 楼搞毕业设计时的情景，一边听着录音机放出的王洁实和谢莉斯的男女声二重唱《校园的早晨》，一边做着毕业设计。我更不会忘记那广为流传的《同济歌声》，想起《同济歌声》创始人之一的姜继兴同学。

一个时代有一个时代的符号，一个时代有一个时代的声音。当我们偶尔停下脚步，摒弃那些无谓纷乱与嘈杂，回首望去，是白茫茫一片的纯净，无边无际。在悠长的深夜里，点一盏灯，总能有一些最珍贵、最顽强的声音从心灵深处流淌出来。那就是我们的《同济歌声》，那歌声如此迷人，如此让人陶醉，它具有穿透时空的魔力，它铭记了一个伟大的时代，伴随着我们茁壮成长。任凭岁月更迭，沧海桑田，也不能磨灭我对它的记忆，反而愈加清晰。

同济大学学生会主办的《同济歌声》，备受同学们的喜爱，许多同学将

图 6.51　《同济歌声》杂志

之作为礼品赠送给亲朋好友和兄弟单位，流传甚广。《同济歌声》中刊载的歌谱都是当时最流行、最受同学们喜欢的歌曲。只要市面上一出现好听的歌曲，我们班的姜继兴同学就先把歌曲录下来，然后来回放录音磁带，记下谱和词后，就马上刊载在《同济歌声》中，非常及时，极大地丰富了同学们的课余生活。甚至许多同学毕业后，还念念不忘《同济歌声》，写信给留校的同学求购，并把《同济歌声》介绍到自己的工作单位。

同济大学城市规划专业有位同学在怀想《同济歌声》时，这样写道："对《同济歌声》的兴趣是在和外校同学的交流中产生的，得知《同济歌声》已经跨出校门，得到了来自其他院校的赞誉。不起眼的《同济歌声》是在食堂里买的，五分钱一本，很薄，油印的，好像还是手写的，封面的绘画也较简单，谈不上装帧，但每册也有十首歌左右，引领了当时歌坛上的潮流，据说是同济有音乐才华的同学自己记谱编制的，小小的它为我打开了了解流行音乐的窗口。……什么时候可以再听《同济歌声》，再次传唱那首《难忘今宵》呢？"

姜继兴同学，上海人，1956年生，是我们班公认的才子，他学识渊博、多才多艺，举止高雅、风度翩翩，与人为善、乐于助人，是我最敬佩的同学之一。

图 6.52　姜继兴同学（1981）

想当年我大学毕业离校之际，姜继兴同学用三轮车把我的行李拖到上海火车站托运，我至今不曾忘记。姜继兴同学待人热情、真诚，与其交往，如沐三月春风。

姜继兴同学不仅创办了《同济歌声》，还担任我们班的文体委员，经常组织同学们参加歌咏比赛。1980 年 12 月 9 日，为纪念“一二·九”运动，学校学生会和团委举办了一次歌咏比赛。我们班在姜继兴同学的指挥下，合唱了一首闽南方言歌《天黑黑》，获得了班级集体三等奖。

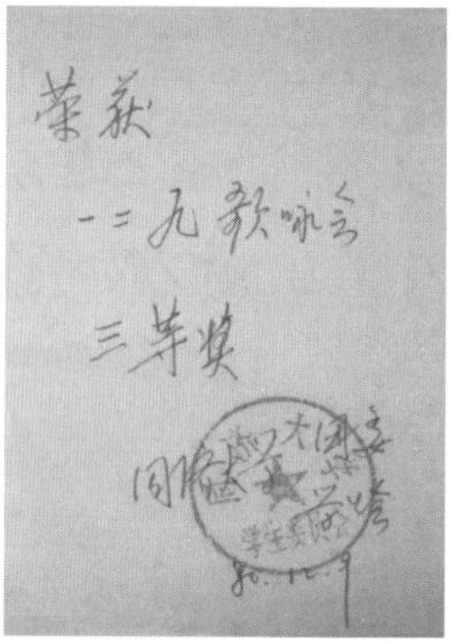

图 6.53　歌咏会三等奖

姜继兴同学毕业后，分配在上海建筑科学研究院，主要从事矿渣水泥和钢渣水泥的研究和技术推广工作，连续多年被评为先进工作者。1990 年他到加拿大读研究生，1992 年 5 月毕业后，成为加拿大安大略省交通部的一名员工，一年后通过面试拿到了内部一个正式工程师职位，从事道路桥梁建设和水泥混凝土工作，1995 年获得了加拿大国籍。他的名字列在了加拿大中国专业人士协会（CPAC）的名单上；协助加拿大土木工程协会亚洲司与中国同行的交流，作为翻译接待过好多批来自国内公路交通单位的访问代表团，为中国和加拿大两国人民的友好交往，作出了很大贡献。

（2）《晨风》杂志

尽管同济大学没有文科专业，但却有一帮酷爱文学的学生。《晨风》是同济大学学生会主办的文学杂志，我们班林以乐同学是创始人之一。《晨风》创刊号第一篇作品就是林以乐同学撰写的短篇小说《小黑帮》，这是一篇典型的“伤痕文学”作品。

“伤痕文学”是 20 世纪 70 年代末到 80 年代初，在中国大陆文坛占据主导地位的一种文学现象。它得名于卢新华以“文革”中知青生活为题材的短篇小说《伤痕》。它主要描述了知青、知识分子、受迫害官员及城乡普通民众在那个不堪回首的年代悲剧性的遭遇。这部小说以悲剧的艺术力量，震动了文坛，作品中对人性、人道主义的描写，突破了长期以来关于文艺的清规戒律，在当时引起了广泛的争论，而讨论最终得出的肯定性结论，又使这部作品成为我国文学界在政治上彻底否定“文革”的先声。到了这时，人们才真正理解到，他们确实经历了一场人为的灾难，他们以往忍受的一切是应该而且可以被打倒、唾弃的，于是他们压抑许久的愤懑便立时喷涌而出，当这种愤懑大量地以文学的形式表现出来的时候，便形成了新时期第一个文学思潮：“伤痕文学”思潮。当然，以今天的眼光审视“伤痕文学”，它可以说具有明显的时代局限性，但“伤痕文学”可以说是中国当代文学史上的第一个悲剧高潮。在思想上，它对彻底否定“文化大革命”作出了历史性的贡献；在艺术上，它第一次给当代文坛带来悲剧意识。

这篇短篇小说《小黑帮》，文采斐然，辞藻华美，情感丰富，情节跌宕起伏，引人入胜，寓意深刻，艺术感染力很强，深深地打动了同学们的心，引发了大家的共鸣，显示出了林以乐同学不凡的文学功底。

图 6.54　林以乐同学（1981 年）

林以乐同学是福建漳州人，出生书香门第，祖母解放前就是漳州养正小学校长，父亲 1943 年毕业于福建协和大学（美英基督教会在中国建立的 16 所教会大学之一，创建于 1915 年，1951 年政府将该校与华南女子文理学院合并为“福州大学”，现为福建师范大学）。1966 年小学毕业后，“文革”开始，父母亲都被打成黑九类，连工资都停发，他只好与哥哥一起去帮人家推板车，每天凌晨3点左右出发跟着车主走十多公里到漳州附近山边买茅草，然后运到周边的砖窑厂卖。那时他年纪小，只能在板车后面推，包吃饭，一天赚几毛钱，一直干到1968年初，车主在下大坡时摔死，他才回到学校继续上学，1971年1月初中毕业后，因父母还是“黑帮”，不能读高中，只好参加龙坎铁路建设，到龙岩坎市当民工拉板车修路，后来又到华安水电站五八一工地当民工。1973年父亲解放，到漳州四中教高中化学，他也就进四中读高中。1975年高中毕业，上山下乡到漳州五峰农场，1977年高考进同济大学水泥专业，我与他成了同班同学。

林以乐同学多才多艺，聪明绝顶，反应极其灵敏，无论学什么上手都很快，琴棋书画样样精通。他会拉小提琴、会绘画，喜欢文学，还是个游泳健将。他打破了同济大学保持了十几年的200米蛙泳纪录，其所创纪录一直保持了十几年后才被别人打破。大学期间，由于我与他同为福建人，所以我们之间的相互交往比较密切。大学毕业后，我们一起被分配回福建，他分配到龙岩地区水泥厂烧成车间任技术员。由于他聪明能干，不怕吃苦，很快就破格晋升高级工程师，升任副厂长，并得到了许多荣誉：福建省劳动模范、福建省五一劳动奖章、建材行业全国劳动模范、全国五一劳动奖章等。

林以乐同学1990年通过了教育部出国考试，被公派到苏联莫斯科门捷列夫化工大学进修，1991年底回国。1993年5月辞职下海，创办了龙岩地区建材工业设计研究所，任所长。他为当地的经济建设作出了巨大贡献，由他亲手设计的水泥厂就有50多家。退休后，他定居厦门，周游世界，享受生活，有着帆船、潜水、自驾游的爱好，过着自由自在的逍遥生活。

（3）文化娱乐

我们大学四年，无疑学习是紧张的，但学校学生会和团委也经常组织各式各样的文化娱乐活动，经常举办各种讲座、音乐会，安排话剧、舞剧演出，以及舞会、班级文体活动等等。

校学生会和团委经常在学校大礼堂或“一·二九”礼堂，举办各种知识讲座，常常请校外的知名人士来校作报告。印象较深的一次是请上海电影制片厂的著名导演谢晋，来校作“电影艺术讲座”。

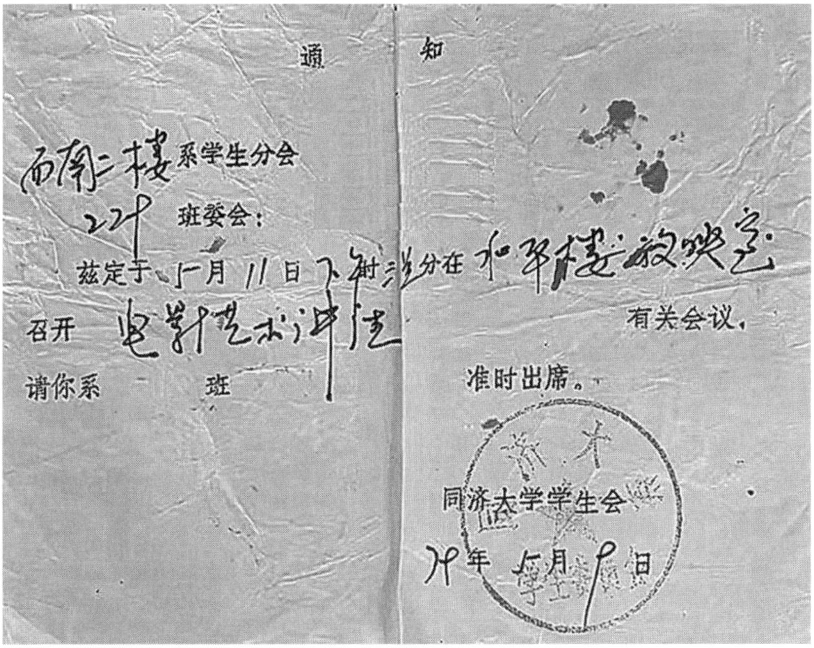
通知

西南二楼系学生分会

224班委会：

兹定于6月11日下午时30分在和平楼放映室

召开电影艺术讲座有关会议，

请你系　　班准时出席。

同济大学学生会

79年6月8日

图 6.55　电影艺术讲座通知

著名歌唱家朱逢博，是同济大学的校友，1960 年毕业于同济大学建筑系，即以特殊人才调入上海歌剧院，后入上海音乐学院进修，从此开始了她那灿烂无比的艺术生涯：国家一级演员，有“中国夜莺”的美誉，是中国现代流行音乐的开山鼻祖，是华语乐坛具有开创性和标志性的人物。她也经常到学校来演出，她的演唱真挚动人、情感强烈，极富表现力和感染力。

1978 年，上海当时有一个话剧叫《于无声处》，是描写“文化大革命”期间，一位老干部路过上海，来到昔日战友的家中。谁知这个昔日的战友为了个人的官禄不惜写假旁证，把这位老干部诬陷为叛徒的故事。该剧也在我们学校的“一·二九”礼堂上演了一场，由于该剧的内容深深打动了同学们的心，受到了大家的喜欢。由于《于无声处》的成功，连带把话剧都带红了，使得大学校园里开始流行演话剧。当时，我也去观看了，而且还是第一次看话剧，算是明白了什么是话剧。

记得有一次，建材系学生会在“一·二九”大楼开联欢会，77 制品班几个同学演奏的民族乐器，很有些水平，乐曲的名称忘了叫什么，有点江南小调的味道。同学们个个才华横溢，轮番上场表演，节目精彩绝伦。最后即兴表演，谁表演一个节目后，就有权指定下一个人表演。有个非洲留学生被指定表演，他就邀请了两个留学生一起表演了非洲传统歌曲。轮到了中国学生，可这个学生表演结束后，主持人请他指定下一个由谁来表演，他犹豫了一下，竟然又选择了非洲留学生，这下非洲留学生生气了，认为中国学生歧视他们，不肯罢休，当场就吵起来，搞得联欢会草草收场。

我们班的班委会也经常组织大家外出活动，比如到上海长风公园划船、到上海和平公园溜旱冰、到上海虹口公园游园等等。

图 6.56　游上海长风公园

由于“文革”期间受“深挖洞，广积粮，不称霸”的影响，学校在西南二楼前面大操场的地下，挖了一个很大的地下人防工程。我们刚入学时，西南二楼前面的操场还是坑坑洼洼，都没办法在那里跑步和活动。而地下防空洞却大得很，里面有好多房间，冬暖夏凉，通风设备齐全。当时，就被校学生会利用起来给同学们娱乐用。里面开设了期刊阅览室、康乐球室、舞厅等，可供班级集体活动。有段时间，校学生会就把这地下防空洞的管理权交给了我们班的几位同学，我们班就在地下防空洞中组织了好几次的班级活动。大家在里面打康乐球，还举行过音乐知识讲座，请我们班的大才子林以乐同学给大家讲贝多芬的生平事迹等等。

图 6.57　游上海虹口公园合影（1978 年）

终于大学毕业了，1982 年 1 月 11 日，我们建材系两个班级，77 水泥班和 77 制品班，在教学南楼三楼教室里举行了毕业典礼，系领导给我们每个学生颁发毕业证书，算是正式毕业了。同时，宣布了毕业分配方案，我被分配回福建省人事局。那天晚上，在学生第二食堂，举行了毕业庆祝晚餐，大家依依不舍，相互签名留念。我们 7713 水泥班入学时是 56 人，毕业时是 52 人，第二天大家就开始陆续各奔东西了。

我们这一届大学生，是一个多数人经历过上山下乡磨炼的群体，是一个历经艰辛终于得到改变命运机会的幸运群体，是一个经历了最激烈的高考竞

毕业文凭

学生林宗寿，男，系福建省(市)福鼎县(市)人，现年廿四岁，于一九七八年二月至一九八二年一月在本校建筑材料工程系 水泥 专业四年制本科学习期满，学完全部课程，成绩及格，准予毕业。

(81)同本字第776037号

校长 李国豪

一九八二年一月 日

图 6.58 同济大学毕业文凭

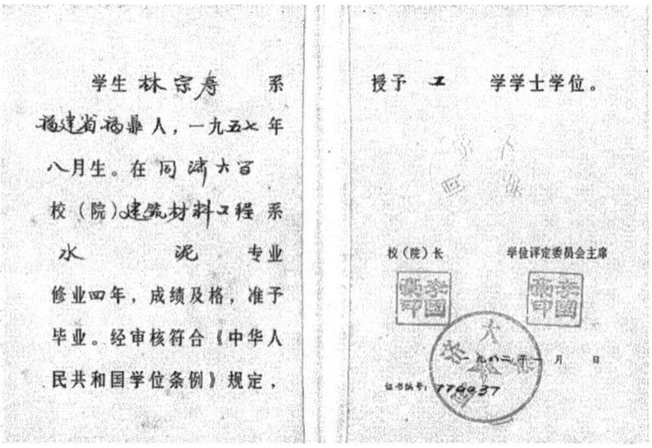

学生 林宗寿 系福建省福鼎人，一九五七年八月生。在同济大学校（院）建筑材料工程系 水泥 专业修业四年，成绩及格，准予毕业。经审核符合《中华人民共和国学位条例》规定，

授予 工 学学士学位。

校（院）长 学位评定委员会主席

一九八二年一月 日

证书编号：77[illegible]37

图 6.59 学士学位证书

图 6.60 同济大学建材系 7713 班毕业照

争后脱颖而出的群体，是一个经过大浪淘沙后显出鲜明特色的群体。

有人曾说：“不会再有哪一届学生像 77 级那样，年龄跨度极大，而且普遍具有底层生存经历；不会再有哪一届学生像 77 级那样，亲身经历天翻地覆的社会变革，并痛入骨髓地反思过那些曾经深信不疑的所谓神圣教条；不会再有哪一届学生像 77 级那样，以近乎自虐的方式来读书学习……”

40 多年后的今天，我们班现有院士 1 人，大学教授 5 人，有 14 人到国外留过学，有 19 人成了企业的高管，大致有 29 人从事了与水泥相关的专业。我们或从商，或投资设厂，或兴业兴产，推动着大中华的经济腾飞；我们或著书立传，或开课授徒，传承千年文明，开创时代新学。

第7章　研究生时期

7.1　曲折考研路

我是在大学4年级第一学期的时候，下决心要报考研究生，并从那时候开始复习准备迎考的。导师选的是沈威教授，他的研究方向是“混合水泥的水化与应用”，属于地地道道的水泥专业。考试科目是：高等数学、物理化学、政治、外语、水泥工艺原理。当时同济大学规定本校毕业的学生，外语可任选，日语、俄语和德语均可，我选择的是日语。

当时我们已经进入了专业课的学习，主要课程有金容容老师的“水泥工艺原理”、王朝亨老师的“水泥工业热工过程与设备”、陆厚根老师的“水泥机械设备”等课程。这些课程不像“高等数学”“物理化学”课程那样，有许多计算解题的练习，都是死记硬背、论述的题型比较多。所以，由于惯性的作用，我复习的时候没有多做习题，给后来的考研带来了不利的影响。

图7.1　暑假在西南二楼宿舍复习准备考研（1981年）

我们7713水泥班大概有十几个同学参加考研，正式报名之前要先体检，我通过了体检，但有几位同学因为血压高等毛病失去了报考资格。

那年暑假，我就没回福建老家度假，在学校复习准备考试，住在同济大学西南二楼 229 房间，这是间坐南朝北的房间，太阳直接晒入房间，感觉出奇的热。

当时大概是在 1981 年 10 月中旬左右进行研究生入学考试的，我们班最终有十几个同学参加了考试，考场设在南教学楼三楼。考试之前，大家都请了 1 个星期左右的假，不去上课，专门用于考研。

那时正值秋冬交替季节，天气变化比较大，在正式考试的前一两天，我就感觉到身体不太舒服，脑袋昏沉沉的，我没管它，继续坚持复习考试。第一天考试，虽然感到身体不太舒服，但没有出什么事，坚持下来了。可是第二天上午考试就出问题了，感觉头晕还不要紧，关键是考试才开始半小时左右，我的鼻子就开始大出血。大量的血滴在考卷上，我用手一擦，搞得整张考卷都是血，而且两只手还沾满了鲜血，看起来有点恐怖。监考老师是个三十多岁的年轻人，我不认识他，他看到这种情况后，赶紧跑过来问我要不要去医院，我说不要。他马上给了我一叠草稿纸，这草稿纸薄薄黄黄的，有点像手纸。我过去鼻子也是经常出血，但都没有这次这么严重，通常用沾水的纸塞住一会儿，就止住了。可这次不同，我将一张草稿纸撕碎了，然后放在嘴里嚼了一下，捏成团，塞到鼻子里，可血还是止不住，虽然不往外流了，但血往鼻子里面流，我只好将血吞到肚子里面去了。我一边往肚子里吞血，一边坚持考试，由于耽误了时间，考题还没有全部做完，就到时间了。最终公布了考研成绩，我没达到录取分数线，考研失败了。奇怪得很，那年我们班十几位同学参加考试，居然全部都没有达到录取分数线。当时的考研政策是宁缺毋滥，所以同济大学都不能录取，只有盛其中同学一个人转到了浙江大学，被浙江大学楼宗汉教授录取了，总算考上了一个人。

总结这次考研失败，我认为有两个原因，一是习题做少了，考试的时候，一看题目，好像都会，可真正做起来，手忙脚乱的，不知从何着手，也就是不熟练。二是刚好那几天身体不好，影响了正常发挥。总结经验以后，我就马上决定明年再考。由于我学的是日语，好多学校都不收日语的考生，同济大学水泥和混凝土方向的导师，招的全是英语考生。我在招生简章上找了半天，总算找到了武汉建材学院童大懋教授不限语种，可以接受日语，他的研究方向是“水泥化学与工艺过程”，正符合我的报考需求。考试科目一样，也是高等数学、物理化学、政治、外语（任选）、水泥工艺原理。

1982 年 1 月 11 日同济大学毕业后，我被分配回福建省人事局，由福建省人事局二次分配。那年的春节是 1982 年 1 月 25 日，1 月 15 日前后我离开了上海回家过春节。春节过后 1982 年 2 月 20 日前后，我去福州到福建省人事局报到，福建省人事局的分配方案还没下来，叫我们等待几天。一同被分配到福建的同学有 6 个人：我、聂秋林、张京葛、林以乐、潘光华和吴政。聂秋林和张京葛不是福建人，他们俩是一对，一毕业就结婚了。潘光华和吴政是福州人，林以乐是漳州人。那时，正好吴政搬家，我和聂秋林及张京葛三人就暂时住在吴政旧家里，没过几天林以乐也来了，大致 2 月底前后，我们几个人一起去福建省人事局问分配结果，我被分配到福建永安水泥厂，林以乐被分配到龙岩地区水泥厂，潘光华被分配到福建顺昌水泥厂，聂秋林和张京葛被分配到福建省建材工业学校。

福建永安水泥厂（现已更名为福建水泥股份有限公司）是福建省最大的水泥厂，直属福建省建筑材料工业局管辖，所以我要先到福建省建筑材料工业局人事处报到。我到了福建省建筑材料工业局人事处后，给他们看了派遣证，他们吃了一惊，对我说：“我们要求省人事局把你分配到我们局后，我们再处理，他们怎么直接分配到水泥厂去了，我们现在的技工学校正缺老师，都没法上课了。”又问了我一句，“你愿意不愿意到福建省建材工业技工学校工作？”我当时一心想报考研究生，报考的决心很大，想想到技工学校正合适，考试方便多了，就对他们说：“我愿意去。”这样一来，我就到福建省建材工业技工学校报到了。

图 7.2　福建省建材工业技工学校（1982 年）

福建省建材工业技工学校地处福州市闽侯县桐口，属于福州市的郊区，周边也没有多少住户，当时是比较偏僻的地方。学校就处在闽江的边上，隔壁是福建省硅酸盐制品厂。是 1979 年经省委批准刚成立不久的一所学校，以培养技术工人为目的，现已更名为福建技师学院。

我大致是在 1982 年 3 月初到福建省建材工业技工学校报到的，当时有一位同济大学 76 级毕业的老师，叫汪兆海，在学校任“水泥工艺原理”课教师，由于他的爱人在湖北省黄石市工作，他马上就要调到黄石市建筑材料研究所工作，苦于没人接替他的工作，一直走不了。我一到，像来了救星一样，他马上把课程交给了我就调走了，所以我一到学校就开始给学生讲授“水泥工艺原理”课。

“水泥工艺原理”是我的专业课，而且考研究生要考这门课，所以我对书本上的内容非常熟悉。虽然，当时我还缺乏水泥厂的生产实践经验，但按书上内容进行授课，没有多大问题。不久，从全省各地水泥厂又来了一批工人，要对他们进行培训，也要求我讲授“水泥工艺原理”课程。我在福建省建材工业技工学校的主要任务就是上这两个班的“水泥工艺原理”课。

我到福建省建材工业技工学校后不久，全国各高校研究生招生工作就开始报名了，由于我是“文革”后第一届正规大学毕业的学生，他们认为我水平高，从上到下对我都非常友好。其实，我刚到学校，对领导和同事们都不是很了解，要报名了，需要单位盖章同意。我知道他们把我要来不容易，不会轻易地放我走的。可能是我的运气好，或者说命中注定要遇到贵人。当时，学校一把手董金明校长出差了，不在学校，有个叫季吕太的副校长在值班，他坐在椅子上，来找他的人很多，这个事那个事的，把他搞得晕头转向。我乘此机会，拿着研究生报名登记表就跟他说，我马上要去体检了，你帮我盖个章吧。我估计他没弄明白是什么事，因为我到学校后，从来就没给人说过我要报考研究生。他便随手一指对办公室主任说："给他盖个章吧。"我没想到就这么轻易地让我盖上了公章，真的是庆幸。后来我知道我们那届毕业的许多学生想考研究生，单位都不同意。第二天我立马到福州研究生报考点，报上了名，单位填写福建省建材工业技工学校，几个福州大学的学生，还以为我是技工学校毕业，说："技工生也想考研究生？"接受报名的工作人员说，这个不管，只要能考上就行。我听到后，心里暗暗好笑，懒得理他们就走了。接着是体检，我顺利地通过了。

图 7.3　福建省建材局首期技工培训班结业留影

直到快考试的时候，学校才发现我要考研究生，这可是件大事，因为我一旦考上了，下学期的课由谁来上？董金明校长把季吕太副校长骂了个半死，季吕太副校长也知道这件事搞错了，但死不认错，争辩说："人家要考研究生，不是好事吗？哪能不让他考呢？"董金明校长也没办法。这时，省建材局人事处处长知道了，马上赶到学校来，问了情况。当时，具有研究生招生权的学校很少，研究生导师也很少，研究生招生规模很小。我就对处长说："你放心吧，考研究生哪那么容易呀？一个专业只招一两个人，我只是试一试，看看我的水平有多高，肯定考不上的。"这个处长想了一想，自言自语地说道："对，对，山外有山，人外有人，考不上的，考不上的。"自我安慰了一番，摇摇头走了。

研究生入学考试时间定在 4 月中旬左右，剩下 1 个月左右的时间，好在刚刚考过一次，基本上都记得。我真正坐下来开始复习考试了，这次吸收了上次考研的教训，改为主要做习题。复习重点是"物理化学"和"高等数学"这两门课，一边给学生上课，一边做练习题，再不看书了。

考试前一天，我请了四天假，住在福州吴政同学家里，考场离吴政同学家不远，具体位置记得不太清楚了，好像是设在福州科学技术协会，我看了考场，找到了自己的位子。第二天上午，我在吴政同学家吃过早饭后，准备出发，天气不是很好，要下雨不下雨的样子，这时吴政同学的妈妈给了我一把雨伞让我带着，让我信心百倍。这不是一把普通的雨伞，这是慈祥的吴妈妈给的"保护伞"。我带着这把"保护伞"，考试出奇地顺利，再也没出现鼻子出血这类事情，不光所有的题目都做完了，而且信心还很足。

最后一门考试考完以后，我隐隐感到这次能考上，回到吴政同学家，吴政同学正在玩扑克牌接龙，看到我进来，就对我说道："我给你接一把龙，看看能不能考上。"接着对我说，"你是要接龙成功算考上，还是接龙不成功算考上？"当然，接龙成功的概率是很低的，大部分接龙都是不成功的。我就对吴政说："接龙成功算我能考上，否则就考不上。"吴政同学开始接龙，结果接龙成功了，还真被他预测对了。

回到学校后，我认真做好教学本职工作。两个月以后，即 1982 年 6 月中旬前后，我收到了录取通知书，我考上了武汉建材学院童大懋教授的研究生。这次考上研究生，虽然没有考上大学那次意义重大，但对我人生走什么样的路，还是起了关键的作用。我很感谢吴政的妈妈，给了我一把"保护伞"。

感谢季吕太副校长在一贯与人为善的习惯中帮了我一次大忙，她们都是我人生旅途之中的大贵人，我永远感谢她们。

图 7.4　童大懋教授（1985）

我收到录取通知书后，学生的课也快结束了。到了 6 月下旬，学生的课程结束后，我开始办理手续准备离开时，闽江发大水了，看着洪水要漫过江堤的样子，学校决定让住一楼的人全部搬到二楼。我是住一楼的，也暂时搬到了二楼，一楼只留下床架和一张办公桌，还有一双旧皮鞋，懒得拿，随手就放在了办公桌上面，然后我就到处巡堤去了。到了下午 5 点钟左右，防洪指挥部人员找上门了，要求我们学校的校门要用泥土和麻袋堵死，防止我们学校江堤溃堤后洪水淹没铁路线。原来，我们学校和隔壁的硅酸盐制品厂都是建在闽江江滩上的，外面又建了一条江堤保护着校园，可这个江堤建得不牢靠，有溃堤的可能。

遵照防洪指挥部的指示，我们连夜用泥土和麻袋将校门堵死，那天晚上我值班，我在江堤上来回巡视，一直没有发现什么危险的事，到了晚上 11 点左右，突然有个隔壁硅酸盐制品厂的工人跑来报警，说他们那边的江堤已经崩溃，叫我们赶快跑，洪水马上就要淹过来了，我立即打开广播，紧急通知大家立即转移。然后，马上去叫学生起床，准备转移。这时，董金明校长和张连鑫书记都赶来了，组织大家转移到高处，没多长时间，洪水就淹过来了。还好我们事先堵住了学校大门，才没让洪水淹了背后的铁路线。

我们在高处站了一个晚上后，第二天天一亮，省建材局领导们就来了，决定将学生全部临时安置在省建材局会议室暂住，由我带队。我带领学生在省建材局暂住了几天，学生们都知道我已考上了研究生，也都非常佩服，都听我的话，所以也比较好带。

几天以后洪水退去，我们搬回了学校，发现二楼没淹着，一楼淹了 2 米多高，我放在办公桌上面的旧皮鞋，跟着桌子浮在水面上，来回晃荡，居然也没被淹着。这时，我的同学张京葛派聂秋林同学来看我，表示慰问。我和聂秋林同学站在学生宿舍二楼的走廊上，看着滔滔闽江水奔腾呼啸，浩浩荡荡，在眼前奔流而过。江水一浪接一浪，不断地冲刷着江岸边的岩石。宽阔的江面上，波光粼粼，不时飘来一阵阵的细雨，如烟似雾。阵阵凉风吹来，风光更加动人，美如画卷。

我就要离开技工学校了，最后一道手续就是迁移户口，我的户口是个集体户，落在闽侯县，那时正好是全国第三次人口普查，时间是定在 1982 年 7 月 1 日 0 时。为了不影响人口普查数据的准确性，半个月之前就已冻结了户口迁移。我到闽侯县说明了情况，表明是由于抗洪耽误了时间，他们居然为我特事特办，给我办理了户口迁移手续。我回到学校，与董金明校长和季吕太副校长及同事们道别，算是站完了最后一班岗，回福鼎秦屿老家了。

7.2　研究生生活

1982 年 9 月 1 日，我从福州坐火车经株洲转车到达武汉武昌火车站，随后坐接待新生的校车到武汉建筑材料工业学院（简称武汉建材学院）报到。

图 7.5　校门（1983 年）

武汉建筑材料工业学院的前身，为 1958 年 9 月建工部组建的北京建筑工业学院，原位于北京，“文革”期间被南迁至湖南常德。1971 年 7 月又搬迁至武汉，更名为湖北建筑工业学院。1978 年 2 月更名为武汉建筑材料工业学院，被列为新增的全国重点大学，是当时的建材部直属大学。1985 年 8 月，武汉建筑材料工业学院更名为武汉工业大学。1997 年 9 月，武汉工业大学成为首批“211 工程”重点建设大学。

1998 年，武汉工业大学由建材总局划归教育部，成为教育部直属重点大学。2000 年 5 月 27 日，原武汉工业大学、武汉交通科技大学、武汉汽车工业大学合并组建成了武汉理工大学。

无论从招生规模、学科门类还是校园建设等方面，当时的武汉建筑材料工业学院都不能与同济大学相提并论。但武汉建筑材料工业学院主要专业是建筑材料，被誉为建材部的长子，在建筑材料领域，它专业齐全，有水泥、制品、玻璃、陶瓷、玻璃钢、材料科学等专业，师资力量雄厚，远比同济大学强。而且，水泥专业在当时的武汉建筑材料工业学院是龙头专业，受到高度重视。武汉建筑材料工业学院的材料科学专业还是首批获得博士学位授权点的专业。

我到武汉建材学院报到的时候，这个学校的许多设施都还在建设之中。机电大楼还未竣工，主楼前的飞马广场都还是坑坑洼洼，学校大门还没建设，暂用原湖北建筑工业学院的校门，只是换了一下招牌，但主要的教学楼、图书馆和实验大楼都已建成投入使用，校门和其他大楼的建设速度也非常快，没几年时间就全部建成了。

图 7.6　武汉建材学院东教学楼（1983 年）

图 7.7　武汉建材学院飞马广场（1985 年）

我的导师叫童大懋，1929 年生，湖南汉寿人。1952 年毕业于浙江大学化工系，1955 年 4 月至 1956 年 10 月在南京工学院化工系苏联专家 A.M. 库兹涅佐夫的指导下攻读研究生。先后在沈阳建筑材料工业学院、北京建筑工业学院、武汉工业大学任教。他是 1980 年版《水泥工艺原理》教材的主编，是我国最早从事水泥专业研究的专家教授之一。我导师人特别老实，从不与别人争利益，为人善良，待人诚恳，少言寡语，不爱出风头，所以难免受到不公正的待遇。

图 7.8　武汉工业大学校门（1985 年）

当时，各高校的研究生招生规模都很小，许多高校都没有博士和硕士的招生权，能带研究生的导师也很少。我们这一届研究生，全校总共才招 30 个人左右。我们系是学校最大的系，叫作硅酸盐材料科学与工程系，也就是现在武汉理工大

图 7.9　武汉建材学院硅酸盐材料科学与工程系 1985 届研究生毕业留念

第三排左起：张志强、姜洪舟、张健、向光、黄炜炜

第二排左起：林宗寿、王新荣、向亚峰、吕峰

第一排左起：王云凯、周立秋、范琼璋、沈志坚、胡元

学材料科学与工程学院的前身。图 7.9 为武汉建材学院硅酸盐材料科学与工程系 1985 届研究生毕业留念，共有 14 个人，加上因故没有参加照相的雷正玺同学，共有 15 个人，有水泥、玻璃、制品、陶瓷、硅物化、热工、玻璃钢等专业。水泥专业方向只有 2 人，一个是我，另一个是胡元同学。胡元同学大学是本校毕业，他研究生毕业后分配到云南建筑材料科学研究所工作。

我报到后，住在学生 2 号楼，宿舍有 5 个人：向亚峰、胡元、王新荣、林宗寿和雷正玺。

图 7.10　图书馆（1983 年）

研究生学制是三年，前 1 年是上基础课，第三学期还有一部分课，但主要是选课题和外出调研。后 1 年半是做实验和论文答辩。我们上的基础课还比较多，主要课程有“日语”“英语”（二外）、“线性代数”“数理统计”“数学物理方程”“概率论”“复变函数”“结构化学”“固体物理”“近代测试方法”“流变学”“自然辩证法”“传递工程”“水泥化学”“教学实践”等。

要在一年多一点的时间内学完这么多的课程，还是相当紧张的。上基础课，如“数学”“自然辩证法”等课程，都是全校研究生一起上，大概 30 个人左右。上专业课的时候，如“水泥化学”等，就一个老师两三个学生。我感觉研究生同学的智力都比较高，个个是学霸，老师上课的进度也很快，要求也很高，而且对必修课还规定了分数要求，必须达到 80 分以上才能授学位。毕业时，拿不到学位的，多半是课程没过关，所以搞得大家学习都很紧张。

通常，学校都是选择最好的教师给研究生上课。给我们上课的老师都很有特点，给我们留下了深刻印象。崔万秋教授教我们“固体物理”课程，他上课喜欢吹牛，一次两节课时间，一般要有半节课的吹牛时间。一上课，他总要先吹一下校内的新闻，然后东西南北，天上地下，一阵胡吹，还真是无所不知，无所不晓。下课后，总喜欢到我们研究生宿舍串门，与我们吹牛。可他每次上课，都能精确地掌握时间，刚好把该讲的课程内容全部讲完，同学们都喜欢听他的课。

图 7.11　研究生时期在宿舍看书学习（1982 年）

李应开教授教我们“传递工程”课程，他说话声音特别雄浑有力，讲起课来滔滔不绝，声音异常洪亮，还抑扬顿挫。讲到激动处，常常脸上会放出红光，瞪着铜铃般的眼睛，挥舞着手臂，在讲台上跳上跳下，同学们的注意力都会不知不觉地被他给吸引住了。李应开教授对我的印象很好，说我是个人才，有创新精神。后来我毕业留校后，做出了一点成绩，他逢人就说：“你看，我早就知道林宗寿是个人才……”

教我们“数理统计”的是刘朝荣教授，他个子不高，头发稀疏，不修边幅，讲起课来一口的四川话，我很难听懂他在讲什么。但他水平很高，用的是自己编写的教材。在他的教材中，介绍了许多二次回归正交设计的方法，其他类似教材中都没有，我在以后的科研中经常采用这个数学方法，我有一篇论文还被他当作例题给我师弟们授课。

当时研究生的待遇相当高，规定是按讲师的待遇。我入学前已经参加了工作，是有工资的，但国家规定读研究生期间只能拿 90% 的工资，一个人生活还是不错的。

那时候，三峡工程还没开建，武汉是我国城市“四大火炉”之首，夏天天气很热，而且很闷，又没有空调，非常难熬，一到晚上许多武汉人都在马路边放一张竹床睡觉，我们学校好多同学也一样，都跑到屋顶上睡觉了。我们福建人没有这种习惯，还是坚持在宿舍睡觉，刚好我的宿舍又是在顶层，白天太阳一晒，宿舍里不知道有多热。夏天最热的时候，感觉碰到哪里，哪里发烫，坐椅子只能坐边上一点点，否则屁股烫得都受不了。实在热得难受，就到洗脸间冲一下冷水，实际上自来水也是热的，只是稍微好受一点罢了，就这样每天要冲冷水好几次。

从武汉回福建福鼎很不方便，要先坐客轮到九江，然后坐火车到南昌，再从南昌坐火车到福州，最后从福州坐汽车到达福鼎。路途太远，第一年春节我就没回家，在武汉过年。学校给每位教师分两斤猪肉馅用于包饺子，研究生也分了两斤，我拿到肉馅后，没地方可煮，什么工具都没有，最终放臭了只好扔掉了。问题来了，武汉与上海的习惯不同，除夕晚上和正月初一，学校食堂关门，没饭可吃，街上商店也都关了门，不但没有小餐馆，连买个方便面的地方也没有。这时候，我才发现，我没地方吃饭，大学期间我也曾在上海过年，可从来没发生过这种事情，还好前几天买了一盒饼干放在宿舍，还可充饥。

在研究生需要学习的课程中，有一门课叫作“教学实践”，主要是为了培养研究生的教学能力，因为当时研究生毕业，大多数是留校当教师。1983年9月，我的导师童大懋教授按研究生培养计划，安排我和胡元同学两个人，到1984届水泥班助课。这个班当时正值大学四年级的第一学期，由沈洪法老师主讲“水泥工艺原理”课程，我们两个研究生帮他助课，主要负责学生的答疑和批改作业，沈洪法老师上课时，我们两个必须跟着学生一起听课。每个星期还有两个晚上，到学生班级答疑。

“水泥工艺原理”这门课，对我而言是再熟悉不过的，两次考研究生都考了这门课，我对书中的内容可以说是倒背如流，实际上比沈洪法老师还要熟悉，自然学生怎么问，也问不倒我。

当时，这个班级中有个女同学，叫刘顺妮，学习成绩非常好，是个学霸，学习总成绩在全年级排名第一。刚开始，我实际上并不了解她的学习成绩如此之好，在他们班助课时，好多同学提到她，都说她的成绩非常好。水泥教研室的蒋永惠和郭恩凯两位老师，也说她的成绩非常好。

实际上，我在他们班助课期间，与她也没有过多的交流，但肯定她问过我问题，我不记得了。也可能是天意，也许是命中注定，我遇到了她，遇到了我的人生伴侣。第二年她就考上了研究生，也是报童大懋教授，成了我的师妹。在她准备研究生论文期间，我们经常讨论学术问题，最终取得了重大成果，提出了硅酸盐水泥熟料烧成范围理论，彻底揭开了矿化剂的作用机理。为提高我国水泥的产量和质量，也为我日后在全国开展大面积的技术服务，提供了理论基础。

我们最终毕业后双双留校，并于 1987 年登记结婚。

7.3　初露锋芒

1978 年底，中共中央在北京召开了十一届三中全会。这次会议彻底否定了“两个凡是”的方针，重新确立了解放思想、实事求是的思想路线。停止使用“以阶级斗争为纲”的口号，作出了把党和国家的工作重心转移到经济建设上来，实行改革开放的伟大决策。从此，中国人民找到了适合本国国情的发展道路，努力建设中国特色社会主义，显著提高了中国的社会生产力和综合国力，国民经济进入了高速发展阶段。

水泥工业是国民经济发展的先行官，国民经济的高速发展需要大量的水泥来保证。自 1982 年以后，由于国民经济的快速发展需要大量水泥，一时间水泥紧缺，其市场价格猛涨。当时，中国经济实力还不强，生产力水平低，国家还没有很多钱投向水泥工业。由于立窑水泥单线规模小、投资少、建设周期短、技术要求相对简单，适应了当时经济形势的发展，因而立窑水泥在全国快速发展了起来。从 1983 年到 2003 年的 20 年中，我国立窑水泥一直占水泥总产量的 80% 左右。部分水泥生产大省，如山东省这期间立窑水泥一直占水泥总产量的 90% 左右，1990 年前后立窑水泥占水泥总产量竟高达 94%。立窑水泥成为我国水泥工业的主力军，为中国在改革开放之后国民经济的高速发展提供了坚强的物质基础。

图 7.12　立窑水泥厂

但是，立窑水泥质量很不稳定，各地立窑水泥厂的技术水平参差不齐，有的立窑水泥厂质量非常好，不比回转窑水泥差，如当时的广西北流水泥厂和广东顺德水泥厂；也有的立窑水泥厂质量非常差，严重影响建筑物的安全。因此，当时许多高校都把主要精力放在了研究如何提高立窑水泥质量上来，立窑水泥成了当时水泥科研的热点。

为了提高立窑水泥的产量和质量，当时立窑水泥厂普遍使用石膏和萤石复合矿化剂。我的研究生论文顺应了这种需求，试图找到一种矿化效果更好的新型矿化剂，论文题目定为：新型矿化剂的开发研究。

论文题目确定以后，我便开始到处调研，北上北京到国家建筑材料工业局技术情报标准化研究所查找资料，南下广州到华南理工学院拜访王天岘和杨家智两位教授，当面聆听他们对矿化剂研究的经验和他们之间的不同学术观点。

在分析了大量资料后，我想起用硫铁矿替代石膏和萤石复合作为矿化剂，由于硫铁矿高于 400℃会分解放出二氧化硫，活性比较高，其矿化效果可能会比较好，于是就决定采用硫铁矿和萤石作为复合矿化剂。我到湖北省矿物局询问了硫铁矿的分布，他们建议我去湖北大冶有色金属公司。我到了湖北大冶有色金属公司后，他们说可以到龙角山硫铁矿去取矿石。好不容易坐公共汽车到了龙角山，说明来意后，当地工人们很热情，用一个麻袋给我装了 20 多公斤的硫铁矿。由于路途太远，不敢多要，好在硫铁矿用量少，20 多公斤足够用，就一路背回来了。

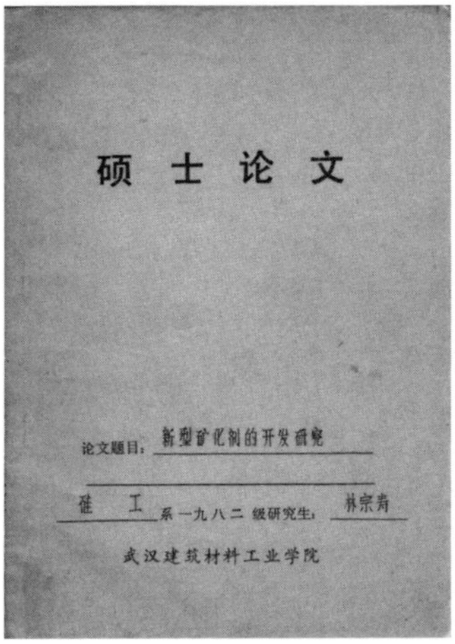

图 7.13　硕士论文

黄石的石灰石质量好，回来后，第二天我又到黄石取石灰石，顺便去看望在福建建材技工学校时的同事汪兆海，他带我到黄石石料山取了 100 多公斤的石灰石。因为石灰石用量大，我担心万一不够用再来取的话，怕成分不一致，影响实验结果，所以就多取了一点。用板车将石灰石拉到了火车站，在火车站找了两个搬运工直接帮我背上了火车，到了武昌站他们又帮我背出火车站，然后我雇了一辆三轮车拉回了学校。

水泥教研室的沈洪法老师有个学生在汉阳水泥厂工作，我就骑自行车到了该厂把剩余的黏土、铁粉、萤石等原料全部取全了。

经过一段时间的紧张实验，证明硫铁矿萤石复合矿化剂比石膏萤石复合矿化剂的矿化效果好。但在研究矿化剂作用机理时，我发现矿化剂作用的过渡相理论存在着严重问题。

过渡相理论认为：矿化剂之所以可以促进水泥熟料烧成，是由于矿化剂在煅烧过程中，在 1 130℃下与硅酸二钙形成了过渡相，这过渡相在大于 1 170℃温度下又分解形成硅酸三钙，从而促进了硅酸三钙的低温形成，促进了水泥熟料的烧成，即：

$$3(2CaO\cdot SiO_2)+3CaO+CaF_2 \xrightarrow{1130℃} 3(3CaO\cdot SiO_2)\cdot CaF_2$$

$$3(3CaO\cdot SiO_2)\cdot CaF_2 \xrightarrow{>1170℃} 3CaO\cdot SiO_2+CaF_2$$

从表面上看，上述反应方程式似乎能圆满解释硅酸三钙的低温形成机理，但仔细分析，即不难发现有许多矛盾。

由以上反应方程式可知：过渡相 3（3CaO · SiO_2）· CaF_2 的形成温度是 1 130℃，在 1 170℃分解，由于熟料煅烧过程中温度一直是上升的，所以 CaF_2 循环利用的可能性很小，或者说没有。CaF_2 掺量很少，一般为 0.8% 左右，即使 CaF_2 全部都形成了过渡相，由此分解形成的硅酸三钙也只有 7.02%，而熟料中的硅酸三钙含量通常高达 60% 以上，用 7% 左右的含量来说明 60% 的含量，至少说是不科学的。

再说，从以上方程式可知：过渡相是在 1 130℃到 1 170℃之间稳定，低于 1 130℃不能形成，高于 1 170℃会分解，稳定温度只有 40℃。而在水泥熟料煅烧过程中，40℃的温度范围一下子就越过去了，停留时间是很短的，也就是说反应形成过渡相的时间是很短的。

我按过渡相的组分比例配制一个试样，在 1 150℃温度下保温 24 小时，过渡相也只形成了 3% 左右，说明过渡相的反应形成速度是非常慢的，而用高温 X 射线监测水泥熟料煅烧过程中，根本就没有发现过渡相的存在。

由此，我已经有充分的理由否定过渡相的作用，也就是说矿化剂促进水泥熟料烧成不是由于过渡相的作用。

为此，我又进行了深入的研究，通过差热分析、液相黏度对比实验、出现液相的最低温度检测，证明矿化剂可使水泥熟料煅烧时液相提前出现，并使液相的黏度大幅度下降，所以我最终得出结论，矿化剂促进水泥熟料烧成，是由于液相的助熔作用，而非过渡相的作用。

当时，过渡相理论是大家都承认的理论，所有的论文、教材都是这么说的，没有人敢提出疑义，但是我初生牛犊不怕虎，我把我的研究结果写进了硕士论文，并且明确否定了过渡相理论。

我完成了我的硕士论文，本来应该算是取得了重大研究成果，是一篇优秀的学位论文，但到了论文答辩阶段时，却出现了意想不到的情况。

论文答辩前，需要两名论文评阅人提出评阅意见后，才可进行论文答辩。我请了两个评阅人，一个是冯修吉教授，另一个是同济大学的沈威教授。

冯修吉教授，壮族，广西天等人。著名水泥化学和热工专家，我国水泥科技事业奠基人之一。1936 年毕业于浙江大学化工系，1941 年获德国慕尼黑工业大学工学博士学位。曾任中山大学教授、台南工学院电化系主任兼教授。建国后，历任华新水泥厂主任工程师、建材部建材科学研究院水泥热工室主任、武汉建筑材料工业学院教授、湖北省第四届政协副主席、中国硅酸盐学会理事、国务院学位委员会第一届学科评议组成员，是第六届全国政协委员。正是由于冯修吉教授，1981 年我们学校才能获得无机非金属材料学科博士学位授予权，成为首批获得博士学位授予权的高校。可以说，冯修吉教授，当时在我们学校是最高的学术权威。

两个评阅教授很快给出了评阅意见，沈威教授支持我论文的观点，没有提批评意见，但冯修吉教授却强烈反对，认为过渡相理论是大家都承认的理论，不能否定，要求我修改论文的观点。

冯修吉教授对我的导师童大懋教授说："林宗寿怎么敢把过渡相理论给否定了，那还得了，你叫他马上把论文改过来，否则不能答辩。"

我当时有个师兄弟叫胡元，他的论文也是研究矿化剂的，他的题目是《用氟硫复合矿化剂煅烧白水泥的研究》，他在论文中赞成过渡相理论，认为过渡相理论是正确的。胡元同学的论文也是交给冯修吉教授评阅的，"一个导师带两个学生，一个学生说过渡相理论是正确的，另一个学生说过渡相理论是错误的，你这个老师是怎么带学生的？"冯修吉教授严厉批评我的导师。我导师说："他们两个研究生，各做各的论文，观点不一致，这很正常，我也不好干涉。"冯修吉教授对我导师说："那不行，林宗寿论文的观点必须改，否则不能答辩。"

那天，我导师把我叫去，对我说："你就按他的意思改一下论文吧，答辩通过了再说，我活这么大，见到事情多了，你不按他们的意思改，你就无法通过答辩。”我没办法，只好将论文进行了修改，不再否定过渡相理论了，也像胡元同学一样，把矿化剂的作用机理说成是过渡相作用的结果，也就是像大多数人一样承认过渡相理论是正确的。同时，通知沈威教授，说明论文进行了修改，不再否定过渡相理论。沈威教授接到信后，也没反对，照样同意。

1985 年 5 月 15 日，我和胡元同学两人一起进行了硕士论文答辩，答辩委员会由林云飞教授、冯修吉教授、崔万秋教授、童大懋教授和王善拔教授 5 人组成，冯修吉教授任答辩委员会主席，答辩秘书由我的大师兄冯培植讲师担任。那时没有电脑，也没有投影仪，我们就将重要的图表画在纸上，然后进行讲解。最终我和胡元两人都顺利地通过了答辩。答辩后，我们两个研究生与答辩委员会老师们在学校的办公楼即现在的飞马广场前合影留念，如图 7.15 所示。

图 7.14　硕士论文答辩（1985 年）

图 7.15　硕士论文答辩委员会合影（1985 年 5 月）

论文答辩通过后，1985 年 5 月 29 日我研究生毕业并留校任教。1985 年 11 月 23 日经学校学位委员会表决，我获得了工学硕士学位。我留校后，被分在水泥教研室工作，胡元同学由于女朋友在昆明，自己要求到云南省水泥科学研究院工作。

毕业了，拿到毕业证了，可我一直耿耿于怀，就是不服气，明明过渡相理论是错的，为什么硬要我改！答辩一通过，我立马又把论文改了回来，并把我硕士论文中有关矿化剂作用机理的关键部分，摘取出来写成了一篇“关于矿化剂作用的研究”的学术论文，投到了《武汉工业大学学报》。学报编辑部经过审稿后，觉得非常有意义，很快就全文刊登在 1986 年 1 期的《武汉工业大学学报》上。论文一发表，引起了许多同行的关注，教材和所有学术论文都认为矿化剂的作用机理是由于形成了过渡相，原来是错的，这是重大

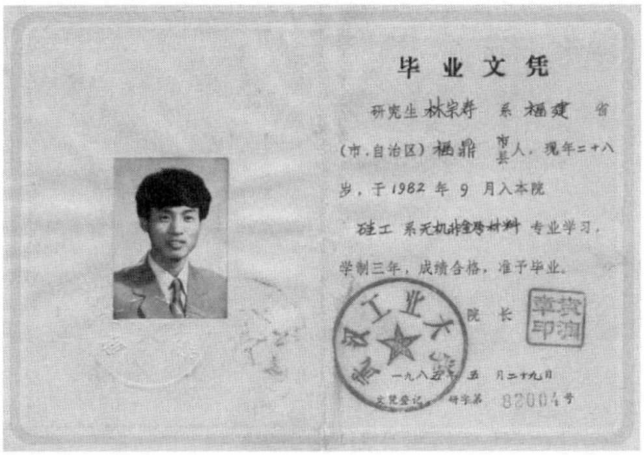

毕业文凭

研究生林宗寿 系福建 省（市、自治区）福鼎 市县人，现年二十八岁，于1982年9月入本院硅工 系无机非金属材料 专业学习，学制三年，成绩合格，准予毕业。

院长

一九八五年五月二十九日

文凭登记 研字第 82004号

图 7.16　研究生毕业文凭

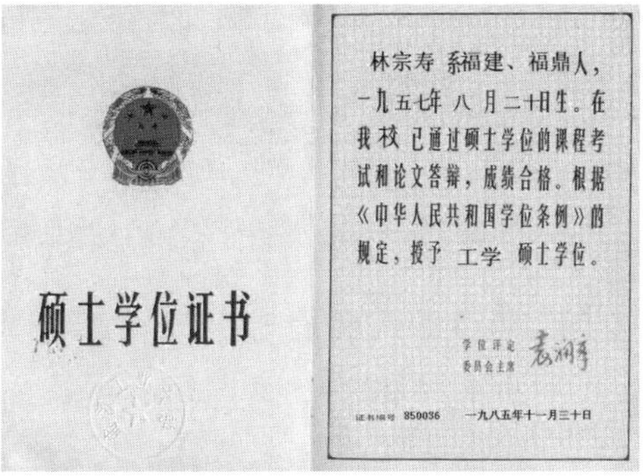

硕士学位证书

林宗寿 系福建、福鼎人，一九五七年八月二十日生。在我校已通过硕士学位的课程考试和论文答辩，成绩合格。根据《中华人民共和国学位条例》的规定，授予工学硕士学位。

学位评定委员会主席

证书编号 850036　一九八五年十一月三十日

图 7.17　硕士学位证书

图 7.18　毕业时水泥教研室老师及研究生们合影（1985 年 5 月）
蔡红、杨萍、（？）、王浩明、吴胜文、余其俊、丁武成
林地球、杨老师、沈洪法、黄志远、王红、盛师傅、陈伶莉、刘顺妮
冯培植、王善拔、林宗寿、童大懋、胡元、刘杏灵、姜玉英

的理论突破。在一次会议的休息时间，湖北省建材科学研究院的一位校友就特意向他们的院长介绍我说：“这位就是否定过渡相理论的人。”

1986 年 9 月，这篇论文还译成了英文，作为主报告，收录到《第八届国际水泥化学会议论文集》中。

至此，矿化剂作用机理的过渡相理论算是被我给彻底否定了，但我似乎也得罪了冯修吉教授，这也是我初露锋芒的代价，给我日后考博带来了影响。

7.4 抉择人生路

1985 年 5 月 29 日，我研究生毕业并留校任教后，就想继续报考博士研究生。当时，武汉建材学院只有冯修吉教授一人能带博士研究生。我到学校研究生处看了招生简章，得知考试科目是“外语”（任选）、“固体物理”和“水泥化学”。

于是，那年暑假我就没有回家，在学校复习准备迎考。当时，我有点天真，以为只要考试成绩好，自然就可录取。我当时就没有去找冯修吉教授，问一问考试范围或者参考书之类的事情，就在宿舍里开始复习了。外语就不用说了，我选择“日语”。“固体物理”是崔万秋教授上的课，我们有教材，也不需要考虑参考书什么的。唯一需要认真准备的是“水泥化学”这门课，有关“水泥化学”的参考书，当时除了《水泥工艺原理》教材外，就是 F.M. 李著的《水泥与混凝土化学》这本经典著作，我就重点学习这本译著。三个多月时间里，我埋头读书，受益匪浅，“水泥化学”的理论水平提高了不少。

当时，我们学校水泥专业方向的研究生毕业就两个人，一个是我，另一个是胡元同学。冯修吉教授那年没有研究生毕业，胡元同学由于爱人在昆明工作，一心只想回昆明，不想再继续考博士研究生了，所以就我一个人有条件报考，最终也只有我一个人报了名。

考试时间定在 1985 年 10 月，具体日期忘了，那天学校研究生处专门叫了一个老师监考，在学校非金属矿系大楼的三楼找了一间办公室作为考场。那天上午，是笔试“日语”，我打开考卷一看，才发现是华中工学院（现华中科技大学）的博士研究生入学试卷。下午是考“固体物理”，是崔万秋教授出的题，内容没有超过我们平时上课的范围，这两门课，我都很顺利通过了。第二天上午是考“水泥化学”，大量的论述题，计算题很少，所有题我都做完了。第二天下午，在东教学楼，找了一间教室，考外语听力。本来应该听录音，但没有录音设备，就找了两个日语教研室的老师，当场念，我在试卷上选择打钩。

没过几天，考试成绩出来了，我“日语”笔试加听力考了 96 分，满分是 100 分，仅扣了 4 分。“固体物理”我考了 87 分，满分是 100 分。这两门课的考分都算得上是高分，但冯修吉教授决定不录取我，给了我一个不及格的成绩。

报考博士研究生失败了。冯修吉教授为什么没有录取我呢？是由于我的成绩不好吗？显然不是。华中工学院是武汉最好的大学，用他们的试卷，我能考到 96 分，当时我们研究生处处长也是大吃一惊的。

我从学校研究生处得知考博失败后，就到了我的导师童大懋教授的家，童大懋教授为我鸣不平：“不录取，算了，也没什么了不起，不上也没关系。”当时童大懋教授是水泥教研室的主任，他就对我说：“你就先当一段时间水泥实验室副主任吧，我叫郭恩凯老师当主任，你配合他，以后的事情再说。”

水泥实验室位于东实验楼一楼，我做研究生论文时，就是在这个实验室，所以对实验室的情况很了解。实验室副主任算不上什么官，也没有太多事，主要是把实验室设备维护好，供本科生上实验课以及研究生做毕业论文之用。我当时是研究生刚毕业不久，我在实验室中的办公桌和实验原料、药品等都还在，因此做实验非常方便。

1985 年 11 月开始，我就一心投入到了新产品和新技术的研发之中，很快就取得了一些成果。

我第一个研发的新产品是彩色水泥，当时彩色水泥的生产方法有间接法和直接法两种。间接法是指白色硅酸盐水泥或普通硅酸盐水泥在粉磨时将彩色颜料掺入、混匀，成为彩色水泥。常用的颜料有氧化铁（红、黄、褐红）、氧化锰（黑、褐色）、氧化铬（绿色）、赭石（赭色），群青蓝（蓝色）和炭黑（黑色）等。制造红、褐、黑等颜色较深的彩色水泥，用一般硅酸盐水泥熟料来磨制，浅色的彩色水泥用白色硅酸盐水泥熟料来磨制。直接法是在水泥生料中加入着色物质，煅烧彩色水泥熟料，然后磨制成彩色水泥。由于直接法需要窑煅烧，比较麻烦，所以一般不用。

第二个产品是水性涂料。有了彩色水泥后，可以用它来配制耐风化无机水性涂料，为了防止施工过程中墙面吸水，或因干燥过快失水造成彩色水泥不能充分水化，需要加入一些保水剂和促硬剂。我在水泥实验室后面平房的墙面上进行了试用，效果还可以。

第三个产品是静态爆破剂。对于岩石、混凝土构造物的解体，过去都采用炸药。然而，在住宅、交通要道和设备附近，采用炸药，既不安全，同时还会产生巨大震动、噪声和飞石，造成公害。而生产一种静态爆破剂（膨胀量很大的膨胀水泥）替代炸药，用于岩石、混凝土构造物的解体，可从根本上消除这些危险因素。它可在无震动、无飞石、无噪声和无毒气污染的条件下破碎或切割岩石或混凝土构件物。

我根据水泥化学中有关游离氧化钙吸水膨胀的原理，以游离氧化钙为主要组成，外加少量水泥和减水剂，即配制成了静态爆破剂。然后用水泥砂浆做试块，预先在水泥砂浆试块正中间留下一个小孔作为炮眼。实验时，在烧杯中加入一定量的水，然后把配制好的静态爆破剂倒入烧杯中，搅拌均匀后，浇注到水泥砂浆试块的炮眼中，静待几个小时后，水泥砂浆试块就静悄悄地开裂了，实验过程如图 7.19 所示。

1987 年 9 月，汉口有一栋大楼的混凝土基础桩需要切割，不能用炸药，人工开凿工时长，我首先在混凝土桩上钻一个小孔，然后用布袋装上静态爆

图 7.19　静态爆破剂实验（1986 年）

破剂，浸水 1 分钟后，塞入混凝土桩的小孔中，用钢钎捣实，过几个小时，混凝土桩就在预先设定好的位置裂开了，最后用吊车吊走上面多余的混凝土桩，任务即完成，如图 7.20 所示。

1986 年下半年，刘顺妮也进入了做研究生论文阶段，选择什么课题，我们俩经常在一起讨论。当时，立窑水泥是我国水泥工业的主力军，占水泥总产量的 80% 以上，许多立窑水泥厂都在使用矿化剂，但不是所有水泥厂使用矿化剂后，产量和质量都得到了提高。有许多立窑水泥厂使用矿化剂后，产量和质量照样很差，这严重影响了建筑物的安全和我国

图 7.20　静态爆破剂切割混凝土基础桩施工（1987 年）

国民经济的发展。许多大学和科研院所均想解决此问题，进行了科研攻关，但都不能圆满地解决此问题。

我虽然成功地否定了矿化剂的过渡相理论，主张液相助熔理论，认为矿化剂之所以能促进水泥熟料烧成，是由于矿化剂降低了液相出现的温度，并降低了液相的黏度，促进了硅酸三钙的形成，从而促进了水泥熟料的烧成。但是，这并不能圆满解释为什么许多水泥厂加了矿化剂后，并没有提高立窑的产量和质量。

当时，有两个学派，一个是以华南工学院（现华南理工大学）王天岐教授为代表的低温煅烧派，认为加入矿化剂后，应该低温煅烧，这样不会造成两个低温早强矿物——硫铝酸钙和氟铝酸钙的分解，有利于提高水泥的早期强度。另一个是以华南工学院杨家智教授为代表的高温煅烧派，他强调加入矿化剂后应该高温煅烧，这样有利于水泥熟料质量的提高。我到过华南工学院，当面聆听过两位教授截然相反的观点。

一天我与刘顺妮准备上街买东西，边走边讨论，当走到武汉建材学院北门下坡处时，我突然豁然开朗，立窑中既有高温，又有低温。立窑在煅烧时，由于卸料运动，边部物料与窑体之间存在间隙，通风阻力小，边风大，边风带走的热量也多，再由于窑壁散热比较大，因此立窑窑内煅烧温度场不均匀，中心温度较高，边缘温度较低，如图 7.21 所示。

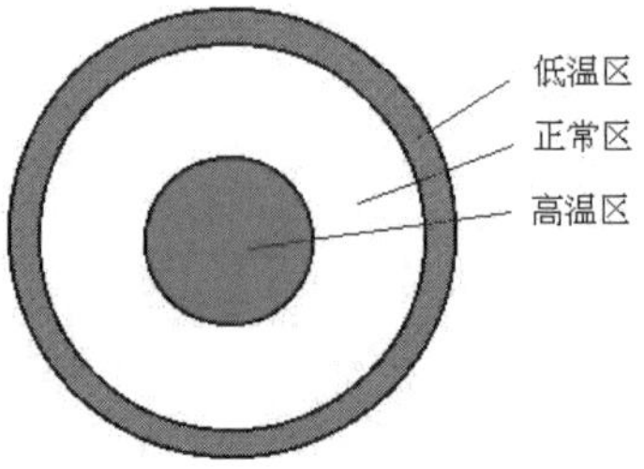

图 7.21　立窑窑内温度场示意图

由于立窑内中心温度比较高，为了不引起结大块，配煤量就不能太高，但从边部看，温度较低，为了不引起熟料生烧，应该多加煤，这是一对矛盾。如果，能找到一种生料，这种生料在高温下不结大块，但在低温下也能烧成，那么这种生料就最适应于立窑煅烧。

这实际上就是硅酸盐水泥熟料烧成范围的概念，我立即将刘顺妮的研究生论文题目定为：硅酸盐水泥熟料烧成范围研究。

通过大量实验，我们确定了烧成范围上限温度和下限温度的定义和检测方法，烧成范围被定义为上限温度与下限温度之差，烧成范围越大，立窑就越好烧，产量和质量就越高。

烧成范围概念建立起来后，我们通过大量实验推导出了上下限温度的回归计算公式，从而得到了硅酸盐水泥熟料烧成范围的计算公式。根据对不同加矿化剂的配料方案的烧成范围计算结果分析，发现加入矿化剂后，如果配料方案不合适，其烧成范围是降低了，而不是提高，从而成功解释了为什么加矿化剂后，有的立窑厂产量和质量没有提高的原因。

我们根据这硅酸盐水泥熟料烧成范围理论，又成功推导出了最佳配料方案，与实际生产情况相一致。圆满地解释了为什么加了矿化剂，有的立窑产量和质量提高了，有的立窑产量和质量相反却降低了的问题。

硅酸盐水泥熟料烧成范围理论的建立，为我日后的技术服务，提高立窑水泥厂的产量和质量提供了可靠的理论依据。

1986 年前后，当时全国各地的乡镇企业蓬勃发展，是乡镇企业发展的第一个“黄金时期”，对充分利用乡村地区的自然及社会经济资源，向生产的深度和广度进军，对促进乡村经济繁荣和人们物质文化生活水平的提高，改变单一的产业结构，吸收数量众多的乡村剩余劳动力，以及改善工业布局、逐步缩小城乡差别和工农差别、建立新型的城乡关系均具有重要意义。乡镇企业已成为中国农民脱贫致富的必由之路，也是国民经济的一个重要支柱。

但，乡镇企业技术力量薄弱，经常到高校寻找技术支持。各地的科委和科技局，也经常到高校邀请专家到他们那里传经送宝，介绍新技术、新产品。

一次我受宜都县（现宜都市）科技局的邀请到湖北宜都参加招商引资会议，会上宜都县科技局介绍了当地发现的一种红土矿，颜色特别红，开采下来一块一块的，像石头一样，但没有石头那么硬，问大家这东西可以生产什么产品，并带大家看了现场，我记住了这矿石的位置，并取了一块样品回来，分析了其成分，主要成分是氧化铁，着色能力很强，是一种天然的氧化铁红。我当时已经开发成功彩色水泥，知道彩色水泥各种生产工艺，就一下想到用这种红土矿生产红色水泥。用带回的样品做了实验，结果效果很好，各种性能都能达到指标要求。

没过多久，来了一家乡镇企业，即湖北省松木坪水泥厂，位于宜都县，距离红土矿山不远，我就向他们推荐生产红色水泥，大家一拍即合，他们马上邀请我去厂里实验。

1986 年 7 月，我利用放暑假的机会到了湖北省松木坪水泥厂，很快就实验成功了红色水泥。暑假结束，我回学校的时候，松木坪水泥厂给了我 5 000 元现金作为报酬。5 000 元在当时是很大一笔钱，当时的万元户就被认为是大富豪。但我很舍得，将这 5 000 元钱全部作为科研经费，继续研发新产品和新技术。

我看到松木坪水泥厂徐绍元厂长这么豪爽和讲信用，就又向他们推荐了我的静态爆破剂技术，他们也很感兴趣。1986 年的下半年，我就为湖北省松木坪水泥厂试制静态爆破剂，在他们厂砌了个小土立窑进行煅烧，然后利用实验室小磨进行粉磨，最后在他们矿山找了一块大岩石，进行了爆破实验，都取得了成功。

1987 年 7 月 9 日，我与山东省莱芜市某水泥厂，签订了红色硅酸盐水泥生产技术转让合同，取得成功后，同年 8 月 15 日又签订了指导其生产绿色硅酸盐水泥的协议。

1988 年 3 月 8 日，我与湖北省江陵县水泥厂签订了耐风化无机水性涂料的技术服务合同。同年 5 月 8 日又签订了 CAF 水泥超快速硬化剂技术服务合同。1989 年 3 月，签订了生产火山灰水泥技术服务合同，主要是帮助他们寻找新的火山灰质混合材料，扩大水泥生产规模。合同之外，我还指导他们开发静态爆破剂、红色硅酸盐水泥等产品。为此，他们还专门成立了一个江陵县特种水泥厂，来生产这些产品。

江陵县特种水泥厂实际上是个粉磨站，只有磨机，没有窑，熟料是从总厂拉过来的，所以要求我尽可能少用熟料，也就是多掺些混合材。我采取的措施是提高水泥的粉磨细度和适当增加石膏的掺量，这样一来使混合材的掺量提高了 10% 左右。

当时，这个厂的混合材种类比较多，在生产过程中，我发现矿渣水泥随粉磨细度提高，其强度大幅度上升，其上升的幅度远大于粉煤灰水泥和火山灰水泥。我隐隐感觉到，矿渣细磨可大幅度提高水泥的强度。由于矿渣水泥混合粉磨，矿渣磨不细，应该分别粉磨，这样就可以大幅度提高矿渣的活性，从而提高矿渣的掺量。

矿渣是钢铁厂排出的工业废渣，通常被水泥厂作为混合材生产矿渣水泥。当时矿渣水泥中的矿渣掺量一般在 30% 左右，石膏 5%，熟料掺量 65% 左右，1 吨熟料可生产 1.54 吨水泥。如果把矿渣掺量提高到 65%，石膏 5%，熟料掺量只需 30%，1 吨熟料就可生产 3.33 吨水泥，这样只要增加矿渣磨，水泥产量就可翻一番。这个设想是够大胆的，前景也实在很诱人。

1987 年上半年，还发生了一件事，就是学校开始分房子了。规定只有结婚了的教职工才有分房的资格，为了不失去此次分房机会，我与刘顺妮于 1987 年 2 月领取了结婚证，1987 年底我们分到了化专南楼 91–1239 室，一间 18 平方米左右的房间。我们自己动手买了点涂料和塑料地板对房间进行了简单的装修，1988 年 2 月春节前几天我们回福建老家举行了婚礼。

此时，我已经 31 岁了，而且已经成了家，不得不考虑我的人生规划。我的人生到底该走什么样的道路？摆在我面前的道路有这么几条：

一是，出国留学。当时，大多数留校研究生都在想尽办法出国，有公派出国的，也有自己联系拿到国外奖学金的，出国的人不少。

二是，继续报考国内博士生，取得更高的学历，以图日后更好的发展。我当时还特地委托黄志远师弟回上海同济大学时，问一问同济大学黄蕴元教授，是否愿意接受。黄志远师弟也是从同济大学考来的研究生，当时因高温炉硅钼棒损坏，须到上海购买，他回来后给我传话说是欢迎报考。

三是，努力申请国家科研项目，如能成功申请到一两个项目，对评高级职称十分有利。

四是，走产学研相结合的道路。一边研发技术，一边推广技术，自负盈亏，滚动发展。

我和刘顺妮也想过出国，但由于一个学日语，一个学英文，很难选择去哪个国家，另外我们都没有海外关系，公派留学需要指标，联系国外奖学金太渺茫。继续报考国内博士生，必须离开武汉，顾不了家庭。申请国家项目，我当时太年轻，既没有职称，又没有人脉，根本不太可能。

考虑再三，我最后决定不再报考博士研究生了，决定走产学研相结合的道路。这是一条非常艰难的道路，我选择了这条道路，我决心一直走下去。

常言道，塞翁失马，焉知非福。我没读冯修吉教授的博士研究生，被逼选择了极其艰难的产学研相结合的道路，是祸？是福？历史不能假设，我不能假设当初如果读了冯修吉教授博士研究生，会如何如何。但有一件事，却让我感觉到我的路没有走错。

1994 年前后，冯修吉教授年龄已经很大了，由于没有留下什么著作，就想出一本论文集。于是，当时主管科研的副校长欧阳世翕找我商量，要我资助冯修吉教授出版一本论文集。要我赞助 5 000 元钱，作为出版经费。当时的 5 000 元虽然不少，但对我而言，已经是九牛一毛了。我从 1992 年起，推广矿渣活化技术取得了空前的成功，累积已经为学校赚到了 1 000 多万元的技术转让费。我虽然对冯修吉教授当年没要我耿耿于怀，但看在欧阳世翕副校长的面上，我还是同意了，赞助了 5 000 元钱。

1995 年 5 月，《冯修吉水泥论文选》出版了，在学校主楼校长办公室会议室召开了首发式，我获邀参加。由于我赞助了钱，我的名字被列入了论文选的编委会中，不过出版社把我的名字写错了，写成了“林中寿”，把“宗”字写成了“中”。对于这本论文选，实际上我除了出了点钱外，什么事也没干，都是冯修吉教授的研究生们编辑定的稿。在会上，冯修吉教授还送了一本签了名的论文选给我，我倒是保存至今，如图 7.22 所示。

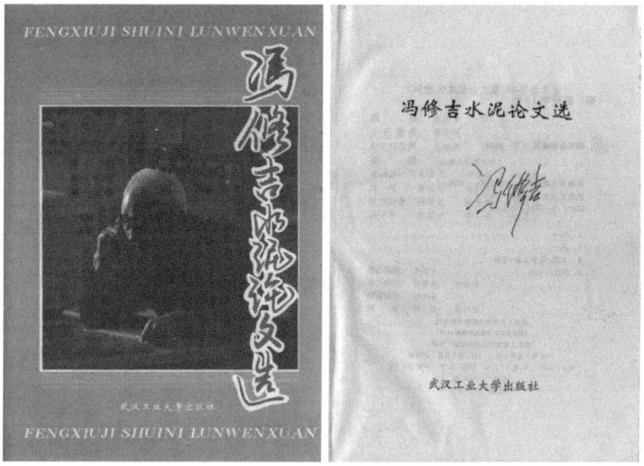

图 7.22　《冯修吉水泥论文选》

第 8 章　东渡扶桑

8.1　女儿降生

为了不失去学校难得的分房机会，我与刘顺妮于 1987 年 2 月领取了结婚证，然后参与学校分房排队。

学校分房是按工龄、职称等条件进行打分的，然后把待分配的房源全部公布出来，分房时，分数高的人先挑选。挑选到新房的人，就把他原先住的旧房拿出来放入房源中，让下一拨人挑选，这样一轮接一轮挑选，直至房子全部分完为止。

1987 年 7 月，我们分到了化专南楼 91–1239 室，由于第一拨分到房的人搬家后，第二拨人才能搬家，我们属于最后一拨，所以直到 1987 年 11 月前后才拿到房子的钥匙。想想也好笑，那时我们学校只要有新房落成，一分房，那就要全校大搬家。我留校后的头几年，感觉一天到晚都在搬家，当然房子是越搬越好。

我们分到房子后，就到学校房产科去问什么时候可以搬进去住，有个管分房的科长回答说："快了快了，马上就可以搬。"我们还信以为真，就开始准备做家具。

当时，在机电大楼后面现在的学生食堂那个地方有个木工房，对外做家具，我们担心木头涨价，就想早点做家具。我虽然是木工，可工具还在老家，也没有木料，就自己设计了样式，请他们做。如果房产科科长不说"快了快了"，我们也不会那么早开始做家具。

谁知家具做完了，房子还没给我们，木工房又不让我们放，实在没办法了，我们只好把家具搬到了刘顺妮住的学生 015 栋宿舍楼里。还好，那时刘顺妮刚毕业留校不久，原先住的同学都毕业走了，还没调整人进来，我们就趁此机会把家具搬了进去。房产科很快就发现了，要我们搬走，可我们往哪里搬呢？经过激烈的争吵，最后他们也没办法，是他们说“快了快了”，我们才开始做家具的，此事也就不了了之。

1987 年 11 月前后，我们终于拿到了化专南楼 91–1239 室的钥匙，简单装修了一下房子就搬进去了。

化专楼原来是化工专业用的学生教室，有两栋，一栋称为“化专北楼”，另一栋称为“化专南楼”。我们所谓的住房，实际上是教室改建而成的简易房间，每间面积约 18 平方米左右，房间与房间之间是用木板隔成的，隔音效果很差。大楼的中间是走廊，大约有 1.8 米宽，大家都在走廊上做饭，就当作厨房了。每层楼都有一个公共厕所，在厕所中还围出了个洗澡间。虽然简陋了点，但功能还基本齐全，就像电视连续剧《筒子楼》里面的那个筒子楼一样。我们搬进去的时候，到处破破烂烂，走廊的灯也不亮了，厕所门也坏了，都是我们家动手把它们修复的，所以我们与邻里之间的关系还处得不错。

那时候，中国虽然已经解决了温饱问题，乡镇企业蓬勃发展，国营企业承包制取得了重大突破，民众改革期望上升，消费欲望膨胀，但社会管理体制则相对落后，国家的宏观治理能力跟不上迅速演变的产业形势，物价还实行双轨制，一个商品有计划内价格，还有市场上价格。总体上说，整个国家还是比较贫穷，许多物资还要凭票供应。同样，我们学校也是处在发展之中，住房相当紧张，许多青年教师留校后，还分不到我们这样的住房，因为我的工龄是从 1975 年上山下乡开始算起，在同龄人中算是比较长的，所以许多青年教师只能分到临时搭建的简易房屋，与工棚差不多。说得好听一点的，称它为鸳鸯楼；说得缺德一点的，就称它为“交配楼”。

1988 年 2 月春节前几天，我们回福建老家举行了婚礼。春节过后没几天，我们就动身返回武汉，那时交通非常不便，从福州坐火车到达南昌站后，没买上到武汉的火车票，只好买了两张到武汉的汽车票。汽车经常出故障，一路上走走停停，走了 6 个多小时，好不容易到了武昌傅家坡，已经过了中午。我们没在武汉停留，就在傅家坡汽车站买了两张到麻城市宋埠镇的汽车票，立即赶赴刘顺妮的老家。汽车到达宋埠镇时天已经黑了，还下着细雨，我们雇了一辆三轮车，快到村口的地方三轮车不好走了，于是我们下车跌跌撞撞赶到了她家。第二天中午，我岳母家为我们举办了婚礼庆宴，大家都很高兴，总算没有耽误时间。

那一年，我们学校老师要评职称的人太多，大家都想多上几门课，好评职称，也就没安排我的课，我趁此机会一边在实验室奋力研发新产品，一边下厂搞技术服务。

图 8.1　王善拔教授（1985 年）

1988 年 5 月前后，正当我科研搞得很起劲的时候，当时的水泥教研室副主任王善拔教授突然找我，给了一张表格，我一看是推荐出国访问学者的表格。当时，留校的研究生大多数人都在准备出国，大家各显神通，想尽办法出国深造。王善拔教授明确地给我说：“只有一次机会，这次如考不上，下次就不会推荐你，你看有没有把握，去还是不去。”我本来是没有准备出国的，但这次是送上门来的，就答应说：“去，如考不上，就再也不去了。”

出国考试就只考外语，我选择日语，考场设在武汉大学，考试时间大致是在 1988 年 6 月前后，还有一个月不到的时间，我稍微准备了一下，就去赴考了。考试那天正好下暴雨，雨量出奇的大。从我住的化专南楼到武汉大学，要经过街道口，当时街道口是个低洼地，水淹得很深。我穿着雨衣，本来是骑着自行车的，但水涨得太高，只好推着自行车蹚水过去了，裤子全湿透了。到了武汉大学考场，考试时间马上就要到了，没有办法只好湿漉漉地坐着开始考试。

考完了，感觉还好，我也没再去管它了，但没过多久我就收到了通知，我通过了考试，考分比录取线还高出了几分，获得了出国访问学者的名额。那边还通知我 1988 年 9 月 1 日到大连外国语学院报到，参加出国留学预备人员培训班。

1988 年上半年，我除了因为参加出国考试耽误了 20 多天时间外，其余时间均在帮助江陵县水泥厂开发耐风化无机水性涂料、静态爆破剂和 CAF 水泥超快速硬化剂等产品。

出国考试结束后，我就又去了江陵县水泥厂。当时，我夫人已怀孕，预产期在 1988 年 9 月下旬。我担心她一个人在家出危险，就让她借住在她汉口的堂姐家，堂姐夫是武汉汽车维修厂的工人。

其实，她堂姐家也不大，就一室一厅，一个厨房和一个厕所，一个阳台。堂姐家还有 5 口人，房间里的所有地方都被利用起来了，那个阳台也被隔成了房间。还好是夏天，大厅里还可住人。她在堂姐家住了 1 个多月，日夜盼望着我早点回家。

1988 年 8 月 20 日前后，我总算把江陵县水泥厂的项目做完了，回到了武汉，就把她接回了我们自己的家。可没住几天，我又要去大连外国语学院参加出国留学预备人员培训班了。此时，我夫人肚子已经很大了，行动已经很不方便，但是为了不耽误我的培训学习，她还是坚持要我 9 月 1 日准时到大连外国语学院报到。

我记得那天一早，我和我夫人先一起到她堂姐家，然后她又把我送到附近的公共汽车站，让我坐飞机到大连去了。到大连报到后，我整天牵肠挂肚，心神不宁的，那时候又没有电话，更没有微信，再担心着急也没用，只好默默期待一切顺利平安。

1988 年 9 月 22 日，我的女儿终于顺利地在同济医院降生了，我接到信已经是 10 月份了。迟到的好消息也是好消息，一颗悬着的心总算放下了。

我女儿降生后，当时我夫人的二哥刘大评在武汉汽车修配厂做泥工活，他就回麻城市铁门岗乡老家把我的岳母接到了武汉，在堂姐家住了一天。第二天我岳母就到同济医院接我夫人一起回到了化专楼我们的小家。由于我夫人是顺产，在同济医院只住了 5 天院，回到我们自己的家后，我夫人就把那 18 平方米的房间用家具隔成了两间，做饭还是在过道里。由于我的岳母刚到，身体非常虚弱，又人生地不熟，所以很多事情必须我夫人亲自处理，那时候她才产后 5 天，因为年轻，又要强，清理房间、搬家具等重活，也没叫人帮忙，就自己动手做，后来就落下了风寒腰痛的毛病。

图 8.2 武汉工业大学校门附近的樱花树下（1995 年）

自从岳母到我家来后，她承担了绝大部分的家务活，买菜、做饭和带我的女儿，她每天起得最早，睡得最晚，一天到晚忙忙碌碌的。

我的岳母到我们家来了以后，一直在我们家住了 10 年，把我的女儿带到 10 岁。后来，有一天突然感觉身体不舒服，经过几个医院治疗，病情就一直没好过，最后送到了湖北省肿瘤医院，可那时她身体已经非常虚弱，医生也不敢再动手术，回老家住了个把月后，于 1998 年 11 月 1 日，岳母就与我们永别了，享年 70 岁。

再说当时，我岳母把我夫人和女儿接回到了化专南楼我们的小家后，由于做饭是在过道里做，而过道是敞开的，放在过道里的东西经常会丢。丢一两瓶味精、醋什么的，问题不大，就担心煤气罐和煤气炉被人偷了。当时，煤气是很贵重的东西，需要凭证供应，煤气供应证是需要指标的，我们学校还没分给我们指标。我夫人有个老乡，叫刘应柏，此人非常善良，乐于助人，是个大好人。他在武汉铁路局当机要秘书，他给我们家帮了大忙。他不光帮我们买到了煤气，还亲自将煤气罐扛到了我们家，对他的帮忙我们一直铭记在心。

当时，我岳母刚来，人地生疏，同事朱小英也经常帮我们家买肉呀菜呀什么的。那个时候通信很不方便，家里没电话，通常都是靠写信传递信息，有急事时就发电报。住在我们家对面的姜洪义老师，是学生辅导员，在硅工系里工作，就经常帮忙把我寄到学校的信带回给我夫人。后来，朱小英到美国定居了，姜洪义晋升为教授、博士生导师，任武汉理工大学材料学院副院长、党总支书记。在此，对两位同事的帮忙表示衷心的感谢。

大连外国语学院出国留学预备人员来自全国各地，人数还不少，按入学成绩高低分为三个班，我被分在第二班，图 8.3 为我们班同学的合影。

图 8.3　大连外国语学院出国留学预备人员培训班（1988 年）

我在大连外国语学院出国留学预备人员培训部学习了 4 个月时间，有三门课，一门是精读，另一门是会话，还有一门是听力。我比较讨厌学外语，

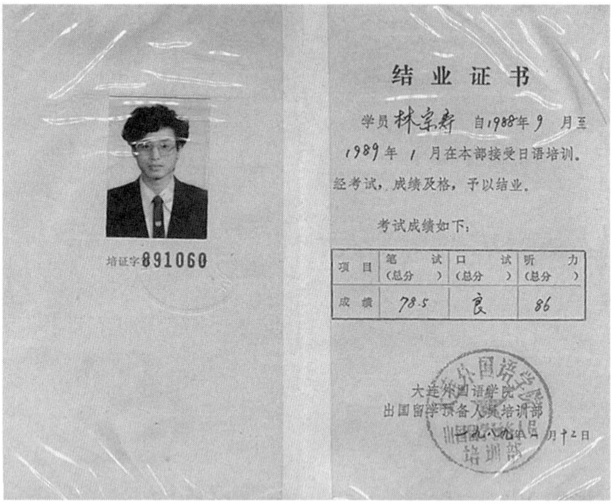
培证字891060

结业证书

学员林宗寿 自1988年9 月至1989年 1 月在本部接受日语培训。经考试，成绩及格，予以结业。

考试成绩如下：

项目	笔试（总分 ）	口试（总分 ）	听力（总分 ）
成绩	78.5	良	86

大连外国语学院
出国留学预备人员培训部
一九八九年一月十二日

图 8.4　大连外国语学院出国留学预备人员培训结业证书

都是死记硬背的东西，学习不是很刻苦，还经常想着家里尚未见过面的女儿，成绩算不上好，但还是通过了结业考试，拿到了结业证书，如图 8.4 所示。

我们有三个老师，两个中国人，一个日本人。这个日本教师，在日本是小学教师，讲究师道尊严，霸气得很，我们都很讨厌他。大家意见最大的就是那个食堂，一天到晚都是青菜，没有油水，很少看到肉，搞得大家就想吃肥肉。我同宿舍有个同学叫董群，是大庆石油学院来的，比我大几岁，他很会煮饭、做菜。我们几个人就经常跑到外面去买肉，专挑肥肉买。感觉那日子很难熬，到了最后一个月，几乎是每天都在数日子，盘算着距离回家还有多少天，一边数着日子，一边背着枯燥的单词。

1989 年 1 月 20 日前后，培训班结业后我终于回到了武汉，见到了我心爱的女儿。一进门，我岳母就把女儿递给我，我也不知道怎么抱，从来没抱过婴儿，毛手毛脚的。我女儿已经 3 个多月了，一张胖嘟嘟的脸蛋，两串弯弯的眉毛，一对炯炯有神的大眼睛，一个小巧的鼻子，一对微微下垂的菩萨耳，一个肉嘟嘟的小嘴巴，在嘴巴下面还有圆鼓鼓的双下巴，一双胖乎乎的小手，简直就是一个小天使，可爱极了。我抱着她，爱不释手，但又怕弄痛了她，小心翼翼地，看了又看。回头看看我的夫人，4 个多月没见，觉得恍如昨日，由于刚当妈妈的缘故，她比过去更加成熟细致了。

女人本弱，为母则刚，你看她一个人承受了独自分娩到打理家庭和照顾孩子的重任，真的难为她了。男人打拼成功的背后总有一个能干贤惠的女人，当时我就是这种感慨和体会。为了让我安心完成学业，夫人独自忍受着寂寞，听她在信中讲，她每天抱着女儿对她说："你要乖乖的，爸爸到大连学习去了，很快就回来了，爸爸可想你啦！"

由于在我女儿出生前后那段时间里，我经常到厂里做技术服务，不时有一些厂家到我家来感谢，经常送些鱼、米、牛奶、婴儿米粉等等，我还经常从学校提成一些技术服务费，不断有小钱进账，所以我岳母就给我女儿起名叫林小进。

图 8.5　父女情深（1989 年春）

我在大连学习期间，我们学校还分了一次房，是我夫人去选的。这次我们分到了教工宿舍 29–1407 室，位置在当时武汉汽车工业大学校门旁边的 29 号楼（现武汉理工大学马房山大厦）。有两室，一个小厅，一个厕所和一个厨房。虽然旧了点，但还是正规的住房，比原来好多了。我回来后，第二天我就和夫人两人，去把房子简单装修了一下，换了纱窗，铺了地毯，墙上刷了涂料。1989 年 1 月 28 日，我们搬进了新家。

1989 年是比较艰难的一年，改革到了关键的时期。由于物价"双轨制"改革，经济生活中出现了明显的通货膨胀，物价上涨幅度过大。于是中央政府开始采取了宏观紧缩政策，过热的经济开始降温。从上年底开始的治理整顿，迫使很多建设项目下马，约有 500 万农民建筑工返乡，而此时在乡村，整顿也使得大量乡镇企业倒闭，农民工们只好再次拥回城市里找工作。春节后，从河南、四川、湖北等人口大省出发的数百万农民工就把全国的铁路、公路车站挤得客流爆满，各大中城市的就业和治安面临巨大压力。3 月 9 日，国务院办公厅发出"紧急通知"，要求"严格控制民工盲目进城"。经济发展的速度降到了1978年以来的最低点，尤其是刚刚萌芽不久的私营经济停滞不前，甚至倒退。据《中华人民共和国经济史》记载，1989年下半年，全国个体户注册数减少300万户，私营企业从20万家下降到9.06万家，减少一半多。[①]

1989年春节后，我又去了江陵县水泥厂，帮他们寻找天然火山灰和生产火山灰水泥。当时，由于国家实施了宏观调控，银行采取釜底抽薪的方法，别说不再给企业贷款，还强行回收企业的贷款，银行账上的钱只进不出。再加上宏观调控使得基建项目减少，原来供不应求的水泥，顿时陷入了滞销，水泥价格一落千丈，许多水泥厂的经营都出现了严重的困难。我的任务就是帮助江陵县水泥厂降低水泥生产成本，以便提高产品的竞争力。

当时，国内外敌对势力妄图利用人们对物价上涨和腐败现象的不满来制造事端，从根本上否定中国共产党的领导和社会主义制度。长期以来，一些西方国家对社会主义国家推行和平演变战略，此时东欧一些社会主义国家开始出现动荡。随着西方敌对势力趁机加紧渗透，国内一股资产阶级自由化思潮沉渣泛起。在国际大气候和国内小气候的影响下，最终酿成了1989年春夏之交的政治风波。[②]

1989年5月24日，湖北省江陵县水泥厂给出了项目验收证明，我的技术服务完美结束了。1989年6月初，他们把项目余款3万元现金给了我，用一个破破烂烂的旅行袋装着，谁知他们给的全部是面值1元的纸币，旅行袋装得满满的。我心里着急，想着女儿还小，担心家里有事，就急急忙忙坐了一个航班，是个运七小飞机，从沙市机场起飞，降落在武汉南湖机场（现在南湖花园）。

到达南湖机场后，是晚上七八点钟，不巧南湖机场到大东门和街道口一带的所有交通全部因故阻断了。没了公共汽车，这时过来了一辆人力三轮车，

① 吴晓波著，激荡三十年[M]，北京：中信出版集团有限公司，2017年12月第3版，P279.

② 中央政府门户网站，www.gov.cn，2007年9月5日，中国共产党大事记（1989）.

车夫问我："去哪里？"我回答说："去街道口。""5 元钱。"车夫说道。我看没有公共汽车了，也只好同意，上了车。谁知，到了傅家坡，这车夫就不走了，说先交了钱再走。这时从小巷里又出来了两个人，我就知道遇到坏人了。我给车夫 5 元钱，车夫说："每站 5 元，已经 3 站，还有 3 站。"我当时穿得破破烂烂的，那个装着巨款的旅行袋也是破破烂烂的，他们根本没想到里面全部是钱。1989 年中国职工的平均工资约 160 元 / 月左右，3 万元相当于十五六年的工资。那时，万元户就算是大富翁了，何况有 3 万元。我想还是尽快脱身好，就说："我只有 15 元，没钱继续坐车了，给你吧。"车夫看看我，像是没钱的样子，就走了，我背着钱和行李就走路回了学校。第二天，我把 3 万元现金交给了学校财务处，几个财务人员都过来帮忙数钱，一边数还一边埋怨我给她们增加了工作量。

我的技术服务暂时告一个段落，接着就准备出国当访问学者了。

8.2　访问学者

受 1989 年春夏之交的政治风波的影响，我们那批公派出国访问学者计划被推迟，需要重新进行政审，必须证明没有参加过游行的人才可以出国。我在那段时间里，整天忙于搞项目，一直在水泥厂工作，所以我很顺利地通过了政审。政审很严格，从系党总支开始，层层审批，最后是由国家建材局王燕谋局长签的名。

当时出国被看作是一件很大的事情，是非常困难的。我政审通过后，就开始办理各种手续，停粮油关系、下户口、拿护照、身体检查，还搞了个国际旅行健康证，还领了出国服装补助费用于购买衣服。我们还到友谊商店买了一些小礼品，准备送给日本的老师和同学们。这些事情都办完后，出发前一个星期大家都集中到北京外国语学院，参加出国前培训，同时办理签证等手续。北京外国语学院那些办事人员，对人极其不耐烦，火气大得很，许多事情我们搞不明白，也不敢问他们，大家只好相互打听，好不容易把各种手续办齐了。

1989 年 10 月 17 日早上天还没亮，大家就早早集中乘车前往首都机场，办理出关手续，三个多小时后飞机才起飞，前往日本东京成田机场。中国大使馆人员组织车辆把我们几十个人全部都拉到了东京都代代木体育中心，住了一个晚上，中国驻日大使到场给大家介绍了日本的情况和注意事项，还给大家预支了一部分生活费，并要求大家到达各自学校后，到附近银行开个账户，并把账号写信告诉大使馆，以后每个月大使馆会把生活费按时打到我们的账上。第二天大家就各奔东西，前往各自的学校了。

图 8.6　东京工业大学校门（1990 年）

图 8.7　东京工业大学主楼（1990 年）

我去的学校是东京工业大学，在国内我们这帮人的身份是出国访问学者，在日本他们把我们称为研修生。我学的是水泥专业，而日本有水泥专业的大学很少，当时我在寻找学校时，好不容易才找到两所大学，于是就写信联系，一所是京都大学，还有就是东京工业大学。当时信息不通畅，不能及时了解情况，后来京都大学那位教授的夫人给我回了信，说她丈夫已经去世，还好东京工业大学的大门正机教授回信同意接收。大门正机教授在信中还说，他在与我差不多年龄的时候，也曾经到美国进修过，所以很欢迎我来他的研究室研修。

东京工业大学是日本理工科大学中最好的一所大学，素有“亚洲麻省理工”之称。校区位于东京都目黑区与横滨市绿区，是专攻工程技术与自然科学的日本顶尖、世界一流的理工科大学。

自建校以来，东京工业大学不断为日本以及世界培养出优秀的工程师、研究者以及工商界人士，如 2000 年诺贝尔化学奖得主白川英树和 2016 年诺贝尔生理学或医学奖得主大隅良典等。

东京工业大学十分注重产学研结合，并且持有很多专利。在日本专利厅最新发表的统计数据中，作为理工大学（没有文学部、法学部、医学部等）的东京工业大学，在日本所有大学中专利注册数量排名第一。

东京工业大学地处大冈山，学校依地形而建。乘地铁到大冈山站，出站后过个马路，就是东京工业大学的正门了，虽然校园面积挺大，可是校门却特别低调，特别是“東京工業大学”几个字已经被风吹日晒褪色得不行，但至今都不更换，仍然保持原样。

东京工业大学主楼前面的主干道两侧都是樱花树，每到 3、4 月份樱花盛开的时候景色相当不错，同时也会有大量的附近居民、东京工业大学毕业的前辈们来学校赏花，好不热闹。

东京工业大学的主楼，据说原本并不在大冈山，而是在一个叫“浅草藏前”的地方。1923 年 9 月 1 日的关东大地震，使原有的东京工业大学校区几乎变成了一片废墟，主校区也不得不搬离浅草藏前，来到了现在的大冈山，同时

图 8.8 东京工业大学校园（1990 年）

图 8.9 大门正机研究室

东京工业大学的建筑学教授们也痛定思痛，一起合力设计了现在这座抗震能力极强的主楼。有多强呢？据说把这座楼180度倒过来，楼也不会塌。

那天，东京工业大学中国留学生会负责人，开车把我们和行李一起拉到了位于横滨的留学生会馆。大庆石油学院的董群也和我一起到东京工业大学，他是学石油炼制专业的。我是住在横滨市青叶台的松风留学生会馆，而董群是住在横滨市的“市が尾”站附近的另一个留学生会馆，我们之间相距2个地铁站。

图8.10　董群同学（1990年）

董群是我的好朋友，黑龙江人，他比我大4岁，为人非常厚道，在大连外国语学院培训时，我们俩就住在同一宿舍，那时我们之间的关系就很好。到了日本后，又在同一个学校，因此我们之间建立了深厚的友谊。

董群主要从事轻烃加工利用方向的研究工作。后来我们从日本回国后，他先后成功开发了油田轻烃生产汽油新工艺、炼油厂气湿式脱硫化氢工艺、天然气加工装置空冷器加湿技术等项目，并且都成功实现了工业化。他先后主持和参加了二十几个科研项目，是黑龙江省炼油化工学会第五届理事会理事、黑龙江省石油学会第五届理事会理事、《大庆石油学院学报》编委、《炼油与化工》编委会副主任，是大庆石油学院教授和A类学科带头人。

董群是在日本东京工业大学国际交流中心研修，而我是在东京工业大学工学部大门正机研究室研修，我们两个实验室相隔不远，经常来往。我刚到的时候，大门正机研究室共有三位老师：大门正机教授、浅贺喜与志助教授和鹤见敬章助手。后来浅贺喜与志助教授退休走了，又来了一位名叫大场洋子的女老师。

大门正机研究室不完全从事水泥研究，除了水泥外，他们还从事混凝土外加剂和电子陶瓷类研究。他们实验条件很好，有好几间实验室，实验设备也很齐全，有 X 射线衍射仪、水泥水化热自动测定仪等大型设备，学生都可以自己上去操作。他们除了有会议室和办公室外，还有一个图书资料室，藏有许多水泥和陶瓷方面的专业图书，我曾经从里面找出了一本《满洲国矿物资源分布图》。当然，学校里还有一个图书馆，那资料就更多了。

图 8.11　与导师大门正机教授在一起（1990 年）

当时，在我们国家个人计算机还非常少，可他们实验室已经是人手一台。有一种型号叫 9801 的笔记本电脑，我当时很想带回一台，可上面明确写着，此产品禁止向共产党国家输出，所以没法带，很是遗憾。

我真正接触计算机，实际上就是从那时候开始的，他们计算机上除了有文字处理软件外，还有一个类似于 Excel 的办公软件。这些软件都很容易上手，一下子就学会了，我还用这些软件编制了一个配料计算用的小程序，做起实验来方便多了。我深深感到这计算机的方便，回国后立马就买了一台台式计算机。这在当时我们学校，算得上是第一个私人购买计算机了，对日后的科研工作起到了很大的作用。

我的导师大门正机教授，是已故的世界著名水泥化学专家近藤连一教授的高足，当时国际著名刊物《水泥和混凝土研究（*Cement and ConcreteResearch*）》杂志的编委，是一位在水泥化学领域中早有成就、造诣较深的著名学者，曾经多次访问过我国。

我们到日本后，国家给我们每人每月 8 万日元作为生活费，国内的工资照发不变。8 万日元按当时的汇率计算，相当于 5 500 元左右人民币，是我当时 3 年左右的工资。这 8 万日元当时在日本可以维持基本生活，就是怕生病，还好那时年轻没什么病，如果真的生什么大病，那可能只能回国了。当时中国比较穷，8 万日元算是比较多了，但与日本文部省发给留学生的助学金相比却少多了，它们是每月 16 万日元。在我们的留学生会馆里，有几位北京大学和清华大学来的留学生，他们就申请到了日本文部省助学金，日子过得当然比我们好多了。

记得我到东京工业大学报到的时候，有个年纪比较大的办事员接待我，态度不知道有多好，他怕我听不懂日语，把话说得很慢很慢，极其耐心，与我们国内一些工作人员的工作态度形成了鲜明的对照，许多到过国外的人员都有同感。他告诉我学校规定，凡是进入实验室都需要参加保险，而且保险费是一年一交，我是 10 月 19 日去报到的，距年底只剩下 2 个多月时间，但也要交 1 年的保险费。他说这对我不公平，但这是规定，我们也没办法，只能多交了一年的保险费。

报到后，这个老头带我到了工学部大门正机研究室，我见到了我的导师大门正机教授。他看到我来了，很是高兴，笑眯眯地说："欢迎，欢迎，等你好长时间了，办公桌都准备好了，为什么推迟了这么长时间？"我回答说："签证出了点问题，所以推迟了一个多月。"

随后，大门正机教授马上招呼学生到学校小卖部，买来了好多副食和啤酒，就在实验室，大家一起为我接风，以示欢迎。

大门正机研究室，学生还不少，除了博士生、修士（硕士）生、本科生外，还有不少是从日本企业来的研修生。除了我是中国人外，韩国人占了很大比例。大家在一起相处得也很融洽，常常有说有笑，每到吃饭时间，日本学生就会喊我一起去。

当时，学校有两个食堂，一个以学生为主，另一个以教工为主，但两个都可以吃。我大多数时间是在学生食堂吃饭，吃饭时不需要自己带碗，食堂有盘子。吃了几次以后，我很快发现，日本人食量很小，我根本吃不饱，而且食物中油水也不多，很容易饿。看看日本学生，他们一点也不觉得饿，大

图 8.12　与大门正机研究室同学们在一起（1989 年）

家吃的东西都一样，不知道为什么我就每天饿得不行。后来发现，每次在食堂拿饭时，在柜台旁边放着一些香蕉，这些香蕉都切成一段一段的，大家可随便拿。我就问日本学生，这些香蕉可以拿吗？他们告诉我，可以随便拿，是专门为那些饭量大的人准备的。知道后，我每次拿饭时都要拿一段香蕉，也不好意思多拿，每次也就是拿半个香蕉。即使这样，还是吃不饱，经常感觉肚子饿。后来，我气不过，自己做饭了。晚上回留学生会馆后，多做一点饭，第二天带着，要吃的时候放在微波炉中热一下，就可以吃了，再也没有饿肚子了。日本学生看到我每次都吃这么多，都感慨说："中国人饭量真大呀。"

松风留学生会馆的设施应该说是很完备的，我们每人一间小房间，房内有一张单人床，一张桌子和一把椅子，一个洗脸池，每间房间都装有冷热两用的空调，还有一个阳台。会馆有一个公共厕所、一个公共洗澡间和一个公共厨房。我们中国人习惯是晚上洗澡，而外国人习惯是早上洗澡，所以也不感觉人多，常常我去洗澡时，都没人。公共厨房基本上是我们中国人的天下，韩国人是大男子主义，打死他们也不会去做饭的，西方人也很少来做饭。我们一帮中国人，一到晚上，大家就聚在厨房，谈天说地，好不热闹。日本鸡蛋便宜，有个上海人很会吃鸡蛋，一次可以吃十几个，大家经常跟他开玩笑，说他也不怕生出小鸡来。

星期天，董群经常到我们会馆这边来玩，他是东北人，很会包饺子。我是福建人，没包过饺子，就跟他学，怎么样擀皮，怎么样做饺子馅，我还全

图 8.13 松风留学生会馆中国学生（右三为日本人）

部都学会了。

我到东京工业大学后不久，学校就派了一位女工作人员，向我们做问卷调查，我不知道她的真实目的是什么，问了一些问题后，就老是问我为什么要到他们学校来。我就对她实话实说，我回答是由于专业的原因，我是学水泥专业的，日本其他学校都找不到这个专业，所以就到这里来了。好像她不相信我说的话，不停地绕来绕去问这个问题，最后我对她说，你们这个学校好，也是我来这里的一个原因。最后，她觉得好像问不出什么名堂，也就不了了之了。

日本法律规定，外国人到日本后，必须在三个月内到居住地的区役所登记，并留下手印。按规定，我去了青叶台附近的区役所，区役所不大，就一栋小房子，但却十分干净和整洁。走进区役所，那才让你体会到什么叫作服务态度好。到区役所办事的人不多，办事员也很少，但办事效率很高，服务态度非常好。我登记完后，最后一步是按手印，这我早就知道，是日本法律规定的，外国人到日本都需要按手印。日本电视上经常有这样的新闻，因为只有犯罪人员才按手印，所以有一批在日本的韩国人就是不按手印，最终与警察发生了严重的冲突。区役所的工作人员也知道按手印不是很礼貌，就小心翼翼地对我说，这是日本法律规定，然后拿出一盒没有颜色的印泥，让我用手指蘸一下，按在一张登记表上，只见没过多久我按的手印就变成黑色，而我手指上什么也看不见，没有颜色。

我们在日本的时候，中国大使馆十分关心我们的生活，经常通过中国留学生会组织大家活动，有几次还送电影到学校来，留学生会就向学校借了个

图 8.14　游览富士山下的山中湖（1990 年）

教室，放电影给大家看。大使馆工作人员也经常到学校来，和大家聊天，春节晚会哪个哪个明星出来了什么的，谈得挺高兴的。学校中国留学生会，还组织过大家到富士山旅游，富士山在离东京 100 公里左右的静冈县跟山梨县交界处。我们从东京新宿，乘坐高速巴士前往。虽然富士山一日游时间有限，但我们也游玩了不少景点，还爬到了富士山的半山腰，差一点就到山顶了。富士山上尽是火山喷发出来的颗粒状物质，外观与水泥厂的熟料相差不多。半山腰处有个停车场，停车场旁边有个厕所，日本全国厕所都很干净，可这个厕所却脏得很，这个倒是让我感到很意外。还有一次星期天，中国留学生会还组织大家到东京迪斯尼公园游玩，那次我懒得去，在宿舍休息，事后感觉还挺可惜的。

留学生会馆有时也会组织各国留学生开联欢会，有次联欢会，有个德国的留学生坐在我边上，我们俩用日语交流，他问我："中国留学生都喜欢到哪些国家留学？"我说："一般都喜欢到美国、日本、英国、加拿大和澳大利亚留学。"他一听说喜欢到澳大利亚留学，觉得很不可思议，就问我："为什么喜欢到澳大利亚？"我也不好意思对他说那是为了好移民，就应付着说道："那是因为费用低。"后来，他很自豪地说，他有一个中国的名字，叫"豆腐"，还用铅笔写出来给我看。我一看，觉得好笑，肯定是哪位国人恶作剧，跟他开玩笑。我就对他说，豆腐是食物，作为名字不好，我给你改一下，叫"德夫"，就是有道德的人的意思。他一听还挺高兴的。

我到大门正机研究室后，做什么课题，大门正机教授倒是没有事先确定好，于是他就问我想做什么。我出国之前曾经在实验室做过水泥釉面材料研究，也就是在硬化了的水泥制品表面，再施一层陶瓷釉，让它看起来就像陶瓷一样。如果这个设想可行，那么在建筑物表面施一层釉，那该多漂亮呀。

要达到这个目的，要解决很多问题，一个是低温釉配比的寻找，这可以参考陶瓷方面的知识，我试了几种配比，温度可以低到 900℃左右。最关键的问题是水泥制品耐热性能和受热以后再水化的性能。因为在水泥制品中，有许多水泥水化产物，有些水化产物在高温下会脱水、分解、相变什么的。施完釉后水泥制品要重新加水养护，加水养护以后，这些水泥制品的性能怎么样？已经脱水、分解、相变后的水化产物又是如何重新水化的？有很多理论问题需要解决。

我把这些想法跟大门正机教授说了以后，他也很感兴趣，但我们两个人的关注点不同，我是关注水泥制品釉面材料的性能能否达到要求，怎么样让它达到要求；而大门正机教授关注的是水泥水化产物受热以后又重新水化，它的水化机理是什么样的，是如何再水化的，再水化以后又变成了什么。

虽然我们两人关注点不同，但课题方向是一致的，于是我马上就开始了实验。浅贺喜与志助教授耐心地向我介绍了研究室中设备的使用方法后，我就开始做实验。实验进展挺顺利的，在不到一年的时间里，我就向大门正机教授提交了三篇研究报告如下：

1.“水和セメントペーストの加熱および再水和によるエーライの反應”

（水泥硬化体受热再水化时阿里特的反应）

2.“エーライの熱分解に及ぼす温度と添加剤の影響”

（温度和添加剂对阿里特热分解的影响）

3.“セメントクリカー中のエーライの熱分解定量法”

（水泥熟料中阿里特的热分解定量法）

8.3　社会实践

我们在日本期间，虽然大家都非常努力从事科学研究，但也并不是一天到晚都在实验室里，学校、研究室和中国留学生会经常会组织各种活动。这些活动对我们了解日本，扩大知识面，具有深远的意义。

1990 年 3 月，学校组织在校的各国留学生到广岛、宫岛等地进行了一次见学旅行，参观了广岛和平纪念公园，让我们领略到了人类历史上首次使用核武器所造成的恐怖，激发了大家对和平的共同向往。

广岛和平纪念公园（原爆遗址），也被称作“原子弹爆炸圆屋顶”，它位于日本广岛县广岛市中心、元安川和本川汇合点的中岛町。1945 年 8 月 6 日，美军以原子弹轰炸广岛，爆炸中心附近的建筑物几乎全数被夷为平地，仅此圆顶屋勉强屹立没有倾倒,成为广岛原子弹爆炸中心区留下的唯一一处建筑。屋顶上被烧弯了的钢筋裸露在外，外墙已塌落，这座半被毁的建筑，向人们诉说着当时的惨况。为了让后世了解战争的罪恶及和平的可贵，它已被列为联合国教科文组织的世界文化遗产。当时，我们参观时，原子弹爆炸圆屋顶正在进行维修，因此没有留下完整的照片，如图 8.15 所示。

图 8.15　广岛原子弹爆炸圆屋顶（1990 年）

为了让人们牢记战争的残酷，广岛市议会决定永久保留这座被原子弹毁坏的圆顶屋，并以其为中心修建了一座和平公园。公园中除了众多的塑像与纪念碑外，还建有和平纪念馆。

广岛和平纪念公园的每一个角落都体现着和平的主题。“和平之火”格外激发人的情思。巨手焰台上的火自从1964年便开始燃烧，它象征着广岛人民期望和平的心愿如烈焰般炽热。它将一直燃烧下去，直到核武器从地球上消失为止。和平之火后面是和平之池，和平之池尽头便是原爆慰灵碑。那是一个马鞍形的纪念碑,中央停着一口大石箱子,里头存放着原爆受害者的名单。箱子上刻着一句话：安息吧，过去的错误将不再重复。

图 8.16　广岛和平纪念公园（1990 年）

和平纪念馆是一个长形的建筑物，纪念馆展示的文字说明和图片，记录了日本人遭到原子弹打击的场面。全馆分为东馆和西馆，东馆以模型、影像、相片等为游客讲解被爆前后的广岛，另外还展有市民笔下原子弹爆炸题材的绘画。通过走廊进入西馆，陈列有烧焦了的饭盒、白色墙壁上黑雨的痕迹、被热辐射烧得残破不堪的死难者遗物。有一个人双手被热辐射烧得都脱了皮，脱皮有一尺多长，挂在手指头尖上，垂直向下挂着，几乎与地狱的景象一个样，相当恐怖。这些景象形象地描述了人类历史上首次使用核武器所造成的恐怖，令人惊心动魄。它表达了全人类对和平共处的向往。它跨越时代，不断呼吁在地球上取消核武器的使用，昭示保持人类和平的重要性。

千羽鹤纪念碑，当地人把它叫作“原爆之子像”。在这里，游人们都自然而然地想起那个关于一千只纸鹤的故事。相传有一个12岁的小女孩，10年前受了原子辐射的影响，10年后病源发作。卧床期间，她相信只要根据以往的传说，折完一千只纸鹤，她便能恢复健康。于是，小女孩开始在床榻上一只一只地折着纸鹤。然而，在折完一千只纸鹤前，她去世了。这座纪念碑是在1958年由日本学生及儿童捐献建成，目的是纪念那些死于原子弹爆炸的儿童。长圆纪念碑顶端立着一个小女孩塑像。她双手高高托着一只大纸鹤，在明亮的阳光中，向前凝望，企盼着世界和平。

图 8.17　千羽鹤纪念碑（1990 年）

看了广岛和平纪念公园，我们感想很多，当年美国扔下的两颗原子弹，确实给日本人民带来了巨大的灾难，但又应该怪谁呢？是谁发动了这场战争？日本侵华战争，造成了中国人民死亡几千万。南京大屠杀，直接杀害了 30 多万中国人。不可否认，这两颗原子弹加速了战争的结束，否则也许伤亡更大。要怪，只能怪日本军国主义。

我们参观完广岛和平纪念公园后，又游览了宫岛。宫岛又称为“严岛”，位于日本广岛县西南部，是日本著名三景之一。南北长约 10 公里，东西宽 3.5 公里，面积 30 平方公里，岛上最高峰弥山海拔 530 米。气候温暖，林木茂密，有许多珍贵的动植物。严岛神社建于公元 593 年，曾多次修缮，保留至今。神社前 200 米的海中，矗立着 16 米高的红色大牌坊，退潮时可步行到此。多宝塔（1523 年建）外形为和式建筑，内部系仿我国唐朝建筑风格，这些都被誉为日本国宝和重要文物，四季旅游者甚多。

1990 年 5 月，日本无机非金属材料年会在神户召开，大门正机教授对此次会议非常重视，在鹤见敬章老师带领下，研究室好几个学生都参加了此次会议。我在会上发表了“硬化水泥浆体受热再水化时阿里特的反应”的研究结果，许多日本同行对此课题很感兴趣，纷纷提问。可他们问的问题与大门正机教授当初选题时感兴趣的问题几乎一样，大多是水化硅酸钙受热再水化以后又变成了什么，其水化机理是什么样的，是如何进行水化的，等等。这

图 8.18　东京工业大学留学生见学旅行合影（1990 年）

些问题，我平时都思考过，不难回答。

当时，日本正好在大阪市鹤见区绿地公园举办“1990 年日本国际花与绿博览会”。大门正机教授对我非常照顾，特别交代日本学生，学术会议后，带我到京都、大阪和神户一带旅游一圈并参观花博会，所有费用由研究室经费支付。

学术会议结束后，鹤见敬章老师就回东京了，他让日本学生带我随便去游玩。那一次我们游玩了很多地方，神户、京都和大阪，好玩的地方都玩遍了。

这些地方，其实与我同行的日本学生也都没去过，我们拿着地图和广告，到处瞎逛。每到一个地方，日本学生就根据广告，到处打电话，寻找既便宜又有特色的餐馆和住宿，让我学到了不少东西。我看他们一直不向我要钱，就问他们：“需要我出多少钱？”日本学生回答说：“不要、不要，全部由税金支付。”那时，我才明白所有费用由大门正机研究室经费支出了，日本人把公费称为税金，这个概念我原来是没有的，后来我越想越觉得有道理，

图 8.19　学术报告（1990 年）

公务员所花的每一分钱，其实都是老百姓缴的税。

1990 年日本国际花与绿博览会，占地 106 公顷，拥有一个巨大的水池，郁金香、鼠尾草、大波斯菊等各种花卉应有尽有。博览会以草坪、农田以及森林和水池为特色，在这里可以看到各种昆虫、数千只鸭子和近 100 种野生鸟类。还有一个玫瑰园，里面有 2 600 株近 450 个品种的玫瑰。在日式庭园内有一个茶道馆，而在国际庭院中则汇集了世界各国各具特色的模拟庭院。另外，在流淌着小溪的绿地上有可供孩子们玩耍的操场、一个可供露营和烧烤的地方，甚至还有骑马场、四季开放的游泳池和一个运动中心。球形电影、机器人跳舞表演等，给我留下深刻的印象。

图 8.20　1990 年日本国际花与绿博览会

我们到达京都后，游览了京都的许多名胜古迹，如东本愿寺、清水寺、三十三间堂、永观堂、金阁寺、银阁寺、京都御所等，就不一一介绍了。

京都的金阁寺是日本珍贵的文物和著名的旅游点，是 1397 年足利家族第三代将军足利义满作为别墅而修建的，足利义满死后被改为禅寺“菩提所”。据说以金阁为中心的庭园表示极乐净土，被称作“镜湖池”的池塘与金阁相互辉映，是京都代表性的风景。特别是在晴好天气，可欣赏到倒映在镜湖池中金碧辉煌的金阁和蔚蓝色的天空，如同美术明信片。

金阁寺住宅式的建筑，配以佛堂式的造型，和谐幽雅，是庭院建筑的杰作，表现了足利义满吸收各种文化的格调与品位。这栋“四周明柱、墙少的建筑物”，使人联想起船的结构，而下面的一池碧波则给人以海的象征，金阁就像是一艘渡过时间大海驶来的美丽的船。

图 8.21 京都站（1990 年）

银阁寺是一座位于京都东山山脚下的禅宗寺庙，建于 15 世纪末。这里曾是足利义政将军效仿其祖父建造的金阁寺而打造的别墅，境内有一栋被称作“银阁”的建筑。这座小寺庙作为京都文物的一部分，被列入世界文化遗产名录。虽然“银阁”没有华丽的银箔外墙，但别出心裁修建的庭园、池塘以及庭院里由白沙堆成的山形向月台都让银阁寺显得格外清幽，你还可以沿着山道去观赏隐匿在山林中的景致，感受当时“东山文化”的独特风格。

图 8.22 镜湖池的池塘与金阁

我在日本期间，大门正机教授还两次亲自带队去参观日本的工厂。一次是参观日本第一水泥厂，当时日本水泥的需求高峰期已过，厂里有 2 台窑已经停窑了，还有 3 台窑在生产。我问过他们的接待人员，他们说生产水泥已经不赚钱，而我们国家那时水泥是供不应求。按当时的技术水平，那个厂算是比较先进的，但如果放在现在，那就算不上先进，应该不如我们国家现在的水泥厂了。

另一次是参观泡沫混凝土制品厂，这是一个现代化的工厂，刚建成不久，

图 8.23　与日本同学一起游览京都银阁寺

以矿渣为原料，专门生产泡沫混凝土板材。自动化水平很高，配料、搅拌、起泡、养护、切割等工序都是由机器自动完成的，包括钢筋的焊接等。我本来想照几张照片带回来，可大门正机教授的助手鹤见敬章老师说不能照相，也就算了，只带了一些广告和介绍回来了。

我们刚到东京的时候，看到这么多的摩天大楼和现代化的轨道交通，十分震惊，就想到东京各处看看。一到星期天，我就和董群两个人，带着面包和水，在东京到处穷游。那时没有手机，更没有卫星导航，我们就拿着地图，把东京的主要景点都游玩个遍，大开了眼界。

图 8.24　游览日本皇宫（1990 年）

图 8.25　游览日本国会(1990 年)

图 8.26　东京上野公园（1990 年）

记得在中学时，曾经学过一篇课文，是鲁迅先生写的散文《藤野先生》。“东京也无非是这样。上野的樱花烂熳的时节，望去确也像绯红的轻云，但花下也缺不了成群结队的‘清国留学生’的速成班，头顶上盘着大辫子，顶得学生制帽的顶上高高耸起，形成一座富士山。也有解散辫子，盘得平的，除下帽来，油光可鉴，宛如小姑娘的发髻一般，还要将脖子扭几扭。实在标致极了。”说的是在樱花烂漫的东京上野公园里，看到的是一群胸无救国之志、反以标志着民族压迫和封建统治的“辫子”为荣、浑浑噩噩的“大清”牌纨绔子弟的丑恶表演。可世事变迁，沧海桑田，1978 年改革开放后，邓小平作出了扩大派遣出国留学生的重要指示，由此掀开了我国新时期出国留学的新篇章，形成了前所未有的“出国留学大潮”。如今的中国学子，告别故土，漂洋过海，踏上留学求知的征途，都深知肩上责任的重大，无不刻苦学习。站在上野公园门口，不禁让人感慨万千。

我们到达日本后的半年以来，一直埋头在实验室做实验，可要真正了解日本，还必须深入日本社会。

当时，日本经济高速发展，国民经济正处于繁荣顶峰时期，劳动力十分缺乏，经常可以看到一些公司人事部的员工，身上前后面都背着招工的牌子，在地铁站出入口到处拉人。许多公司为招不到工人而烦恼。所以，当时在日本找工作相当容易。有一个星期天，留学生会馆来了一个人力公司的业务人员，想找几个临时工帮助打扫朝日新闻社。

《朝日新闻》是日本三大综合性报纸之一，与《读卖新闻》和《每日新闻》形成三足鼎立的竞争局面。在 20 世纪 20 年代，《朝日新闻》就基本上形成

图 8.27　游览东京塔和横滨中华街（1990 年）

了比较稳定的读者定位和办报风格，成为日本的代表性报纸之一。报纸风格充满自由主义色彩和新闻专业主义色彩，文章的平易化且报道内容层次较高，深受知识阶层欢迎，使该报成为在日本知识阶层中普及率最高的报纸，为自己带来了稳定的知识阶层读者群。充满自由主义气息的版面不仅赢得了读者的信任，而且在报纸业也获得同行的高度评价效仿。

听说到朝日新闻社打扫卫生，我原就想参观一下朝日新闻社，正愁没有机会，就跟几个留学生一起去了。到了朝日新闻集团东京本社，我们负责帮助擦拭门窗玻璃，其他办公室桌面和地板都不要我们打扫。门窗玻璃其实也很干净，不是很脏，但都要求我们擦一遍。

朝日新闻集团虽然在大阪、西部、名古屋设有发行报纸的本社，但集团经营管理中心仍然以东京本社为主，东京本社各部门起着主导作用。《朝日新闻》东京本社最大，有 3 000 多人，由编辑局、发行局、广告局和包括驻 30 多个国家和地区的记者支局组成。通过这次打扫卫生的机会，无意之中参观了日本最大的报社，特别是那台自动化报纸印刷设备，给我留下了很深的印象。这台印刷设备其实就是一条完整的生产线，只见一条宽宽的纸带向前

图 8.28　和董群一起在富士见电子工业株式会社工作

飞奔，瞬间纸面上就被印上了文字，紧接着又被切成一张一张，然后被整齐地叠成一摞一摞的，自动打包发往各地了。

通过这次打工，我突然意识到，应该到日本的企业去实践一下，以便学习他们的管理经验和了解他们的产业状况。

没过几天，董群就联系了一家企业，叫我一起去。这家企业名叫“富士见（フジミ）电子工业株式会社”，生产硅半导体集成电路所用的硅晶片，也就是我们通常所称的晶圆。

晶圆的原始材料是硅，而地壳表面有用之不竭的二氧化硅。二氧化硅矿石经由电弧炉提炼，盐酸氯化，并经蒸馏后，制成了高纯度的多晶硅，其纯度高达99.999999999%。晶圆制造厂再把此多晶硅融解，再于融液里种入籽晶，然后将其慢慢拉出，以形成圆柱状的单晶硅晶棒。硅晶棒再经过切段、滚磨、切片、倒角、抛光、激光刻，包装后，即成为硅晶圆片，这就是“晶圆”。我在厂里负责单晶硅片抛光的工序。

这单晶硅和我学的水泥，实际上都是属于无机非金属材料，基本理论是相通的。所以，我很快就可以上手，亲自操作设备了。工厂的工人们知道我们来自东京工业大学，对我们也特别友好。有个年青的日本工人，是个UFO迷，和我们在一个车间工作，我们一到，他就给我们讲UFO，说他看到了UFO，星期天到我们会馆让我们看他的录像。其他工人一听，都在发笑，因为只要一来新工人，他必定给人家介绍UFO。可到了星期天，他真的带着他的小摄像机和一瓶酒到松风留学生会馆来了，我和董群两人接待他。我们看了半天，感觉是一只鸟，可他硬说是UFO。

该工厂管理是非常严格的，进入车间要经过严格的防尘处理。特别是工厂生产所用的水是经过严格过滤处理的。工厂的管理也相当科学，上下班要打卡计时，生产过程计件登记，产品质量要考核记录。早上上班都有几分钟的早会，总结一下昨天的工作成绩，布置今天的工作。中午午餐时间，往往社长会来和大家见面，讲一讲工厂的情况和要求，这些管理经验对我日后自己办企业起到了很大的作用。

图 8.29　与富士见电子工业株式会社工人合影留念（1990 年）

日本大学，早上上班时间都很迟，通常都是 9 点以后才上班，我们就是利用早上时间，每天在工厂工作 3 个小时。从早上 6 点开始，到上午 9 点结束，然后赶往学校，通常可以在上午 10 点前到达学校。晚上 8 点以后下班，然后回会馆做饭、洗澡，一天到晚忙忙碌碌，时间安排得很紧。

暑假期间，学校放假，那段时间我们就整天在工厂工作，相同的时间里我工作的计件量比那个 UFO 迷高多了，UFO 迷受不了，跑来找我，叫我做慢点，他跟不上。其实，机器运转速度是一样的，我们只是安装一下磨片，之所以我的计件量比他高，是由于我的成品率比他高，也就是没有废品，不要重新抛光。这主要是研磨液的 pH 值和温度要控制好，否则表面非常容易被腐蚀，就要重新研磨，成品率就低了。

有一次工厂的循环水被污染了，造成所有的产品全部不合格，工厂不能及时交货，赔偿了很多的钱。那几天，管生产的副厂长，请我们帮忙加班，干了三天三夜，几乎没有休息。我们把所有的管道、储存罐全部清洗了一遍，才使产品合格了。事后为了感谢我们，还专门请我们两个人吃了韩国烧烤。

不知不觉，我们在日本快满一年了。出国前就说好了，没有特殊情况要准时回国，原来都是两年的，从我们这批开始才改成一年。不少同学申请延长，也有一些同学申请去了美国。我工作的工厂听说我们要回国了，使劲挽留，因为他们很难找到我们这么熟练的工人，车间主任再三对我们说，请社长给我们做经济担保，希望我们再延长一年。可我老想着我那矿渣分别粉磨技术，想着那诱人的前景，不想在日本继续待下去了。我和董群讨论后，就写信给中国大使馆，请他们帮我们两个人预订好 1990 年 10 月 17 日的回国机票。我们终于按计划一天不多，一天不少地结束了在日本的访问学者的生活回到了祖国，投身到我国经济建设的主战场。

第 9 章　创造发明

9.1　矿渣活化技术

1990 年 10 月 17 日，我从日本回国后，即被学校列为重点培养对象。由于“文化大革命”的影响，当时全国各地均出现了人才断层，学校希望年轻学者快快成长，尽早接班。

我在 1985 年 5 月 29 日研究生毕业留校后，正好碰上国家整顿职称评定工作，1988 年上半年恢复职称评定后，我于 1988 年 2 月 20 日受聘为讲师。按规定，研究生毕业后两年就可以定级为讲师，所以那次职称评定，很容易，所有到年限的研究生毕业留校老师全部都评上了讲师。

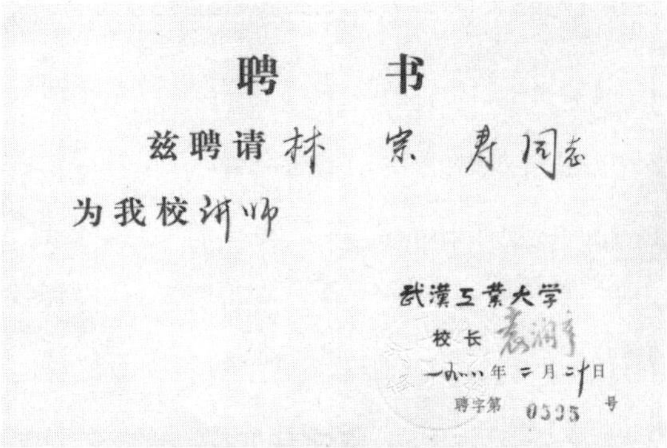
聘　书
兹聘请林宗寿同志
为我校讲师
武漢工業大學
校长
一九八八年二月二十日
聘字第 0535 号

图 9.1　武汉工业大学讲师聘书

可要评上副教授，却不是一件容易的事。副教授属于高级职称，取得讲师职称 5 年后，才能评副教授，而且还有许多指标要求。对我而言，最关键的是缺少教学经历，学校要求至少讲过两门课，并担任 1 年以上学生班主任工作，才有资格评定副教授，其他论文和科研方面的条件，我都能满足。

1991 年 2 月，我的女儿已经 2 岁半了，我们学校幼儿园同意接收我女儿

图 9.2　女儿在幼儿园领唱（1992 年 10 月）

入园。学校幼儿园是个很好的幼儿园，可以对小孩进行科学、系统的教育，内容包括生活卫生习惯、体育活动、思想品德、语言、常识、计算、音乐和美术等方面。为了尽早让女儿接触老师和众多的小朋友，在这个小朋友的集体中，培养女儿良好的个性，促进女儿的身心健康，并为进入小学打好基础，我们决定送女儿上幼儿园。刚开始的一个星期，女儿不习惯幼儿园环境，一天从早哭到晚，我夫人也心神不宁。第一天还没放学就早早地接回了家，以后几天就逐渐延长时间，一个星期以后，女儿终于习惯了幼儿园的生活，还表现得很出色，每当遇到儿童节或国庆节的时候，经常可以看到女儿在学校大礼堂等地表演节目。

我自从留校后，就没给学生上过课，为了能评上高级职称，1991 年—1992 年这两年，我的主要工作是教学。当时的系领导和我的导师水泥教研室主任童大懋教授对我也特别照顾，安排了许多教学任务给我。1991 年 3 月—4 月，我带学生到江西水泥厂毕业实习；1991 年 4 月—7 月，我指导了 8 位学生毕业设计和 1 位学生的毕业论文；1991 年 9 月—1992 年 2 月，我主讲了“水泥厂工艺设计概论”和“硅酸盐工艺学”两门课程；1992 年 2 月—6 月，我主讲了“水泥工程学”和“水泥科研初步”两门课程；1992 年 9 月—10 月，我带学生到华新水泥厂实习；1991 年—1992 年，我还担任了材工 8903 班的班主任。

说实话，这两年的教学工作完全是冲着副教授职称去的，但我在从事教学工作的同时，却没有忘记那矿渣分别粉磨的事。从 1991 年 11 月起，我运用 XRD、SEM、DSC、压汞仪等近代测试手段及常规物理力学检验方法，对分别粉磨的矿渣水泥进行了深入研究。

实验结果表明：矿渣水泥分别粉磨，可显著提高水泥的早期和后期强度，可使水泥 3 天抗压强度增加 6.7MPa，抗折强度提高 3.9MPa；7 天抗压强度增加 15.0MPa，抗折强度提高 5.4MPa；28 天抗压强度增加 8.5MPa，抗折强度提高 4.2MPa；并可有效抑制碱—集料反应、提高抗氯离子渗透和抗硫酸盐侵蚀能力。压汞实验显示，水泥石的致密度显著提高。这些实验结果，为水泥厂生产高强高掺量矿渣水泥，大幅度提高水泥产量，找到了一条捷径。

1992 年 1 月 18 日至 2 月 21 日，邓小平先后赴武昌、深圳、珠海和上海等地视察，沿途发表了重要讲话，即“南方谈话”，深刻回答了我国改革开放中的一些重大问题，被称为新时期推进改革开放和现代化建设的又一个思想解放的“宣言书”。邓小平的“南方谈话”对中国 20 世纪 90 年代的经济改革与社会进步起到了关键性的推动作用。自“南方谈话”以后，中国真正进入了一个改革开放的新时期，经济增长突飞猛进，综合实力明显增强。

邓小平的“南方谈话”后，随着我国经济建设的起飞，水泥需求量急增，水泥厂急需能大幅度提高水泥产量的实用技术。

业内人都知道，增加水泥中矿渣的掺量可提高水泥产量，但水泥中掺入矿渣通常会使强度降低，凝结硬化变慢。根据我的实验，采用矿渣和熟料分别粉磨后，就可使矿渣获得超高活性，在矿渣掺量高达 60% ~ 70% 的情况下，仍可稳定生产 32.5 等级以上矿渣水泥。水泥厂只需增设水泥磨及烘干设备，就可使水泥产量增加 1 ~ 2 倍，大大降低水泥生产成本，节省扩建投资，提高产品的质量。

1992 年 7 月 13 日，我利用暑假期间，单枪匹马从武汉汉口码头乘坐东方红客轮顺长江而下，经安庆市前往安徽庐江东顾山水泥厂。到达安庆市的时间是半夜 3 点左右，原先约定是水泥厂派车到码头接我，但不知是何原因，他们没来。当时，交通和通信都很不方便，我只好半夜在码头附近找了一家旅店暂时住下，天亮后到邮电局打电话给安徽庐江东顾山水泥厂，他们接到电话后，才想起要接我，马上派了车，把我接到了厂里。我到了东顾山水泥厂后，由于他们不相信矿渣掺量能达到50%～70%，我就在化验室小磨上做实验给他们看，实验结果显示，所有指标全部达到了技术要求。

1992年7月25日，他们决定进行试生产。前不久他们厂刚建了一台Φ2.2米×6.5米的水泥磨，有一台Φ1.5米×4.5米的小磨一直闲置没用，他们就用它单独粉磨矿渣粉，然后再将矿渣粉用螺旋运输机直接混合到旁边水泥磨出磨口的水泥中。

这是有史以来第一次用球磨机单独粉磨矿渣粉，我当时也不知道应该怎么粉磨。虽然在学校里学过粉磨知识，知道一些粉磨的基本原理，但书上也没介绍怎么磨矿渣粉，也没有什么资料介绍这些知识。

当时，他们厂里有一个搞粉磨的技术员，我就与他探讨怎么粉磨，大家觉得，矿渣颗粒比熟料小多了，应该降低研磨体的平均球径，所以第一仓应该用钢锻，不应该用钢球。最终的方案是，把磨机的研磨体调整一下，第一仓的钢球换成钢锻，其他就不变，对磨机的隔仓板、衬板都没有进行改造。当时也没认识到矿渣水分含量的重要性，对入磨矿渣的水分含量也没有进行控制。开机投料后，由于入磨矿渣的水分比较大，磨机温度还没升上来，矿渣入磨后就糊住了。磨尾一直没有矿渣粉出来，只好停机打开磨门，把第一仓的小钢锻换成大钢锻，重新进行试生产。这回比上次好多了，有矿渣粉从磨尾出来，但矿渣粉的比表面积很大，磨得太细了，产量很低。我们取了一些矿渣粉，然后再从水泥磨尾取一些普通水泥，在化验室按不同比例配制成高掺量的矿渣水泥，进行强度实验，发现水泥强度出奇的高。可以认为，试生产取得了成功，下一步就是如何提高磨机的产量，如何改造磨机和控制生产了。

在东顾山水泥厂试生产期间，我住在水泥厂里，卫生条件很差，我的右手臂开始可能是被虫咬了，后来不幸变成了个痈，里面都化脓了，整条手臂痛得动不了，晚上根本睡不着。还好水泥厂旁边有家小诊所，水泥厂人带我去动了手术，挖出来了好多脓血，然后用纱布往里填。我强忍着疼痛，坚持把实验做完，直至试生产成功为止。

1992年8月5日，我与东顾山水泥厂的厂长说，我想回武汉。他看到这种情况，实验是成功了，只是磨机产量有点低，反正我那时也不懂磨机，他们自己慢慢摸索提高磨机产量的办法，留着我也没用，就给了我2万元钱。当时人民币最大面值是10元，所以2万元钱也是一大摞，我用报纸包着放在旅行袋里。厂长担心我路上不安全，就派了化验室夏清龙主任将我护送回武汉。我与夏清龙主任当天下午3点左右乘坐拉水泥的货车到达合肥市，下午5点左右从合肥坐汽车一路西行，经河南信阳再南下回武汉。一路上停靠了很多河南乡村，当时正值第25届奥运会在西班牙巴塞罗那举行，许多村民正在观看奥运会的实况转播。

1992年8月5日半夜，我回到了武汉，我夫人见到我回家，一颗悬着的心总算放下了。原来，自从我一个人乘船去安徽以后，就一直杳无音信。由于水泥厂很偏僻，打电话和电报都不方便，再加上一天到晚都专注于实验，也没往家里写一封信，她每天都心神不宁，担心我出事，带着女儿到洪山邮电局打长途电话，没打通，发电报又被退回，更加担心我的安全，整天提心吊胆的。

我回武汉的第二天，将2万元钱上交给学校后，就带夏清龙主任到武汉黄鹤楼等景点游玩了两天，然后送他上汽车回安徽。

1992年8月8日，我又到河南省建材公司第一水泥厂，利用化验室小磨进行矿渣活化技术试验，完成后回到武汉，继续从事教学工作。

1992年9月29日，我向中国专利局递交了“高强高掺量矿渣水泥制造方法”的发明专利申请书，经审查于1995年6月25日获得了发明专利授权。

由于我在教学和科研上都取得了很好的成绩，1992年11月20日经过激烈的竞争和评选，我破格晋升了副教授，并且从1993年开始招收硕士研究生。

第 31154 号
共 2 页
发明专利证书
发明名称：高强高掺量矿渣水泥制造方法
发明人：林宗寿 刘顺妮
专利号：ZL 92 1 10927.X
专利申请日：1992 年 9 月 29 日
专利权人：武汉工业大学
该发明已由本局依照中华人民共和国专利法进行审查，决定授予专利权。
局长 高卢麟
1995 年 6 月 25 日

图 9.3 发明专利证书

国家建筑材料工业局制
姓名 林宗寿
性别 男
任职资格 副教授
授予单位 武汉工业大学
授予日期 1992.11.20
证书编号 1509

图 9.4 副教授任职资格证书

1992 年 11 月，我给本科生上的课程结束后，除了带研究生和本科生毕业论文外，我就不再从事其他教学工作了，也不再担任本科生的班主任，专心推广我的矿渣活化技术。

从 1992 年 12 月起，我放开手脚，在全国各地到处推广我的矿渣活化技术，先后在湖北、湖南、辽宁、江苏、福建、陕西、吉林、北京、河南、云南、四川、安徽、内蒙古、河北、山东、山西等地几十家水泥厂推广应用。

我有一位学生名叫曾智，当时在湖南省水泥质检站工作，他邀请我到长沙，并带我去几家水泥厂推广矿渣活化技术。1992 年 12 月 22 日上午天还没亮，我坐火车到达了长沙火车站，出了站没看到我的学生。当时，长沙火车站正在装修，有许多脚手架，脚手架下面虽然可以通行，但灯光昏暗。我想到火车站的另一头去看看，从这个脚手架下面通过，突然有个人撞了我一下，我没在意继续往前走，这时就围过来了七八个小伙子，把我围在中间。撞我的那个人说："你干吗撞我？"我一看觉得奇怪，说道："明明是你撞我，怎么会变成我撞你？"这时，旁边的那几个人就七嘴八舌地说："赔点钱，算了。"还没等我回话，他们就动手在我身上到处乱搜，把钱都给搜走了，然后一下子就跑了。当时，我从日本回国时，大门正机教授送了一个电子笔记本给我，里面记录着许多电话号码，还好这个东西他们没要。不一会儿，我的学生就来了，我在长沙和株洲之间看了几家水泥厂，做了几个实验就回武汉了。

我夫人的姐夫冯其寿，当时是麻城白果一家乡镇企业的厂长，他们厂生产一些比较粗糙的牛皮制品。他给了我一条很宽的牛皮腰带，在牛皮腰带的背面用人造革缝了一条长袋子，比腰带略窄一些，还安了一条拉链，面值 100 元的钱可以塞入上万元。为了防止出门再次被抢，后来只要出差，我就系着这条牛皮腰带，把厂家给的钱都藏在里面。于是我就经常“腰缠万贯”，在全国各地飞来飞去，再也没被抢过。

1993 年 4 月，为了加快技术推广速度，我非常希望家里能安装一部电话，以便与全国各地水泥厂联系。可当时电话线路太少，中国电信也是刚开始发展，报装后需要排队等待很长时间。我们找了很多人，想让他们早点给我们装上，可最终都没有办法装上电话，也不知道什么时候可以装上电话。无奈，我与夫人两个人就直接到洪山广场旁边的电信大厅找到负责派活安装电话的人，说了好多好话，走时给他送了一个小礼品，以示感谢。没过几天居然给我们提前装上了电话，号码是 027-727770，当时还是 6 位数的电话号码，后来没过多久就增加到 8 位数了。

有了电话后，1993 年 6 月 28 日，武汉工业大学科技开发部给我出了个证明，证明我的矿渣活化技术已在福建、安徽、江苏、河南、辽宁等地厂家推广应用，并已取得了很大的经济效益，技术可靠，同意我在《中国建材报》刊登广告。

从 1993 年 7 月起，我连续在《中国建材报》上刊登了几次“水泥产量翻番轻而易举”的广告。广告的主要内容为：水泥熟料中掺入矿渣通常使水泥早强降低，硬化变慢，标号下降。本技术可根本上改变上述现象，使您轻而易举地生产出早强高强矿渣水泥，并实现水泥产量翻番。只需增设水泥磨及相应附属设备，就可使水泥产量提高 2 ～ 3 倍。从而大大节省扩建投资，降低成本，提高质量，经济效益巨大。本技术适应于所有水泥厂，是简单实用、投资少、见效快的好项目。

当时，水泥供不应求，水泥厂都想提高产量，“水泥产量翻番轻而易举”

的广告打动了不知多少水泥厂家的心，来信就像雪片一样飞来，每天都能收到一大沓的来信，同时，每天电话也响个不停。我和夫人进行了分工，她在家里负责接待厂家，签订合同，我在外面负责实施，每天忙得不可开交。连我 5 岁的小女儿也学会了签订合同，一天突然在一张纸上写上了甲方、乙方，说要与她妈签订合同。

1993 年 6 月前后，我在福建省三明水泥厂推广完技术后，路过福州，在同学聂秋林家看到一台台湾产的简易电话无线发射器，接到电话线路中，就可实现无线通话，就像移动电话一样，感觉对我很有用。聂秋林同学看我需要这个东西，就转卖给我，我拿回来后，安装在我们家里，虽然距离不能太远，但已经可以覆盖整个学校，够用了，那段时间这个东西起到了很大的作用。

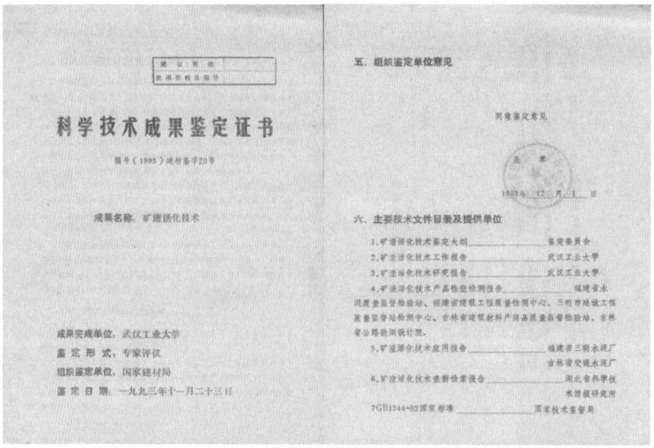
科学技术成果鉴定证书

成果名称：矿渣活化技术

成果完成单位：武汉工业大学
鉴定形式：专家评议
组织鉴定单位：国家建材局
鉴定日期：一九九三年十一月二十三日

五、组织鉴定单位意见

同意鉴定意见

1993年 12 月 1 日

六、主要技术文件目录及提供单位

1.矿渣活化技术鉴定大纲 鉴定委员会
2.矿渣活化技术工作报告 武汉工业大学
3.矿渣活化技术研究报告 武汉工业大学
5.矿渣活化技术应用报告 福建省三明水泥厂 吉林省交通水泥厂

图 9.5　矿渣活化技术鉴定证书

随着矿渣活化技术的推广，应用厂家也越来越多，技术也越来越成熟。于是，学校向国家建材局申请组织专家对矿渣活化技术进行鉴定。我挑选了一南一北，一家立窑水泥厂、一家旋窑水泥厂，两家有代表性的厂家作为试生产单位。这两家水泥厂就是福建三明水泥厂（立窑）和吉林交通水泥厂（旋窑），鉴定委员会专家全部由国家建材局科技处指定。

1993 年 11 月 23 日，鉴定会由国家建筑材料工业局组织，在武汉工业大学举行。鉴定委员会的最终结论是：“矿渣活化技术突破了活化矿渣的传统方式，具有明显的经济效益和社会效益，属国内首创，并具有国际先进水平。”

鉴定会一结束，我立马坐飞机经温州回福建老家看望母亲，我母亲住在福鼎县医院，早就下了病危的通知，是肝癌晚期，已经无法医治。图 9.6 是 1993 年 11 月 27 日我母亲从福鼎县医院回家前的留影，也是母亲生前的最后一张照片。母亲回家后，虽然也一直在用药，也看过中医，但实际上都是心理安慰，根本起不到任何作用，只不过尽量减少些痛苦罢了。

没过几天，1993 年 12 月 8 日母亲就与我们永别了。全家人都很伤心，可最伤心的还是我爸，深夜客人都走了，可我爸还一直坐在我妈的棺材旁边，暗自流泪，久久不肯离去。当时，我爸也是身患重病，自从我妈去世后，他就不再配合治疗，身体一天比一天差，我们也是干着急。

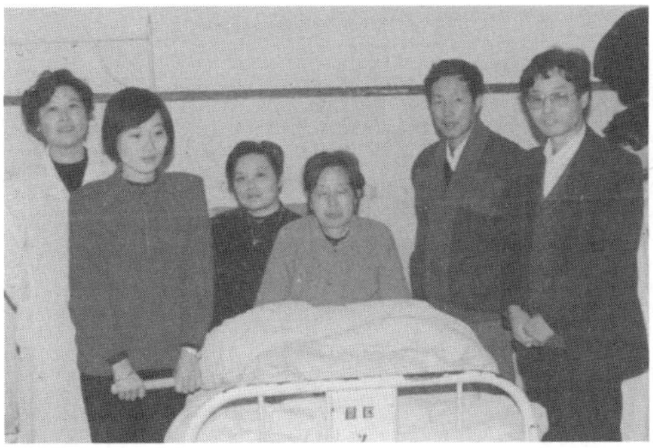

图 9.6　我母亲从福鼎县医院回家时的留影

图 9.7　母亲去世

欲孝亲不在，悲伤溢满怀。办完我母亲的后事后，我带着对我父亲身体的担心，回到了学校，开始在全国各地大面积推广我的矿渣活化技术。

各地水泥厂纷纷前来，每天应接不暇。矿渣活化技术不愧为简单实用、投资少、见效快的好项目。许多水泥厂使用该技术后，都获得了巨大的经济效益。吉林交通水泥厂是一个新型干法窑水泥厂，但窑产量不高，熟料不够用，有三台 Φ1.83 米 ×6.4 米水泥磨闲置没用。采用这个技术后，这三台闲置的磨机全部都利用起来粉磨矿渣粉，然后全

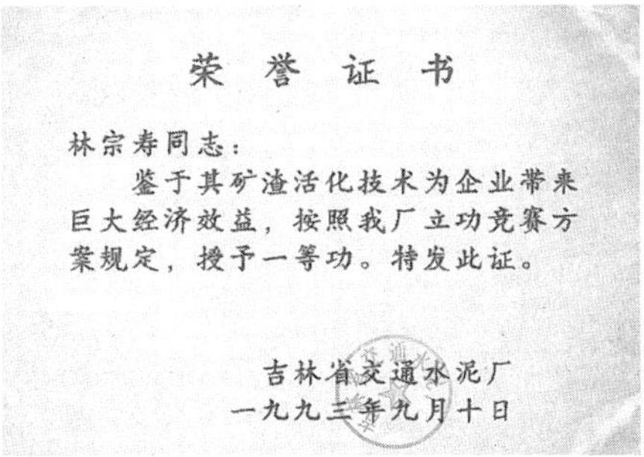

荣 誉 证 书

林宗寿同志：

鉴于其矿渣活化技术为企业带来巨大经济效益，按照我厂立功竞赛方案规定，授予一等功。特发此证。

吉林省交通水泥厂

一九九三年九月十日

图 9.8　一等功证书图

部都加到了水泥中，使水泥产量翻了一番，取得了巨大的经济效益，为了感谢我所做出的贡献，给我记了一等功。

山西省交城县卦山水泥厂是一家立窑厂，原来水泥质量很差，企业处于倒闭的边缘，采用矿渣活化技术后，不仅水泥产量实现了翻番，更重要的是水泥质量大幅度提高了，水泥厂起死回生，快速发展。为了感谢我的贡献，奖励给我一台小轿车。

9.9　奖励的小轿车

1993 年 8 月，我在吉林交通水泥厂推广矿渣活化技术时，他们厂的办公室主任是交通学校毕业，不仅会开车，还会修车。厂长孙国臣就叫他教我开车，一有空我就去学开车，学了十几天。邯郸市冀南水泥厂武光玺厂长更让我感动，他搬了一个小凳子，坐在练车场旁边，陪着我学车。后又辗转山西交城县水泥厂、福建三明水泥厂、昆明钢铁公司华云实业公司水泥厂等等，我从东北一路学到了西南，走到哪里就学到哪里，很快就掌握了开车技术。虽然没有经过驾校正规学习，可我师傅众多，什么车型都练过，技术是过关的。1994 年起我就开上小车，是我们学校最早开私家车的人。

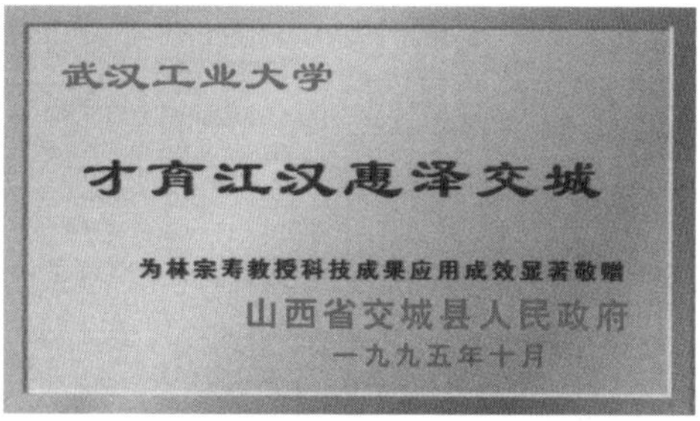

图 9.10　交城县政府赠送的铜匾

因我的科技成果在交城县应用，取得了显著的成效，交城县政府还给我们学校送来了一块“才育江汉惠泽交城”的铜匾，如图 9.10 所示。全国各地许多水泥厂应用这个技术，取得了经济效益后，纷纷到学校来感谢，并给我送来了许多锦旗，图 9.11 为厂家赠送的部分锦旗。

1993 年底，矿渣活化技术的鉴定会开过之后，校长袁润章教授当面对我说，希望我报考他的博士研究生，让我又一次开始纠结考博的事情。由于当时实在是太忙，我的全部精力都已投入到矿渣活化技术推广之中，设备改造、研磨体级配调整、生产控制方法等等，许多生产上的问题急需解决，根本没有时间再去上博士。我犹豫不决，当时的硅工系曲祖元主任也劝我不要考了。

图 9.11　部分水泥厂赠送的锦旗

1994 年 6 月前后，袁润章校长认为我是个难得的人才，特别奖励了一套三室一厅的新房子给我，我很高兴，就与我夫人一起到他家感谢。这时，袁润章校长看我还是不想考博，就说：“我看你是个人才，才叫你考博，你的东西很多，随便拿一个出来就可以了，为什么要拒绝这个东西呢？”我当时已经是副教授，也招收了几个硕士研究生。心想博士毕业也需要两年后才能评副教授，觉得再去上博士，没有什么必要。袁润章校长看出了我这个想法，就对我说：“我让你攻博，主要是为了以后的前景。”袁校长的夫人高琼英老师在旁边也附和道：“取得了一些成就，再回过头来，学习学习是很有好处的。”平心而论，袁校长确实是看中了我这个人，才一而再，

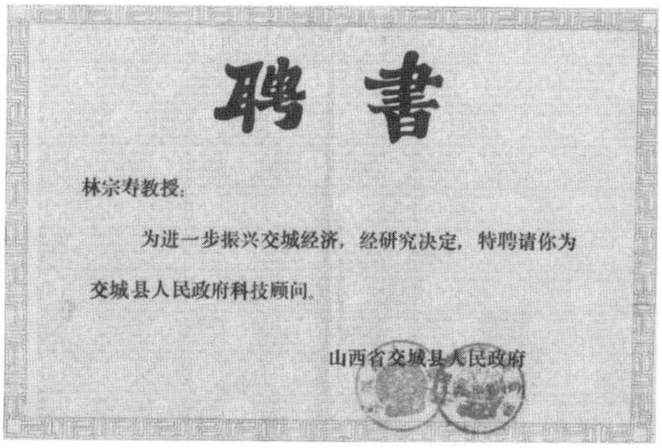

图 9.12　山西省交城县人民政府聘书

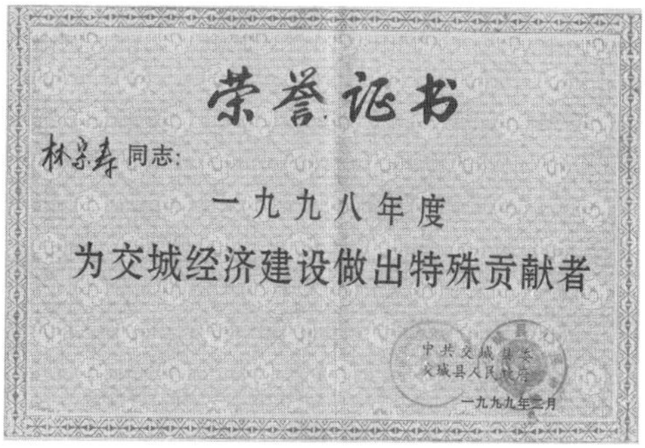

图 9.13　山西省交城县人民政府颁发的荣誉证书

再而三地动员我读博士。我当然知道，有博士学位对我以后的发展有好处，这关系到人生走什么路的问题。如果按照袁校长的想法，考上了博士研究生，与大多数的人一样，申请国家项目，发表论文，申报国家奖，未来可能当官，或者当上院士，事业发展的前景可能会很好。但是，矿渣活化技术项目的推广工作一定会受到影响，最关键的是1993年—1995年是水泥市场最好的几年，各地对水泥的需求量都非常大，水泥厂对可快速提高水泥产量的技术非常感兴趣。再说我这个人说话直来直去，不会交际，不善于拉关系，心地善良，我很清楚我管不了人，是当不了官的。如果放下眼前大量的项目不做，再去复习外语考博士，获得一个虚名，也许得不偿失。

那段时间，我一边推广技术，一边思考这个问题，在夜深人静的时候，反复对比，权衡利弊，一直犹豫不决。

1994年10月，我父亲病危，我只好放下一切，匆匆赶回老家，看到我父亲全身浮肿，病得相当严重，心里不是滋味。我姐姐对我说，位于秦屿礼岙北山有个寺庙，一个法师算命极准，让法师算算我父亲的命，看看有什么可以化解的。于是，我就跟我姐姐去了这个寺庙，找到了法师。法师看了我父亲的生辰八字，算了一下，还拿出了一本书对照了一下，说："你父亲的生辰八字不好，农历九月二十三日是个关口，如果能过去，可以活到73岁。"然后思考了一会儿，自言自语地说，"我看这关过不去，去世时，身边有三女一男。"听法师这么说，我也没在意，半信半疑，就对法师说："给我也算一算吧。"法师一看我的生辰八字，就说："你这是钱霸的命，有两个职业。"我问："什么叫钱霸？""就是大财主。"法师答道。于是我就问他："我还可以继续上学吗？"他认真算了一下说："没有了，你命里再也没有上学的可能了。"我接下去问道："我可以当官吗？"法师想了一想说道："你不要当官，即使当上了官，也是一块被人利用的敲门砖。"

我和姐姐回到家后，看到我父亲非常难受的样子，大家都心痛不已，我大姑姑信佛，她请了一帮信众到我家来给我父亲诵经，说是诵完经后，病能好起来就尽快好起来，如果不能好，就尽快走，不要老是这么痛苦。大家都同意我姑姑的说法，我倒是希望尽力医治。我父亲本身就是秦屿医院的职工，我弟弟也是秦屿医院的业务骨干，他们确实是尽力了。

到了 1994 年 10 月 26 日（农历九月二十二日）中午，也就是法师说的关口的前一天，我和我弟弟、二姑姑及保姆四个人在楼上我父亲的身边陪着我父亲，这时马路对面有家人结婚，开始放鞭炮，鞭炮很响，放的时间也有点长，我看到我父亲呼吸急促，我弟弟也感觉不妙，赶紧跑下楼去拿氧气袋。就在这时，多年都没到我家来的我舅妈，突然从楼梯上来，来到了我父亲身边，正要问我父亲病情时，我父亲停止了呼吸，与世长辞了。去世时，身边正好是三女一男。

图 9.14　父亲去世出殡（1994 年 10 月 29 日）

我不知道为什么那个法师会说得这么准，他说的话我不得不听，从此我再也不提考博之事，后来硅工系主任曲祖元让我当硅酸盐实验中心总工程师，还特意强调说是副处级，我想都没想就推辞了。几年后，我回老家想再去拜访那位法师时，他已经不在人世，才 40 来岁就去世了，也可能是泄露了天机的缘故。2000 年武汉理工大学合并之际，张联盟院士打电话给我，意思是叫我出任材料学院院长，我也毫不犹豫地推辞了。虽然我最终没能投在袁润章校长的门下，但袁校长对我的知遇之恩我至今不忘，他是我这辈子最尊敬的老师。现在回过头来，看我走过的路，我认为当初的选择是正确的，它适合我的性格，使我的能力得到了充分发挥。

纵观古今，没有人随随便便成功，不经历风雨怎能见彩虹。从 1993 年起到 1996 年止，4 年间，是我事业的起步阶段，人生正值中年，上有父母需要尽孝，下有子女需要承担责任，面临着家庭、社会中的多重任务和挑战。4 年来，我经常不在家，总是在外出差，我的夫人，女中豪杰，她承担起了家庭的全部重担和后勤保障工作。她负责接待前来洽谈合作的厂家，迎来送往，安排住宿，签订合同，到学校登记备案，管理项目经费等等。车还没学几天，就敢驾车送客人去武昌火车站，三步一点头，把客人吓得惊叫连连，还好那时马路上车少，没有出事故。幸有我夫人的大力支持，才能让我单枪匹马，走南闯北开展技术服务，使我顺利度过了那个阶段。我的岳母身体不好，经常生病，需要照顾。那段时间，我女儿也常常发烧，经常半夜抱去医院看急诊，有次女儿发高烧说胡话，半夜三更手指着门口问道：“妈妈，你看那是什么？”在那夜深人静之时，着实让人毛骨悚然。

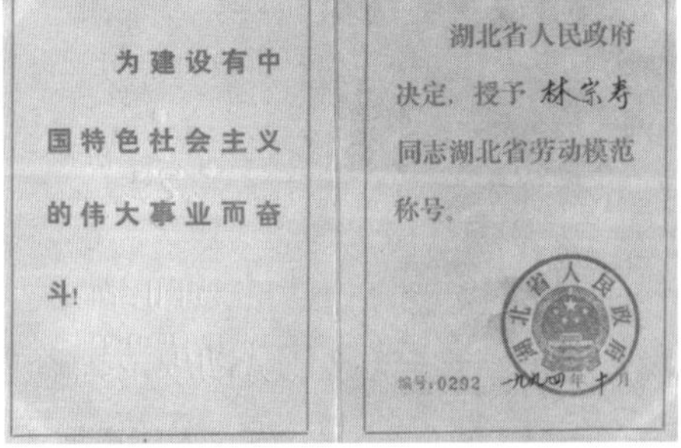

图 9.15　湖北省劳动模范证书

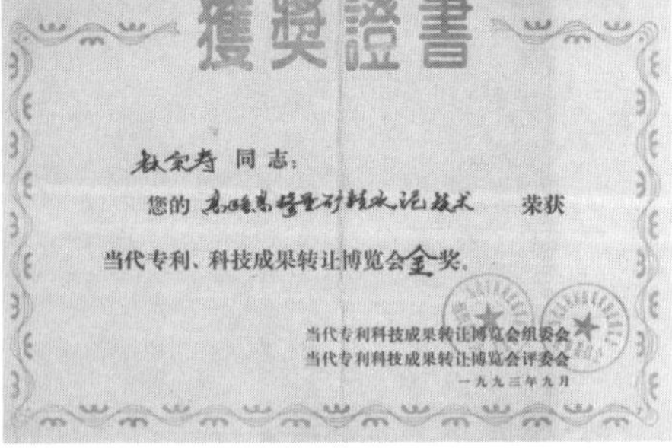

图 9.16　全国当代专利、科技成果转让博览会金奖

1994 年 10 月，我获得了湖北省劳动模范称号。1995 年 8 月，矿渣活化技术获得了湖北省科技进步一等奖。1995 年 9 月，高强高掺量矿渣水泥技术获得了全国当代专利、科技成果转让博览会金奖。1995 年 10 月，我获得了国务院特殊津贴。1995 年 12 月，我破格晋升为教授。1996 年 4 月，我获得了全国五一劳动奖章。1996 年 7 月，我被评为湖北省有突出贡献的中青年专家，2000 年 1 月，我被评为博士生导师，并开始招收博士研究生。

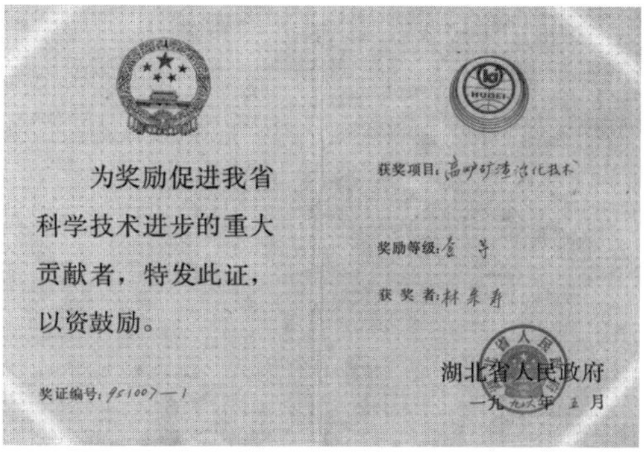

图 9.17　湖北省科技进步一等奖

图 9.18　国务院特殊津贴证书

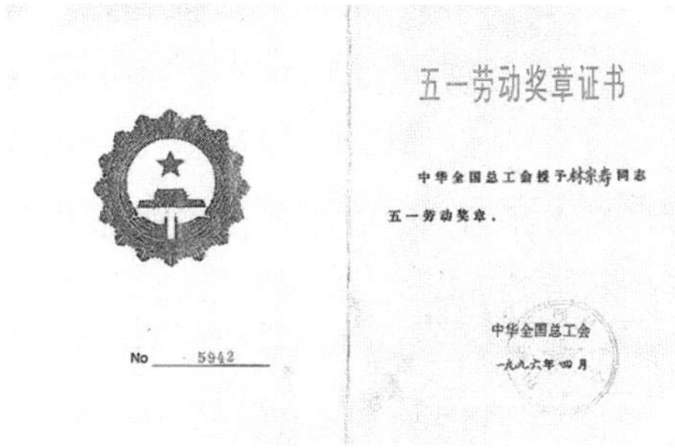

图 9.19　全国五一劳动奖章证书

图 9.20　教授任职资格证书

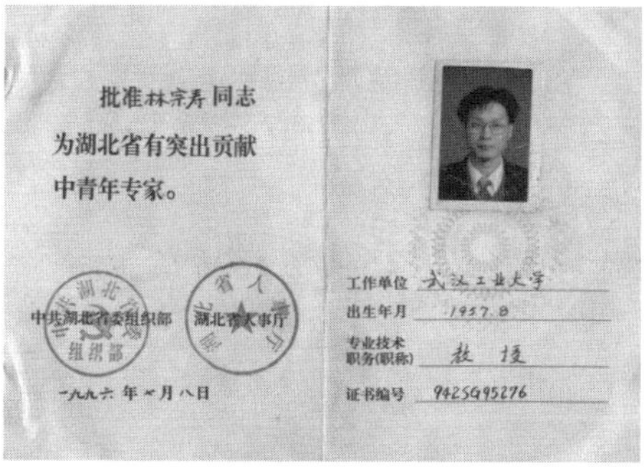

图 9.21　湖北省有突出贡献中青年专家证书

·6· 科技日报 1996年10月15日

「水泥王子」——林宗寿

钟兆康

人称"水泥王子"，现年39岁的武汉工业大学教授林宗寿，曾荣获湖北省劳动模范、湖北省有突出贡献的中青年专家，今年他又荣膺全国"五一"劳动奖章。

翻开他的"功劳簿"，他首创的"高炉矿渣活化技术"及"水泥厂化验室专家系统"在水泥王国中已成功推广应用，令国内外水泥专家惊叹、折服！

这位祖籍福建的"水泥王子"，1982年同济大学毕业后考入武汉工业大学攻读硕士学位时，就与灰色水泥结下了不解之缘。

1990年秋，从日本进修回国的林宗寿发现国内许多水泥厂家因生产水泥的原料日趋紧张而忧心忡忡；有的炼钢厂对堆积如山的高炉矿渣望"渣"兴叹。困扰人们的这对矛盾，世界各国水泥专家、学者曾为之苦思冥想不懈地努力，终未完美的得以解决。

变废为宝，要结合国情，独辟蹊径。于是，林宗寿教授与妻子刘顺妮副教授潜心研究了几年，终于"炼"出了一种具有催化作用的"神水"。在一定工艺条件下，按比例将其掺入矿渣，可"激发"矿渣活性，使矿渣在水泥中的掺量在高达70%左右的情况下，仍可稳定生产出优质、高标号水泥。生产这种水泥每吨成本下降100元，产量增加1～2倍，综合电耗、煤耗下降20～50%以上，可节省扩建投资80%，并显著改善了水泥的抗渗性、抗腐蚀性和耐久性。这项科研成果通过了国家建材局组织的专家鉴定，1993年9月获国家专利，1995年获湖北省科技进步一等奖。

这项被专家们誉为"属国内首创，达到国际先进水平"的技术，目前已在全国30多个厂家推广、应用。据不完全统计，累计新增产值3.5亿元，实现利税2.2亿元，技术转让费合同金额达1200万元，为国家和学校创造了巨大的经济效益和社会效益。从东北平原到东南丘陵，从云贵高原到闽赣山区，无不留下了他匆忙的足迹……

林宗寿教授几乎放弃了自己全部节假日，收集、整理大量的数据，分析、计算最佳方案，仅用一年时间，就研制出国内首创的"水泥厂化验室专家系统"，它具有智能配料、配球计算、产量质量分析和决策以及报表台帐自动计算、自动汇总三大功能。该系统的成功应用，一改过去我国水泥生产配料方案长期"跟着感觉走"的落后状况，大大提高了我国水泥生产企业的科学管理水平。

林宗寿教授除致力于科技开发外，在硅酸盐工程的基础理论研究方面也有较深的造诣，在国际、国内学术刊物上发表38篇学术论文，并获得6项国家发明专利。

绿海繁星

图 9.22 《科技日报》报道

《中国建材报》（1994年10月26日、1995年1月、1995年8月9日）、《湖北日报》（1993年1月28日）、《长江日报》（1995年1月29日）、《科技日报》（1996年10月15日）、湖北电视台（社会广角节目）、武汉电视台（新闻节目）等新闻单位，纷纷对矿渣活化技术在全国推广应用所取得的巨大经济和社会效益给予了报道。截至1996年底，高炉矿渣活化技术已在全国几十家水泥厂推广应用，取得了巨大的经济和社会效益，为学校创收技术转让费就达1000多万元。此后，分别粉磨矿渣水泥生产技术在全国大面积推广应用，成为矿渣水泥生产的首选工艺，并由此进一步发展成了将单独粉磨的矿渣粉直接应用于混凝土的技术，在全国逐步形成了一个生产矿渣粉的产业。作为工业废渣的矿渣也身价百倍，变成了紧俏资源，价格不断上涨。许多钢铁厂见有利可图，也纷纷兴建矿渣粉磨车间，不再对外销售矿渣。1997年以后，由于矿渣价格大幅度上涨，而且资源越来越紧张，采用矿渣活化技术的厂家逐步减少，我也开始研发其他技术了。

9.2 粉磨技术创新

磨机在水泥工业生产中占有相当重要的位置，它与回转窑并驾齐驱，是两大主机设备。每生产1吨水泥，需要粉磨的各种物料就有3吨之多；在总电耗中，粉磨生料、熟料和原煤这三种物料，磨机的电耗约占65%～70%；

它们的生产成本占水泥总成本的 35% 左右；这三种磨机的钢铁消耗占总钢铁消耗的 55% 以上；磨机及其附属设备的维修工作量约占全厂的 60%。生料磨和煤磨的成品质量直接决定和影响着窑的各项技术参数和熟料质量；水泥磨则是控制水泥质量最后也是最关键的一环，在一定程度上，粉磨质量可以弥补熟料质量的缺陷，保证出厂水泥的合格率。

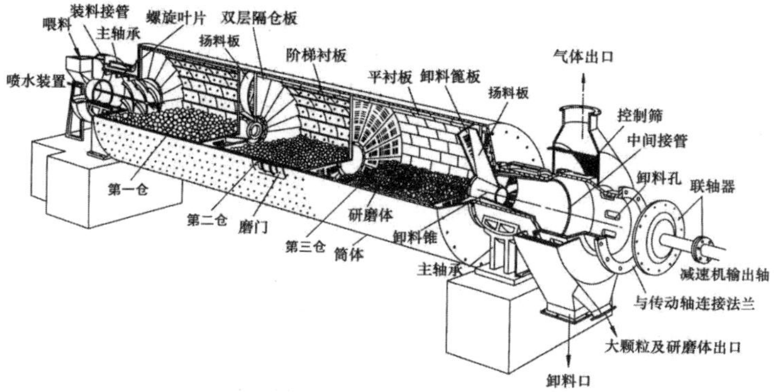

图 9.23　球磨机结构示意图

我对粉磨技术的了解，得益于矿渣活化技术的推广。1992 年 7 月，我到安徽庐江东顾山水泥厂进行矿渣活化技术试生产，刚开始我对粉磨技术并不了解，没多少实践经验。对球磨机的调整、改造，都是采纳厂家的意见，经过几次反复调整后，掌握了一些知识，有了一些实践经验，知道矿渣磨后面几仓都应该采用小钢锻，而第一仓的钢锻不能太小，否则容易糊磨。

1993 年 5 月，福建省三明水泥厂开始采用矿渣活化技术，当时他们厂有两台 Φ2.6 米 ×6.4 米闭路水泥磨，是两仓球磨机，采用的是离心选粉机。如果矿渣活化技术试生产成功，就计划马上新建一台大磨机，他们决定先拿出一台 Φ2.6 米 ×6.4 米磨机进行试生产。刚开始时，我就提出要调整研磨体，采用小钢锻，可他们怕麻烦，什么也没改就开始投料粉磨矿渣粉，结果不光产量低，比表面积也很低，只有 200 ~ 280 平方米 / 千克，达不到 400 平方米 / 千克的要求。我们反复调整选粉机，不断拆除大风叶，加装小风叶，最后大风叶全部拆光了，小风叶全部加满了，矿渣粉的比表面积也没有达到要求，而在 250 ~ 320 平方米 / 千克之间。试生产证明不更换研磨体，难以达到指标要求，于是请武汉黄陂的几位农民工到厂里来，自己铸造小钢锻。小钢锻铸成后，把磨机第二仓研磨体全部倒出，换上 20%Φ16 毫米 ×16 毫米、30%Φ14 毫米 ×14 毫米、50%Φ12 毫米 ×12 毫米小钢锻。磨机第一仓研磨体也全部倒出重新级配，改成 8%Φ70 毫米、15%Φ60 毫米、25%Φ50 毫米、30%Φ40 毫米、22%Φ30 毫米的钢球，平均球径为 45.7 毫米，比原来的平均球径 65 毫米小多了。开机投料后，矿渣粉比表面积一下子就达到了 390 ~ 410 平方米 / 千克之间，达到了指标的要求。通过这次生产调试，我取得了选粉机和磨机研磨体级配调整的一些经验。

1993 年 7 月，我在江苏金坛建材厂推广矿渣活化技术，他们用一台 Φ1.83 米 ×6.4 米的闭路磨来磨矿渣粉，两仓球磨机，采用的是旋风选粉机。按照旋风选粉机的原理，提高上升气流速度，能使产品细度变粗，反之使产品细度变细。通常是改变支风管的闸门开启大小来改变选粉室上升气流速度，支风管闸门开时，产品细度变细，反之产品细度变粗。由于矿渣粉太轻，旋风选粉机无法分选矿渣粉，无论支风管闸门怎么调节，都没法达到比表面积指标要求，就在 350 平方米 / 千克左右。因此，还得靠磨机研磨体的调整，按照福建三明水泥厂的经验，也改用小钢锻进行粉磨，刚投产的一段时间内，矿渣粉的比表面积还比较理想，在 400 平方米 / 千克左右，满足指标要求。但过了一段时间后，发现矿渣粉的比表面积越来越小，打开磨门一看，发现好多二仓的小钢锻都跑到一仓来了，一仓填充率变得很高，而二仓的填充率变得很低，也就是通常说的研磨体窜仓了。显然是由于隔仓板造成的，隔仓板箅缝太大，而且很不均匀，还有许多破洞，所以二仓的小钢锻就从这些破洞和较宽的箅缝中窜到了一仓。怎么解决呢？刚开始用钢筋将较宽的箅缝焊小，可开机没多长时间，焊上去的钢筋就掉了，又窜仓了。反复搞了好多次，始终没办法从根本上解决问题。后来就在 3 厘米厚的钢板上，用等离子切割机割缝，然后做成隔仓板。重新开机一段时间后，打开磨门检查，倒是没发现窜仓，但却发现很多铁渣子将箅缝堵塞了，由于等离子切割机切割出来的箅缝是个垂直孔，铁渣塞进去后就很难掉出来，久而久之，整个隔仓板就被堵死了，也就没法生产了。必须每隔一段时间，进行人工清理，用乙炔把铁渣子吹掉，这严重影响生产，怎么办呢？

为了解决这个问题，我们花费了很长时间，进行了好多尝试。1994 年 5 月，山西省交城县卦山水泥厂使用矿渣活化技术，他们采用直径 30 厘米的圆钢，中间叠几块 6 毫米厚的铁板块，然后把圆钢并排焊接成隔仓板。箅缝等于铁板块的厚度，采用不同厚度的铁板块，就可得到不同的箅缝宽度，而且很均匀，容易控制。更重要的是，这样焊接出来的箅板，其箅缝是弧形的，不会卡铁渣子，是比较理想的隔仓板结构。后来就一直采用这种隔仓板结构，随着磨机规格的增大，所用的圆钢直径也随之加大，磨机直径达 Φ4.2 米时，圆钢直径达到了 Φ60 毫米。同时，所用圆钢材料也改用了耐磨钢材，并且经过了热处理，大幅度提高了隔仓板的耐磨性能。

1993 年 8 月，吉林省交通水泥厂采用矿渣活化技术，当时矿渣磨的产量还比较低，这除了因为矿渣本身易磨性较差，而且要求磨得比较细外，主要还与磨机内部结构和生产控制有关。吉林交通水泥厂有个精通粉磨的技术员，名叫张国泰，后来我与他建立了深厚的友谊。我们经常一起讨论，如何提高磨机的产量。张国泰向我介绍经验说，提高磨机研磨体的总装载量，可显著提高磨机的产量。我思考了一下，觉得有道理，物料是靠研磨体粉磨的，研磨体越多，自然产量就越高。于是，我们在分别粉磨的熟料磨和矿渣磨中，都提高了研磨体装载量，结果熟料磨产量提高了不少，可矿渣磨产量一点也没提高，不但矿渣磨产量没提高，磨机的声音更大了，磨温显著提高。当时，矿渣磨衬板上有一只螺栓断了，造成漏灰，工人就用报纸塞住孔洞，继续粉磨，由于磨机温度过高，居然报纸都燃烧起来了，这是从来没听说的现象，想想温度有多高呀。我站在矿渣磨旁边，一边听磨内的声音，一边思考，听着矿渣磨一仓发出的震耳声音，我突然明白过来了：矿渣流速太快，在磨内存不住，磨内物料很少，研磨体与研磨体空打，所以温度不断上升。本来研磨体就过剩的，再加进来也没用，只是增加了空打的机会，因此产量没有提高。怎么办呢？知道了原因，就不难办了，适当控制风速、减少隔仓板箅缝大小、降低研磨体平均直径、在隔仓板靠近筒体的位置焊死几圈箅缝，相当于强制提高料位高度。采取这些措施后，产量大幅度提高了。

1993 年 9 月，北京特种水泥厂采用了矿渣活化技术。他们厂有三台 Φ2.2 米 ×6.5 米的水泥磨，其中两台是闭路，一台是开路的。开路水泥磨前面有一台辊压机，所以他们要求用带辊压机的开路磨粉磨熟料粉，两台闭路的水泥磨粉磨矿渣粉。投产后发现熟料粉的细度很粗，他们说过去也发生过这种现象，只要矿渣掺量低，水泥细度就很粗。我说这不正常，叫他们打开磨门一看就发现，原来是风速太快，磨尾箅板箅缝很大，第二仓料位很低，研磨体对研磨体空打，致使磨内温度大幅度上升，使熟料粉产生了很多静电，吸附在研磨体上，所有的研磨体表面都包上了一层厚厚的水泥粉，所以细度变得很粗。知道了原因后，我要求他们把磨尾箅板靠近筒体的箅缝焊死几圈，同时增大一仓研磨体的填充率，降低二仓研磨体的填充率，重新开磨后，细度就合格了。

对两台矿渣磨，第二仓全部换成了 Φ10 毫米 ×10 毫米和 Φ12 毫米 ×12 毫米的微锻。第一仓把大球都换成了小球，本来我要求他们按福建三明水泥厂的经验，平均球径定在 45.7 毫米左右，可他们坚持说矿渣颗粒小，应该用小球，最大球径从 70 毫米改为 60 毫米，最小球径从 30 毫米改为 20 毫米，平均球径降到了 35.7 毫米左右。开磨后，由于矿渣水分较小，还没出问题。可等我走后，有一天入磨矿渣水分突然增大，一下子就把一仓给糊死了，他们的控制室离磨机还比较远，操作工人没及时发现，还继续不断加料，最后磨机一仓全部塞满了物料，料再也进不去了，这时才发现磨机堵死了。磨门根本打不开，从磨头的内螺旋看进去，磨内只剩下 30 厘米左右的小洞，想派人从内螺旋处爬进去挖，可人也进不去。这时，有人建议加煤进去，说是煤可以助磨，消除静电，防止包球。当水泥磨发生包球时，加点煤进去，确实可以马上消除包球，可这是糊磨，磨机已经糊死了，显然是没用的。不但没用，加进去的煤也一直出不来，在磨内不停地磨，温度越来越高，最后煤都燃烧起来了，磨机后面的排气管浓烟滚滚。最终，总算有人提出了一个合理化的建议，从磨头加十几个 Φ100 毫米的大钢球进去，慢慢地打，总算把堵塞的物料全部清理干净了，听说处理了 7 天才处理完。我听到他们的事故介绍后，哭笑不得，再也不让厂家把第一仓的平均球径设计得这么小。从此以后，矿渣磨的第一仓平均球径提高到了 55 毫米左右，有时更高。把最大球径从 70 毫米提高到了 80 毫米，最小球径从 20 毫米提高到了 30 毫米。同时，开始设计制造磨音负荷控制系统，以防再次出现这样事故。

那时，我每到一家水泥厂，为了掌握第一手资料，总是整天站在磨机旁边，当时磨机的防尘措施都比较差，车间里粉尘很大，每天回来都是一身灰。北京特种水泥厂的粉尘还不算大，但我每天回宾馆也是一身灰。有天上午我在通县（现北京市通州区）天宁宾馆计算研磨体级配，听见两个服务员在清理房间卫生时，自言自语地说道："这个客人，每天洗澡，怎么每天都这么脏。"其实，是他们宾馆浴缸的下水道不通畅，所以有好多水泥灰沉积在浴缸中。但我每天一身灰却是事实，直到现在，我每年体检，肺部还可以看到一块已经是纤维化的阴影，可能就是那时吸入太多粉尘的缘故。

1994 年 1 月，辽宁抚顺水泥厂采用矿渣活化技术，他们决定先在下属劳动服务公司水泥厂的一台小磨上试生产，这是一台新建的 Φ1.83 米 ×6.4 米的开路磨。由于他们的矿渣活性较差，在化验室做小磨实验时，就知道需要将矿渣的比表面积提高到 430 平方米 / 千克左右，才能达到强度要求，矿渣的比表面积要求比其他厂高一些。可投产后，矿渣比表面积怎么也达不到 430 平方米 / 千克以上，一直波动在 350 ~ 400 平方米 / 千克之间，使水泥中矿渣掺量达不到合同规定的要求。这时厂里就出现了许多反对的声音，有许多人说风凉话：“我说不行吧，矿渣怎么可能掺这么多，那还叫水泥吗？”有的工人更加过分，说我是个骗子。劳动服务公司的经理叫杜士勇，他是个善良、慈祥的老同志，因股骨头坏死，拄着一根拐杖，为我顶住了这些压力，但从脸上可以看得出来，心里也是非常不高兴的。怎么办呢？如果达不到合同指标，那这台磨机可是为了这个项目而建的，这个损失该由谁来赔呢？我的压力更大，那天晚上在抚顺宾馆整晚睡不着，心口上就像压着一块石头那样难受，一直在思索解决方法。突然，半夜下起了大雪，他们刚从总厂拖来的一堆烘干过的矿渣，堆在露天被大雪给覆盖住了。第二天，没办法只能使用这堆矿渣，可没想到，出磨矿渣粉的比表面积却出奇的高，达到了 450 平方米 / 千克以上，所有指标全部合格了。我恍然大悟，水分可以降低矿渣粉的流速，增加矿渣在磨内的停留时间，所以矿渣粉的比表面积提高了。从此，对矿渣入磨的水分含量进行了严格的控制，并在磨头安了一个水龙头备用，在入磨矿渣太干时，就打开水龙头加水增湿，以保证出磨矿渣粉的比表面积合格。后来进一步研发出了磨内喷雾系统，解决了磨内加水的问题。

1994 年 4 月，辽宁省抚顺市章党水泥厂采用矿渣活化技术，他们采用一台 Φ2.6 米 ×13 米的开路磨粉磨矿渣粉。在设计研磨体级配时，我按书上介绍的通常方法，填充率第一仓最低，第二仓次之，第三仓最高。可他们厂负责粉磨的技术员却坚持填充率要按第一仓最低，第二仓最高，第三仓中等的方案，即：低、高、中。而通常是：低、中、高。我问他为什么是这样，他们也说不清，反正这样设计产量就高，原因不知道。经过试生产，果然提高第二仓填充率，产量提高。这又是为什么呢？经过观察发现，原来这台磨机第一仓到第二仓的隔仓板是双层隔仓板，而且箅缝比较大，双层隔仓板中有扬料板，把一仓的物料都快速地送到二仓去了，造成一仓料位很低，二仓料位很高，所以第二仓需要很高的填充率。终于想明白了，隔仓板的过料速度不同，会引起各仓料位的高低不同。这样，就必须采用不同的填充率，即料位高采用高填充率，料位低就得采用低填充率。教科书上说的开路磨填充率逐渐升高，闭路磨填充率逐渐下降，这是错的。

这个时候，我已经体会到了，要提高磨机的产量，必须遵守两个原则：一是应尽可能提高磨机的研磨体装载量；二是磨机各仓研磨能力要平衡，不能有浪费的研磨能力。这为编制球磨机研磨体级配计算软件打下了理论基础。

经过全国各地几十家水泥厂的反复调整实践，我积累了丰富的粉磨经验，把磨机粉磨时的各种影响因素之间的相互关系和磨机粉磨机理搞得明明白白，粉磨技术也达到了很高的水平。我深深地体会到，在磨机流程、规格和物料性质固定以后，磨机的产量、质量好坏就主要决定于磨机的研磨体级配，搞好磨机的研磨体级配，其重要性显而易见。

根据我的经验，欲搞好磨机研磨体的级配，需要考虑许多因素，如磨机的各仓长度、隔仓板及箅板箅缝大小、球锻装载量、入磨物料粒度、入磨物料水分、各仓填充率、各仓球锻平均直径、磨机循环负荷率、选粉效率等等。人工计算调整，需要相当高的理论知识和实践经验，一般工厂技术员都达不到这个水平。

图 9.24　水泥厂球磨机专家系统

1995 年我在回访福建三明水泥厂时，发现他们厂的磨机产量下降，是由于研磨体的磨损，需要重新进行级配，可他们的技术水平达不到，总是配不出理想的研磨体级配来。当时，个人计算机开始普及，计算机的应用已经渗透到了社会的各个领域，特别是在工业上，计算机对系统的分析、控制和管理显得尤其重要。为了普遍提高水泥厂磨机工艺技术员的技术水平，我根据几年来从事粉磨的心得体会，针对水泥厂粉磨工艺普遍存在的一些问题，开始用 Excel 编制球磨机研磨体级配计算程序，又称为“水泥厂球磨机专家系统”。

刚开始编制《水泥厂球磨机专家系统》时，也没想到会变成一个产品，只不过想给厂家提供一个方便，让他们自己能够配出比较理想的级配，不用我经常往厂家跑。我编制成功后，提供给水泥厂试用，深受厂家的欢迎。

有一次我回访中建八局水泥厂，他们厂两台球磨机产量有点下降，研磨体级配需要调整。我对负责磨机的技术员说："我已经编制成功《水泥厂球磨机专家系统》，可以用于计算磨机的研磨体级配。"他回答道："计算研磨体级配需要考虑很多因素，怎么可能！"我说："我们比赛试一下，看谁的设计好。"他又答道："我对矿渣磨不熟悉。"我说："那就设计熟料磨的研磨体级配，看谁更合理一点。"于是，他设计了一个熟料磨的研磨体级配，我用《水泥厂球磨机专家系统》也算了一个级配，最后一对比，几乎一样。从此以后，我下厂搞技术服务，就一直用《水泥厂球磨机专家系统》，不再手工计算了。

2003年，根据试用厂家的意见，我对《水泥厂球磨机专家系统》进行了扩充，增加了许多智能功能，用户只需填入磨机规格和各仓的长度，并回答一些简单的问题，《水泥厂球磨机专家系统》就可以给出一个比较理想的研磨体级配，适用于所有水泥厂的生料磨、水泥磨、矿渣粉磨。那时，我已经创建了武汉亿胜科技有限公司，公司有一个开发部，有几位软件人员，专门研发新产品。

计算机软件著作权
登记证书
编号：软著登字第 017475 号
登 记 号：2003SR12384
软件名称：水泥厂球磨机专家系统
[简称：磨机专家系统]
V1.0
著作权人：武汉亿胜科技有限公司
权利取得方式：原始取得
权 利 范 围：全部权利
首次发表日期：2003年01月01日
根据《计算机软件保护条例》和《计算机软件著作权登记办法》的规定，对以上事项予以登记。
2003 年 12 月 04 日

图 9.25 《水泥厂球磨机专家系统》软件版权证书

我在 Excel 上编制并调试通过后，再由软件人员用 C 语言改编成正式的软件，加上了一个软件狗后，变成了一个正式的软件产品。

2005年，对《水泥厂球磨机专家系统》进行了升级，增加了尾卸烘干磨、中卸烘干磨、带开路辊压机磨、带闭路辊压机磨和风扫煤磨等磨机类型的智能级配计算功能，版本号定为3.0版。

2006年,增加了普通开路三仓磨机的矿渣磨智能级配功能,版本号定为4.0版。

2008年，增加了普通两仓闭路矿渣磨、两仓开路辊压机矿渣磨和两仓闭路辊压机矿渣磨的智能级配功能，版本号定为5.0版。

2009年，对各种磨机的级配进行了优化和升级，版本号定为6.0版。

2019年，我亲自进行升级改编，删除了中卸烘干磨，增加了生料磨、立磨预粉磨系统、钢渣粉磨、单仓球破机，并优化了各种磨机的平均球径和填充率，同时重新恢复了用Excel编写，取消了软件狗，软件不再需要安装，打开即可使用，版本号定为7.0版。为了回馈社会，将软件挂在《新世纪水泥导报》网站粉磨技术栏目上，让大家免费下载，并在微信群中发布，供大家免费使用。

图9.26　与第六届粉磨技术研讨会代表交流(2021年5月)

2021年5月，我已经临近退休，在头脑还清醒之时，再次对7.0版本的《水泥厂球磨机专家系统》进行升级改造，增加了半智能通用磨机级配计算、尾卸烘干生料磨和中卸烘干生料磨，软件覆盖了所有的球磨机,并进一步优化了软件内部各参数的设置,版本号定为8.0版。在第六届中国水泥工业粉磨系统优化改造技术研讨会上，我做了“球磨机级配优化原理与应用”的特邀报告，详细介绍了球磨机研磨体级配设计的原理和经验，并将8.0版的《水泥厂球磨机专家系统》赠送给与会的代表。

《水泥厂球磨机专家系统》是适用于所有水泥厂的球磨机级配计算软件，

可自动综合磨机规格、物料种类、粉磨流程、助磨剂使用情况、隔仓板状况、物料粒度和水分等因素，自动给出磨机各仓的最佳研磨体级配，即使是不懂磨机级配计算的人员，也可熟练地进行磨机研磨体级配计算，使磨机产量、质量得以提高。

自从 1994 年辽宁抚顺水泥厂采用矿渣活化技术以后，我就知道了水分对矿渣粉磨的重要性，但当时只能从磨头将水加到矿渣中，没有办法从磨尾喷入。我估计如果将水从磨尾喷入，肯定可以大幅度提高磨机的粉磨效率，增加矿渣粉的比表面积。但是，将水从磨尾喷入是一件非常危险的事，稍有不慎，就可能出现大事故，所以没有哪家水泥厂愿意试验。

2005 年我公司整体收购了河南省林州市红旗水泥厂，扩建了两台 Φ2.6 米 ×13 米矿渣磨，专门用于粉磨矿渣粉，这给我提供了试验的机会，从而研发出了磨内喷雾系统。通过磨头和磨尾向磨内喷入雾化水，由于水汽化吸收热量，有效降低了磨内温度，同时大幅度减缓了矿渣粉的流动速度，提高了粉磨效率，可根据需要轻易地生产出比表面积 400 ~ 700 平方米 / 千克多品种的矿渣微粉。

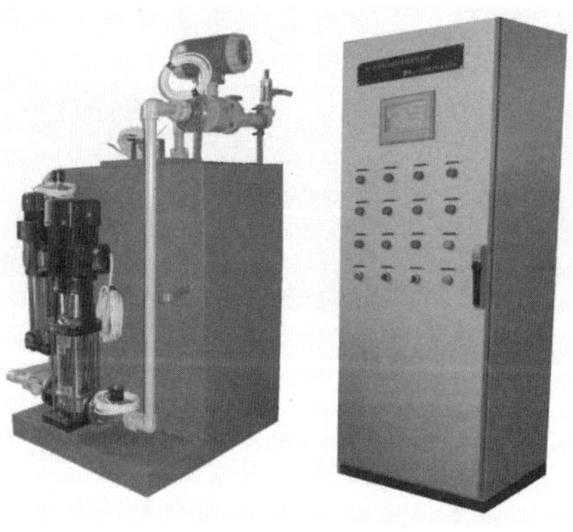

图 9.27　磨内喷雾系统

为了增加水的雾化效果，我们将高压空气与水同时在喷头汇合，使之雾化，同时还可防止喷头堵塞。此外，我们还采取了如下技术：采用变频控制，自动无级调整喷水量；可接入中央控制系统，实现远程控制；可根据废气温度，自动调节喷水量，防止管道结露、堵塞；与磨机电机联动，停磨便可自动停水，防止发生事故；水压、气压异常，设备发生故障时，可自动停水，确保万无一失。

当时，郑州至西安的高铁建设，需要 550 平方米 / 千克比表面积的矿渣粉，我们轻易地生产出来了。河南焦作有个 1 000 多米深的矿井用混凝土，需要 650 平方米 / 千克比表面积的矿渣粉，我们也生产出来了。

由于这个磨内喷雾系统可有效消除磨内包球、包锻，提高粉磨效率，降低粉磨电耗，并降低出磨水泥温度，后来被许多水泥厂应用到了普通水泥磨上了，也取得了很好的效果。

在实际生产过程中，入磨物料的易磨性和水分等因素是不断波动的，想要最大限度地提高磨机产量，就要求操作人员要经常并及时地改变磨机的喂料量，否则就会造成磨机研磨能力的浪费，或影响产品细度和产品质量。同时，也为了避免北京特种水泥厂那样严重糊磨现象的发生，我们还研发了一套磨音负荷控制系统，可灵敏地检测和显示各类磨机运转时的声音变化情况，以此判断磨机运转是否正常，喂料量是否合适，同时具有饱磨、即将饱磨、空磨、即将空磨的报警功能，还能作为集散控制的一个单元，并入到中央控制系统中使用。

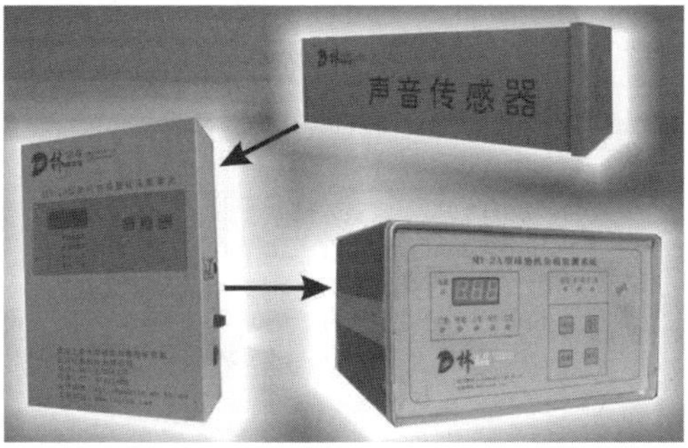

图 9.28　磨音负荷控制系统

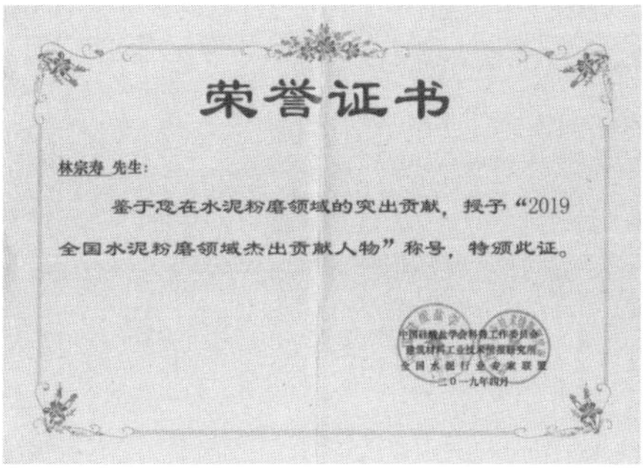

图 9.29　粉磨领域杰出贡献人物荣誉证书

2019 年 4 月，在合肥召开的第五届全国水泥粉磨技术会议上，我首次提出了“优化粉磨”的概念。所谓“优化粉磨”就是根据水泥原料的特性，以及水泥性能的要求，采取不同的粉磨工艺及调整磨机的研磨体级配等措施，控制水泥各组分的粒径范围，在满足水泥颗粒级配，形成最紧密堆积的基础上，充分发挥水泥各组分的活性，满足水泥性能的要求，最大限度地降低水泥电耗的粉磨技术。

运用“优化粉磨”技术，我进一步研发成功了“高性能少熟料水泥”的生产技术，有关这方面的内容，将在“9.5 高性能少熟料水泥”章节中介绍。

9.3 水泥厂化验室专家系统

1992年邓小平南方谈话发表后，我国国民经济高速发展，1993年的GDP（国内生产总值）为34 634.4亿元，比上年增长了14.2%；工业总产值为48 402.0亿元，比上年增长了27.3%；但CPI（居民消费价格指数）也比上年涨了14.7%。由于物价上涨过快，国家开始加强宏观调控，控制固定资产投资过快增长。1994年的GDP为43 800亿元，年增长率回落到了11.8%；工业总产值的年增长率回落到了18%。全年固定资产投资16 000亿元，比上年增长28.5%，增幅回落近30个百分点。新开工的项目减少，在建规模有所压缩，投资增幅有所回落。1995年继续实施加强宏观调控的措施，我国国民经济实现了软着陆，1995年的GDP年增长率回落到了10%左右。随着固定资产投资增长率的回落，全社会对水泥的需求也相应减少，采用我的矿渣活化技术的厂家也开始减少，我有了一定的空闲时间。

图9.30 《水泥厂化验室专家系统》软件光盘

在推广矿渣活化技术的时候，为了了解出厂水泥的质量，我经常到化验室查看生产数据，在这过程中也经常帮助水泥厂指导生料的配料、熟料的煅烧以及水泥生产上的一些技术问题，从而进一步了解了水泥厂化验室的各项工作。

水泥厂化验室是水泥厂的眼睛，

是指挥水泥生产的首脑机关，它集中了水泥生产过程的所有生产数据，如能充分利用这些数据，建立起各种数学模型，并进行分析和统计，便可得到适应该厂情况的各种最佳配料方案和最佳工艺参数，用于指导生产，我由此萌发了编写《水泥厂化验室专家系统》的想法。

1995 年 3 月，我在编完 1.0 版的《水泥厂球磨机专家系统》后，就开始编写《水泥厂化验室专家系统》。

1995 年底，第一版《水泥厂化验室专家系统》编制完成，由于当时微软公司的 Windows95 操作系统刚刚上市，我所用的计算机操作系统也刚从 Windows3.2 升级到了 Windows95 系统，所以效仿 Windows95，将版本号定为 95 版。

1996 年 4 月，《水泥厂化验室专家系统》由武汉工业大学出版社正式出版发行，出版号为：ISBN7-900605-06-1/TQ.1。

1996 年，对《水泥厂化验室专家系统》进行了两次修改和扩充，由于改编过于频繁，无法再用年份来命名版本号，就改成 6.0 版和 7.0 版。1997 年 6 月升级到了 8.0 版。1998 年 4 月做了少量的修改，定为 8.1 版。1999 年，在生料配比智能控制及窑内温度场预测方面有所突破，重新改编并定为 9.0 版本。1999 年底，水泥国家标准进行了修改，按照新标准的要求，我又对 9.0 版本进行了修改，并定为 9.1 版本。2000 年以后，又进行了几次小改动，分别定为：9.2、9.3、9.4、9.5 和 9.6 版本。2003 年改编成了网络版，定为 10.0 版。

图 9.31 《水泥厂化验室专家系统用户手册》

《水泥厂化验室专家系统》是集水泥化学、水泥工艺理论及计算机软件和自动控制技术于一体，旨在提高水泥厂产量、质量、经济效益和水泥厂现代化管理水平，是材料科学和信息科学相互交叉、有机结合的产物。其主要功能如下：

（1）辅助计算工具

包含智能化配料计算、通用配料计算、配料验算、生料指标修正计算、生料配料率值控制计算、生料配浆计算、强度预报、熟料热耗计算及窑况预测、熟料最佳配比方案和生产参数影响趋势等。

（2）台账报表管理

包含水泥厂化验室中的各种原始记录、台账报表的统计和汇总，生产控制中的合格率、标准偏差统计，以及熟料和水泥平均标号、出厂水泥的分等统计和分品种产量统计及总产量累计等等。

（3）产量质量分析

水泥在生产过程中，有许多生产数据，可从中分析出许多有用的最佳工艺参数和最佳生产控制指标，用于指导生产，使水泥厂的产量、质量进一步提高。此功能包含：窑台时产量、游离氧化钙影响因素、熟料强度、凝结时间、水泥最佳粉磨参数等等。

（4）设备故障分析及疑难解答

包含：设备故障原因分析与处理、疑难问题解答、工艺设计资料、技术改造集锦等。

虽然《水泥厂化验室专家系统》编写出来了，可推广应用却是一件十分艰难的事情。

当时，许多水泥厂的员工都还没接触到计算机，计算机的基本知识都不具备，更别谈无纸化办公、水泥厂数字化和信息化了。我们只好请水泥厂人员到学校来，教他们学习计算机的操作，从最简单的开机、关机开始，到文字输入，然后再慢慢学会《水泥厂化验室专家系统》里的所有功能。相当于对水泥厂员工进行计算机启蒙教育。

第一个派员工来学校学习的是中国建筑第八工程局水泥厂，由于矿渣活化技术在他们厂取得了很大效益，厂长李志科对我的技术深信不疑。我跟他一介绍《水泥厂化验室专家系统》的功能，他就派出了 3 个员工到我们学校来学习。

除了厂家派人到我们学校学习外，有时我们也到厂家去教他们学习计算机知识，然后再教他们学习如何操作《水泥厂化验室专家系统》。武汉一冶水泥厂离我们学校不远，他们厂也购买了一套《水泥厂化验室专家系统》。有一次，他们的计算机被病毒感染造成了死机，专家系统没法使用了，他们非常着急，我们就派人到厂里去帮助修复。发现是病毒造成的，修复后就告诉他们是病毒感染，要他们不要使用外来的软盘。工人们一听说是病毒，个个吓得要死，担心人也被感染，居然不敢再接触计算机了，让我们哭笑不得，经再三解释，才算明白过来。

1997 年 4 月前后，当时还没有互联网，但全国盛行 BBS 网络论坛，计算机之间是通过电话线路传递各种信息的。我们也想通过电话线路，建一个全国水泥质量管理网络，传递各种报表和信息。为此，高薪聘请了一位武汉 BBS 网络论坛的发烧友，让他教我们如何建一个 BBS 网站。我们掌握了这个技术后，1997 年 7 月，就去找我们原来的校长欧阳世翕，他当时已调往中国建筑材料科学研究总院任院长。我就想通过他的引见，与国家水泥质量监督检验中心取得联系，与他们一道共同建立全国水泥质量管理系统。当时国家水泥质量监督检验中心负责人是王文义，我们与他见面后，一谈才知道，原来他早就想搞这个系统了，但他们没有这方面的技术，也没资金，就请了位于中国建材研究总院五色石宾馆里的一个搞水泥实验仪器的私人公司，希望他们来编这个软件。王文义说：“我给他们说了很长时间了，他们什么也没编出来。”于是，王文义拿出了一套浙江省建材局编制的水泥厂质量管理报表，包括原始记录、台账报表等，有几十张，要我按照这个报表格式编写。我认真看了一下，这套报表与我们《水泥厂化验室专家系统》中的报表相差不大，只要稍为调整一下就可以了，没有什么问题。关键是他们没有资金，也没有相应权力，需要向国家建材局申请批准资金。

1997 年 9 月，我们应邀参加由国家建材局组织的有关组建全国水泥质量管理网络的协调会，到会的有王文义代表国家水泥质量监督检验中心；我代表武汉理工大学；浙江省建材局已退休的两位老同志，说是浙江省水泥质量管理报表的作者；还有就是杭州的一家计算机软件公司。国家建材局一位女司长出来主持会议，她表态说："谁投资，谁获利。"并希望我们武汉理工大学与杭州的软件公司合作，共同完成这个管理系统的建设。意思很清楚，国家建材局不会给一分钱，由我们两家自行协商，共同完成这个项目。会上浙江省建材局已退休的两位老同志，就特别强调了他们如何为了编制这套表格而加班加点，不能让我们白用这套表格。杭州软件公司也编了一套《水泥厂化验室管理系统》，用的是 MS-DOS 磁盘操作系统，主要功能是台账、报表管理。王文义强调一定要用 Windows 操作系统，会上大家各抒己见，讨论了半天也没有结果。

1998 年 3 月 5 日，第九届全国人民代表大会召开，宣布进行机构改革，国家建筑材料工业局即将被取消，失去了行政功能，水泥质量管理行政功能划归国家技术监督局管辖，我们所协商的全国水泥质量管理网络也就不了了之了。

推广《水泥厂化验室专家系统》还得靠我们自己，我们想尽了办法，加强宣传，努力推广，用户慢慢地多了起来。

不久，我们发现许多厂家不太使用我们专家系统中的台账、报表功能，为什么呢？原来我国当时每个省都有建材局，下属水泥质量监督检验中心，负责本省的水泥质量管理工作，水泥厂每年都需要向他们购买各种质量报表。《水泥厂化验室专家系统》虽然可以打印出格式与他们完全一样的报表，但这些部门为了他们的利益，不接受打印的报表。既然上级主管部门不允许使用这些报表，所以水泥厂也不太愿意使用《水泥厂化验室专家系统》了。《水泥厂化验室专家系统》中的台账、报表功能也就失去了意义。

于是，我们就强调《水泥厂化验室专家系统》中的质量分析功能，以此来吸引用户，但不久许多用户也不太愿意使用了，为什么呢？原来，我们国家制定有《水泥厂质量管理规范》，这规范对水泥生产过程中的各环节，均有严格的指标要求，水泥质量管理部门会经常来检查这些生产数据，水泥厂为了应付这些检查，经常会修改一些数据。而《水泥厂化验室专家系统》中的质量分析功能，必须在真实数据基础上才能得出正确的参数，才能用于指导生产，否则也就没有意义了，所以，许多水泥厂也不太愿意使用了。

1999 年，在世纪相交之际，出现了所谓的“千年虫”问题，是指在某些使用了计算机程序的智能系统中，由于其中的年份只使用两位十进制数来表示，当系统进行跨世纪的日期处理运算时，就会出现错误的结果，进而引发各种各样的系统功能紊乱甚至崩溃。有些地方政府部门还专门成立了办公室，到企业检查计算机有没有“千年虫”。有个用户听政府有关部门这么一说，担心“千年虫”爬出来伤人，一直询问我们的《水泥厂化验室专家系统》中有没有“千年虫”。我们怎么解释，他们也听不懂，最后没办法我就对他们说：“这个《水泥厂化验室专家系统》交给你们之前，我们已经把里面的‘千年虫’全部杀光了，连虫卵都杀死了，你们就放心用，不会再有‘千年虫’了。”这样一说，他们才放心，于是，他们对政府来检查的人也这样说，最终都顺利过关了。后来，我到他们厂去的时候，看到了计算机主机上贴着政府部门盖着公章的一张字条，写着“千年虫已杀”。

经过艰苦努力，《水泥厂化验室专家系统》慢慢推广了开来，截至 2000 年 4 月，《水泥厂化验室专家系统》已在华新水泥股份公司等几十家水泥厂推广应用，得到了众多水泥企业的青睐，取得了较大的社会和经济效益，推动了我国水泥工业计算机应用领域的技术进步。

2000 年 10 月 15 日，湖北省科学技术厅组织专家对《水泥厂化验室专家系统》进行了鉴定。鉴定委员会给出的意见为：

《水泥厂化验室专家系统》集水泥工艺理论、水泥厂生产信息和计算机技术于一体，是材料科学与计算科学的有机结合。基于水泥工艺原理、实践和熟练的计算机知识提出的设计思想和数学模型科学合理，具有较高的理论和实践水平。由计算机国际国内联网查新结果及应用厂家的应用效果证明，在国内外均无发现类似的专家系统，该系统属于国内独创，达到了国际先进水平；在水泥生料配料率值控制方面达到了国际领先水平。

1999 年 4 月，《水泥厂化验室专家系统》获得了中国水泥协会推荐产品的称号。

图 9.32　中国水泥协会推荐产品

图 9.33　湖北省科技进步一等奖

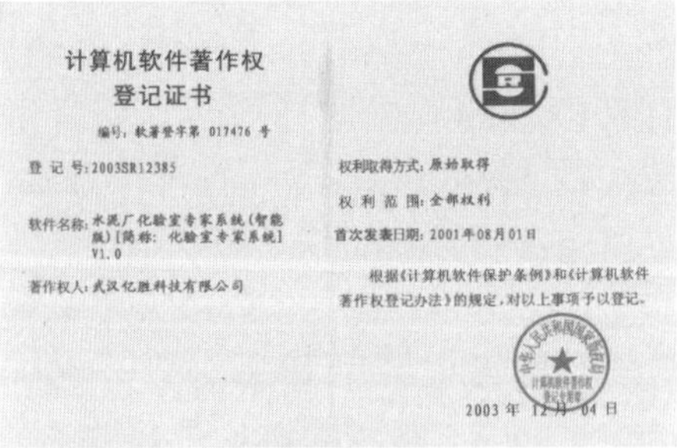

图 9.34　计算机软件版权证书

2002 年 12 月，《水泥厂化验室专家系统》获得了湖北省科技进步一等奖。

2003 年 12 月，《水泥厂化验室专家系统》软件获得了计算机软件著作权证。

1999 年 4 月，张联盟院士任武汉工业大学校长助理，兼材料科学与工程学院院长。张联盟院士是留日博士，日本大学的研究室都是以教授的名字命名，我也知道这种情况。于是，张联盟院士要我带头成立教授研究室，1999 年 6

月 23 日，我便向材料学院递交了成立教授研究室的申请表。2001 年 10 月 16 日，材料学院以“材院字〔2001〕03 号文件”的形式，作出了“关于成立林宗寿教授研究室的决定”：“根据学科建设发展的需要，经学院党政联席会议决定，成立我院林宗寿教授研究室，由林宗寿同志任研究室主任。”

图 9.35　林宗寿教授研究室

林宗寿教授研究室正式挂牌，从此，我们对内是“武汉理工大学材料学院林宗寿教授研究室”，对外是“武汉亿胜科技有限公司”，一套人马两块牌子。开始对外招收了许多员工，2001 年 10 月员工人数就已达到了 30 人，成立了技术开发部、工程部、生产部、营销部、财务部等部门，极大地促进了新产品的研发及科研成果的产业化。

研究室和武汉亿胜科技有限公司成立后，《水泥厂化验室专家系统》的推广工作得到了加强，大多数水泥厂对《水泥厂化验室专家系统》中的智能化配料计算、生料指标修正计算、强度预报等辅助计算工具都挺感兴趣。这些辅助计算工具可以帮助水泥厂轻易地找到最佳的生料配料方案。大多数水泥厂都愿意使用，可采用一段时间后，发现不少水泥厂产量、质量没有什么变化，我到这些厂家认真观察后发现，问题出在生料配料的控制方法上。下达的虽然是最佳配料方案，可实际得到的生料成分却并不是想要的方案，也就是说最佳配料方案没办法得到真正的执行，所以没有效果。

为什么会有这样的结果呢？由于当时我国水泥厂，除部分从国外引进的外，都是采用钙铁控制，也就是控制出磨生料中的氧化钙和氧化铁含量，用于校正入磨生料的配比。例如，出磨生料中氧化钙含量高了，就减少入磨生料中的石灰石比例；如果出磨生料中氧化铁含量高了，就减少入磨生料中的铁粉配比。由于这个钙铁控制方法，只关心生料中氧化钙和氧化铁的含量，而不考虑二氧化硅和氧化铝含量的变化,因此,无法保证出磨生料率值的稳定,也就是无法得到最佳的生料配料方案。

采用生料钙铁控制，只有在原料成分非常稳定（各原料中的二氧化硅、氧化铝含量都不变）的条件下，才能保证出磨生料率值的稳定，否则，出磨生料率值就会产生很大的波动。因此，要保证出磨生料率值的稳定，必须直接控制出磨生料的率值，淘汰落后的钙铁控制方法，必须进行一场生料配料控制方法的革命，这又是一个充满挑战也充满希望的课题。

9.4 生料配料率值控制系统

1997 年 2 月，西安西核精达仪器有限公司与广西平南新桥监狱水泥厂签订了核子秤的购销合同，合同中有出磨生料合格率的指标要求，可核子秤投产后，出磨生料合格率一直达不到合同要求的指标，致使项目一直无法验收。

1997 年 10 月前后，西安西核精达仪器有限公司的总经理苏建平找到我，要我帮忙出主意。我一听苏建平介绍，就知道主要毛病出在哪儿。说来也巧，那时我刚刚突破了生料配料率值控制的计算方法，并成功地编进了《水泥厂化验室专家系统》中。于是我就向他推荐使用《水泥厂化验室专家系统》。我对他说:“使用《水泥厂化验室专家系统》,绝对可以提高出磨生料的合格率，如果没有效果，不收一分钱。”他点头表示同意。于是，我就派人到广西平南新桥监狱水泥厂安装调试，结果一用上《水泥厂化验室专家系统》中的水泥生料配料率值控制软件后，出磨生料合格率就直线上升，达到了合同规定的要求。

水泥生料配料率值控制软件为什么有这么神奇呢？请听我慢慢道来。

通常水泥生料是由石灰石、黏土和铁粉三种原料配合而成，它们主要含有四种氧化物：氧化钙、二氧化硅、氧化铝和氧化铁。在煅烧过程中，这四种氧化物相互之间是按一定比例进行化学反应的，因此，要求这四种氧化物含量要符合一定的比例关系，这个比例关系就称为率值。

率值对水泥生产而言，是非常重要的指标，它不仅影响窑的产量和质量，还决定水泥的性能好坏，因此，必须控制在一定范围内。常用的率值如下：

式中：KH——饱和比；

SM——硅率；

CaO、SiO_2、Al_2O_3 和 Fe_2O_3——相应氧化物的百分含量，%。

所谓钙铁控制，就是通过测定出磨生料中的氧化钙和氧化铁含量，用于校正入磨生料石灰石、黏土、铁粉的喂料比例，将出磨生料中的氧化钙和氧化铁含量控制在一定范围内，以此实现生料配比的控制。例如，出磨生料中氧化钙含量高了，就减少入磨生料中的石灰石比例；如果出磨生料中氧化铁含量高了，就减少入磨生料中的铁粉配比。

表 1　生料中二氧化硅含量波动对率值的影响

编号	烧失量	CaO	Fe_2O_3	SiO_2	Al_2O_3	合计	KH	SM
1	40.00	38.00	2.80	11.50	3.50	95.80	0.970	1.83
2	40.00	38.00	2.80	12.00	3.00	95.80	0.954	2.07
3	40.00	38.00	2.80	12.50	2.50	95.80	0.940	2.36
4	40.00	38.00	2.80	11.00	4.00	95.80	0.988	1.62
5	40.00	38.00	2.80	10.50	4.50	95.80	1.007	1.44

钙铁控制方法虽然简单，但无法保证出磨生料率值的稳定。如表 1 中有 5 种生料，其氧化钙含量均为 38.00%，氧化铁含量均为 2.80%，可这 5 种生料的 KH 和 SM 却相差很大。由此可见，即使出磨生料的氧化钙和氧化铁含量百分百合格，由于二氧化硅和氧化铝含量的波动，也会造成出磨生料率值的很大波动，因此，必须淘汰落后的钙铁控制方法，直接控制出磨生料的率值，

才能稳定生料成分，促进窑的煅烧和提高熟料的质量。

但是，要实现生料配料率值控制，可不是一件容易的事。因为每一种原料都含有氧化钙、二氧化硅、氧化铝和氧化铁这 4 种氧化物，要将出磨生料的率值控制在一定范围内，如何计算生料的配比，还没有现成计算方法，所

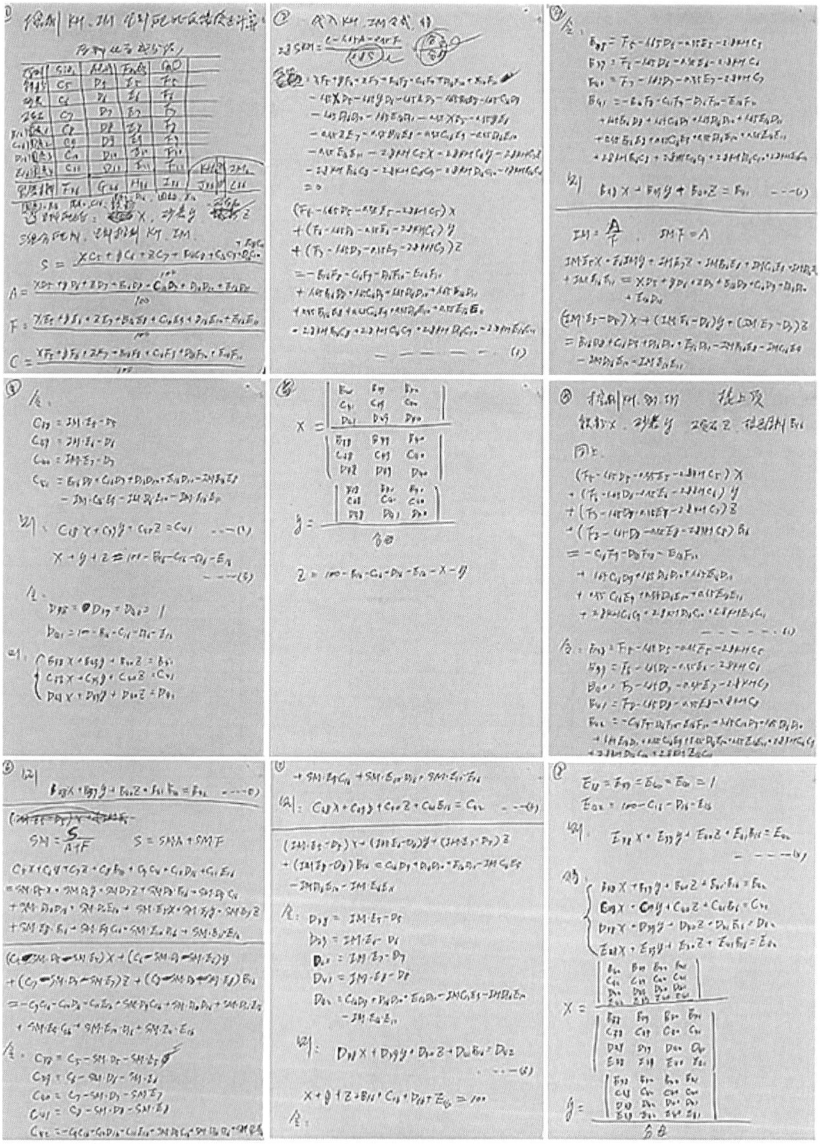

图 9.36　建立生料配比反馈校正计算数学模型的部分手稿

有教科书和资料上都没介绍。现有教科书上介绍的配料计算中，是已知原料成分和率值指标，然后计算生料配比。可这个地方的计算中，原料的化学成分是未知的，因为出磨生料的率值发生了变化，大多数情况下率值的变化都是由于原料成分发生了变化。

在水泥生产过程中，原料成分是时刻在变化的，它总是围绕着平均值在上下波动。原料成分波动，自然就会引起出磨生料率值的波动。例如，我们要求生料的 KH 是 0.90，可出磨生料的 KH 却是 0.95，也就是说偏高了 0.05，那如何调整石灰石、黏土和铁粉的比例，让下一次出磨生料的 KH 回到 0.90 呢？这实际上是属于生料配比反馈校正计算。

必须找到一种比较精确的数学方法，否则就无法实现真正意义上的出磨生料配料率值控制。如何计算呢？我开始苦苦思索这个问题。

1997 年 6 月 1 日早上 5 时左右，我刚刚睡醒，头脑特别清醒，还没起床就在床上静静地思考这个问题，突然一个想法涌现了出来：何不采用“平移”的方法呢？我顿时高兴地从床上跳了起来，开始建立生料配比反馈校正计算数学模型。

所谓“平移”的方法，就是利用原料的平均成分，建立起生料配比与生料率值的函数关系式。这时，只要给率值一个增量，相应就可得到一个生料配比的增量，用这个生料配比增量来校正入磨生料的配比，就可将出磨生料的率值调整到生产者希望的数据了。简单地说，就是将错就错，不管它是什么原因造成的误差，反正我根据出磨生料率值的偏差值，就可计算得到入磨生料配比所需要的修正值，按这个修正值将原料配比“平移”上去，就能将出磨生料率值调整到我所希望的数据，这就是生料配比反馈校正计算的基本原理。按照这个原理得到的生料配比，实际上是校正了配料秤的误差、原料成分的波动所造成的误差、物料离析所造成的误差、分析的误差、取样的误差等所有的系统误差之后的配比。

当天，我就把生料配比反馈校正计算的数学模型建立起来了，然后在

Excel 上编成计算软件，试算了几次，发现很好，与实际情况很相符，石灰石、黏土、铁粉，哪个原料该加，哪个原料该减，加多少，减多少，比人工估算精确多了。

1997 年 9 月 16 日，我把生料配比率值控制的小软件，作为辅助工具编入到了 8.1 版的《水泥厂化验室专家系统》中。广西平南新桥监狱水泥厂也成了第一家使用水泥生料配料率值控制软件的厂家。

从1997年11月以后,我们就加强了《水泥厂化验室专家系统》的推广力度，将生料配料率值控制功能作为重要的卖点宣传，但许多水泥厂总觉得软件不值钱,不愿意购买。我也体会到了,在中国单纯的软件是卖不出价格的。于是，1998 年 11 月，我决定将生料配料率值控制计算软件从《水泥厂化验室专家系统》中拆分出来，单独编制成了一套软件，并把它命名为《水泥生料配料率值控制系统》。

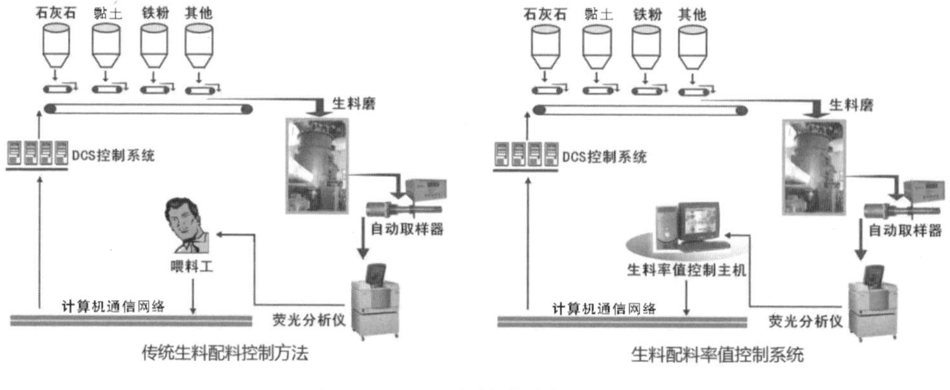

图 9.37　水泥生料质量控制方法

1999 年 3 月，我编制成功了 0.0 版的《水泥生料配料率值控制系统》，随后对它进行了多次的升级和功能扩充。2000 年 8 月升级为 1.0 版；2000 年 10 月升级为 1.1 版；2000 年 12 月升级为 1.2 版；2001 年 1 月升级为 1.3 版；2001 年 2 月升级为 1.4 版；2001 年 6 月升级为 1.5 版；2001 年 9 月升级为 1.6 版；2002 年 2 月升级为 2.0 版；2003 年 11 月升级为 4.0 版；2006 年 11 月升级为 6.0 版；2008 年 1 月升级为 6.1 版；2008 年 7 月升级为 6.2 版；2009 年 5 月升级为 7.0 版；2013 年 9 月升级为 8.0 版；2013 年 12 月升级为 8.3 版。

科技型中小企业技术创新基金

立项证书

项目承担单位：　武汉亿胜科技有限公司
项目名称：　水泥生料率值控制系统

立项代码：　04C26214210706
立项年度：　2004 年
科技部、财政部批准文号：　国科发计字[2004]449号

科学技术部科技型中小企业
技术创新基金管理中心

图 9.38　中小企业创新基金立项证书

2000 年 8 月 22 日，为了促进科研成果的产业化，我注册成立了武汉亿胜科技有限公司。至于如何成立武汉亿胜科技有限公司，请见第 10 章介绍。

2003 年 12 月，《水泥生料配料率值控制系统》获得了计算机软件版权证书。

2004 年，《水泥生料配料率值控制系统》获得了科技部科技型中小企业的技术创新基金。

2005 年，《水泥生料配料率值控制系统》获得了国家重点新产品证书。

在长期的科研成果推广过程中，我深刻体会到，技术越新，由于大家都不了解，推广难度就越大。当时，我国大部分水泥厂都没有生料配料率值控制这个概念，他们一辈子都在采用简单的钙铁控制方法，由于无法控制出磨生料率值的稳定，因此严重影响着我国水泥的产量和质量。为了使众多水泥厂改变这个习惯，淘汰落后的钙铁控制方法，采用生料配料率值控制，实际上需要进行一场生料配料控制方法的革命。

如何推动这场生料配料控制方法的革命呢？一天，我和夫人接待一帮客人，大家吃饭闲聊期间，我谈起了我刚成立了一家高科技公司，想在全国重点推广《水泥生料配料率值控制系统》。这时，有个武汉大学研究营销的教授给我出了一个点子，让我以专家教授的身份，在全国各地开展讲座，在给厂家讲授水泥生产技术的过程中，在有意无意之间，推广率值控制理念，不要专门宣传生料配料率值控制技术。这个建议我觉得非常好，于是欣然接受。

当时，国家正在强制推行 GB175–1999《通用硅酸盐水泥》新标准，向国际 ISO 标准靠拢。这次水泥标准改变幅度比较大，标准砂从单粒级的 GB 标准砂改为多粒级的 ISO 标准砂；水泥强度检测时的加水量增加了，水灰比从 0.46 改为 0.50；水泥强度试验时的震动台改为振实台；水泥强度试验时的胶砂比从 1 ∶ 2.5 改为 1 ∶ 3，减少了水泥用量。经过这样一改革，水泥的检测强度差不多下降了 1 个等级，如原来是 42.5 等级，可能就变成了 32.5 等级；原来如果是 32.5 等级，那就没法生产通用水泥了，因为当时通用水泥的最低等级就是 32.5。

这让许多水泥厂感到了危机的到来，我们研究室也抓住这个时机，进行研究。很快发现，增加水泥的粉磨细度，可以减少水泥强度下降的幅度，再加上生料配比调整，采用最佳配料方案，并通过生料配料率值控制，稳定生料成分，即可大幅度提高水泥的质量，从而平稳地度过这次水泥标准的改变。

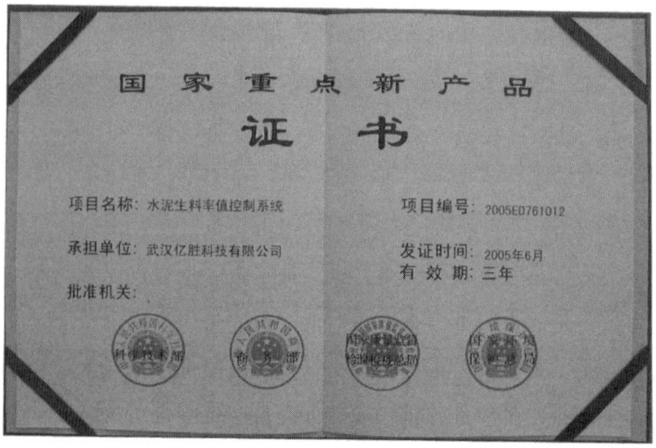

图 9.39 国家重点新产品证书

第一次对外宣传《水泥生料配料率值控制系统》，是 1999 年 7 月，由西安西核精达仪器有限公司在西安举办的新技术讲座会上。我在会上介绍了 1 小时左右的生料配料率值控制技术。

2000 年以后，我就接受了武汉大学教授的建议，在全国各地开展巡回技术讲座，讲座的题目定为“适应新标准的水泥技术讲座”。

2003 年 3 月后，许多水泥厂已经适应了水泥的新标准，从那时起我就把讲座的题目改成了“水泥生产疑难问题咨询会”。

讲座的主办方大多是各地的水泥协会和质检站，我们公司也单独主办过几场。讲座一般采用我个人专场的形式，讲课专家就我一个人。讲座时间通常是两天，第一天讲课，主要介绍水泥生产上的一些技术问题，顺便介绍我们自己的产品。第二天现场回答大家的提问，只要是水泥厂的问题，什么都可以提。这是有很大难度的，因为下面听课的人全是水泥厂的技术骨干，都是生产一线的技术人员，有搞窑的，有搞磨的，也有化验室的，几乎包含了水泥厂的所有专业，提出的问题，真是五花八门，稀奇古怪。

刚开始时，我请大家把问题写在纸条上，然后传上来，我现场念一遍，然后回答问题。后来，为了增强讲课效果，就请我的助手把问题录到计算机中，然后给我 U 盘，我把问题投影到屏幕上，让大家看得清楚，我对着问题，一个一个回答，这样做很受大家的欢迎。十几年来，我已在全国各地举办过这样的讲座 100 多场，每场讲座都有 200 多个问题，可奇怪得很，至今我也没碰到回答不出来的问题，全部都能回答出来。

我讲座的听众已超过了 1 万多人次，还有很多“回头客”，听了一次又一次，

图 9.40　适应新标准的水泥技术讲座留影（2001.9.1 西安）

他们说每次听都有收获，真的很让人感动。通过这些讲座，我也积累了几千个问题，为我日后撰写《水泥“十万”个为什么》提供了素材。

当然，我也参加不是专门为我个人举办的讲座，与其他专家一起讲授水泥新技术，这种会，由于分配给我的时间不多，也就没办法回答问题了。

图 9.41　全国各地巡回技术讲座

全国巡回讲座，给我带来了丰厚的回报，接受了生料配料率值控制理念的人越来越多，全国各地水泥厂开始淘汰落后的生料配料钙铁控制方法，我的《水泥生料配料率值控制系统》也打开了销路。同时我也付出了相当大的精力，光是讲课用的笔记本电脑就烧毁了两台。

在全国各地巡回讲座，都是提前 1 个多月就把时间和地点确定下来了的，所以到了时间，必须准时到场，天大的事都得放下，这是规矩。所以最怕到了时间后，生病无法讲课或者因交通原因不能准时到达现场。

2005 年 5 月 19 日，在重庆由重庆市水泥协会主办的“水泥生产技术疑难问题咨询会”上，我得了重感冒，发着低烧，喉咙痛得要命，我只能嘴里含着金嗓子喉宝，坚持讲完两天的课程，结束后喉咙痛得吃饭都有困难。

有时在交通不方便的地方讲座，常常需要转机，最怕飞机晚点，赶不上下一班的飞机，每次都是提心吊胆的。有几次还差一点没赶上飞机，紧张得要命。

一个人举办一次讲座，不停地讲两天，全国也只有我一个人办得到。每次讲完两天后，到最后嗓子痛得不得了，完全靠金嗓子喉宝支撑着，讲课时我总是一边含着金嗓子喉宝，一边讲。两天讲下来，需要休息好几天才能恢复过来。有一次我到武汉梅山水泥厂调试，刚好碰上感冒嗓子全哑了，这也是我过去从来没有过的，一点声音都发不出来。由于水泥厂不能停产等我，我就用笔谈，把我想说的话写在纸上，与他们交流，最后总算让他们明白了怎么做，解决了生产问题。

我除了开展全国巡回技术讲座外，还编印《亿胜科技报》《水泥答疑》，在《中国建材报》上开辟“林教授水泥答疑”专栏，并以在网上在线答疑等形式，

亿胜科技报

ECEMENT　TECHNOLOGY

武汉工业大学林宗寿教授研究室（武汉亿胜科技有限公司）主办

2001年2月6日　第1期　电话:027-87886770　网址:lzslab.com

创刊辞

迎着信息革命的浪潮，人类迈入了21世纪。作为经济兴衰的晴雨表，水泥与科技文明息息相关。沐浴着知识经济的光辉，古老的水泥工业必将焕发出更加绚丽夺目的光彩。《亿胜科技报》是介绍最新水泥科技成果的窗口，是水泥技术进步的报春鸟和助推器，她将用智慧和勤劳推动水泥工业沿着时代发展洪流滚滚前进。

我国水泥厂应尽快淘汰落后的生料控制方法

武汉工业大学博士生导师　林宗寿教授

水泥生料配料控制是水泥生产中最重要的环节之一。生料质量好坏直接影响熟料的产量和质量，以及燃料的消耗量。目前，水泥生料配料控制方法主要有两种，钙铁控制和率值控制。钙铁控制是我国水泥厂正在普遍采用的生料控制方法，而率值控制已在国外普遍采用，我国只有在少量新型干法线上使用。

所谓钙铁控制，通常是通过测定出磨生料中的CaO（或T-CaCO₃）、Fe₂O₃以及烧失量（或含煤量）数据，然后根据喂料工的经验判断出新的石灰石、粘土、铁粉、煤、萤石、石膏等的喂料比例，再将此比例输入到配料微机中，实现生料配比的控制。

之所以采用钙铁控制，主要是由于在科技比较落后的条件下，生料中的CaO（或T-CaCO₃）、Fe₂O₃含量的测……SiO₂和Al₂O₃的含量，因此，也不知道SiO₂和Al₂O₃含量何时会发生变化，更谈不上及时调整钙铁控制指标。因此，即使出磨生料的CaO和Fe₂O₃含量合格，由于SiO₂和Al₂O₃含量波动，也会造成出磨生料率值的不合格。在实际生产中，许多采用钙铁控制的水泥生料，虽然出磨生料CaO和Fe₂O₃滴定值合格率很高，但其每天出磨生料平均样的率值却波动很大，主要就是这个原因所致。

此外，由于生料CaO和Fe₂O₃指标与水泥熟料的质量没有直接的关系，而生料率值则可决定生料的易烧性和熟料的质量，因此，直接控制出磨生料……

……了生料微机喂料设备。因此，欲实现生料配料率值控制，必须开发出可与现有所有类型的微机喂料设备相兼容，适应我国国情的计算机控制软件和设备，以满足我国众多水泥厂的不同要求。

生料配料率值控制系统是在现有的微机喂料基础上，外加一个上微机控制系统，通过键盘口与现有的喂料微机对接。其基本原理是通过取样，快速分析出磨生料中的SiO₂、Al₂O₃、Fe₂O₃、CaO和含煤量（或烧失量）几个数据，计算出生料率值，然后与给定的三个率值和含煤量控制指标相比较，形成误差项，率值控制计算机程序根据这些误差项计算每种原料的变化，再返回到喂料微机中修正生料配比，以达到出磨生料率值的稳定和合格。采用生料率值……

图9.42　《亿胜科技报》创刊号

图9.43　《亿胜科技报》和《水泥答疑》

为水泥企业提供技术支持。

《亿胜科技报》是2001年2月6日创刊，每季度1期，由我编写文章并编排，然后交给印刷厂印刷后，免费邮寄给水泥厂。除了介绍本研究室的研究成果外，其余全部为解答水泥厂常见的疑难问题。

我国水泥类期刊不下10种，多以论文、政策、行业信息为主，尚无针对水泥生产及应用问题作具体分析并提供解决方案的期刊。为此，我决定从2007年6月开始编印内部水泥技术交流资料《水泥答疑》，面向全国免费赠送给水泥企业及设计院所的工艺技术、生产管理等人员。根据水泥企业反映的实际问题，集中解答并汇编成册，具有很强的专业性、实用性，深受厂家

中国建材报

如何生产适应固化土壤用的缓凝水泥

林教授水泥答疑(21)

固化土壤用的水泥通常要求水泥的终凝时间必须大于6小时，但绝大多数水泥厂都达不到该指标。要生产终凝时间大于6小时的普通硅酸盐缓凝水泥可以从以下几个方面着手。

(1)采用磷石膏作缓凝剂并适当增加掺量

磷石膏中P_2O_5对水泥有较强烈的缓凝效果，当P_2O_5总量(可溶性加上非可溶性)大于1.5%时，对水泥凝结时间有显著的推迟作用。磷石膏与正常生产用的二水石膏的缓凝效果对比试验结果列于表1。从表1可以看出，磷石膏对水泥的缓凝作用强于二水石膏。

在熟料、矿渣掺量基本相同的情况下，分别加入不同量的磷石膏，水泥的凝结时间见表2所示。从表2可知，水泥的凝结时间随磷石膏加入量的增多而延长。因此，在生产中应适当增加磷石膏的掺量。

表1　磷石膏与二水石膏的缓凝效果对比

石膏类型	石膏掺量(%)	矿渣掺量(%)	比表面积(m^2/kg)	SO_3(%)	凝结时间(h:min)	
					初凝	终凝
二水石膏	5.0	13	310	2.5	2:30	3:55
磷石膏	5.0	13	325	2.8	5:55	9:15

表2　磷石膏掺量对水泥凝结时间的影响

水泥配比(%)			比表面积(m^2/kg)	SO_3(%)	凝结时间(h:min)	
磷石膏	熟料	矿渣			初凝	终凝
3.0	84.0	13	310	1.65	4:01	5:48
4.5	82.5	13	302	2.33	5:20	8:45
6.0	81.0	13	305	3.02	8:14	10:30

(2)提高混合材掺量

众所周知，水泥的凝结时间与混合材掺量有很大关系。通常，混合材掺量提高，水泥的凝结时间延长，但随着水泥中混合材掺量的提高，水泥强度会逐渐下降。因此，应选择合适的混合材掺量，在保证水泥强度满足要求的条件下，适当增加混合材掺量，以此延长水泥的凝结时间。

(3)控制水泥细度

水泥的细度对水泥的凝结时间有较大的影响。在水泥的混……的延长。

表3　水泥比表面积对凝结时间及强度的影响

比表面积(m^2/kg)	凝结时间(h:min)		抗折强度(MPa)		抗压强度(MPa)	
	初凝	终凝	3d	28d	3d	28d
289	11:17	13:05	4.17	7.32	14.5	35.2
314	10:45	11:55	5.38	8.05	17.5	38.8
338	9:05	10:30	6.02	8.28	23.2	41.5
365	5:50	7:45	6.85	8.96	26.7	46.9

(4)掺入适量缓凝剂

如果依靠增加磷石膏和混合材掺量，再辅以将水泥细度放粗的措施也不能达到用户对凝结时间的特殊要求时，可考虑在水泥中掺入适量缓凝剂。缓凝剂种类很多，有木质素磺酸盐类、糖类、有机酸类和无机化合物类……

图9.44　《中国建材报》“林教授水泥答疑”

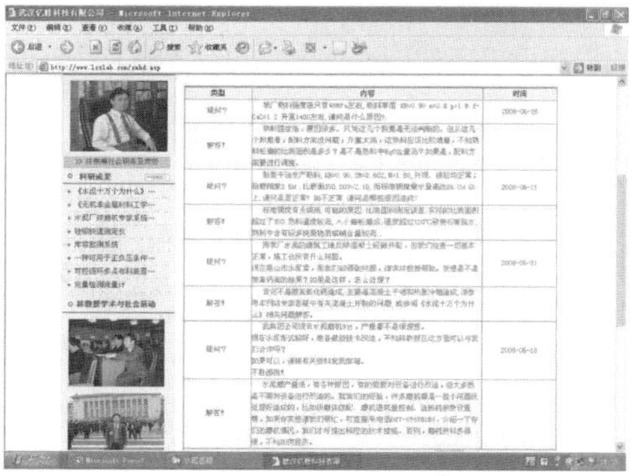

图9.45　在线回答水泥生产厂家的技术问题

的欢迎。每季度一期，开始为纸质印刷版，从 2013 年 7 月起改为电子版。

从 2008 年 1 月起，我应《中国建材报》的邀请，在《中国建材报》开辟了“林教授水泥答疑”专栏，每周一篇，一直坚持了近 5 年时间，共发表了 214 篇小文章，解答了水泥生产过程中的各种技术问题，为水泥行业提供了技术支持，深受广大水泥生产厂家的欢迎，许多水泥厂的老板都将我编写的疑难问题解答剪辑收藏。

2014 年 6 月，我建立了一个网站，开始在网上回答水泥生产厂家的技术问题，也取得了一定的效果。2003 年 5 月，我的公司大楼建成投入使用，有学术报告厅、会议室、办公室、食堂、宿舍、洗澡间、篮球场，各种设施应有尽有。为了推动生料配料控制方法的革命，我就利用这些设施举办过几次高级水泥工艺师培训班。

图 9.46　第一期高级水泥工艺师培训班留影

2003 年 9 月 1 日，第一期高级水泥工艺师培训班开学，时间是 7 周，共 49 天。开有四门课：“水泥工艺原理”“计算机应用”“水泥厂疑难问题讲座”和“水泥生产新技术讲座”。“水泥工艺原理”课由万惠文教授主讲，“计算机应用”课由刘金军主讲，其余两门课由我来主讲。这一期培训班时间长，我倾注了大量的心血，学员来自全国各地，他们学到了很多东西，回厂后都成了技术骨干。

为了照顾许多技术人员因为工作繁忙，不能脱产学习的困难，我们举办了函授班，第一期函授班于 2003 年 9 月 20 日开学，主要通过电话、书信、集中面授等方式进行学习，以自学为主。每期函授时间 6 个月，每个月有集中面授时间 2 次，每次面授时间 2 天，学员可自由选择时间参加，但学员在 6 个月的学习期间必须至少参加 1 次集中面授。

2003 年 11 月 14 日，第二期高级水泥工艺师培训班开学。由于第一期培训班时间太长，对我的工作影响很大，所以第二期培训班就把时间缩短到了 2 周。

2006 年 10 月 23 日，为了促进新型干法水泥技术的发展，还专门举办了一期新型干法水泥工艺师培训班，时间是 2 周，开有 4 门课："新型干法窑原理及疑难问题讲座""新型干法窑操作""粉磨技术讲座"和"水泥质量异常现象处理讲座"。

正当我们红红火火地举办水泥工艺师培训班时，原国家建材局分管职工培训的机构，居然给我们学校来了一封函，要求我中止举办培训班。当时，校长助理陈文教授将这封函交给我，对这个无理的要求，他没表明态度，由我自己处理。我考虑到办培训班投入精力太多，也就不再办了。

通过全国各地巡回讲座、举办高级水泥工艺师培训班和函授班等活动，《水泥生料配料率值控制系统》慢慢打开了市场，但又出现了新的问题。

第一个急需解决的是二氧化硅和氧化铝快速测定的问题。

当时，许多立窑水泥厂都没有多元素分析仪，没有办法在 20 分钟内把生料中的二氧化硅和氧化铝含量快速测定出来，他们只会用化学法把氧化钙和氧化铁含量快速测定出来。为此，我们做了很多工作，首先想到的是化学法，用氟硅酸钾化学法快速分析二氧化硅含量，氧化铝也可以用化学法快速测定。这些化学法是现成的分析方法，不是我们的发明，但很多水泥厂化验室的分

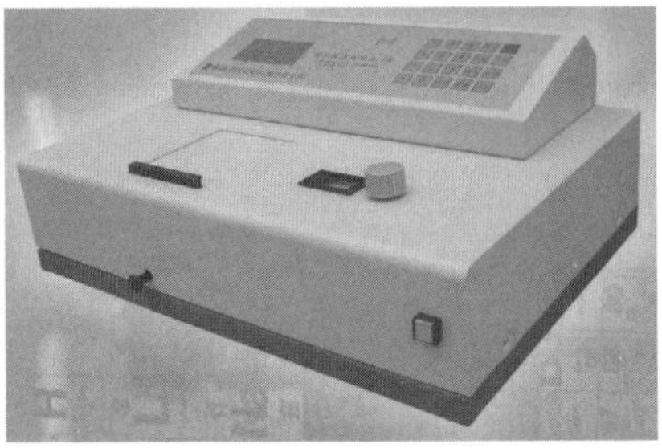

图 9.47 SA- Ⅰ型硅铝快速测定仪

析工没掌握。我们就派出技术员到厂家手把手教他们。我们公司有个员工，叫欧小弟，是正规学分析化学的本科生，原来在一家水泥厂化验室工作，后加盟到我的公司，在化学分析、实验操作方面做出了很大的贡献。

但是，水泥厂员工的素质相差很大，有的厂素质高，就分析得很准，而有的厂人员素质低，分析误差就比较大，因而影响到了出磨生料率值的合格率。怎么办呢？于是，我就想开发一种廉价、操作简单的硅铝测定仪，以解决人员素质差的问题。我根据钢铁行业经常用分光光度计测定钢铁中的二氧化硅含量，就提出用分光光度法测定水泥生料中的二氧化硅和氧化铝含量。经过大量试验，证明这种方法可行。为了使仪器便于操作，我们把一些复杂的计算过程等都固化在了仪器之中，研发出了一种专门用于测定水泥厂二氧化硅和氧化铝含量的仪器，称为硅铝快速测定仪。

随着《水泥生料配料率值控制系统》的推广，应用厂家越来越多，后来发现生料中氧化铝含量与其他三个氧化物含量有一定关系，可以用回归公式计算出其含量，误差在允许的范围以内。于是，我又在《水泥生料配料率值控制系统》中加入了氧化铝含量回归计算程序，也就不再测定出磨生料中的氧化铝含量了。

随着水泥厂经济实力的不断壮大和技术的不断进步，有能力购买多元素荧光分析仪的厂家也越来越多。当时，国产的钙铁分析仪已经成熟并迅速普及开来，国产的多元素分析仪虽然精度暂时还达不到要求，但进口的多元素分析仪已开始被水泥厂所接受。二氧化硅和氧化铝快速分析的问题，也慢慢被彻底解决了。

但紧接着问题又出来了，就是信息通信的问题。我们《水泥生料配料率值控制系统》把新的生料配比计算出来后，还必须派人或者打电话告诉生料车间，生料车间的喂料工再把数据输入到配料微机中。

能不能让《水泥生料配料率值控制系统》的数据直接输入到配料微机中去呢？这是实现生产自动化的基本要求。

由于当时水泥厂的配料微机型号特别多，每家设备都不一样，但有一个共同的东西，就是都有键盘，而且键盘都是标准的。实际上键盘中每个键的代码是一定的，于是，我们就设计了一个模拟键盘转换器，将讯号转变成键盘的代码从键盘口输入到配料微机中，从而实现了《水泥生料配料率值控制系统》与任何微机喂料秤的连接问题。

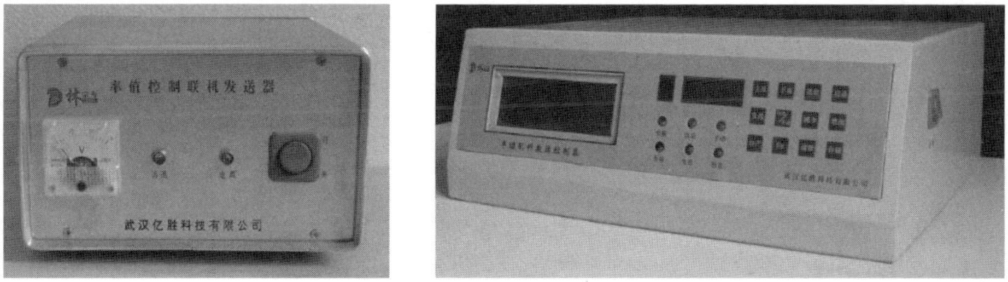

图 9.48　《水泥生料配料率值控制系统》的联机数据发送器和接收器

当《水泥生料配料率值控制系统》得到了一个生料新配比后，就自动传送给数据发送器，由数据发送器将此生料新配比发往生料车间。位于生料车间的数据接收器收到数据后，将通过生料喂料微机的键盘口自动输入到生料喂料微机中并自动更改生料配比，从而实现生料率值的自动控制。

随着生料配料率值控制技术的推广，很快发现取样对出磨生料率值的合格率有很大的影响。取样是否有代表性，关系到质量控制的成败，与熟料质量、窑的产量以及水泥的质量息息相关，直接影响到水泥厂的经济效益。取样器虽小，但如果取样不具代表性，再好的检验设备、再好的检验方法也不能正确反映水泥生产中的实际情况，必将给水泥生产带来无法估量的损失。

此外，在水泥生产过程中，物料从配料、输送、粉磨到出磨取样，需要一定的时间，也就是说有一定的滞后时间。按水泥生产工艺要求，取样不光要具有代表性，更重要的是能够准确地取到某个配比的样。例如，8 时下的配比生料，8 时 30 分出磨，为了能够了解该配比是否准确，需要定时取样。也就是说取样时间有特殊要求，不能提前也不能推迟，到时必须能自动启动，取样一定时间后又能自动关闭。否则，就不能正确反映该生料配比的实际情况，操作工人也就无法作出正确的判断，下达正确的配比，从而影响出磨生料的合格率。

为此，我们设计了螺旋式智能粉料取样器，可自动定时、定量取样，具有防堵塞设计，出料稳定均匀，取样代表性强，可方便地调整取样运转时间和取样间隔时间，设备安装方便，经久耐用，价格低廉，用于出磨生料取样，显著地提高了出磨生料的合格率。

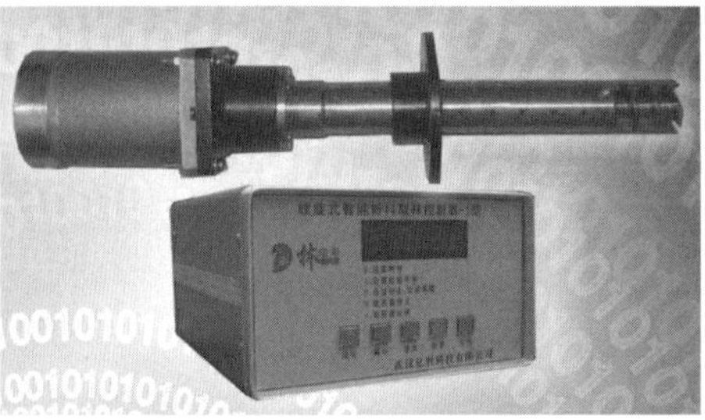

图 9.49　可控粉料螺旋取样器

当时，有些立窑水泥厂，原材料成分波动特别大，这样就不可避免地引起出磨生料成分的波动，虽然采用生料配料率值控制系统后，我们可以确保出磨生料率值班平均值合格，但很难保证出磨生料小时合格率合格。怎么办呢？立窑水泥厂都有许多生料库，我们就在每个生料库上开两个或四个下料口，每个下料口下面有一个自动闸门，统一由一个多点循环下料控制器控制下料。下料时按预先设计好的程序，每个下料口依次轮流下料，从而使得不同时间生产的生料有机会下到同一库的同一平面上。然后几个生料库同时出料，就使得不同时间生产出来的生料混合在一起，起到均化作用。

实际生产中，在某个时刻附近出来的生料成分往往相差不多，不同时间出来的生料成分往往相差较大。利用多点循环下料均化库就可以使不同时间的物料混合在一起，轻易地起到均化效果。采用了这项技术后，不增加均化用动力，不增加土建，不改变原有的工艺，只需在现有的生料圆库的上面开

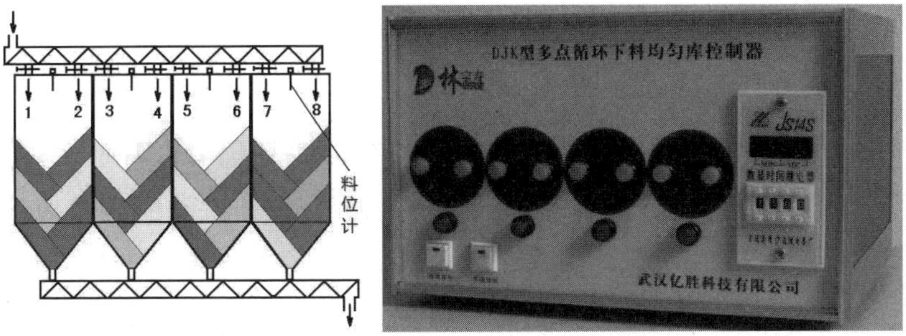

图 9.50　多点循环下料均化库及控制器

几个洞，增加几个闸门和一个控制器，就使许多水泥厂的生料得到了明显的均化，使生料成分更加稳定。

进入 21 世纪以后，我国新型干法窑水泥厂得到了快速发展，立窑水泥厂开始慢慢地被淘汰，我们的服务重点也开始转向新型干法窑水泥厂，最早应用我们《水泥生料配料率值控制系统》的新型干法窑水泥厂是华新水泥股份有限公司。

位于黄石石料山的华新水泥股份有限公司 4 号窑（日产 2 500 吨）和 5 号窑（日产 5 000 吨）是现代化水泥生产线，单个厂的生产能力当时位居全国首位。原先这两台窑的生料质量控制系统均为国外引进，其中 5 号窑采用的还是最先进的 γ 射线源生料在线质量控制系统，价格相当昂贵，好几百万元一套。这两套系统经过一段时间运行后，总是出现这样或那样的问题。为此，该公司从 2001 年 10 月起，试用我们的《水泥生料配料率值控制系统》，经两个月的试运行，效果非常理想，出磨生料率值合格率大大高于国外进口产品，班率值平均值合格率接近 100%，达到了非常好的效果，于是决定停用国外产品，转而采用我们的产品。从此以后华新水泥股份有限公司只要新建水泥厂，都无一例外地选用了我们的《水泥生料配料率值控制系统》。

台湾水泥企业对设备的要求是非常高的。2008 年 12 月，台湾花莲亚洲水泥有限公司和台湾新竹亚洲水泥有限公司，采用了我们的《水泥生料配料率值控制系统》。这两个厂的所有设备都是从日本引进的，我们这个系统是唯一一个从大陆来的产品。当时，我们还没办法接受台湾来的汇款，为了做成这笔生意，只好请武汉东方马城的一家香港公司帮忙，把美元汇到香港，然后武汉东方马城给我们人民币。设备安装完毕后，很快就达到了合同规定的指标，他们感到很满意，台湾亚洲水泥有限公司在大陆的几家亚东水泥厂全部都使用了我们的《水泥生料配料率值控制系统》。

2007年8月，湖南有一家新型干法窑水泥厂，刚投产就碰到严重的问题，窑无法正常煅烧。他们请我去看看，我发现主要是由于他们厂原料太潮湿，经常发生堵料，因此生料成分波动非常大，窑无法正常煅烧，水泥质量受到了很大的影响。怎么解决堵料的问题呢？当然，可以从工艺设备上解决，但投资会很大，我们能不能从软件上解决呢？

我回来后，终于想出了解决的方法：一种原料通常有两台（或以上）的喂料秤，当某台喂料秤发生堵塞，下料不畅时，我们就将另一台喂料秤的流量提高，以补足这种原料的配比，同时发出警报；如果两台秤都发生堵料，下料不畅，但并没有完全堵死，只是流量减少，那我们就把其他几种原料的流量全部按比例下降，以保证生料的配比不变，同时发出警报；如果，堵料时间不长，当喂料秤恢复正常后，我们就快速地将少下的物料补上，以确保生料配比的正确；如果，堵料时间达到一定限度，就命令所有的喂料秤都停止喂料，报警等待处理，以确保生料配比的正确。

防堵料的《水泥生料配料率值控制系统》编制成功后，湖南这家水泥厂的出磨生料率值一下子就稳定了，窑煅烧正常了，水泥质量大幅度提高了。

2010年，云南白鹤滩水电站开工建设。白鹤滩水电站是金沙江下游干流河段梯级开发的第二个梯级电站,是仅次于三峡水电站的中国第二大水电站。拦河坝为混凝土双曲拱坝，高289米，坝顶高程834米，顶宽13米，最大底宽72米。大坝所用的水泥由华新水泥昭通有限公司提供，为了防止大坝开裂，严格要求水泥熟料中的氧化镁含量控制在4.0%。为此，我们又一次对《水泥生料配料率值控制系统》软件进行了升级，加入了一个新的控制指标氧化镁含量，同时增加了一种白云石作为原料，用来调节生料中的氧化镁含量。投产后，熟料中的氧化镁含量被精确地控制在了 4.0% 附近，达到了指标要求。

水泥生料中的氧化镁，对立窑水泥厂影响不大，甚至还有助熔矿化作用，促进熟料的煅烧。可对新型干法窑而言，氧化镁却是一个有害的氧化物，含量高时，会使回转窑结圈、结蛋，给窑的煅烧带来很大的影响。如果，由于原料的限制无法降低氧化镁含量时，我们通常的对策是减少氧化铁的含量。相反，氧化镁含量低时，就增加氧化铁的含量。但有些水泥厂氧化镁含量不稳定，有时高，有时低，由于现有生料率值公式中没考虑氧化镁含量这个因素，因此出磨生料就无法自动调节氧化镁和氧化铁含量之间的关系，就会给水泥生产带来非常严重的影响。为此，我大胆地对率值公式进行了修改，在硅率和铝率的计算公式中增加了氧化镁含量的因素，并对《水泥生料配料率值控制系统》软件进行了升级，从而有效解决了氧化镁含量波动的问题。

随着能源价格的上涨，进厂煤的质量也产生了很大的波动，煤灰含量大小经常变化，使熟料率值与生料率值之间的差值变得不稳定。我们知道，熟料率值与生料率值有个差值，与煤灰含量有关，煤灰含量越高，差值就越大。真正影响窑煅烧和水泥熟料质量的是熟料率值，之所以要控制生料率值，根本目的是要控制熟料率值。如果煤灰含量发生了变化，我们就应该及时修正生料的率值指标，以使熟料率值稳定。如何修正？通常都是化验室主任根据经验确定，因此常常要修正几次，才能达到比较理想的数据。如果，煤灰频繁变化，人工修正就没办法进行了，怎么办呢？为此，我又一次对《水泥生料配料率值控制系统》进行了升级，增加了熟料率值与生料率值之间误差的校正程序。

经过 20 多年来的艰苦努力，生料配料钙铁控制在中国已完全被淘汰，成为了历史，生料配料率值控制已完全被大家所接受。我的《水泥生料配料率值控制系统》已变得十分完善，功能越来越强大。目前，已在越南、埃及、吉尔吉斯斯坦、柬埔寨、蒙古、卢旺达、也门、哈萨克斯坦、厄立特里亚以及我国台湾等国内外 1 000 多家水泥厂推广应用，创造出了巨大的社会和经济效益。许多厂家采用《水泥生料配料率值控制系统》后，由于生料成分得到了根本的控制，熟料强度和窑的台时产量显著提高，特别是熟料游离氧化钙含量显著降低，熟料安定性得到了大幅度的改善。一些原来出磨水泥安定性经常不合格的厂家，采用该技术后，出磨水泥安定性合格率就基本上达到了 100%，取得了显著的效果。而且生产控制更加简单方便，再也不用为每天校正钙铁控制指标而费神,同时也大大减轻了生料车间配料工的劳动强度，只要设备正常运转，所有的配料调整均自动进行，不用人工干涉，也不用当心配料秤的零点飘移，彻底避免了人为因素对生料配料的干扰。有些厂家为了表示感谢，还给我们送来了锦旗。

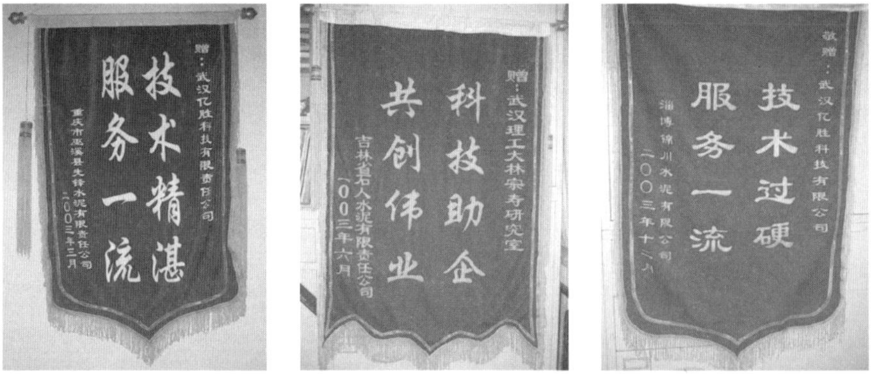

图 9.51　部分水泥厂赠送的锦旗

9.5　高性能少熟料水泥

2005 年 1 月 18 日，我公司与河南省林州市红旗水泥厂破产清算组，签订了购买河南省林州市红旗水泥厂全部资产的合同，2005 年 5 月我们进驻水泥厂，新建了两台 Φ2.6 米 ×13 米的矿渣磨，使用矿渣活化技术开始生产。可不幸，此时当地的水泥市场行情急剧变化，价格下降，出厂水泥每吨只卖 160 元左右，尽管采用了新技术，但也没办法实现盈利。于是，我就萌发了进一步降低水泥生产成本的想法。

如何进一步降低水泥的生产成本呢？水泥厂最便宜的原料是石灰石，而且易磨性也好，就想用石灰石取代部分矿渣和熟料来生产水泥。

2006 年 11 月左右，我拟了一个试验方案，交给我公司的员工欧小弟，由他负责进行试验，目的是想研发一种特别廉价的水泥。经过近一年时间的试探性试验，发现用石灰石、石膏、矿渣和钢渣几种原料，可以配制出一种水泥，我们称之为石灰石矿渣水泥，这种水泥可不用熟料或者用很少的熟料，成本自然很低。

2007 年 11 月，我的硕士研究生武秋月接过这个课题，继续进行研究，完善了这种水泥的配比，所得水泥的各项性能指标均符合 GB/T3183-2003《砌筑水泥》的国家标准。

图 9.52　*石灰石矿渣水泥施工试验*

2008 年 10 月 13 日，我们在实验室用小磨，按石灰石 60%、石膏 8%、矿渣 22%、钢渣 10% 的配比，粉磨了几十公斤的水泥试样，然后在我公司的园区内，按 1 : 2 砂浆配比进行实际粉墙施工实验，以检验这种水泥的可施工性能。实际施工情况表明，这种水泥的施工性能比一般水泥要好，不用加砂浆王等外加剂就可以得到很好的施工性能。

2008 年 6 月 22 日，我们申请了武汉市科技攻关计划项目，2009 年 1 月项目立项，并获得 15 万元的经费支持。2008 年 10 月 4 日，申请了发明专利，

2010 年 2 月 24 日获得了发明专利权。2009 年 11 月 17 日，通过了武汉市科技局组织的专家鉴定。

华新水泥（武汉）有限公司的水泥产品受到武汉周边许多小水泥厂的竞争，就想生产一种廉价的水泥品种，以便在价格上取胜。于是 2008 年 12 月 18 日，我们就与华新水泥技术管理（武汉）有限公司签订了新型砌筑水泥生产技术许可使用合同。我们保证生产出的新型砌筑水泥的物理力学性能符合 GB/T3183-2003《砌筑水泥》的国家标准。

2009 年 4 月，石灰石矿渣水泥投产后，经化验室严格检验，所有性能指标全部符合 GB/T3183-2003《砌筑水泥》的国家标准。

2009 年 4 月 12 日，用该厂生产的 22.5 等级的砌筑水泥与武汉市场上购买的水泥，进行了砌砖、粉墙等施工对比试验。试验过程没发现什么问题，施工效果也很好，于是，产品就开始投放武汉市场了。

这种水泥销售了几个月后，大部分用户都反映很好，但有少数几家用户反映水泥粉墙后容易掉粉，我一听说就马上到现场进行调查。很快发现，出现掉粉的用户，普遍有个特点，就是墙底在施工前没有很好地施水，有的根本就没有施水。施工结束后，也没有进行淋水养护。我们当初在施工试验时，是严格按施工规范进行的，所以没有发现问题。可这些用户说，他们历来都是这样施工的，别人的水泥就没发生这种现象，我马上意识到 GB/T3183-2003《砌筑水泥》的国家标准存在缺陷，我们这种水泥也存在缺陷。

为什么会出现这种现象呢？我从水泥化学角度，很快就找到了原因。因为这种水泥的主要活性组分是矿渣，水泥加水后，矿渣部分水解放出钙离子，使溶液变成碱性，矿渣在这种碱性溶液中水解并进一步反应成各种水化产物。也就是说，矿渣的水化反应主要是以溶解沉淀的方式进行的，水化反应过程中必须要有充足的水，否则水化就被终止了。而一般水泥的水化机理是既有溶解沉淀反应，也有就地反应，也就是说普通水泥的水化是可以吸收水分就地反应成水化产物的，所以对水分的要求没有那么严格。

图 9.53　华新水泥（武汉）有限公司石灰石矿渣水泥试生产

查明原因后，我建议马上停止生产，重新开展水泥配比的研究，克服了这个问题后再恢复生产。

要解决水泥粉墙后掉粉的问题，可不是一件容易的事。所有水泥产品的国家标准都没有掉粉的性能指标，更没有具体的实验方法。要想寻找最佳的不掉粉的水泥配料方案，起码得有一个可对比的指标呀，然后按照这个指标的大小进行对比实验，才能找到最佳的配料方案啊。

怎么办？开发一种新的实验方法也不是一时半会儿的事，但生产不能老停着，得尽快找到合适配比呀。只好采用最原始的办法，在华新水泥（武汉）有限公司化验室的后面找了一块空地，化验室主任曹庆隆买来了几立方米的泡沫粉煤灰砌块，砌了一堵墙用于粉刷水泥试验。在公司领导卢九松和曹中海的大力支持下，我与华新水泥（武汉）有限公司的肖汉英和曹庆隆三人进行了试验研究。

2009 年 7 月，那段时间气温经常在 37℃以上，泡沫粉煤灰砌块砌成的墙面非常容易吸水，在墙面没有预先施水的情况下，我们将各种配比的水泥砂浆直接粉刷在泡沫粉煤灰砌块墙上。在严重缺水的条件下，观察水泥砂浆的硬化情况，看有没有掉粉，然后用木筷子刮水泥砂浆的表面，根据掉粉情况人工打分，掉粉越少的分数越高，掉粉越多的分数越低。

在这种试验方法下，如何快速找到最佳的配比方案呢？一次我跟华新水泥（武汉）有限公司的一帮人去武钢钢渣选铁厂考察钢渣，在一堆已经破碎好的粒状钢渣堆上，我用手去拿一块钢渣，不料这块钢渣被牢牢黏结住了，与其它钢渣颗粒黏结在一起，需要用劲才能掰下来。这显然是雨水让钢渣颗粒发生了反应，产生了水化产物，从而黏结在一起了。钢渣堆表面的钢渣颗粒，保留不住多少水分，它能够产生黏结，说明钢渣的水化是不需要太多的水分的。我受到了启发，应该大幅度提高钢渣的掺量，相应降低石灰石的掺量。于是，我大幅度调整了水泥的配比范围，很快就找到了一种可有效避免掉粉的水泥配比，我把它称为“钢渣基无熟料免煅烧水泥”，其主要组分为钢渣，其次是矿渣和石灰石，少量石膏和熟料。

正当我们调整了粉磨工艺，改变了磨机内部隔仓板和研磨体级配，万事俱备，准备生产“钢渣基无熟料免煅烧水泥”这种砌筑水泥时，水泥厂突然被当地的环保部门给强制关停了。

原来，华新水泥（武汉）有限公司地处武汉市青山区青山镇鸡鸣村的长江边上，刚建厂时这个地方还是相当偏僻的，可是武汉市发展很快，没几年就在水泥厂的边上，架设了青山到汉口的天兴洲长江大桥。水泥厂这个位置就变成了天兴洲长江大桥的桥头了，发展的前景非常好，周边的房地产蓬勃发展，很快就把水泥厂给包围了。周边的老百姓（不排除房地产商在背后策划）以水泥厂污染大为名，把水泥厂的大门给堵住了，有人还写信给时任总理温家宝，温总理作了批示，于是武汉市环保部门就把水泥厂给关停了。

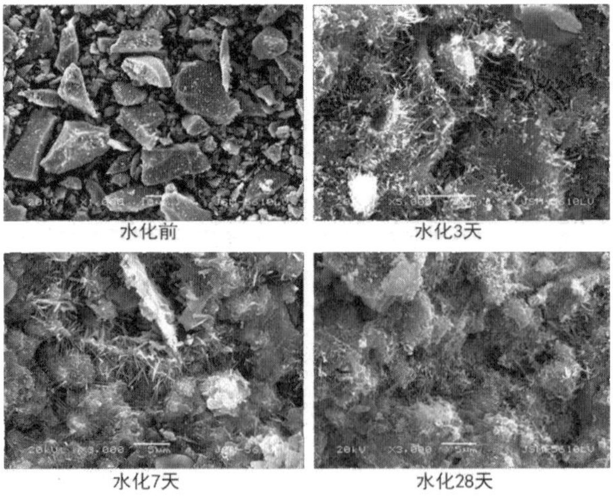

图 9.54　水泥水化不同时间后的电子显微镜照片

华新水泥（武汉）有限公司被关停后，我就开始寻找其他厂家生产这种水泥。但许多厂家认为砌筑水泥市场有限，而且往往被认为是低品质水泥，都想生产 32.5 或以上等级的水泥，这促使我进一步思考,如何生产熟料掺量少但性能又好的高性能少熟料水泥。

我认真总结了 20 多年来，在全国各地推广矿渣活化技术的经验，再结合水泥及混凝土的理论知识，一种新的理论——“优化粉磨”理论逐渐形成。

如图 9.54 所示，将水泥加水搅拌后，水化到一定时间，然后用电子显微镜观察，就可发现：水泥加水前是由不同粒径的颗粒组成，颗粒之间存在着许多孔隙。加水后，水泥就开始水化，孔隙中慢慢产生了许多水化产物，孔隙率逐渐降低，水泥石越来越致密。但是，不难发现水泥的水化产物是围绕着水泥颗粒生长的，即使水化 28 天，也可以观察到水泥颗粒的轮廓。所以，水泥与混凝土一样，也应该有最紧密堆积问题，水泥水化之前孔隙率越低，水化以后的致密度也应该越高，应该越有利于水泥强度的提高。

为了降低水泥水化之前的孔隙率，水泥应具有合理的颗粒级配，形成最紧密堆积。但是，水泥组分中，有的可以完全水化，有的只能部分水化，有的几乎不水化。因此，我们在粉磨水泥的时候，对于不水化的组分应该磨粗一些，颗粒直径应大些，让它主要起骨架作用。有胶凝性，可以完全水化的组分，就应该磨细一些，让它充分发挥作用。所以，水泥中大颗粒应为石灰石和石膏，小颗粒应为矿渣和熟料，如图 9.55 所示。

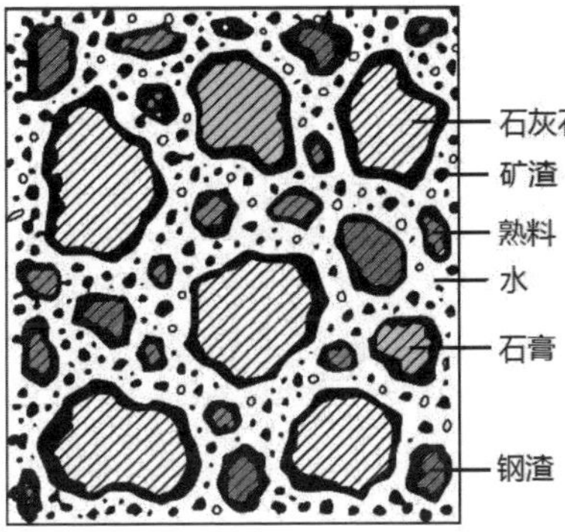

图 9.55　水泥最紧密堆积模型

由此，就不难得出“优化粉磨”理论了，所谓“优化粉磨”就是根据水泥原料的特性，采取各组分单独及部分混合粉磨的措施，控制水泥各组分的粒径范围，在满足水泥颗粒级配，能形成最紧密堆积的基础上，又能充分发挥水泥各组分活性的粉磨技术。

分别粉磨虽可在一定程度上满足这种要求，但熟料微粉量少，水泥早期强度低。可以将一部分熟料与矿渣一起混合粉磨，另一部分熟料单独粉磨，然后与单独粉磨的钢渣粉、石膏粉、石灰石粉等混合配制成水泥。由于矿渣的助磨作用，使一小部分熟料磨得很细，优化了矿渣水泥的颗粒级配，从而促进了水泥的水化，提高了矿渣水泥的早期强度。

2009 年 9 月开始，我根据“优化粉磨”的基本原理，制订了详细的试验方案，由公司员工李大志负责具体试验，经反复试验，终于研发成功了高性能少熟料水泥。生产 32.5 等级水泥，熟料掺量从 45% 降到了 15% 左右；生产 42.5 等级水泥，熟料掺量从 80% 降到了 25% 左右；生产 52.5 等级水泥，熟料掺量从 90% 降到了 35% 左右。

2010 年 2 月 20 日，我们取来昆明钢铁公司的矿渣、钢渣等原料，进行高性能少熟料水泥试验。试验取得了成功，熟料掺量只需 15%，即可生产 32.5 等级的水泥。由于熟料掺量太少，远远低于 GB175-2007《通用硅酸盐水泥》国家标准规定的下限值，因此，不能称为通用硅酸盐水泥。而 GB13590-2006《钢渣硅酸盐水泥》国家标准中，没有规定熟料的掺量，所以我们就按这个标准进行生产。

2010 年 3 月 24 日，我们与云南昆钢水泥建材集团有限公司签订了钢渣硅酸盐水泥生产技术服务合同。合同指标要求生产 32.5 等级水泥，熟料掺量不超过 20%，钢渣掺入量不低于 30%。但他们还是半信半疑，为了确保万无一失，2010 年 4 月 26 日，昆钢水泥建材集团有限公司派人到我们学校进行验证试验，他们自己带来原料，从原料粉磨到水泥配料再到强度试验，全部由他们派来的技术员亲自操作，最后还带走了水泥样品，交给云南省水泥质检站检验，最终证实所有性能指标都达到了合同要求的指标，并符合 GB13590-2006《钢渣硅酸盐水泥》的国家标准。

随后，云南昆钢水泥建材集团有限公司开始兴建年产 100 万吨的水泥粉磨站，2013 年 3 月 11 日，水泥厂建成开始投产时，我发现所用的矿渣与原先试验时的矿渣不一样。原来，昆明钢铁公司一直采用澳大利亚的铁矿石，到 2012 年前后就开始改用国产的铁矿石了，矿渣的成分发生了很大的变化，矿渣活性大幅度降低。由于高性能少熟料水泥对矿渣活性的要求很高，在生产这种水泥之前，我们都是要严格检验矿渣活性的。矿渣活性变差，水泥中的熟料掺量就要高于 20% 了，也就是说我们达不到合同规定的指标了。

当时，我已经成功研发了一种专用于矿山充填的新型矿山充填胶结剂（2013 年 7 月提出专利申请 ,2016 年 1 月获得了发明专利授权）。熟料掺量在 10% 左右，石膏掺量在 15% 左右，主要组分是矿渣，但对矿渣的活性要求不高。可适用于各种矿山尾矿砂的固化胶结，具有强度高、胶结剂用量少等特点，其胶结效果超过普通 42.5 水泥。刚好那时候，昆钢大红山铁矿用尾矿砂充填矿井，需要胶结剂，由于他们的尾矿砂特别细，用了好几种胶结剂都不理想，正在对外招标。

2013 年 5 月 29 日，昆钢水泥建材集团有限公司在我的指导下，生产了一批矿山充填胶结剂，拿去应标。2013 年 6 月 1 日，昆钢大红山铁矿开始进行填井试验，同时用 42.5 普通水泥进行对比。结果显示，我们生产的矿山充填胶结剂比 42.5 普通水泥效果好，最后大红山铁矿采用了我们的矿山充填胶结剂。

图 9.56　大红山铁矿尾矿砂浓缩库和搅拌楼

两年后的 2015 年 4 月，我们与云南昆钢水泥建材集团有限公司达成了协议，允许他们在云南地区免费长期使用矿山充填胶结剂技术，并不再收取他们的技术使用费。2010 年 3 月 24 日签订的钢渣硅酸盐水泥生产技术服务合同终止履行，双方同意自本协议签订生效之日起尚未履行的义务不再履行，因合同所产生的责任和后果互不追究。相当于，由于矿渣原料的变化造成达不到合同规定的指标，我们用矿山充填胶结剂技术进行了补偿，我们已经收取的 100 万元技术费不再退还，他们剩余尚未付清的 100 万元技术费也不再付了，双方各不相欠，高性能少熟料水泥技术又一次遭受了打击。

虽然，高性能少熟料水泥技术出师不利，接连两次遭受打击，但 2010 年 3 月 24 日，我们又与云南宜良县蓬莱水泥有限公司签订了合同，生产 32.5 等级的钢渣硅酸盐水泥。合同金额同样为 200 万元，预付 100 万元。

蓬莱水泥有限公司原来是一家立窑水泥厂，采用我们的技术后，就炸掉了立窑，扩建了 2 台 Φ3.2 米 ×13 米的开路磨，用于粉磨矿渣熟料粉。把原来的一台 Φ2.6 米 ×13 米的开路水泥磨改为粉磨钢渣粉。原来粉磨生料的一台 Φ1.83 米 ×6.5 米闭路磨改为粉磨石灰石石膏粉。由于熟料掺量只有 15%

矿渣烘干

钢渣破碎

矿渣熟料粉磨

水泥配料

图 9.57　蓬莱水泥厂主要生产设备

左右，所以直接与矿渣一起混合粉磨。这样，就得到了三种半成品粉：矿渣熟料粉、钢渣粉、石灰石石膏粉，分别装在原来的生料库中，并在库底安装了配料计量秤，然后按一定比例配制成钢渣硅酸盐水泥。

2012 年 1 月 23 日，蓬莱水泥有限公司经改造后正式投产，生产很顺利，产品各项性能指标均达到了合同的要求。产品投放市场后，刚开始许多用户不敢使用，担心熟料用量太少，会有质量问题。一年以后，大受用户的欢迎，许多用户指定要这种水泥，因其施工性能好，特别适应于粉墙等工程。

蓬莱水泥有限公司还有个商品混凝土搅拌站，原来配制 C50 混凝土很困难，后来发现用这种 32.5 的钢渣水泥取代一半普通 42.5 水泥后，就可轻易地配制出 C50 混凝土，这成了他们的秘密武器，将周边的混凝土搅拌站彻底打败了。其他混凝土搅拌站欲配制 C50 混凝土时，由于强度不够，必须将沙子用水洗去泥土后，才能勉强达标，可他们厂根本不用考虑这些事情，直接就可以配制出来。

投产一年以后，他们厂很讲信用，把剩余的 100 万元技术使用费如数汇给了我们。

虽然我们与蓬莱水泥有限公司签订了钢渣硅酸盐水泥的技术转让合同，但我一直没忘记水泥粉墙后掉粉的事情。因为绝大部分的 32.5 等级水泥是用于砌墙和粉刷，因此必须要有水泥起砂性能的检测方法。

图 9.58　贝格杜硕士研究生论文答辩

2010 年 9 月，我的多哥共和国的留学生贝格杜（Beguedou Essossinam）进入了研究生毕业论文阶段，于是我就把他的论文题目定为“水泥起砂成因与改善措施研究”，主要研究水泥为什么会起砂，以及影响水泥起砂的各种因素。这时，同样碰到了一个问题，就是没有现成的水泥抗起砂性能检验方法。我想了半天，暂时没有什么好办法，就叫他做好试块后，每次做起砂试验时，用塑料刷均匀地在水泥试块表面刷100下，然后称重，以失去的质量来定义起砂量。用这种方法，虽然也能得出影响水泥起砂的各种影响因素大小和影响趋势，但由不同的人做试验，得出的试验结果是有误差的，这显然是不科学的。

2012年6月，留学生贝格杜在我公司会议室举行了硕士论文答辩。贝格杜研究生毕业后，同年11月，我的硕士研究生杜保辉进入了研究生论文阶段，我就把他的论文题目定为“水泥抗起砂性能测定仪的开发研究”。

我们学校有个已退休的老师，名叫王伦，他原来是西安飞机制造厂的设计人员，后调到我们学校任教，我经常请他帮忙搞机械设计。这个水泥抗起砂性能测定仪就是请他帮忙设计的。我先画了个草图，把我的意思与王老师交代清楚后，他就设计出来了正规的机械加工图，然后我就交给武汉东湖新技术开发区斯华五金加工厂加工。起砂测定仪加工出来后，我制订了详细的试验计划，再交给研究生进行试验。

经多次反复试验，水泥抗起砂性能测定仪研发成功。2014年5月28日，我们提出了发明专利申请，2016年9月21日获得了发明专利授权，发明专利号为：CN201410059030.X。

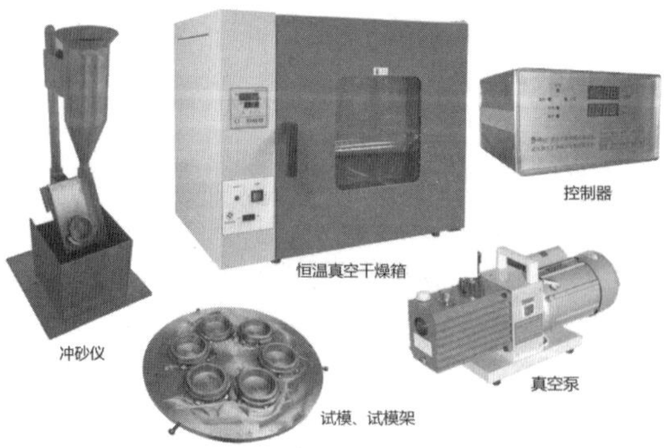

图9.59　水泥抗起砂性能测定仪

2012年5月25日，我们与江西一家水泥厂签订了高性能少熟料水泥的生产技术转让合同，主要产品是42.5等级矿渣硅酸盐水泥，要求熟料掺量不超过25%；32.5等级钢渣硅酸盐水泥，要求熟料掺量不超过15%。随后，对他们厂进行了技术改造，投产后经检验，产品各项性能指标都达到了合同要求，我们就回家了。可过了几个月，他们厂长打电话来，说用户反映他们水泥容易开裂。

水泥混凝土开裂是一个常见的混凝土病害，也是一个非常难以处理的问题，绝大多数混凝土都会开裂。影响因素很多，有混凝土配合比的问题，也有施工养护的问题，还有混凝土结构形状的问题，当然也有水泥的问题。通常，水泥比表面积太大，也就是磨得太细，比较容易开裂。所以，我的“优化粉磨”技术中就强调非活性的混合材要磨得粗一些，让它起骨架作用，胶凝性好的组分才磨细一些，以充分发挥它的胶凝性能。

我赶到他们厂后，很快就发现，他们为了进一步降低成本，使用了一种石子破碎粉，就是破碎混凝土骨料筛选下来的石渣，含有很多泥土，但价格很低，每吨才13元钱。他们把这种含有很多泥土的石渣加到了矿渣中一起粉磨，因为这种石渣易磨性很好，与矿渣一起粉磨，必然会被磨得很细，自然就会增大水泥干燥收缩率，使混凝土容易开裂。

随着国民经济的发展，水泥已经供大于求，改善水泥性能，满足用户的要求，势在必行，水泥抗裂性能就是一个很重要的指标。而通用水泥国家标准中，并没有水泥抗裂性能的指标要求，而且也没有水泥抗裂性能的检验方法。虽然，有一种现成的水泥干燥收缩率的检验方法，但这种方法都是要求水泥硬化一天以后，脱模测量初始长度，所检测到的干燥收缩率都是一天以后的干燥收缩率。我们知道，水泥混凝土开裂大多数都是出现在一天之内，所以，用检验水泥干燥收缩率的方法，是无法检验水泥抗裂性能的。

怎么办呢？我决心要研发出一种方法和仪器，用于检验水泥的抗裂性能。

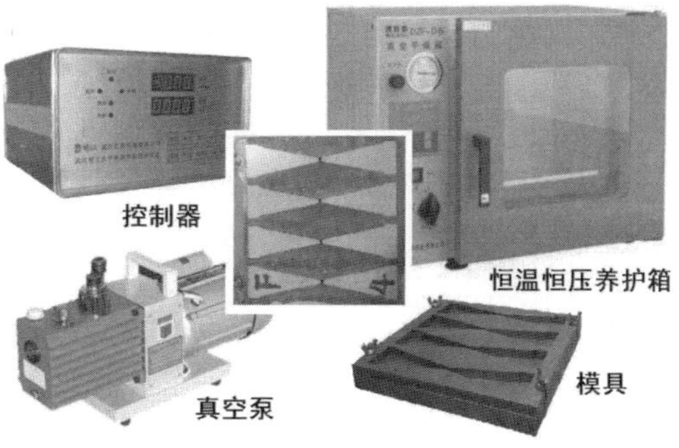

图9.60　水泥抗裂性能测定仪

2014 年 8 月 1 日，我画了一个模具的草图，再次请王伦老师设计成正规的机械加工图，还是请武汉东湖新技术开发区斯华五金加工厂加工。同时，编写了详细的试验方案，叫公司员工李大志负责试验。

试验时，将水泥加一定量的水，搅拌成泥浆，并使其流动度达到规定的指标，然后注入到如图 9.60 所示的模具中，刮平后放入恒温恒压养护箱内按规定的程序进行养护。养护结束后取出，就会发现试块的正中间有一条裂缝，我们把这条裂缝的宽度称为水泥的开裂度，对比开裂度的大小，就可知道该水泥是否容易开裂。

经过大量的试验，我们的水泥抗裂性能测定仪取得了成功，2015 年 3 月 9 日我们提出了专利申请，2015 年 6 月 17 日获得了实用新型专利权。

2015 年 11 月，我的硕士研究生杨逸博开始进入硕士论文阶段，我就将他的论文题目定为“水泥抗裂性能检测方法及影响因素研究”。经研究，矿渣中加入石渣一起粉磨，确实增加了水泥的开裂度，使水泥容易开裂。在这些试验数据的指导下，厂家调整了配比，从而使水泥的抗裂性能有所改善，重新赢回了市场。

此后，高性能少熟料水泥生产技术还在云南易门、玉溪，山西等地推广应用，取得了较大的经济效益。

9.6 创建过硫水泥与混凝土理论体系

磷石膏是生产磷酸时排放出的固体废弃物，我国每年排放量已超过 7 000 万吨，不但占用大量土地，而且还造成了严重的环境污染和安全隐患，如图 9.61 为湖北宜昌磷石膏堆场，给周边环境带来了严重影响。

2007 年 5 月，我公司与湖北省黄麦岭磷化工有限公司，达成了用磷石膏生产磷石膏球用作水泥缓凝剂的合作协议。主要是将磷石膏煅烧成半水石膏，然后加水成球即为产品。由于磷石膏球只是替代天然石膏使用，而湖北石膏资源非常丰富，价格很低，每吨只有 30 多元。当完成了工厂设计和主机订货后，当时煤炭价格就由每吨 80 元大幅度上涨到了每吨 400 元，光是煅烧磷石膏所用煤的成本就超过了 40 元 / 吨，显然继续做下去，必定会出现亏损，因此该项目不得不停建。

图 9.61　湖北宜昌磷石膏堆场

怎么办呢？关键是磷石膏球的附加值太低，如果能将磷石膏变成水泥，附加值就会大幅度提高，就不难解决磷石膏的问题了。可磷石膏历来都是气硬性材料，遇水就会溶解，强度也会完全失去，怎么才能变成水泥呢？于是，我就开始苦苦思索如何将磷石膏变成水泥的办法。

2008 年 5 月前后，我根据钙矾石和水化硅酸钙的特性，构想以磷石膏为核心，以钙矾石和水化硅酸钙为包裹物，将磷石膏包裹并连接形成空间网络结构，得到类似于水泥石的硬化体，就可以将磷石膏变成水泥了。这是个大胆、惊人的设想，有点异想天开的味道。

艺高人胆大，基于此设想，我制订了详细的试验方案，交给了我公司员工欧小弟进行试验。第一次试探性试验，我采用的配比是：磷石膏 50%，熟料 7%，矿渣 43%，分别磨细后再混合均匀，进行强度试验。结果 3 天和 7 天的强度都很高，可到了 28 天发现试块产生了弯曲，我立马意识到是水泥水化产物中钙矾石多了。怎么解决呢？我知道钙矾石是四元化合物，由钙、铝、硫和水组成。铝主要由矿渣带入，含量很多，限制不了。硫由磷石膏带入，这种水泥主要目的就是为了多用磷石膏，所以也不能限制。水泥是要接触水的，所以水就更不能限制了。唯一的可能，就是控制水泥中的钙含量，以此来限制钙矾石的生成量。

按此思路进行了一系列试验，结果与我设想的一样，真的把磷石膏变成了水泥，在世界上第一次制备出了以磷石膏为主要组分的水泥（过硫磷石膏矿渣水泥）。很快我们就确定了其适宜的组成范围为：磷石膏 45% ~ 55%，矿渣 42% ~ 52%，熟料 2% ~ 4%，以及这种水泥的性能特点、控制指标和控制方法等，显示出了诱人的前景。

不用煅烧就可以将令人头痛的工业固体废弃物磷石膏变成水泥，这是个颠覆性的重大发明。2008 年 9 月前后，我的在职博士研究生黄赟，舍弃了已经做了半年多的有关水泥开裂性能的研究课题，转而进行磷石膏基水泥的开发研究。

2008 年 10 月 21 日，武汉理工大学和武汉亿胜科技有限公司联合提出了以磷石膏为主要组分制备水泥的第一个发明专利申请，专利名称为“矿渣硫酸盐水泥”（后正式命名为：过硫磷石膏矿渣水泥，简称“过硫水泥”），2011 年 8 月 31 日获得了发明专利授权。

2008 年 11 月 26 日，我在第一届两岸三地绿色材料学术研讨会上，作了“磷石膏基免煅烧水泥的开发研究”的学术报告，第一次对外公布了一种全新的水泥新品种——“过硫水泥”的诞生。

2009 年 2 月，关于“过硫水泥”的第一篇论文《磷石膏基免煅烧水泥的开发研究》在《武汉理工大学学报》公开发表。随后，我的硕士研究生殷晓川、师华东、徐军等，先后参与了研究，从磷石膏基水泥组成与性能的关系、磷石膏基水泥混凝土及制品的研发、磷石膏基水泥用于矿山胶结料的研发等方面，进行了详细的研究，相继申请了多项专利和发表了多篇论文。

2009 年 3 月，当时主管我们学校科研的陈冬生副校长，调往北京化工大学任副校长。在他前往北京之前的 2008 年 7 月 4 日，他带领我们材料学院刘韩星院长、赵宏声书记、硅酸盐材料国家重点实验室赵修建主任等一行 7 人，到我公司进行了考察。随后，陈冬生副校长还单独到我办公室两次，与我交谈了很长时间，主要目的是要求我把主要精力重新放到硅酸盐材料国家重点实验室，积极参与国家重点实验室的工作。

其实，我一直就没离开过硅酸盐材料国家重点实验室，我的名字一直在上面。只不过，我 2000 年创办了武汉亿胜科技有限公司后，公司独立经营，我把主要精力都放在了公司的工作上。除了带研究生外，不关我的事情从来不过问，而且我的实验室在学校机电大楼西配一楼，不在硅酸盐材料国家重点实验室大楼内，不是开会我就不进硅酸盐材料国家重点实验室的门，于是就慢慢被边缘化了，大家好像忘了我的存在，有事也不找我了。记得有一次，刘韩星院长在九龙酒店请我们几个二级教授吃饭，席间他对我说："你做点事吧，别什么都不做。"我一听，觉得很奇怪，我每天忙死，哪里没做事？后来，一细想才知道，原来刘韩星院长是说我没参与材料学院的工作，没积极申报国家项目，没有帮他们撰写各种验收、评审材料。

后来，陈冬生副校长在离开学校之前，让硅酸盐材料国家重点实验室给我腾出了三间实验室，还做了简单的装修，然后让我搬进去。刚好那时，我家从学校搬往汉口永清庭苑居住，有一套沙发和一台空调没有用就搬到实验室里去了，同时还买了一些桌椅和几台电脑。要知道，好多人都想要这几间实验室，让我搬进去的目的很简单，就是要我积极去申请国家项目，这我当然明白。

对学校而言，所谓搞科研就是申请国家项目，只要你申请到纵向项目了，你就是搞科研了，至于有没有成果，有没有实际应用，那都不要紧，写几篇论文就行了。

当然，也有一些基础理论研究不是以应用为目的的，这种研究当然应该以论文为验收标准，我也不反对。可是，对于我们这些工科院校，主要是搞应用研究的，你说不以实际应用为考核目标，是不是不太合适？

有一次，学校组织材料学院的学术委员会讨论职称评定条件。1993 年我就是材料学院职称评定委员会的委员，当时还只是个副教授，当评定正教授时，我没有投票权，只有对副教授有投票权。两年以后，我晋升了教授，就有了完全的投票权。我知道，职称评定条件是根指挥棒，非常重要，你怎么要求，年轻人就怎么做。出于关心学校的发展，我还认真地提出了许多意见和建议，还专门给学校人事处写了一个书面建议，建议学校采用两条腿走路。把申报纵向项目、撰写论文作为从事科研的主要条件，我不反对。我只是要求增加一个条件，就是自选课题研究，并且做出了成绩，在实际中得到应用的项目，也应该算为科研项目。在我看来这是理所当然的事情，可没过多久，学校人事处专门给了我一个回复，再次强调，科研必须是申请纵向项目，否则就不是科研。想想看，当时学校是多么重视申请纵向项目了吧。

2011 年 6 月，水中和教授到我办公室来找我，一直动员我申报国家项目。我考虑到学校这么重视申报纵向项目，于是，就联合了几个人，2011 年 6 月 17 日，向科技部递交了“研究开发类项目推荐书”，题目为“新型低碳水泥研发及产业化”。

项目的主要内容为：以水泥行业节能减排为目标，采用钢渣、磷石膏、脱硫石膏、粉煤灰、磷渣和废弃混凝土等固体废弃物为主要原料，通过组分设计、结构分析与性能研究，研发出钢渣基、磷石膏基、脱硫石膏基、粉煤灰基、磷渣基和废弃混凝土基等新型低碳水泥。系统研究新型低碳水泥与混凝土的各种性能，及其在工业与民用建筑、地下工程与防水工程、大体积混凝土工程和道路工程等领域的实际应用，并在此基础上制定出新型低碳水泥技术标准和主要应用技术规程等。同时，研究新型低碳水泥制造工艺技术与装备，建成年产 60 万吨磷石膏基钢渣矿渣水泥生产示范线，推动我国水泥行业的低碳转型。

这是个大项目，里面包含着好几个研究课题，申请书递交上去后，不久就得到了通知，要进行电话答辩。没有 PPT 图像，光靠电话介绍，时间又有限，再加上许多评委都不是水泥行业的，有几个评委就把我这个项目误认为是“凝石”，我答辩的评分不是很高。

什么是“凝石”呢？所谓“凝石”，是清华大学孙某某教授大力推广的一种水泥，是国家“973”研究项目。以矿渣为主要组分，外加部分碱等外加剂，从其成分来看，应该属于用碱激发矿渣而产生强度的碱矿渣水泥。“凝石”中的石膏掺量不高，最大也只有 14%，而我申请的磷石膏基钢渣矿渣水泥的石膏掺量高达 45% 以上，无论在硬化机理上，还是从成分上看，两者都完全不同。

其实，“凝石”就是碱矿渣水泥，1957 年由乌克兰基辅建筑工程学院维·德·格卢霍夫斯基教授等开发成功。1959 年，证明这种水泥与硅酸盐水泥一样，既能在水中硬化，也能在空气中硬化。20 世纪 60 年代初，碱矿渣水泥及其混凝土试验研究在苏联许多建设部门展开。20 世纪六七十年代，苏联在各种建筑工程中进行了大量的应用试验。20 世纪 90 年代起，我国水泥工作者也开始研究碱矿渣水泥，但目前还没有产品国家标准。

为什么评委们对“凝石”那么敏感呢？是由于清华大学孙某某教授将“凝石”申请到了国家“973”项目后，为了推广应用，就请了 30 多个两院院士，联合给国务院写了报告，要求大力推广“凝石”项目，国务院就将此报告转给了中国建筑材料工业协会研究。

这么多的两院院士，其实都不是从事水泥研究的，对水泥不是很了解。孙某某教授是搞地质的，他就用地质上的理论来解释“凝石”的硬化。自然界需要几千万年才能形成岩石，可他用“成岩剂”只需几天就可将矿渣变成岩石。完全无视已经成熟的水泥科学体系，想另外开辟一种新理论，这引起了水泥界的普遍反对。中国建筑材料工业协会就组织了许多水泥和混凝土的专家和学者，纷纷发表意见，表示反对。再加上碱矿渣水泥没有实用价值，因为矿渣已经变成宝贵资源了，价格很高，而且碱也很贵，所以这种水泥没有经济价值。此外，“凝石”在使用上也存在这样那样的问题，一直无法得到真正的推广。最终搞得孙某某教授名誉扫地，“凝石”也成了“伪科学”的代名词。在一段时间内，大家都不敢申请工业废渣利用类科研项目，更不敢与“凝石”沾边。

所以，当时许多评委特别警惕，一听说又有“凝石”出来了，自然得不到高分了。最终将我申报的项目并到了国家“863”高科技计划重大项目——“大宗工业固废处理与资源化技术及示范”的项目中，作为一个课题，名称为“多元固废复合制备高性能水泥及混凝土技术与示范”。要求 2011 年 11 月 11 日到北京进行答辩，我利用这次难得的答辩机会，重点介绍了什么是“凝石”以及我的项目与“凝石”的区别所在，总算说清楚了我的项目与“凝石”是两码事，赢得了评委们的支持，项目申报成功了。

由于给的研究经费不多，而且科技部还将其他几个单位申报的项目并到了我的项目之中，要我负责。于是，我就将原计划中的许多待研究的课题全部砍掉，重点研究“磷石膏基钢渣矿渣水泥”。课题由武汉理工大学牵头负责，清华大学、中国建筑材料科学研究总院、桂林理工大学、广西港桥水泥有限公司等单位参与，我是课题负责人。于是，我将课题分为六个子课题，分别从磷石膏基钢渣矿渣水泥的组成、性能、应用以及试生产线建设等方面进行了全方位的研究。

2012 年 3 月 6 日，科技部正式下达了国家高技术研究发展计划（863 计划）课题任务书（课题编号：2012AA06A112），研究期限是 4 年。主要参加人员为：武汉理工大学林宗寿、黄赟、水中和、赵前、万惠文、陈伟、李福洲、刘金军；武汉亿胜科技有限公司欧小弟、李大志、万齐才、马章奇；中国建筑材料科学研究总院刘晨、郑旭、王昕、王旭方、刘云；清华大学金峰、安雪晖、周虎、黄绵松、韩国轩、柳春娜；湖北省黄麦岭磷化工有限公司张富荣、唐有运、高晔等。

在最后审查课题任务书时，有个评委提出意见，说“磷石膏基钢渣矿渣水泥”中的“磷石膏基”不太合适，如此命名水泥不符合水泥的命名原则，我觉得很有道理，于是在会上就讨论了很长时间，最后我觉得这个品种水泥的最重要的特征就是水泥水化产物中，存在大量未化合的“过剩”的石膏。当时国际上有一种水泥的石膏掺量比较高，大致在 15% 左右，称为“超硫水泥”。而我这种水泥中的石膏掺量超过了 45%，硫是过剩的，所以我就提出把它称为“过硫磷石膏矿渣水泥”，“过硫”就是表示硫是过剩的，也就是说水泥的最终水化产物中存在大量未化合的石膏。这种说法最终得到了大家的赞同，此后我就把这种水泥品种正式命名为“过硫磷石膏矿渣水泥”，简称为“过硫水泥”。

科技部的任务书正式下达后，“863”课题研究团队，就从不同侧面对过硫磷石膏矿渣水泥与混凝土的组成与制备、水化硬化机理、物理力学性能与耐久性、生产工艺过程与主要设备、生产过程质量控制与技术标准，以及本课题的实际应用都进行了全面系统的研究。

研究结果表明，过硫磷石膏矿渣水泥具有良好的耐久性；其长期强度性能、抗淡水侵蚀性能、抗冻融性能、耐高温性能等与普通硅酸盐水泥相当；抗硫酸盐侵蚀性能优于硅酸盐水泥；掺入聚羧酸外加剂后的抗碳化性能和抗起砂性能可与普通硅酸盐水泥相当；过硫磷石膏矿渣水泥混凝土强度等级在 C30 及以上时，不会出现钢筋锈蚀问题。有望在水泥制品、墙体材料、道路混凝土、水工工程、钢管混凝土、保温材料、矿山充填胶结剂等领域得到广

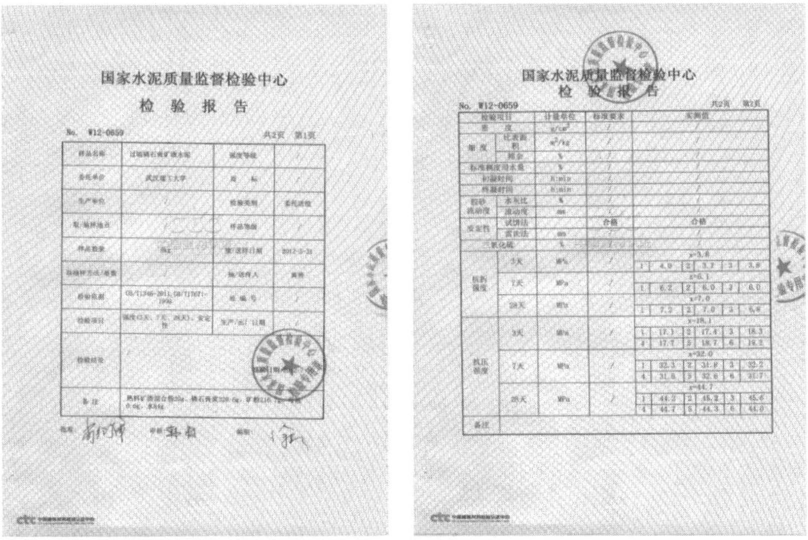
国家水泥质量监督检验中心
检 验 报 告
No. W12-0659

图 9.62　国家水泥质量监督检验中心检验报告

泛的应用。

负责过硫磷石膏矿渣水泥混凝土制品生产线建设与试生产的是黄赟，参与单位是湖北黄麦岭磷化工有限公司。为了节省投资，湖北黄麦岭磷化工有限公司就联络了他们公司旁边的大悟县新富源水泥制品有限公司共同参与。大悟县新富源水泥制品有限公司是一家小制品厂，主要生产步道砖、植草砖、路缘石等水泥制品。为此，我们出资对设备进行了改造，新建了一台 Φ1.2 米 ×2.4 米球磨机、上料料斗及皮带机，增加了一座 Φ4 米的改性磷石膏浆储浆池和搅拌机以及泥浆泵，增加了一个 100 吨矿粉储存仓和输送铰刀等设备，还给他们新建了一个简易化验室。但配料微机还没安装完毕，无法自动配料，为了应付现场检查，2014 年 9 月 15 日前后，采用人工配料试生产了一批植草砖。

2014 年 9 月 24 日，科技部组织专家，对生产示范线进行了现场检查，并听取了课题组的汇报。经质询、讨论，专家们肯定了我们为磷石膏资源综合利用开拓了一个新途径，并提出了一些新的要求，要求我们继续系统地开展各种混凝土制品的耐久性研究，对已经生产的水泥制品进行产品检测，尽

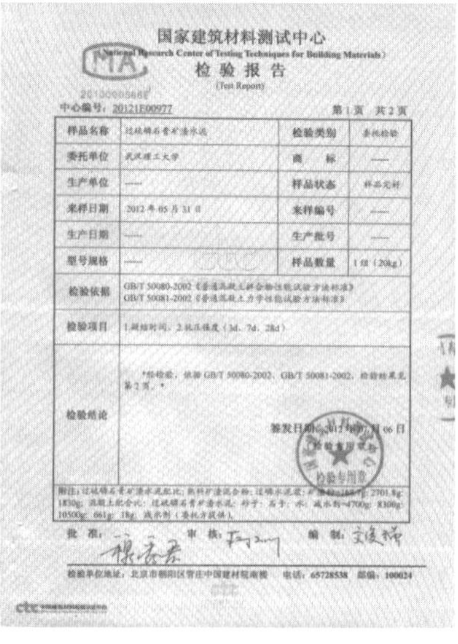
国家建筑材料测试中心
(National Research Center of Testing Techniques for Building Materials)
检 验 报 告
(Test Report)

中心编号：20121E00977　　第1页 共2页

样品名称	过硫磷石膏矿渣水泥	检验类别	委托检验
委托单位	武汉理工大学	商　标	——
生产单位	——	样品状态	样品完好
来样日期	2012年05月31日	来样编号	——
生产日期	——	生产批号	——
型号规格	——	样品数量	1组（20kg）
检验依据	GB/T 50080-2002《普通混凝土拌合物性能试验方法标准》 GB/T 50081-2002《普通混凝土力学性能试验方法标准》		
检验项目	1.凝结时间，2.抗压强度（3d、7d、28d）		
检验结论	"经检验，依据 GB/T 50080-2002、GB/T 50081-2002，检验结果见第2页。" 签发日期：2012年07月06日		

附注：[illegible]

批准：　　审核：　　编制：

检验单位地址：北京市朝阳区管庄中国建材院南楼　电话：65728538　邮编：100024

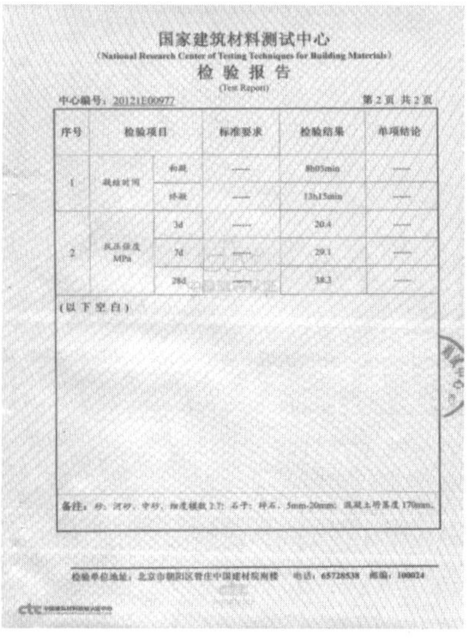
国家建筑材料测试中心
(National Research Center of Testing Techniques for Building Materials)
检 验 报 告
(Test Report)

中心编号：20121E00977　　第2页 共2页

序号	检验项目		标准要求	检验结果	单项结论
1	凝结时间	初凝	——	8h05min	——
		终凝	——	13h15min	——
2	抗压强度 MPa	3d	——	20.4	——
		7d	——	29.1	——
		28d	——	38.3	——

（以下空白）

备注：砂：河砂，中砂，细度模数 2.7；石子：碎石，5mm-20mm；混凝土坍落度 170mm。

检验单位地址：北京市朝阳区管庄中国建材院南楼　电话：65728538　邮编：100024

图 9.63　国家建筑材料测试中心检验报告

国家建筑工程质量监督检验中心检验报告

TEST REPORT OF NATIONAL CENTER FOR QUALITY SUPERVISION AND TEST OF BUILDING ENGINEERING

报告编号（No. of Report）：BETC-DLCL-2014-90　共 2 页　第 1 页(Page 1 of 2)

委托单位（Client）		武汉理工大学 中国建筑材料科学研究总院		
地址（ADD.）		——	样品编号(NO.)	BETC-DLCL-2014-90
样品（Sample）	名称（Name）	混凝土配合比	状态（State）	正常
	商标（Brand）	——	规格型号（Type/Model）	C40
生产单位（Manufacturer）		——		
送/抽样日期（Date of delivery/Sampling）		2014.8.11	数量（Quantity）	1 组
工程名称（Name of engineering）		——		
检验（Test）	项目（Item）	坍落度、凝结时间、3d、7d 和 28d 混凝土抗压强度	地点（Place）	通州葛渠建材试验室
	仪器（Instruments）	双卧轴混凝土搅拌机、压力试验机等	日期（Date）	2014.8.12-2014.9.10
检验依据（Test based on）		《普通混凝土拌合物性能试验方法标准》GB/T 50080-2002 《普通混凝土力学性能试验方法标准》GB/T 50081-2002		
判定依据（Criteria based on）		——		

检验结论（Conclusion）

所检项目结果见本报告第 2 页。（本页以下无正文）

备注：单方混凝土配合比①水泥用量：磷石膏 189.0kg，矿渣 205.8kg，钢渣 8.4kg，熟料 16.8kg；②河砂用量 806.0kg；③5～10mm 碎石用量 427.2kg，10～20mm 碎石用量 640.8kg；④用水量 155.4kg；⑤减水剂用量 1.26kg。其中混凝土用骨料和水由检测单位提供，河北产细度模数 2.6 河砂，河北产 5～10mm 和 10～20mm 碎石，其他原材料由委托方提供。

批准(Approval)	审核(Verification)	主检(Chief tester)	联系电话(Tel.)	报告日期(Date)
			010-64517287	2014.8.12

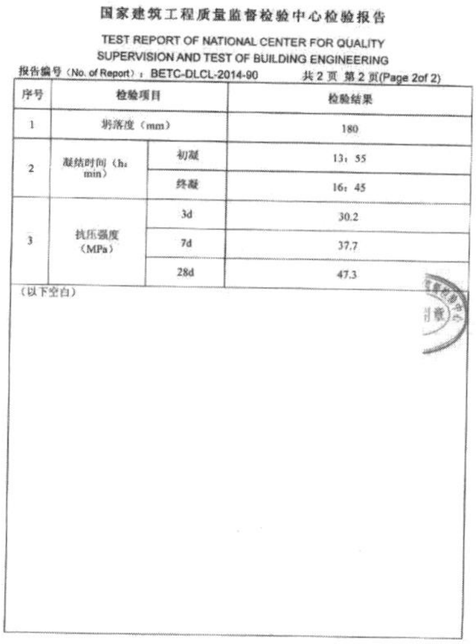

国家建筑工程质量监督检验中心检验报告

TEST REPORT OF NATIONAL CENTER FOR QUALITY SUPERVISION AND TEST OF BUILDING ENGINEERING

报告编号（No. of Report）：BETC-DLCL-2014-90　共 2 页　第 2 页(Page 2of 2)

序号	检验项目		检验结果
1	坍落度（mm）		180
2	凝结时间（h：min）	初凝	13：55
		终凝	16：45
3	抗压强度（MPa）	3d	30.2
		7d	37.7
		28d	47.3

（以下空白）

图 9.64　国家建筑工程质量监督检验中心检验报告

快形成各种产品标准；加强技术经济合理性研究，加大推广力度，尽快完成产品的推广和应用。

科技部现场检查结束后，正当我们想继续完善试生产线时，试生产的主要负责人黄赟要出国进修一年。考虑到出国进修的机会来之不易，我就同意他出国，我亲自到现场指导中试。

2014 年 11 月初，配料秤和配料微机已安装完毕，同时还购买了压砖机的植草砖模具。于是，就开机进行试生产，采用黄麦岭磷化工有限公司的磷石膏，矿渣粉从武钢矿粉厂购买，用 42.5 普通水泥替代熟料粉，并按照生产成本从项目经费中给予他们厂补助，生产多少，补助多少。但，我很快就发现这批砖的 42.5 普通水泥配比多了，主要原因是由于输送普通水泥的绞刀流量太大，根本控制不住，一开机普通水泥配比就过量。这是一个非常严重的问题，因为过硫磷石膏矿渣水泥中的普通水泥掺量只能控制在 2% ~ 4% 之间，掺量太低，早期强度低；掺量太高会造成混凝土安定性不合格，使产品崩溃，变成废品。

我发现后，马上要求他们停止生产，并要求他们更换这条绞刀，换一根

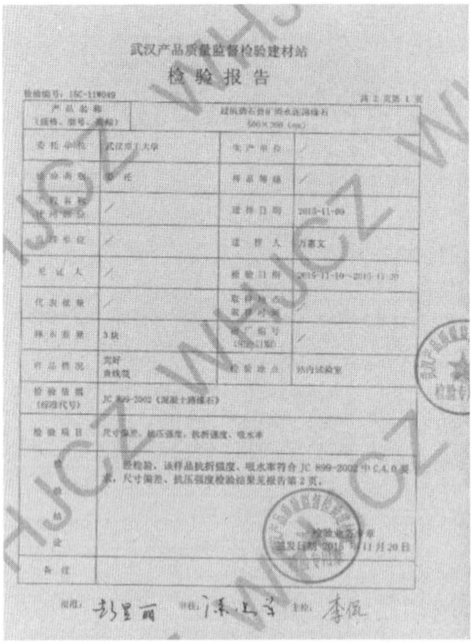
武汉产品质量监督检验建材站
检验报告
经检验，该样品抗折强度、吸水率符合 JC 899-2002 中 C4.0 要求，尺寸偏差、抗压强度检验结果见报告第 2 页。

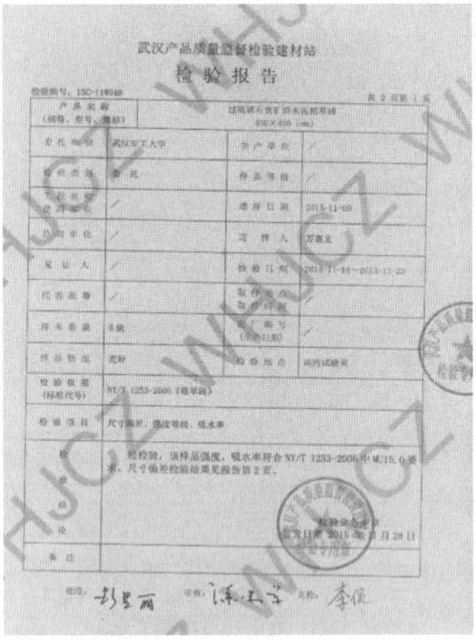
武汉产品质量监督检验建材站
检验报告

图 9.65　武汉产品质量监督检验建材站检验报告

流量比较小的绞刀，可他们老板不明白，怎么解释，他也听不懂，因为他只有小学文化程度，根本听不懂什么钙矾石、安定性什么的。最后，我对他说，你这个普通水泥加多了，最后产品会开裂，全部变为废品。可他就是不信，回答说：“怎么可能啊，水泥加多了，反而会变成废品？”实在没办法，我就与黄麦岭磷化工有限公司负责项目的领导反映，叫他说服新富源水泥制品有限公司的老板，按我的要求更换绞刀，可他们还是不听。最后，我只能叫我公司的员工马章奇，把这条绞刀停了，用人工加普通水泥的办法，生产了一批产品，然后养护后拿到武汉产品质量监督检验建材站检验，经检验产品质量达到了要求。我们就撤走了全部中试人员，同时叫他们停止生产这种产品。几个月后，果然发生了我所说的现象，有相当部分产品崩溃了，变成了废品。可人工配普通水泥的那批产品，有十几块植草砖用在我公司的停车场内，至今已经快十年了，还是完好无损，因此可以说中试是成功的。

这次中试，虽然产生了许多废品，本来不是我们所希望的，看起来是件坏事，可因祸得福，让我们掌握了许多参数，建立起了一整套质量检验方法和质量控制指标，为产品标准的制定提供了可靠的依据。

在武汉理工大学和中国建筑材料科学研究总院通力协作下，通过影响过硫磷石膏矿渣水泥性能各种因素的研究，并在深入研究了过硫磷石膏矿渣水泥混凝土配合比及各种性能的基础上，结合中试生产情况，我们确定了过硫磷石膏矿渣水泥混凝土的生产控制指标和参数、性能评价方法和评价指标，制定出了《制品用过硫磷石膏矿渣水泥与混凝土》的建材行业标准。

2014 年 4 月 9 日，《制品用过硫磷石膏矿渣水泥与混凝土》标准，获得了工业和信息化部的立项。2015 年 11 月 22 日，完成了送审稿。2015 年 12 月 6 日，在苏州举行了《制品用过硫磷石膏矿渣水泥与混凝土》标准审订会。2016年3月17日，《制品用过硫磷石膏矿渣水泥与混凝土》标准完成了报批稿。

2017 年 4 月 12 日，工业和信息化部发布公告，从 2017 年 10 月 1 日起正式实施 JC/T2139-2017《制品用过硫磷石膏矿渣水泥与混凝土》标准。

图 9.66 《制品用过硫磷石膏矿渣水泥与混凝土》标准审订会

2015 年 3 月 16 日，《过硫磷石膏矿渣水泥与混凝土》专著，由武汉理工大学出版社正式出版发行。该书系统地阐述了过硫磷石膏矿渣水泥与混凝土的组成与制备、水泥与混凝土的水化硬化机理、水泥与混凝土的性能及耐久性、生产工艺过程与主要设备、生产过程质量控制与技术标准，对该新品种水泥的应用前景也作了较详细的叙述，体现了近年来在资源有效利用、节能减排、低碳水泥新品种开发等方面的新成果。

2016 年 6 月 16 日，科技部委托中国 21 世纪议程管理中心在北京组织召开了“多元固废复合制备高性能水泥及混凝土技术与示范”（2012AA06A112）课题验收会。验收专家组听取了我们的验收汇报，审阅了我们提交的验收材料，并进行了质询，经讨论形成如下验收意见：

一、课题提交的验收材料和技术资料较齐全，完成了课题任务书各项考核指标，符合验收要求。

二、课题以磷石膏、矿渣、钢渣等工业固废为主要原料，研发了磷石膏掺量高达45%以上的过硫磷石膏矿渣水泥与混凝土技术，制定了相应的质量控制体系与产品标准，并建成了过硫磷石膏矿渣水泥制品的生产示范线；在固废堆石混凝土、高掺合比固废水泥清洁生产等方面取得了创新性成果；具有自主知识产权。

三、课题已申请国家发明专利31项，其中已授权16项，出版专著3本，发表论文64篇，获得软件著作权1项，制定标准2项。形成了多元固废复合制备高性能水泥与混凝土技术研发团队，所取得的成果具有较好的社会、经济、环境效益。

验收专家一致同意通过课题验收。

经过四年多的努力，我负责的课题总算通过了国家验收，其实从接受“863”课题的任务书起，汇报检查就没停过，每个季度都要书面汇报并答辩一次，最后还要经过财务审计，最终才能答辩通过专家验收。

“863”课题虽然通过了验收，但对我而言，工作并没有结束。因为我发明过硫磷石膏矿渣水泥的主要目的是在于应用，解决磷石膏的污染问题。长期的技术推广工作经验告诉我，推广一项新技术比研发一项新技术还要难。而推广过硫磷石膏矿渣水泥技术的难度更大，因为过硫磷石膏矿渣水泥的主要产品是建筑材料，而排放磷石膏的磷化工厂的主要产品是磷酸和磷肥，产品方向不同。磷化工厂都不太愿意去生产建材产品，所以都想交给其他人去生产。而其他小制品厂或个体户也不愿意生产的原因是怕他们搞好以后，磷石膏涨价，他们得不到利益。这种情况还真发生过好几起。贵州有一个小公司，原先都已经决定要生产过硫磷石膏矿渣水泥制品了，磷化工厂也说好免费提供磷石膏，可到了签合同时，感觉这个小公司有利可图，就临时提出每吨磷石膏加 8 元钱上车费。这个小公司被吓到了，因为担心以后他们还涨价，就决定不干了。

9.7　急流勇退

2016 年 7 月，我为了加强过硫磷石膏矿渣水泥技术的推广力度，印了几百张彩页广告，寄送给磷化工厂和水泥制品厂。只要有机会，我就到处讲演、宣传这项技术。

2018 年 6 月 27 日，在江西省上饶市三清山召开的第五届“井冈山论坛”上，我作了“用固废替代水泥制备生态混凝土”的技术报告。

2019 年 6 月 29 日，在江西省南昌市举办的第六届“井冈山论坛”上，我作了“过硫水泥与混凝土”的技术报告。

2019 年 7 月 1 日，在湖北省荆门市先创市政有限公司，我作了“过硫磷石膏矿渣水泥原理与应用”的技术报告。

2019 年 8 月 12 日，在武汉召开的冶金固废处理与利用技术国际交流大会上，我作了“过硫水泥与混凝土体系原理与应用”的技术报告。

2019 年 8 月 28 日，在荆门市政府，我作了“过硫磷石膏矿渣水泥原理与应用”技术报告。

2019 年 9 月 19 日，在江苏一夫科技股份有限公司，我作了“过硫水泥与混凝土体系原理及应用”的技术报告。

2019 年 11 月 4 日，在山东省聊城市召开的中国建筑材料联合会石膏建材分会第十届年会上，我作了“过硫水泥与混凝土体系原理及应用”的技术报告。

2020 年 11 月 27 日，在湖北省宜昌市举办的 2020 长江 · 三峡国际建筑产业博览会上，我作了“磷石膏建材化利用进展及建议”的技术报告。

2020 年 12 月 31 日，在厦门由国家环境保护工业副产石膏资源化利用工

图 9.67　林宗寿教授讲授磷石膏变成水泥的关键技术

程技术中心举办的专业委员会工作座谈会上，我作了“磷石膏资源化利用进展与建议”的技术报告。

2015 年前后，水中和教授和湖北昌耀新材料股份有限公司董事长吴赤球到我的办公室，希望将过硫磷石膏矿渣水泥用于制备钢筋混凝土水泥管，当时我担心这种水泥还没有标准，也没有经过长期的钢筋锈蚀试验，所以我对他们说不行，并建议他们先用在非承重制品或道路的基层等比较安全的地方，待以后耐久性检验过关后，再用在结构工程上。他们采纳了我的意见，决定将过硫磷石膏矿渣水泥用于道路的基层和底基层。

湖北昌耀新材料股份有限公司是原宜昌昌耀水泥制品有限责任公司于 2015 年 1 月完成股份改制后变更而成，主要从事混凝土电杆、城市综合管廊等产品的研发、制造与销售。

2017 年 8 月，我受邀到宜昌湖北昌耀新材料股份有限公司考察和技术指导。我一到车间，就吓了一跳，原来他们在混凝土搅拌机的前面，加了一台小磨机，在粉磨磷石膏浆，然后将磷石膏浆直接加到了硅酸盐水泥混凝土中，用于制备钢筋混凝土水泥管。我一看就知道，他们对过硫磷石膏矿渣水泥的原理还不了解。还好他们磷石膏掺量不多，混凝土是采用蒸汽养护，允许石膏掺量高一些，否则就会出现严重的事故，因为过硫磷石膏矿渣水泥是不能与硅酸盐水泥混合使用的。

我马上给他们详细讲解了过硫磷石膏矿渣水泥的基本原理，并赠送了几本《过硫磷石膏矿渣水泥与混凝土》专著给他们，同时指出了他们磷石膏应用中的一些问题，他们的磷石膏应用工作才开始走上了正轨。我作了报告以后，吴赤球董事长要给我支付报酬，我坚决不肯收，因为我的目的是推广技术，是希望他们做个试点，带动磷石膏的有效利用。

2018 年 12 月 21 日，水中和教授在学校材料学院科技报告厅举办了技术交流会，我担心吴赤球董事长他们信心不够，于是就借此机会作了“坚定信心，促进磷石膏水泥产业化”的报告，以增强他们的信心。那天晚上，我还特意到了他们的武汉办事处，给几个技术骨干讲解了关键的技术和质量控制方法等。

要将过硫磷石膏矿渣水泥应用于道路基层和底基层，技术上没什么问题，因为施工方法和施工设备都是现成的，只需把普通硅酸盐水泥更换成过硫磷石膏矿渣水泥就可以了。不过，过硫磷石膏矿渣水泥施工后，对环境的影响评估，需要花费不少钱，因为需要环保部门给出结论，湖北昌耀新材料股份有限公司在这方面投入了不少资金，也做了不少工作。

有一次我去他们公司，帮助他们进行过硫磷石膏矿渣水泥制品生产线改造设计，同时察看过硫磷石膏矿渣水泥的道路施工情况。吴赤球董事长就给了我一个合同，主要内容是要求我保密，并保证不将此技术转让给其他厂家，我当场就拒绝了。我可以不要他们一分钱，免费指导他们技术，我的主要目的是要全面推广这个技术，让大家都来使用这个技术，才能解决磷石膏污染的问题，才能体现出我这个发明的重大意义，你不让我转让给其他厂家，不符合我的初衷呀。从此，我与湖北昌耀新材料股份有限公司之间就产生了点隔阂，目标不完全一致，但我还是一如既往支持他们，有问必答，照样一分不取。

2019 年 7 月，吴赤球董事长专程到武汉来找我，我在江城明珠豪生大酒店大厅与他会面。他来的主要目的是要我们学校与他们联合开鉴定会。我实在不愿意开什么鉴定会，因为现在已经不兴开鉴定会了，改革开放几十年来没听说哪个鉴定会没通过的，所以，一点意义也没有，可他坚持要开鉴定会。我只好与我们学校成果科联系，得到的答复是，我们学校必须是第一鉴定单位，最后吴赤球董事长同意了我们学校的条件。

2019 年 8 月 5 日，湖北昌耀新材料股份有限公司与武汉理工大学签订了开鉴定会的合同，双方一致同意武汉理工大学为第一发明单位，我是第一发明人。

2019 年 8 月 19 日，在湖北昌耀新材料股份有限公司会议室，由中国混凝土与水泥制品协会组织召开了“过硫磷石膏矿渣水泥及其在公路基层中的应用研究”的鉴定会，并顺利地通过了专家鉴定。我在鉴定会上作了“过硫磷石膏矿渣水泥混凝土及其在公路基层中的应用”的报告，湖北昌耀新材料股份有限公司吕伟在鉴定会上，介绍了过硫磷石膏矿渣水泥在宜昌市晓黄路和龙泉镇柏临河大道等水稳层工程中的应用情况。

环境影响监测结果表明，过硫磷石膏矿渣水泥水稳层产品中污染物含量均满足《土壤环境质量建设用地土壤污染风险管控标准（试行）》（GB36600–2018）中第一类用地筛选值。过硫磷石膏矿渣水泥水稳层产品采用硫酸硝酸法制备的浸出液中，总磷和其余重金属浓度均可达到《地表水环境质量标准》（GB3838–2002）Ⅲ类和《地下水质量标准》（GB14848–2017）Ⅳ类标准限值。从污染物含量看，过硫磷石膏矿渣水泥水稳层产品可满足城市建设用地中的居住用地（R）、公共管理与公共服务用地中的中小学用地（A33）、医疗卫生用地（A5）和社会福利设施用地（A6），以及公园绿地（G1）中的社区公园或儿童公园用地等对土壤中污染物浓度的要求。

鉴定会通过后，省、市各级领导纷纷前来调研考察。2019 年 5 月 20 日上午，中共湖北省委常委、宜昌市委书记周霁来到湖北昌耀新材料股份有限公司，考察调研磷石膏综合利用的有关情况。调研中，周霁书记对过硫磷石膏矿渣水泥产生了浓厚兴趣，仔细了解了宜昌磷石膏的性能及特点，磷石膏所含磷、硫成分的处理方法，过硫磷石膏矿渣水泥的用途和产品检测方法及结果，以及磷石膏级配碎石稳定层的研究进度和推广应用情况。

2019 年 12 月 5 日上午，中共宜昌夷陵区委书记王玺玮率领龙泉镇委书记李发兵、鸦鹊岭镇委书记以及区委政研室、经发集团、区发改局、区科技局、区经济信息化和商务局、区财政局、区人社局、区自然资源和规划局、区住建局、区交通运输局、区水利和湖泊局、区招商局、区生态环境分局、区税务局等主要负责人到湖北昌耀新材料股份有限公司考察和座谈，就如何加快推进磷石膏应用的有关事项进行了讨论研究。

2021 年 10 月 9 日，中国混凝土与水泥制品协会执行会长徐永模、协会副秘书长张庆欢、科技服务部主任陈玉一行到湖北昌耀新材料股份有限公司调研考察。

“过硫磷石膏矿渣水泥及其在公路基层中的应用研究”项目鉴定会通过后，影响越来越大，这时，湖北昌耀新材料股份有限公司觉得他们吃了亏，因为我们学校是第一发明单位，我是第一发明人，他们认为他们的工作白做了。这让我很生气，我们国家“863”项目组，光任务书中注明的参与人员就有 47 位，从 2008 年 5 月开始研究，到 2019 年，已经历时 11 年了，他们公司只不过在道路工程中实际应用了一下，就想垄断整个技术，而且在我的《过硫磷石膏矿渣水泥与混凝土》专著中，已经明确写出了可以应用于道路工程，也不是什么新的发明。我也没有从他们那里拿到一分钱的报酬，他们这么想，太不应该了吧。

2018 年 6 月 27 日，在江西三清山召开了我的《矿渣基生态水泥》专著首发式，《矿渣基生态水泥》专著中有一章是专门介绍过硫磷石膏矿渣水泥与混凝土的。会后在餐厅吃饭时，我碰到了清华大学路新瀛教授，他是个混凝土专家，大家在一起，边吃边闲聊。他对我说：“我一看到撰写专著的人，就肃然起敬。”我回答道：“没什么，静下心来就可以了。”他接着说：“以后会有人说，这是他们做的，不信你看着。”

后来，果然发生了这样的事，广西有一家钢渣综合利用厂，他们给出的钢渣水泥配比与我专著上介绍的一样，他们厂技术员还加了我的微信，说我的书给他带来了很大启发，可对外宣传时，却说这是他们的研究成果。看来，对于过硫磷石膏矿渣水泥与混凝土这个成果，也会有很多人这么说的，在微信、网络等宣传媒体上，就已经可以看到某些公司将过硫磷石膏矿渣水泥的具体应用说成是他们的自主发明，拥有完全的知识产权。或者把过硫磷石膏矿渣水泥换个新的名称，尽量不出现“过硫”这两个字，尽可能不提我的名字，以此来显示这是他们的自主发明。

2021 年 4 月，湖北昌耀新材料股份有限公司修订“公路路面基层稳定用磷石膏矿渣水泥基材料技术规程”，也没告诉我，将我排除在外，把我们学校定为第三编制单位，将我们学校水中和教授团队的孙涛老师作为参编人，负责编写只有三句无关紧要话的总则。可我问了孙涛，他说不知道此事，他实际没有参加。对这些，我都没意见，关键是他们将“过硫磷石膏矿渣水泥”名称改为“磷石膏矿渣水泥”，去掉了最关键的“过硫”两个字。

磷石膏矿渣水泥属于石膏矿渣水泥，是早就有的水泥品种，在国外也有称为超硫水泥。在过硫磷石膏矿渣水泥发明之前，水泥化学理论要求所有的水泥在其水化产物中都不准许存在游离的石膏，也就是说水泥水化后石膏必须作用完。石膏矿渣水泥的石膏掺量同样也是这样，其掺量在 15% 左右。过硫磷石膏矿渣水泥完全突破了石膏掺量的限定，石膏掺量达到了 45% ~ 60%，水泥水化产物中存在大量未化合的游离石膏，这是过硫磷石膏矿渣水泥的特征。所谓“过硫”就是说水泥中的硫是过剩的，即水泥水化产物中存在大量呈游离状态的石膏。所以，“过硫磷石膏矿渣水泥”与“磷石膏矿渣水泥”是有本质区别的。

毫无疑问，他们所制定的规程是建立在 2019 年 8 月 19 日“过硫磷石膏矿渣水泥及其在公路基层中的应用研究”鉴定会的基础上。既然是这样，就不应该随便更改水泥的名称。

2021 年 6 月 9 日，我从网上看到了“公路路面基层稳定用磷石膏矿渣水泥基材料技术规程”征求意见稿，中国混凝土与水泥制品协会向大家征求对这个“规程”的意见。我看到后，立刻给原来负责鉴定会的中国混凝土与水泥制品协会科技服务部主任陈玉发了一封邮件，阐明了自己的态度，希望他们加入“过硫”两字。第二天 6 月 10 日上午，陈玉给我回了个微信，说我给她的信已经转发给了负责制定技术规范的协会副秘书长张庆欢了，可我再也没收到任何回话，也没人理睬我的意见。

2021 年 7 月前后，我们学校的孙涛老师给我来了个电话，说他想制定一个中国工程建设标准化协会的有关过硫磷石膏矿渣水泥用于道路稳定层的技术规程，我毫不犹豫地表示同意。

2021 年 11 月 15 日，中国工程建设标准化协会公路分会以网络视频会议形式组织召开“道路过硫磷石膏胶凝材料稳定基层技术规程”标准审查会。这个规程中保留了“过硫”两个字，只是把“矿渣水泥”改成“胶凝材料”。其实，胶凝材料分为气硬性胶凝材料和水硬性胶凝材料两大类，气硬性胶凝材料不能在水中硬化，水硬性胶凝材料就是水泥，既可以在空气中硬化，也可以在水中硬化。所以，我认为把“矿渣水泥”改成“胶凝材料”，不是很确切，但我还是支持他们，帮助修改了两个指标。祝愿此规程早日在全国实施，因为这是交通部门制定的规程，实用价值比较大。

2021 年 12 月 31 日，中国水利企业协会给我发来“关于召开‘磷石膏混凝土制品护岸施工规范’团体标准立项审查会的通知”，并邀请我担任评委。审查会定于 2022 年 1 月 7 日上午举行，会期半天，采用视频会议形式召开，我接受了邀请。申请立项的单位为三峡大学、安徽省蚌埠市红河水利工程建设有限公司、三峡大学（湖北）设计咨询研究院有限责任公司等单位，项目负责人是李新哲高级工程师。会上我对“磷石膏混凝土制品护岸施工规范”草稿提出许多意见，建议将“磷石膏混凝土制品”改成“过硫磷石膏矿渣水泥混凝土制品”，对该规范中过硫磷石膏矿渣水泥混凝土的技术要求，如 PSC 浆滤液耗酸量、安定性等指标进行了修改，并提醒该规范编写单位，要认真考虑过硫磷石膏矿渣水泥混凝土的抗碳化问题，会后他们全部采纳了我的意见。

按高校一般的科研流程，取得了科技成果，最后一步就是申报科技奖励了。

科技奖励制度是我国科技政策的一个重要组成部分，是科技评价的一种具体体现，是对广大科技工作者科研能力和科研成果获得社会认可的主要表现方式，各高校都非常重视科技成果的报奖工作。我在十几二十年前也报过两次奖，得到过两次省科技进步一等奖，那时主要是为了评定职称的需要，由于申报过程很繁杂，后来就再也没有报过奖了。

但是，我们学校对报奖工作十分重视，材料学院李明忠书记主持了好几次会议，每次都邀请我到会，一直动员我积极报奖。李明忠书记对我特别照顾，为了表示对他的尊重，我同意参加报奖。

我们学校规定，要报国家奖，得先报学校奖，然后再报省部级奖，最后才能申报国家奖。而且，科技部有规定，项目结束后 3 年才能报奖。于是，我决定申报 2019 年度学校技术发明奖。可现在的报奖与我 20 年前的报奖完全不同，现在报奖已经演化成一门很高深的学问了，不是水平高的项目就一定能得到奖，其中的关系非常复杂，把它说成报奖专业，一点也不虚夸。

时间紧迫，我也只能硬着头皮，于 2019 年 6 月 24 日，提交了武汉理工大学科学技术奖申报书，项目是“过硫水泥与混凝土体系的创立及在磷石膏资源化中的应用”。

提交了申报书后，我通过了初评，通知我 2019 年 9 月 27 日参加复评答辩。复评答辩采用项目组成员现场介绍项目内容后，评委提问答辩的方式。需要 PPT 进行介绍，每个项目内容介绍时间不超过 10 分钟。然后由评委进行提问，项目完成人现场回答专家提问，答辩时间不超过 20 分钟。所有项目答辩结束后，评委对本组所有项目集中评议，确定授奖项目及等级。

学校为了来年能多得几项省科技奖，请的评委都是省科技奖的评委，反正我一个也不认识。我重点介绍了我项目的发明背景和思路、发明点及相关技术内容、应用和经济社会效益情况后，只见有个当头的评委就开腔了：“你写的是什么材料呀？什么乱七八糟的，不是阿猫阿狗都能报奖的。”一个响当当的国家“863”原创性重大发明，被他说成了阿猫阿狗。他翻了两页资料后，发现是国家“863”项目，便自言自语地说道，“还是国家 863 项目。”就不敢再说我是阿猫阿狗了，就问了一个非常外行的问题，其他几个评委也都附和着问些外行的话，我一看全场居然没有一个搞水泥和混凝土的专家，我本来是想通过这次答辩，能得到一些有用的提示，以便明年申报省部级科技奖时完善一下申报材料，可这帮人都是外行，就翻几下资料，几分钟时间哪能了解得清楚？根本提不出什么有用的建议，有的只是“阿猫阿狗”这样的词语。

2019 年 10 月 30 日，评审结果出来了，我的项目获得了学校技术发明二等奖，在学校校园网进行了公示，负责评审具体工作的学校科学技术发展院成果科宋少坤老师和材料学院科研办公室都在第一时间通知我，让我上网看公示。我上网看了一下，我只得了二等奖。感觉极不公平，一个原创性的科研成果才得个二等奖。我气不过，就打电话给宋少坤，要他把我的项目撤下来，我不要了！

宋少坤老师接到我电话，听我说要撤项目，有点紧张，就开口说：“我们也是按流程做的呀，你如果要撤，明年就不能报省部级奖了。”我不想跟他解释，就简单地回了一句：“我不怪你，是我工作没做好，你撤吧。”

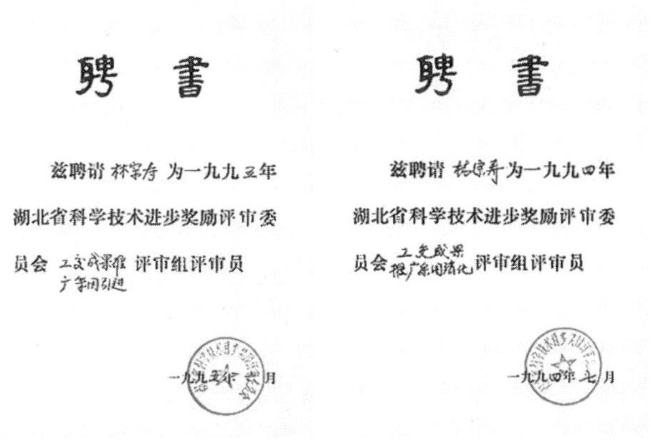

图 9.68　湖北省科技进步奖评审员聘书

其实，在 20 多年前，我也当过湖北省科技进步奖的评审员，每次评奖就一天时间，要对不同专业的几十个项目进行评审，评审员不可能是全才，很多项目都不属于自己的专业。说实话，好多项目我都不是很懂，或者说根本不懂，你说怎么评？能评得好吗？具体评奖时，一些评委的发言，还往往有一定的引导性，会直接影响对参评项目的评价，最后可能好的项目评不上，而把一些二、三流的项目评上去，这是很常见的现象。

从2002年以后，我就再也不报奖了，也不愿意当评审员了，江西、福建、山东、湖南、湖北、河南、河北等省科技厅经常给我来邮件和信息，要求我担任评审员，我都全部推辞了。2020年，国家科技进步奖请我担任评审员，我想到我的评奖遭遇，就想看看现在评奖是什么样的氛围，就答应了。

2020年4月，国家科技进步奖评审，我分在无机非金属材料一组，一共有12个项目，其中只有3个项目我比较熟悉，其他不是很了解，或者说根本不懂。人不可能什么都懂，有道是隔行如隔山，无机非金属材料内容太广了，没有哪个人全部都了解，我是《无机非金属材料工学》教材的主编，照理说应该懂得多一点，可也有好多不知道的。我也不知道其他评审员怎么样，是不是什么都知道，反正我是很多不知道的，只好凭感觉写了评语，打了分数，交差了事，总感觉心里有愧。

我从网上撤下了得奖的项目后，最感到可惜的是硅酸盐材料国家重点实验室的陈伟副主任，因为国家实验室经常要评估、检查，非常需要科技奖。他还特意跑到我的办公室，问了我的具体情况，并向主管科研的校长进行了汇报。后来，陈伟教授向我传达校长的意见，希望我明年继续申报省部级奖。我想，要报奖，就必须给人家打招呼，我这么大年纪了，我没那个脸，就坚决不报了。

2019年10月31日，我从网上撤下了报奖项目后，感到从未有过的轻松，我已完成了这辈子的主要工作，到了该急流勇退的时候了。

其实，早在2011年春节时候，我就患了严重的冠心病。当时不知道是冠心病，只是稍微运动一下就感觉喉咙痛，还以为是咽喉炎，可怎么吃药也好不了。2011年7月13日，夫人带我到了同济医院检查，张存泰教授很有经验，我一说症状，他就说可能是冠心病，做了动态心电图检查，很快就确诊是冠心病。他当时就建议我做心脏支架手术，但由于受网上资料的影响，不少人说心脏支架是过度医疗、有后遗症等坏处，我也想采取保守的治疗，开始每天吃药。

吃药后，缓解了一点，但稍微一运动，还是会感觉到喉咙痛。一次到南京出差，从汽车下来走到火车站内都感觉到吃力，要休息好几次。2012 年 4 月前后，我这种情况被我们校医院王永红院长知道后，她觉得很危险，马上联系了广州军区武汉总医院，并帮我办好了所有手续，约好了时间，与李汉东医生一起带我去做 320 排螺旋 CT 检查，并拍了影像。检查结果显示我的心脏左降支血管被堵了 95%，情况非常严重，说随时有生命危险，这才引起了我的重视。于是，到同济医院进行复查，张存泰教授请来著名的陆再英教授主持专家会诊，并请了好多同济医院的顶级专家前来讨论，最后决定进行支架手术。

在进行支架手术的前两天，我上网查了有关支架手术的资料，知道手术不大，成功率很高，但在心脏做手术就没有小手术，有一定的风险。我女儿已经长大，没有什么可担心的，唯一挂念的是国家“863”项目，于是我就把黄赟和李福州两位老师叫到我的办公室，对他们说了我要做手术，万一不行，希望他们把项目继续做完。

2012 年 5 月 8 日上午，我在同济医院做了心脏支架手术，由我国著名的心外科专家马业新教授主刀，同济医院副院长吴华教授、麻醉专家田玉科教授、张存泰教授、张凌惠护士长等都到了现场。我夫人姐姐的儿子冯敏，是个医学博士，在武汉协和医院脑外科工作，那天也特意请了假来到现场，我还是他用轮椅推进手术室的。手术采用局部麻醉，人的意识很清楚，他们说话我都听得很清楚，手术中我喉咙痒忍不住咳嗽了一下，引起了血压的波动，我夫人见状吓得两脚发软。马教授为了缓解我夫人的紧张心情，就开玩笑问我夫人：“你是要用国产的支架，还是用进口的支架？”我夫人哪在乎那点钱，就不假思索地回答道：“用最好的。”手术进行得很顺利，过了30分钟左右，马教授和蔼地对我说：“林教授，手术我给你做完了。”然后，他们就把我推到了干部病房，实行特别看护。那天晚上，有个护士就坐在我床前，一直看着我，她可真负责，可我怎么也睡不着，就叫她到门外坐着，有事叫她。在夫人的陪同下，手术后我在医院只住了两个晚上就回家了。在整个手术过程中，没有感觉到什么难受，只是最后止血的时候，需要用纱布压住血管，整个手掌都被压成了猪肝色，有点难受。

手术后，马教授对我夫人说：“堵塞这么严重，非常危险，一般情况下，已经出现心肌梗死了，可林教授没出现，肯定是做了什么好事。”当晚，马教授到病房来看我，说可以爬一下楼看看，只是由于当时我身上还挂着很多监测仪器，不便爬楼。第二天，原来路都走不动的我，就一口气爬到了六楼，还感觉非常轻松。

事后，我也感觉到害怕，这么严重的冠心病，我还全国各地到处跑，在水泥厂还爬上爬下的，确实很危险。如果没有王永红院长的热心，我也不知道会有这么严重，可能已经发生心肌梗死了，我的许多著作和成果都是在2012年以后取得的，看来这些成果的取得，都得归功于王永红院长和所有帮助过我的医务人员和家人。

自从我决定急流勇退后，我就将《过硫磷石膏矿渣水泥与混凝土》《水泥“十万”个为什么》等十几本专著，扫描成电子版，在网上公开免费赠送，并发布在好多微信群中，让大家免费下载。凡是对过硫磷石膏矿渣水泥有兴趣的，都免费咨询，热情解答。将《水泥生料配料率值控制系统》的核心算法以及球磨机研磨体级配计算方法都写成论文，公开发表。将《水泥化验室专家系统》中的一些配料计算软件以及质量分析模型全部公开在微信群，让大家免费下载。此外，对还有经济效益的现有技术，也不能浪费了，得寻找接班人。我将《水泥生料配料率值控制系统》软件给了河南志信科技公司，将过硫磷石膏矿渣水泥与混凝土的生产技术全盘交给了江苏一夫股份有限公司，并继续指导他们进一步开展研究。我还亲自编写好详细的实验方案，由江苏一夫股份有限公司的刘丽娟负责实验，我们合作完成了用磷渣及粉煤灰替代矿渣生产过硫水泥的研究，并将论文发表在《武汉理工大学学报》上。湖北荆门磷石膏综合利用项目，我已经谈了一两年，就要签订合同了，也得找个人负责呀。我先是找黄赟，问他愿意不愿意接这个项目，问了两三回，一直没有得到肯定的答复。鉴于这种情况，我就找了万惠文教授，由万惠文教授负责与荆门签订了过硫磷石膏矿渣水泥与混凝土的技术服务合同。做了这些安排后，我的工作大部分都已经完成了，就剩下《水泥与混凝土科学技术5000问》这套十卷本著作还未出版，还有就是生料配料反馈计算方法需要编进《水泥工艺学》教材，编写出版第三版《水泥工艺学》，有关这方面的内容请见“第12章　著书立说”介绍。

2019年12月5日，我校丁庆军教授打来电话，说湖北工业大学贺行洋教授想申报磷石膏综合利用方面的国家项目，我表示支持，贺行洋教授到了我的办公室，我将全部资料都给了他，不久就听说他项目申报成功了，我衷心祝愿他在固体废弃物综合利用领域取得成绩。

2021年11月1日上午，中国建筑第三工程局派人到我办公室找我，说是想做磷石膏和其它固废的综合利用项目，我同样也是有问必答，坚决支持，免费给了他们很多技术资料。2022年8月，他们试生产了600多立方米过硫磷石膏矿渣水泥泡沫混凝土，用于肥槽回填，取得了成功。此外，他们还准备用过硫磷石膏矿渣水泥生产钢管水泥混凝土以及海工工程等。

此后，不断有厂家上门拜访请教过硫磷石膏矿渣水泥与混凝土方面的技术，我都耐心地给予了回答和指导，并免费提供了许多资料，从不向他们索取一分钱。

蜂儿酿就百花蜜，只愿香甜满人间。

第 10 章　产学研相结合

10.1　创建公司

1996 年 4 月，《水泥厂化验室专家系统》软件由武汉工业大学出版社正式出版发行（ISBN7-900605-06-05-1/TQ.1），开始对外销售。由于光卖软件，厂家不容易接受，所以就把《水泥厂化验室专家系统》软件装入电脑后，与电脑一起销售，好卖多了。但是，这样又带了一个新的问题，不像前几年推广矿渣活化技术那样，只收技术转让费，没有设备给厂家，可现在我们有电脑跟随软件一起销售，而我们买进电脑时，需要到学校国资处登记后，学校才可报销，可登记为国有资产后，就不能随便对外销售，此外，学校财务手续很麻烦，货款的来往很不及时，也不灵活，严重影响了产品的销售。因此，需要有一个公司，能够独立经营，有自己的财务权，符合市场经济的规律，才能推动产品的销售和技术的推广。

当时，武汉工业大学已经有几位教师成立了公司，各级政府也大力支持高校教师成立高科技公司，转化科技成果，并给出了许多优惠条件。我看准了这个机会，就联络了湖北双环科技开发投资有限公司，一起创建一家高科技公司，以推广我的科研成果。

湖北双环科技开发投资有限公司是一家国资公司，隶属于湖北双环集团，于 2000 年 2 月 22 日在武汉市工商局注册成立，注册资本为 5 000 万元，经营范围主要为科技项目的投资、开发、转让等。

2000年4月7日，湖北双环科技开发投资有限公司、林宗寿和武汉工业大学科技开发总公司三方友好协商后，共同签订了校企联合成立高科技公司的合同书，一致同意将武汉工业大学材料学院林宗寿教授的科研成果与湖北双环科技开发投资有限公司的资金、品牌及营销、管理能力结合，走校企联合之路，把科技成果产业化，以创造良好的经济效益，并达成了以下协议：

三方以各自不同的方式入股组建一个高科技公司，该公司的总股本为人民币1 000万元。其中，湖北双环科技开发投资有限公司出资490万元，占总股本的49%，以货币资金方式投入。

林宗寿用自己的技术服务费收入所购买的专用设备折合人民币36.96万元，林宗寿与武汉工业大学一致同意其中70%即25.872万元归武汉工业大学所有，其余30%即11.088万元归林宗寿所有。

林宗寿自行开发的未销售产品折合人民币371.04万元，按照武工大办字〔1998〕20号文件精神及《武汉工业大学横向科技开发项目经费分配暂行办法》，林宗寿和武汉工业大学一致同意将其中7%即25.9728万元归武汉工业大学所有，其余93%即345.0672万元归林宗寿所有。

三方认定林宗寿自行开发的现有技术折合人民币102万元。按照武工大办字〔1998〕20号文件精神及《武汉工业大学横向科技开发项目经费分配暂行办法》，林宗寿和武汉工业大学一致同意将其中30%即30.6万元归武汉工业大学所有，其余70%即71.4万元归林宗寿所有。

三方一致同意林宗寿将属于他的专用设备和未销售产品及现有技术合计427.5552万元入股，占总股本的42.76%。林宗寿为了稳定人才，自愿从其所拥有的股份中拿出占总股本4%的股份赠送给留校工作的学生黄赟、乔秀臣、刘金军和赵前四人。林宗寿所占股份降为占总股本的38.76%。该4%股份的具体分配方案为：黄赟占总股本的1.4%，乔秀臣占总股本的1.1%，刘金军占总股本的0.8%，赵前占总股本的0.7%。但是，黄赟、乔秀臣、刘金军和赵前必须在公司中工作8年以上，方可永久拥有其股份，如工作不满8年离开公司时，其所拥有的股份归林宗寿所有。

三方一致同意武汉工业大学将属于它的专用设备和未销售产品及现有技术合计 82.4448 万元入股，占总股本的 8.24%。

2000 年 8 月 17 日，湖北海信有限责任会计师事务所发布鄂海信审字〔2000〕258 号验资报告，验证武汉亿胜科技有限公司已投入注册资金 1 000 万元人民币。

2000 年 8 月 22 日，武汉亿胜科技有限公司正式成立，林宗寿任董事长兼总经理。

2000 年 9 月 1 日，我参考其他高科技公司的管理经验，制定了详细的《武汉亿胜科技有限公司管理暂行条例》，内容包括：工资奖金管理条例、技术推广部管理条例、见习员工管理条例、工作程序管理条例、员工纪律条例、财务管理条例、物资采购办法及管理条例等，公司的运营走上了正轨。

2000 年 9 月 19 日，武汉市质量技术监督局正式向武汉亿胜科技有限公司颁发“中华人民共和国组织机构代码证”，代码为：72273106-7。

2000 年 10 月 9 日，武汉亿胜科技有限公司取得了政府机关颁发的“武汉市技术交易许可证”，编号为：WJS0773100064。

至此，武汉亿胜科技有限公司开始了正常运营，但是，正当我准备放手大干一场之际，却发生了一件意想不到的事情。

正当 20 世纪 80 年代，中国改革开放大潮汹涌澎湃之际，武汉东湖新技术开发区应运而生。在东湖新技术开发区 50 平方公里范围内，聚集了武汉邮电科学院、华中理工大学、武汉大学、中科院武汉分院、717 所等一批从事光电子信息技术研究开发和人才培养的高校院所，拥有各类科技人员 10 万多人，其中近三分之一的科技人员从事光电子信息技术及相关领域研究开发和产业化。在产业化方面，武汉光纤光缆、光电端机、光电器件等，均处于全国领先地位，大功率激光器、激光加工设备、激光医疗设备的技术水平和市场占有率，在全国名列前茅。

2000 年 5 月，武汉市向世界宣告：湖北将集全省之力，依托武汉东湖新技术产业开发区打造中国第一个光电子产业基地——“武汉·中国光谷”。按照规划，武汉市将在 5 年内使其光电子信息产业年产值突破 1 000 亿元，成为我国最大的光电子信息产业基地。时任武汉市市长的原华中理工大学校长周济，全力支持“武汉·中国光谷”的建设，雄心勃勃，提出 5 年内要再造一个武汉，一时“武汉·中国光谷”的舆论铺天盖地，吸引了众多的投资者，只要与光沾边的公司，立马身价百倍，受到大家的追捧。

湖北双环科技开发投资有限公司总经理周喜泉，一看到“武汉·中国光谷”的成立，就一心想投资带“光”的高科技公司。而我的公司是服务于水泥行业的，不带“光”，周喜泉就开始后悔投资我的公司，想要撤资。第一次公司开会，他就说这也不好，那也不是。我看到这种情况，觉得继续将湖北双环科技开发投资有限公司留在公司内，不利于公司的发展，就对他说：“你如果想撤资，就撤吧。”周喜泉一听，喜笑颜开，立马表示要撤资。会上就决定了湖北双环科技开发投资有限公司退出武汉亿胜科技有限公司，其股份全部由我个人买下。当时，490 万元对我而言，不是难事，由于推广矿渣活化技术，我赚到的钱远超过这个数目。

为了尊重学校的意见，我首先找了当时负责学校科研的张清杰副校长，当时张清杰副校长生病住在武汉军区总医院的病房里，我到了医院，和张清杰副校长说了湖北双环科技开发投资有限公司撤资的事。他一听说这事，还以为我要学校出资购买股份，立马说：“学校不愿意出资，只愿意提供技术和专利权入股。”按《公司法》，股东撤资，其他股东有优先购买

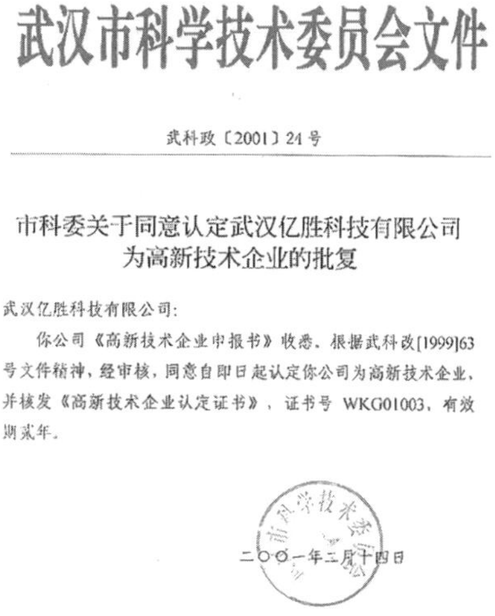
武汉市科学技术委员会文件

武科政〔2001〕24 号

市科委关于同意认定武汉亿胜科技有限公司为高新技术企业的批复

武汉亿胜科技有限公司：

你公司《高新技术企业申报书》收悉，根据武科改[1999]63号文件精神，经审核，同意自即日起认定你公司为高新技术企业，并核发《高新技术企业认定证书》，证书号 WKG01003，有效期贰年。

二〇〇一年二月十四日

图 10.1　认定高新技术企业的批复

权，既然学校表示不愿意购买，我就对张清杰副校长说：“那我就全部买下他们的股份，可以吗？”张清杰副校长听了很高兴，马上表示同意。

2000 年 10 月 30 日，湖北双环科技开发投资有限公司、林宗寿和武汉工业大学科技开发总公司，经过友好协商，签订了《关于湖北双环科技开发投资有限公司退出武汉亿胜科技有限公司的合同书》。湖北双环科技开发投资有限公司正式退出了武汉亿胜科技有限公司，公司继续经营。

2001 年 2 月 14 日，公司被武汉市科学技术委员会认定为高新技术企业。

2001 年 9 月 28 日，公司在武汉理工大学材料学院会议室召开了全体股东会议。参加会议的有武汉理工大学张清杰副校长，材料学院单松高书记、陈文院长，武汉亿胜科技有限公司的全体董事和股东。股东会形成决议，由于武汉工业大学已与武汉汽车工业大学和武汉交通科技大学合并成立了武汉理工大学，原隶属于武汉工业大学的武汉工业大学科技开发总公司已变更为武汉理工大产业集团有限责任公司，武汉工业大学科技开发总公司的股东名称应更改为“武汉理工大产业集团有限责任公司”。此外，乔秀臣因故离开公司，其股份由我收回。同时，我为了激发大家的积极性，又赠送了一部分股份给骨干员工，将黄赟的股份由 1.4% 增加至 5.0%，刘金军的股份由 0.8% 增加至 3.5%，赵前的股份由 0.7% 增加至 2.5%，并在工商管理部门登记备案。

此外，这次会议还就公司的发展规划和产业基地建设进行了讨论，一致同意我提出的经营策略和产业基地的建设规划。

当时，各地政府为了吸引投资，提供了大量的廉价土地，只要有项目投资，土地几乎不要钱。在武汉江夏大道华师一附中附近，“三通一平”后的土地每亩只要 1 万元，但是我嫌它太偏僻没要。最后，我选择了我们学校附近的北港科技园。

2001 年 12 月 25 日，公司与洪山区经济发展区管理委员会，签订了面积 15 亩（含代征道路）的国有土地使用权转让合同，每亩土地 15 万元。当时这一片都是农田和藕塘，很偏僻和荒凉，道路和房子都没有。我看了规划后，选择了书城路（原出版城路）和文治街（原机场三路）交叉路口处的一个藕塘。最早这地方是南湖的一部分，后来农民把它围成了藕塘。洪山区政府把这一片土地规划为科技园后，进行了“三通一平”，填土高度达到了 4 米之高，我接手后感觉还是不够高，就自己出钱再填高了半米。后来发现这决策非常正确，2016 年大面积积水时，周边都淹了，可我的公司却安然无恙。

购买到土地后，我马上就组织公司大楼的设计和各种手续的申报。考虑到当时公司不需要那么多的办公室，我就将园区规划为两期，第一期先建 4 000 平方米左右，把前面十字路口的土地留下来，等二期工程再建。当时，洪山区政府非常支持科技园的建设，允许进园区企业边申报手续边施工，这大大提高了科技园的建设速度。

2002 年 3 月 29 日，武汉市洪山区发展计划委员会发文（洪计基〔2002〕30 号）同意武汉亿胜科技有限公司在北港科技园区新建生产基地。

2002 年 11 月 8 日，武汉亿胜科技大楼一期工程破土动工。由于有我投资的 490 万元现金，公司资金充足，而且都是现金，不欠钱，大楼建设进度很快，只用了 8 个月时间就基本建设完成。

图 10.2　高新技术企业牌

2003 年 7 月 5 日，公司的生产部和食堂首先搬进了园区。

2003 年 8 月 25 日，公司的其他部门也开始搬家。

2003 年 8 月 29 日，公司除了营销部外，其他部门全部都搬进了园区。

2003 年 9 月初，公司的营销部也全部搬进了园区。

2003 年 9 月 15 日，首届水泥工艺师培训班就在科技园开学了。

2003 年 11 月 8 日，园区大门、围墙、绿化等所有工程全部竣工。

公司大楼一期工程完工后，有了自己的园区，园区内建有篮球场、食堂、生产车间、学术报告厅、会议室、员工宿舍、展览室、员工活动室以及各类办公室。公司本着“服务行业、面向未来、注重成效、稳步发展”的经营理念，始终把握国家产业政策方向，以水泥行业的需求为发展契机，充分发挥自身优势，与时俱进，求实创新，努力推进我国水泥工业的现代化。

图 10.3　武汉亿胜科技有限公司购买的土地

图 10.4　武汉亿胜科技大楼一期工程书城路大门

图 10.5　武汉亿胜科技大楼一期工程

图 10.6　园区内的不锈钢雕塑

此外，公司还十分注重企业文化的建设，我把企业的精神定为：慎言敏行、求实创新。“慎言敏行”出自《论语·学而篇》：“君子食无求饱，居无求安，敏于事而慎于言，就有道而正焉，可谓好学也已。”即谨慎言语，言出必践，践必神速。“求实创新”，即忠诚笃实，勇于开拓，永远领先。

“亿胜”是英文E-Cement的音译，E代表高科技，Cement是水泥，寓意为：高科技在水泥工业中的应用。

公司的徽标是一匹奔出马房山（武汉理工大学本部所在地）的骏马马首，其中三撇为迎风飞扬的马鬃，寓意为公司发源于武汉理工大学，将一往无前，驰骋于市场风雨中。不久，我们就将这徽标注册了商标，如图 10.7 所示。

图 10.7　公司注册商标

此外，我们还在园区内竖了个不锈钢雕塑：由“亿胜”的谐音“e”和“s”交叉组成，尾部有五条风影。“e”代表高科技，“s”象征一只起飞的大鸟，寓意为亿胜公司将凭借高科技大展鸿图。

自从公司成立后，就开始招收了一批新员工，既有应届大学毕业生，也有来自水泥厂的技术人员，很快就组建了一支队伍。

为了提高工程技术人员的技术水平，一有时间，我们就开展技术学习。在工厂碰到问题，可随时给我打电话，我远程指挥。每年春节期间都要举行技术培训，由我亲自主讲，结合具体案例进行讲解，使得各种技术人员更加精明强干，业务水平普遍得到了提高。但员工的流动性很大，部分工程技术人员在公司得到锻炼后，身价提高，离开公司后很快就成了其他企业的技术骨干。有的员工甚至不告而别，连出差借款也不还，就消失得无影无踪。有的软件人员，公司派出去到北京学习软件，花了好多学费，可一回到公司就辞职走了。

尽管如此，公司还是在人员动态流动中，组建了一支人数相对稳定的队伍，在新技术和新产品的研发，以及技术创新方面，不断有新产品问世。自公司成立以来，研发成功并已推向市场的主要软件类产品有：《水泥厂化验室专家系统》《水泥厂球磨机专家系统》《水泥生料配料率值控制系统》《水泥厂化验室管理系统》《QCS 水泥生料质量控制系统》；硬件配套设备有：可控粉料螺旋取样器、电子单摆物料定位检测仪、可控多点循环布料系统、联机通信设备、可控磨内喷水设备、视频反馈系统、重锤式料位计、磨机负荷控制系统、新一代可调速防冻智能取样器、磨内喷雾降温系统；水泥厂化验室检测用仪器类有：氧弹式发热量快速测定仪、SA–Ⅰ硅铝测定仪、单片机控制的SA–Ⅱ硅铝测定仪、液晶显示的新型氧弹式热量快速测定仪、氯离子测定仪、水泥抗起砂性能测定仪、水泥抗裂性能测定仪；水泥新品种有：过硫磷石膏矿渣水泥、高性能少熟料矿渣水泥、矿山尾矿胶结剂等。

同时，公司的营销工作也取得了很大的进展，建立了一支比较稳定的能吃苦耐劳的营销队伍，基本上在全国形成了一个营销网络。通过在全国各地举行水泥生产新技术讲座，公司产品打开了销路，取得了效益，公司走上了快速发展的道路，财务状况良好，各项工作均已走上了正轨。

10.2 购买水泥厂

2001 年 10 月，我公司刚成立不久，广东国叶有限公司想从事道路工程施工业务，需要土壤固化剂技术，就派了永野绍雄到我们学校找到了我，提议双方合作组建一个新材料公司，生产土壤固化剂。永野绍雄是二战时期日本的遗孤，从小在武汉长大。

2001 年 10 月 18 日，广东国叶有限公司与武汉亿胜科技有限公司，双方经友好协商，签订了关于联合成立新材料公司的合同书，就共同开发土壤固化剂产品系列，达成了一致意见：双方以各自不同的方式入股组建广东国叶亿胜新材料有限公司，总股本为人民币 1 000 万元。其中，广东国叶有限公司出资 700 万元，占总股本的 70%，以货币资金方式投入。武汉亿胜科技有限公司以土壤固化剂的专有技术（包括两个固化剂专利）投入，折合人民币 300 万元，占总股本的 30%。

当时，广东国叶有限公司要求马上注册公司，并立即开展业务。如按正常流程，聘请会计师事务所对专利进行评估，再验资，然后注册，需要很多

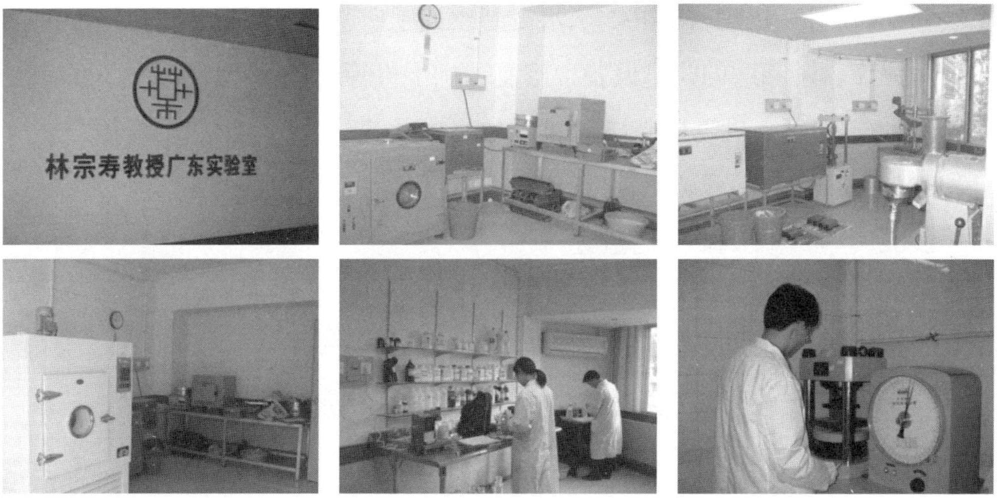

图 10.8　林宗寿教授广东实验室

时间。于是，广东国叶有限公司就提出用现金注册新材料公司，他们给我们300万元，然后我们将这300万元投入新材料公司中，而且，双方都签了收据。

广东国叶亿胜新材料有限公司成立后，我公司就派出了孙谋远、左劲松和慕喜才等几位技术人员参与经营。为了有利于承接道路工程项目，广东国叶有限公司拿出了一整层办公楼，组建了“林宗寿教授广东实验室”，主要从事土壤固化方面的实验。同时，我们到处考察水泥厂，想建一个土壤固化剂的生产基地。

2002年7月3日，广东国叶亿胜新材料有限公司收购了清远市七星水泥厂，并改名为清远市国叶亿胜水泥厂。清远市七星水泥厂是一家国有企业，年产8.8万吨水泥，有一台Φ2.5米×10米机立窑，一台Φ2.2米×6.5米生料磨和两台Φ2.2米×6.5米水泥磨。水泥粉磨能力有富余，可以将一台水泥磨改为矿渣磨。

2002年8月10日，我们进厂接管了水泥厂，永野绍雄为总经理，孙谋远为生产副总经理，林冠忠为经营副总经理，慕喜才为总工程师，林冼杨为办公室主任。紧接着对全厂生产设备进行了维修和改造，同时对办公室进行了装修。将一台 Φ2.2 米 ×6.5 米水泥磨改成了矿渣磨，并扩建了矿渣堆棚、散装水泥库、窑和磨的收尘设备，修复了烘干机等设备。

2002 年 9 月 8 日，原料破碎机开始投料生产。2002 年 9 月 20 日，立窑开始点火开窑，全厂开始正常生产。

图 10.9　清远市国叶亿胜水泥厂

2002 年 11 月，国叶亿胜水泥厂刚投产不久，广东省就发现了临床表现和其他的非典型性肺炎相似，但是传染性极强的非典型肺炎。可能受到非典的影响，2003 年上半年广东水泥市场不好，水泥价格很低，再加上技术改造的投资，国叶亿胜水泥厂的经营出现困难。2003 年 10 月前后，清远市国叶亿胜水泥厂被广东国叶有限公司单方面秘密卖掉，卖掉之后才通知我们。可仅仅过了 7 天，广东的水泥价格就大幅度上涨，所有水泥厂都大赚了一笔，我们算是功亏一篑，广东国叶有限公司煮熟的鸭子也飞了，后悔也来不及了。

没有通过股东会和董事会，广东国叶有限公司就把国叶亿胜水泥厂卖掉，这明显是违法行为。至于为什么他们会这样做，我也不是很清楚，可能是他们公司内部的人事斗争,也可能是他们经营目标转向,听说他们买了一艘游船，不再想经营水泥厂和道路工程了。清远市国叶亿胜水泥厂被卖掉后，永野绍雄也离开了公司，孙谋远和慕喜才回到了武汉亿胜科技有限公司，左劲松留在了广东工作。这次事件虽然没有给我们公司带来什么损失，但也让我们投入了不少精力，感觉被人骗了。事后，我通过熟人介绍，在广州找了个律师，想与他们打官司，可没过几天，那个律师就给了我 2 万元的发票，要我给他报销，还建议我们不要打官司了，也不知道他真的调查了没有。我想即使打赢了官司，也不一定能拿到钱，经过认真思考，最终决定放弃，不再纠缠这件事了。

非典过后，我国国民经济高速增长，我公司的销售业绩也显著增加，公司得到了飞跃式的发展，取得了很大的成绩。公司的资产也迅速增加，公司的经济实力提升，于是，我就想单独购买一家水泥厂。

2004 年 9 月 18 日，应河南省安阳市硅酸盐学会邀请，我在安阳市委招待所举行了一场水泥生产新技术讲座，在这期间安阳市硅酸盐学会会长谈起了林州市红旗水泥厂破产拍卖的事，引起了我的兴趣。讲座结束后，我就到了河南省林州市，考察了这家水泥厂，并认识了安阳市陈副市长、林州市张副市长、林州市中小企业服务局牛局长等。林州市资源十分丰富，红旗水泥厂与林州钢铁厂、凤宝钢铁厂和合鑫钢铁厂仅一墙之隔，有十分丰富的矿渣资源。此外，林州电厂的粉煤灰、化工厂的煤渣、钢铁厂的钢渣、周边的石灰石矿山和煤矿应有尽有，价格低廉，是水泥生产的理想之地。

林州市红旗水泥厂是家国有企业，始建于 1974 年，有职工 813 人，拥有固定资产 6 784.7 万元，流动资产 460 余万元，由于经营不善，形成严重亏损，无法偿还到期债务。林州市人民法院于 2001 年 4 月 17 日下达〔2001〕林法破字第 75 号民事裁定书，宣告林州市红旗水泥厂破产还债，并于 2001 年 4 月 26 日作出了成立破产清算组的决定。2002 年 3 月，破产清算组在网上进行了招标出售，起价为 6 700 万元，三个月后降为 5 700 万元，后相继降为 4 700 万元、3 700 万元，还是无人问津。2003 年 3 月，破产清算组委托林州市太行拍卖行对其进行拍卖，起拍价为 2 800 万元，还是无人问津，又流拍。2003 年 6 月 3 日又降到了 2 500 万元，其间曾有山西、河南郑州的几家公司来洽谈，但均未成功。

林州市红旗水泥厂有 2 台 Φ2.9 米 ×10 米机立窑和一台日产 1 000 吨的预分解窑熟料生产线，有 2 台 Φ2.2 米 ×6.5 米水泥磨，2 台 Φ2.2 米 ×6.5 米生料磨。最关键的是林州红旗水泥厂周边钢铁厂的矿渣价格很便宜，每吨只需 4 元，很适合采用我的矿渣活化技术，因此我就想购买这家水泥厂。

为了购买林州市红旗水泥厂，我专门组建了一家新公司，称为武汉亿胜材料有限公司，以武汉亿胜科技有限公司为主，加上部分员工的投资，很快就筹集到了 1 700 万元资金。

2005 年 1 月 18 日，武汉亿胜材料有限公司与林州市红旗水泥厂破产清算组签订了关于林州市红旗水泥厂资产整体出售的合同。合同约定林州市红旗水泥厂资产出售价款总计为人民币 2 500 万元，在本合同签字之日起 3 个月内，支付第一期付款 1 000 万元；进厂之日起 6 个月内支付第二期付款 500 万元，余款 1 000 万元进厂之日起 2 年内付清。

林州市政府保证本合同项下拟出售的资产不存在任何第三方享有的担保权益及其他权益，包括但不限于：抵押权、质权、留置权、承租权、使用权等，也未被司法、行政机关采取查封、扣押等强制措施。

但是，合同签订后没几天，当地的水泥价格突然大涨，水泥供不应求。许多水泥厂认为有利可图，就纷纷前来求购这个水泥厂，有家山西来的水泥厂就向林州市政府提出了一次性付清 2 500 万元购买林州市红旗水泥厂的请求。可我们的合同都已经签订生效了。这时，当地的领导就想违约，想与我们解除合同，将林州红旗水泥厂卖给山西人。我知道了这种情况后，为了不使合同失效，就在合同规定的第一次汇款期限 2005 年 4 月 18 日之前的 2005 年 4 月 8 日，通过招商银行将 1 000 万元资金汇到了合同约定的账号，使当地的领导没有办法违约。可他们一计不成又生一计，就想利用职工代表大会否决我们的合同。

图 10.10　林州市红旗水泥厂

2005 年 4 月 14 日，林州市红旗水泥厂破产清算组召开了职工代表大会，在职工代表大会上，我作了红旗水泥厂技改及经营方针的报告。可当地有人事先就向所有职工代表打过招呼，要求他们全部投反对票，而且还采取人盯人的办法，确保职工代表投反对票。当时，也有部分职工代表坚决支持我们的方案，为了林州市红旗水泥厂的未来，在会上叫大家擦亮眼睛，不要上当。但是，最终我们的购买方案还是被职工代表大会否决了。

我看到当地不守信用的做法，很有意见，就向安阳市政府陈副市长汇报，他马上派了副秘书长到林州来协调。最后，当地领导要求我们也一次性付清 2 500 万元的购买金，并且只给了 5 天的期限。也就是要求我们在 2005 年 4 月 19 日前，一次性付清 2 500 万元，否则合同作废。

对我们武汉亿胜材料有限公司而言，一次性付清 2 500 万元，进厂后还需要技术改造投资，没有 3 500 万元无法正常经营，这超出了我们的能力范围。于是，我为了尽快完成该资产的收购，决定引进资金，就打电话给佛山市三水区三鹿水泥有限公司的叶国雄。

佛山市三水区三鹿水泥有限公司成立于 1999 年 10 月 19 日，是家立窑水泥企业，效益很好，是佛山市水泥销售大户，佛山市的知名企业。法人代表是叶国雄，还有两个主要股东是陈力平和郑沛钊，他们三个人人品非常好，很讲诚信。

叶国雄接到我的电话后，与陈力平和郑沛钊三人一合计，第二天就坐飞机经郑州赶到了林州市，考察了红旗水泥厂，当场决定投资。经与三鹿水泥有限公司友好协商，双方决定合作投资收购林州市红旗水泥厂整体资产，并于 2005 年 4 月 15 日达成了协议。双方共同出资收购了林州市红旗水泥厂整体资产，成立林州市亿胜红旗渠水泥有限公司，总股本为 3 500 万元，其中亿胜材料公司出资 1 900 万元，占总股本 54.286%；三鹿水泥有限公司出资 1 600 万元，占总股本的 45.714%。在林州市政府规定的期限前，2005 年 4 月 18 日，余款 2 500 万元全部汇到了林州市企业改制工作领导小组办公室的账上，购得了林州市红旗水泥厂，并更名为林州市亿胜红旗渠水泥有限公司。

图 10.11 扩建两台 Φ2.6 米 ×13 米矿渣磨

我们进厂后，就开始了紧张的技改和扩建，新上了 2 台 Φ2.6 米 ×13 米大磨机用于粉磨矿渣粉；增加了 10 台除尘器和 2 座水泥散装库；配齐了钙铁分析仪、硅铝快速测定仪、氧弹仪、《水泥生料配料率值控制系统》等水泥质量保证设备；全部更换了生料、熟料、水泥的配料微机和包装机，改造了 2 台烘干机和 2 台立窑，修复了 4 台 Φ2.2 米 ×6.5 米球磨机等设备，更换和修复了几十台皮带输送机和提升机，立窑生产线可以正常稳定生产了。但，由于资金不够日产 1 000 吨新型干法窑的技改暂时没有启动。

可是不巧，我们的水泥厂投产后，河南北部的安阳市和林州市一带，水泥的价格就一落千丈，当地水泥供大于求，我们厂的水泥和矿渣粉只好远销郑州、洛阳等地，由于运输距离太远，水泥出厂价格一直很低，每吨水泥才 160 元左右。而周边一些水泥厂常常采用偷税漏税、缺斤少两、在水泥中加盐等违法经营方法。比如，一包水泥原本是 50 千克，可他们只有 45 千克，每吨水泥成本就可降低近 20 元。盐是水泥的早强剂，水泥中掺入盐，可大幅度提高水泥的早期强度，产品就有了很大的竞争性。可盐会使混凝土中的钢筋生锈，影响钢筋水泥混凝土的寿命，用户并不知道这个危害。虽然我们采用了矿渣活化等技术，可以降低水泥的生产成本，但由于我们不做这些违法乱纪的事，从而使得我们的优势也不复存在了。与此同时，周边的矿渣等原材料又大幅度涨价，最终使得我们水泥厂出现了经营亏损。

此外，水泥厂周边的治安环境也不好，我们刚进厂不久，聘请了当地的一位出纳，第二天就要发工资了，有一笔 8 万元的现金，特别叮嘱她要存到银行，不能放在财务室，可是她偏偏放在财务室里，而且那天晚上还没人值班，当天夜里就被人撬开保险柜偷走了，没过几天，这位出纳也辞职走了。我们报了警，没过几天，派出所来人说破案了，抓到小偷了，要我们送些食用油和大米去感谢他们。我们很高兴，就买了一些食用油和大米之类的东西送到派出所了，还以为能要回这被盗的8万元钱，可左等右等，最终一分钱也没要到。我们损失了8万元钱不说，还被派出所又揩了油。

治安环境不好，投资环境更差，当地一些人根本不讲信用。我们自从2005年1月18日与林州市红旗水泥厂破产清算组签订了整体购买林州市红旗水泥厂所有资产合同后，我方早已付清了所有费用。但是，当地人却迟迟不将原红旗水泥厂的资产全部移交给我方，特别是《红旗水泥厂资产评估报告》上明确标示的面积为10.31亩的“C块土地”又被盗卖，一直要不回来。而且，水泥厂的房产证和土地证一直不给我们，最后被我们逼得没办法才给了部分房产证和土地证。可这些新办的房产证和土地证又被银行告之不能抵押贷款，说是这些房产和土地已被抵押。我们问：“林州市红旗水泥厂不是已被法院宣布破产拍卖了吗？”银行却说：“还需要法院做出终审判决，将资产判给你们才行。”我们到处找人，没人再理这事，法院也迟迟不做破产终审判决。

我们在签订关于林州市红旗水泥厂资产整体出售的合同时，合同规定有许多免税优惠条件，而且都有附件，税务优惠条件写得明明白白，可实际上都不能落实，税务部门找上门收税，我们就把合同给他们看，可他们不认可，最后就说先征后返，可缴上去的税，一分钱也没有返回，所谓的优惠政策全部都成了一句空话。

林州市亿胜红旗渠水泥有限公司出现了亏损，由于连流动资金都无法得到银行的贷款，又得不到股东的增资，为了维持生产，只能向武汉亿胜科技有限公司借支，经营出现了困难。这时，某银行看到我公司的现金流不大，“嫌贫爱富”的本性就暴露无遗。武汉亿胜科技有限公司向某银行借贷的900万元的贷款，原本期限是2年时间，可还没到还款时间，这个银行就派业务员一天到晚上门催债。如果不采取果断措施，我公司就有可能出现资金链断裂的危险。在这种情况下，我只好将我家里的所有存款全部拿出来，还卖掉了一处房产，才还清了这家银行的贷款。三鹿水泥公司看到这种情况，也没有了信心，提出要退股。显然这时我们没有能力购买他们的股份，再加上林州市亿胜红旗渠水泥有限公司一直在亏损，需要不断往里输入资金，使我的压力倍增，一天到晚忧心忡忡、闷闷不乐。

图 10.12 安徽三祖寺解缚石

2006 年 7 月，我陪客人游玩安徽天柱山，顺便到了安徽三祖寺。三祖寺有块著名的“解缚石”，我站在解缚石前，听导游介绍说：当年年仅 14 岁的四祖道信，礼谒三祖僧璨，道信恳求僧璨告诉他解脱法门，而僧璨则反问道：“是谁将你缚住？”道信说：“没有人束缚我。”僧璨说：“既然没有人缚你，那你又求什么解缚？”道信于是恍然大悟。我听了此故事，也恍然大悟，为何不卖掉林州市亿胜红旗渠水泥有限公司呢？于是，我就决定卖掉林州市亿胜红旗渠水泥有限公司或者引进新的投资方。

通过网上公告、熟人介绍等办法，我找了好多人，可是大多数人一听说企业所在地，就不愿意投资了。大家都说当地有些人不守信用，一旦把资金引进后，就“关门打狗”，好多到当地投资的投资人，最终都是亏损而归。好不容易才找到了福州某港建材有限公司，他们表示愿意购买。

2006 年 12 月 16 日，经与福州某港建材有限公司友好协商，达成了股份转让合同。林州市亿胜红旗渠水泥有限公司现有所有资产和债权债务，包括土地、房产、设备、备品备件、原料、半成品及成品、交通工具、铲车、新生资产、注册商标等无形资产和有形资产等合计作价 4 000 万元人民币。福州某港建材有限公司出资 3 500 万元人民币，其中 1 000 万元作为林州市亿胜红旗渠水泥有限公司增资所用，2 500 万元用于购买林州市亿胜红旗渠水泥有限公司股东的股份。林州市亿胜红旗渠水泥有限公司经过福州某港建材有限公司的增资后总股份数变为 5 000 万元，福州某港建材有限公司占总股份数的 70%，林州市亿胜红旗渠水泥有限公司原股东占总股份的 30%。

我卖掉了林州市亿胜红旗渠水泥有限公司的股份后，虽然大部分股权转让费没拿到，但也不用再给水泥厂补贴了，我用我家的资金还清了银行的贷款，保住了武汉亿胜科技有限公司。购买河南省林州市红旗水泥厂给我的公司带来了意想不到的巨大损失，公司的经营受到了沉重的打击。但是，也促使我萌发了进一步降低水泥生产成本，研发少熟料水泥的构想。2006 年 11 月左右，我便开始研发少熟料水泥的生产技术。但很可惜，高性能少熟料水泥直到 2010 年 2 月才研发成功，错过了时机，没能在林州市亿胜红旗渠水泥有限公司得到应用。

林州市亿胜红旗渠水泥有限公司又一次陷入困境后，由于我毕竟还是法人代表，我们公司还有大量的资产在这个水泥厂，如果任由福州某港建材有限公司经营，万一做出了偷税漏税等违法事情，我担心也会受到牵连，所以我就又开始联系新的投资方。

经多方联系，好不容易找到了湖北某磊置业有限公司愿意购买我们的水泥厂。某磊公司原来也是承包水泥厂起家，承包过好几家水泥厂，在重庆还有一家日产 2 000 吨的新型干法窑水泥厂，经营状况很好。

2008 年 1 月 16 日，湖北某磊置业有限公司、福州某港建材有限公司、武汉亿胜材料有限公司、佛山市三水区三鹿水泥有限公司，经过多次协商，达成了协议。湖北某磊置业有限公司同意购买福州某港建材有限公司和佛山市三水区三鹿水泥有限公司的全部股份，采用分期付款方式，首次分别支付给了福州某港建材有限公司 600 万元、佛山市三水区三鹿水泥有限公司 100 万元。同时，还同意以 475.5 万元的价格，购买武汉亿胜材料公司 37.78% 股份中的 16.78%，也同样采用分期付款方式，首次支付了 100 万元。并承诺收购完成进厂后，再支付 200 万元，股权工商登记后支付剩余的 175.5 万元。

2008 年 3 月，湖北某磊置业有限公司在支付了首付款后，顺利进厂接管了林州市亿胜红旗渠水泥有限公司。虽然湖北某磊置业有限公司不像福州某港建材有限公司那样不讲道理，但同样也是不守信用，首次付款后，原来承诺的购股款就再也不付了。其实，许多个体户购买水泥厂都是采用这种模式，支付首次款项后，就用该水泥厂的利润偿还债务，如果水泥厂不能很快盈利，后面的余款一般是要不到的。

图 10.13　开始改造回转窑

湖北某磊置业有限公司接管水泥厂后，注入了资金，马上恢复了回转窑的技改，2008 年 9 月回转窑顺利投产了。可水泥生产成本比立窑水泥要高许多，可恨的是，附近的水泥行情一直不好，水泥价格很低，水泥厂经营亏损更大。欠别人的原材料款越来越多，而且股东之间互不信任，福州某港建材有限公司和佛山市三水区三鹿水泥有限公司这两个股东，根本不配合，他们只想要钱退出，股东之间达不成任何共识，水泥厂经营又一次陷入了困境。

2010 年 2 月，我的高性能少熟料水泥研发成功。2010 年 3 月 4 日，高性能少熟料水泥在云南昆明蓬莱水泥厂成功生产。这时，我就想用这高性能少熟料水泥来挽救水泥厂，还请了湖北某磊置业有限公司办公室彭主任到云南昆明蓬莱水泥厂考察，但由于股东之间达不成共识，没有哪家股东愿意增资，高性能少熟料水泥最终也无法投产。

2011 年 3 月 15 日，因股东之间矛盾重重，水泥厂又处于停产状态，最后我们几家股东都以极低的价格，一次性付款，把股份全部卖给了湖北某磊置业有限公司了事。听说湖北某磊置业有限公司转手就将它又转卖给了当地的一家公司，也不知道他们转卖了多少钱，我也不再关注此事了。

购买水泥厂以失败告终，原因是多方面的，最主要的原因是水泥市场不好，其次是法制环境还不完善。有道是谋事在人，成事在天，从始至终，我碰到的都是违约、违约、违约！如果没有这么多的违约，我想还不至于失败。是我错了吗？也许是，也许不是！

10.3　兴建公司大楼

2007年底，此时的北港科技园一带已变得十分繁华，原先的田地、藕塘和湖泊都被填实盖起了商品房，我们公司所在地也变成了热闹的中心地带。北港科技园的土地早已全部被利用，没有剩余的空地，许多科技型小公司找不到办公地点，北港科技园管委会就鼓励我们将空余的房间出租给这些科技型小公司。此时，我认真分析了水泥行业的发展趋势，为了加强公司的抗风险能力，提出充分利用房产和土地资源，并加强水泥化学及工艺过程的研发，对公司的经营方向进行必要的调整。

2008年初，我公司启动了沿街门面的建设工程，投资了50多万元，把原来的工棚改造成了沿街门面房，建成了40余间沿街门面和一座汽车修配厂。而且，将公司现有没用的空房子全部出租出去，为公司增加了新的收入渠道。基本上形成了房产、计算机软件设备、水泥生产技术三个经营方向。

2010年3月24日，高性能少熟料水泥开始推广应用后，给公司创造了很大效益，还清了我的借款，公司重新起步，又一次走上了稳步发展的道路。可就在这时，我公司面向书城路的5间门店发生了火灾，又掀起了一阵巨大的波浪。

2012年8月19日凌晨3点左右，租我公司门面房的湖南米粉店员工吴春子起床开始工作，她插上电源后，就外出上厕所去了。可等她回来时，插头已经起火，并且大火已经烧到了房顶，而且火势很大，马上就波及旁边的几间门店。正巧，这时武汉市洪山区市容环境卫生管理局的洒水车从门前通过，环卫工人马上用洒水车进行灭火，火势很快就被控制住了。

火灾过后，我公司值班人员没有马上通知我，而是天亮后才通知我到现场。经过清点，没有造成人员伤亡，总共烧了 5 间门店，2 间是湖南米粉店，兰州拉面馆、梦园副食店和特百惠餐馆各占 1 间。我立即组织用钢管和帆布做成围墙，将火灾现场隔离开来，然后进行清点、造册，估计损失。

火灾当天上午 8 点左右，武汉市消防部门、珞南街派出所民警和北港科技园领导就来了，召集大家开了一次会，要求我们公司对这些门店人员进行安抚，先照顾好他们的生活，然后估计损失，再说赔偿的事。我表示同意，于是我公司空出了两间办公室供他们住宿，并定购盒饭供他们食用，他们的生活算是安定了下来。这时，珞南街派出所民警带走了湖南米粉店的直接责任人吴春子，决定行政拘留 15 天。

上午时间很快就过去了，转眼就到了中午 11 点左右，珞南街派出所民警又到了我们公司，说要做笔录，先是把分管房产的副总经理冯其寿叫到了派出所。一到派出所，借口说有点事要办，叫冯其寿在房间里等一会儿，就把铁门一关走了。

过了一会儿，民警又叫我去派出所一趟，说是要做个笔录。这时，都已 11 点多了，我有糖尿病，不能饿。我就对他们说："好，你们等一会儿。"说完，我就跑到车里去拿北京小吃驴打滚，以防血糖过低。这时，一个小民警还以为我要逃跑，马上就追了上来。我当时就有点生气地说："你追什么，我拿个吃的，这有什么好逃跑的。"然后，我坐他们的警车到了珞南街派出所。有个民警打开电脑给我做笔录，先是问了一下我们公司的情况，然后让我介绍了一下火灾的经过，最后问我是不是由我负主要责任。我说："我们历来重视防火防盗，都有指定专人负责的。"民警接着说道："有文件吗？"我说："没有。""没有文件，那就是你负责。"民警接着说道。我想想，由其他人负责，还不如我来负责，就说道："那就我负责吧。"最后民警把笔录打印出来了，让我签字，我看了一下笔录，就签了字。中午 1 点多，我才从派出所出来，叫了辆出租车回公司了，还好我带了北京小吃驴打滚，否则可能已经出现低血糖了。

当天下午，冯其寿还被关在派出所没放出来，珞南街派出所民警又来到我办公室，要我们缴20万元现金做保证金，如果事件能得到圆满处理，就还给我们。

20万元我公司不是没有，但都在银行账上呀，怎么会有现金存在公司呢？这也不符合财务规定呀。而且，下午4点多了，到哪里去取现金呀？我就说："明天取行不行，你先把冯其寿给放了。"当时，我们确实取不到现金，公司账号是不能取这么多现金的，我的银行卡放在家里，不在公司，也没法取。当时任我公司总经理的刘金军就说，他银行卡里有2万元钱，他马上去取。民警看到我们真的取不到现金，就走了，也没答应放人。刘金军取到了2万元现金后，就送去派出所，走到派出所门口，刚好碰到北港科技园的一个工作人员，他说他认识派出所的人，就进去打了个招呼，钱也不要了，冯其寿也被放出来了。其实，这次火灾我们不是直接责任者，而是间接责任，不应该对我们的人员采取强制措施，更不应该缴什么保证金。

当天，火灾现场我们很快就清点完了，湖南米粉店、兰州拉面馆和特百惠餐馆都没什么东西，主要是梦园副食店，有一些烟、酒之类的东西被水淋了，但基本都在，很容易清点。这几家门店知道湖南米粉店没钱，赔不了他们，就要我们公司赔偿损失。他们道理很简单，就是我们租你们的房，你们把我们的东西烧了，就应该赔我们。我也同意赔偿他们，关键是应该赔多少，怎么评估的问题，双方就一直纠缠不清。我是很希望走司法程序的，由法院判我们赔多少，我们就赔多少，可他们不肯，坚持要按他们说的价格赔偿。

我看到这种情况，就想一个一个解决。第一家先找兰州拉面馆，开兰州拉面馆的是一对夫妻，大致50岁左右，新疆人，不怎么说话，他们说请他们的"舅舅"来解决。我对他们说，我先给你们8万元补偿费，待其他几家全部解决完后，我们再谈，他们表示同意。于是，2012年9月21日，我们就先给了兰州拉面馆8万元，暂时安抚了一下。

接着，着手解决特百惠餐馆的事。经营特百惠餐馆的是一个 50 岁左右的妇女，她的餐馆的位置在最边上，火烧到她那儿时，基本上就被扑灭了，所以烧得不是很严重，许多东西都是好的。按我们的清点，全部东西加在一起也就两三万元左右。可她有个 20 多岁的儿子，整天来我办公室闹，有次实在气不过，我们公司员工还与他打起来了。他们开口要 10 万元，最后经过商谈，2012 年 10 月 9 日我们赔了他们 7 万元左右了事。过了两天，他们又来要两个煤气罐，他们也知道这两个被火烧过的煤气罐应该属于我们的了，可他们这次不是来吵架，而是说了好多好话，我想想算了，这煤气罐我们也没什么用，就同意给他们了。谁知道，第二天我们放在园区里的十几个煤气罐全部都没有了，也不知道被谁偷走了。

最让人气愤的是梦园副食店老板，40 来岁，个子不高，1.6 米左右，理了个小平头，能说会道。一开口就说，我店有个古董被烧了，能值多少多少钱。我们就说，那拿去鉴定一下吧，他也不敢了。接着又说，烧掉了几万元钱，同样也找不到灰烬。其实，他们店烧得也不怎么严重，都是一些普通的烟和酒，东西都完好的，只是被水淋了。双方派人共同进行了清点，将他的东西按他说的价格全部买下，大致 13 万元左右，可他死活要 20 万元赔偿。差距太大，我不同意，要求走司法程序，法院判赔多少，我们就赔多少。可他明白，这样他拿不到多少钱。后来我听说这个家伙在汉口开店时，也曾经发生过一次火灾，这次又被他碰上好机会了。所以，他很有经验，把老婆和孩子都叫到了公司里住着，每天要吃要喝。不断到我办公室纠缠，一直不松口，所以我就想拖他一下再说。

2012 年 10 月 22 日上午，他到我的办公室，给我下了最后通牒，说再不给他 20 万元，就采取行动。我想不就是要钱嘛，还能有什么行动？我还是要求他走司法程序，请他到法院去起诉，双方还是没有谈成。

2012 年 10 月 23 日上午，一上班就发现我们公司门口来了十几个老太婆，每人手里拿着一条白布条，一边挥舞，一边使劲大喊：“跳楼啦！跳楼啦！

亿胜公司欠钱不还啦！”梦园副食店的老板手里拿着一把菜刀，爬到了我们公司靠近书城路4层楼的屋顶，面对着马路，一边挥舞着菜刀，一边大声喊叫：“亿胜公司欠钱不还，我要跳楼啦！我要跳楼啦！”当时，正值上班的高峰期，围观的群众很多，把马路都给堵死了。没过一会儿，电台和电视台的记者都来了，听我们一介绍情况，都认为：“又不是你们把他店烧了，干吗找你们要钱呀！”就知道我们碰到了一个无赖，这家伙根本就不会跳楼。不一会儿，特警来了。我当时正在三楼会议室与北港科技园的彭士林主任商量建二期工程的事，只见四五个特警冲上了屋顶，一下子就把那个人压倒在地。然后将他从楼顶拖了下来，硬塞进警车带走了。那些明显是请来专门闹事的老太婆，一下子就跑得没影了，而他的老婆和孩子却不在现场，可能事先就安排她们回家了。

这个跳楼闹剧很快就被压制下来了，可问题还得解决。当天下午，珞南街派出所民警担心再次出现影响治安的事件，就出面主持谈判。民警采取两边压制的办法，一边要我们提高赔偿金额，另一边要求对方降低要价。可这家伙很有经验，就是死活不松口，最后民警要他降到18万元，然后打电话给我，对我说：“就赔偿18万元了，你要是觉得气不过，我们可以把他拘留15天给你解气。”我当时实在是有些气愤，又不是我们的直接责任，而且东西全部加在一起也只有13万元钱，却要我赔偿18万元。但想到早一点解决问题，二期工程就可以早一天开工，二期工程早一点开工，这钱也可以赚回来了。于是就对民警说：“算了，我吃点亏，就按18万元吧。你们也不用拘留他了，这是损人不利己的事。”于是，那个人就被放出来了。当天，我们就与梦园副食店老板签订了协议，火灾补偿18万元，退押金2 000元，退房租8 791.2元，合计190 791.2元。这件事情算是了结了。可过了几天，他又找来了，这次不是来找我们麻烦，而是要我们的冰柜。原来，他卖冰棍用的冰柜是租来的，现在想还人家，可这已经属于我们的资产了。他想要回去，我就说那你得按原来的报价给我钱，原来清单上的报价是3 500元，你就3 500元买回去吧。

可这家伙又是死皮赖脸，缠着没完，最后我们只收了1 500元，就把冰柜给他了。

2012年11月8日，兰州拉面馆那对夫妻的“舅舅”找来了，经过摆事实讲道理，他把价格降到了16万元，最后我说：“我对穆斯林兄弟是非常尊重的，做生意讲究公平对吗？你说要我们赔这么多钱，公平吗？”他一听，就说再降1万，15万元成交。我想算了，就同意了，于是，再补给他7万元了结了。

几天以后，引起火灾的那家湖南米粉店老板，看到他们都拿到赔偿款，也找上门来要钱。我一看正好，就对他说：“我们还找不到你呢，你让我们损失这么大，赔偿、罚款加上请客送礼，前后共花了50多万元，得赔偿我们。”他一听就跑得没影了，再也找不到人了。我们也知道，他们根本没能力赔偿，也没去追究了。

这场火灾看起来给我们公司造成了很大损失，可实际上却给我们公司带来了新的发展契机。由于收购林州红旗水泥厂的失败，我们公司损失了一大笔钱，后来由于高性能少熟料水泥的发明和推广，公司的财务紧张状况刚刚有所缓和，账上也没有多少钱，根本没准备兴建亿胜科技大楼的二期工程。但这场火灾让我下决心马上开始兴建二期工程，再次从我家中拿出资金用于二期工程的建设。当时，钢筋每吨才2 000多元，混凝土每立方米才30多元，水泥每吨才200多元，是建筑材料价格最低的一年，被我们赶上了。如果没

图10.14　武汉亿胜科技大楼二期工程基础

图10.15　武汉亿胜科技大楼二期工程建成

有这场火灾，二期工程还不知道拖到什么时候，算是因祸得福了。

2012 年 9 月，我们请武汉开来建筑设计有限公司进行设计，同时开始办理各种审批手续。办理审批手续可不是一件容易的事，需要规划、土地、财政、审计、建设、工商、税务、消防、环保等部门的层层审批，我也不知道一共盖了多少个公章，据说审批过程中需要盖 200 多个章。每一个部门都要填表盖章，由于行政审批各部门独立成线，互不隶属，且不少手续是后面的前置条件，而每个环节又都有办理期限，这种直线型、串联型的行政审批，两年之内能完成就算效率很高了。

2013 年 11 月 5 日，我们总算办齐了各种手续，拿到了施工许可证。2013 年 8 月 16 日，武汉惠安基础工程有限公司进场，开始打管桩。2013 年 11 月 4 日，开始挖基坑。

2013 年 11 月 13 日，奠基。我用一个琉璃瓶，装入各种中外硬币作为奠基物。瓶子用水泥砂浆封口，放在最靠近十字路口的一根管桩内，用纸盒包装后将它沉入了大致有 26 米深的地下。

图 10.16　奠基物

2013 年 12 月 11 日，基础承台和地下室底层混凝土浇筑完毕。2013 年 12 月 25 日，±0.00 米平面混凝土浇筑完毕。2014 年 4 月 4 日，大楼封顶。2014 年 5 月 1 日，开始幕墙施工。2014 年 7 月 7 日，地下室装修完工。

最后就是验收了，房地产工程验收牵涉到许多部门，流程复杂。

2014 年 8 月 15 日，花岗岩幕墙施工通过了验收。2014 年 8 月 20 日，电梯通过了验收。2014 年 8 月 28 日，消防通过了验收。2014 年 8 月 29 日，规划通过了验收，大楼开始启用。

2014 年 9 月 15 日，新安装的变压器开始启用。2014 年 10 月 9 日，园区沥青路面施工完成。2014 年 10 月 27 日，园区停车收费系统开始使用，二期工程全部完工。

2015 年 8 月 18 日，我们拿到了新大楼的房产证。

公司新大楼的落成，给北港科技园内的中小企业提供了理想的办公场所，也给公司带来了稳定的收入，皆大欢喜，公司进入了稳步发展的阶段。

10.4 担任独立董事

所谓独立董事是指：不在上市公司担任除董事外的其他职务，并与其所受聘的上市公司及其主要股东不存在可能妨碍其进行独立客观判断关系的董事。

独立董事能够客观地监督经理层，维护中小股东权益，防止内部人控制。基于这种考虑，1978 年，纽约证券交易所规定，凡上市公司都得有独立董事。此后，许多国家纷纷仿效，建立独立董事制度，以完善公司治理结构。当股东和管理层发生利益冲突时，独立董事站在中小股东的立场上，对管理层提出质疑、指责和建议。到了非常时期，如公司兼并、重组、破产等，股东更信赖独立董事，愿意倾听他们的声音。

独立董事既为公司服务，又维护着中小股东的利益，使公司和股东实现“双赢”。正因如此，独立董事制很快风靡欧美，有人甚至把它称之为“独立董事革命”。1999 年，董事会中独立董事的比例，美国为 62%，英国为 34%，法国为 29%。而在大公司中，这一数据还要高些。据《财富》杂志调查，美国公司 1 000 强中，董事会平均规模为 11 人，其中独立董事 9 人。

很多上市公司聘请独立董事，无形中提升了公司形象，便于市场融资。担任独立董事的，多为社会名流，如专家学者、离任总裁、商界成功人士等。他们眼界开阔，经验丰富，能为企业提出实用而中肯的建议。当企业需要政策扶持时，就会聘请有从政经历、律师背景的人担任独立董事，来帮助分析和预测政府行为，以便企业能审时度势，有效利用好政策环境。

10.4.1　华新水泥股份有限公司独立董事

华新水泥股份有限公司始创于1907年，被誉为中国水泥工业的摇篮，110多年来为国家和地方经济社会发展作出了突出贡献。华新水泥企业资信为“AAA”级，“华新堡垒”为中国驰名商标。20世纪50年代北京的十大建筑、北京亚运村、葛洲坝、京珠高速公路、长江中下游数十座公路和铁路大桥、举世瞩目的三峡工程等国家重点工程，均选用华新水泥。

1994年，华新水泥A、B股在上海证券交易所上市。1999年，与瑞士Holcim集团结为战略伙伴关系。近20年来，华新水泥发生了翻天覆地的变化，在中国水泥产量年均增长率为7.5%的背景下，华新水泥主要经济指标，年均增长率连续20年保持25%。目前，华新水泥已经成为拥有国内外270余家子公司，涉足水泥、混凝土、骨料、环保、装备制造及工程、新型建筑材料等领域，全产业链一体化发展的全球化建材集团，名列中国制造业500强和财富中国500强（净资产收益率位居第10位）。2021年，在“中国500最具价值品牌”榜单，华新水泥以702.69亿元的品牌价值位列榜单第80位。

2003年2月初，华新水泥股份有限公司的总裁李叶青，亲自到我家请我担任华新水泥股份有限公司的独立董事，为了学习上市公司的管理经验，我愉快地答应了。

2003年2月11日，我发表了独立董事候选人声明，公开声明本人与华新水泥股份公司之间保证不存在任何影响本人独立性的关系，并填写了独立董事的声明表，主要内容有：本人简历、社会关系、所获奖励、专业资格、著作及成就等内容。

2003年7月19日，由华新水泥股份有限公司出资，我参加了由中国证券协会和复旦大学管理学院共同举办的上市公司独立董事培训班学习，培训地点在上海国家会计学院，并通过了考试，取得了结业证书。

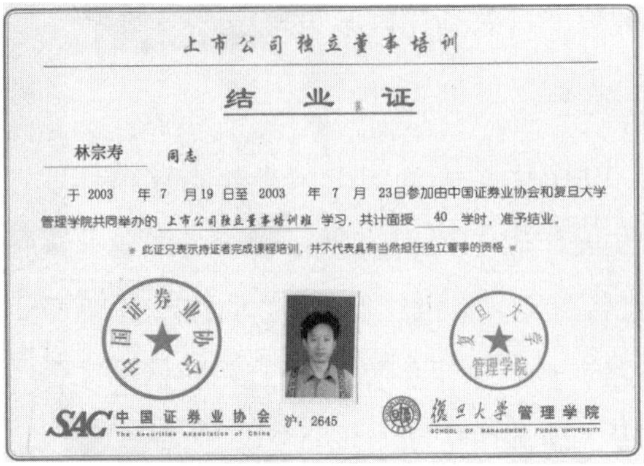
上市公司独立董事培训

结业证

林宗寿 同志

于 2003 年 7 月 19 日至 2003 年 7 月 23日参加由中国证券业协会和复旦大学管理学院共同举办的 上市公司独立董事培训班 学习，共计面授 40 学时，准予结业。

※ 此证只表示持证者完成课程培训，并不代表具有当然担任独立董事的资格 ※

中国证券业协会 复旦大学管理学院

SAC 中国证券业协会 The Securities Association of China 沪：2645

复旦大学 管理学院 SCHOOL OF MANAGEMENT, FUDAN UNIVERSITY

图 10.17 上市公司独立董事培训班结业证

那时，我已 46 岁，相隔 21 年又回到了可爱的上海，参加培训学习，深感机会难得。短短的 5 天时间，坐在上海国家会计学院的合班大教室里，仿佛又回到了大学时代。我不仅学到了公司的上市规则和公司管理架构，还学到了许多财会知识。无论是担任独立董事还是管理我自己的小公司，都有许多借鉴作用，受益匪浅。课堂上，老师们图文并茂、深入浅出，举了许多实际的例子，老师们的谆谆教导我至今还记忆犹新："再好的出纳员，在压力很大的情况下，就有可能挪用公款，因此必须加强制度建设。""会计必须亲自到银行取回票，否则账上的资金被挪用了，可能都不知道。""上市公司的重大决策，你如果判断不准，可以聘请第三方机构作个评估，以此避免失误和法律责任。"等等。

在此之前，2003 年 4 月 28 日，华新水泥股份有限公司 2002 年度股东大会，审议通过了关于选举公司第四届董事会董事成员的议案。华新水泥股份有限公司第四届董事会，由陈木森先生、李叶青先生、UrsBieri 先生、GerardLetellier 先生、PaulThaler 先生、纪昌华先生、张天武先生、谢获宝先生、林宗寿先生等 9 人组成，其中，张天武先生、谢获宝先生、林宗寿先生为独立董事。

公司董事会还设立了战略委员会、提名委员会、审计委员会、薪酬与考核委员会等专门委员会，协助董事会对所需决策事项提供咨询和建议。专门委员会成员全部由董事组成，其中提名委员会、审计委员会、薪酬与考核委员会中独立董事占了多数，并由独立董事担任召集人。

我作为华新水泥股份有限公司的独立董事，严格遵守国家法律、法规、

图 10.18　华新水泥股份有限公司第五届董事会成员

规章和《公司章程》的要求，本着对全体股东负责的态度，认真履行了独立董事职责，从专业角度对公司的战略发展、项目投资等事项发表了独立、客观的意见，为公司的健康、快速发展起到了应有的作用。凡涉及公司重大资产收购、出售和重大担保、关联交易等事项，则会通过公司高管、董秘室详细了解情况，再根据相关要求发布独立意见。

2006 年 4 月 7 日，华新水泥股份有限公司第四届董事会任期届满，经股东会表决通过，陈木森先生、李叶青先生、Tom Clough 先生、Daniel Bach 先生、Paul Thaler 先生、纪昌华先生、张天武先生、谢获宝先生、林宗寿先生等 9 人为华新水泥股份有限公司第五届董事会董事。其中，张天武先生、谢获宝先生、林宗寿先生为独立董事。

在我担任华新水泥独立董事期间，华新水泥扩建、并购、担保、年报审计、关联交易、薪酬考核等事件频繁，每年都要参加十几次董事会。董事会开会地点大多在黄石市或者武汉市，有时也在国外召开。2008 年 11 月 13 日，第五届董事会第三十一次会议就是在新西兰召开的。

2009 年 4 月 3 日，华新水泥股份有限公司第五届董事会届满，华新水泥股份有限公司召开了 2008 年度股东大会，通过了关于选举公司第六届董事会成员的议案，我便正式结束了华新水泥独立董事的任期。

图 10.19　第五届董事会第三十一次会议在新西兰召开

10.4.2　香港华润水泥控股有限公司独立董事

2003 年 3 月上旬，香港华润水泥控股有限公司董事长乔世波先生和总经理石善博先生，亲自来到了武汉邀请我担任香港华润水泥控股有限公司的独立董事。由于当时我已经答应了担任华新水泥股份有限公司的独立董事，就很诚恳地对他们说：“我很愿意，但我已经答应了担任华新水泥股份有限公司的独立董事，你们看行不行？”他们就说：“没关系，可以的。”随后他们就问我说：“你需要多少报酬？”我当初确实只想学一点东西，根本不是为了钱，就毫不犹豫地说：“无所谓，你们看着给吧。”初次见面，他们对我的印象不错，很快就确定了让我担任独立董事，并吩咐香港华润集团在武汉的啤酒厂的一位工作人员，帮我办理了

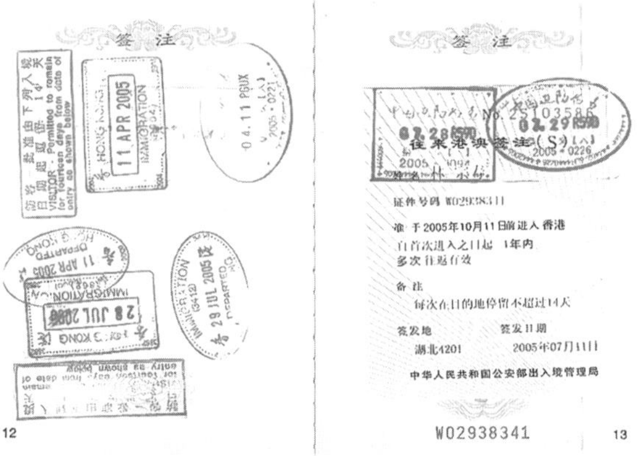

图 10.20　多次往返香港通行证

多次往返香港的通行证。在担任华润水泥独立董事期间，我经常是上午飞到香港，开完董事会后，晚上再飞回武汉。

2003年4月24日，我对香港联合交易所发表了声明，确认我没有在上市公司中持有任何股权，没有在上市公司或其附属公司的业务中拥有任何财务或其他权益，并且没有在上市公司及其附属公司内担任任何管理职责。

2003年6月20日上午，华润水泥控股有限公司董事局第一次会议在香港华润大厦39楼华润创业会议厅举行，确定了华润水泥控股有限公司董事局的成员组成。执行董事：乔世波先生、石善博先生、周俊卿女士、周龙山先生、孙明权女士、郑义先生；非执行董事：宁高宁先生、蒋伟先生、姜智宏先生；独立非执行董事：陈茂波先生、林宗寿先生、吕培基先生。

2003年7月28日，华润水泥控股有限公司在香港联交所正式挂牌上市。

图 10.21　华润水泥控股有限公司上市挂牌交易仪式

华润水泥起源于珠江口狮子洋畔的一个粉磨站。1993年，时值华润由贸易向实业转型的关键时期，中国水泥行业迎来了改革开放以来的第一个黄金时代，市场价格高企，产品供不应求，水泥厂盈利猛增。为抢抓市场机会，华润集团决定在东莞建设一个水泥粉磨站。由于缺乏行业经验，水泥厂建设时间长（历时 5 年于 1998 年 5 月投产）、投资大、无资源、管理架构不合理，投产时又正好赶上 1997 年亚洲金融危机后的市场低迷，导致水泥厂投产后产能利用率低、亏损严重。虽然两年后，在华润集团派出的管理团队的努力下效益大幅改善，但终究抵不过“一没有资源支撑、二没有技术优势、三没有成本优势、四没有市场地位”的诸多劣势，到 20 世纪初成为华润集团的一个“心病”。当年弱小的它与区域内鱼峰、塔牌、亨达利、越秀、红水河、海螺、福建水泥等龙头企业相比，显得势单力薄。而华润水泥正是在这样的起点上，不畏强敌，通过创新的战略布局和快速发展，不断刷新战略目标，成功逆袭成为区域水泥行业龙头企业，发展成为华南区域最大、最具竞争力的水泥和商品混凝土供应商，在中国水泥行业中占有重要地位。水泥产能位居全国前列，商品混凝土产能位居全国第一。华润水泥控股有限公司以西江和近海航道为物流主通道，建立起了完善的水泥中转和配送网络，已成为业务覆盖粤、桂、闽、琼、晋、滇、黔、内蒙古、黑、陕、浙及港澳等地区的规模最大、效益最好、管理最强的水泥和商品混凝土供应商，是所在区域水泥和商品混凝土行业的强势品牌。

自从我担任华润水泥的独立董事后，华润水泥董事局即委任我为发展战略委员会的召集人，华润水泥董事局对我的意见非常重视。当时，从加拿大约克大学工商管理硕士毕业、刚加入华润水泥不久的余忠良先生，负责制订华润水泥的发展战略。我与余忠良先生一见如故，相见恨晚，对于华润水泥的重大决策，他从投资管理角度分析，而我从水泥专业角度分析，往往得到惊人的一致意见。

2005 年 6 月 16 日，我以书面形式向华润水泥管理层，提了几个关于公司发展战略的建议，就华润水泥的主要竞争对手、如何对待立窑水泥企业、华润水泥企业的煤质问题、如何发挥华润水泥混凝土的优势、如何降低水泥生产成本、如何满足低端水泥用户的需求、如何通过企业并购形成区域优势等问题，提出了自己的意见和看法，深受华润水泥控股有限公司管理层的重视，也受到了华润集团的充分肯定。

2006 年 3 月 31 日，华润集团从其集团的战略发展角度出发，发布了一个公告，建议华润水泥控股有限公司从香港联交所下市。2006 年 6 月 15 日，华润水泥控股有限公司股东会通过决议，华润水泥正式下市，我也结束了华润水泥独立董事的任期。

图 10.22　在余忠良陪同下考察华润水泥平南公司

图 10.23　考察华润水泥的下属水泥厂

华润水泥下市后，2008 年 2 月，余忠良即被委任为华润集团的战略发展总监，负责华润集团的战略发展。2012 年 5 月，余忠良又被委任为华润水泥控股有限公司的执行董事及副主席。而同为独立董事的陈茂波先生，2012 年 7 月出任香港特别行政区政府发展局局长，2017 年 1 月 16 日被任命为财政司司长，香港特别行政区政府先后授予他金紫荆勋章、大紫荆勋章。

私有化下市后的华润水泥控股有限公司经过了几年的发展，2010 年再次在香港联交所上市。2021 年中国水泥企业 50 强榜单，华润水泥控股有限公司排名第四。

我卸任了华润水泥独立董事职务后，应余忠良先生的邀请，于 2006 年 7 月 26 日至 8 月 1 日，对华润水泥控股有限公司的下属东莞水泥厂、平南水泥厂、贵港水泥厂、红水河水泥厂、防城港水泥厂和南宁水泥厂，进行了现场考察和技术交流，各分厂的领导对我来访都非常重视，热情地接待了我，并召开了多次技术交流会。

为了感谢三年来华润水泥对我的厚爱，这次考察本着回报华润水泥的感恩心情，力图多发现问题，解决问题，以降低电耗、热耗，提高产品质量、提高华润水泥技术水平为目的，从生料制备、熟料方案设计、窑的煅烧、水泥粉磨及水泥性能全方位进行了考察和交流，发现了各水泥厂在技术上多多少少都存在一定的问题，有的问题还相当严重。每个分厂都召开了技术交流会，会上我针对存在的技术问题，全部都给出了解决方案，并向华润水泥控股有限公司递交了考察报告。华润水泥控股有限公司管理层非常重视，特别在董事会上宣读了我的考察报告，并下发了一个通知，转发了我的考察报告。

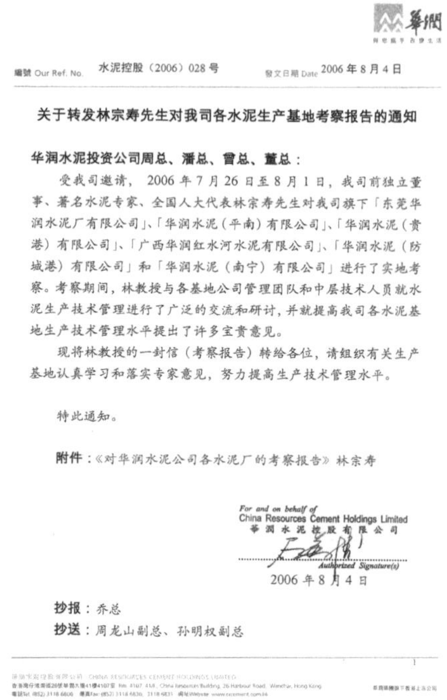

編號 Our Ref. No. 水泥控股（2006）028 号　發文日期 Date 2006 年 8 月 4 日

关于转发林宗寿先生对我司各水泥生产基地考察报告的通知

华润水泥投资公司周总、潘总、曾总、董总：

受我司邀请，2006 年 7 月 26 日至 8 月 1 日，我司前独立董事、著名水泥专家、全国人大代表林宗寿先生对我司旗下「东莞华润水泥厂有限公司」、「华润水泥（平南）有限公司」、「华润水泥（贵港）有限公司」、「广西华润红水河水泥有限公司」、「华润水泥（防城港）有限公司」和「华润水泥（南宁）有限公司」进行了实地考察。考察期间，林教授与各基地公司管理团队和中层技术人员就水泥生产技术管理进行了广泛的交流和研讨，并就提高我司各水泥基地生产技术管理水平提出了许多宝贵意见。

现将林教授的一封信（考察报告）转给各位，请组织有关生产基地认真学习和落实专家意见，努力提高生产技术管理水平。

特此通知。

附件：《对华润水泥公司各水泥厂的考察报告》林宗寿

For and on behalf of
China Resources Cement Holdings Limited
華潤水泥控股有限公司
Authorized Signature(s)
2006 年 8 月 4 日

抄报：乔总
抄送：周龙山副总、孙明权副总

图 10.24　华润水泥控股有限公司转发考察报告的通知

第 11 章　参政议政

11.1　“两会”印象

全国人民代表大会是国家最高权力机关，它的常设机关是全国人民代表大会常务委员会。全国人民代表大会和全国人民代表大会常务委员会行使国家立法权。全国人大代表，通过间接选举方式，由省、自治区、直辖市的人民代表大会选举产生，每届任期为五年。通常是由省委组织部推荐人选名单，由省人大代表无记名投票选举，淘汰率约为 30%。由工人、农民、知识分子、党政领导、民主党派和无党派人士、各少数民族等代表组成，代表名额是按人口数进行分配，当时是城市人口每 20 万人 1 名代表，农村人口每 80 万人 1 名代表。全国人大代表的代表团，共有 35 个。人数上百的代表团有河北、河南、广东、江苏、四川、辽宁、安徽、湖北、湖南及解放军代表团，人数在 30 人以下的代表团有海南、宁夏、西藏、青海、澳门和台湾。要想成为全国人大代表或者全国政协委员，前提条件必须是某行业的翘楚或在某一领域有突出贡献。

1998 年 3 月和 2003 年 3 月，我作为无党派人士有幸连续被选为第九届和第十届全国人大代表。

中国人民政治协商会议全国委员会，由中国共产党、各民主党派、无党派人士、人民团体、各少数民族和各界的代表，香港特别行政区同胞、澳门特别行政区同胞、台湾同胞和归国侨胞的代表以及特别邀请的人士组成，并设若干界别，每届任期为五年。下属的专门委员会包括：提案委员会、经济委员会、人口资源环境委员会、教科文卫体委员会、社会和法制委员会、民族和宗教委员会、港澳台侨委员会、外事委员会、文史和学习委员会。

2008 年 3 月，我夫人由武汉市推荐并当选了全国人大代表，而我有幸又被选为第十一届全国政协委员。同时，还被选为第十一届全国政协人口资源环境委员会委员。

每年一次的全国人大代表大会和中国人民政治协商会议，通常称为“两会”，一般在每年的 3 月份举行，会期 10 ~ 15 天不等。我们湖北代表团一般 2 月 28 日就出发前往北京，通常 3 月 16 日前后可返回武汉，记得会期最长的一次是 3 月 19 日才返回武汉。武汉距离北京不算远，但也不算很近，所以有时候是坐火车前往，有时候也乘飞机，有空军的包机，也有民航的包机。

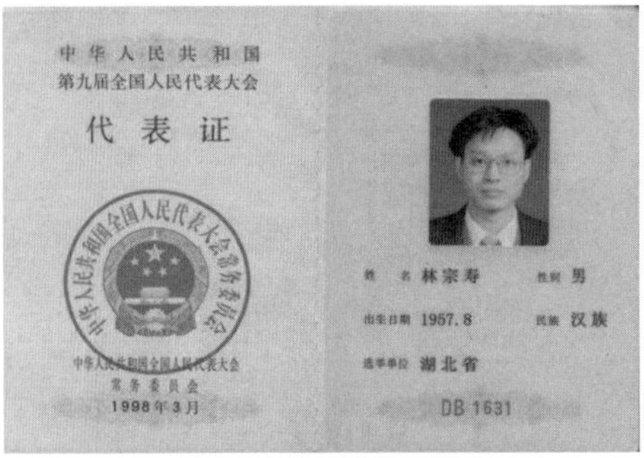

图 11.1　第九届全国人大代表证

图 11.2　第十届全国人大代表证

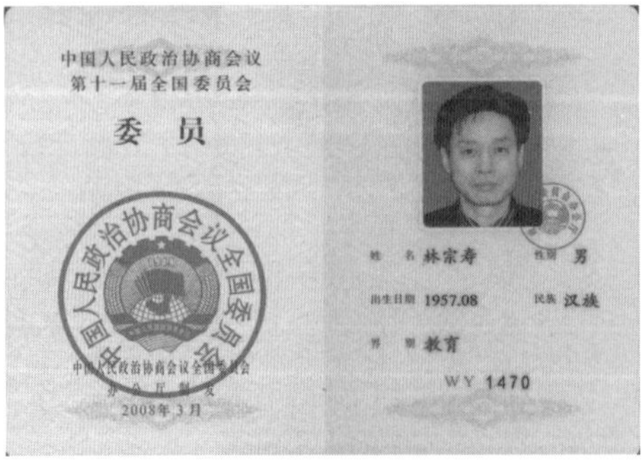

图 11.3　第十一届全国政协委员证

图 11.4　与夫人在人民大会堂合影

那时还没有高铁，如果是坐火车，在车上还会举行联欢会，邀请一些著名的演员表演各种节目。只要是乘坐火车，武汉铁路局都会给每个代表和委员赠送一张 24K 足金制成的乘车纪念票，作为纪念。

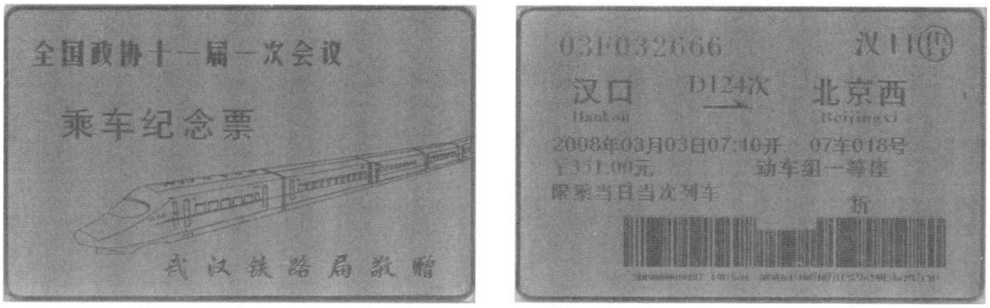

图 11.5 乘车纪念票

“两会”期间，每年 3 月 8 日妇女节，女同胞们都会收到一份节日礼物。如果你的生日在“两会”期间，那么每年开会期间你都会收到一份生日礼物。

我自从 1998 年 3 月开始参加“两会”以后的 15 年期间，感觉“两会”的安全保卫工作，一年比一年严。第九届人大一次会议时，还组织大家到王府井百货商场购物，到世界公园和天安门城楼参观游览，每天晚上都可到中科院礼堂看电影。后来，这些活动都慢慢取消了，代表的娱乐活动都安排在住地了。

人大代表和政协委员通常都是住在北京四面八方的宾馆里，有的离人民大会堂不远，如京西宾馆，也有的距离很远，如北京会议中心。当在人民大会堂开全体会议时，通常都要早早就起床，按路途远近定时出发，一路上采取交通管制，代表和委员们的车队畅通无阻，每次都能做到各代表团有序地到达天安门广场，提前半小时进入人民大会堂。

一般全体会议都是上午 9 点整开始，下午 3 点整开始。全团或小组讨论一般都是安排在住处进行，当有中央领导来参加会议时，往往会安排在人民大会堂各自的会议厅进行。我们湖北代表团，一般都是在人民大会堂的湖北厅。晚上通常都没有什么事，所以开会期间是相当轻松的，感觉有很多空余时间。

图 11.6　游览北京世界公园

图 11.7　开会前代表和委员们在一楼东大厅喝茶

图 11.8　人民大会堂一楼大会议厅门口留影

图 11.9　记者采访名人

第二年开始，我每次开会就带着笔记本电脑，以闲暇时间写我的著作了。

1998 年 3 月，我参加第九届人大一次会议，当时的北京天气异常寒冷，车队刚抵达宽阔的天安门广场，就可见到数百名记者在寒风中坚守着自己的岗位，他们采访着代表和委员。特别是那些电视台的女记者，为了上镜穿着比较单薄，但是精神非常热情饱满。代表和委员也很配合他们，站在寒风中接受他们的采访。

第一次走进人民大会堂，心情是激动的。站在大会堂一楼的大厅里，可用“人声鼎沸”形容那里的热闹场面。基本上看不到单人的状况，有的是和其他人在沟通，有的是在接受各家媒体的采访，有的在认真翻阅政府工作报告。代表和委员们都盛装出席，各少数民族代表都各自穿上漂亮的五颜六色的本民族服装，有的还带着高高的帽子，特别显眼，也是记者镜头追逐的对象。

第一次走进人民大会堂，感觉相当新鲜，到处游览，什么上海厅、北京厅、湖北厅、香港厅等等，装潢都相当精美，具有非常独特的地方色彩。

图 11.10　在全国人大第十届第五次会议会场

图 11.11　在全国政协第十一届第五次会议会场

大会开始前半个小时，代表们就基本上进入了人民大会堂，一般都在一楼东大厅喝茶，这时可以见到许多名人，不少代表到处找明星合影。但我不太关注这些，除了到处游览人民大会堂的景色外，一般早早就进入了会场。

广场上的一些记者专门“围攻”名人，名人一下车还没走进大会堂通常就会被记者给包围了。有一次北京奥运会的总导演张艺谋刚下车，就被一大群记者围了个水泄不通，根本迈不开步子，好长时间都难以脱身。雅典奥运会冠军刘翔，也是全国人大代表，他常常利用跑得快的优势，一下车就飞快地往人民大会堂跑，等记者反应过来，无奈跑不过他，只好眼睁睁地看他跑进了大会堂。

采访“两会”的记者是分等级的，不是所有的记者都能进入大会堂，挂在胸前的记者证上都标明了等级和允许进入的地点。虽然有不少记者被允许进入大会堂，但只有极少数记者被允许进入会场内，只有几个记者可以上主席台，大多数的记者只能在大会堂外采访代表和委员。大会堂北大厅的过道旁设有记者席，路过的部长和重要人物往往会被拦住接受记者的采访。

走进会场，就可见到主席台上帷幕正中的国徽熠熠生辉，国徽两侧的十面红旗也分外鲜艳。大会堂灯光璀璨，气氛庄严，各位代表精神抖擞。在二楼的看台上，还可看到中国人民解放军军乐队，采访“两会”的中外记者以及大量把镜头都对准主席台的照相机和摄像机。

图 11.12　中国人民解放军军乐队

图 11.13　大会堂北大厅过道旁的记者席

每年全国人大会议，都有政府工作报告、国民经济和社会发展计划执行情况报告、两院报告、人大常委会报告等。每次总理在做政府工作报告时，都会赢得数十次的掌声。全国人民代表大会开会期间，除了在大会堂召开全体代表会议外，还有代表团会议和小组讨论会。法律规定人大代表有言论自由发表权，人大代表在人民代表大会各种会议上的发言和表决，不受法律追究。

图 11.14　人民大会堂湖北厅

图 11.15　人大代表在审议政府工作报告

本人自 1998 年 3 月起至 2013 年 3 月止的 15 年期间，亲身感受到人大代表们的言论自由受到了保护。代表们都能自由地发表各自的观点和看法，有的言论还相当激烈，观点也相当犀利，而且发言相当踊跃，特别是全团会议，大家都是抢着发言。举行全团会议时，通常都会有中央或各部委的领导来参加会议。有时国家主要领导人也会来参加会议，如江泽民、李鹏、朱镕基、吴邦国等，这时往往会把会议地点放在人民大会堂湖北厅举行。

图 11.16　全国人大九届二次会议小组讨论

图 11.17　湖北代表团全体会议

每届人大第一次会议，都要举行国家主席，人大常委会委员长、副委员长、秘书长、委员等选举，均采取无记名投票的办法。每位代表都能拿到一张浅红色的选票，上面印有汉、蒙、藏、维吾尔四种文字。代表席按照座位划分

图 11.18　投票选举国家主席

图 11.19　“两会”期间在天安门广场

为八个投票区，每个区设置票箱一个，主席台上单独设了一个投票箱。国家主席，全国人大常委会委员长、副委员长和秘书长实行等额选举，常委会委员实行差额选举，差额幅度为 5%。人大代表如果不同意，可以另选其他人。由大会推选出的 33 名监票和 1 名总监票进行监票计票。候选人获全体代表过半数的选票始得当选。在收回的选票中，少于或等于发出的选票数，选举有效，多于则选举无效。每张选票所选人数等于或少于应选人数的有效，多于应选人数的无效。

图 11.20　中央社会主义学院无党派人士理论研究班

2008 年 4 月，我当选全国政协委员后，即参加了中央社会主义学院第十期无党派人士理论研究班。通过理论研究班的学习，我才搞清楚了“人民代表”和“人大代表”的本质区别。人大代表的全称是人民代表大会代表，是一个特定的政治和法律概念，是对国家权力机关组成人员的特称。人大代表是国家权力机关的组成人员，全国人民代表大会代表是国家最高权力机关的组成人员。这是对人大代表的法律地位的定位。而人民代表是一个很宽泛的政治概念，具有鲜明的阶级性。“人民”这一政治概念，泛指拥护我国宪法和法律的社会各阶级、阶层和各人民团体、组织人士。在我国经济社会生活中，只要是能在某一方面或某些方面代表人民群众的，由人民群众选出的，都可以称之为“人民代表”。因此，“人民代表”的内涵比“人大代表”要广泛。

图 11.21　全国政协赠送的纪念牌

人大代表的产生过程必须严格按照法定程序，并且肩负着相应的法定职责。而人民代表的产生并不一定需要像人大代表的产生方式那样必须按照严格的国家法律程序来进行。例如，派遣出国访问的工会代表、政协委员代表、共青团代表、妇联代表等，都可被视为人民代表。人大代表当然是人民代表，但人民代表不一定是人大代表。

人大代表和政协委员的安全保卫和后勤服务都是一流的。各住处服务“两会”的礼仪小姐都是统一着装，当代表和委员散会后从人民大会堂出来时，一眼就可以看到各住处的礼仪小姐举着各自住处的牌子，组成一个人链，很容易就将代表和委员们准确地引导到各自住处的大巴车上。这些礼仪小姐也成了“两会”的一道独特的风景线，经常受到记者们的青睐。

图 11.22　服务“两会”的礼仪小姐

图 11.23　湖北代表团联欢会

每年“两会”期间，在代表和委员的住处，都要举办一次联欢活动。联欢会上表演的节目水平都相当高，因为许多代表和委员都是国家一级演员。部分国家领导人有时也会参与联欢，并在联欢会上表演节目。时任中共中央政治局常委、全国政协主席俞正声就曾经上台参与过合唱。时任外交部长杨洁篪还上台表演过苏州评弹，其表演水平不比专业演员差。此外，会务组还会请来不少著名的演员参与联欢，每次联欢会都给我们留下深刻的印象。

图 11.24　邰丽华委员带领聋哑演员表演舞蹈《千手观音》

图 11.25　外交部长杨洁篪表演苏州评弹

“两会”期间代表团前往北京时，湖北省党政领导人都会到车站或机场送行；到达北京后，各住处都会组织礼仪小姐到车站或机场欢迎；会议结束后，各住处都会组织欢送活动。会议结束回到武汉时，最初几年我们学校都会派人到机场或车站迎接，并给我送花。后来次数多了，我不要他们来接，就自己回家了。

图 11.26　出席全国人大会议（2002 年 3 月）

图 11.27　会议结束欢送代表回家

“两会”结束后，都要求代表回原单位传达“两会”的精神，我们学校每年都要求我做“两会”辅导报告，这是没法推辞的。单位所在区、街也经

图 11.28　视察武汉天兴洲长江大桥（2007 年 12 月）

图 11.29　政协委员视察广州环保企业（2009 年 4 月）

常邀请我去做报告。

在我担任全国人大代表和政协委员期间，几乎每年都要参与省人大和省政协组织的参观和视察活动，特别是担任全国政协人口资源环境委员会委员后，每年的视察活动就更多了。

图 11.30　宋育英率政协委员视察援疆工作（2011 年）

图 11.31　传达“两会”精神

11.2　对矿渣粉标准的建议

全国人大代表在出席全国人大会议时，需要审议各项报告、议案和其他议题并发表意见，可依法联名提出议案、质询案、罢免案等。此外，还可对各级政府的工作提出建议、批评和意见。在“两会”举行期间，人大代表和政协委员通常都会提出很多议案（政协称为提案）、批评和建议。议案（或提案）

需要30位人大代表（或政协委员）联名才能生效，而批评和建议则没有人数的限制。每次“两会”期间，代表和委员们都非常踊跃，通常每次会议都可以收到1 000多件的议案（提案），有一些代表甚至一次会议就可以提出20多件议案。我作为专业人士，没有时间也没有精力提那么多的议案，但对本行业的发展，我每年都要发表自己的看法，并提出一些批评和建议。

“两会”期间，几乎所有的报社和新闻机构均会派出记者，采访“两会”。《中国建材报》作为建材行业的主流报社，也不例外，每年都会派记者采访我，而我对建材行业的发展，也提出了许多看法、批评和建议。

图11.32　张人为局长宴请建材行业“两会”代表和委员（2003年3月）

粒化高炉矿渣粉是将炼铁高炉排出的粒化水淬矿渣经干燥、粉磨而得到的一种粉末状产品。其主要化学成分为二氧化硅、氧化铝和氧化钙，具有很高活性，将其作为矿物外加剂掺入水泥混凝土中，这些活性的二氧化硅、氧化铝即可与水泥中硅酸三钙和硅酸二钙水化产生的氢氧化钙反应，进一步形成水化硅酸钙产物，填充于水泥混凝土的孔隙中，大幅度提高水泥混凝土的致密度，同时将强度较低的氢氧化钙晶体转化成了强度较高的水化硅酸钙凝胶，从而使水泥混凝土的一系列性能得到显著改善。

矿渣粉已被世界先进国家所广泛应用，美国、日本、英国等国家已制定了相应的产品标准。我国的中国建筑材料科学研究院、冶金部建筑研究总院和宝钢集团企业开发总公司三个单位也联合起草了《用于水泥和混凝土中的粒化高炉矿渣粉》国家标准（送审稿）。

但该标准（送审稿）中的部分技术指标偏低，与国际同类产品相比相差很远。如按该标准组织生产，将不利于矿渣活性和潜力的充分发挥，造成资源浪费，而且难以保证和控制矿渣粉的产品质量，不但不利于高性能水泥混凝土的应用推广，也不利于追赶国际先进水平。为此，1999 年 3 月，我作为一个全国人大代表，向国家技术监督局提出了几点修改意见。

GB/T18046–2000《用于水泥和混凝土中的粒化高炉矿渣粉》国家标准（送审稿）中，将粒化高炉矿渣粉产品分为三个级别：S105、S95、S75，技术指标差别在于产品的活性指数和流动度比，其余指标均相同，三个级别对矿渣粉比表面积的要求均是≥ 350 平方米 / 千克。而日本第一水泥株式会社生产的矿渣粉分为两个级别：FCR–20A 和 FCR–10A，要求的比表面积分别是 600~650 平方米 / 千克和 800~850 平方米 / 千克。日本矿渣粉两个级别的区别主要在于比表面积的不同，且两者的比表面积都远远高于我国标准（送审稿）规定的要求。

不用说，矿渣粉最重要的性能指标是活性指数，但活性指数测定周期很长，最短也需要 7 天时间，因此，根本无法作为日常生产的控制指标。为了稳定矿渣粉的产品质量，必须要有一个可快速测定的指标用来控制矿渣粉的日常生产，而且该指标与矿渣粉的活性指标应有很好的相关性。实际上矿渣粉的活性指标主要决定于矿渣粉的比表面积大小，根据我多年对矿渣粉的研究发现，随着矿渣粉比表面积的提高，矿渣粉的活性指数显著提高，而且有很好的相关性。

此外，由于矿渣粉比表面积的测定周期很短，最多只需 10 分钟时间，作为日常生产控制是再好不过的指标，它可迅速地反馈给生产控制中，有效控制矿渣粉的生产，确保矿渣粉的产品质量。

因此，我认为在制定矿渣粉的比表面积技术指标时，决不能简单地规定≥ 350 平方米 / 千克，应按三个级别分为三个等级，因为这是确保矿渣粉性能的决定因素，也是稳定矿渣粉产品质量的有力保证。我建议将 S105 级别的比表面积技术指标改为≥ 600 平方米 / 千克，S95 级别的比表面积技术指标改为≥ 500 平方米 / 千克，S75 级别的比表面积技术指标改为≥ 400 平方米 / 千克。

对于我的建议，国家技术监督局给予了回复，对我表示了感谢。但由于 GB/T18046–2000 标准马上就要实施了，修改已经来不及，后在 GB/T18046–2008《用于水泥和混凝土中的粒化高炉矿渣粉》的标准中，采纳了我的意见，不同级别的矿渣粉采用了不同的比表面积技术指标。

11.3 对标准砂问题的批评

1999 年 9 月 17 日，国家建材局颁发了关于实施水泥新标准的通知，其核心内容是将我国水泥强度检验方法（GB177–1985）改为 ISO 法（GB/T17671–1999）。与此相适应的通用水泥标准中的水泥强度标号改为 ISO 强度等级，目的是适应世界经济发展一体化的客观要求，使我国水泥产品与水泥强度检验方法与国际接轨。

但是，水泥强度检验方法改为 ISO 法后，所用的标准砂就必须改用 ISO 标准砂，一些权力部门就乘此机会，大幅度提高 ISO 标准砂的价格，从中牟取巨大的利益。

水泥标准砂是水泥厂化验室用量最大的标准物，每天的熟料、出磨水泥、出厂水泥的强度检验都需要标准砂。原标准砂价格一般不过 2 000 元 / 吨左右，而新标准砂虽然各地价格略有差别，但都在 8 000~9 000 元 / 吨之间，有的还高达 12 000 元 / 吨，也就是说一吨标准砂要比一吨大米贵 4 倍多。一般水泥厂每天都要检验十来个试样，通常需要标准砂 40 多千克。若采用新的标准，生产厂家每天就要多支出 250 多元，这就无疑增加了水泥生产成本。据我了解，各水泥生产厂家对此很有意见。价格高得惊人、高得离谱的标准砂已严重伤害了他们采用新标准的积极性，影响到了新标准的宣传与推广。

图 11.33　接受记者采访

2000 年 3 月，在全国人大第三次会议召开之际，我针对标准砂问题，向全国人大提出了“砂子比大米贵四倍——水泥实验用标准砂价格惊人”的批评案。一石激起千层浪，新华通讯社、《中国建材报》《工人日报》等各新闻单位纷纷给予了报道。我在这个批评案中要求有关部门好好思考一下：“农民种大米需要几道工序，付出了多少劳动，价格又是多少？而标准砂从开采到包装成本是多少？在经营过程中又加了多少价？有什么理由比大米贵四倍多？请回答！”

我提出了这个批评案后，形成了强大的新闻舆论，引起了国家建材局领导的高度重视，马上责成有关单位立即改正，标准砂的价格也大约下降了一半，算是为行业做了一件好事。

11.4　加速科技成果产业化的建议

高校作为我国技术创新的一股重要力量，每年都有 6 000 至 8 000 项的科技成果，但真正实现成果转化与产业化的不到十分之一，科研与经济存在严重脱节现象，远远不能满足国家经济社会发展的要求。

2008 年 3 月，在第十一届全国政协一次会议之际，我作为全国政协委员，为加速高校科技成果转化和产业化，向大会提出了以下几点建议：

（1）转变观念，端正科研目的，制定相关政策

高校教师搞科研是为了什么？似乎不言而喻，其实相当复杂。许多高校在制定职称评定条件时，过分强调论文的篇数，而不重视成果的转化和产业化；只重视项目的科研经费多少，而不过问项目完成的结果如何。搞成果转化和产业化等实际工作的教师在高校内形不成主流意识，常常被认为学术水平低，档次不高，似乎只有在国外发表论文才算得上高水平的成果。在这种根深蒂固的传统观念和职称评定的指挥棒下，许多教师搞科研只是为了写论文、评职称，对科研成果的转化不热心、不积极，对生产实际相当陌生，以致所选课题通常没有实用价值。

因此，高校应注意制定相关政策，对成果推广应用业绩突出者给予专门奖励，对从事这类工作的科技人员，技术职称的评定标准与教学、研究人员区别对待。

（2）充分认识成果转化和产业化过程艰难，建立风险投资机制

高校科研通常都在实验室进行，对于一项实验室的成果，要转化为产品或产业化，要走的路还很长。实验室成果的完成只是完成了其中的一小部分的工作量，接着还有中试、资金投入、公司注册、市场开发、人力资源管理、公司管理等等。企业家要冒相当大的风险，高校教师往往认识不到这其中的艰难，过分看重自己的科研成果，一直藏着掖着，舍不得让别人转化。在信息时代，知识更新和技术发展迅猛，科技成果有其时效性，若错过转化的最佳时机，也许其价值就大打折扣，甚至一文不值。因此要充分认识到科技成果转化的急迫性，科研成果只有转化才能实现其价值，否则，就失去了科研的真正意义。

部分高校的领导对于科技成果转化的重要性认识不足，只是把成果转化

简单地理解为办校办产业，同时又有诸多担心：影响教学、国有资产流失，害怕承担责任，使得科技成果转化举步维艰。有的领导消极认为，学校只有控股才不会丢失国有资产；有的学校对于多年不死不活，甚至亏损的校办产业，仍不愿放出去，不让转制也不愿融资，使好的成果无法发挥相应的经济效益。

一般高校教师不熟悉和不适应公司和市场的运作，所以，成果转化和产业化以及校办产业最好是交给企业家去做，但由于在成果转化和产业化过程中，又存在很大的风险，所以政府应制定相应的扶持政策，建立风险投资机制。

（3）加强知识产权保护的力度

历史上中华民族是富于创造的民族，其奇思妙想不计其数，有着极易产生原创发明的土壤，如果有好的政策指引和法治环境，中国在几十年后，未必不是科技大国。过去中医、中药、武术等国粹为什么世袭单传？就是因为没有保护知识产权的体系，全社会缺乏这种意识。现在印度对瑜伽姿势都申请了 1 500 种版权。为什么我国的软件产业在短期内难以赶上印度，也是因为软件是一种极易被偷窃和盗用的产品，而印度有着极其严格的知识产权保护环境。

科技开发需要很大的投入，科技成果转化和产业化更加艰难。好不容易将一个产品开发出来了，却得不到保护，仿造和伪造到处都是，无形中增加了研究者的成果转化的风险，使得科研开发无以为继，所以应加强知识产权的保护力度。

（4）制定合适的税收政策，支持科技型企业的壮大

在高校成果的转化或产业化过程中，往往会产生一些高科技公司。对于高科技公司，国家的税收政策本应支持它们的发展，实行税收优惠政策，但是，实际上目前国家的税收政策不但没有支持高科技公司的发展，还限制了高科技公司的发展壮大。

按目前国家的税收政策，企业分为一般纳税人和小规模纳税人。一般纳税人实行增值税，税率是增值部分的17%。对于通常的企业，由于有许多原材料可以抵扣，所以实际税率通常只有4% ~ 5%。对于高科技公司，主要是人工工资、广告、出差费和招待费，这些都不能抵扣，可抵扣的东西很少，所以，实际税率远远高于普通企业。小规模纳税人采用固定的7%营业税，不存在抵扣问题。但，按规定小规模纳税人的年营业额大于100万元，就必须转为一般纳税人。这样一来，只要高科技公司一壮大，马上就必须转为一般纳税人，就必须交比普通企业多得多的税。一些高科技公司无法承受如此高的税率，只好让公司倒闭，另行成立新公司，这就严重制约了高科技公司的发展壮大。所以建议国家的税收政策应该作必要的修改，从支持高科技企业壮大的角度出发，允许高科技公司自由选择作为一般纳税人或小规模纳税人。

（5）鼓励产学研相结合，提高选题水平

要实现高校科研成果的转化，选题要结合生产需求。部分高校科研人员在传统科研模式影响下不注重市场消息的收集和研究，对真正的市场知之甚少，造成科研成果跟不上市场变化，没有经济效益，也就谈不上成果转化。

高校科研工作应坚持“课题来源于生产，成果服务于生产”的方针，以市场和社会需求为导向，拓宽选题范围，提高选题水平，把科研与地区经济发展、企业产品升级换代紧密结合起来，坚持“边研究、边示范推广”的策略，缩短科技成果的应用周期，加快科技成果的熟化程度，增强科研成果的适用性和先进性，保持高校的技术优势和企业的经济优势。科研人员应该充分了解企业需要什么技术，以及什么技术能产生经济效益，再由此确定选题，而不是盲目地去为完成课题而完成课题。要加强与企业间的科研合作，从源头上解决科研与实际脱离的现象。

（6）科研经费应向成果转化和产业化好的高校倾斜

高校的科研可大致分为基础理论研究和应用研究两大类，对于基础理论研究主要是以论文形式来评价其成果大小，不在本建议的讨论范围。而对于应用研究，本人认为主要应以开发的产品好坏，对国民经济建设有否作用作为评价的指标。

现在高校每年都有大量的科研课题，每年都能从国家得到大量科研经费。国家分配科研经费，通常都是根据项目申请书进行评价，很少考虑该申请人所在的学校过去在成果转化或产业化方面做得如何。这样，就让各高校特别注重项目的申请，只要谁能拿到项目就是好样的，在职称和待遇上就会给予许多好处，至于该项目以后是否能转化或产业化，就无所谓了。如果，政府在发放科研经费时，考虑一下以往该高校在成果转化和产业化方面的业绩，科研经费向成果转化和产业化好的高校倾斜，就会让各高校在制定政策时，偏重成果转化和产业化。值得注意的是，在评价成果转化和产业化时，应要有税务部门的完税证明，以防止造假。

（7）防止腐败，加强科研项目审批的责任制

不可否认，目前在科研项目申请、评审和成果鉴定等过程中，存在腐败现象。在目前的体制下，这可能很难避免和杜绝。前几年，我国银行系统在发放贷款时，也产生过大量坏账和呆账，给国家造成了很大损失。现在的银行系统在发放贷款时，采用责任制，坏账和呆账已明显减少。科技管理部门是否也可借鉴银行系统的经验，在审批和发放科研经费时，也采用责任制，是否也会在一定程度上减少腐败的产生，有利于优秀项目的筛选，提高日后成果转化和产业化的成功率。

11.5　加强水泥质量监督与管理的建议

2008 年 3 月，正值“两会”召开之际，我作为全国政协委员，在北京京润饭店接受了《中国建材报》记者的采访，并谈起了向全国政协提交的“关于加强对水泥质量的监督和管理”提案的主要内容。

近些年，我国水泥质量监督和管理存在一定的问题，在水泥质量控制上还有缺陷，主要表现在以下几方面：

一是水泥混合材料的问题。国家对混合材料种类、用量等各方面都有相关规定，但现在有一些水泥厂并不遵守这些规定。以普通水泥为例，目前活性混合材料添加量不能超过 15%，非活性混合材料掺加量不能超过 10%，而现在很多企业在实际生产中都超过这个用量。另外，国家对掺加混合材料的种类也有详细的规定，如煤矸石、矿渣等都可以使用，而另一些混合材料必须在经过检验证明对水泥质量无害后才能使用。但是很多企业对混合材料使用比较随便，这都可能对水泥质量产生很大影响。

二是在水泥生产过程中，水泥企业对外加剂的添加不够合理。例如，为了提高水泥早期强度，一些水泥企业常常添加一些对水泥性能有害的外加剂，如一些含碱和氯离子的早强剂。在混凝土搅拌中可以添加一定不损害混凝土性能的早强剂，但在水泥生产中是不应该添加早强剂的。因为目前许多早强剂中碱、氯离子的含量比较高，添加到水泥中后，会使水泥中两者含量偏高。如果碱含量偏高，时间一长，碱就会随着水分从水泥内部渗到表面，也就是通常所说的水泥“起霜”，由于碱在水泥表面沉淀、结晶，会造成水泥表面装饰材料如瓷砖、涂料等的脱落。而氯离子含量偏高，容易造成钢筋生锈，进而膨胀，造成混凝土开裂，有可能造成较大的事故。现在国家有关部门已经认识到这个问题，所以《通用硅酸盐水泥》新标准规定了水泥中氯离子含量不能超过 0.06%。

三是有关水泥包装问题。很多水泥小厂水泥包装“缺斤短两”，例如一袋水泥应该是 50 千克，而实际上却只有 46 千克。这样做不只是给购买水泥的用户造成损失，更重要的是给建筑造成安全隐患。水泥到了用户手上，按照一袋水泥 50 千克的量进行计算，调配水、沙子等掺加量，如果水泥重量有误，强度就不能达标，会造成事故隐患。因此，国家有关部门应该对水泥质量问题重视起来，加强对水泥质量的监督和管理，杜绝由水泥质量引起的安全事故。

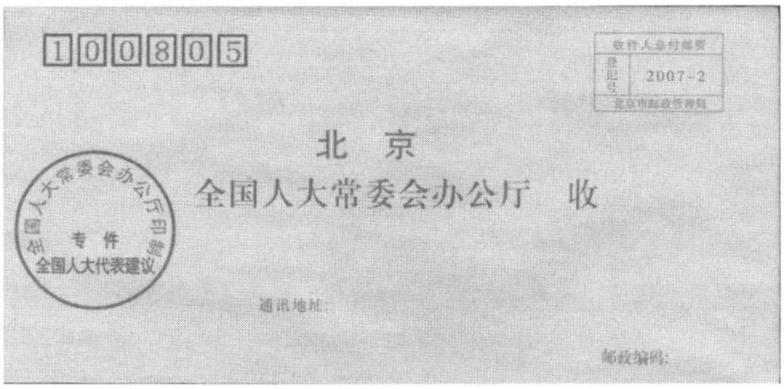

图 11.34　直达全国人大常委会的信封

人大代表和政协委员，在闭会期间也可以对政府有关部门提出批评和建议。每次“两会”结束后，全国人大常委会都会给每个代表分发几个信封，用这些信封就可以将信件直达全国人大常委会。

第 12 章　著书立说

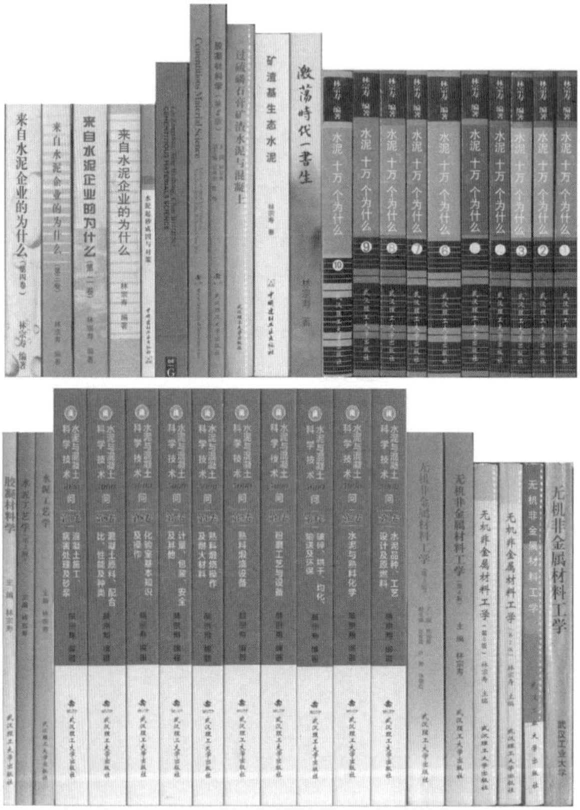

图 12.1　我的著作

自从 1985 年我研究生毕业留校工作后，转眼 37 年过去了。我不知疲倦、兢兢业业，已经公开发表学术论文 151 篇，获得专利权 33 项，正式出版教材和著作共计 34 本。如果加上作为技术资料自行印刷的 4 卷《来自水泥企业的为什么》，和学校教务处印刷的内部教材《无机非金属材料工学》1 本，再加上这本回忆录，正好凑够了 40 本书，总字数约 2 810 万字，如图 12.1 所示。

有人说，写书是为了评定职称，其实不然。我所写的书都是大学教材和专业性很强的学术著作，需要有很高的学术水平和实践经验，我所有的著作都是在取得了教授职称以后写成的。

其实，相对于论文而言，我更注重于著作。因为，著作的撰写过程是系统化总结、学习和再次创作，是传播学术思想、保存重大研究成果、指导科研工作的有力工具。学术著作通常篇幅较长，内容广泛，更为厚重和系统，其观点更加成熟和科学，对理论和实践更有指导意义，对传播先进文化，促进学术交流，展现研究成果，推动学科建设作用更大。当然，对个人而言，也是个人能力的体现，可以彰显个人的科研能力。

12.1　大学教材

1996 年，当时的武汉工业大学，应国家教委面向 21 世纪材料类专业课程体系改革的要求，为了加强学生的基础理论知识，调整知识结构，拓宽知识面，提高社会适应能力，以培养高质量的智能型、复合型人才为目标，以无机非金属材料二级学科作为专业方向，促进传统的三级学科间的联系、交叉和专业知识的相互利用，招收了一个无机非金属材料专业的教改试点班。这个班是全国高等学校第一个以“无机非金属材料”作为专业名称，通过 4 年的课程学习，要使学生掌握无机非金属材料的制备原理和生产过程，工艺流程的共性和特点，使学生对无机非金属材料的性能、生产过程和应用有较全面的了解。

当时，武汉工业大学隶属于国家建材局，国家建材局人事教育司具体指导我校教改试点班的工作，当务之急是编写一本无机非金属材料的专业教材。由于在这之前，全国高校就没有无机非金属材料专业，自然也就没有无机非金属材料的教材。国家建材局人事教育司对这个教材的要求是：要面向生产实际；内容要偏重工程；要反映最新的生产技术和工艺过程；内容必须包括水泥、混凝土、玻璃、陶瓷、耐火材料等无机非金属材料的主要品种。他们明确要求必须要由有工程实际经验的老师来担任该教材主编。

由于我自 1985 年研究生毕业后，一直从事应用技术的研发，熟悉生产实际，并且已经具有了教授的职称，国家建材局人事教育司就将任务书下给了我，还下拨了一笔经费，由我担任主编，组织编写无机非金属材料专业教材。

考虑到教材要偏重工程，面向生产实际，征得国家建材局人事教育司的同意，我将教材的名称定为《无机非金属材料工学》，而不是《无机非金属材料工艺学》，以加强工程方面的内容。

这是我第一次编写教材，也是我第一次写书。我请了李凝芳教授、赵修建教授、刘顺妮教授担任副主编，刘书君、吴建锋、余海湖、崔崇、周立秋、崔亚伟、姜洪舟、徐晓虹、梅炳初等老师参与编写。

编写第一版《无机非金属材料工学》教材相当困难，国内外都没有类似的教材可供参考。我找来了近百本的参考资料，内容包括我们学校现有的水泥、玻璃、陶瓷、混凝土等专业的教材，以及各种专著、辞典、手册和相关论文等，整天埋头苦读，慢慢有了一点思路，再经过全体教材编写委员会的多次反复讨论，大家终于形成了一个共识，采用“单元操作”进行编写。也就是说，把无机非金属材料当作一种材料，这种材料有许多品种，比如水泥、玻璃、陶瓷、耐火材料、人工晶体、碳素材料等都是它的品种。无机非金属材料的生产工艺由许多“单元操作”组成，“单元操作”有破碎、烘干、粉磨、熔化、煅烧、搅拌、成型、输送等等。不同品种的无机非金属材料，由几个不同的“单元操作”组成生产工艺，比如水泥的生产工艺是由破碎、烘干、粉磨、煅烧这几个“单元操作”组成。只要把这些“单元操作”都学会了，不同的无机非金属材料品种，只不过是这些“单元操作”的不同组合罢了。

但是，不同的无机非金属材料品种，其性能和特点相差很大，应该分品种进行介绍，为了解决这个矛盾，我又将教材分为上、下篇。上篇主要介绍无机非金属材料生产的“单元操作”，下篇主要介绍无机非金属材料的主要品种和性能。这样一来，就把原来的几个专业都合并成了一个专业，几本教材的内容凝聚成了一本教材。

接着的问题是内容太多，教材编得太厚也不行，怎么办呢？我首先确定编写大纲，然后列好目录章节，按照学时数要求，给各章节分配编写字数，要求各位作者内容尽量精减，不能超过这个字数。这样一来，第一版《无机非金属材料工学》就编得很精练，只有 68.6 万字，计划的学时数是 80 学时。

经过三年多的努力，第一版《无机非金属材料工学》总算编写完成，1998 年 8 月，我亲自排版并打印出样书，交给学校教务处影印了几十本，作为学校内部试用教材。1998 年 9 月，我亲自上课，在教改试点班第一次采用了这版教材。1999 年 7 月，国内外第一本《无机非金属材料工学》教材由武汉工业大学出版社正式出版。出版之前由中国工程院院士吴中伟、上海同济大学陆厚根、武汉工业大学曹文聪分别进行了主审。

第一版《无机非金属材料工学》出版后，经过 5 年多的教学实践，我广泛听取了各方的不同意见。并且由于这一版教材在编写前尚无类似的教材，

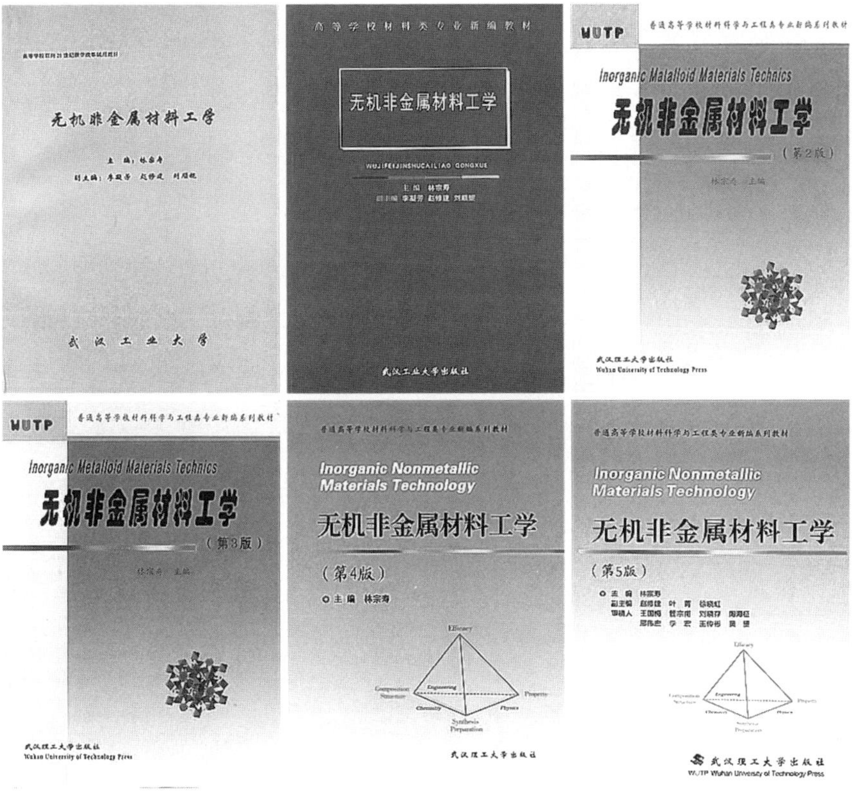

图 12.2　六个版本的《无机非金属材料工学》教材

属于第一次编写，必然存在一些不足之处，还有5年来国家许多标准的修改以及生产工艺的进步，设备的更新换代，因此，我们决定对第一版教材《无机非金属材料工学》进行改编。为此，重新组织了由林宗寿任主编，赵修建、吴建锋、叶青任副主编的教材改编小组，对该教材进行了修改，形成了《无机非金属材料工学》第二版，2006年8月由武汉理工大学出版社出版。

近20多年来，我国国民经济高速增长，无机非金属材料工业也得到了飞速发展，生产工艺过程和市场需求都出现了很大的变化，一些落后产能和产品被加速淘汰，同时也出现了许多新工艺、新技术和新产品。我们教材编写组也与时俱进，及时对教材进行了更新和修改，2008年8月出版了第三版，2013年12月出版了第四版，2019年1月出版了第五版，2020年8月第五版第二次印刷时又做了部分修改。但每次改版后，字数都在增加，从第一版68.6万字增加到了第五版的122.8万字，学时数也从80学时增加到了100学时。这主要是由于补充了许多新产品、新工艺和新技术，如增加了碳材料、特种陶瓷、特种玻璃和特种水泥等。如某些学校学时数不够，可对教材内容进行删减，将删减部分作为参考资料即可。

我们学校，自从1996年第一次招收了无机非金属材料专业的试点班后，不久就全面停止了招收水泥、玻璃、陶瓷、混凝土制品专业，全部改为无机非金属材料专业。原来的《水泥工艺学》《胶凝材料学》等教材就不再作为本科生的专业课教材了，全部采用《无机非金属材料工学》这本教材。但还有不少大学还在上“水泥工艺学”和“胶凝材料学”等课程，或者作为选修课程。

1977年恢复高考后的77级水泥专业本科生，所用的专业课教材是《水泥工艺原理》，由南京化工学院、武汉建材学院、同济大学、华南工学院联合编写，由张学明、童大懋任主编，黄文熙、沈威、陈志源、杨东生等参与编写。

1986年7月，沈威任主编，黄文熙、闵盘荣参与编写，中国建材工业出版社出版了《水泥工艺学》，内容与《水泥工艺原理》有较大的改变，增加了粉磨工艺和生产控制与均化等内容。

1991 年 7 月，沈威任主编，黄文熙、闵盘荣参与编写，对 1986 年 7 月版的《水泥工艺学》进行了小部分的修改，由武汉工业大学出版社出版了 1991 年版的《水泥工艺学》本科生教材，此后此版本的教材经过多次印刷，但再没有修改过。

直到 2012 年，沈威主编的《水泥工艺学》教材内容已经严重老化，20 多年来我国水泥工业的生产技术、设备、工艺和标准均发生了翻天覆地的变化，此教材已经到了非改不可的地步。这时，普通高等学校材料科学与工程类专业教材编审委员会找到我，要求我对《水泥工艺学》教材进行改编。接到任务后，我参考了众多版本的《水泥工艺学》及《水泥工艺原理》教材，结合了我三十多年来的教学、科研及从事水泥生产和水泥技术服务的实际经验，在保留了水泥工艺基本原理的基础上，重点补充了作为水泥厂工艺技术员所必须具备的设备知识，对水泥应用过程中所出现的一些疑难问题及其处理措施等进行了补充，对各章节内容的顺序进行了大胆的调整，及时引用了水泥化学及工艺过程的最新技术，全部更新了水泥及其混凝土的各类标准。2012 年 12 月，由武汉理工大学出版社出版了我独自编写的第一版《水泥工艺学》教材。之所以由我一个人编写，主要是为了避免内容的重复，并有利于内容的连贯性，但我请了好多位专家审查，请他们提意见，以确保教材的质量。

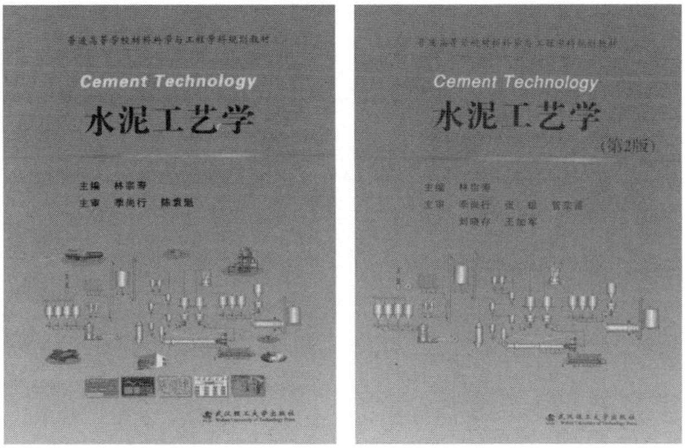

图 12.3　两个版本的《水泥工艺学》教材

2017 年 4 月，我又对第一版《水泥工艺学》的部分内容和产品标准进行了更新，特别是对“水泥生产过程与设备”章节进行了大量的删减和补充，大胆地淘汰了部分老旧工艺和设备，补充了近年来水泥工艺的最新成果，反映了水泥化学及工艺过程的最新进展。

第二版《水泥工艺学》出版后，经过几年的使用，2020 年 8 月，由于我国水泥生产技术的进步和水泥标准的改变，我认为有必要再次对第二版《水泥工艺学》进行修改，于是决定对部分内容和产品标准进行全面更新，并公开生料配比反馈校正计算方法，将它写进教材。但我在完成了第三版《水泥工艺学》改编后，由于出版社第二版的《水泥工艺学》还没卖完，所以暂时还不能出版。

袁润章主编的《胶凝材料学》作为高等学校建筑材料与制品专业用的教材，于 1980 年由中国建筑工业出版社第一次印刷出版。1989 年全面修改后由武汉工业大学出版社出版。1996 年再次改版，由武汉理工大学出版社出版，之后多次重印。

2006 年 12 月 20 日，袁润章教授因病在武汉逝世，但武汉理工大学出版社还在 2009 年 12 月再次重印了袁润章主编的《胶凝材料学》第二版。

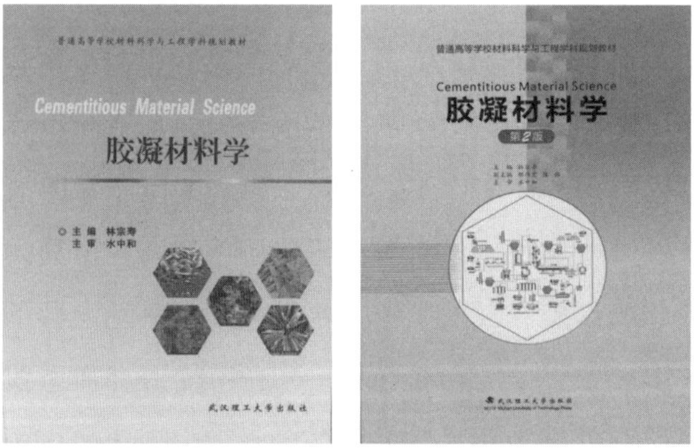

图 12.4　两个中文版的《胶凝材料学》教材

2013 年 3 月，武汉理工大学出版社感到袁润章主编的《胶凝材料学》第二版内容已经陈旧，必须进行改编，于是又将此任务交给我，由我任主编，邢伟宏和陈伟任副主编。我接到任务后，就在袁润章主编的《胶凝材料学》第二版的基础上进行了改编，在基本保留了原来章节的基础上，对各章的内容进行了大范围的更新和增删，并引入了最新的国家标准和研究成果。2014 年 8 月，由武汉理工大学出版社出版了我主编的《胶凝材料学》第一版。

2017 年，德国德古意特出版社（DEGRUYTER）欲购买该书版权，并翻译成英文在全球发行，作为研究生教材使用。为此，武汉理工大学出版社要求我再次对该书进行了修改，并于 2018 年 10 月出版了第二版《胶凝材料学》，同时翻译成了英文，2018 年 11 月在国内出版了一版英文版的《胶凝材料学》。

德国德古意特出版社购得该书版权后，经过重新排版和修改，2019 年 5 月在德国柏林和美国波士顿同时出版发行了英文版的《胶凝材料学》。这是我校有史以来第一本版权输出的教材，过去我们都是引进外国的教材，现在总算也有西方国家采用我们的教材了。

图 12.5　两个英文版的《胶凝材料学》教材

三十多年来，我一直脚踏实地，埋头苦干，产、学、研相结合，把论文写在祖国的大地上，所取得的成果是有目共睹的，而且随着时间的推移，后期的成果更大，更有意义，但这些并没有给我带来多少荣誉和好处，相反我在学校的学术地位还日益下降。

为什么会发生这样的现象呢？这主要是由于我们国家高校的科研是以发表论文为终极目标的。在过去的几十年里，我国高校一直以论文的影响因子、发表篇数、引用次数来论英雄。一些人想脚踏实地，做一番于国、于民、于己有利的研究工作，结果往往是干着干着，就没有了立足之地。当然，在这种唯论文论的科研生态环境下，也不太可能出现重大原创性成果。

2018 年 5 月，我们学校要进行博士生导师、硕士生导师的招生资格审核，考核的指标只有一个，就是要求在 2015 年 5 月 15 日—2018 年 5 月 15 日期间，发表过三篇 SCI 论文，才能通过招生资格审核，否则不能再继续招生。

我在2015年5月15日—2018年5月15日，三年间共发表7篇论文，但都发表在国内的杂志上，有《武汉理工大学学报》《水泥技术》《水泥》等中文杂志，不是用英文发表的，自然不是SCI论文，所以不算数。论文指标达不到要求，可我在2015年5月15日—2018年5月15日期间，出版了《水泥起砂成因与对策》和《矿渣基生态水泥》两本专著和1本《水泥工艺学》（第二版）教材，因为不是SCI论文，也不算数。

实际上，三年来我一直把主要精力放在撰写专著和教材上，从2017年9月起，就在改编我的《胶凝材料学》教材，并出版了第二版《胶凝材料学》，同时翻译成了英文，在国内出了一本英文版，并被德国德古意特出版社购买了版权在国外出版了一本英文版的《胶凝材料学》。

两本专著、一本教材和七篇论文，居然也顶不上三篇SCI论文，叫人难以理解。中国科学院陆大道院士毫不讳言地指出："中国科研资金、方向正被西方国家的SCI所支配，我们的科研人员贫于创新、贫于思想！"

这背后暴露的是科技界诟病已久的人才评价"四唯"倾向，即"唯论文、唯职称、唯学历、唯奖项"。

无疑，"四唯"对我国科技进步的危害已越演越烈，已成为激发人才创新活力的障碍。因此，2018年以来，中共中央和国务院密集出台政策文件，向"四唯"亮剑。2018年2月，中共中央办公厅、国务院办公厅印发了《关于分类推进人才评价机制改革的指导意见》，提出要科学设置评价标准，坚持凭能力、实绩、贡献评价人才，克服唯学历、唯资历、唯论文等倾向，进一步明确了人才评价激励改革的方向。同年10月，科技部、教育部、人力资源社会保障部、中国科学院和中国工程院联合发布《关于开展清理"唯论文、唯职称、唯学历、唯奖项"专项行动的通知》，明确清理范围，指明任务方向，人社部门重点清理人才项目、职称评审等工作中涉及"四唯"的做法。一场刀刃向内的自我变革推动更科学的人才评价机制加快形成。

我有个硕士研究生名叫张小伟，1998年6月研究生毕业后分配在苏州科技大学土木系任教。2018 年 10 月 31 日，他到我们学校材料学院调研学习教学管理事宜。材料学院李明忠书记知道他是我的研究生，那天中午就在我们学校的东院莘子食堂的二楼包间宴请了张小伟，请我来作陪。在座的还有材料学院分管教学的副院长，是个年轻人，我不知道他叫什么，还有一个是马保国教授。当时，我刚出版了一本《矿渣基生态水泥》的专著，就带了一本送给我学生张小伟。

我们几个人，在吃饭时无意间谈起了我刚被剥夺了研究生招生资格的事，马保国教授一听就马上说道："你去找他们去呀，你不是有这本专著吗？难道还顶不过三篇 SCI 论文？"我回答道："这有什么好找呢？不让招就不招。"在场的李明忠书记一听，感觉事情还蛮严重，因为他们刚接到教育部等部门联合发布的《关于开展清理"唯论文、唯职称、唯学历、唯奖项"专项行动的通知》。我在网上也知道了有这个通知，于是就对李书记说："这是典型的'四唯'，你看怎么办吧？"李明忠书记接着说道："你放心，我回去马上解决这个问题。"

第二天上午 10 时 24 分，材料学院分管研究生的董丽杰副院长就给我发来了短信，意思是让我重新申报，走绿色通道，恢复我的研究生招生资格。所谓绿色通道，就是专门为引进的人才（如国外回来的人员）设置的快速评审通道，不受时间限制，随时都可以申报。其实，这事不能怪董丽杰她们，她们是按规定办的，当时全国各高校都是以 SCI 论文为中心的。实际上，我也不在乎什么研究生招生资格不资格的，就不想再填表了，随便由她们去解决。

第二天晚上，李明忠书记也给我发来了消息，意思是说大家都一致同意恢复我的招生资格，之所以会发生这样的事，是由于没看到我提交的资料，加上人数太多，没注意到，没及时提醒我去复核，他们会帮我办好相关手续的。

其实，我知道是怎么一回事，我过去一直是材料学院学位委员会委员，审核研究生导师资格这种事我也经历过好多次了。

审核研究生导师招生资格时，通常先定一个条件，然后交由学院办公室办事人员进行统计，把够格的人员列出来，形成一个名单，最后在学位委员会会议上让大家通过。如果认真一点，再把落选的人看一遍，一般都是按照名单一次性全部通过的。只有审查新担任研究生导师时，才会认真一个一个地进行审查。像我这种情况，由于论文没达标，在办公室办事员手上就被淘汰了，根本就不会出现在名单上。人员太多，这是事实，因为我们评的是整个材料学科，这包括材料学院、两个国家重点实验室和学校测试中心等单位。

2018 年 11 月 27 日上午，我收到李明忠书记的消息，说道："已看到网上公示，热烈祝贺您顺利通过博导资格审核！非常感谢您长期以来，对学院及学科各项工作热情细心的关心帮助，祝您万事如意！有两个公示，一个是博导的，另一个是硕导的。"

图 12.6　关门弟子杨杰通过论文答辩

虽然恢复了我的研究生招生资格，但我决定再也不招研究生了。2018 年 5 月 17 日，我的最后一个研究生杨杰通过了硕士论文答辩后，我就把主要精力放在了撰写《水泥与混凝土科学技术 5000 问》的著作上了。

三十多年的教学科研实践经验告诉我，要想把论文写在祖国的大地上，就必须深入到生产一线去实践，这样才能事半功倍，才是真正的产学研相结合。我们必须牢记强国兴邦的使命，淡泊名利，静下心来去思考什么才是国家和社会需要的科研。我国早已成为世界论文大国了，却仍然不是科技创新强国，科技对经济增长的贡献度还不高，在许多科技领域还存在着"卡脖子"现象，难道我们还要继续坚持"唯论文"论吗？

所谓 SCI 论文，是指被 SCI（Science CitationIndex），即科学引文索引所收录的 SCI 期刊上刊登的学术期刊论文。要成为 SCI 收录的论文，必须以英文发表。如果说我国高校的教师们所发表的 SCI 论文都很有用的话，那为什么要用英文发表在国外让外国人看呢？为什么不用中文发表在国内，让中国人受益呢？以 SCI 论文挂帅，其客观结果是使我国的科学事业逐渐脱离“中国特色，自主创新”的方向，当然不可避免地扼杀科技创造力，导致我国科技界贫于创新、贫于思想。

作为高校，必须承担这样的引导和扶持责任，鼓励大多数人沉下心来研究，同时必须给出一片水草丰盛的土壤。唯有这样，我们的科研成果才能真正落地生根、强国兴邦。否则，脱离土壤，万物都将无法生长。

12.2　科研专著

2012 年 3 月 6 日，科技部在给我们国家“863”课题组下达“多元固废复合制备高性能水泥及混凝土技术与示范”课题任务书中，就规定了课题结束时需要完成的各种指标，其中有一条就是要发表论文 50 篇、技术标准 2 项、专著 2 本，申请发明专利 7 项，其中国际发明专利 1 项，计算机软件著作权 1 项。

因此，在国家“863”项目基本完成时，2014 年 8 月我就开始总结各子课题组的研究成果，编制出了《过硫磷石膏矿渣水泥与混凝土》专著的编写大纲。全书分为 9 章，由我撰写前言、第 1 ~ 5 章和 9.1 章节；水中和撰写第 6 章（除 6.1.9 章节）；黄赟撰写 7.1 章节、第 8 章和 9.2 ~ 9.5 章节；刘晨撰写 7.2 章节；金峰撰写 6.19 章节和 9.6 章节。

图 12.7　《过硫磷石膏矿渣水泥与混凝土》专著

经过全体国家“863”课题组的艰苦努力，2015 年 3 月 16 日，《过硫磷石膏矿渣水泥与混凝土》专著，由武汉理工大学出版社正式出版发行，计 45.6 万字。该书系统地阐述了过硫磷石膏矿渣水泥与混凝土的组成与制备、水化硬化机理、性能及耐久性、生产工艺过程与主要设备、生产过程质量控制与技术标准，对该新品种水泥的应用前景也作了较详细的叙述，体现了近年来在资源有效利用、节能减排、低碳水泥新品种开发等方面的新成果。

《过硫磷石膏矿渣水泥与混凝土》专著出版后，我感到有点空闲时间，就利用暑假，与我夫人一起去美国旅游了一趟。那时，我女儿已取得了两个硕士学位，并在美国波士顿找到了工作。

2015 年 6 月 25 日，我们从武汉直飞到美国旧金山，游览了旧金山和洛杉矶的一些著名景点。6 月 30 日开车前往拉斯维加斯，游览了拉斯维加斯和西峡谷后，7 月 2 日，飞往盐湖城。7 月 3 日，开车前往黄石国家公园。7 月 5 日，返回盐湖城，第二天飞往波士顿。在波士顿住了几天后，7 月 15 日驱车前往纽约，然后又驱车前往费城和华盛顿。7 月 20 日，由华盛顿飞往旧金山，第二天再由旧金山飞回武汉。

图 12.8　我们在美国哈佛大学校园

这次到美国旅游，前后共花了 26 天的时间，这是我第一次到美国，算是见了世面，其实我夫人去过的地方很多，世界各地基本上都走遍了，完全是陪我游玩的。

从美国游玩回来后，我就着手开始撰写《水泥起砂成因与对策》专著。水泥起砂现象严重影响建筑物质量，但目前仍缺乏水

图 12.9　美国自由女神像

图 12.10　黄石国家公园

图 12.11　一号公路老码头宾馆

图 12.12　美国洛杉矶圣莫妮卡码头

泥抗起砂性能检测方法，更不知如何提高水泥的抗起砂性能。

自从 1985 年我对外开展水泥技术服务以来，就不时听到水泥生产厂家反映水泥起砂的问题。2008 年 10 月，我在研究推广新型低碳水泥时，发现用户反映水泥起砂的问题比较强烈，有时甚至影响到了水泥的销售。为此，我下决心开展水泥起砂问题的研究，并开始查找资料和构思研究方案。

图 12.13 《水泥起砂成因与对策》专著

经过多年对水泥起砂原因及机理的系统研究，我们成功研发了一种操作简单、重现性良好、可定量的水泥抗起砂性能检测设备及检测方法，并以此为基础，详细研究了水泥配比、粉磨工艺、外加剂等水泥生产工艺过程对水泥抗起砂性能的影响规律，从而实现了从水泥生产控制角度出发，提高水泥的抗起砂性能。此外，我们还研究了水泥施工时的水灰比、灰沙比、施工操作及养护条件等因素，对水泥砂浆及混凝土表面起砂量大小的影响，并从微观角度分析了水泥起砂的机理。最后，还详细探讨了水泥起砂的预防措施，以及水泥起砂后的修复方法。

最终，我将这些研究成果，都汇聚在了《水泥起砂成因与对策》一书中。2016 年 2 月，23 万字的《水泥起砂成因与对策》专著，由中国建材工业出版社正式出版发行。

在《水泥起砂成因与对策》专著即将出版前，2016 年 1 月 2 日，我女儿婚礼在武汉江城明珠豪生大酒店隆重举行。亲朋好友齐聚一堂，祝贺我女儿结婚，我哥哥和嫂子、姐姐和姐夫、弟弟和弟媳都从福建前来参加我女儿、女婿的婚礼。

作为父亲，看着女儿一天天长大，如今步入了婚姻的殿堂，开启了人生的新航程，感到无比欣慰和快乐。祝愿他们俩永结同心，天长地久；一生、一世、一心、一意，忠贞不渝；在人生的旅途中永远心心相印，白头偕老，美满幸福；希望他们继承和发扬九牧家族的光荣传统和勤劳、善良、诚实、

图 12.14　女儿女婿和双方家长

图 12.15　女儿婚礼现场

图 12.16　女儿女婿和伴郎伴娘合影留念

质朴的家风，用自己的聪明才智和勤劳双手去创造美好的未来。

2017 年 2 月 10 日，我和夫人为了迎接大外孙的出生，再次前往美国。

2017 年 2 月 24 日 12 时，我的大外孙在美国波士顿出生，中文取名叫刘林皓，英文取名叫 Cayden Liu。

大外孙的降临，让我们全家喜出望外，亲朋好友们纷纷表示祝贺。在美国医院的住院部里，我抱着出生刚 1 天的小宝宝，他居然还能冲着我笑，看着那胖嘟嘟的小脸，泛着健康的色彩，心中感到无比的欣慰。

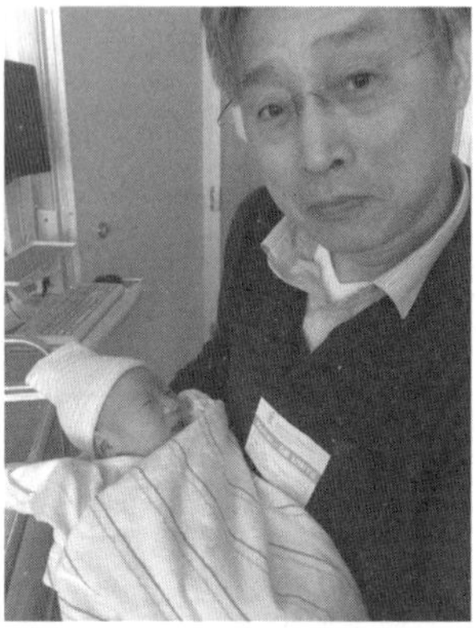

图 12.17　出生 1 天的大外孙

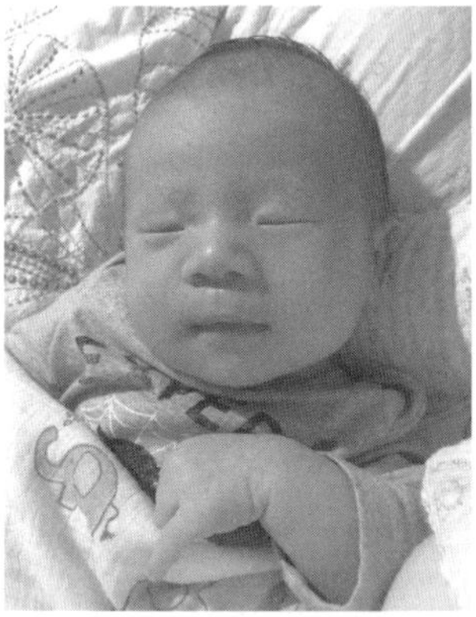

图 12.18　出生 20 天的大外孙

图 12.19　出生 6 个月的大外孙

图 12.20　大外孙 1 周岁抓周

2017 年 3 月 8 日，我们放心回国了，想想我已经 60 周岁了，这一生研发了不少新技术和新产品，应该把这些经验和技术传承下去，于是就静下心来，开始总结我一生的主要发明和技术，并把它写成专著，取名《矿渣基生态水泥》。

所谓生态水泥就是利用各种废弃物，包括各种工业废弃物、废渣以及城市生活垃圾等作为原、燃材料，在生产和使用过程中，相对而言具有较好生态环境协调性的水泥。研发生态水泥，将使水泥工业成为具有环境净化功能的产业，变污染产业为绿色产业，造福于人类。矿渣基生态水泥，就是以矿渣为主要成分的一类生态水泥的总称。

这本专著，可以认为是我的代表作，其中汇聚了我三十多年来的科学研究成果，所介绍的矿渣基生态水泥品种中，既有适用于现有水泥厂的技术改造，以节能减排、降低成本为目的的生态水泥新品种，如分别粉磨矿渣水泥、矿渣少熟料水泥、石灰石钢渣矿渣水泥、废弃混凝土钢渣矿渣水泥等，也有适用于制品厂、小粉磨站等企业，以大量消纳工业废弃物为目的的生态水泥新品种，如过硫磷石膏矿渣水泥、过硫脱硫石膏矿渣水泥、石灰石石膏矿渣水泥、废弃混凝土石膏矿渣水泥、矿山充填材料等。许多技术秘密均为首次公开，既有较高的经济价值，也有一定的理论意义。

2017 年 10 月，我完成了初稿，把它交给了中国建材工业出版社，经过几个月的紧张编辑和修改。2018 年 5 月，《矿渣基生态水泥》由中国建材工业出版社正式出版发行，计 82 万字。2018 年 6 月 29 日，在江西上饶三清山举办的第五届井冈山论坛上，中国建材工业出版社与中国混凝土和水泥制品协会共同举行了《矿渣基生态水泥》新书首发仪式，受到了大家的热烈欢迎，我在会上作了“用固废替代水泥制备生态混凝土”的学术报告，并回答了大家的问题。

图 12.21　《矿渣基生态水泥》专著

图 12.22　《矿渣基生态水泥》专著首发仪式

2017 年底，女儿、女婿带着我的大外孙回武汉过年。2018 年 2 月 24 日，我的大外孙满 1 周岁，我们在武汉给他庆祝周岁。在给他抓周时，他什么也不要就抓了科学计算器，但愿长大后能成为一名科学家。我大外孙很爱喝牛奶，我和夫人买了许多新鲜牛奶，心想 1 升牛奶够他喝几天吧，谁想 1 天不到就喝完了。刚从冰箱中拿出来的牛奶，温度很低，他居然也不怕，就是要喝凉的。2018 年春节过后，我女儿、女婿就带着我的大外孙回美国了。

2020 年 1 月 19 日，我女儿、女婿带着我的大外孙，再次回武汉过年。当时，新冠肺炎疫情已经很严重，我们大家都不知道疫情的严重性，我和夫人到武汉天河机场迎接我女儿他们时，都没采取任何防护措施，站在人群中间，还好没有感染上新冠肺炎。后来，越来越多的医生被感染，大家也就知道了这病可以人传人。

图 12.23　武汉全城陷入了沉寂

图 12.24　全国各地医务人员驰援武汉

2020 年 1 月 20 日，在武汉实地考察后的国家卫健委高级别专家组组长钟南山代表专家组通报，新冠肺炎“人传人”，“除非极为重要的事情，一般不要去武汉”。武汉疫情警报拉响，一场新中国成立以来传播速度最快、感染范围最广、防控难度最大的重大突发公共卫生事件突如其来。

2020 年 1 月 23 日 10 时起，具有 1 000 多万人口的武汉市关闭离汉通道。武汉全市公交、地铁、轮渡、长途客运停运。随后，湖北各地也先后采取了类似措施。

紧接着，16 个省以全包的方式，支援湖北 16 个市。医护人员争相报名，剪短发，剃光头，各种离别，各样视频，让人感动。听说来鄂的各省不只是人力支援，还自带医疗设备和防护用品，就连油盐酱醋诸多琐碎事，也一律自备，不给当地添加任何负担，这真是让湖北人民感激涕零。来自全国各地的 4 万多名医务人员驰援武汉，短短两周时间里，火神山和雷神山两所专业医院在武汉拔地而起，体育场馆和展览中心也被迅速改造成方舱医院。中国政府的指导思想非常明确："要不惜一切代价抢救生命！""宁可床等人，不可人等床！"武汉 14 家方舱医院准备了 1.4 万张病床，最终收治了 1.3 万名病人。

图 12.25　武汉市全城消毒

图 12.26　武汉火神山医院工地

2020 年 1 月 25 日正月初一，我得了重感冒，体温升到 39℃多，但症状与网上介绍的新冠肺炎的症状不同，我坚信不是新冠肺炎，就把自己隔离在一个房间内，还好家里平时储存了一些感冒药，一个星期后，就自行康复了，也没传染给家人，万幸。

尽管被封在家里，倒也没有觉得很无聊，大概我是属于宅惯了的人，相反倒觉得挺舒服的，不用上班，还可以睡懒觉。只是没有了保姆，得自己做饭。在此期间，我还学会不少菜的做法。

刚关闭离汉通道那阵子，武汉市民们比较忧心的是缺乏口罩。口罩是耗材，用量大。而且专家说，只有 N95 口罩才可以有效防止病毒。还好，我平时散步时，怕空气太冷，买了一批口罩在家，再加上我女儿一听到有疫情，就马上网购了一批口罩，后来就根本买不到了。但不久，在全国人民的支援下，口罩就不缺了。

张健和冯良，他们俩都是我家的亲戚，他们在当志愿者，平时都穿着防护服到处活动。他们经常帮我们带一些青菜和肉类等生活物品，不久后快递也得到了恢复，日常生活也就不感到有什么不便了。

武汉关闭离汉通道后，美国是第一个从武汉撤侨的国家，并关闭了在武汉的总领馆，甚至还切断了所有中美航线。2020 年 1 月 29 日，我女婿由于要回美国上班，就申请乘坐美国政府派来的专机回美国，并得到了批准。事前将我的车牌告诉了美国大使馆，第二天我女儿开车送我女婿到天河机场，一路畅通无阻，顺利回到了美国。而已经怀孕的女儿不愿意跟着回去，和我的大孙子就留在了武汉，跟我们一起度过了那段特殊的艰难时期，直到 2020 年 8 月疫情缓解后，才经上海回到了美国。

图 12.27　学做菜

图 12.28　带大外孙在江滩散步

发现疫情早期，还允许人员出小区活动，汉口江滩也允许人员进入，那段时间，我们就经常带着大外孙到汉口江滩散步。平时人满为患的江滩，此时已经冷冷清清，不见游人的踪影。但，好景不长，到了 2020 年 2 月 17 日，最严的管控命令下达：所有人都必须待在家里，只有不得不出门工作或执行公务的人，才能外出，但他们手上必须持有通行证。从此，我们只好在家里待着，直到 2020 年 4 月 8 日，离汉通道解除管控。这个曾因疫情重灾区而举世瞩目的城市终于打开了城门，标志着中国战“疫”取得了阶段性的重大胜利。

2020 年 4 月 8 日武汉解除管控的当天，我驾车前往办公室上班，回到了久违的工作岗位，路上还是空无一人，但各处的关卡已经全部撤除，一路畅通无阻，武汉市开始慢慢地恢复正常，重获生机。

2020 年 10 月 10 日上午 7 时 29 分，我的第二个外孙在美国波士顿出生，中文名叫林树威，英文名叫 William Liu。由于疫情的影响，我们至今还未见到这位可爱的外孙。但愿他茁壮成长，一生平安。我夫人基本上每天晚上都要与两个外孙视频一阵，享受这天伦之乐。

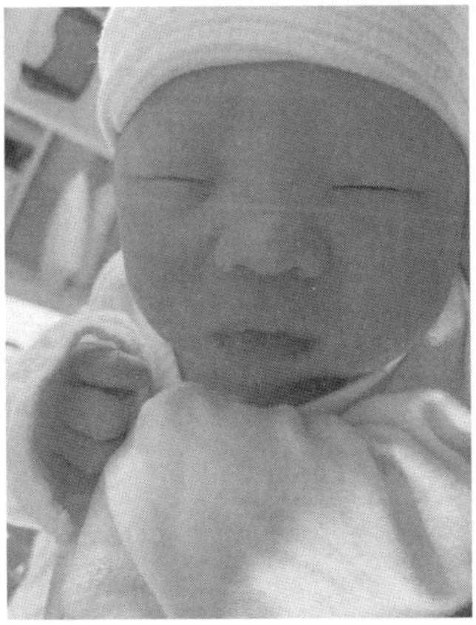

图 12.29　刚出生的林树威

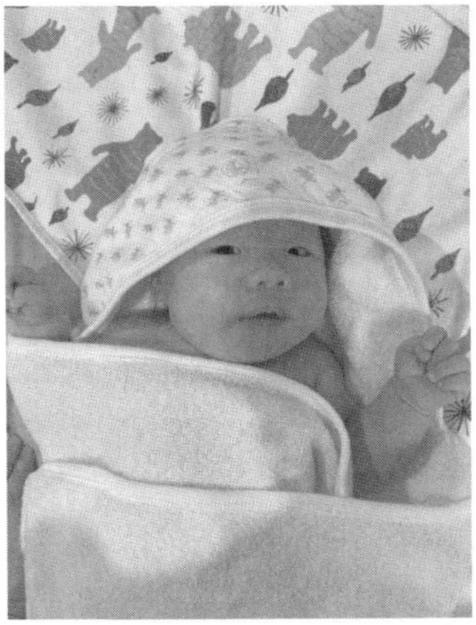

图 12.30　出生 1 个月的林树威

图 12.31　林树威 1 周岁

图 12.32　林树威（2021 年感恩节）

12.3 解惑答疑

自2000年3月起，我为了在全国各地推广水泥生料配料率值控制技术的科研成果，先后在南宁、桂林、南昌、武汉、烟台、郑州、昆明、长春、都江堰、达州、重庆、太原、西安等地举行了近20次的水泥新技术讲座及疑难问题咨询会，每次讲座都受到热烈欢迎，甚至出现了许多参会的“回头客”。

每次会议水泥生产厂家都提出了许多在生产中遇到的难以解决的疑难问题。内容相当广泛，包含了水泥生产的全过程，很快这些疑难问题就已超过了2 000多个。在会上，我针对这些企业的具体情况，现场解答了各种疑难问题，运用所学的水泥基础理论知识和我自己的生产实践经验给予企业指导，为企业的技术改造和技术进步指明了方向，为他们带来了现实的经济效益，受到了所有到会厂家的热烈欢迎。会后几乎所有厂家一致要求将问题解答整理成册，印刷出版。

为了满足广大水泥生产厂家的要求，我日夜加班，在百忙中对水泥生产厂家提出的问题进行了归纳、整理和解答。在2 000多个问题中，精心选择了有代表性的325个问题，作了详细的解答，并整理成册。但没有公开出版发行，而是以技术资料形式自行印刷，用于内部交流。采用了大32开精装本，29.1万字，并将之命名为《来自水泥企业的为什么》。

2001年9月，《来自水泥企业的为什么》印制成功后，我陆续将它作为技术资料寄给了全国各地的水泥生产厂家，没想到受到了大家的热烈欢迎，大家强烈要求我继续编写续集。

随着水泥新技术讲座及疑难问题咨询会继续在全国各地举办，来自水泥生产企业的疑难问题就越来越多，我应大家的要求，不断地解答和汇编，于2002年4月完成了《来自水泥企业的为什么》第二卷，同样采用自行印刷的形式成书，解答了365个疑难问题，大32开精装本，共34.8万字。2002年10月完成了《来自水泥企业的为什么》第三卷，解答了365个疑难问题，大

32 开精装本，共 27.9 万字。2003 年 4 月完成了《来自水泥企业的为什么》第四卷，解答了 328 个疑难问题，大 32 开精装本，共 34.8 万字。

图 12.33　《来自水泥企业的为什么》一套四卷

自 2000 年 4 月起至 2005 年底，我应邀在全国各地已经主讲了 70 多场水泥新技术讲座及疑难问题咨询会，累计与会人员已超过了 1 万人。每次咨询会都至少安排一天时间与学员们进行互动式答疑解惑。通过这些答疑，我获得了大量第一手资料，也让我体会到了在水泥生产过程中，岗位工人和生产管理人员经常会遇到一些疑难问题。这些问题，手册中查不到，教材中一般又不涉及，查阅期刊既不方便，也未必具有针对性。大家普遍反映缺少一套内容全面、简明实用、针对性强的水泥技术参考书。

传道、授业、解惑，自古以来就是教师的天职。作为一名高校教师，每当面对提出问题的学生，面对水泥厂那些被种种疑难所困扰的技术人员和工人朋友，我就深感有一种义不容辞的责任。为此，我便开始搜集资料，潜心学习和整理国内外专家、学者的研究成果，特别是水泥厂生产过程中一些宝贵的实际经验，并结合自己在水泥科研、教学及水泥技术服务实践中的切身体会，汲取营养，为践行这一责任奠定了基础。

2003 年 4 月，武汉理工大学出版社余海燕获知我编著了一套《来自水泥企业的为什么》后，就极力鼓励我改编、扩充后正式出版，并帮我申请到了湖北省“十一五”重点图书项目，得到了部分资金的支持。

于是，从2003年4月起，我便对《来自水泥企业的为什么》进行了大规模的扩充和改编，并结合我长年积累的第一手资料，在原来1383个条目的基础上，增加了1967个条目。好在我从1993年起就习惯用计算机写文章，所以每增加一个条目，都可以用计算机检索一次，有效避免了内容重复。经过艰苦的努力，终于在2006年7月成功编著和出版了《水泥“十万”个为什么》1 ~ 8卷。随后2010年4月又出版了《水泥“十万”个为什么》第9卷，2012年7月又出版了《水泥“十万”个为什么》第10卷。

图12.34 《水泥“十万”个为什么》一套10卷

《水泥“十万”个为什么》是一套供水泥行业管理人员、技术人员和岗位操作工阅读和参考的系列工具书。它涉及了水泥生产从原料破碎、粉磨、烘干、均化、输送、化验室、煅烧、环保到计量、包装等全过程中常见的问题及解决方法。力求做到删繁就简、深入浅出、内容全面、突出实用，既有理论研究的浓缩和概括，又有实践工作经验的归纳与提升。全书分为10卷，共有条目3 350余条，共计554万字。已基本囊括了水泥生产和水泥研究工作中的多发问题、常见问题，对这些问题有理论、原理方面的阐述，又指出解决问题的途径，具有较强的指导性和可操作性。由于该书编写着眼于解决实际问题，尽量回避复杂的数学计算、高深的理论知识，很好地解决了岗位操作工看得懂、用得上的问题。同时，该书对水泥领域的最新技术和理论研究成果也进行了介绍，也可作为专业院校、技校师生及水泥科研人员的参考书。

2019年11月，《水泥“十万”个为什么》获得了建国70年湖北省优秀科普作品奖。

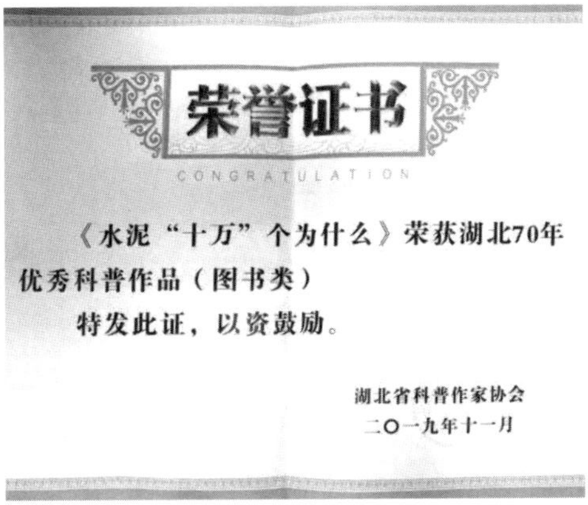

荣誉证书

CONGRATULATION

《水泥“十万”个为什么》荣获湖北70年优秀科普作品（图书类）

特发此证，以资鼓励。

湖北省科普作家协会

二〇一九年十一月

图 12.35　建国 70 年湖北省优秀科普作品奖

武漢理工大學

WUHAN UNIVERSITY OF TECHNOLOGY

关于林宗寿教授延长退休年龄的证明

林宗寿，男，1957 年 8 月出生，教授，博士生导师，国务院政府特殊津贴获得者。根据国家和学校文件精神，其退休年龄可延长至 2022 年 8 月。

特此证明。

武汉理工大学人事处

2017 年 11 月 15 日

图 12.36　延长退休年龄的证明

2016 年 6 月，我主持的国家“863”科研项目通过了验收后，项目结束，原本应于 2017 年 8 月 20 日 60 周岁时退休，但按学校政策，博士生导师可以延长至 65 周岁退休，我也就决定再干 5 年后再退。按国家政策，凡是延长退休的国务院特殊津贴获得者，延迟退休期间所得工资可免征个人所得税，于是学校给我了一个延长退休的证明，让我得到了免征个人所得税的待遇。

一年又一年的含辛茹苦，一载又一载的风风雨雨，春去秋来，从上山下乡算起，一晃 42 年过去，弹指一挥间，我已是花甲老人了。回想自己走过的路，所历经的坎坷岁月，所历尽的人间沧桑，酸甜苦辣，一步一个脚印，走到了今天，不免悲从中来，伴随这悲哀之情，似乎感到壮志未酬，使命尚未完成，更应抓紧时间给这个世界留下点什么。

2017 年 1 月 1 日，武汉理工大学下达了 2017 年 1 月 1 日—2019 年 12 月 31 日新任期的任务书。我作为教学科研岗位的二级教授，必须签署承诺在未来的三年内完成如表 12.1 中所规定的任务。

当时，武汉理工大学共有教职工 5 500 余人，其中，教授 680 人，副教授 1 257 人。教授中作为一级教授的两院院士只有 2 人。二级教授具体人数不是很清楚，但从每次开会的人数看，也只有几十个人。

图 12.37　六十周岁纪念照片

我个人认为：对高校教师的考核评价是高校教师选聘、任用、薪酬、奖惩等人事管理的基础和依据；是调动教师工作积极性、主动性的“指挥棒”。特别是对于二级教授的考核，应该鼓励潜心研究、长期积累，应极力避免急功近利的短期行为，应给二级教授们一个宽松的环境，以便在某个领域有所突破。可看了学校下达的任务书，面面俱到，说难吗？不难，但每个都要做到，哪里还有时间去开展突破性的工作？面对学校下达的任务书，我是签了字的，但我只想在有生之年做一点实事，留下一点东西，做我喜欢做的事，至于考核不考核随它去吧。

自从 2012 年 7 月《水泥“十万”个为什么》第 10 卷出版后，我就一直保持着一个习惯，只要一有空就收集资料并整理成问答形式的文章保存着。经过几年的准备，我又掌握了许多素材。

2018 年 6 月，武汉理工大学出版社的杨学忠和余海燕两位社长又要求我对《水泥“十万”个为什么》进行修改和扩充，并帮我申请到了湖北省公益学术著作出版专项资金。于是我就把全部精力投入到了对《水泥“十万”个为什么》的修改和扩充中。我集中精力对书中的所有内容进行了审核和修改，并进行了大规模的扩充，删除了 570 多条立窑、湿法回转窑等落后技术的内容，补充了 2 620 多条近十年来水泥与混凝土工业的新技术、新设备、新工艺和新成果，对水泥与混凝土的相关标准和规范全部进行了更新修改，并大幅度扩充了混凝土和砂浆的内容，并改名为《水泥与混凝土科学技术 5000 问》。

《水泥与混凝土科学技术 5000 问》技术丛书共分 10 卷，有条目 5400 余条，采用大 16 开精装版，共计 1 050 万字。涉及了从原燃料、破碎、粉磨、

烘干、均化、输送、化验室、煅烧到环保、安全、计量、包装等水泥生产全过程，以及混凝土配合比、施工及病害预防等两大行业中常见的问题及解决方法。力求做到删繁就简、深入浅出、内容全面、突出实用，既有理论研究的浓缩和概括，又有实践工作经验的归纳与提升。已基本囊括了水泥和混凝土两大行业生产和科研中的多发问题、常见问题。对这些问题既有理论、原理方面的阐述，又指出解决问题的途径，具有较强的指导性和可操作性。同时，对水泥与混凝土领域的最新技术和理论研究成果也进行了介绍。与《水泥“十万”个为什么》相比，内容更加全面，技术更加先进，实用性更强。可作为水泥与混凝土行业管理人员、技术人员和岗位操作工，大专院校、技校师生及水泥科研人员阅读和参考的系列工具书。

图 12.38　《水泥与混凝土科学技术 5000 问》一套 10 卷

2019 年 3 月，我完成了全部书稿后，武汉理工大学出版社极为重视，杨学忠社长亲自参与编辑，组织了 20 多人的编辑队伍，大家同心协力，经过两年多艰苦和紧张的编辑和修改，终于在 2021 年 8 月正式出版发行。

2019 年 10 月 2 日，我利用国庆节时间，与我夫人两个人一起去看望了我的导师童大懋教授。当时他已经 90 周岁了，身体还很硬朗，多年来忙忙碌碌，很少来看望他，深感歉意。可一见面，他居然最关心的还是我国水泥工业的发展，还是不断勉励我们要努力奋斗，为我国水泥工业的科技进步作出贡献，其爱国情怀可见一斑。

三年的任期转眼就过去了，武汉刚解除管控不久，学校就开展了任期考

图 12.39　与杨学忠和余海燕共庆图书出版

核工作。按规定，一级教授（院士）不需考核，二级教授需要在学校学术委员会述职答辩，最后由学校学术委员会投票决定考核结果，其余人员由各学院负责考核。

图 12.40　看望导师童大懋教授

2020 年 5 月 26 日，我填写了 2017 年 1 月 1 日至 2019 年 12 月 31 日的任期考核表。考核表非常详细，基本上按照 2017 年 1 月 1 日下达的任务书逐条进行打分，其主要内容和我的考核打分结果如表 12.1 所示。

表 12.1　2017—2019 年聘期考核审核表

项目	考核内容和说明	分数
一、师德与工作表现（10分）	1. 思想政治方面（2 分） 坚定政治方向，坚持以习近平新时代中国特色社会主义思想为指导，拥护中国共产党的领导，贯彻党的教育方针，自觉爱国守法，遵守法律法规，依法履行教师职责，坚守廉洁自律，积极奉献社会，履行社会责任。	2
	2. 学术规范方面（2 分） 遵守学术规范，严谨治学，力戒浮躁，潜心问道，勇于探索，坚守学术良知。	2
	3. 教育教学方面（1 分） 潜心教书育人，落实立德树人根本任务，遵循教育规律和学生成长规律，因材施教，教学相长，关心爱护学生，严慈相济，诲人不倦，真心关爱学生。	1
	4. 生活作风方面（2 分） 坚持言行雅正，为人师表，以身作则，举止文明，作风正派，自重自爱，弘扬真善美，传递正能量。	2
	5.（1）至少组织一次教学研究活动，为本科学生进行一次专业学术讲座；（2）邀请知名专家来校为青年教师举办一次教学研讨与交流；（3）承担班主任工作。（满足任意 1 项计 1 分）	
	6.（1）至少指导 3 名本科生进行导师制（科研为主型 6 名）；（2）聘期内至少指导一名青年教师进行本科理论教学。（满足任意 1 项计 1 分）	
	7. 聘期内给研究生至少作 3 次学术报告。（满足计 1 分）	
二、人才培养（50分）	1.（1）至少主持或参与 1 项教学质量工程项目；（2）至少获得 1 项省部级教学研究成果奖励；（3）指导的博士学位论文获省级以上优秀论文。（满足任意 1 项计 10 分）	
	2. 每年至少承担一门本科生理论课程，授课学时数不少于 16 学时。（满足计 10 分）	10
	3.（1）聘期内招收博士后工作人员≥ 1 名；（2）博士生≥ 2 名；（3）硕士生≥ 3 名。（满足任意 1 项计 10 分）	
	4. 教学工作量：教学为主型 300 学时 / 学年，教学科研型 200 学时 / 学年，科研为主型 100 学时 / 学年。（满足计 10 分）	
	5. 教学效果达到良好。（3 年平均评教分≥ 85 计 10 分）	10

续表

项目	考核内容和说明	分数
三、科学研究（30分）	1.（1）主持国家级重大、重点科研项目，开展创新性研究；（2）指导团队成员取得国家级重大、重点科研项目；（3）或者获得省部一等奖及以上的科技成果奖、国际学术奖；（4）省级一等奖以上教学成果奖。（满足任意 1 项计 10 分）	
	2.（1）搭建高水平研究平台，并取得创新性研究成果；（2）发表高水平论文（被 SCI 收录），科研为主型聘期内至少发表两篇一区文章（JCR 期刊 Q1 区）。（满足 1 项计 5 分，2 项计 10 分）	
	3. 聘期内到校财务的个人科研经费达到规定的要求。（满足计 5 分）	
	4.（1）发表或组织团队出版较前沿的学术专著；（2）出版国家级规划教材。（满足任意 1 项计 5 分）。	5
	5. 获得国家奖计 30 分，省部一等奖计 20 分，其他级别奖计 10 分。（科研计分最高 30 分）	
四、团队建设及其他学术工作（10 分）	1. 掌握本学科最新学术动态及研究成果，把握学科或专业发展方向，带领本学科或专业在其前沿领域保持或赶超国际国内先进水平。（满足计 2 分）	
	2. 指导本单位的学术发展规划和学科建设、科研基地建设和实验室建设工作，发挥领衔作用，指导具体建设项目的论证。（满足计 2 分）	
	3. 组织科研创新团队建设，力争在国家级创新团队取得突破。（满足计 1 分）	
	4. 营造良好的学术氛围，积极组织学术活动，举行高水平的专题学术讲座。（满足计 1 分）	
	5. 发挥在国内外学术交流中的领衔作用，担任国际学术交流学术委员会副主席以上职务。（满足计 2 分）	
	6. 与国外著名高校或科研院所建立固定的国际合作与交流关系，举行二次以上国际学术交流活动，组织申报重大国际合作项目，扩大学校的影响力与知名度。（满足一项计 1 分）	
	7. 担任国内外学术组织负责人。（满足计 1 分）	
合　计		32

考核结果，我只得了 32 分，当然是不及格了。详细分析这打分，第一项师德与工作表现，我得了 7 分。第二项人才培养方面，因为教育部有规定，

教授必须上课，所以我每年也上了一门 40 学时的课，很受学生欢迎，学生们给我的评教分都在 90 分以上，所以第二项我得到了 20 分。第三项科学研究方面，我出版了 1 本《矿渣基生态水泥》专著，以及《水泥工艺学》第二版、《无机非金属材料工学》第五版、《胶凝材料学》第二版、*Cementitious Materials Science* 4 本教材，其中《胶凝材料学》教材还是我们学校第一本版权输出的教材，应该很有意义，但也只得了 5 分；第四项是 0 分。

再细看这考核表，政治思想方面、学术规范方面和教育教学方面，几乎所有人都能达到，就可得到 7 分，这 7 分得的好轻松，而费尽心力、辛辛苦苦写出了这么多的著作和教材，也只能得到 5 分，显然是不合理的。

我提交了 2017—2019 年聘期考核审核表后，2020 年 6 月 23 日，共有 35 位二级教授在学校光纤大楼会议中心 104 会议室，向学校学术委员会进行了述职答辩，按规定是每个人介绍 8 分钟，然后回答评委的提问。由于我对这样的考核很有意见，所以只做了 2 张 PPT 讲稿，不到 5 分钟时间就介绍完了。

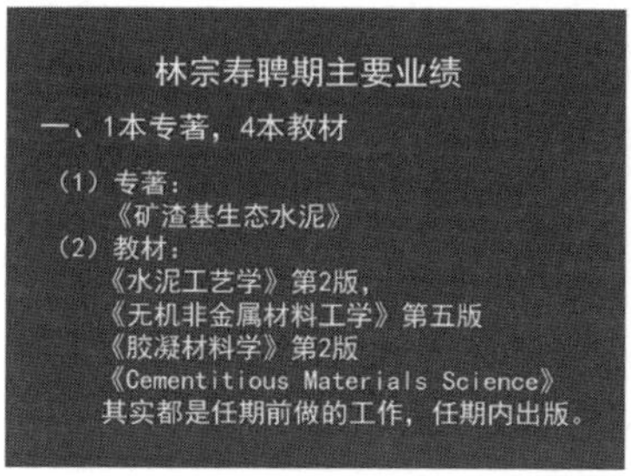

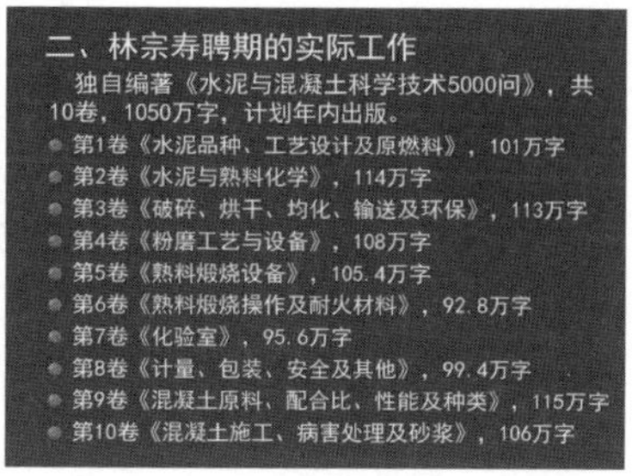

图 12.41　林宗寿 2017 年—2019 年聘期述职用 PPT

我对评委们说，聘期内我出版了 1 本专著和 4 本教材，但实际上这些都是聘期前做的工作，刚好在聘期内出版。三年来我的实际工作是在撰写《水泥与混凝土科学技术 5000 问》这本著作。这是一套巨著，分为 10 卷，共有 1050 万字，我把主要精力都投到里面去了。任务书上要求的其他事我都没做，考核分是 32 分，不及格，你们看着办吧。

还好明白人还是占大多数，经过投票，学校学术委员会最终给我定了个

2019年度考核优秀证书

姓　名：林宗寿　　考核结果：优秀

职工号：3143　　考核文号：校人字〔2020〕37号

单　位：材料学院　　发证单位：武汉理工大学人事处

发证日期：2020年07月28日

图 12.42　2017 年—2019 年聘期考核优秀证书

优秀。从不及格一下子又提到了优秀，相差实在是太大。要知道，得优秀的人数是有限制的，大概是 15% 左右。其实，优秀不优秀对我而言，我不是很在乎，但也感到挺高兴的，主要是因为大家承认了我的工作。

通过这次聘期考核，也证明了那个任务书和考核评分表都有问题，不但无法做到鼓励潜心研究、长期积累，而且根本不能避免急功近利的短期行为，但这也不是我们学校的错，因为教育部也是这样考核我们学校的，国内许多著名高校也都是这样考核的。

瑞典当地时间 2022 年 10 月 10 日，瑞典皇家科学院宣布，将 2022 年诺贝尔经济学奖授予经济学家本·伯南克、道格拉斯·戴蒙德和菲利普·迪布维格（Philip H. Dybvig），以表彰他们在银行与金融危机研究领域的突出贡献。而得主之一的迪布维格曾在我国西南财经大学担任金融研究院院长长达十年之久，直到 2021 年未获校方续聘，结果迪布维格 2022 年就获奖了。而从网上公布的一些迪布维格教授英文个人简历中，可以看到他还专门用中文注明了“西南财经大学金融研究院院长”一行字，这说明他本人也一直很重视与西南财经大学的合作。网络盛传，迪布维格是因未能通过中国教育部的“双一流大学”考核，遭校方解聘的。有知情人表示，迪布维格本人在考核不能通过后，也表达了自己

图 12.43　2022 年诺贝尔经济学奖发布

想要继续留在西南财经大学任教的想法，说明他对西南财经大学的感情还是比较深的，但还是被西南财经大学拒绝了，这才无奈之下到华盛顿大学继续自己的教学和科研生涯。

据称，迪布维格不仅十分热爱中华文化，还是中国女婿，太太是成都人。有网友说，迪布维格在西南财经大学是一个很显眼的人物，留着长发，有时候还扎辫子，“非常美国”，同时又爱穿唐装，“比中国人还中国”，他为学生开讲座，也大受欢迎。还有人说，中国的大学考核标准真是异常严格，“诺贝尔奖得主都远远达不到要求，估计牛顿、爱因斯坦来了也只能端茶倒水”。想想，我算什么呢？我的任期考评分不及格，也没必要耿耿于怀了。

2021 年 6 月 15 日，《水泥与混凝土科学技术 5000 问》编辑工作已进入了尾声，杨学忠社长已经明确表示，一定要在 2021 年 8 月他退休前出版。这时我感到没什么事可做了。习惯了每天不停地写呀写的我，感到很不舒服。接近退休了，何不把自己的一生经历写出来呢？我这样想着。我出生于“大跃进”运动前夕，经历过“三年困难时期”，参与过“文化大革命”，又上山下乡，1977 年恢复高考有幸成了“天之骄子”，赶上了出国潮出国留学，回国后成为大学教授，走产学研相结合道路又创建了高科技公司，还参与了国企改革，购买过国有企业，当上了全国人大代表和政协委员，还著有几十本专著和教材。往事一幕幕浮现在眼前，这是一个伟大的时代，一个变革的时代，一个从贫穷走向富强的时代，我应该把它记录下来。此想法一经提出，立即得到我夫人、哥哥、姐姐、弟弟们的热烈支持，于是我就开始撰写我的回忆录。

撰写回忆录不是一件容易的事，由于年代久远，许多事件发生的时间和人物姓名等都不怎么记得了。还好有许多亲朋好友给我提供了许多资料和照片，中学同学微信群、大学同学微信群、研究生同学等都给我提供了许多信息和资料，历时 9 个多月的写作，总算在 2022 年 2 月 15 日完成了初稿。随后进行了多次修改，于 2022 年 3 月 10 日完成了第二稿，2022 年 5 月 18 日完成了第三稿，2022 年 6 月 21 日完成了第四稿，2022 年 9 月 18 日完成了第五稿。

2021 年 6 月 28 日，我接到了学校工会的通知，说是中国教科文卫工会全国委员会给了湖北省 3 个名额，推荐年龄在 65 岁以下，身体健康，适合外出活动，在教育、科技、文化、卫生健康、体育系统一线，特别是在老少边穷艰苦地区和在重大科研项目中发挥骨干作用的劳模，到北戴河疗养。

学校工会推荐了我并得到了批准，具体时间是 2021 年 7 月 25 日—7 月 31 日，共 1 周时间。感谢学校工会记得我，在此之前，类似的北戴河疗养机会学校工会至少已经给了我 3 次，而我每次都因工作忙推辞掉了。记得有一次都已经买好了火车票，就在临上火车之际，突然接到一个厂家的电话，我仍然还是二话没说不去了。我马上就要退休了，这次可以说是最后一次机会，就同意去见识一下北戴河疗养是怎么一个体验。

图 12.44　报到当天举行了签名仪式

图 12.45　北戴河疗养留念

2021 年 7 月 25 日，我从武汉乘坐高铁直接到达北戴河火车站，中华全国总工会北戴河疗养院派人到火车站接站，并给予了热情的接待。

北戴河是驰名中外的疗养、避暑旅游胜地，它依山傍水，风景秀丽，气候宜人，阳光、沙滩、蓝天、碧海、绿树、清风。全国总工会北戴河疗养院坐落在北戴河美丽的大海之滨，全院占地面积 3.5 万平方米，建筑面积 1.7 万平方米，绿化、美化占全院的 70%，有长廊、果树和各种美丽的鲜艳花卉。

图 12.46　2021 年度全体北戴河疗养劳模合影留念

有 4 栋疗养楼，特设劳模餐厅，专为劳模服务，医疗中心检查、治疗、按摩设备齐全，距海边、沙滩仅 8 分钟的路程。

来自全国各地的81名劳模，报到当天就举行了签名纪念活动，7天时间里，我们游览了鸽子窝公园、山海关古城、李大钊纪念馆、西港花园、秦皇岛玻璃博物馆等地，还组织了去海边海浴，举行了健康保健讲座，以及分组交流。可惜，在疗养的后几天，全国多地又发现了“新冠肺炎”疫情，已经准备好的联欢会等多项活动也被迫取消了。为防疫情，在短短的几天时间里，我们

图 12.47　游览山海关古城天下第一关

连续进行了两次核酸检测，结果全部都是阴性。2021 年 7 月 31 日中午，我按计划乘坐高铁回到了武汉。

图 12.48　与材料 1905 班、1906 班同学合影留念

2021 年 11 月 10 日，我给材料 1905 班和材料 1906 班两个班级的“无机非金属材料工学”课程，上了最后一堂课，这也是我职业生涯中最后一次给本科生上课，即将接我班的材料学院副院长刘刚教授组织学生给我送了一束鲜花。

2021 年 11 月 19 日，我接到材料学院党总支办公室的电话，要我上校园网确认拟退休教职工的信息。

2021 年 11 月 24 日，我上网确认了我将于 2022 年 8 月 20 日正式退休的申请。

图 12.49　上完最后一堂本科生课后与同学们再见

后 记

8月20日，是我身份证上的出生日期，我满65周岁了。我女儿给我寄来了一个塑像，是根据我照片定做的。尽管做得不是很像，但我还是感到很高兴。我中学时期的同学金宗龙，给我发来了五首诗，以庆祝我的退休。

一、才华横溢

九牧林家一面旗，状元及第耀宗祠。
深稽博考科研业，名震山河太姥诗。

二、筑梦年华

一生教授育英才，废寝忘餐献讲台。
产学科研疑答解，江城筑梦继开来。

三、扬名立万

著书立说著文章，科技创新满室香。
参政京城商国是，矿渣活化永流芳。

四、学富五车

等身著作史无前，答解疑难十万篇。
活化矿渣亲手创，水泥工艺利千年。

五、故园情深

太姥山人成你号，家乡川岳也扬名。
何时解甲归田日，重续童年不老情。

图13.1 退休纪念品

在我生日的前几天，我的学生万惠文教授给我打来了电话，说是要组织学生到武汉来为我祝寿和庆祝退休。我的学生现在已经分布在全国各地，大部分都处在重要岗位，都很忙，鉴于当时全国性的防疫形势，我就婉言谢绝了万惠文教授组织学生为我庆祝退休的提议。

2022年8月20日我生日的当天，我的学生、电子科技大学中山学院教授、博士生导师王悦辉，武汉科技大学材料与冶金学院院长、教授、博士生导师韩兵强，国家知识产权局专利复审和无效审理部材料工程申诉一处副处长米春燕等，纷纷给我发来了微信和信息，祝我生日快乐和光荣退休！

南开大学物理科学学院光科学与技术系副主任、教授、博士生导师涂成厚给我发来了信息："林老师您好，今天是您的生日，学生祝您生日快乐！祝您和师母身体健康、万事如意、幸福平安！这几年一直想回去看看您和师母，无奈疫情和忙于工作，再加上2020年又生了个老二，所以一直也没成行，请林老师批评学生，学生一定会找时间回去看您和师母。在研究生学习期间，您对我很好，各种实验生活条件都是学院最好的，当时真的很自豪也很受益。您的言传和身教让学生一生受益，也是这么多年学生一直前进的动力源泉。您仿佛总有使不完的劲和不断涌出的新想法，让学生记忆深刻，在日后的工作学习中也尽量去学习您，一路走来虽然比较艰辛，但一直觉着快乐。如今学生也成了老师并指导硕士和博士，但总是觉得不敢怠慢和停歇，怕给老师丢脸，也怕老师见面批评我不求上进。您和师母是我学习、工作和生活的榜样，虽然学生不能达到您的高度，但我会一直努力的！做了老师更能理解老师，学生希望您和师母永远快乐、永远年轻！学生也真诚邀请您和师母有机会来天津看看，学生给您和师母当司机和导游。再次祝恩师生日快乐！学生：涂成厚于天津。"

电子科技大学的王悦辉教授在微信的朋友圈中说："林老师90年代就可实现课题组每人一台电脑，让我学了诸多电脑和网络知识及技能。实验室门前的红旗牌轿车是林老师是否在实验室内的特征标识。印象最深的是林老师几乎会修实验室的各种大小实验设备，师兄们搞不定的设备，一定就由林老师亲自动手了……"

已调往学校光纤中心任党总支书记的李明忠，在我生日当天也发来了微信："新年新气象，壬寅增福寿。感谢您长期以来对材料学科各项工作热心细心的关心和帮助，正值您的生日，祝您生日快乐！万事如意！新年吉祥！明忠。"并赠送了一首诗：

太姥山人林宗寿，创建产业亿胜楼；
精通水泥混凝土，引导同行解千愁。
产学研用何时够，志同道合逐代候；
学者风范企业友，光辉业绩耀千秋。

我大学时期的同学陈增堂教授，也赠送了一首诗给我：

同学林宗寿，实乃林中秀。
当年人不识，白云未出岫。
毕业四十载，耕耘不曾休，
如今翘楚者，皆言林教授！

2022 年 8 月 20 日 6 时 37 分，武汉中心气象台发布了高温红色预警信号：预计今天白天，除神农架、恩施高海拔地区外，我省大部地区最高气温将升至 39℃ ~ 41℃，局部 42℃ ~ 44℃，请注意防范！

鉴于武汉炎热的天气，我夫人为了庆祝我的退休，特意请了 5 天假，陪我到湖北恩施避暑。我们住在"云上花间"恩施民宿，这里海拔高度有 1700 米，白天最高气温只有 26 ℃，PM2.5 只有 15 微克 / 立方米。天空澄碧，纤云不染，远山含黛，夕阳含羞，春风送暖，夏日释凉，秋风送爽，冬来飞雪，这便是"云上花间"民宿的四季情调和梦幻日常。

2022 年 8 月 20 日，在我 65 周岁的当天，我们到"云上花间"山脚下的清江漂流。清江漂流区，自恩施市汾水河至巴东县水布垭，全长 87 公里，是清江最美、最具原生态特色的河段。全程分为红花峡、千瀑峡、蝴蝶峡三个峡段，峡谷两岸山峦如画、石峰雄奇、飞瀑流泉。两岸的吊脚楼和土家田园掩映在青山碧水间，风景迷人，风情醉人。

图 13.2 “云上花间”恩施民宿

图 13.3 恩施清江漂流

2022 年 8 月 19 日，学校人事处打电话给我，要我在 8 月底之前到人事处领取银行卡，说是退休后发退休金用。8 月 29 日上午，我到学校人事处领取了银行卡，顺便问了一下他们，还需要办理什么手续吗？他们说可以领一个退休证，不领也行，其他的就没有什么手续了。我没想到退休手续这么简单，回想起过去水泥教研室老教师退休时，都会举办一个欢送会，我曾经参加过好几次，就问他们：“就这样偷偷摸摸地退休吗？什么仪式也没有？”他们回答说：“是的，过去有，现在没有了。”我回来后，也问了几个刚退休不久的同事，他们也回答说是这样偷偷摸摸地退休，没有什么欢送会。我想这也许是时代的进步吧，就再也没说什么了。

2022 年 9 月 1 日上午，材料学院副院长刘刚教授给我打来了电话，请我参加会议。他说：“学校每年都要召开教师节表彰大会，有一个荣休教师表彰环节，要上台领奖，还有鲜花，全校不超过十名退休教师，对在职老师树立榜样和起激励作用。”我想我曾经得到过国家、省和各级组织很多荣誉和奖励，退休就不需要表扬了，把名额让给其他教师更好，就回答说：“我不去了，你把这名额给其他人吧。”

2022 年 9 月 7 日上午，无机非金属材料系党支部书记饶美娟副教授给我打来电话，说材料学院党总支卢少平书记对我退休表示慰问，要专门上门来看望我。我没想到卢少平书记对我的退休这么关心，但也不想让他上门来慰问什么的，就推说：“武汉疫情严重，到处都在封控，就请他别来了，我心领了。”饶美娟副教授又说材料学院要专门为我搞个荣休仪式，问我什么时候方便。这倒是我没想到的，心想现在退休不都是偷偷摸摸的吗，还要为我搞什么荣休仪式？倒是令我感动，我就说：“好，我去，等疫情稍为缓解以后再举行吧。”

(相片处加盖钢印,无钢印可加盖单位印章)

退字23716号

社会保障号码

发证日期 2022 年 8月29日

姓名	林宗寿	性别	男
出生年月	1957.08	民族	汉
籍贯	福建		
参加工作时间	1975.07		
退休时间	2022.08.31		
退休时身份类别	教师		
退休时职务(岗位)	教授		

图 13.4　我的退休证

秋天是个美丽的季节，美在她的风景，美在她的意蕴，美在她的空旷与豁达。我将在这美好的季节，走完人生最宝贵、最灿烂、最富有活力的阶段，即将退休。这就意味着和自己热爱的工作分离，和朝夕相处的同事分离，和社会的角色分离。离别时分总有些说不出来的滋味和眷恋，眷恋熟悉的学校，眷恋我的科研，眷恋自己热爱的事业。在这 65 年的人生旅途中，有喜有悲，有苦有乐，有平静也有波涛，有奋斗的艰辛，也有收获的喜悦。虽然有稚拙的脚印，但大都是踏实的，没有留下碌碌无为的悔恨。一直以来，失败的沮丧，成功的喜悦，始终伴随着我奋斗的轨迹。

2022 年 8 月 31 日，我正式退休了。

我有时间规划自己的退休生活，也有时间静下心来思考生命的意义。毕竟我是小人物，上不了凌烟阁，也成不了网红，朝花夕拾，只为纪念逝去的岁月，也为感悟生命。时光缓缓前行，挡不住容颜的衰老，留不住永远的生命。尝尽酸甜苦辣，走过千山万水，就会发现变老也是一种风景。往事如烟随风去，心静如水不兴波。我年轻过，桀骜过，憧憬过，奋斗过，爱过，恨过，哭过，笑过，苦过，乐过。我经历了完整的人生过程，享受了生命的多彩和富饶，仰不愧于天，俯不怍于人。

有此，人生无憾也。